根与翅

巴别梦想家 编著

中信出版集团 | 北京

图书在版编目（CIP）数据

根与翅 / 巴别梦想家编著 . -- 北京 : 中信出版社，
2022.1

ISBN 978-7-5217-3814-8

Ⅰ . ①根… Ⅱ . ①巴… Ⅲ . ①故事 – 作品集 – 中国 –
当代 Ⅳ . ① I247.81

中国版本图书馆 CIP 数据核字（2021）第 237037 号

根与翅

编　　著：巴别梦想家
出版发行：中信出版集团股份有限公司
（北京市朝阳区惠新东街甲4号富盛大厦2座　邮编　100029）
承 印 者：北京中科印刷有限公司

开　　本：880mm × 1230mm　1/32　　印　　张：10　　字　　数：300千字
版　　次：2022年1月第1版　　印　　次：2022年1月第1次印刷
书　　号：ISBN 978-7-5217-3814-8
定　　价：59.80元

故事开始于大山深处，一个叫作巴别乡的地方……

写在前面

亲爱的读者：

你们好！我是巴别梦想家，今年 12 岁了。我是一个生长在广西大山深处的教育公益组织，更是一群彼此生命深度交织的人。很荣幸能通过《根与翅》与你分享我的故事，与你展开一场关于故乡与成长的对话。

《根与翅》，是一个关于“山”的故事，一本关于“家”的传记。

每个人都是一座故事的宝库。自呱呱坠地的那一刻起，我们与亲人、与故乡、与世界的故事就开始了。我也一样。关于我的诞生、我的故乡，关于我的快乐、我的困顿，关于我经历过的许多“至暗时刻”，以及属于我的一个又一个无比闪耀的时刻……每个故事都是一个诗情画意的画卷，有太多太多直击灵魂的美好。它们值得被记录下来，永远传唱。于是，我，这本书里所有的作者，共同开始了《根与翅》的撰写。

为此，2018 年 11 月，巴别梦想家成立了做书分舵，任命出栏梦想家（指高中毕业的梦想家成员）苏婷为分舵舵主。做书分舵的使命是写一本关于巴别梦想家的书，通过我的真实故事，呼吁全社会来关注乡村教育的封闭问题，也让大家看到陪伴的力量。从 2019 年到 2021

年，巴别梦想家共举办 4 期写作营，共有 47 名写作者参与其中，包括梦想家发起人、出栏梦想家、梦想家捐助人、志愿者等。绿豆（屠彬）老师全程指导了我们的写作。

第一期线上写作营举办于2019年3月29日至4月19日，为期3周。共有 31 位写作者参与其中，包括发起人璐瑶、24 名出栏梦想家（2013年以前加入梦想家的成员）、梦想家终身成员何秋茹以及 5 名捐助人。在这个过程中，写作者们从害怕自己写不好的小白，从零开始学习感知世界，尝试写段落、写诗、写童话。

第二期线上写作营举办于 2019 年 5 月 9 日至 6 月 6 日，为期 4 周。这一次，写作者们慢慢打开了自己的生命故事库，源源不断的故事被书写了下来。我记得欣欣的故事里有一条有趣的乡间小路，记得阿沁介绍了她那圆圆的可爱的外婆，记得美姻特别特别爱她的弟弟，记得忠常小时候也调皮……记得在大家的故事里，我永远都那么可爱又温暖。

第三期线上写作营举办于 2020 年 8 月 16 日至 9 月 27 日，共 6 周，新出栏的梦想家成员以及一些核心志愿者参与其中。大家通过访谈的形式补充了年龄更小的梦想家孩子们的故事。

以上三个阶段写作营所产出的真实生命故事经过筛选和编辑整理，构成了本书的主体内容。

2021 年 8 月，为了更加丰富立体地呈现巴别梦想家以及写作者们近两年的成长和变化，我们发起了《根与翅》增补写作营。在绿豆老师和板板（璐瑶）的指导下，丽俏、秘书、万友、凤仙等 9 个小伙伴共同书写了新的、震撼人心的力量。其中有秘书连任理事长前的沉思，有凤仙考取研究生的喜悦，有万友参加工作第一年的挣扎，有板板找回自己的蜕变……这部分内容极大地拓展了巴别梦想家这个共同体的生命历程的广度和深度。

绿豆老师为这本故事集取名为《根与翅》。“根”意味着故乡和亲人，童年和过往；“与”意味着长期、持续的陪伴，爱和滋养；“翅”意味着成长和蜕变，意味着新世界和无限的可能性。

本书也依此主题分为三个主要模块：“根”“与”“翅”，每一个模块都由每个写作者生命中真实的、炽热的故事组成。除了故事，本书还收录了写作者们在写作营期间创作的诗歌。全书共有序言 5 篇、故事 55 篇、诗歌 11 首、访谈 1 篇。我们还特别荣幸地邀请到全国政协常委朱永新老师为我们的书作序。

在所有伙伴的共同努力下，这本故事集在中信出版集团的支持下得到公益出版的机会，终于将与读者见面。

于是，这山里的故事，终于被聆听，被吟咏。

愿每一位读者都能享受其中。

巴别梦想家

2021 年 11 月

序一

随梦想飞翔

2020 年疫情期间，与璐瑶一起做了一档演讲节目，认识了她和她的巴别梦想家。在那一期的节目中，我知道了璐瑶和伙伴们的故事。

2009 年，25 岁的璐瑶从英国读完金融研究生后的第一件事情，就是到广西百色一个名叫巴别乡的地方支教。支教的第一天，璐瑶给孩子们展示自己在大学的照片，一个孩子问她："老师，为什么这个地方是平的？"因为从未走出过大山，孩子们甚至不能想象世界上有些地方是平的。在巴别乡支教的每一天，她都被一些事情震撼着。她渐渐意识到，乡村教育的问题不是贫困，而是情感和信息的封闭。这些生长在大山深处的孩子，他们的世界是封闭的，他们的想象力也是封闭的。他们缺少发展机会，处于社会边缘，对未来的可能性一无所知。

璐瑶希望帮助巴别乡的孩子们打破封闭，去发现和实现自己的梦想。因此，她教学生的第一个单词就是 dream——梦想 。她告诉孩子们："以后可以不记得我是谁，不记得我教过什么知识，但请记得这个单词。"

就这样，璐瑶把梦想播种在了孩子们的心里，也播种在了大山深处的这片土地之上。10 年后，数十个她当年的学生不仅清楚地记得 dream 这个单词，而且在大学毕业后回到了家乡，跟她一起继续播种梦想，帮助那些家乡的孩子。

有梦想，就有坚持的力量。做公益不容易，璐瑶先是动员自己的家人成为捐助人，从父亲、小姨到叔叔、婶婶，慢慢地滚雪球。但“杀熟”终究不能持久，于是，她放弃了自己在北京金融街的优厚待遇，去公益组织系统地学习如何做公益、如何做教育。后来，为了寻求更多资源，她又回到企业工作，用自己的工资供养巴别梦想家。再后来，为了回应更多孩子的需要，璐瑶毅然选择了辞职，回到了巴别乡。12 年来，璐瑶的工作不断变换，场景不断更替，唯有初心不改。其间，她也有过苦恼，有过彷徨和孤独，身心都经受了很大的磨难。但是，璐瑶说：“对梦想的渴望，能战胜恐惧和孤独。”她挺过来了。

有梦想，还要有专业的精神。捐钱做公益相对容易，但是要把公益做细致、做出成效，并不容易。如果爱心不用心，爱就不能够落地，不能够有效，不能够被传达，不能够被感受。她对捐赠人很“苛刻”，捐赠人不仅仅要捐钱，更要在所捐助孩子成年前长达 10 年左右的时间里，与孩子保持联系，做孩子情感陪伴的伙伴和接触世界的窗口，不可半途而废。为了解决乡村孩子信息和情感封闭的问题，她把巴别梦想家培育成了一个社会化学习的实践共同体。而为了巴别梦想家的可持续发展，年轻的她已将接力棒交给她曾经陪伴过的孩子们。

法国作家雨果曾经说过，一个适逢其时的梦想，其力量能够超过任何强大的军队。对于璐瑶来说，也正是梦想，让她 12 年来从来没有放弃前行，一直奔跑。在她身上我们可以看到，梦想可以让一个人走得有多远，一个立志让社会变得更美好的普通年轻人，可以积聚多少力量。

他们的书定名为《根与翅》，正如这个组织的名字：巴别，是他们的根；梦想，是他们的翅；家，是一个充满温暖与陪伴的地方。

在这本情真意切、朴素感人的故事集中，我们读到一个一个鲜活的生命是如何被滋养，以及这份滋养是如何展开了每一个人的生命画卷，激发了未来的无限可能性。雅斯贝尔斯说：“教育的本质意味着，一棵树摇动另一棵树，一朵云推动另一朵云，一个灵魂唤醒另一个灵魂。”璐瑶和巴别梦想家的孩子们正是这样，在最好的青春岁月中，彼此陪伴，相互摇动，彼此唤醒，并朝向一个共同的愿景和使命，肩并肩走了下去。

他们的使命是“支持封闭的、边缘的乡村青少年成长为融入的、有责任感的社会人，实现幸福有价值的人生”。这又何尝不是千千万万乡村教育工作者的使命。梦想飞得再远，根还在巴别，还在乡村。祝福璐瑶和她的小伙伴们！也期待有更多的年轻人跟随梦想飞翔，成为根系乡村、展翅高飞的梦想家！

朱永新

2021年11月

朱永新，全国政协常委、副秘书长，民进中央副主席，中国陶行知研究会会长，中国教育与社会发展研究院副院长，苏州大学教授。曾任苏州市副市长、十一届全国人大常委会委员、叶圣陶研究会副会长、中国教育学会副会长等。著作被译为英语、法语、日语、韩语、俄语、蒙古语、阿拉伯语等27种文字、70余本。由他发起的新教育实验在全国推广。

序二

为了一个期待的结果，你最长可以努力多久?

最早认识璐瑶，知道巴别梦想家，是在 2018 年。那时我已经创办“群岛教育加速器”四年，每年都会在全国范围内挑选和支持一些做教育创新的团队，璐瑶是那一年的“小岛”之一。

当时我被璐瑶和梦想家打动，并不是因为巴别地处偏远，也不是因为璐瑶常年坚持公益，而是她从 2013 年开始就一直是在用“社会化学习的实践共同体”的方式支持孩子们的成长。

“社会化学习”是我在 2015 年提出的，简言之是三句话：学习在窗外，他人即老师，世界是教材。这个观点是为了让教育回归生活，回归学习者。回归学习者。这些年来，群岛一直在推动这一理念的实践落地，而我也一直坚信好的教育不是只能发生在各项资源都很丰富的地区。在那些教育资源匮乏的地区，同样孕育着教育变革的潜力，甚至在那样的地方，只要有一个坚定的人持续推动，教育变革会更有可能发生。

璐瑶正是这样的人。她向我详细介绍了她如何深度地陪伴孩子，如何把他们带去不同的地方开阔视野，如何利用寒暑假的营会让他们学习到更多的知识技能并相互连接。他们甚至还建立了自己的社会化学习模型，将社会化学习定义为“使学习者浸泡在一种复杂的、真实的、多元的社会情境中，通过持续不断的体验、实践和反思所发生的学习”。更有意义的是，璐瑶告诉我那些孩子如今已经长大了，可以反过来支持更多像他们当年一样的孩子。

在那年群岛的第一次线下学习营中，各地的“小岛”们来参加的都是团队的创始人和合伙人，而璐瑶带着一个大学生，并且告诉大家这个年轻人就是自己的同事。这个大学生名叫苏光富，梦想家的伙伴们都叫他“秘书”。他正是梦想家最早支持的孩子们中的一个。在书中，你会多次读到他的名字和他的故事。

2018 年 11 月，群岛第二次线下学习营的一天晚上，璐瑶向大家求助。她第二天要去参加一个面试，要在很有限的时间里向评委介绍梦想家这些年的工作，可是她发现自己怎么也说不清楚。不是因为做的事情太少，相反，是这些年发生的事情太多，璐瑶觉得如果没有亲历，好像很难让别人真切地感知到。大家七嘴八舌地提出了很多很好的建议，帮助璐瑶梳理。渐渐地，越来越多可以被感知的细节浮现了出来。最后，我说：“那么用什么来串联起这些细节呢？或者说，在你的讲述里，你最想传递什么呢？”璐瑶想了想说：“是坚持吧，这么多年，就支持了这些孩子，很多人会觉得不值得，或者觉得这个模式没有推广价值。”我说或许你的介绍可以用这句话开始：“为了一个期待的结果，你最长可以努力多久？”璐瑶这么做了，她的介绍打动了评委，也在以后更多的分享中打动了更多的人。

为了支持这些孩子的成长，也为了探索出支持更多这样的孩子成长的模式，璐瑶从创立巴别梦想家开始，已经努力了 12 年。她用亲身实践证明了深度陪伴的意义，证明了社会化学习的有效性，而当这些孩子长大之后，有能力也有意愿用同样的模式去支持更多孩子的成长时，这一模式便真正可以称为模式，并具有了可复制性，可以规模化了。

在公益领域，人们经常谈到“规模化”的问题，并用它作为一个重要标准去衡量一种模式的有效性以及是否值得支持。我们想要回应的社会问题是巨大而严峻的，所以那些有效的模式理应是可以规模化的。真正的问题是规模化什么，以及如何规模化。

记得在“又见群岛 @ 台北”的学习项目期间，璐瑶约我讨论这个话题。当时，我们就坐在喧闹的台北火车站的地板上谈了很久。正是在那次，璐瑶第一次向我详细介绍了梦想家正在进行的“裂变”计划。她希望梦想家不再由她一个人主理，而是由已经成长起来的孩子们共同治理、共同运作。他们会基于相同的理念和目标，创造出更丰富的形式和内容，去支持更多像他们一样的孩子。这样的规模化不是把自己的机构本身做大，而是让曾经的被支持者成长为支持者，去影响各自身边那些需要支持的人。

最近两年，璐瑶陆续地把梦想家的实践经验整理出来，分享给更多人。正是在这些分享里，我知道了梦想家的理事已经由那些孩子通过竞选担任，知道了秘书已经在梦想家全职工作并成为梦想家的理事长，也知道了现在梦想家的各种项目已经可以由孩子们独立设计实施。裂变正在发生。

如果前十年的陪伴是不易的，那么其后关于“裂变”的尝试同样也是艰难的。在这本书里我们会读到孩子们初次承担重任时的忐忑和压力，也会读到他们如何相互支持、如何向“板板”（璐瑶的昵称）求助。这何尝不是他们在梦想家的第二次成长。

这本书记录的是这些孩子（其实他们现在已经是大人了）与梦想家的故事。有些人和有些故事，我早已听璐瑶分享过，文字中再次读到很是亲切；更多的人和更多的事，我是在书中才第一次知道。我尤其喜欢这本书的第一部分“根”，里面都是这些孩子对于童年的记忆。

这些真挚而童真的文字让梦想家的孩子们变得更加具象，更真切地被感知，也更让人理解璐瑶和梦想家这些年的坚持。

能够在别人的生命里留下印记，是幸运的；能够相互陪伴着一起成长，是幸福的；而能够找到愿意投入生命去为之努力的事，更是既幸运又幸福的。璐瑶无疑正是这样的，梦想家的孩子们也是。

每年，璐瑶都会邀请我参加梦想家的活动，而我因为差旅频繁一直没能成行。明年我计划无论如何都去参加一次，见一见书里那些可爱的人，希望可以一起创造更多的故事。

顾远

2021 年 10 月

顾远，Aha 社会创新学院创始人，群岛大学教育社区创始人，21 世纪教育研究院、成都先锋学校、日敦社幼师学院、模数盒子等多家教育机构理事和投资人，致力于支持教育创新机构的成长及社会化学习的研究与实践。

序三

一段远未终结的旅程

“十年公益路，我伴君同行”，这是我用于一张海报上的宣传语。这里的“君”，既指我的外甥女、巴别梦想家的发起人璐瑶，同时也指巴别梦想家这个教育公益组织。而这里的“我”，现在看来，应该不再仅指我个人，同时也指我身边所有关注和支持梦想家的朋友。

公益精神是什么精神？

2021 年，巴别梦想家将进入自己的第 12 个年头。在她的成长历程中，我的许多朋友提供了非常珍贵的帮助，这些故事太多，很遗憾无法一一记录和讲述出来。但其中的几个故事，特别突出地展现了巴别梦想家的核心价值理念，展现了我和朋友们的公益精神。

我有一个好友，叫郭霏，我们的友情已经持续了 40 多年。她是看着璐瑶长大的，听说了梦想家的事，非常愿意尽自己的一份力来支持。她与璐瑶认真地通了一次电话，详细了解“陪伴成长”的模式。经过再三的思考和犹豫，最终决定不作为一对一捐助人加入梦想家，因为她怀疑自己是否有能力和恒心去陪伴一个远方的孩子长大，她担心自己做得不够好，反而会给孩子造成伤害。

为了这件事，我与璐瑶进行了一次非常激烈的讨论。事后，我才意识到这是一次关于梦想家核心价值观的重要讨论。当时我问她，陪伴是不是具有那么重要的意义，是否值得为此将捐助人挡在梦想家的门外？璐瑶说，随着政府免除了义务教育阶段的学费，随着孩子们父母外出打工收入的提高，现在学费已经不再是最紧迫的困难，更严重的问题是孩子们的自卑和封闭。她发现，真正的贫困表现为内心的匮乏，孩子们因为生长在贫穷落后的乡村，不仅直接失去了认识世界和接触外界的机会，还不得不面对缺少父母陪伴，成为留守儿童的现实。这些因素直接导致了他们情感和信息的自卑与封闭。他们的家乡被大山包围着，他们的心灵也被大山包围起来，他们不知道梦想为何物，也无法想象未来会怎样。针对这些问题，璐瑶探索和寻找解决的途径，尝试通过“陪伴成长”的模式，建立捐助人与孩子之间的情感联结，同时搭建起孩子们与外界沟通的桥梁，以打破他们内心的自卑和封闭。

不得不惭愧地说，我对梦想家价值观的真正理解，是从这个时候才开始的。梦想家想要实现的，不仅是一份高考成绩，一份大学录取通知书，最终培养出一个逃离乡村的年轻人——这远远达不到他们的期望。他们认为，内心的改变才是真正的改变，不论孩子们将来如何选择自己的人生道路，他们首先应该成长为自尊的、自信的、独立的、开放的、阳光的、能够融入社会的“人”。原来，“梦想家并非只在能力层面，而是要在意识和价值观层面影响和改变生命”。多么了不起的信念！塑造人、培养人，这不就是教育的终极目标嘛。而我，可以成为那个陪伴者和那座桥梁，与其他捐助人一道，关心和支持那些大山里的孩子，使他们的心通向外部世界，使他们的梦想通向现实，使他们的现在通向未来。这，就是陪伴的意义。

郭霏后来怎样了？事实上，她并没有被挡在门外，她决定以另一种方式来支持梦想家，作为长期捐助人，每年捐款给寒暑假两个大营。

我还有两个亲如姐妹的大学室友，乔毛和君儿，她们也是看着璐瑶长大的，在梦想家成立数年之后，双双成为一对一捐助人。记得事先她俩曾多次与我沟通，反复询问：“你是怎么做到的，陪伴阿国那么多年？陪伴者都需要做些什么呢？你看我能行吗？”

这几个朋友，虽然具体选择不同，但她们有一个共同点：在加入梦想家之前，先进行了评估——不是评估受助人，而是评估自己。她们将受助人的利益放在首位，慎重考察自己是否担得起这份责任。

还有一个朋友，是我的邻居，连续几年为梦想家提供大额捐款。她默默去捐，并不向我宣扬。当我从璐瑶那里得知消息，代表梦想家感谢她时，她回答：“不要感谢我，是我应该感谢孩子们，给我机会去帮助他人。”而我的几个老同学，曾在关键时刻毫不犹豫地对梦想家施以援手。他们的想法再简单不过：“孩子从事公益事业，承担社会责任，很优秀，应该支持！”没错，这就是我们所理解的公益精神。公益的基础是朴素的善良情感；公益的目的是他人而不是自己；公益的本质是支持和帮助，而不是怜悯和施舍；公益是通过支持帮助他人找到快乐和价值感，而不是沉浸在施舍的想象中自我陶醉。

我为什么支持梦想家

很多人认为，我支持梦想家，是因为璐瑶是我的家人。这样说当然没错，自家的孩子义无反顾走上艰辛的公益之路，长辈除了支持和提供力所能及的帮助，不可能有其他选择。但这显然不是全部的原因，另一个非常重要的原因，是我赞赏璐瑶在梦想家所倾注的理念和价值观，认可她的行为的社会意义。

近两年来，我比较多地投入梦想家的事务，因此幸运地具有了参与者和观察者的双重角色和视角。作为参与者，与璐瑶、与可爱的孩子们成为学习和工作中的伙伴，可以让我强烈感受到梦想家的凝聚力，感受到他们彼此陪伴的爱、他们服务乡村的信念、他们自信自强的人格、他们勤勉学习和工作的状态。而相对于梦想家成员，我又是一个观察者，这让我可以贴近观察孩子们发生了何种改变，以及改变何以发生，也让我可以深切了解璐瑶的执着与坚持，她所遭遇的挫折与磨难，她又是怎样运用强大的学习能力去接触和吸收新思维、新观念，并且运用强大的行动力把理论落实到机构，带领孩子们一起发展梦想家。

基于更深更近的参与和观察，我越来越确信，促使我支持梦想家的，不仅是亲情，还有我们的共同价值理念。

璐瑶曾写下这样一段话："影响和改变一个生命，是多么艰难和不能预测的事情，是多么需要耐心和时间。秉持以孩子为中心的理念，我们希望为每一颗种子创造一个有养分的生长环境，然后静待花开。"

回首当年，2009 年梦想家草创时，我成为最早的 5 个捐助人之一。那时的我，也曾有个梦：我希望能有更多的捐助人加入梦想家，陪伴更多的孩子，帮助机构生存下来、发展下去；我希望梦想家的孩子们不要因为贫困而辍学，能够完成基本的教育，长成拥有知识、身心健康的社会人。

光阴荏苒，我的梦想以始料未及的形式成真。目前，梦想家有了超过 200 名捐助人，从最初的 8 名受助孩子，发展到现在的 100 多名正式成员，机构累计服务乡村孩子超过 2 万人次。看看那些阳光帅气的孩子，看看那些"离开是为了回来"的出栏梦想家，他们走出大山走进大学，再走出校园走进职场，不仅融入了社会，而且承担起社会责任，从接受服务的人转变为服务他人的人，从接受改变的人成长为改变社会的人。

孩子们的故事告诉我们，一切的改变都不是偶然，真正的成长并不是随机的过程，它需要信念、智慧和持久的努力才能实现。

“过去不忘，将来不畏。初心不改，理想不灭。”与梦想家相伴，是一段充满惊喜的旅程，一段远未终结的旅程。

严小英

2020年11月

严小英，高校法学教师，巴别梦想家12年陪伴者，机构监事、长期捐助人，梦想家发起人璐瑶的小姨。

序四
偷得一束光

写作，特别是写自己的真实故事，是在寻找自己的身份，也是寻找与更多人的联结。

前者是在回答一个问题：我是谁?

后者是在发出一个邀请：这个世界上，还有像我这样的人吗？我的故事，是否让你想到自己的故事?

这本书，就是巴别梦想家的故事。

很难说存在某一个故事，可以代表巴别梦想家。巴别梦想家的故事，是由其中每一个人的故事汇聚而成的。这里有孩子们（其实本书中的作者大都已经成年了）、资助人、工作伙伴的故事，当然，也有璐瑶的故事。

璐瑶是梦想家的创始人，现在，孩子们常常亲切地叫她“板板”。

我们相识于2011年，曾在大半年里共用一个办公室。我们几乎没有什么工作上的交集，我又经常出差，所以交流很少。只是听其他同事说，她业余时间在广西做一个支教项目。

第二年，我们先后离开了那个办公室。我开始做剧团、开写作课、学艺术治疗。2014年，璐瑶忽然找到我，说想做跟家乡这个主题有关的戏剧活动，我才知道，那个支教项目的做法，是陪伴同一批孩子一直走下去。

那时，梦想家的经费似乎还很紧张，没有办法支持外部导师从外地到田阳去带活动，于是我们在北京五道口的一家米线店见面，聊了两个多小时。再后来，她告诉我，我们聊到的那些想法——在不同的时空里寻找家乡的故事，都很成功地实现了。

她没有提过中间遇到了什么困难，我只是知道，她做到了她想做的事。再后来，我们差不多保持了半年到一年见一次面的频率。她有时很苦恼，因为当时还很少有资助方对这种看起来很难规模化的项目感兴趣。我却像她一样，相信人与人的工作需要长期深入的关系，虽然我的相信，至多只能提供一点点精神上的支持。2016年寒假，我终于有机会到田阳，给初中的孩子们带一次戏剧营。我其实很少给孩子们做戏剧活动——跟孩子们在一起时，我常常因为他们的真实而紧张。当时参营的孩子加上志愿者有30多人，活动出奇的顺利，最后一个晚上，孩子们在田阳一个巨大的舞台上做了演出。

我擅长冒出各种各样的想法，却不擅长把它们一一实现，这常常令我开始自我怀疑。和璐瑶在一起聊天、跟梦想家的孩子在一起做事，让我感到，有很多只手在背后支持着我，仿佛我是“偷得了大家的光芒”——这句话，也是从美娟的故事里偷来的。

我想，是梦想家这个社群的存在，给了我能量去做一些不太容易的事情。对其他身处这个社群的人来说，大概也常常如此。

2019年到2020年，在梦想家的两次写作营里，我读了孩子们无数的故事。他们写家乡和家人，写童年的片段，写爱、友情、信念，写困惑、犹豫、挣扎、脆弱，也写他们如何努力长大，挑起更多责任。有时我觉得，这些在我面前徐徐展开的故事，更像是梦想家带给我的礼物。

让这一切发生的正是他们自己。这个社群有一种魔力，任何进入的外力都会被成倍放大。最初的一点点光和火，已经聚到一处，不断累积，吸引着更多的能量。

我敬佩璐瑶，因为她义无反顾，遇到任何困难都会想方设法做到自己想做的事；我敬佩梦想家的这些少年，因为他们真实、勇敢，充满热情，不惧挫折，更因为他们可以为自己创造的未来、可以为更多人创造的未来，必将远远超出任何一个人最大胆的想象。

在这个时代，在这个社会，希望与绝望同在，光与黑暗同在。他们所携带的正是光的种子。

有机会经过他们的光，让我感到荣耀。

祝愿他们，向更深更暗之处扎根，向更高更远之际翱翔。

屠彬（绿豆）

2021年3月27日

屠彬，长期关注个人和社会层面的疗愈和成长。她致力于支持不同群体使用写作、戏剧、舞蹈等多元艺术方式进行自我表达和公共对话，特别关注性别、身心障碍、城市与流动等社会议题。在活动里，大家也叫她绿豆。屠彬也是一名写作者、舞动治疗师，以及信剧团的联合创始人和现任团长。

序五
唯成长与爱是永恒

* 以下内容整理自 2021 年梦想家线上春晚现场，发起人璐瑶给孩子们的新春致辞，部分内容有删减。

亲爱的孩儿们，大家新年好！我是你们的板，现在在北京的家里和大家连线。非常开心在这个温暖和团聚的特别时刻，能和大家在一起。

刚刚看了大家制作的关于 2020 年的视频，感慨万千。的确，2020 年将成为人类历史上极为特殊的一个标记：我们的沟通和协作方式有所改变，村庄与村庄、城市与城市之间的流动和融合也受到了影响，甚至许多国家之间的关系也受到了冲击。新冠病毒使整个世界进入了所谓“逆全球化”的浪潮：我们陷入了政治上、经济上、文化上的“格局之变”。新冠病毒也将一个易变的、不确定的、模糊的、复杂的时代，赤裸裸地推到了我们面前。我们称之为“VUCA 时代”（雾卡时代）。

“时代的每一粒灰尘，落在每个人头上都是一座山。”2020 年的时代尘埃，改变了多少个人和家庭的命运；2020 年的时代尘埃，也汇聚成精彩而独特的故事，铸就不屈与不凡。我们的巴别梦想家，也正是如此。

2020 年 1 月，寒假环保大营的统筹是辉辉。我记得结营那天，梦想家的孩子们，带着很多来自各个社区的、更小、更新的孩子一起讨论垃圾分类。我记得结营那天，大家一起亲手布置的环保展，朴素、简陋却极具创意，惊喜连连。我记得结营那天，我们等候着 3 个小营的伙伴们的到来，等他们一起拍一张真正的“全家福”。我记得在 2020 年寒假发起小营的伙伴们，他们是万友、明星、阿沁、兰玉、美姻、秋玉、天丰、苏豪、万庆。

我记得，我们一起在 QQ 群里组织了“疫情沙龙”。仙哥、宝宝、万友和我，是沙龙的设计者。孩子们变身主持人、朗读者、新闻记者、评书演员，共同注视着、关注着我们所热爱的世界。我记得，小翔和信达第一次做主持人，虽然很紧张，但真的很惊艳。

我记得行动研究线上连开三营，项目负责人苏婷从哆哆嗦嗦到游刃有余。我记得访谈父母时的新奇与兴奋，也记得访谈弋莊时的赞叹与感动。于是我在内心深深感慨：发起参与式行动研究，真是一个最正确的、最有价值的决定！

我记得梦想家的项目突然暂停了。既因为疫情，也不因为疫情。我记得梦想家的每一个孩子，是每一个，亲笔写下对梦想家的热爱。是孩子们站出来守护我们的梦想家。我记得秘书、苏婷、宝宝、丽俏，抱着厚厚的大家写的信，在区政府、市教育局的楼道里等候、求助。

我记得 2020 年 5 月，我们的工作举步维艰，但理事会和核心工作组的成员们，仍然在踏遍每一座山和每一条路，寻找着我们的同伴。我记得在这个春天，梦想家有了 14 个新的小伙伴，他们是：秀秀、勇强、梁轩、宇瑞、继运、周蕊、晶晶、莉雅、雪妹、黄颖、英锋、陆辉、秋梅、桂媛。

我记得2020年6月第一次踏入百色市第一小学，看到腹有诗书、温文尔雅的何校长和空荡荡的阅读空间。我记得秘书丈量窗户的背影和小茹深夜工作的信息条。

我记得CC讲坛（北京君和创新公益基金会创办的公益性讲坛）改了17遍的讲稿，线上同步观看超过100万人。梦想家，又创造了一个历史。我记得弹幕区，好多观众说想给秘书介绍对象，有个小姑娘直接说："真想嫁给秘书！"

我记得2020年暑假，我们差点开不成大营。2020年暑假大营也成为梦想家历史上第一个在田阳以外举办的大营。"不做平庸之恶，实践智慧与善"，响亮的口号背后，是课设组成员提前4个月的辛勤筹备，大家一起默默地学习民法、刑法，以及更多的法律知识，收集案例。其中包括没能出现在大营现场的美娟和小姨。

我记得那个夏天，梦想家有了10个新出栏梦想家，他们是林艳、城海、光关、蓉蓉、丽琼、美钱、小香、苏杰、菲菲、振职。他们中的8个都来到了出栏四阶工作坊，他们支持大营，发起小营，进入梦想家的各个项目组，完成了从参与者到贡献者的蜕变。

我记得四阶工作坊中，仙哥和宝宝带活动，超级无敌稳。我记得小茹和秘书过方案，过到了凌晨4点。我记得四阶结营时，我给每一个出栏梦想家都拍摄了特写，发给他们的捐助人。这标志着一些使命的完结和另一些使命的开始。

我记得普罗米甜、赫尔墨斯宝、忒弥斯俏、克利俄板、罗哥拉底特使，还有最熟悉的国王陛下；我记得攻占巴士底狱的惨烈、独立宣言的闪耀；我记得模拟法庭上"张志超"的抗争，也记得"林森浩"的忏悔。

我记得结营时，我们共创的"法"的精神。在正义之灯塔的指引下，我们寻找光明。我记得小姨说：法的价值，在于公平、正义，是更好的社会。正义即使尚未实现，却永远值得追寻。

我记得丽俏、忠常、阿沁、林艳、城海成了理事候选人。站在舞台中央，他们向所有人讲述自己变化的故事，表达贡献的意愿。

我记得理事长交接仪式上，秘书在台上感慨到发抖，宝宝和苏婷在我身旁默默落泪。我记得晓影姐姐，总是在每一个最珍贵和独一无二的瞬间，默默举起手机为我们记录下一切。

我记得 2020 年的夏天是一个拥有 9 个小营的夏天。皮皮、海似、忠常、风荷、艳珍、天丰、林艳、城海、光关、振甲、苏豪、阿沁、丽琼、明星、丽莹、金玉、丽俏、美姻、美画、万庆、秋玉、金珠，都是我们的小营发起人或核心工作组成员。我记得秘书骑着“小电驴”奔走在天之骄子、万香楼、工作室之间，有时不知不觉就睡着了。

我记得 2020 年 8 月，凤凰网的《在人间》栏目派来一个摄制组，记录报道梦想家的裂变“奇点计划”。我回到了阔别已久的巴别乡，我们还去了弋莊的家。我记得连续几天身上别着一个收音器，走哪儿都跟着一个摄像机，那种新鲜感维持了几分钟，但是疲倦感却持续了好多天。

我记得 2020 年 8 月的理事会在百色召开，与会者有秘书、宝宝、苏婷、忠常、丽俏、阿沁，还有我。理事们共同描绘了梦想家的未来 10 年的发展愿景，共创未来两年的战略规划。

我记得梦想家阅读示范校终于在百色市第一小学挂牌。百色市第一小学的阅读空间，在两个月的时间里，悄悄变换了模样。我记得 2020 年夏天连续两场的教师阅读工作坊。我记得工作坊中，皮皮、天丰、晓影姐姐，一直和我们在一起。我记得百色一小深夜的楼道里，伏案工作的人儿以及随风摆荡的梦想旗帜。

我记得苏婷的行动研究线下营，差点就开不成了呢！我记得行动研究的导师李丽和秘书成了“烟友”，无奈的我，默默躺在工作室的地铺上，和沁、仙哥、豪豪、忠常滚成一团。

我记得那个“价值河流”的夜晚，一群人激动地贴卡片到深夜12点。我记得我们产出5个研究问题的时候，我内心的一万点兴奋和无限感动。我记得李老师赠予梦想家的一句话：“自性之光点亮，万物生机勃勃。”在梦想家，每个人都有他的智慧，重要的是我们相互学习、共同成长。

我记得从2020年9月起，在导师李丽老师、艳艳老师的支持和陪伴下，梦想家的5个研究小组开启了为期4个月的行动研究之旅。行动研究的5名召集人分别是苏婷、丽俏、小茹、秘书和我。

我记得2020年10月，美姻成为梦想家的第三个全职工作人员。我记得2020年10月的理事会，以及那之后一次又一次的理事会上，我们为梦想家建立了工作制度、沟通制度等一系列内部管理制度。

我记得2020年11月，中央电视台的采访函通过广西壮族自治区党委宣传部来到百色。我和秘书、美姻多次到凌云，希望借此机会开辟梦想家的第二个县域服务点。

我记得2021年我们原本要一起跨年的，但是梦想家再次入围了中国扶贫基金会的ME创新计划项目，我们不得不回京答辩。不同的是，上次的答辩人是我和秘书，此次的答辩人是秘书和苏婷。我记得答辩结束后，我们在北京一起大吃火锅庆祝。我记得有个人已经洗完澡喷了香水，但因为疫情出不了校门；还有个人远在田阳，发来一个酸酸的表情包。

我记得，后来我们变成了线上跨年。我记得大家一起在大群里倒数，写下自己2020年的经历和2021年的新年愿望。

我记得新年伊始的3万个赞。我记得梦想家的每个人不眠不休、废寝忘食一起集赞。我记得志愿者们奔走呼号讲述梦想家的故事，甚至去扫宿舍、扫楼、扫街。我记得捐助人为了帮我们集赞，把自己的头像放在海报上，打开了自己的朋友圈首秀。

2020 年，梦想家组织大营 2 场、小营 12 场、大营沙龙 1 场、奇点计划沙龙 6 场、出栏工作坊 1 场、参与式行动研究线上营 3 场、线下营 1 场、《根与翅》写作营 1 场、教师阅读工作坊 4 场，累计线下开营超过 80 天，服务超过 3000 人次。

2020 年梦想家完成了共同体成员招新、理事增补。奇点计划主体活动完成并初步验证了裂变的可能性，阅读项目在百色开辟新战场，行动研究项目过程性产出超过 30 万字。

2020 年梦想家新增机构捐赠方 3 个，公众号单篇阅读量超过 1 万。新华社、中央电视台等陆续对梦想家进行了专题采访和报道。中央电视台还为梦想家拍摄了一部纪录片。

2020 年，梦想家用故事铸就了不屈与不凡。

2020 年，注定要被我们铭记。不只因为上面发生的故事，还因为秘书成了理事长，美姻成了全职，晓影姐姐从美国回来并来到了我们中间。

美娟通过了国考去了珠海，荣伟去了深圳，苏童去了成都，万友去海上修“大风车”了。沁参加了教师资格考试，甜可能会得到一本导游证。皮皮，现在是坡洪小学的黄老师。丽莹，在深圳一家非常不错的酒店找到了工作。

仙哥成了梦想家第一个考研的人。我本以为她的头应该已经秃了，但上个月见到她，还是一样“聪明却不绝顶”。林艳去了南京，城海去了武汉，菲菲去了哈尔滨，苏杰去了大连，陆政、兰姗、成生都上了高中。

2020 年，周蕊成了学生会主席，凌琪自荐成了班长，桂博交了新朋友，苏豪长高了，美钱胖了，辉辉一度又相信爱情了。2020 年，苏杰体验了一把打工人的艰辛，城海剪了新发型，亮的驾照被扣了 6 分，秘书和爸妈拍了一张全家福，宝宝在接受价值观小组访谈时说“要做自己喜欢的事”。

我无法在此一一列出你们每一个人的名字以及变化，但我确定你们每个人都在我心里，我爱你们每一个人。

2020 年，物换星移，唯成长与爱是永恒。

2021 年，我们每个人都值得拥有更好的自己。请记得，无论何时，梦想家永远在你身后。

谢谢大家，祝大家新年快乐！

璐瑶

2021 年 2 月

璐瑶，1983 年出生于北京，英国杜伦大学金融与经济学硕士。2009 年参加团中央“西部计划”来到广西百色市田阳县（现为百色市田阳区）巴别乡支教，其间发起了巴别梦想家。璐瑶提出，“乡村教育的问题不是贫困，而是情感和信息的封闭”，她独辟蹊径地通过社会化学习的实践共同体，深度陪伴封闭的、边缘的乡村孩子成长为融入的、有责任感的社会人，并坚持实践了 12 年。

如今，璐瑶所陪伴的孩子们在走出大山、改变命运之后，秉持着“离开是为了回来”的理念回到家乡服务，和璐瑶共同发展巴别梦想家。本书的绝大部分共同作者，是璐瑶所陪伴的早期成员。

目 录

根／关于童年：那些曾经的过往，是孩子们此生永远的根。

“走那条路的时候，我就和几个村里的小伙伴嬉戏打闹，边走边玩，看见果树了就去爬树摘果，看见花了就去闻一闻花香，偶尔也会直接摘掉，看见虫子我们也会抓来玩。有时候我们还会比赛跑步，山路一上一下的，犹如波形图，跑得很过瘾。”

“我有一段时间甚至会觉得‘果然干坏事要趁早，要离开孩子也要趁早’。五岁上学前班时，我已经不再为别的小朋友有妈妈来接而我没有这种事而伤心了，身边也没有人会因为这件事取笑我，不会像电视里演的那样，没有妈妈的孩子会被其他孩子欺负和嘲笑。别人也很少问我为什么都是伯母来开家长会，因为那时候大家都是留守儿童，很正常。”

与／关于关系：那些长期的爱与陪伴，是对孩子最好的滋养。

“我喊了一声：‘北京下雪吗？’于是，她开始给我们讲北京下雪的场景：‘冬天下雪之后，晚上睡觉，第二天醒来外边就有一层厚厚的雪，在路上走都得小心，因为很滑，一不留神就摔了……’我冷不丁地说了一句‘好可怜啊’，引得全班大笑。”

“我用心地将几样小菜摆好，给宝宝打了一碗圆圆鼓鼓的米饭。我和他就这样对坐着，话不多。我只管夹菜到他碗里。宝宝闷头吃鱼。宝宝吃鱼的样子，突然又让我觉得实在很可爱。饭后，我们在沙发上谈了许久。我听着他的故事，感受着他的孤独和受挫，轻轻拍着他的肩。”

别集

山里的诗

附录

根

关于童年：

那些曾经的过往，

是孩子们此生永远的根。

家乡

“走那条路的时候，我就和几个村里的小伙伴嬉戏打闹，边走边玩，看见果树了就去爬树摘果，看见花了就去闻一闻花香，偶尔也会直接摘掉，看见虫子我们也会抓来玩。有时候我们还会比赛跑步，山路一上一下的，犹如波形图，跑得很过瘾。”

忆故乡

黄美娟（2016 年 12 月）

说起故乡，我首先想起来的是歌圩节。所谓歌圩节，按教科书上的解释，大意是少数民族青年男女的歌会，通俗地说就是大型的相亲会。在我的家乡巴别，歌圩节在每年农历的四月初八，俗称“巴别风流街”。是不是相亲我不知道，但确实是一场绝对的盛会。斗鸡、山歌、游戏、美食、舞狮，攒了一个冬天的劲，都要在春日勃发。我们有个有趣的项目：斗鸡。山里几乎家家都养鸡，到了时日就挑出凶狠好斗的大花公鸡，出来捉对厮杀，最终胜出的有红包。

那天，人们会特意做一种极好吃的小吃哞咩，用米捏成牛羊的形状，不大，可托在小孩子的手掌上，扔到火堆里烤，香气扑鼻。通常是我们等不及了直接把它从炭火里抢出来，一边被烫得在手上倒来倒去，一边迫不及待要一口吞下去。

高台上按队伍摆开座椅，各个远道而来或近水楼台的朋友落了座，主持人一阵简单的开场白，抽签，平日里种庄稼赶牛马的山民就扯开了嗓子对起山歌。先是一人两句七言念白，末字押韵，然后几人拖了长腔哼哼唱起来，一起一落，起承转合。余音未散，另一队忙组词回应，顺承前队韵脚，然后又拖长腔哼哼唱起来。如此往复，决出胜负。要诀在于对词对得巧妙。通常，十几支队伍能赛上几天几夜。没有过多的技巧，也不像大家所熟悉的刘三姐所唱的那样圆润轻快，但是大山里土生土长的“野蛮”又粗犷的声音也别有风味。现场抽题，现场对词，你来我往，机锋暗藏。

天空扯过一块大布，星辰闪烁，皓月无边，真正的高潮才刚刚开始。头天晚上是晚会，压轴的必是舞狮表演。我虽不敢说舞狮的源头在田阳，却有底气认为经典之一在田阳。先是装备齐全，狮身金黄威武，狮头神仪俱现。后是花招频出，脚底乾坤。踢、打、腾、挪、喜、怒、威、戏、跃，皆成文章。平地上要得活泼可爱，上山要得威风凛凛。所谓“山”，不过几个桌子椅子堆叠而成，看上去真真是摇摇欲坠，然而“狮子上金山”“双狮戏金珠”，从底下一层一层边打边爬，惊险刺激，端

巴别乡歌圩节上的一种美食——哞咩（2009年5月，巴别乡）

的是气冠群英、技艺高超。我不止一次见过舞狮的人在“山顶”上用一把明晃晃的刀把自己的肚皮顶起来却毫发无损，大概这就是江湖上流传已久的气功吧。结束时已是深夜，同村的人结伴回去，寂静深沉的夜忽而就热闹畅快起来，惊起无数飞鸟。

我又回忆起三月三的气氛来。三月三是壮族的“清明节”，俗称“拜山”。作为壮族人，我最高兴的是一年可以放两次清明假，一次是国家规定的清明假期，一次是三月三。三月三马虎不得。那时节，在外求学、打工的壮族游子都会风尘仆仆地赶回故乡，祭拜祖先和故去的家人，隆重的程度不亚于春节。

人们早在三月三到来之前就做好了准备，心灵手巧的女孩子买来彩纸，剪裁捆扎成大朵大朵的花，为的是向祖先致以崇高的敬意。女性长辈用植物染料蒸彩色的糯米，那糯米上有草木的清香。男性长辈从笼子里拎几只最肥的鸡鸭，做成柔韧有嚼头的大餐。到了那一天，同一家族的子女浩浩荡荡出发，爬山，除草，挂花，祈求，再放几串轰轰烈烈的鞭炮，山里田间喧嚣四起。三月三正是回春之际，草木萌发，雨水丰润，大片大片的绿色里窜起一柱一柱白烟，随风四处飘荡。

我好像渐渐回想起田阳的许多许多事来了。想起那座壮族始祖神布洛陀所在的敢壮山，想起每年在那座山上举办的祭祖大典，人流如织，盛况空前。想起每到重要节日时的礼物单和亲戚。不管是节日还是孩子满月这样的重要日子，家族的亲戚都不远千里、不辞辛劳地赶来，送上糯米、粽子、肉、粉丝，以及手工缝制的衣服、鞋子。要户户亲眷都照顾周全，送礼的人可得每户本家都走一遭。收到礼物的人家要回礼，回礼的分量按远近亲疏分派，不可逾越礼数。新婚之前，新娘子照例要给夫家的亲戚都送上一双鞋子，无一遗漏。还有老人头上包着的那块手工印染的头巾，织布机上永远也织不完的彩色布匹，做糍粑的大石斗……

在大山的深处的父老乡亲们，是如此虔诚、智慧并热气腾腾地活着。无所谓贫穷或困顿，无所谓艰辛或遥远，我们依然敬仰着祖先、热爱着自然、传承着文化、享受着乐趣，更传递着生生不息的善与美的信念。

在这个星球上，无论地域、肤色、贫富，无论他们与我们有多么不同，每一个民族，只要在顽强地创造并传承着人类的智慧和文明，她就是一个伟大的民族。

我深为自己是一个来自大山的壮族孩子而感到骄傲。

巴别乡四月初八传统歌圩节开幕式（2009年5月，巴别乡）

童年的那条河

黄小香（2020 年 10 月）

从不远处就望见了一条蜿蜒曲折的小河流，蜻蜓在水上飞舞，河的两边开满了不知名的花儿，小鸟在天空中欢乐地叫喊，鱼儿在水里游泳……那遥远得近乎陌生的记忆，一点点在脑海中晕染开来。

记忆中有人一声“今天我们去抓虾吧”，大家齐刷刷地喊：“好！”撸起袖子，拿起瓶子，穿上凉鞋，直奔河里去。摊开双手，等虾慢慢游到手心，好像要抓到了，可河里的虾不听话得很，看似缓慢地滑到手里，一合掌，又不见了，也不知它从哪个缝隙出去了。河里的水不深，到膝盖下面一点，水清澈，能清楚地看见虾在水中悠然自得地游来游去。等我们摸清了虾的套路，一下子就能抓到它。一天可以抓回来许多只虾，然后把它们放到瓶子里喂食。小时候，我们以为能把虾养大，养成像电视里面大大的龙虾一样，就可以拿来煮着吃了。可惜我们错了，过几天虾就全部死了 。

与虾相比，鱼更难抓，鱼身体滑溜溜的，也更灵活。小鱼还能抓到几只，大鱼每次都抓不住。鱼喜欢晚上出没，于是我们傍晚偷偷地去抓鱼，可惜常常是一场空。我们还会相约一起去河里洗衣服，在河边打闹，抓站在石头上的蜻蜓。蜻蜓有很多种颜色，我最喜欢红的，很好看，我们常常抓来逗着玩，乐此不疲。

河不大不小，下大雨的时候，河水会漫到田里，水哗啦啦地流，好几天都不见下去。我和奶奶小小的身影从遥远的记忆里走来。要去玉米地时，我们得蹚过那条河。脱鞋后下水，水已经爬升到了我的大腿处，奶奶牢牢握紧我的手，直到蹚过那条河。

不知道从什么时候起，河里的虾、鱼开始变少了，河水也没有以前那么干净了，我们也不再去河里洗衣服了，都在家洗。河水现在只能没过我的小腿，但过河时，奶奶的手依旧牢牢地牵着我。那群给我的童年带来许多欢乐的人也还在，也会一直在。

只有这条蜿蜒曲折的小河载着我童年的记忆不停地往前流淌，渐行渐远。

离别的梨花

李林艳（2020 年 10 月）

我的童年是在老家度过的，老家“隐藏”在山间河边。这是一片贫瘠却美丽的土地，也是我的一片乐土。我曾在山间肆意奔跑，在田野间和伙伴们捉迷藏。我在这片土地上大声呼喊，开心玩耍。现在回忆起来，那真是一段无忧无虑的快乐时光。

逐渐长大的我，开始一次次对家乡说再见。我去县城读初中，是和家乡的第一次离别。

有一次放假回家，后屋和村头的梨花开得正旺盛。乌黑、看似干枯的树干上绽放一片一片的洁白，简简单单的梨花竟如此的美。从前，我从未留意这些。我接到通知要补课，要离开家乡，前往学校。临别时，回头一望，梨花全都落了，地上铺着薄薄的一层白色，树上已长出了青绿的嫩叶。我突然感慨：我又要出发了，又要和家乡说一声再见了。

离开过家乡，我才知道，我是如此爱着家乡的一草一木，原来，家乡的样子早就深深烙印在我心中。无论我走得多远，我永远记得家乡的花草树木、家乡的河流、家乡热情质朴的人们。我的家乡永远永远连着我的心。

如今，想到以后会走得更远，我突然很舍不得我的家乡，闭上眼睛，我就能看到小小的我在泥巴草地上奔跑，就能看到铺了一地的纯白的梨花。但我必须离开，去相遇我的梦想，去追求我的人生。我也相信，我和家乡不会有永远的离别，因为，我总是会回来的。

林艳家乡傍晚的天空（2021 年 9 月，田阳区桥业村布本屯）

回老家的路

黄忠常（2020 年 10 月）

一闭上眼睛，我首先想到的是回老家的那条路。那是一条山路，它是在半山腰上修出来的，所以路的一边是悬崖，一边是峭壁，路面还是坑坑洼洼的，经过多年的风雨洗礼，路的两旁已都是茂密的草和花，还有一些正在长高的小树，看起来很美丽，都是美景。

小时候，因为没有车，每次上下学都要走这条路。我和村里的几个小伙伴经常边走边玩，嬉戏打闹。看见果树了，就去爬树摘果；看见花了，就去闻闻花香，偶尔也会摘一朵；看见虫子了，我们也会抓来玩。有时候，我们还会比赛跑步，山路一上一下的，犹如波形图，跑得很过瘾。

在某一天，因为我们家太偏僻了，我们一起搬到了另一个地方。建好房子后，我就再也没有走过那条山路了。这个时候我家已经有摩托车了，很多时候出行就直接骑车，很少走路。

那条山路承载了我童年的许多记忆，那条路让我的童年生活更美好。现在，我都好久没有去看过那条山路了，路两旁的草和树应该更高了，也许那坑坑洼洼的地面也都是青草了。

巴别乡的山路（2009年，巴别乡）

野果不会再有

苏豪（2020 年 10 月）

说到路，好像没有哪一条路是让我特别特别难忘的，顺着这个字慢慢想，才想起来是有那么一些路在自己的生命当中留下过些许记忆。

以前一说到路就会想，路好走还是不好走啊，是去哪里的路啊，会路过哪里啊，很现实也很美好。但是现在这个年纪，一说到路，满脑子都是这条路适不适合走一辈子，能不能赚钱，能不能走到出人头地。我怀疑这是一种病，我把它叫作大学生综合征。

回想童年，那时候的路都是黄色的，不像现在的路——白色的黑色的，一点都不好看，尽管它们比以前的路好走。记得以前有一条黄色的路，就是我从家到巴别中心小学的路，这段路贯穿了我整个童年。小学前几年，家里面没钱坐车，也买不起车，每次周末和同村的几个小伙伴一起走 3 公里到学校，一路上有好多好多好吃的，番石榴、枇杷、板栗、野桑葚，不同季节有不同的水果。这条路就好像是我们回家或者去学校路上的补给站。那时候我们还没有布鞋、运动鞋啥的，穿的是“黄金战靴”（就是一种黄色的凉鞋），路上灰尘很多，下雨的话就是一脚泥，不下雨就是一脚灰，出个汗还可能会带一些黑色的灰垢。

其实那时候也不是完全步行，偶尔能借到自行车，我们就会很开心很开心，巴不得这段路变成5公里、10公里，骑车的感觉真是太棒了。后来修了柏油路，路变成黑色的了，走起来很平坦，很舒服，但是天气一热，走上去就会被熔化的沥青黏住脚，黏在鞋底的东西也很难抠出来。

现在啊，那段尘土飞扬的路准备迎来新面貌啦，老家要修二级路了，以后这条路就没了，或者说变成另一条路了，路边的野果也不会再有了，当然，也不会再有走在路上的苏豪了！

如今的我已是一名大学生。和家乡的路一样，我也在不断地被新的世界打磨锤炼着。但我依旧怀念那个穿着黄金战靴摘野果的孩子，也依旧如他一般眷恋着故乡。

童年很近，家很远

罗振甲（2019 年 5 月）

在清明节放假的前一天，走在校园的主干道上，来往的人不算很多，有三五人一起走的，有两人挽着手的，有带电脑包的，有抱本书的，也有运着球的……

闭上眼回想的那一分钟，浮现在我脑海里最清晰的那一条路，是我在小学时，从父母打工住的小房子到巴别中心小学的那一段下坡路。小房子离我们的老家很远很远，离巴别街很近，离学校更近，近得我在门口都能听到其他同学在学校里玩耍的笑声，跳皮筋的口令声……可有时候我觉得小房子离学校很远很远，远得只有耳边的蝈蝈的叫声，没有一点喧嚣。

小学的时候，父母在采石场打工，老家离采石场太远了，于是父母在采石场附近砌了一间勉强可以住人的小房子。那是一间只有十几平方米，但是又能容得下我们全家的小破房子。这间小房子冬天漏风，夏天漏雨，却和我们一家度过了七个年头；这间小房子很破，破到我要自己用塑料膜去补屋顶，却也很温馨，是我们的另一个家。

小时候，我看别的同学和父母住的房子都是砖房，有三层的、四层的、五层的……而我和父母住的，只有漏风漏雨的小破房子。

那时候，很多同学都住校，而我却是在学校附近住，每当同学问我是不是住得离学校很近的时候，我都会一笑而过，或者转移话题，因为真的不想提及它。

我是真的不想让他们知道，因为我羡慕别人的房子是那么的高，那么的大，那么的安全。

于是我每次都是跑着去学校，跑着回家。因为我觉得跑起来，就不会有人问我家住哪儿了；跑起来，我就不会觉得我是个另类了；跑起来，别人就看不见我住在山腰上的小破房子里了，大家都会觉得我是住在村里，和大家一样住在属于自己家的大房子里。

振甲小学时和父母的临时住处（2011年，巴别乡）

那时候，只有自己和父母在家，每次放学回家之后，我总是会坐在门槛上，仔细聆听同学们在学校的声音，也总是想象着我也和他们在一起玩耍。因为回到家，父母还没有停工，也没有人和我聊天、和我玩耍，我只能听玩耍的声音……

现在和父母住一起的日子屈指可数，到如今，才知道住在那间小小的房子里的日子，才是我最值得怀念的。

现在每次去巴别街的时候，都不禁往那间孤零零的小房子那里看，看到了那间小房子，心里才有点踏实感。以现在的心态看那时候的自己，感觉那时候的我真的太孤单了。所以，每次去上学都会嫌路太长，长到已经想到和朋友玩什么游戏了，人还在半路；每次回家都会嫌路太短，短到心还在学校，人却已经在家里。

现在寒暑假回家，却是和那时候的自己相反，永远嫌回家的路太长，长到是一种煎熬。离家也变成了一种勇气。

亲人

“我有一段时间甚至会觉得‘果然干坏事要趁早，要离开孩子也要趁早’。五岁上学前班时，我已经不再为别的小朋友有妈妈来接而我没有这种事而伤心了，身边也没有人会因为这件事取笑我，不会像电视里演的那样，没有妈妈的孩子会被其他孩子欺负和嘲笑。别人也很少问我为什么都是伯母来开家长会，因为那时候大家都是留守儿童，很正常。”

时光不老，爱不逝

覃玉如（2020 年 10 月）

我抬头看了看天空，阴沉沉的，连带着心情也变得不好了。准备去找小伙伴一起玩耍，刚走到朋友家门口，就看到村口出现了一道熟悉的身影——是奶奶，我在原地愣了几秒钟，转头就往回跑。不到一分钟，我已经回到了外婆家，关上了大门。奶奶在身后呼喊的声音全都被关在门外。我跑进房间里躲着，试图将自己变得透明。然而，几分钟后，外婆还是来到门口叫我开门。

刚迈出房门两三步，我的泪水已经涌出眼眶，我用打滚来向外婆和奶奶表示我的不情愿："我不回去！我就是不回去！我知道爸爸妈妈根本没有回来，每次都是你在骗我。我就不回去！"

"奶奶这次没有骗你，爸爸妈妈真的回来了，他们让我来接你的。"奶奶继续哄骗我。我从地上爬起来，内心有些动摇了："你说的是真的？妈妈真的回来了？"

"真的，奶奶没有骗你。不信你问问外婆。"奶奶将我的视线引向了外婆。

外婆也帮腔说："对呀，刚才妈妈给我打电话了，你回去，他们应该就到家了。”外婆话刚说完，瞬间我就放弃反抗了，也不说话，待在那儿想着自己的事儿。奶奶知道我已经相信她们的话了，便半蹲下来，示意我上她的背。于是，我跟着奶奶踏上了回家的路。

我们刚到家门口，我便觉得家里异常的安静，并不像是有人刚回来的样子。于是，我发现我又被骗了。我开始在奶奶的背上扭来扭去，想让她放我下来，好让我回外婆家。但是奶奶却用她瘦弱的双手紧紧地箍住我的双腿，我一边哭一边喊：“我要回外婆家，我不要在这里！”奶奶并没有因为这样而放开我，她只是跟我讲道理：“哪有人一直待在外婆家的，听奶奶的话，我们回家，没事的，妹妹在家等你呢。”但是此时的我已经听不

玉如的爷爷和奶奶（2020年1月，巴别乡大问村）

进奶奶说的话，只顾着以大喊大叫和流眼泪来表达我的愤怒和难过。

然而，我们还是回到了家。奶奶也终于放下我了，爷爷和堂妹已经坐在桌边等着我们一起吃饭。我假意对奶奶妥协，然后安安静静地跟他们吃饭。等到晚饭后，他们已经对我放心了，随后，我趁奶奶洗碗的时候，偷偷跑回了外婆家。这一次和奶奶的斗争，是我“赢”了。

奶奶是一个总喜欢剪蘑菇头的人，她不像外婆那样毫无原则地宠爱我，会来外婆家强行带我回家，回家后甚至还会给我剪一个跟她一样的发型。那时的我总觉得奶奶有一点凶，而且家里也没有我想见的人，所以心底是不愿意回家的。但是爷爷是不一样的。爷爷在我心里，身材似乎比爸爸还要高大，他可以背着我的同时挑着一担东西，从我们村步行到古美街上。他还是一个非常大方的人，我跟他提的要求他都会满足我。有时候早上外婆给我的零花钱用完了，我只要午饭回家吃，爷爷就会给我零花钱。所以，这就导致了我只有在没钱时才会愿意回一趟家吃顿午饭。

这种有点儿疏远的关系，在外婆去世以后才开始改变。外婆去世以后，外公因为身体不好，被舅爷接去田阳住了，于是我只能回家跟爷爷奶奶一起住。一起生活之后，我才发现奶奶虽然有几个孙儿，但是她并不会偏向哪一个，甚至有时我还会觉得她是偏向我的。有一次奶奶要去隔壁村探望亲戚，我和堂妹都想去，奶奶本来不想带我们一起去的，但是最后还是带了我。这件事，我一直都没想明白，但是此时此刻，我或许有一些明白了，可能是因为她放心不下我吧。因为堂妹在家的话有她妈妈照顾，而我没有。

爷爷还是一如既往的大方，不管我在哪里，他对我的态度都是相同的。他偶尔会教我们姐妹一起写字，也会在看电视时跟我们讲一些道理。

就这样，一年一年过去了，我也渐渐长大了。我要离家读书了，我要暂时离开我的爷爷奶奶了。离开之前，我忍不住在房间里偷偷哭了，那时我才发现在不知不觉中，他们对我来说已经变得那么重要了。

我和父亲的小确幸

廖玉贞（2020 年 10 月）

我总是记不得爸爸的生日到底是哪一天，因为我们家过的都是农历的生日，每年的阳历日期都不是同一天，我只能估摸着快到时间了，才去翻翻聊天记录，从前一年的生日时间推算这一年的。

以上都是借口，事实上，我只是对我爸的生日不太上心罢了。他不会因为是自己的生日而特别庆祝，我便把这种平常当作了理所当然。

今天下午，我躺在床上，心血来潮算我爸今年的生日时间，发现自己果真又没有任何印象，连确切的月份都搞不清楚。忽而想到什么，点开他的朋友圈。他的朋友圈并没有任何权限，我一路翻下来，看到他 2017 年 6 月 7 日发的两条朋友圈，一条是转发的推文“孩子，考好考坏，妈妈都等你回来”，另一条是“2017，祝福参加高考的孩子们，金榜题名”。我一下就笑了出来，继而又有点心酸。

2017 年 6 月 7 日，是我参加高考的日子，那一天，他一定也像所有考生家长一样，祈求我有一个好成绩。高考结束的那天下午，和寻常下午好像也没什么不一样，没有狂热地撕试卷，没有痛哭流涕地告别，唯有在集合的时候，天边画出一道彩虹。

我干脆利落地收拾行李，用凉席包裹着多余的杂物，毫不留恋地将它们扔进了垃圾堆，和来接我的大伯一起回家。回家之后有些疲乏，爸爸没有问我考得怎么样，从小到大他都没有给过我任何学习上的压力，就好像这不是高考，只是像平常一样放了一个长假。

这两条祝福，在三年之后的今天偶然看到，我才明白，对于我的高考，爸爸其实很在意。

在我小时候的记忆里，家中有一辆红色的摩托车，爸爸是一名摩的司机。后来，他生了一场大病，在家待了很久，那辆摩托车也早已被变卖。

也正是那几年，我成了没有妈妈的小孩，她抛下我们，或许是去过她所认为的更好的生活了。这始终是我心里的一道伤疤，虽然我还是不太愿意去回忆，但我已经不畏惧将它揭开了。

我的父亲既要当爹也要当妈，很多时候，我会感觉到他是为了我而活着，他买东西会斤斤计较，尽管只是能便宜几块钱。他自己在家时只是随便吃吃，但只要我一回家，他就会张罗许多菜。

出现最多的是柠檬鸭，因为我提过自己喜欢吃，之后每次我回家，餐桌上都会出现柠檬鸭的身影。它和平常见到的柠檬鸭不太相同，不单单是在白斩鸭上淋上一层柠檬碎，更形似烤鸭，表皮烤成红褐色，泛着诱人的光泽，酱汁调成酸甜口，吃起来丝毫不油腻。

这样的柠檬鸭在田东只有一处有卖，爸爸其实并不喜欢吃，总说太甜了，但总喜欢在我回家的当天和离家的前一晚特意去买回来。

他会在能力范围内给我最好的东西，尽管我们家条件一般，但我从不用为钱发愁，我想要的东西，哪怕随口一提，他都会默默地尽量满足。所以很多时候，我不敢说自己想要什么，因为只要是合理的，他一般都会给我买。

我一直觉得自己的牙齿不好看，旁边的朋友总说那是虎牙，很可爱，可是因为那颗凸出来的牙齿，我在拍照的时候总是不敢笑出来。这种在意到了上大学之后更为强烈了，我对自己说，等以后工作了再自己挣钱戴牙套，这笔费用对于家里来说，总归是一项大支出。

有一天，爸爸突然问我："要不要去整牙齿？"我内心自然是喜悦的，但嘴上还是说："算了吧，还是等以后。"我想大概是哪次我无意中提起过，被他给记住了。他应该是读懂了我内心的渴望，跟我说反正口腔医院有认识的人，可以先去看看，钱的事不用担心。

如今我已经把牙套摘掉了，我变得更加爱笑了，也不用再为自己的牙齿遮遮掩掩。这份多出来的自信，是爸爸给我的。

有块玉陪我度过了好几年，记不清那是哪年我爸送给我的，也记不清是为什么送我的，虽然从来没戴过，但我一直把它放在行李箱里随身带着，它跟随我走完了高中，又即将见证我大学毕业。玉上雕刻着一只抱着月亮的兔子，雕刻不算精细，成色也不算很好，爸爸把它给我的时候开玩笑说："以后把这个当成传家宝吧。"

据说玉石会保护主人，没准这只兔子在某个时刻也会偷偷保护我呢。

我和爸爸的关系好像向来如此，他对我的给予多于索取，仅仅是我手写的一张贺卡、生日时的礼物、节日时的红包，就足以让他发朋友圈炫耀，说自己的女儿懂事了。只有我知道，我所能给他的相比于他给我的只是九牛一毛，在我前面这二十余年的人生里，他毫无保留地爱着我，不计回报。

据说人老了之后会变得越来越像小孩，那或许也是一种爱的循环吧。

明年 1 月 4 日，爸爸将迎来他人生中的第四十五个生日，这次似乎比往年都要晚一些，这次我该准备什么样的礼物呢？

我的村医外公

梁天丰（2020 年 10 月）

外公住在巴马的一个偏远的山村里。村子离镇上很远，交通也不方便。小时候的我常年见不到父母，从有记忆以来就一直待在外公家。因此，外公对我来说就像是父亲一样。

外公是我们村里的村医，谁家的人有个小病小伤，总会来找外公，甚至谁家的猫猫狗狗生病了，也会来找外公。作为回报，外公总会收到一些东西，家里的生活也慢慢有了一些改善。

我和表弟表妹曾经在家里翻到过一本像字典一样大的书，里面记录着各种各样的草药，还附有彩色的图片。我不记得那本书的名字了，现在应该也找不到了。

小时候，每当我肚子疼的时候，外公就会拿两个鸡蛋打碎放到碗里搅拌均匀，再去后院拿一种草药磨碎，混着鸡蛋继续搅拌，之后放到锅里蒸。鸡蛋的香味和草药味混合起来，很好闻，吃完肚子真的就不疼了，很有效。

有一次，我跟着村里的其他孩子去砍柴，不小心砍伤了自己的手，流了很多血，一根手指只剩下一丝皮连着，仿佛随时会断掉。到家后，外公立马找来一些草药磨碎，用布把我的手包起来，过了一段时间，我的手指竟然像以前一样好起来了。

现在回想起来，在那个年代用草药就能让一根几乎断掉的手指愈合，简直是一个奇迹。

如今，村里的医疗条件也改善了，大家就医都很方便，但是村里的很多人在家禽生病的时候，还是愿意去找外公。

我已经长大了，很少有时间回去看外公，但是他的模样一直印在我的心里。那个身体被岁月侵蚀，手里拿着一杆水烟，鼻孔里时不时喷出浓浓的烟雾的老人，就是我的外公。

关于奶奶的回忆片段

农婷婷（2019 年 6 月）

小时候，因为某些原因，我和欣欣（欣欣是我的双胞胎姐姐，也和我同年加入梦想家）不得不从原本住的地方回到了家乡。那是我们第一次回到巴别，也是第一次见到奶奶。她脸上洋溢着笑容，从我们手里接过东西，就带我们进家里去，把好吃的摆在桌面上，然后就去忙午饭了。从那时起，我们就和奶奶在一起生活了。

我们每天都和奶奶去地里干活，有时要去很远的地方挖芋头，要爬很久的山路，奶奶怕我们累，就让我们骑马去。她在马背上放了马鞍，又放了竹子编的箩筐。我坐一边，欣欣坐一边，欣欣那边永远都要放一块石头，才能让那个箩筐平衡。

晚上，我们总是赖着和奶奶睡觉，因为这样就可以听奶奶讲故事了。一到晚上，奶奶去哪儿我们就跟着去哪儿，屁颠屁颠地跟在她后面。奶奶给我们讲她小时候的事情，她说小时候家里很穷，每天只能喝粥和吃野菜，只有逢年过节才能买一点肉。她还说现在天天可以吃到肉，太幸福了。

上学后，因为家离学校很远，不太方便，奶奶为我们在校外租了一间小房。刚开始，我们跟堂哥堂姐住在一起，有什么不会做的事都可以问他们。等他们毕业之后，就只剩我们姐妹两个了。慢慢地，我和欣欣也学会了做饭，开始了独立的生活。奶奶隔天会来看望我们，并从家里捡点木柴送给我们。记得有一次，因为不会做菜，我们在菜里放了好多盐，奶奶吃了之后一直说："菜里不要放那么多盐，太咸了怎么吃。"我们都责怪自己不懂事，因为没有把奶奶认为简单的事情做好。现在，我和欣欣不仅能够很好地照顾自己，还学会了怎么照顾他人。逢年过节，我们会做好吃的饭菜。可惜奶奶已经不在了，这成为我现在最大的遗憾。

小的时候，夏日的夜空很美，有满天的繁星，玉米地里有好多好看的萤火虫。回想起那些点点滴滴，还会渴望再一次回到从前，那样就可以弥补现在的遗憾了。

婆，换我来背背您

林丽莹（2019年6月）

不去挂念，已经见不到她有几年了。

她，体重不足80斤，却有一双厉害的腿。她的腿又长又细，似晒干了的竹竿，皮包骨一词，是对她那双特别的腿最贴切的形容。因为瘦，她走路一摇一晃的，上楼梯得拉着扶手挪大半天，扶手也常被她拉得摇摇欲坠。每天上下楼，都是她与楼梯的交响曲。脚步沉重而漫长，楼梯间时不时回响起“啪嗒咦啪嗒咦”的声响。远看近看，她的腿都是“孤独”而又干枯的一双竹竿，很难想象多年前她的腿也曾健壮，像田野里的白杨树那样健壮。

只是，当我有意识地去关注那双腿时，发现它们已经没有任何肥肉和脂肪，干巴巴的没有什么营养，皮肤也是松松垮垮的，拍一拍还会波澜式地抖动。还记得那个湿冷的冬日里，我和她一起烤着火看电视，我摸了摸她的手，她下意识地摸了摸我的大腿，感慨地说：“真健硕，又有力哩。”接着说了一大堆，感慨自己年轻时候的韧劲儿。那日烤火我一直没有松开手，我第一次在她的眼里看到她对我的羡慕，而这种羡慕没有让我感到快乐。我只是点点头，鼻子却是酸的，那双腿是否有更动容的故事，全都让时间来诠释吧。

我这才回想起以前，她的腿确实厉害。那时候我5岁，记忆还比较模糊，但有些东西却记得很清楚。只剩下知了鸣叫的夏天傍晚，又热又饿的我打了几个哈欠，坐在家里的石阶上发呆，等待她回家做一口热饭。我假装不在意地等待她，两手撑着通红的脸，却抑制不住肚子咕咕叫，不敢跑去别人家玩，怕别人家开了饭，我也不好意思蹭那口饭。天色渐渐暗了，总算听到马铃铛“叮叮叮”的响声，还有时不时传来的她呵斥马儿的声音。这脚步、这声音，不出意外，就是她了。

果真，不一会儿就见她背着一捆厚厚的猪菜，笑眯眯地看着我，眼睛都要变成一条缝了，暗黄的天色也显得格外温暖。我高兴地大喊：“阿婆！”她没有回应我，呵斥着马儿进了马棚，卸下肩上的菜，关上马栏，捞了桶水倒在马槽里，腿很是有力，干活都不带歇口气的。她又抽出了猪菜砧板，就“哐哐哐”很有节奏感地剁菜了。我蹲在一旁看，她一脸慈祥地笑了笑，没有说一句话，又继续“哐哐哐”。等猪菜剁好了，马儿也安顿好了，她关上一楼的小门，上了二楼。我一路紧跟着，她又默默地淘米起锅，点火后终于说了一句话：“肚子饿了吧？等等，先给婆倒一杯水吧。”过了很久，米饭香气扑鼻，她才提起一把小板凳坐下，拿出老旧的蒲扇给自己扇了扇。

每天如此，她没有叹一口气，她的这一流程我都一直跟着，我无数次地蹲了又起，她却无动于衷。如果没有这样一双腿，会耽误多少事呀！只是，它们已被岁月和劳累一点点磨损榨干，然后渐渐地老、枯、瘦了。

我已经知道，那双腿有多厉害。现在我的腿依旧粗肥健壮，但走上两三公里就垮，站上半小时就喊娘，跟她的腿比实在是“虚胖”。遗憾的是，我跑得再快，也跟不上她老去的速度。2016年年初，她的腿又变得很胖，但那不是健壮，是病痛带来的肿胀。腿的肿胀使她更加无力。她躺在床上，摸着自己肿胀的腿，眼里满是失望。挪不动抬不动，摆在床上，像是被人抛弃的假肢。她已经不再挣扎，我也明白这一刻她等待来的将是什么……

春节前，老天对于她的一生的付出，只是还给了她一个宁静。这场不公平的交易，变成一个人离开这个世界唯一能带走的礼物，我只希望入土后，这双腿可以好好地歇一歇。当她到达了另一个地方时，又变成年轻姑娘，恢复她原本的健壮，然后让她的那双腿，穿上一双美丽而又轻盈的舞鞋，为她自己舞动。我所希望的是，她可以不用那么辛苦了，别让她的腿再历经风霜，在另一个世界长出最美的样子，过上她想要的生活。

现在的我遗憾满满，但终归有一天我们会再次相遇，那时我会对她说：“婆，您累了吗？这回换我来背背您吧。”

后记：

那双细细的腿离我而去的时候，我的温暖港湾变成了梦想家。在她活着的最后几年，我已经加入梦想家了，但是支撑着我想家的唯一一个人就是她。她走后，一切都变得有些冰冷。很庆幸这段有她的回忆始终温暖。2016年春节前，她走了，那年我没有参加梦想家寒假工作坊，但是之后，我再也没有缺席过。

爷爷不喜欢我

苏婷（2019 年 4 月）

爷爷不喜欢我，我觉得那是因为我不是个男孩子，也因为我是个爱哭鬼。

那个夏天的傍晚一点也不凉快，屋顶那块乌云好像很快就要掉下来了。门前因为闷热而四处乱窜的黑色小飞虫不经意地落在了裸露的皮肤上，狠狠地咬上一口，疼痒难耐。难得回一次家的爸爸在房前屋后忙着做晚饭，从容的步伐让我心安了不少，于是我就给爸爸打打下手，望一望哪家门口的黄皮果要熟了，再偷瞄一下看彩票报的爷爷是戴上了老花镜还是摘了下来。

快到饭点了，大哥、二哥和弟弟也不知道去哪儿了，可能在村子后面那几棵果树上，也可能在某个小朋友家的游戏机前吧。爸爸倒也不着急让我去把他们都找回来，只让我去中断爷爷的“发财大业”，一起好好地吃个晚饭。餐桌上都是爸爸拿手的家常菜，爸爸和爷爷说的内容也是“家常菜”：

“可以种点玉米。”

“我自己一个人也很难管那么多……”

“好像过几天又要修上面那个水池。”

“哪里有空出力啊，只能出点钱帮帮忙……”

“等下念三有顺风车出去……”

一切都不紧不慢的。

等等，什么顺风车？什么等下出去？

还没容我做个理智的消化，爸爸就从房间里提出一袋衣服，很平静地告诉我：“明天田阳那个工地就开工了……”后面具体说了什么我没听清，只觉得那个下午的宁静似乎有点飘乎乎的，爸爸说的话也飘乎乎的，就像树上的叶子一样飘乎乎的。

“嘀——”公路上好像有车在催人，爸爸提着袋子就往外走，我也在后面恍惚地追着，爷爷也追着。放好袋子的爸爸终于停了下来，温柔地告诉我：“工地上也就几个星期的工，很快就回来了，大概在你们期末考那几天吧，等下豪回来后……”我正机械地点着头，车子就消失在了山前的拐弯处。错愕、埋怨、伤心的交织下，我终于又在路边哭了起来，毕竟不被告知的离别都很让人讨厌。

突然，一直在旁边无声的爷爷抱了抱我的肩膀，我总觉得他一开口就又是“那么大的孩子了，不能老是哭，让爸妈担心，让人看着也心烦”之类的惯常说教。但谁在乎这话，此刻正伤心的人是我呀。

“不哭了，回家吧，饭菜还热着呢。”伴着话音，爷爷用平时拿着彩票报都抖的手把我牵回了家。

那天爷爷的声音格外的温柔，手也格外的有力，可那天的爷爷又好像比上一次训斥我的爷爷更苍老了些。

那天，爷爷好像没有不喜欢我。

我的外婆暴躁又可爱

黄君沁（2019 年 5 月）

外婆是一个活在我记忆里的人。每次看到活力满满的老太太，我就会想起我的外婆。在几十年的岁月里，她没有留下一张让人在想念她的时候可以睹物思人的照片。大概是因为我们觉得死亡与她还离得很远，所以没有给她留影，也可能是因为在她还活着的时候我们并没有想象过她的死亡，毕竟她一直是一个强大的人。

外婆在生病之前是个可爱的胖子，圆圆鼓鼓的。她的头发是自然卷，在阳光下看很像乱蓬蓬的杂草，动一动还能看见头发上粘着的棉絮在飞舞，搭配起她的脸型，很像周星驰电影里的包租婆。我没见过外婆年轻的样子，我记得她时她已经是一个老人，圆圆的脸上有很多褶子，皮肤是常年被太阳暴晒的颜色，一看就是劳动人民的样子。她有和妈妈一样下垂的眼皮，她一边的眼角上还有一道显眼的伤疤，这是她十几年前从楼梯上摔下来留下的。

外婆一直是一个“狠角色”，她对我爷爷一家有很大的意见，因为我妈妈出嫁后没有得到爷爷一家的厚待。爷爷一直都不喜欢我妈妈，觉得她脾气暴躁，没有一点儿媳妇的样子。分家的时候爷爷奶奶都选择到二伯家里去。二伯同样对我妈妈不待见。大概是因为我出生的时候没有来得及办理准生证，被罚了两千块钱，爷爷为此卖了家里有些岁数的老母猪和成猪。那是1999年，两千块不是小数目，确实让这个家变得更加困难，二伯耿耿于怀也无可厚非。但是在我妈妈眼里，这些都是值得记一辈子的“仇恨”，外婆也对此意见颇深，时不时和我爷爷拌嘴怄气。外婆对妈妈受到的不公平待遇一直愤愤不平，时常叫我去她家住，也常常叮嘱我不要拿爷爷的任何东西，不要和爷爷说话，更是会和我说：“等你长大了你就不要孝敬他，他是个没良心的人。”可是呢，爷爷只是对妈妈很有意见，对我却是宠爱得很，糖果零食鸡腿一样不少都给我。就算我的出生让这个家变得更加贫困，爷爷也没有因为罚款的事对我心怀芥蒂，所以我经常在这种两难的局面里无所适从。

在我的印象里，外婆和外公总是吵架，村里人也会在操场上闲聊的时候，说外婆的脾气不好，是个泼妇。他们吵的无非就是外公忘了喂猪，去别家喝酒没早点回来之类的事情，吵架时外婆的经典台词就是“我为这个家做了那么多事，你看看你做了什么，整天就知道到别人家里丢脸”。小时候，我不知道为什么外婆总是生气，长大了才知道是因为那时候好多人家都盖了新房子，而外婆家还是破破旧旧的木房，时不时还要自己爬上去修理，在村里也会常常遭人取笑。后来，外婆家盖了新房，乔迁的时候，她像那些被欺压多年终于得到解脱的人一样，扬眉吐气了。

我听家里人讲外婆年轻时读完了初中，所以肚子里有些墨水，我很羡慕外婆听山歌时对里面的内容点评得头头是道的样子。有时候我在想，如果不是旧社会里各种事情对她的束缚，她是不是可以开开心心去做自己想做的事情，而不是做一个被柴米油盐缠身的“泼妇”。

外婆在多次疼痛难忍之后去医院检查，得知身上长了肿瘤，已经到晚期了，年纪又大，所以没有办法动手术，只能静静等着时间走尽。她以前特别有活力，上山砍柴大气都不喘一口，但是生病之后就像失去希望一样，两眼无光。她卧床不起的时候，不再是胖胖的可爱的外婆了。她变得很瘦，皮肉粘着骨头，没有一点的脂肪，像干枯的树枝，我从未想过她会那么瘦小。

外婆以前常常让我长大了孝敬她，不要孝敬爷爷，但是事实上我谁也没有孝敬，因为他们都不记得小时候的诺言，两个人都做了失约的坏蛋，一声不响地就离开了我。不知道他俩在某个地方相遇的时候还会不会怄气。

我不是留守儿童

李荣亮（2019 年 5 月）

我的家很温馨，给我带来了很多快乐和温暖。能够出生在这样的家里，我感到非常骄傲。我的家里，有从不会骂我的爸爸、对我百般疼爱的妈妈，以及对我非常严厉的姐姐。

我是姐姐带大的孩子。每当我无故哭闹，或者妈妈很忙我却要妈妈背的时候，姐姐就会拿起棍子吓唬我，那一瞬间我立刻就安静了。姐姐大我八岁，她虽然严厉，却很会照顾我。因此，我跟姐姐很亲近，很听姐姐的话。

2015 年，姐姐嫁到了桂林。虽然离家不远，我却非常不舍。每当过年过节的时候，我都期待姐姐能够回来一起过。姐姐每两年才回家过一次年。每次她要回来时，我都盼着快点见到她。我会骑上摩托车去接她，接过她手上的行李，绑到摩托车上。到家之后，姐姐照常煮饭，我照常打下手，心里就这么安定下来了。

小时候有段时间我并不快乐，那时我爸妈经常吵架，经常闹离婚。有一次，妈妈离开了家里一段时间，那段时间里，我无比想有一个完整的家，不喜欢那个缺了一角的家。每天放学回到家里都是冷清清的，一点热闹也没有，好像一个人走在黑洞里。我很想念妈妈，但是又不能去看她，只能偷偷打电话。电话接通，我刚说一个“喂”，就听到妈妈擦鼻涕的声音，我的眼睛不知不觉也湿润了。

这样的日子持续了一个月，我真的受不了了，就对爸爸说：“我想妈妈了。”第二天放学回家，我跑上楼，眼前出现了一件深蓝的衬衫，那不是妈妈最爱穿的衣服吗？我又跑下楼，冲进妈妈的房间，床上不再是空落落的床板，而是铺上了被子，地上还放着妈妈常用的行李包。那一刻起，我觉得我的家又幸福了。后来我才知道爸爸去向妈妈道歉了。之后爸爸妈妈没有再吵架，我拥有了一个幸福的家庭。

爸爸最喜欢做扣肉，这也是我印象最深的美食。我从小吃

荣亮和父亲的合影（璐瑶／摄，2009年6月，巴别乡德弄村汝那屯）

到现在，从来不会腻。我经常看爸爸做扣肉，不过现在还是没有学会，这个过程实在太复杂了。首先要选肉，然后剔骨拔毛，这都是小绝技。第二步就是煮肉，不能煮得太烂。接着最重要的，就是控制油和火了，这才是做扣肉最关键的步骤，能否成功就取决于这一步。爸爸做扣肉对油的要求很高，他说油好才能做出好吃的扣肉。不过，一说到这里我就尴尬啦，每次我去学都害怕被油烫到，害怕痛，所以一直也没学会。爸爸也经常被烫到，但他为了美食绝不放弃。只要扣肉一上桌，我和弟弟都会吃上几块，真的很美味。

爸爸妈妈在我读大学的时候才外出打工，之前他们都是在家种玉米、养猪、酿酒，是最朴实的农民。我问过他们，为什么不早早出去呢？他们说孩子的教育很重要，不想让我做留守儿童，自己虽然辛苦点，但是能在孩子身边就是最幸福的事。我顿时什么话都说不出了，只能默默地给自己打气，心想一定为自己和父母争一口气，不能让父母失望。

黄昏的告别

黄美娟（2019 年 3 月）

村子一头有座教堂，我有时候会一个人去那里的门前坐坐。我不总是坐在这里，坐在这里也不一定是为了什么，有时候我就只是想一个人待一会儿，远眺对面山顶上的一棵树。那树只能看见一个形状，但这已经足够了，电视剧里的江湖侠客们总是在这样的一棵树下相逢和道别，镜头里只有剪影，树是一个黑色的轮廓，人也是一个黑色的轮廓。我想象着自己也是执剑的侠女，运用轻功一下子飞到那棵树下，拜别一位须发皆白的老师父，再咻的一下飞向更远的山头。

不过我不是侠女，也没有老师父，更多时候我坐在这里把花穿成长长的一串，等我的爸妈回家。早在几天前我就听大人们说他们要从广东回来了，为了能第一时间见到他们，我就来到这个能最快看到他们的位置。我猜测他们会坐在一辆摩托车后面，带着好几袋行李。不过我的花串已经很长很长了，天色也暗了下来，还是没有他们的身影，我就知道今天等不到了，只好起身回家。其实我有点舍不得穿好的花，想留着明天继续弄，但第二天它就不见了。我便从头开始做起，重新开始等待。

我从来没有等到过。

但到了我不等的那一天，他们就真的回来了。通常是有人告诉我：“你爸妈回来啦，刚刚他们坐着摩托车从村头经过。”我说：“真的吗？那他们现在在哪里呀？是家里？是大伯母家？还是二伯母家？”那人说：“这我就不知道了。”然后我就一家一家地去找。奇怪的是，等待的那些时刻我记得清清楚楚，但相逢的画面我却一点也不记得了。

我总疑心他们要走。我真害怕一醒来他们就不见了，我在脑海中想象过无数次那个场景。有一天早晨我醒来，发现他们都不在，我心下一慌，急急地出去找他们，逢人便问他们的踪影。我问奶奶：“奶奶你见到我妈妈了吗？”奶奶说没见过。我又问阿婆：“阿婆你见过我妈妈吗？”阿婆说：“别找你妈妈啦，跟我一起去种玉米吧。”我摇摇头，不再搭理她，觉得自己下一秒就要哭出来。许久之后终于有人告诉我：“你妈妈在地里呢。”我望向田野，看见一个小小的影子，终于惴惴地回去了。后来，在一个寻常的日子里，我再一次找不到他们，有人告诉我：“你爸妈走啦，坐着摩托车从村头走的。”我点点头，想着“哦，好的”，有一种终于如此的放松，好像我一直在等待这一刻。

我好像总是从别人的口中得知与家人的相逢和别离。外公走的那天也是这样。那一天我被告知不用去上幼儿园了，大人们把我带到一块地里，那块地是湿润的，踩上去十分松软。大人们在地上挖了一个坑，气咻咻地抬进去一个棺材，然后盖上土，放上纸花，祷告，放鞭炮。那天的空气有些潮湿，天色暗暗的，我站在那个坑边上，想着原来这就是棺材。他们跟我说外公死了，他就躺在棺材里。可是死是什么呢？我无数次听到他们用这个词来形容外公，在他不断地从楼梯上摔下来时，在他被安置在屋子的正中央时。他们总是说他快死了，可是每一次他都会从屋子中央那张白色的褥子上起来，去街上给我买我最喜欢的零食。小时候我要和外公一起睡在那张褥子上，我妈妈不让。现在他从屋子中央被转移到棺材里，原来这就是真的死了。

奶奶的死也是从别人口中听到的。那是初中某一学期的期中，我妈妈突然来给我开家长会了。我很诧异，因为她那会儿应该在广东打工。我问妈妈："你怎么来了呀？"她说："你奶奶死了，我回来料理后事，顺便看你。"开完家长会，她就带我回家了，进到那间小小的平房里。奶奶和很久以前的外公一样，被放在屋子的正中央，有一群人围着她，哀哀地哭着。我愣愣的，和她们一样跪下来，跪在奶奶的旁边，努力回想她生前的样子。我总是想到奶奶生龙活虎的日子，她精神的时候，经常拎着一根小棍子，从村头追到村尾，把哥哥打得嗷嗷叫，因为哥哥偷了她两元钱。后来她身体不好了，就经常躺在那个小小的房间里。这个房间没有窗户，唯一的光源是门口。当把帘子放下时，房间就变得很暗很暗。

我去看奶奶，摸摸她的床。她的被子很硬，床上、衣服上、身上都是药物的味道。我爷爷是个半路出家的中医，奶奶病了以后就经常给她捣鼓一些药品。我喜欢那些药品的味道，就趴在床沿上和她说话。奶奶拿了一张宣传单，和我说以后就去平果读书吧，这上面说了读某某高中可以拿几千块的奖金呢。我在昏暗的房间里努力辨认宣传单上的字，嗯嗯地点头应付她。

这时候，进来了一个人，说棺材已经备好了，给奶奶换上衣服，赶紧下葬吧。于是她们又把奶奶从明亮的屋子中央转回到那个昏暗的房间里。我跟着走进去，但是不敢碰她，听着她们嘀咕奶奶的身子太僵硬了，衣服不好扒也不好穿。我想，哦，

巴别乡的老房子（2009 年 2 月，巴别乡巴别村）

原来人死了身体是会变僵硬的。我愣愣地想着到底有多僵硬呢？奶奶看上去还是老样子呀。正想着，她们已经给她换好了衣服，顺便搜索她床上各处，看看有没有遗漏的财物，我就走出去了。

后来我听说从她床垫的缝隙里找出了一本存折，上面还有几千块钱。我想这对于爷爷来说是好事情，因为奶奶在世时，对他的钱财管得很严。奶奶去世后，爷爷就一个人住在那间小平房里，顶上有挂玉米的地方。在同层的某处铺上垫子，放上被子，就成了一个小小的有些危险的床。这个床离地远远的，离屋顶却很近。这是爷爷为偶尔留宿的哥哥准备的，但长期被我霸占。我喜欢这个地方，常常在午后来到这里，顺着楼梯爬上去。楼梯靠着的墙上挂着一个日历本，我爬到中间正好够得着它。于是我就停下来，看一看上面的周公解梦，看完了就继续爬，钻进被子里睡一觉。这套被子也有草药的味道。

我醒来时，屋子里很安静，门稍稍掩上，隐约可见外面明亮的阳光。通常这时爷爷就回来了，他推开门，从门口透进来的阳光在地上形成一块扁扁的菱形的光斑，灰尘在光柱里飞舞，像是小虫子，而外面是白茫茫的一片。爷爷脚步轻轻，窸窸窣窣地找他的打火机，然后啪的一声点燃，就有一缕烟从下面弯弯曲曲地扭上来，香烟的味道也慢慢填满整个空间。我想要是我醒来时爷爷还没回来就好了，那么整间屋子就都是我的，我就能拥有一整间屋子的宁静以及光柱了。

我问爷爷要吃晚饭了吗，爷爷说："还没呢，可以再睡一会儿。"然后各自静默，不再说一句话。其实我不饿，只是小孩子没有时间概念，以为自己睡了很久，睡醒了就该吃饭了。我趴在床沿，出神地望着门口。也许过去了很久，也许只是过去了一小会儿，就听见远远的铃铛的声音，叮当叮当，叮当叮当，那是干完农活的人催着牛回来了。其实还有马，不过马的脖子上没有铃铛，只有牛脖子上有，这是为什么呢？不过马也会发出声音，它的蹄子敲在地上是咔嗒咔嗒的。有的老乡在经过时会停下来和爷爷寒暄几句，有的就直接走了，叮当叮当和咔嗒咔嗒的声音远远地传来，又远远地离开。

屋子慢慢地暗了下来，那块菱形的光斑也渐渐消失，缩成小小的一块，退到门口去。这时候爷爷的烟抽得接近尾声，我也知道真正的晚饭要来了，就从楼梯上爬下去。爬到一半，照旧要看看日历本上的周公解梦。其实一整本的周公解梦我都看完了，但常看常新，这是爬这个楼梯的乐趣。我跟爷爷道别：

“爷爷我走啦。”爷爷说“先吃晚饭再走吧”，我说“不了，真的要走了”，爷爷就嗯嗯地点头，慈眉善目的。我于是转身，冲向外面所剩无几的光辉中。

2007 年的黑色电影

苏光富（2019 年 6 月）

2007 年之于我，就像一场梦幻的黑色电影。

那时候，我的生活里还没有梦想家，没有板板，没有佑佑，没有阿国，没有现在认识的大家。

那年我四年级，奶奶年老多病，有时还会对我说："我老了，怕是看不到你长大成人、娶妻生子了。"然而，当时的我对死亡并没有敬畏之心，理所当然地认为所有人都会一直在。

直到一天傍晚，邻居家的叔叔到学校接我，说家里出事了，奶奶没有了。那一刻我才突然意识到，原来奶奶真的陪伴不了我了。她最终没能扛住那个寒冬，离我而去。

在我的印象里，我爸原本是一个天崩不变色的铁血汉子，然而奶奶走的时候，他坐在奶奶的身边，拖着熬了几天几夜的身体，抱着我偷偷抹了眼泪，在我耳边细声说"你以后就没有奶奶了"。彼时的我也只能哭泣，全然不知如何安慰这个失去妈妈的汉子。

那年正赶上村里的小学撤销，中心的学校扩招。我爸看我还小，不放心我自己在学校住宿，就让我跟着大姑去陆川读五年级。于是，不到 11 岁的我第一次远行，去人生地不熟的陆川，去一个完全没有巴别话、只有客家话的地方。在这个地方，我经历了很多人生中的第一次——第一次没有一分零花钱去学校，第一次学会如何收稻谷……很多时候，我都是吃饭就着酱油，渴了喝点米汤。不过，生活本身的困难对我来说并非最大的困难，最大的崩溃在于没有爱我的人在身边。

一次吃饭时，我多夹了几块肉，突然咯噔一下，手上出现了一条小红线，是筷子打的。我不知道发生了什么，抬起头看到的是冷漠的目光，耳边还传来“菜都要被吃光了，没看到？”的话语。那是我第一次感受到，不是所有人都爱我的，这不是我家。

那一年，我的衣服短了，只能穿表哥几年前留下来的鞋子，破了补，补了穿，三套衣服愣是被我变着花样穿了一个四季。我的脚是35码，却穿着表哥穿剩下的40码的旧运动鞋，在家和学校之间往返，走了一年。这套行头陪着我走过了那个四季，我参与了很多体操比赛，从未缺席那一年的任何重大活动。

奶奶走了不到两个月，爷爷也走了。那时没有手机，通信都是打电话。陆川“新家”的所有人都知道，却没有任何人和我说。最后得到的答案是，怕你知道了，要闹着回家，干脆不告诉你了！

好吧，我知道了！

后来，我终于又回到了巴别读书，我一直没和任何人提起过那段“黑色电影”。很多人都说“你怎么瘦了那么多”，我并不知道该如何回应。从那时候到现在，11年了，我从未再去过陆川，也许这是对童年伤害过我的人的一种回应吧。

独立那件小事

黄丽琼（2020 年 9 月）

在培养我独立性格的路上，我们全家站成了一条线。5 岁，我姐培养我独立睡觉；7 岁，我妈培养我独立的生活习惯，不依赖他人；12 岁，我爸培养我独立去学校报到。我想，正是那些培养，让我能够去冒险、去远方。

我还清楚地记得我去高中报到的那一天。

那年，我 16 岁，高一，特别希望能像姐姐一样，独立去做很多的事。那时，我觉得独立就是照顾好自己，不需要家长来帮我做这些事。高中入学的前一天，妈妈说爸爸正好去看病，不如顺道送我去田阳高中报到，我满不在乎，大声说我很厉害，可以自己去。

结果那天……天公不作美，台风来了。半夜一点，我听着雨声，迟迟无法入眠。清晨五点，我从雨声中惊醒。简单洗漱后，我穿上最爱的破洞牛仔裤、白色上衣、白色夏季运动鞋，扎个高高的马尾，就从家出发了。早上，还是接着下雨，老天并没有因为是开学报到日而高兴得雨过天晴。

我拉着从初一开始用了三年的行李箱，撑着伞走到马路边等车。妈妈帮我撑伞，我们走在前面，爸爸提着袋子，打伞走在后面。等了一会儿，车来了，爸爸问司机能不能送到高中门口，司机是个热心肠、豪爽的大叔，毫不犹豫地同意了。

到了学校南门，我下车提上箱子，望着新学校前面的大台阶，不由得惊呆了：台阶有几米高，雨水哗啦哗啦流下来，像小溪一样。我穿的可是一双薄底透气的白色运动鞋……

“虫虫！虫虫！虫虫！”老爸连喊了三声，我才回过神来。我们后来还是一前一后，一同往学校里走去。我一手撑伞，一手拉着行李箱。爸爸一手撑伞，一手卷着袋子。鞋子湿得比我想得还要快，走进田阳高中校门的第一脚就湿了右边鞋，再走第二步，左边鞋也湿了。冰冷浑浊的雨水渗进鞋里，刺骨的寒冷。我心想，反正都湿了，索性将就穿着去办理入学手续。

进校，我们顺着指示牌找到综合楼，望见红榜细看分班榜，找到班级，再找班主任，一切按照流程走。我撑着伞，大步走在前面，爸爸撑着伞，小步走在后面。我顺利找到班主任，又去排队、交录取通知书、领饭卡、买保险。雨下得愈发厉害，豆大的雨点变成了石子大小，天白茫茫的。又过了很久，九点五十分了，买保险的队伍还是长到令人怀疑自我。我突然想起了爸爸，他一直在我后面，不会还在和我一起淋雨吧。

我回头去找爸爸，人群中的他也在看我，他看上去是如此瘦弱、衰老。我心中一时有种说不出来的滋味。我们两人都撑着伞，一个大蓝格子伞，一个小绿伞，我在一头，爸爸在另一头，两双眼睛的对视中，拥挤嘈杂的环境仿佛瞬间安静下来。

那一刻，我意识到我真的慢慢长大了。我不再是那个躲在爸爸背后的小女孩了，而是一个自己拖着行李，没有家长帮忙也能应付一切的女汉子。

终于，我独立了。

没有永远的失去

罗艳艳（2019 年 6 月）

我有两段特别的记忆，第一段记忆是我倔强性格的来源，第二段记忆则是让我觉得自己很幸运。现在想想觉得这两段记忆都是各有发生意义的吧。

第一段的记忆起源是我妈妈的离开。

她在我小时候就离开了

我已经记不清妈妈是什么时候离开的了，只记得她带着行李走出家门的时候，我哭得很惨。那时我三四岁，大概也并不知道她要去干吗，只是觉得她会一去不回。她说她只是去打工，会回来的。奶奶也紧紧抱着我。我拉着她的行李袋，不让她走。记忆里，妈妈也哭了。

后来，她没有回来。我也不知道自己是什么时候接受她不会回来这个事实的，但是后来，我好像没有再因为她不回来而难受得哭了。可能是从小就没心没肺的，久而久之就习惯了。

有一段时间，我甚至会觉得“果然干坏事要趁早，要离开孩子也要趁早”。五岁上学前班时，已经不再为别的小朋友有妈妈来接而我没有这种事而伤心了，身边也没有人会因为这件事取笑我，不会像电视里演的那样，没有妈妈的孩子会被其他孩子欺负和嘲笑。别人也很少问我为什么都是伯母来开家长会，因为那时候大家都是留守儿童，很正常。

上了初中，我开始懂事了，也进入青春期了。当别人问我“你妈妈不在家吗？怎么没见到过她？”时，我就说出来那句“她在我小时候就离开了”，好像也并不觉得算什么伤心的事。

我一直觉得，我已经能很好地接受妈妈的离开了，也并不会在意这些事了。可是很多时候，我还是会在晚上盖上被子，安安静静地想着自己这些年来怎么会那么辛苦，想着其实自己也不是真的无所谓，觉得自己原来也是会在意别人都会有妈妈来看望，来为他们开家长会。甚至有时候会想：她会不会后悔离开我？会不会在某一个时刻想要飞快来到我身边？会不会在某一天，她就出现在我的学校门口？

当然，无论是什么样的想法，在第二天起床后，我都会将它忘掉，或者假装忘掉，然后继续笑嘻嘻。

上天给我开了扇窗

老一辈的农村人有的讲迷信，十二岁的时候奶奶让人帮我算命，我记得那个看起来很威严的老先生说，我这一生中会时常得到贵人相助。

很多时候，我确实会庆幸，自己能够碰见很多人，给了我很多的关心爱护，让我在那样一个环境中还能生长得很好。奶奶会把好吃的偷偷藏起来，然后偷偷交给我；伯母会时不时给我点儿小零花钱，会做很多应该是妈妈做的事；当然，更重要的是，爸爸一直在努力地供我读书。即使小时候他很多时间都是在外边打工，一年可能就见他一两次，每次见面我都会怕他，可是在我的心里，他永远是我的英雄，永远是我背后强大的避风港。

还有板板。我已经记不得第一次见到板板是具体什么时间了，但是板板刚来的时候，我们不叫她“板板”，叫她璐瑶老师。

我还记得，璐瑶老师那时候经常带着一个黑乎乎的、方方正正的相机四处跑，她喜欢给我们拍照，给路边的房子拍照，给各种各样常见且普通的东西拍照——她对我们这个小地方的好奇心，比我们重多了。

我很爱去找她玩，因为她有好多在我们那儿从未见过的东西，如用绳子穿起来的五颜六色的呼啦圈、一堆崭新的故事书、奇形怪状的积木、好多的小玩具……她和我们不一样，和我见过的老师都不一样，她操着一口和我们不一样的口音，她讲的普通话很好听，笑起来声音很洪亮。她还会把她的书借给我们看，我那时候好多书都是从她那儿借来的，好像喜欢阅读也是从那个时候开始的吧。她给我们讲课的时候带着很多小奖品，谁能够在课上竞答时赢了，她就会把小奖品送给谁。这也是我小时候一直引以为傲的事，因为我赢过很多东西。我的第一本课外书是她给我的《格林童话》，第一个玩偶是三年级上课背单词赢来的一匹会笑出声的小马……

五年级的时候，璐瑶老师支教结束，回到了北京，我们之间的联系就此断了，在没有电话没有手机的年代，小小的我只能把她记在心里却无从找寻。但后来我收到了罗老师写的信，信里老师说她和璐瑶老师都很想念我们，都想再回来看我们。她们也真的做到了。在那之后，老师还带给我一个惊喜。某一天，六年级的负责老师找到我，告诉我璐瑶老师给我找了一个资助人——赵阿姨。于是，我加入了梦想家。

从那时起，我的人生道路变得不一样了。梦想家带给我的不只是一次又一次的活动聚会，不只是一群志同道合的朋友家人，而是让我看到了自己未来的另一种可能。小学毕业后，很多朋友就陆续中止了学业；而在初中毕业之后，一起上初中的小学同学又陆续走出校园，面对社会了。我很难不去想，如果我没有那些对世界的好奇，应该也会这样吧。那些好奇驱使我有动力继续更进一步的学习，让我看到当下自己认识的局限，迫使我想要走出这座大山，去看看山外的世界。

当然，后来我真的走出了大山，走出了广西，2018 年高中毕业后，我来到了天津，继续我的求学路。

小时候，我常常觉得自己承受了很多这个世界的恶意，为什么我会吃不到我想吃的东西？为什么会一年到头都见不到老爸？妈妈什么时候会回来？为什么电视里的样子不是我见到的样子？……后来啊，又觉得自己好幸运，得到了很多村里小朋友没有的玩具，也成了村里让人称赞的“别人家的小孩”，认识了一群拥有同样愿景的朋友，经历了很多人未必经历过的东西。

都说“上天关上了一扇门，会为你开一扇窗”，那我的那扇窗，就是让我遇见了板板呀。虽然言语表达不够优美，但是我的爱和感恩很朴素且结实。

现在，我更愿意将所有对我好的人放进我的独家记忆里，任何时候，想到温暖的事情总比残酷的回忆更能激励自己。

BEAUTYS

关于关系：
那些长期的爱与陪伴，
是对孩子最好的滋养。

与

相遇

“我喊了一声：‘北京下雪吗？’于是，她开始给我们讲北京下雪的场景：‘冬天下雪之后，晚上睡觉，第二天醒来外边就有一层厚厚的雪，在路上走都得小心，因为很滑，一不留神就摔了……’我冷不丁地说了一句‘好可怜啊’，引得全班大笑。”

尖尖角

杨万友（2019 年 5 月）

“听说来了一个新老师。”

“谁啊？”

“不知道，好像是北京来的。”

听着前桌的对话，我放下手里的漫画书，慢悠悠地拿出抽屉里的英语课本。上学期教我们英语的是三（2）班的数学老师。我们没有专门的英语老师，每学期要换一个，加上英语课在农村并不受待见，因此，我早就对英语课麻木了。

不过，不知道这个新来的英语老师会是怎样的人。

我望着窗外，正纠结着是该睡觉呢，还是要继续看我的《老夫子》。忽然，一道身影从窗边掠过，同时传来一阵脚步声，教室瞬间安静下来。这脚步好像有点熟悉，我心想：不会吧，英语课又改成数学课了？不过这也算是常事了。听着渐渐逼近前门的脚步声，我的呼吸也变得沉重起来。不料，进来的是个女老师。我松了一大口气，还是继续睡我的“午觉”吧。

“起立！”

“老师好。”

流程还得走一走，毕竟老师是新来的，也应该给点面子。

不过，走完流程，我就趴在桌子上一动不动了。

开始是常规的自我介绍，我禁不住好奇心的驱使，和同桌议论起来。可能是说话的声音有点大，她拍了拍桌子说安静。

刚到巴别中心小学支教时的璐瑶（2009 年 2 月）

哎哟，还有点凶？不给点颜色瞧瞧，真以为我们好“调教”？唱反调是我和同桌一贯的作风。她说“是吗？”我们就说“不是”，她说“对不对？”我们就说“不对”，怎么不舒服怎么来。当时把我俩乐得不行。

她自我介绍完以后，又讲了一堆乱七八糟的东西。之后说大家有什么问题要问，她都会给我们解答。全班都没人说话了。

我喊了一声：“北京下雪吗？”

于是，她开始给我们讲北京下雪的场景：“冬天下雪之后，晚上睡觉，第二天醒来外边就有一层厚厚的雪，在路上走都得小心，因为很滑，一不留神就摔了……”我冷不丁地说了一句“好可怜啊”，引得全班大笑。

之后就开始上英语课了，我和同桌还是继续唱着我们的反调。可能是受不了了吧，她凶巴巴地叫我到讲台面壁思过。我二话不说站起身，在全班的嬉笑声中一步步走到讲台乖乖面壁。

讲台角落处的墙壁上布满了灰色手印，仔细看看，上面还有一些隐隐可见的球印和鞋印。我的两只手不由自主地插进了口袋，左手摸到了饭卡和饭卡上生锈的铁圈，铁圈上还有两把钥匙。右手握了一下拳头，掌心并没有汗。我低下头来，继续谋划着下一步的计划。

讲台下的同学都在安静地听课，偶尔有人窃窃私语，大多被她的声音盖住。窗外的风慢下了来，树也不再摆动，世界突然变得好安静。

“哈哈”，我不由自主地笑出了声。密谋许久的造反声在班里扩散开来，全班瞬间沸腾，止不住的笑意在全班弥漫，我在笑，同学在笑，风也呼啦啦地给我们造起了势。

“你给我好好面壁。”

我看着她严肃的脸庞，低下头来，抑制住自己想笑的念头。她凶巴巴的眼神没有让我感到任何不安。

“回去坐吧。”她没办法地说道。之后她看了看讲台上的座位表，扭头又瞄了一下我的座位。

我想，至此，她应该记住了我的名字。

人生中第一次英语课

苏童（2019 年 5 月）

小学时，我一直没有上过真正的英语课。课表上的英语课最后总是变成自习课。直到上四年级时，老师说我们有很专业的英语老师来了，而且是从北京来的。我们就一直盼望着。

上第一堂英语课时，我们一直看着窗外，直到她出现，走上讲台，做自我介绍。“大家好，我叫璐瑶，刚刚从英国留学回来。我的家乡在北京……”这个英语老师很奇怪，因为，在第一节英语课上，她只教了我们一个单词 dream。她还说：“你们以后可以不记得我是谁，也可以不记得曾经有一个从北京来的英语老师教过你们的所有英语和语法，但是，请你们记得这个单词。”她还让我们猜它是什么意思，但我们想了很久也想不出来。最后老师告诉我们，它的意思是：梦想。

听到梦想，我心里迷茫，这是第一次有人告诉我梦想这个东西很重要。但是，梦想是什么？梦想有什么用？我的梦想，又可以是什么呢？

从那以后，我就开始慢慢地、时不时地幻想着我的未来。

罗梓月老师给孩子们上英语课（2008年，巴别中心小学）

苏童在璐瑶宿舍门口玩耍（2009年，巴别中心小学）

无价之宝　　　　梁力尹（2020年10月）

我的玉米和碟片在书包里，我犹豫着等会儿要不要把它们拿出来。

民中的教室里，巴别梦想家正在开着一年两次的工作坊，而我是第一次与这群人见面，恰逢“她”的五岁生日。犹豫不定的感觉仿佛像只跟屁虫似的跟着我，我犹豫要不要参与讨论，要不要举手发言，要不要……这不，正犹豫着，板板的声音把我拉回现实：“请大家把自己带过来的‘宝物’放在你觉得适合的位置。”

那时候还是初二，正在准备期末考。有一天丽俏突然拿着一张纸来找我，跟我说：“你被选中了，这是回执单，参加活动的时候要带去。”我一时不知道是喜还是忧。喜是知道自己成功加入了梦想家，终于可以去体验丽俏说的“活动”。忧是因为接到回执单，看到上面说新加入的伙伴要带属于自己家乡的特产来。

我顿时蒙了，不知道要找什么，想了几天也没有什么眉目。有一天，我跟妈妈聊起来，她说：“我们这里能有什么，不就是玉米和甘蔗。”噢，妈妈的话敲醒了我的木鱼脑袋，除了玉米，我们这最有名的不就是歌圩嘛，爷爷每次都会走到很远的村子去听。于是我就带了一张山歌的碟片，出发的那天早上，我还特意让妈妈去地里摘了一个玉米带到田阳。

那天我很紧张，还在老家等车的时候，这种紧张感就时不时地出现了。我能感受到自己心跳得很快，仿佛全世界都听到了。我双手交叉，不停地走来走去，旁边的人在说什么都听不进去，仿佛世界就只剩我一个人了。到民中的时候，这紧张感更强烈了……

见到板的第一面，她主动给了我一个拥抱，那一刻，我觉得心都要融化了。

周围缓缓移动的人让我的思绪飘了回来，我环顾四周，发现地上铺有一些大白纸，上面标有一些年份，还有一些大家自己手工制作的艺术品和精致的小挂件，我偷偷地往书包里瞥了一眼，看到因为掰下来时间太久而发黄的玉米，还有从街上买回来的山歌碟片孤零零地在里面躺着，仿佛不把它们拿出来，它们就要死去一样。

“拿吧，你不就是要拿来给他们看的吗？不拿出来它们的意义在哪里？”

“不要拿，你看人家的东西都那么精致，你再看看你这个，不觉得丢人吗？”

两种不同的声音在我脑海里吵架，我很想尽量地拖延时间，刚开始的时候还装作忘记带了的样子，跟大家慢慢地走着，但是我走得很不安心，表面若无其事，其实心里慌得很。偌大的教室让我压抑，舒缓的轻音乐让我觉得烦，我深深地吸了一口气，心想：两天了，拿都拿来了，就让它出来透透气吧。

我小心地把玉米放在比较隐秘的位置，其实并没有哪个地方隐秘，只是我自己觉得这个地方不会被人看到。放下去之前，我不想被其他人发现那个是我放的，还特意留在最后一个，偷偷地放下，又快速地起来，但是怎么看都觉得它有点突兀。

放下去之后，还偷偷地看了周围伙伴的反应，担心他们会笑我。但是大家脸上都没有什么变化 ，都在安静、认真地看着每一件“宝物”，完全没有讨论这些东西是否漂亮，是否值钱。我紧张的心终于放下了，也开始和大家一起听着舒服的音乐，转圈观看其他的“宝物”，这让我感觉很安全。

后来，我又一次次遇到这样的事情，比如第一次在大家面前跳舞，第一次尝试做活动……即使做得不是很好，也没关系，最重要的是你参与其中，并收获到了一些东西。我想，梦想家也是一个“宝物”，当你打开它，就会发现其中的包容与温暖。

第一次亲密接触

赵海似（2020 年 10 月）

2019 年暑假，一个偶然的机会，我跟梦想家有了第一次亲密接触。

那天，我刚刚吃完晚饭就接到姐姐的电话，说她在参加巴别梦想家的志愿活动，原来的志愿者来不了，问我愿不愿意参加。那时我已经听说梦想家很长时间了，从姐姐的朋友圈和她的讲述，从梦想家的公号……对我来说，他们既像朋友，又像家人。这样的梦想家，让我不由得也想加入，但又担心自己能力不够。

纠结了一会儿，我还是答应了姐姐。当时天色已经暗下来了，星星一闪一闪地亮着，老家门前的那片田地里，青蛙在呱呱叫着。

去田阳的车上，我一路都在担心自己怎么融入团队，大家会不会对我这个初来乍到的志愿者感到不适呢？到了田阳，团队其他工作人员在外面联系酒店和餐饮，留下姐姐在酒店等我。下午，他们一回来就和我打招呼："嗨，你就是海似吧？终于等到你了。"自然而热情，让我瞬间没有了拘谨的感觉。聊了几句之后，大家就进入状态，为即将开展的小营认真做筹备。

在小营中，我担任活动记录员的工作，相比于其他人既是进组工作人员又是活动带领人，我的工作是比较轻松的。

在开营期间，有个晚上突然房间不够。虽然之前已经和酒店老板商量好了预订的房间数量，但是一个房客突然续房，所以就少了一个房间。于是，我们7个女生决定住在一个大床房，大家轮流睡床，并用多余的被子打地铺。

当我们把地铺打好时，秘书过来了，他看到铺在地上的被子问："你们这是在干什么？打算睡地板吗？"

我们跟秘书解释了房间不够，打算7个人睡一个房间的计划，他马上反对："不行，你们白天带活动已经很累了，晚上还睡不好怎么行，而且这样第二天你们的状态也不会好。"秘书让我们去隔壁酒店再开一间房，但是我们没有动，一个个坐在床上，你看着我，我看着你。

"没事，我们轮流打地铺，而且下面有被子垫着，和睡床差不多的。"

"对啊，我们几个一起睡就好了，隔壁酒店的房间一个晚上要200多块呢！"

…………

我们就这样和秘书僵持着，试图说服他，但秘书还是坚持去隔壁酒店开了一个房间。于是，那天半夜1点，我们4个志愿者搬到了隔壁酒店的"豪华"房间。新开的房间很好，床很软，大家睡得很舒服，一躺下去再睁开眼睛就是第二天了，身上的疲倦感全无，但我们心里有些不是滋味……

因为不是进组人员，我一般都在教室角落的桌子上敲击电脑，记录活动的点点滴滴。记得小营有一个"表白信"环节，在活动的第一天，我们会把写有自己名字的信封一起挂起来，在四天的相处中，你想对谁“表白”，就写纸条塞到相应的信封里。最后一天的时候，每个人都会选自己收到的其中一封“表白信”读出来。因为跟小朋友接触不是很多，所以我觉得自己收到的“表白信”也不多，甚至没有。我还和另一个志愿者开玩笑说：“你要给我写一封，要不然轮到我的时候一封信也没有，太尴尬了。”

让我意外的是，最后我收到不止一封“表白信”，而且信里很多细节都是我无意中和孩子们聊天说的话，却被他们记住了。比如外出实践时，太阳很大，有个女生没有带伞和帽子。我问她怎么不带伞，她说：“今天的太阳不是很大，有时候在家去田里帮忙的时候更热。”我就和她一起撑伞，活动最后她和我说“谢谢海似姐姐给我撑伞”。在小营结束整理物资的时候，还有个男生问我：“海似姐姐你寒假去哪个小营？我可以参加的话就去你的小组。”

后来的某一天，秘书突然问我愿不愿意作为小营联合发起人在暑假发起小营。这一次，我没有犹豫就说了好。

就此开始，我在梦想家中留下一个小小的印记，一个越来越深的印记。

陪伴

“我用心地将几样小菜摆好，给宝宝打了一碗圆圆鼓鼓的米饭。我和他就这样对坐着，话不多。我只管夹菜到他碗里。宝宝闷头吃鱼。宝宝吃鱼的样子，突然又让我觉得实在很可爱。饭后，我们在沙发上谈了许久。我听着他的故事，感受着他的孤独和受挫，轻轻拍着他的肩。”

宝宝小时候长得很可爱

璐瑶（2019 年 6 月）

宝宝小时候长得实在很可爱

宝宝在巴小算是比较大只的，大个子，顶着蓬松头发的大脑袋（聪明），大嘴巴，这些“大”都被他脸上的“小”雀斑打败了。可爱的小雀斑，让宝宝笑起来有一点害羞，也有一点让人揪心的喜欢。

那时候，宝宝四年级。那时候他还不叫宝宝，他叫梁振宝。

大山里的春天像半糖的低因冰摩卡那样恰到好处，够爽，却不冰。你感觉是在喝咖啡，却没有咖啡因带来的脸红心跳，只有可可碱带来的多巴胺让人愉快。天气也是这样。温度、湿度、昆虫的出现频率和花朵的茂盛程度都努力却不过分矫情，使我十分满意。于是乘着周末的山风，我和罗梓月、宝宝、凤桂、开心，一起徒步在他们回家的小路上。这里是巴别乡德爱村多用屯，2009 年的这里，路还很不好走。为了抄近路，他们居然跃上了一个野山坡！我喘着粗气一边抱怨一边手脚并用地爬着，宝宝和几个小伙伴在坡上笑得无邪。

奋斗许久，我推开门走进宝宝的家。天早就黑蒙蒙，村里升腾着家家户户的炊烟，隔壁凤桂的爸爸、奶奶和妹妹热闹地

小时候的宝宝（2010年元旦，巴别中心小学）

边聊天边准备着周末的晚餐。但是宝宝的家里，什么也没有。没有炊烟，没有晚餐，也没有人。一幢还算体面的砖房里，只有一张小小的桌子和一张床。

“宝宝，家里谁砍柴？”

“宝宝，家里谁煮饭？”

“宝宝，家里谁扫地？”

“我自己。”

“我自己。”

“我自己。”

包括梦想家里的人，也都不知道，其实我一直很喜欢宝宝。即使有所察觉的人，他们也并不知道为什么。只有我自己知道，这是从那一天开始的。

青春期的宝宝长得就没那么可爱

彼时的宝宝的个头已经猛蹿到一米七几，头发也开始“杀马特”，时不时出现一撮儿黄毛，可能因为长开了，可爱的小雀斑也不那么明显了。每次开营久别重逢，我都会给他一个深深的拥抱，那淡淡的烟草味对我来说刺鼻，更扎心。松开双臂仔细端详一下这个孩子，发现他左侧颧骨上有一道明显的还没消散的淤青。

“宝宝，怎么啦？”

“撞门上了。”宝宝笑起来仍然有一点点羞涩，更准确地说是尴尬。

我真的有点生气，想骂人来着。但是我眼前突然出现了宝宝家，飘进了邻居炊烟的空空的房间，责备的话到了嘴边却无论如何也吐不出来。

一个孩子从巴别农村来到县城读书，没钱、没见识、没爹妈撑腰，难免被同学看不起、被欺负。被欺负了怎么办？当然必须打回去。青春期的孩子渴望自我，渴望独特，渴望被关注、认可，却没有人能够告诉他该如何获得这一切。不让抽烟，不让喝酒，让他去死吗？周末同学们回县城和周边乡镇的家，不让去网吧，你让他去哪儿？

“宝宝，你为什么打架？”我做不到假惺惺地、道貌岸然地说出这句话。因为我明明知道为什么。

于是我让宝宝在开营期间负责点菜、负责安排住宿、负责组织联络大家，也让他管钱、管账，做小组长。初中到高中，梦想家助学金都是打到宝宝账户，由他管理分发给同校同年级的孩子们。尽管宝宝的个性有些懒散，但这一切他都能胜任，并且做得不错。我发现那个在学校教务处老师眼里不学无术、不思进取甚至不可救药的“顽石”，在梦想家里却是一块热情、真诚、勇敢、有创造力的“宝玉”。但同时，我也深深感受到每次从梦想家回到学校，宝宝的境遇带给他的自我怀疑和自我否定。

中考前，我和宝宝以及宝宝妈妈通了一次电话。我记得那是寒假开学前夕，宝宝和妈妈一起在广东她打工的地方。我真诚地向宝宝吐露了自己对他的欣赏，表示会支持他的任何选择，也鼓励他要有勇气和信心，相信他可以做得更好。

电话那端，宝宝说：“我也想读市重点高中。”

我从未怀疑过，他可以做到。事实也正是如此。

宝宝吃鱼的样子，也实在很可爱

2016 年 4 月的一天，我正在田阳的办公室筹备教师工作坊，突然，“叮——”手机一响，我收到了一条来自宝宝的信息：“板板，我失恋了。”

“我再也不会遇到这么爱的人了。”

“我的人生从此灰暗，我想放弃了。”

“我好后悔，我觉得自己对不起她。”

…………

在持续几天的成百上千条信息之后，我接到了宝宝的电话：“我请了半天的病假，却已经在百色晃了三天了。我不知道要做什么，也不知道要去哪儿。”

“回来吧，我给你做顿饭吃。”彼时我正在收拾行李准备回京休假。挂掉电话，我立即致电航空公司修改了机票，然后出门买菜。

我用茶油和蒜蓉炒了青菜，用好多个番茄碾碎炒了土鸡蛋，还蒸了一条罗非。蒸之前我小心翼翼把鱼鳞清理干净，鱼皮和鱼肚抹盐，用料酒、沙姜、白糖泡了，大火蒸 12 分钟，浇海鲜酱油，撒小葱、香菜，滚油淋上去。

厨房里炊烟四起，香气四溢。此刻我多希望，我能将炊烟和香气布满 6 年前那个独自在家的小雀斑男孩的家。午饭饭点儿已过，宝宝踉跄又狼狈地进了门。他瘦了。

我用心地将几样小菜摆好，给宝宝打了一碗圆圆鼓鼓的米饭。我和他就这样对坐着，话不多。我只管夹菜到他碗里。宝宝闷头吃鱼。宝宝吃鱼的样子，突然又让我觉得实在很可爱。饭后，我们在沙发上谈了许久。我听着他的故事，感受着他的孤独和受挫，轻轻拍着他的肩。

许多年以后宝宝告诉我，这条鱼是他这辈子吃过的最好吃的鱼。这使我想起许多年以前我和某人的一段对话：

我问他："你做饭为什么这么好吃？"

他回答："因为我做饭不是用心，而是用爱。"

宝宝吃的鱼，正是如此。

岛主的愿望是"嫁给富婆"

2017 年 7 月，宝宝"出栏"了。十几个出栏梦想家共同设计实施了暑假工作坊。作为忘忧岛的岛主，宝宝头戴酋长帽，身穿草裙和树叶，惊艳亮相。搭建避风港、收集露水、钻木取火、徒手抓鸡烤鸡、植物时装秀……宝宝和他的小伙伴们共同为孩儿们呈现了梦想家史上最精彩的野外生存体验。

三天之后，宝宝站上了梦想家理事会竞选的舞台。宝宝身穿灰色格子T恤、浅色牛仔裤、一双干净的白鞋，一头蓬松的黑发干净利索。“梦想家的包容和陪伴使我改变，我想去传承这份精神，去包容和鼓励更多的孩子。”现场提问环节，宝宝因为曾经的自由散漫、玩世不恭的态度被挑战，他回答：“我向大家承诺，虽然我平时比较懒，但是我不会在工作的时候懒。我会时刻记得自己的身份，给孩儿们做好表率。”我瞬间泪奔了。此刻眼前这个充满信念感的宝宝，早已没有了小雀斑，却可爱得让人骄傲。我不得不承认，宝宝说服了我。最终他以领先仙哥1票的微弱优势，拿到了理事会的最后一个席位。

我承认我是临时改票的。竞选前的一个月，高考出成绩，小婷婷、辉辉、仙哥、兰玉、宝宝，都过了一本线。填报志愿那几天，他们几个整日整夜地猫在办公室，和我一起翻高考指南、查资料、商量对策，希望找到最优选择。小婷婷和辉辉是最上心的，自己都做了很多功课，备选学校和专业全部列出来和我讨论。只有这个让人操心的宝宝，整天在江滨路吹风、喝啤酒撸串，半点不着急。我为他翻烂了600多页的高考指南，琢磨着可以去哪里、学什么专业。

我问他：“宝宝你想学什么？”

“我也不知道（捂脸）。”

我问他：“宝宝你未来理想的生活是什么样子？”

“当官或者赚大钱。”

我问他：“宝宝你的梦想是什么？”

“我一直觉得只要上大学就很好，我也不知道梦想是什么。”

我还记得当时宝宝的微信头像上有一行字“我的愿望是嫁给富婆”。这也是为什么在竞选开始之前，宝宝不是我心中的理想人选。当然我知道嫁给富婆是一种调侃，但我仍觉得，他还没“长大”，还没“想清楚”，他还欠缺一点点对自我的思考、认定一条路的勇气和坚持走下去的决心。但是，之后的很多事实证明，我的判断是错的，我的改票是对的。

理事梁振宝

正式被任命为机构理事的宝宝，的确兑现了他的承诺。

2018 年 1 月，宝宝和辉辉带领 DST 小组的孩子们，为故乡拍下了许多无比珍贵的小片。

看着宝宝熬夜剪视频的样子，我感受到 10 年前那种让人揪心的喜欢。

2018 年 5 月，宝宝和小婷婷代表梦想家，在 EV 的集训营面对 300 个大学生支教队长，讲述了自己在梦想家的故事和意义。在演讲结束的时候，宝宝说：“10 年前，我是一个生活在大山深处的小学生，我看不到未来的任何可能性，不知道自己的梦想是什么。今天，我是济南大学大二的学生，我想成为一名机械工程师，同时我还知道，自己的未来有无限的可能性。”在台下，我哭了，因为我知道宝宝不再是那个“想嫁给富婆”的宝宝。

2018 年 7 月，宝宝在暑假大营中负责对接捐助人和付费参与者。从开营前到南宁接人，到结营后送机，玩世不恭的宝宝如履薄冰地顺利完成任务（但是迟到 1 次，忘记买包子 1 次。翻白眼），照顾好了大营 60% 的收入来源。

2018 年 8 月，宝宝和亮、美娟一起设计实施了以沟通和演讲为主题的小营。其间，每当小营停滞、受挫、遇阻，宝宝都

梦想家暑假工作坊现场，宝宝在调试设备
（2018年7月，田阳县民族中学）

梦想家十周年晚会上，宝宝拥抱沙画上的璐瑶
（王身敦／摄，2019年7月，巴别中心小学）

在努力地推动、积极地沟通，以及主动地寻求帮助。这一切也保证了小营顺利实施、结营。

2018 年 11 月的出栏工作坊中，宝宝主动担任自造血分舵的负责人，以使梦想家成为一个收入多元且独立的组织为目标，宝宝带领着他的团队每一天都在努力。

2019 年 1 月，我因病不能回到田阳开营，紧急召开负责人会议，宝宝第一个表态：“板板放心，宝宝这边不需要支持，我能搞定。”之后宝宝带领一个 8 人团队，在田阳顺利开了一个测试小营。看到参与者从边缘到融入、从胆怯到有勇气、从封闭到表达自我的改变，宝宝感慨万千，频频通过微信与我分享。我对宝宝说：“也许在某一个瞬间你的鼓励，会改变他的一生。”宝宝回复了两个字：“箴言。”

我知道，我和宝宝早已是可以患难与共的家人，是可以分享秘密的朋友，是可以信任托付的伙伴。

只是直到今天，我仍会时常和大家说起，宝宝小时候长得实在很可爱。

第一次看海

梁振宝（2019 年 6 月）

“今年暑假，我们要去北海。”

“啊！真的吗？北海在哪儿啊？北海是不是有大海？我还没见过海呢！”

2014 年暑假，我就这样怀着期待和忐忑的心情，坐上了去往田阳火车站的车。下车之后，大家充满期待地将身份证交给罗老师，还时不时地向火车站里瞟一瞟。没错，这是我们绝大部分人第一次坐火车，而我，是第一次亲眼见到火车站，第一次这么近距离地听火车的鸣笛声。

车站里人不是很多，冷清的气氛随着我们的到来变得热闹不少，总感觉那是田阳火车站人最多的一次。在角落里的我拿到了自己的车票后，和身边的辉辉、荣伟对了一下座位，然后揣测着板板和罗老师她们会坐哪里。我忐忑着，琢磨我这几天要怎么做到不被关注和不丢脸，应该怎么和她们在陌生的地方相处。

很快，火车来了，原来火车真的和电视上一样！绿色的，而且真的好大。上了车，我和辉辉坐在了一块，还好，板板他们离我们比较远。在车上，可能是因为第一次出行和见到大海，

北海银滩（摄于梦想家第二次游学期间，2014年7月，广西北海市）

又或者是因为我们一路上都在玩游戏，大家都格外兴奋。啊，原来板板也不是一直都这么凶，原来阿国这么逗，笑起来这么七（阿国不可描述的笑声），原来……

我们需要到南宁转动车，但是火车晚点了，我们在车上一筹莫展，不知道应该怎么办。幸运的是下火车的那一刻，去往北海的动车刚好停在同一个站台。“车还在！快上车，先上车，别管座位了。”板板一喊，我们还来不及看动车长啥样，就一起飞奔过去。他们都说动车很快，我也不知道真快假快，不过真的很舒服，不知不觉大家都睡着了。

很快，我们到北海住下了，吃完饭洗完澡，我们到板板房间去玩狼人杀，大家笑了一晚上，我也笑了一晚上，真的很开心。大家笑起来真难听，这也是第一次听到呢！

第二天我们见到了期待已久的大海，哎哟，江河真的没法比。

“你看那里，有螃蟹！”

“啊，贝壳！”

“好大的船啊！”

“呸，好咸，海水真的是咸的！”

…………

我们冲到浪里，相互泼水，我鼓起勇气去泼板板、泼秘书、泼佑佑、泼八哥。我们一起把亮埋进了沙里，晚上一起在河边围圈圈讲故事，一起给婷婷姐和仙仙过生日，一起在河边烧烤，喝了一点小酒，猜了码，板板还跟我喝酒、学猜码了。

那是我第一次看海，第一次坐火车，第一次去那么远的地方。最重要的是第一次觉得大家一点都不难相处，第一次在梦想家非常非常开心地玩，没有一点相处的压力。我第一次全程享受和梦想家的大家在一起的时光，第一次没有逆反心理，第一次觉得大家其实是亲密无间的。

在接下来的几年里，我终于开始积极关注和参与梦想家的活动，开始尝试和大家熟络起来，在大家面前不伪装自己，在无数次难过和无助的时候，点开和板板或者阿国他们的会话窗口。

秘书、宝宝、辉辉、璐瑶的合影
（2019年7月，广西田阳县）

我想写一个夏天

滕城海（2020 年 9 月）

我想写一个夏天，一群人，一场相遇。

一个夏天——2017 年的盛夏。

一群人——荣伟哥、沁姐、园园姐、天丰、美钱、林艳、泰雷。

一场相遇——巴别梦想国的八周年庆典。

2017 年夏天，我第三次参加梦想家的工作坊，那也是我最难忘的一个工作坊。

第一次接触野外生存，我们被“抛弃”在“一座孤岛”上，要在岛上活下去。在那里，我见识到了美钱姐比男孩子还利索的杀鸡功夫，割喉、拔毛、清理内脏、清洗，一串连贯的操作，让我这个男孩子都自愧不如。用打火石生了半小时的火之后，我们每个人的手都被磨得不成样子，最后终于生起了烤鸡的火，心中满是自豪。那天，我的鞋子脏得不敢上脚，但内心却被兴奋和激动塞得满满的。

有第一次野外生存，也有第一次社会实践。我们从“野外”回到人类社会，也要面临生存的问题。我们要努力挣钱保证自

梦想家暑假工作坊中，城海（左四）和伙伴们挑战野外生存
（2017年7月，田阳县五村镇惠洞水库）

己能够在社会上生存下去，用我们在野外生存换来的基金进行以钱换钱。

那是我第一次外出做社会实践，那天我们走了很远很长的路，请别人关注公众号、帮别人干活、陪别人聊天……

那也是我第一次去找工作，一路上走走问问，到了一家粉店门口，我们几个年纪小的实在是不敢上前询问，荣伟哥“苦口婆心”地说：“没关系的，你们就进去试一下吧……”我却一直低着头，犹犹豫豫，其他小伙伴也没有要动的意思。我抓着衣角，默念千万别让我进去问，这时荣伟哥单枪匹马地杀了进去。

过了一会儿荣伟哥出来了，说老板同意我们留在这里帮忙了，还会管我们一顿午餐。我崇拜地望着荣伟哥，心里的石头砰的一声落了地，旁边的林艳也笑开了花，就差原地蹦起来了。

我们一边干活，一边有一搭没一搭地和老板聊天。老板询问我们这几个小孩子是来干吗的，唯一会壮话的我流利地讲，我们是出来社会实践的，还带着一个上海来的弟弟。我们洗碗，擦桌子，过了一会儿又拿起扫把帮店里打扫了卫生，还主动帮老板擦了店里的冰柜。忙忙碌碌，我们一点都不觉得累，反倒是笑着吃完老板管的午餐。我们道别离开之后，老板又追上来，硬拉着我们回店门口一起拍了张合影，照片上的我笑得很开心！原来迈出第一步之后，所有事情都是那么简单。

整整一天里，哥哥姐姐都在照顾我们。荣伟哥一直在鼓励我们做我们不敢做的事情，又时刻提醒着我们注意安全，一会儿是“小心后面的车”，一会儿是“大家多喝点水，别热坏了”。沁姐在一天的辛苦奔波之后，带我们去喝了奶茶。他们就像我的亲哥哥亲姐姐，我们从来都是一家人。在梦想家这个家里，每个人都有成为哥哥姐姐的时候，我觉得哥哥姐姐的照顾就是给弟弟妹妹们最好的礼物，

那个傍晚，从广场一路的那个湖面上望去，绚烂无比的晚霞似乎把我的整个夏天都装了进去。从那之后，我的梦里多了这一群人……

她来了，在那个夏天

韦金珠（2019 年 6 月）

几番回忆，我总会按捺不住那份激动。2014 年夏天我们见到了资助人沈莉阿姨。她千里迢迢从上海来到田阳和我们相聚，只是出场的方式比较特别。开营那天，我们顶着烈日，大汗淋漓地在民中的操场上集合，板板突然拿着话筒说："有个惊喜送给大家。"当板板说完惊喜之后，从门口走进来几个人。我还记得沈阿姨和宝宝的资助人穿得很像很像，都是淡蓝色的衣服，蒙着面纱，充满着浓浓的神秘感。后来板板说："这都是来自上海、北京的资助人，但是得靠你们自己猜，到底谁才是你们自己的资助人呢？你们可以问资助人一个问题，然后猜是不是，如果猜对了，资助人将会给你一个拥抱。"

我们几个围在一起讨论着谁才是我们的阿姨，大家你一言我一语，总以为自己认定的人才是正确的。我不知道该相信谁，我沉浸在思考中，思来想去，脑子依旧一片空白。时间一分一秒地过去，还没下定论的我瞬间感觉好慌。闷热的天气让我更紧张了，心跳加快，呼吸急促，定定地站在那里，像极了做错事的孩子。突然，振甲胸有成竹地说："就那个阿姨吧，看着比较像。"我顺着他手指的方向看去，依旧不能确定下来。她们个个都蒙着脸戴着墨镜，我真的认不出来。最后我放弃了，便处于一种跟风状态，他们选哪个我就跟着选，我慢悠悠地走在他们身后，然而最后还是站错队了。

公布答案时我们尴尬极了，心想沈阿姨会不会因为这个对我们留下不好的印象，可令我没想到的是阿姨一点都不计较，还一直面带微笑，跟我们拥抱相认。那是我第一次见到曾经幻想过无数次面孔的阿姨，第一印象中她不高也不矮，头发乌黑乌黑的，发梢有些黄，眼睛炯炯有神，很和蔼可亲。

虽然接下来的几天里没跟阿姨分到一组，但每次相遇，阿姨都会很亲切地跟我微笑打招呼，我也会做一些回应，但因为自己性格内向，心里还是有一点点害怕与阿姨交流。就在开营的第二天晚上，我们轮流去阿姨房间里做“职业兴趣测评”。我得知自己要单独跟阿姨待在一个房间里做测试的反馈，瞬间慌了，开始紧张起来，一直在自动脑补即将发生的画面，心想着“等下见到阿姨我该怎么打招呼？等下我该坐下来吗？等下我要先从哪句话开始说？阿姨会不会对我的测试结果感到失望？”。

我怀着紧张的心情一步步走下楼，不知不觉中就来到阿姨的房间门口，我站在门外深呼吸，平复了一下自己小鹿乱撞般的心跳，缓缓举起手轻轻敲门。里面传来温柔的声音说“进来吧，门没锁”。我鼓起勇气打开房门走了进去，看到在床边对我微笑的阿姨，我瞬间抛开刚才的杂念，开心地走过去，坐在阿姨旁边。阿姨开始跟我解释测试的结果，她已经通过测试结果了解了我的兴趣爱好、专业等，一一跟我分析着。她分析得很到位，我听着听着便入了迷，也由内而外地感受到了阿姨的温暖，打心底佩服她。这次真的是我自己多虑了，那么好相处的阿姨被我乱想得一塌糊涂。

也是在这次大营里，我们第一次见到了以前阿姨经常在信里提到的聪聪。他是阿姨的儿子，他给我的第一感觉就是一个很神秘的人，高高瘦瘦不爱说话，像极了电视里面那种安静的美男子。跟他相处的时间不多，但我从和他同组的伙伴口中得知他是个很会照顾人的男孩子，虽然刚开始不爱讲话，但熟了之后就能打成一片，然后出各种有用的鬼点子来为组内加分。他们的组员都很喜欢他，都觉得他是个很棒的伙伴。

然而，相聚的时间总是短暂的，不知不觉，离别的日子即将来临，顿时感觉周围的空气都变了。离别的前一天，我们决定送一个印着我们合照的相框给阿姨。她收到后说了什么我已经记不清了，只看到她的嘴角一直上扬，那个笑容很暖，一直印在我的心里。我们几个人在她的房间里待了好久，大家一起谈天论地，然后相互不舍地道别……

这个夏天，阿姨的到来为这个大营增添了不少的温暖，那次见面之后，我们的关系更亲近了一步，我的人生里也增加了一位和蔼可亲的长辈。

滋养

沈莉（2019 年 6 月）

结缘

我内心一直孕育着一个秘密：给聪聪找个小妹妹做伴，凑成一个“好”字。汶川地震的时候，我们曾经申请领养一个女孩，未果。随着聪聪从小学升入初中，我的工作中心也逐渐地从企业的人才发展转向学生的生涯规划，由此开始关注业内的同道中人。

因缘际会，我在 2009 年认识了璐瑶，一个曾经在广西田阳县的小学支教的 80 后女生，因为割舍不下孩子们，发起了资助孩子们上学的项目。我感动于她不是做简单的捐助，而是每年寒暑假都会亲自跑去田阳，顶着寒风酷暑，带着孩子们参与各类社会活动，组织他们开展夏令营，一切只为了“授之以渔”，让孩子们凭借自身的努力走出大山，看看外面的世界，再回到家乡为父母乡亲们改善生活尽力。

我和梦想家的娃娃们结缘的那一刻，简直是老天神助。

所有的一切源于一张“贫困学生调查表”。

我一直想要一个小棉袄，看到喜欢唱歌跳舞乖巧的薪蓓，突然心里有什么涌动，仿佛听到一个声音：就是她了。

振甲有着一张憨憨的淳朴的笑脸，读着他“想拥有自己的事业”的理想，觉着这个淳朴的创业娃有点意思，我要了。虽然我曾经密谋要找女娃娃，可是男孩的微笑也很有杀伤力。

刚 10 岁出头的祚科有着与众不同的眼神，冷峻深邃还带着些许倔强，让我充满了好奇，好想走进祚科的心。

一向属于外貌协会的我，当然抵挡不住漂亮娃娃的吸引力，更何况是双胞胎姐妹，金珠、金玉毫无悬念地被我收入囊中。

作为最小的娃，成绩超优异的浩然很快成为我的溺爱对象。他一会儿是黏人的小可爱，转眼又是出口成章的小大人，恍惚间仿佛看到成年后的浩然壮志踌躇的样子。就这样，沈氏家谱中就多了六个娃。彼时，尚未谋面，只是偶尔写个信，当时孩子们还没有手机只能收信，过年过节电话里会传来孩儿们稚嫩的问候声。

田阳之行

下定决心去田阳，在我的人生经历中绝对属于一场壮举。

对于我这种从来不做攻略却想象力超级丰富的人来说，田阳之行在我的脑海里已经翻滚过无数次了。

颠簸起伏的路面，崎岖不平的山路，清冽的野风，口味浓重的饮食，简单清贫的家庭，内向腼腆的孩子，语言不通的爷爷奶奶们……

于是我特地买了防晒衣，第一次穿上了运动鞋，备了一次性床单，带上了我的保温杯和筷子，配置了专治头痛的精油，另外特地给每个家庭备了上海的特产。

这是一场温柔的冒险，很期待和当地的花花草草、山山水水来个亲密的接触，当然还有我的那些通过无数次电话却从未谋面的小可爱。孩儿们我来了，偷偷地，只为给你们一个惊喜。

在飞机上，我写下了未来几天的目标：

帮助孩子们了解自己是谁，初步明确未来的目标。

帮助孩子们提升自己的沟通能力和团队协作能力。

拓宽孩子们的视野……

2014 年 7 月，我终于第一次踏上了田阳的土地。在去和孩子们“相亲”的路上，不免有些忐忑，各种猜测：会冷场吗？会尴尬吗？会有语言障碍吗？该说些什么呢？

璐瑶之前吩咐，不要告诉孩子们我会来，给他们一个意外惊喜。所以我们 3 个资助人的出场非常之戏剧化。3 个高矮胖瘦一模一样的女人，在 30 多摄氏度的大热天，碰巧都穿了蓝色连帽防晒衣，戴着墨镜，用围巾将整个鼻和嘴都盖住了，活脱脱的 3 个阿拉伯女人。6 个孩子费了好大的劲，商量了半天，怯生生地看看我，看看其他人，走过来站了几秒，随后又挪到隔壁去了，最终还是站错了队。

孩子们比照片上瘦小，可是一见面就亲得很，仿佛就是我失散多年的娃。振甲一脸惭愧一个劲儿地道歉：“阿姨对不起，我们没有认出你。”薪蓓一把提过我的包，成了我的贴身保镖。金珠、金玉两个小妹妹怯生生地站在外围，安静地看着大家，非常轻非常轻地打了声招呼“阿姨”，无须过多的语言，无须过多的举动，我们的心，在那一刹那，连上了。祚科在拥抱我的刹那，把脸背了过去，两三秒后轻轻地嘟哝了一句：“阿姨，我都要哭了。”浩然就好像见到了久未谋面的娘，紧紧地抱住了我，仿佛在委屈地抱怨着：为什么才来？为什么事先不告诉我你会来？那种场面，心的某个部位会紧紧地抽动。这就是我的全家福。

于是，2014 年的暑假，我们全家团圆了。从未想过，有那么一天，我会左拥右抱着我的 6 个娃。

贴心温暖牌小棉袄，细心呵护着我的衣食住行。淳朴创业娃既有着大哥范儿，各种杂事累活都扛着担着，又有着低调的黑色幽默，经常在不经意的时刻冒出一句好玩的话，或者在我即将破坏当地风俗的关键时刻，咬着我的耳朵认真提醒我，从淳朴创业娃化身为睿智军师甲。

祚科特地剪掉了心爱的艺术家长发，因为璐瑶软硬兼施，“如果你不剪，就不要来见阿姨”。他那倔强的眼神被酷酷帅帅的表情所掩盖，活脱脱的众人皆醉我独醒的艺术家一枚。

金珠、金玉一如既往的沉静少语，但在“拍立得”出现的时候，活脱脱地变了个人，内在隐藏着的活跃焕然而出，一直请求着要多拍几张照……

我的身边始终黏着开心果浩然——四年级的男孩，成语连篇，反应极快。拍“拍立得”的时候拉上了哥们摆出各种酷态。留言板上有他的智慧之语：笑也是人的品质。

看看孩子们的家

雨过天晴，终于可以下村去看看孩子们的家和他们的爸爸妈妈了，我心情万分激动。车上，孩子们告诉我，他们每天早上 5 点多天不亮就要出门，走两个小时的山路才能到学校。现在是玉米的收获季，一般在家的三楼会晒玉米，晒干了之后，好的磨成粉，烧成玉米粥，那可是田阳一绝哟。

第一个小朋友的家，一栋楼开了两扇门，左边是小朋友的家，右边是大伯家。这是当地的习俗：家里如果有两个儿子，父母在盖房子的时候一定会开两扇门，有点像城市里的连体别墅。这样儿子们长大结婚后，就自然而然地有了自己独立的家。独门独户，同时又比邻而居。

一进家门就被吆喝着吃饭了，家酿的玉米酒非常清香，闻上去与其说是酒，倒更像是饮料。这里的鸡绝对是走地鸡，没有任何激素，上海很难买到正宗的散养鸡。本来想假惺惺地推辞，哪有一坐下来就开吃开喝，多没礼貌啊。幸亏振甲贴心地咬耳朵告诉我："在我们这里，进了家门，至少要吃一口饭菜，才不会破了当地的规矩。"好吧，我很乐意入乡随俗。同来的方老师可过了瘾，三天没有喝酒抽烟，终于如愿以偿，开怀畅饮当地的米酒。

去振甲家的路上，我留意看了周围的房子。这里的房子都是用砖砌成的，大多是二层楼高。门通常是左右两扇合并而成，显得进门处非常的宽敞。这里的楼梯是没有栏杆的。一般一楼是客厅和餐厅，卧室在二楼。每个房间都很大，几乎都是正方形的，估摸着至少有 25 平方米。有的房间在窗的位置用木板隔着，就成了卧室。房间里的家具非常简单，一张床，一张桌子，很简朴，比起上海的卧室堆满了五斗橱、大橱柜、床头柜、电视机柜的狭小拥挤，这里的卧室敞亮没有局促感。有些房间没有窗，是敞开着的，地上晒着玉米，铺满了四分之三的地面，房间里放着铁蒸格，一格一格叠着，估计有两米高了，这大概是用来煮玉米的吧。

家家户户的房间里都会贴着各种红纸，上用毛笔写着"祖德流芳""本家人安物阜"，一般在红纸的正下方会有一张供桌，上面放着香炉。墙壁上通常还有很多孩子的奖状。房子的四周会用简易的铁栅栏围着，里面养着鸡鸭。振甲家养了 50 头羊，爷爷刚放羊回来，正好可以拍张全家福了，我当然也是全家之一。我还亲自动手剥了南瓜藤，那南瓜藤汤分外的鲜嫩。

去薪蓓家的路上简直是 VIP 的待遇，专车接送——乘摩的。经过 5 分钟的拉风之后，开始进入颠簸的石头路，风很清凉，凌乱了头发。我突然惊出一身冷汗，我那骨折过的尾骨能经受得住颠簸所带来的撞击吗？问题是还不知道这种颠簸要持续多久。于是我不断地挪动我的位置，最后在摩托车的行李架处觅到了合适的位置，因为有镂空，避免了硬生生的撞击。同时仔细观察路面并使出骑马的半站立姿势，终于有惊无险地抵达了。

振甲过来对我说："阿姨，看到你坐得那么靠后，可把我吓坏了。"现在想来，确实很后怕。我是坐着摩托上山，山路大概有 45 度吧，我的身子一直是往后仰着的，难怪跟在我身后的振甲会吓得以为我随时会被甩下车。当然他不知道，我真的是使出了吃奶的力气，死命抓着行李架，由于用力过度，手掌上被生生勒出了一道一道的红印。

到薪蓓家继续吃，可不能破了村里的规矩。每家每户都准备了很多菜，满满一桌足有10多道，多以肉类为主，有白斩鸡、红烧鸭、豆腐包、猪血肠（有点像我们的豆腐衣塞肉，做成了红肠的形状）、烧肉（我不知道菜的名称，但长得很像广式烧肉）。很有意思的是，几乎每家都有小米粥和玉米棒。

薪蓓的家在山上，夕阳落入林间的瞬间，散发出宁静的美。我和振甲站在阳台上看了好一会儿，我们好像聊了什么，但是已经记不清了，只有这幅夕阳余晖图深深地烙在了脑海里。

山里的礼物

见面很兴奋，分别则有些尴尬了。

热情的爸爸妈妈爷爷奶奶们不但塞饱了我们的肚子，还拿出了早就备好的当地特产，3 盒大米、3 包山楂、3 大罐水梨、1 箱熟玉米、1 箱生玉米、1 瓶糯米酒，等等等等，壮观之极，感觉我可以开个小超市了。

看着一包包大米、一箱箱玉米，都是原生态的东西，在上海可都是有钱也不一定能买到的啊。水梨和玉米都是我的最爱，想着接下来每天都能吃上糯糯的玉米和香甜的水梨，顿觉嘴角生津，幸福满满。可是，我是梦想家的代表，是孩子们的阿姨，是从上海来的，我的头顶瞬间冒出了无数个问号：

拿还是不拿？

这是不是村民家半个月的口粮啊？

拿了会不会破坏了梦想家的规矩？

拿了会不会有损我高大的资助人形象？

不拿会不会伤害了爸爸妈妈爷爷奶奶们的一片真情？

如果拿，是全部还是一半？

选贵重的还是廉价的？

我的脑袋就像个搜索引擎，闪出无数个二进制代码，试图找寻正确答案。

无奈，只觉得一团乱麻，这些问号晃得我直发晕，头皮开始发麻，有那么两分钟，我整个人处于完全放空呆滞的状态，恍惚中听不清大家在说什么，只觉得大家说话的声音好遥远，好尴尬啊。显然，我的逻辑我的左脑我的原则已经不起作用了。

我深吸了一口气，在内心默默地问自己：你来田阳的初心到底是什么？

脑海里闪出无数个弹幕：

我是资助人，来送温暖的。

我是引路人，来指引孩子们的。

我是来自大城市的，让孩子们开阔眼界。

我是客人，来蹭吃蹭喝的。

我是旅行者，来体验乡村的生活。

可是，我的心仍然是揪着悬在半空，好像都是，好像又都不是。

看我犹犹豫豫的样子，他们急了，操着浓重的口音，拉着我的手说：

“这种大米是我们家乡特产，上海买不到……”

“这玉米是我们家自己种的，又香又糯，天然得很，我煮了一些你路上带着吃，还有些生的带回去给家人尝尝……”

“这酒是我们自己酿的，知道你们要来，很早就开始准备了……”

每次过年的时候回宁波老家，姨妈们也是这样拉着我的手，操着浓重的宁波口音，边说边塞给我们一大堆特产。

我是谁？我就是远方的一个普通人，因着孩子们，有机会来到了巴别，遇到了简单淳朴的巴别老乡，热情真诚地分享着令他们自豪的特产。

是我给自己带上各种有色眼镜，起了分别心。

“谢谢大家的礼物，只要车装得下，我都带回去，也会跟孩子和其他资助人一起分享。”我坦然地收下了所有礼物，他们的真诚填满了我的心房。

此次田阳之行，除了大米、玉米、山楂、酸梨，我还收获了孩子们满满的爱……太多太多的片段和瞬间，让我感到非常的富足，即便每天只能睡 4 个小时……

成长与滋养

临走的那一天，孩子们精心制作了 2014 年的全家福，塞到了我的行李箱里，而此刻，这张全家福正安静地立在我的书桌上。

时间在流逝，我已华发初生。

现在，薪蓓已经褪去了青涩，成了日系美少女。她去幼儿园实习了，我的小棉袄成了众多娃娃的孩子王，我们的话题转向了儿童教育。

振甲去了南昌攻读电子商务，我们会谈如何制作 PPT，会聊学生会竞选，会讨论商业项目。

祚科好像是失联了，艺术家不都是这样的吗？他们需要自己的空间，需要独特的体验，才能孕育伟大的作品，我的脑海里一直飘过祚科冷峻倔强的眼神，某一天艺术娃一定会带着他的作品回归。

金珠、金玉是极大的惊喜。在安静了那么多年之后，她们突然爱说话了，积极参与各类活动，细心提供各类服务，突然我又多了两件小棉袄，暖心。每一朵花都会开放，有的早有的晚，我们需要做的就是耐心等待细心呵护。

一直认真读书成绩优秀的浩然在进入初中后，遭遇了同学的冷遇，也经常会为自己的某个成绩没有达标而斥责自己。我们开始探讨智商和情商的关系，探讨成绩和智慧的关系……

孩子们在成长，转眼就毕业了工作了结婚了生子了，无论在哪里无论什么时候，我们都是一家人。

我一直不是很喜欢“公益”和“资助人”这些词。我们只不过在出生的时候比孩子们更幸运，而孩子们在精神上则比我们更纯净更富有。与其说是我们给孩子们带去了物质和生活上的帮助，不如说是这些孩子让我们看到了生活的另一面，领略到人生可以如此不一样。我们远离了城市的喧嚣，在宁静纯朴的乡村净化着被 PM2.5 熏染的肺。在和孩子们同吃同住了 4 天之后，孩子们带给我们的震撼、人生体验和洗礼远远超过了我的想象。

璐瑶说，每次只要回到巴别，就像是到了天然氧吧，就像打了鸡血一样，再苦再累都很兴奋，完全做回了自己。

到底是我们在帮助着这群孩子，还是这山这村这群孩子滋养并洗涤了我们被城市和世俗熏染已久的心灵，这是一个值得思考的问题。

相识七年初相见

风荷（2019 年 6 月）

“师兄，你是哪个系的？哦，也是法律系的，辛不辛苦？听说咱们法律系最苦了，师兄，你是过来人，介绍介绍经验呗，也好让我有个心理准备。你看……”

耳边是一个自来熟的新生在向接新生的师兄滔滔不绝地请教。我一边看着四周有没有自己期盼的身影，一边支起耳朵，听他俩聊天。

呵，美娟也是法律系呢，是不是真的很苦？

正胡思乱想的我，看远处有个小不点向我笑眯眯地走来，似乎觉得周遭的声音突然没了，如同突然中了消音器的弹幕，刹那安静。

眼前走过来的小女生在我眼里过分瘦弱了，但眼睛亮晶晶的，熟悉又陌生。美娟考上大学啦！美娟来北京上学啦！她终于离我很近很近啦！忽然间，我觉得仿佛是在接自己离家多年的女儿回家。

有时候，命运真是奇怪，在你觉得很平常很普通的一件事，却有可能改变自己未来的生活或人生。哪怕是一顿普普通通的饭，也吃出不一样味道。

我和美娟的相识，就是从一顿饭而来。璐瑶从田阳支教回来，我、璐瑶老妈、璐瑶一起吃饭，吃饭间说起璐瑶那边孩子上学的事儿，瑶瑶就说有几个小学的男生女生需要资助。当时她先拿出一个小男生的照片，随后才是美娟的，当时我看到乖巧的美娟，虽然有点怯生生的，但眼睛亮晶晶的，一看就想抱抱她。“她行吗？”我有点忐忑地问，生怕美娟被别人捷足先登抢走了。

美娟到中国政法大学报到，和冯莉琼初次见面（2016 年 9 月，北京）

“可以呀！冯姐，美娟可乖可爱学习啦，你们真有缘。”

那一刻，我的心里竟激动得有点慌乱，毕竟我那时还没成家，自己单身一人在北京闯荡，一下子有了一个自己牵挂着的小不点，完全不知道怎么去做。不过是因为相信璐瑶，相信她会教我怎么去承担一份责任，怎么去爱和接受一个小小人儿的爱，就有了此后种种令人期盼的你来我往。

开始我们是书信来往，美娟的信写得工整干净，美娟的贺卡制作得稚嫩而精心，每一封信每一张贺卡我都小心保存着，搬了多少次家，也没有丝毫损坏缺失。

就是这样一个带着一丝羞怯和倔强的小小的人儿，今天，

美娟和小伙伴们在梦想家工作坊中（2018年1月，巴别中心小学）

此刻，终于跟我相见了。

我看着这个笑嘻嘻的小女生，忍不住怪她：“你咋这么瘦？这么小？”是的，一张张照片里，她在一天天长大，从10岁的小丫头到18岁的青葱少女。在我的想象里，那应该是一个比我高一头的青春飞扬的女孩子，可是眼前的小人儿在我眼里就像个初中生，那么小那么瘦，我的心无来由地揪了一下。

“我就是一直这样，怎么吃也不长肉，最近还胖了一些。”美娟笑着回答我，我们竟然没有丝毫陌生感，仿佛才分开没几天。我们在校车上说这说那，一路唠叨到学校。

到了学校，一起和美娟找到宿舍，我竟然有点发怵。看着一屋子的人，有美娟宿舍的同学，也有同学的父母。我一一问过她们来自哪里，突然想起网上和新闻里说大学宿舍中经常会出现霸凌。我一下子开始胡思乱想——会不会美娟的宿舍里有这样的同学？就爱指使别人，就爱使小性子，就爱说三道四，就爱……总之，脑子里一瞬间，全是某个同学对着美娟指手画脚的样子。

虽然那时候我在与璐瑶说说笑笑，还在问一个家长他们当晚如何住宿，但是我的眼睛从宿舍里的同学脸上扫过来扫过去，想看看凭自己多年的混世经验，看看哪个人不好相处，好提前给美娟提个醒，特别是那个北京的同学，真的怕她欺负我的美娟。

我暗暗琢磨着，还找了个时机提醒美娟，希望她跟同学相处时仔细一点。谁知美娟浑不在意，很笃定。我暗自捏了把汗。可想起她办理各种开学手续时不拘谨不胆怯的样子，仿佛学校的一切，她早已熟悉一般，我心里又暗自欣慰：咱们的美娟，别看个子小，办的事儿，比起我们大人还胸有成竹，不慌不忙。长大了，长大了，终于长大啦！

她已经开始有了自己的生活、自己的圈子、自己的目标和规划。那个曾经稚气未脱的小小女孩，凭着自己多年的努力，来到北京读大学了。

她，已经脚踏实地地向着梦想靠近，酝酿一场人生最美的开始。

直到今日，转头无意间看到书架上那本《孩子，你慢慢来》，还是不由得想起美娟。是的，孩子，你慢慢来，随心走你的人生，只愿你开心、健康、幸福……

樱桃熟了

严小英（2019 年 6 月）

樱桃熟了，饱满的红色果实挂满了树梢。五一节阿国和苏婷来的时候，讲好月底要再来，爬树摘樱桃吃。

阿国就是苏光国，是我在梦想家曾经捐助过的孩子。2009 年我们初识，他小学六年级还没毕业。那年我的外甥女璐瑶到阿国所在的广西田阳县巴别中心小学支教，将梦想的种子撒在了阿国和孩子们的心里。

按计划，支教为期半年。半年中，璐瑶与她的学生建立了深厚的感情，半年之后，她没有离开。璐瑶担忧，如果没有人为孩子们做些什么，他们未来的人生恐怕只会重复父辈的轨迹，只有进城务工一条路。所以她不顾一切地留下来，发起了巴别梦想家这个教育公益组织，决定陪伴孩子们成长，帮助他们改变命运实现梦想。面对孤注一掷的璐瑶，我除了支持没有别的选择，况且我也存有与她同样的心愿。就这样，我加入梦想家，成为阿国的捐助人。

我至今保存着阿国的来信，来自广西百色市田阳县巴别乡更表屯。稚嫩的字体，每一封都中规中矩，以“尊敬的严阿姨，您好”开头，末尾写上“此致，敬礼”。在信里，阿国告诉我家乡的天气，有一年特别干旱；告诉我家里发生的事，包括爷爷的去世和姐姐的出走；他会说现在北京天气凉了，阿姨注意身体。更多的内容，是介绍自己在学校的生活，尤其是学习成绩。我在回信中，和他聊北京的生活、自己的家人和工作，还有其他的长辈对小孩子的例行叮咛。我刻意避免使用“改变命运”之类的言辞，不想给阿国施加任何压力。

我们通了两年信，直到电话普及到了更表屯，这样就能够约好在阿国放假回家的时候通话。再后来，手机普及了，彼此的联系变得更加便捷，可以经常通话或者发短信。璐瑶有时会发给我孩子们的照片，黝黑瘦小的阿国，长着典型的南方人面

阿国大学入学当天，与严小英初次见面（2015年，北京）

孔，和秘书、佑佑、美娟几个站成一排，对着镜头腼腆地微笑。

阿国将璐瑶当成他人生中的天使，为了来到璐瑶的家乡——北京上大学，他高中三年拼命学习。2015 年的高考，梦想家的孩子们创下了田阳的纪录。而我，居然有一天可以在中央民族大学的校门口迎接阿国，这是当初连做梦也想不到的事。还记得那个 9 月的下午，结束了单位的一个会议，我匆匆赶到民族大学。只在照片中相识的我们，终于得以见面。那个黝黑瘦小、长着南方人面孔的年轻人，目光锁定了人群中的我，快步向我走来。我抱住他，内心不住地感慨：这孩子从巴别的大山走进了北京，他这一路走得多么艰难，经过了怎样的辛苦，实在令我难以想象！

难以想象的事不止这件，大学生阿国曾写过一篇文章，文章中这样写我：“每一封信中，她不断地告诉我要好好生活、好好对待父母、多锻炼身体、好好跟同学相处。她会问我的学习情况但从不给我压力，因此我能感受到她之所以帮助我不是为了让我拿好的成绩去报答她。”阿国竟然可以如此准确地了解并接受我传递的心意，使我感到既意外又欣慰。

过去，我在遥远的地方陪伴阿国长大。大学四年，我于近在咫尺之处继续关注着他，让他独立，不去过多介入他的生活。每次在家里相聚，我常常问他是否已经适应了新环境，有没有结交新朋友，学业方面有没有遇到困难，有没有参加一些社团活动，与老师同学们相处好不好……阿国不厌其烦地回复我的唠叨，答案总是自信又肯定。每年寒暑假，阿国会回到田阳参与大营的组织工作，平时的日常工作，他也利用自己的电脑专业知识做些远程的贡献，有时还会随璐瑶一起参加公益组织的会议。

在我面前，阿国虽然并不拘谨，但也不是一个健谈的聊天对象。他总是坐在圆桌旁，在阳光下眯着一双本来就不大的眼睛，边吃水果零食边等着我发问，然后操着广西普通话，慢悠悠讲出梦想家里发生的故事，还有他在大学里的生活。璐瑶告诉我，作为第一批出栏梦想家，作为田阳县第一个考到北京的大学生，阿国在梦想家，尤其在小孩子们中间很有影响力和号召力，他的能力得到很大的提高，在机构里发挥着重要的、不可或缺的作用。这正是我所希望的。

现在，已经大学毕业的阿国进入了职场。我和璐瑶一样，尊重他的选择并祝贺他获得人生中的新机遇。

对我来说，阿国是梦想家里一个特殊的存在，这个我曾用微不足道的捐款资助过的孩子，后来成了我的小朋友，彼此在心里长久记挂着对方。他入职后送我的礼物，温暖着我。他请朋友为我画的素描，挂在我的房间，看到它就会时常想起阿国。前不久，阿国去了深圳工作，他这样同我告别："我还是你们的阿国，只是为了未来在前面奔跑着。"

我其实非常感谢阿国，他给了我很深的感情。他认真努力地过好自己的生活，从没让我烦恼或操心。猜猜阿国对我说过最多的一句话是什么？——"我知道，阿姨你放心！"

未来从这里开始　　　　何秋茹（2019 年 6 月）

未来从这里开始

“大家愿意跟着我，我们相互陪伴着一起走向未来吗？”

黑透了的夜幕中一束聚光灯打在板板（板板是璐瑶的昵称，现在我们更多时候叫她板板）身上，顺着这道光望过去，她站在静静亮着的星星灯前，一只手握着话筒问我们。

所有人都在用力回答：“愿意！”

“那咱们走吧。”她的声音很稳，隐隐地带着沙哑。后来我才知道，那是因为持续高烧引起的喉咙发炎。再后来我也知道了每次开营板板都会生病发烧，可是除非她自己说，否则你根本不会知道。

她仍然面向着我们，高高举起右手手臂，缓缓转身迈开了步子。伴着欢呼和烟花，大家向“未来”走去。

那是我第一次来梦想家。“未来还会不会有我呢？”

带着这个疑问，我也跟随大家走着，写寄语、签留言、拥抱嬉笑合影……

在 T 恤上写完留言后，振甲问我：“下次还来吗？”

我说：“来啊！”

“来！”他伸出手，四指并拢向掌心收起，只留了小手指等待着。

我抬头看他，用眼神确认“真的要这样吗？”

“来，拉钩！不来就是小狗！”

虽然有点嫌弃他幼稚，还是和他勾了手指、按了印章。

其实还有好几个孩子，他们都问过我下次还会来吗？还能再见面吗？我告诉他们会的，我们会再见的。2016 年夏天，在褪去燥热的二小操场上做出的回来的承诺，被我兑现了。从那以后的寒假、暑假，我都会来赴一场和孩子们的约会。而我自己，从营会的志愿者、协调员到机构的兼职工作人员，再到梦想家中“唯二”的非田阳籍终身成员，与梦想家的牵绊越来越深，与孩儿们的感情越来越深厚，也与真实的自己越来越近。

“你愿意来吗？”

那是 2016 年深秋，一个很平常的下午。我在餐桌上整理着项目资料，板板打来了电话。我从椅子上起身，站在窗边听她说着“巴小其实挺难的……这个校长还是挺希望能为孩子们做些事的……我也挺希望梦想家能为巴小做点什么的……你愿意来吗？”

我和板板讨论了一些构想，决定先从调研做起。于是在 2017 年的 1 月，我再次去了田阳，回到巴小，和板板、八哥一起做调研，了解老师和学生的情况和需求。

那年的 1 月特别冷，因为连续不断地下雨。中午，孩子们和老师们都午休了，无处可去的我们仨就在雨停的间歇到空地上玩“我不是狗，我不是猪，我是人”的游戏。八哥常常玩着玩着就会说成“我是猪”或“我不是人”。这个时候，总有板板响彻天地的笑声。

每天中午和晚上，住宿的几个老师会一起煮饭吃，因为我们在学校调研，就连带我们的一起做了出来。寒冷的阴雨天中，一锅冒着热气的火锅向我招手时，内心是无比激动和向往的，可行动却是犹豫和迟疑的。“真的好吗？这样蹭吃蹭喝不好吧！”可是犹豫不过两分钟，就被香气征服了。

“小茹，你吃这个鸡，特别好吃。”

“你吃这个豆腐包，这是巴别的特色，只有巴别豆腐包是最好吃的。”

“你吃这个白菜，它是甜的，特别好吃。”

…………

“我的天哪！太好吃了吧。太幸福了！”

板板一波一波高调的推荐和赞美，使我渐渐被美味和热情捕获。

之后就有了 2017 年 6 月，梦想家的第一次教师工作坊。

其实年初的时候，板板已经病得很严重，直到这时仍然没有好起来。她每天都要喝很苦很苦的中药，那是从百色的医院开回来的，需要自己煎。开营前，板板说这几天就不喝了，没有时间弄。我想怎么也不能断了药，就带上药罐和药一起去了巴小。第一天晚上，在巴小一间闲置的教师宿舍里，板板端着药罐，紧着鼻子皱着眉头，楚楚可怜地和我商量能不能不喝。我非常残忍地拒绝了她。因为忘记带杯子，板板只能等药罐中的汤药凉下来后，端着罐子往嘴里倒。想想是真的难为她，汤药水都那么难闻了，还夹杂着药渣。

工作坊的最后一天，宝宝、辉辉和婷婷三个高考结束的巴小毕业生，要回到母校，给老师们分享他们这些年的成长故事。他们三人在工作坊的第二天晚上来到学校，当天活动结束后，三人依次“彩排”。其实当时我心里有疑问：“真的需要彩排吗？已经准备了稿子，直接上场讲不就行了？”不过当时我没有说，只是静静地坐在一旁听、看。我发现，经过板板指导一次，再次上场的宝宝演讲的时候明显不同了，状态更加从容、自信，语句也更加顺畅、坚定。“原来是这样的。可是这娃也太厉害了吧，就这么点拨一下，马上就有不一样的呈现，真是让我自惭形秽。”

彩排结束已是深夜，三个娃留宿在学校。宿舍只有里外两个房间，每间一张床。宝宝和辉辉挤在外间和衣而眠，婷婷跟我和板板睡在里间。睡前听着他们互相挤对、互开玩笑，很是欢乐。原来，“一起长大”是这样的感觉啊！

那次工作坊第一天的活动，是秘书和佑佑带领的。两个大二的娃，带着一群母校的老师在敢壮山进行参与式的工作坊，想想都是大写的佩服。我还记得，那天他们戴着同款的黑色帽子、同款的黑色墨镜，阳光下拿着话筒的样子超级帅。

我也是有身份的人了

我是梦想家里“唯二”的非田阳籍成员。除我之外，那一个是板板。

那是 2018 年寒假大营。开营前，工作室一如既往地聚集了很多孩儿在做准备工作，我也在。有天下午，孩儿们突然互相拍起了“大头照”。不知道前因后果的我还以为是年轻人的日常娱乐。晚上，板板说让我拍一张 1∶1 的照片发给她。联想到下午大家都在拍照，我默默在心里寻思着“难道今年的志愿服务证书要放照片？”，便随便拍了一张发给板板，结果被吐槽太丑了，要求重拍。又发了一张过去，板板说“算了，还是用第一张吧”。哈哈，我也很无奈，照相真的丑，而且很怕拍照，不过好歹是有一张能用的了。

那年寒假，我们还是回了巴别，而且还在街上做了晚会。提前好久，娃儿们就在巴别的各个村屯宣传开了。那晚在巴别街的篮球场，来了好多好多孩子们的亲人、乡邻。晚会的尾声，是一个荣誉时刻。辉辉、宝宝、秘书、佑佑、荣伟、凤仙、苏婷、美娟……还有好多其他的出栏娃都被叫上了台，并且各自收获了一枚不同称号的证书。他们在台上站了长长一排，如珍宝般捧着自己的证书，脸上满是骄傲的笑。台下是一波接一波热烈的掌声和欢呼。突然，我听到自己的名字，“竟然还有我的？会是什么呢？”就这样带着好奇走上去。我获得了“终身成员”的身份认证。天哪！这就是终身成员啦？以后我该怎么做？要说些什么吗？这也太突然了吧，怎么事先一点儿也不知道！

懵懂地下来，晚会怎么结束的已经完全不记得了。结束后和大家一起撤场、搬物资回巴小。可是那晚并没有就此结束，庆祝仍在巴小的食堂内升温。

其实在那个晚上之前，大概是暑假工作坊结束后的某天，板板和我说孩子们已经把我当自己人了，我更多的是感到意外和难以置信。这样一个身份的授予，让我认真思考了“自己人”的含义。在这里，我有更多的责任了。当然，我也可以更放松一点、更真实一些了。

广西梦想家乡村贫困青少年关爱中心
终身成员 证书

授予

何秋茹 小姐

亲爱的何秋茹，

感谢你来到巴别梦想家，更感谢你一次又一次地回到巴别梦想家。你的善良和纯净，感染着梦想家的每一个人，你发自内心地关怀和帮助着大家，得到孩子们的无限喜爱。更为可贵的是，于危难时、困顿中，你与梦想家荣辱与共、不离不弃；梦想家也因你的贡献，得以更好地发展。在2017年的教师培训和2018年的阅读空间项目中，你勇挑重担，用专业和爱心支持着本地的教育创新实践。

我们很荣幸拥有你，并诚挚邀请你成为梦想家的终身成员。

特颁此书，谨表谢忱！

广西梦想家乡村贫困青少年关爱中心

2018年1月

小茹的梦想家终身成员证书（颁发于2018年梦想家寒假工作坊）

阿马和梦想家的故事

梁凤荷（2020年9月）

我叫梁凤荷，是一名广西大学泰语专业的大四学生。我有一个外号叫小马，梦想家的小伙伴都叫我凤荷，秘书和振甲喜欢叫我阿马。

我从高中就认识巴别梦想家了，因为我所在的学习小组有一个小伙伴是梦想家的内部成员，也就是现在的出栏梦想家苏婷。苏婷经常会在课余时间和我们分享一些她在巴别梦想家的故事，讲他们每年寒暑假的工作坊，讲他们的社会实践。每次看到她讲这些东西的时候，眼里都是带着光的，我当时很好奇，到底梦想家是一个什么样的组织，能让苏婷这么热爱，能让她经常放弃和我们组员的聚会，也和她许诺过，以后上了大学一定会去做一次志愿者。

第一次报名去梦想家做志愿者是在2019年的寒假，当时是秘书、辉辉和苏婷一起面试我的。那是我第一次被那么多人同时面试，也是第一次以线上访谈的形式面试，所以当时我的内心很忐忑。秘书问我了我好几个特别“刁钻”的问题，我记得其中一个问题是“我对实践共同体的看法”，这让我觉得秘书“不太好惹”，但这和后来见到的他形成了巨大的反差。

第一次见秘书的时候，他坐在旧工作室的电脑前面，笑眯眯地对我说：“哈喽，凤荷，我是秘书。”小小的眼睛眯成了一条缝。秘书旁边围着一群梦想家的小伙伴，大家也都热情地和我打招呼，仿佛认识了很久的老朋友。后来我发现，秘书平时喜欢开玩笑，也会和大家打打闹闹，但是一进入工作状态，就会变得很认真，梦想家有很多小伙伴都是这样的。有时候我也很佩服他们，能在这两种状态之间自如地转换。

2019 年寒假的志愿服务经历，让我感受到了在别的志愿活动中无法实现的参与感和融入感，大家都能记住我的名字，让我觉得我不仅仅是一名“志愿者”。工作坊期间，我们同吃同住，一起熬夜复盘，一起为第二天做准备，但是大家都没有怨言，每一个角色都在为了同一个目标而努力。

也正是从这里开始，我和梦想家结下了不解之缘。从那以后，我成了巴别梦想家的长期志愿者，参加了一次又一次的工作坊，我和梦想家的关系越来越密切，认识了很多梦想家的小伙伴，成功打入了梦想家的内部。

虽然成为梦想家的志愿者只是一年多以前的事情，但我总有种已经和梦想家认识很多年的感觉，秘书也经常会说“你都来那么多年了”。有时候会有点恍惚，觉得自己在做梦，又有点相见恨晚的感觉。

我原本以为自己会一直以一名长期志愿者的身份陪伴梦想家，直到今年年初，秘书邀请我去做创造力沙龙的发起人，后来又邀请我去做自我认知小营的统筹。于我而言，这个任务充满了未知的挑战，我知道统筹这两个字意义重大，大到人员招募、方案迭代，小到购买物资、对接场地，都需要统筹负责，统筹要为整个团队兜底。就在我犹豫不决的时候，秘书给我打了电话，说了很多鼓励我的话，最后，我接受了秘书的邀请，成了自我认知小营的发起人之一。如果没有秘书，我可能真的没有勇气做出这个选择。

开营期间，我和玉贞、忠常遇到了不少困难：参与者不融入，志愿者发烧，场地设备故障，物资短缺……有过开怀大笑的时刻，也有过情绪崩溃的时候，但是我们都没有放弃。秘书说过："我就站在你回头就能看得见的地方。"这句话在很多时候都支撑着我继续坚持下去，提醒我不要辜负梦想家对我的信任和期望。知道秘书分身乏术，我们只会在情况紧急的时候向他求助，我们三个也经常调侃着说，我们营是"半自动"的，遇到问题基本上都自己想办法解决了。

最终，自我认知小营较为顺利地开展了，我也看到一些参与者的细微转变。有一个小女孩在开营第一天对集体活动非常抵触，也不愿意开口说话，但是到了结营那天，她已经愿意拿起话筒分享自己的感受了。很多参与者在反馈表上说"自己变得更勇敢了""收获了新朋友""重新认识了自己，收获了自信""感受到了家的温暖，哥哥姐姐辛苦了"……看到这些孩子从开始的不愿意参与活动到逐渐融入集体，从不敢说话到迈出和陌生人沟通的第一步，从自我封闭到慢慢打开自己，我很受触动，我觉得这几个月的努力和付出都是值得的，我的选择是正确的。

分别前的那天晚上，大家都互相吐露了心声。有人说希望下次还有机会一起开营，有人说和大家一起工作很开心，有人说不虚此行，江湖再见。我是最后一个离开田阳的，所以还有机会和梦想家的老朋友们说一声再见。临走前在工作室门口，大家排着队轮流和我拥抱告别，好像在参加一个毕业典礼。苏豪说，为了让他也有一点参与感，让忠常骑他的小电驴送我去车站。

这一次分别之后，下一次见面就不知道是什么时候了，但我相信这份珍贵的回忆会留存在我们心里的某一个角落，这一份友谊也不会轻易地被时间驱散。

我从未想过自己会作为统筹发起一个夏令营，但是在充满神奇魔力的梦想家里，我的确从一个边缘的观察者成了核心的参与者，完成了从志愿者到活动统筹的身份转变。秘书说，在巴别梦想家没有什么是不可能的；板板说，来了梦想家就别想走了。梦想家带给我的不仅仅是那一张张的志愿服务证明，更是一次又一次的蜕变和成长。

我并不是一个特别自信的人，但在梦想家，我能感觉到自己的存在，能感受到自己的身份价值。在10周年工作坊的复盘会议上，小茹姐问我，为什么我会坚持来梦想家，那时候我的回答是：因为梦想家是一个很温暖的大家庭，在这里做自己喜欢的事，认识一群有趣的人，就觉得自己在做一件很酷的事情。现在，我心里的答案可能更清晰了一些，来梦想家，是赴一场和老友的聚会，更是一次提升自我的学习，每一次参加志愿活动我都会收获属于自己的成长和进步，在梦想家的经历也是我整个大学生涯里最珍贵的记忆之一。

如果未来某一天，在北上广，甚至在曼谷，有人问我："嘿，你知道巴别梦想家吗？"到时候我一定会很骄傲地说："当然了，我可是见证了梦想家成长的人。"希望梦想家能够继续发展壮大，实现共同体的裂变，帮助更多无法走出去的人，而我，也会继续陪伴梦想家一起走下去。

总有归处

黄金皮（2019 年 5 月）

2018 年发生了很多事。7 月，我因为军训，第一次缺席了梦想家的工作坊。军训结束后，我回到田阳，第一件事就是去了工作室。一开门，就见到了那一大群熟悉的面孔，他们纷纷问候我："金皮回来了，哎哟，好像变黑了一些呢！"又听到了熟悉的声音，觉得好温暖好想哭，就像一个漂泊了很久的浪子回到家一样。

10 月，我满怀期待，报名做阅读嘉年华的工作人员。过了几天，堂姐告诉我爷爷晕倒了，我的心突然咯噔一下，马上和老爸通了视频。看见爷爷痛苦地躺在床上，我哭了，我恨自己什么也做不了，恨自己不能分担他的痛苦。本来回到田阳那天要去帮忙布置会场，可是我还是狠心抛下了所有，跟秘书说我先回家了，因为想早点看到爷爷。刚一进家门，我就看见爷爷躺在沙发上吊着水，手上还肿了起来。我看着好心疼，因为爷爷血管细，一不小心针就会移动，手就会浮肿。我在家陪了爷爷两天，却错过了梦想家的阅读嘉年华。我觉得很对不起秘书、荣伟他们，因为我的退出，他们可能要承担更多的工作。可是没有一个人怪罪我，大家都在安慰我。

很快，我又要离开家回学校了。那天我起了个大早，收拾好东西，吃好早餐，等待着爸爸送我去街上乘车。清晨，天还在下雨，大雾弥漫，空气中充斥着冷气。周围很静，只听见远处鸟儿叽叽喳喳的叫声，我等着雨小些再启程。过了几个小时，可以动身了。我走进爷爷的房间去跟他道别，他睡得很香，我叫了几声他都没有听见。我想，算了吧，不打扰他了，可是走到门口我还是放心不下，又折了回去。

我把爷爷推醒，爷爷一脸茫然地看着我，我说："爷爷，我回学校了，你在家要注意身体啊！"他着急地问："到时间了？"我说："到了，我今天要回去了。"他忙着要下床，我说："别下来了，再躺会儿吧，外面下雨，很冷的。"爷爷还是没有听我的话，硬是下了床送我。他蹒跚地移步到家门口，嘱咐我："在学校要好好的，照顾好自己。"我说："好的，我会的，你在家要多吃饭，想吃什么就跟爸爸说，让他给你煮。"

我出门坐上了爸爸的摩托车。"要多回来看看爷爷。"耳边传来爷爷颤抖的声音。我心头一颤，强忍着的泪水忍不住倾泻而下，我回头说："我知道了，我会常回来的。"说完，我不敢再回头，眼泪止不住地流，心里仿佛被什么拧着一样。

我不知道，下次回来他是否还像现在这样，是否还会与我说笑，是否还会再送我一次……坐在爸爸后面，我不敢哭出来，强忍着眼泪在眼里打转，胸口都要喘不过气来。爸爸启动摩托车出发了，寒冷的风和雨点吹打在我的脸上、手上，感觉刺骨极了。一路上，我和爸爸都没有说话，只有摩托车鸣笛的声音。

告别了爸爸，我独自一个人坐车回田阳。一进火车站，我就看到了刚刚结束了嘉年华返回学校的亮亮、荣伟、兰玉，我心情很是激动，突然有了极大的安全感，感觉他们像亲人一样，简直要哭了。

谢谢你呀，板板

黄君沁（2019 年 6 月）

板板就是璐瑶，璐瑶就是板板。

板板总是很忙，经常在田阳和北京、上海之间往返，但无论去了多少个地方，田阳她是一定会来的。

第一次见到板板的时候是在巴小，那时候我们还叫她“璐老师”或者“璐瑶老师”。第一次和板板接触是因为一场游戏，游戏的规则和名字我已经不记得了，但是我记得我被邀请到了游戏的队伍中。突然的邀请让我惊讶，但我还是一起加入游戏当中。我第一次体会到了和“老师”一起玩游戏的感觉，我不确定那是不是快乐，因为当时我所在的班级的班主任很凶，他生气的时候会骂我甚至是打我，直接拿字典拍我的头或者赤手打我的头，等等。所以，我总是觉得要表现得好，才不至于受到这种不友好的待遇。当我加入游戏的时候，我还曾暗暗在心里告诉自己一定要把游戏玩好。但是显然我并不熟悉那个游戏，表现也不能令自己满意。那次游戏很快就结束了，我在游戏结束后就灰溜溜地走了。

那时，我还不了解板板做的事情，也不知道她什么时候发起了巴别梦想家，开始资助一小部分孩子。我知道这件事是因为同班的金玉、金珠得到了资助，还知道了有个资助人阿姨时常给她们写信。我常暗自羡慕她们能有一个在远方默默关注着她们的人，也时常希望有人可以从天而降关心我。

阿沁和璐瑶在梦想家 10 周年工作坊中的合影
（2019 年 7 月，百色市星河水上乐园）

再一次和板板联系是我初中时的事了，那时同班的秋玉和丽莹都在填写加入梦想家的表。我在她们去交表的那天去旁观，在场的老师问我是不是巴别的，我就答了一声是的，他给了我和玉兰每人一张表让我们填，我和梦想家的故事就这样开启了。

不久之后，板板把电话打到了我的班主任那里，我在嘈杂的下午接了板板的第一通电话。板板问了我一些问题，问我愿不愿意加入梦想家，以后想做什么，等等，我都小心翼翼地回答了。那天天气很热，眼保健操的广播声很大，体育课的准备声音也很嘈杂，我有时甚至听不见板板在说什么。但是我总算是明明白白地知道了我已经是梦想家的一员了，挂了电话之后，我开心极了，像是一个流浪的孩子终于有人收留了。

第一次参加梦想家的工作坊是 2013 年暑假。和大家见面之前，我在出租房里坐立不安，我不知道我会面对一群什么样的人，我该怎么做才不至于惹麻烦，我总是在意自己表现得好不好。

那天下午，我乘坐三轮车来到了大明珠，提着行李的我有些不知所措。到了二楼，我看到了板板和罗老师，还有现在的大家。作为新人的我有些慌乱，不知道该去哪里该做什么，秋玉和丽莹原本就认识一些梦想家的成员，她们两个很快就和其他成员聊起来，而我只和玉兰相识。我很害怕和陌生人说话，就和玉兰黏在一起。我小心翼翼地观察着四周的环境，看其他人欢声笑语，一旦有人扭头看我，我就慌乱地转开眼神，像是一个偷看被人发觉的无所适从的小人。许是我是新来的，大家都对我照顾有加。

第一天里，我一直处于很焦虑的状态，但大家的友好让我慢慢放下了戒心。那天，大家围在一起玩“我画你猜”之类的游戏，艳艳在中间比画，当时我一下子就觉得是“相见恨晚”，但是我因为紧张竟无法开口说话。我握住玉兰的手大声喊：“相见恨晚！”我自己都听得到声音里的颤抖，也感受到自己手心的汗，还有扑通扑通不断加快的心跳。很幸运我答对了，开心盖过了之前的焦虑。我用汗手紧紧捏着板板给我发的奖励笔，缓缓松了一口气，心跳好久才慢慢平复下来。只是奇怪，这天怎么这么热，在空调房里还是那么热。

后来，我每一次假期都会如约参加梦想家的工作坊，从组员到小组长，到协调员，再到出栏成员。就这样，板板陪着我们过了十年。有时候看看之前活动收集起来的资料，看到那个黑黑瘦瘦的小女孩的照片，再看看现在的自己，不禁感叹时间过得真快。

有一次寒假工作坊时，我们让板板许愿，板板说，希望她的家人可以理解她，希望她可以健康。我在远处看她，心里一团乱麻。

那之前，我并不知道板板做的事情没有得到家人很大的支持。我印象中，板板那一年一直在咳嗽，我还曾帮她盛过姜汤。那时我并没有想到板板为什么变得那么容易生病，以为她只是感冒。我一直以为，板板在做那么有意义的事，家人应该会大力支持的吧。可是后来我发现，“有意义”这个东西也许是我们自己的定义，板板的家人应该比我们更早知道这件事情的困难，所以希望板板做一些对她自己有利的决定。她为我们做的很多事情都很艰难，我无法想象在这么多的日夜里，板板是怎么坚持下来的，这十年的时间她是怎么处理自己的无力和郁闷的。

我从前觉得板板准时来到田阳，参与我们的工作坊是一定不会改变的事情。后来明白了一些事情，每次板板说要做什么事情的时候，我都会想板板这样子会不会太累了，但又会因为自己无法说“你别去了我去吧”而难过，每当这个时候就想着自己再优秀一些就好了。

我也不确定，把板板称为“我们的板板”的时候，会不会给她自己的生活带来困扰，不确定说板板是“我们的”，会不会剥夺了她过自己生活的自由。

不过，我爱板板。

板板就是璐瑶，璐瑶就是板板。

秘书

璐瑶（2019 年 6 月）

一

累。

累的感觉充斥着我，我的眼皮、脑袋、四肢、五脏六腑，都变得非常沉重，压得我不能动弹。在此之前，我已经两天两夜没有吃饭睡觉了。

这是 2017 年暑假工作坊的第四天。早上 8 点，我在民中将开营安排妥当；中午 11 点，我开车从田阳前往百色的附属医院轮守；晚上 9 点，和小婷婷一起从医院回到田阳的工作室；晚上 10 点，用最后一丝力气反抗着暴怒的前男友。

此刻是夜里 11 点，伪装了许多天，或者说许多年的镇定自若、无所不能的壳子，被心中喷涌而出的无助和委屈击了个粉碎。我甚至已经没有力气哭，但我更加没有力气忍住眼泪。我独自枯坐在办公室的沙发里，蜷缩成一团，倚着墙号啕大哭起来，不断重复嘟囔着一句话："我到底做错了什么？我到底做错了什么？我到底做错了什么……"

眼泪滴到手机屏幕上，大朵大朵地散开。屏幕突然亮起来，是秘书给我打电话。我拒接，他再打，再打……直到我担心营

梦想家暑假工作坊中的秘书和璐瑶（2012年7月，田阳县）

地现场有急事，不得不接起电话。

“你在哪儿？”

“工作室。”

“我现在过去。”

“你不要来。”

“我现在要过去。”

“我就回去了。”

“我现在马上去。”

“那好吧，你一个人过来。”

秘书像一道闪电进了门，我有点措手不及，实在来不及收拾狼狈的眼泪。他从门口向沙发走过来，顺手扶起屋里东倒西歪的东西，然后坐在我身旁。

“秘书，我真的撑不住了。”此刻我忍不住了，我再也不想装了。我把自己心里的委屈和愤怒一股脑儿倒给了秘书，边说边哭，像个受了欺负的孩子向父母告状一般。

一向话痨的秘书沉默了很久。他注视着我，静静地听我哭诉，伸出手温柔地擦去了我的眼泪。炎夏的阳光把他本来白净的手晒得黝黑，手指的皮肤有点粗糙，带着浓浓的烟草的味道。那一瞬间，我那颗四面楚歌的心好像也感到安全和稳定了些，像走失的小朋友找到了家。

又抽噎了一会儿，在秘书的安慰下我渐渐平息，开始恢复思考和理智。回到现实，我和秘书开始讨论当下面临的困境，以及该怎么办。近百人在开营，昨天一个学生得了急病送到百色住院，我也病倒了。大家都是顾头不顾尾，人心惶惶，手忙脚乱。

这时候我突然问秘书：

“我真的不知道自己当初的选择到底对不对，值不值。”

“就算明天梦想家关门了又怎么样？我的命运已经改变了。不只我，阿国啊，佑佑啊，亮啊，我们的命运都已经改变了。难道这还不够吗？”

“够了。”一朵眼泪降落下来，秘书接住了它。

二

2009年，我在巴小支教的时候，六年级二班有个小小只的男生。他的眼睛弯弯的，笑起来眯成一条缝。眼睛下面还有一点点卧蚕，看起来很喜庆。每次我和他讲话的时候，他都有点羞涩地笑着，笑起来眉毛、脸颊、鼻子、嘴巴都透着俏皮可爱。

起初我没有特别关注他，直到后来去他家家访，看到小女孩写给他的情书，我才知道原来这个小男生这么受欢迎。我和他在屋顶进行了一番关于未来、关于梦想的对话，之后邀请他加入了巴别梦想家。

这个小男生很活泼，每次开营的时候，嘴巴都没停过，不是在讲话，就是在吃东西。活动期间有什么发言和表演，他常常是先上台的那个。随着年龄再大一点，他也渐渐“社会”起来：经常给大家讲段子，搞得全场哄笑；时不时和餐厅上菜的小姐姐、宾馆前台的小哥哥套近乎，让人家给我们加菜、打折之类的。还有，每次派他去干活，他也总要“打个折”，不是在时间上，就是在内容上。要么半路去上个厕所，要么跑去喝个奶茶。总之，事情只办一半就回来了。

我有时候觉得他油嘴滑舌，有时候觉得他玩世不恭。但是奇怪得很，我就是不觉得他讨厌。我还记得有一年寒假开营，他和阿国迟到了，原因是高中补课，老师不准假。我问他：“那你怎么来的？”他说：“旷课呀。一年大家才能见两次，没有什么比这更重要的。”他重感情，珍惜和梦想家的情谊。

2014 年百色社会实践，出发时我半开玩笑地问大家：“谁愿意做我的贴心小助手，一路上拎包、揉肩、打饭？”

“我来吧。”他笑嘻嘻地站出来。

一路上，我“小秘书，小秘书”地叫着，他夹着一个文件袋跟在我屁股后面，“板板，板板”地应着。没想到，所有人都跟着喊起了“秘书”。

渐渐地，“小秘书”越来越大只，就成了“秘书”。板板也越来越大只，就成了所有人口中的“板板”。秘书经常给板板打电话。高中的时候，聊聊学习和生活的压力；大学的时候，聊聊自己打工和创业的选择。再到后来，我也开始经常给秘书打电话，聊聊机构啊，男朋友啊，八卦啊……

三

“够了。”一朵眼泪降落下来，秘书接住了它。

“但是，梦想家里那些比你们小的孩子怎么办？苏豪、小翔、弋莊、桂博，他们怎么办？”

秘书再次沉默了。

一年之后。

2018 年的暑假工作坊开营日。所有人都在忙碌地布展，这个晚上，我们有一个户外开营仪式。用 9 条床单缝的大幕布从民中教学楼的二楼垂下来，操场的空地上摆好了小板凳，我们正在调试投影仪的亮度和位置，音响里播放着很时髦的年轻人的歌（我不知道叫什么），大家的心情都是紧张又期待。

原定 7 点半开营。7 点整，热浪滚滚的操场忽地暗了下来，乌云密布，电闪雷鸣，暴雨将至。我们仓皇而逃，抱着投影仪、电脑、拖线板和布好的星星灯，躲进了大幕的另一面，那是一个能避雨的停车棚。

一场雨打乱所有计划。工作人员扔下晚饭重新布展，紧急广播通知孩儿们推迟半小时开营。我们临时在停车棚内布置好一切。

5、4、3、2、1，两束暖黄色的摄影灯打到主持人荣伟的身上：“大家好！欢迎大家回家，欢迎参加巴别梦想家 2018 年暑假工作坊。看到这么多熟悉可爱的脸庞，我觉得非常开心。”投影仪亮起，大幕上播放着 2017 年暑假工作坊的回顾视频。

孩儿们看着视频、欢笑着，丝毫没有注意到此时窗外风雨更著。猖狂的风把无礼的雨带进我们的场地，也掀起了大幕。“风太大了，绳子要断了。”亮在我旁边轻声说。我定睛一看，风把大幕吹成鼓鼓的半圆，底部拴住的绳子几乎要被扯断。于是我迅速绕至幕布露天的另一侧，从后面的角落扯住了它。这时候，我发现原本鼓起的幕布落下并且平整了。视线延伸过去，是秘书在那一端顶风拉住了幕布。

秘书和璐瑶参加中国扶贫基金会奇点计划答辩（2018 年 12 月，北京）

我和秘书相视而笑。

我们就这样相隔 10 米，对坐在疾风骤雨中。两个人不约而同仰头看着大幕，我们所看到的，是镜像的 2017 暑假工作坊回顾视频。每一幕，都使我回忆起那些并未出现在视频中的笑和泪。于是，我笑着抹去了脸上的雨水。

天，黑透了。视频暗下去，摄影灯亮起来，但是幕上都不会出现我和秘书的影子。我们两个在幕后的人，起身拍拍雨水，我也拍拍秘书的肩膀。秘书说：“许多年以后，我应该会记得这一幕。”

有趣的是，我是 2017 年暑假工作坊的统筹。而秘书，是 2018 年暑假工作坊的统筹。那次暑假工作坊之后，秘书下定决心回到机构工作，成为巴别梦想家除了我之外的第一个全职工作人员。板板和秘书的关系，也成了发起人和接班人。

我问秘书：“你为什么要回来？”

秘书说：“下次你再哭着问我对不对、值不值得的时候，我可以对你说，就算明天梦想家关门了又怎么样？我的命运已经改变了，并且我已经有能力去支持更多孩子改变命运了。难道这还不够吗？”

四

这么好的医院，手术室里为吗这么冷？无影灯照过来，明明是无影灯，却为吗让我眼前发黑？麻醉医生把一个塑料面罩按在我脸上，然后，就没有然后了。

北京肿瘤医院的病房里，住的无一例外是癌症病人。每一天，我都能看到一张张焦虑又恐慌的脸，拎着脸盆和换洗衣服来办理住院；每一天，我都能看到接送手术的担架推来推去，躺在上面的，是一个个对生命充满渴望的人；每一天，我也能看到大病初愈的病人，开心地被家人接出院，努力回归到他们熟悉的、往常的生活中。

我每天在病房的楼道里望着他们。我的内心，承受着深深的焦虑：秘书带着十几个出栏梦想家正在田阳紧张地筹备大营；我的内心，也怀着深深的渴望：我多么希望能支持秘书，能和大家并肩作战，能看到孩儿们一张张久违的亲切面庞。

有一天，我又在病房的楼道里望着他们，望着望着，竟出了神，视线失去了焦点，我眼前出现了20天前的场景：

那时候，梦想家刚刚创造了6小时集赞3万的奇迹，所有人都沉浸在激动和喜悦中，尤其是秘书。作为奇点计划的项目负责人，秘书刚刚用“裸奔”兑现了我们对劝募人的承诺。他正在满怀欣喜地等着我回田阳，一起把寒假工作坊开上天。今年的寒假工作坊主题是“家”，尽管我们都知道此次寒假大营的筹备启动晚、设计复杂、带领难度大，但我和秘书也都知道，这样的主题、内容和形式，对梦想家的孩子们意味着什么。我们盼望着能为孩儿们与父母之间，带来真诚的沟通、理解和关系的改善。

我知道，在这个时候，秘书需要我，机构不能没有我。但我眼前的病理报告单可不管那么多。

“能不能过完寒假再手术？”

“命是你自己的。”医生手持报告单，冰冷地甩出了一句话给我。

我站在寒冬的北京街头，拨通了秘书的电话。1个小时之后，我和秘书开始了视频会议。“寒假我可能回不去了，你要做好心理准备。”“你安心养病，寒假我尽量做到完美。”

想到这里，我正要哀悼自己错过的寒假，手机响了，我忽地回过神来，看到秘书向我发起了视频通话。视频那头，出现了秘书、荣伟和小婷婷的脸。他们拖着疲惫不堪的身体，兴高采烈地向我问候。此时已是晚上10点半，秘书刚刚从医院回来。秘书的父亲发生意外住院，秘书深夜在医院陪护，白天在病床边办公，几乎没有耽误我们工作的进度。他们三个，先于大部队回归，已经没日没夜地奋战了好多天。后来，大家都陆续回来了，大营的筹备也逐渐进入“一级战备”状态。秘书井井有条地协调着大家，稳步推进着各部门的工作。而守在医院的我，白天在楼道发呆，晚上躲在厕所和他们视频复盘，就这样撑过了难挨的手术时光。

2019年1月27日，是寒假大营的开营日。我特意早早起床梳洗，问护士要了干净的病号服换上，并小心佩戴好提前带来的三枚徽章：梦想家的徽章、2018年大营写有“板板”的徽章，以及一个DIY的“板”的徽章。隔壁床的病友姐姐好奇地问我今天是什么日子，我笑称：“是我的大日子。”

我通过视频见证了课程设计组开营前的最后一次彩排，并且看到孩儿们三三两两走进民中（大营主会场），这是十多年来我最熟悉、最期待，也最不能错过的场景。一些孩子发现了手机这端的我，跑来问候，城海、丽琼、美圆、小翔都说很想我。我也看到他们如归巢的小鸟一般奔向秘书，他们抱着秘书或者拉着秘书的手，秘书笑成一朵花，摸摸孩儿们的头，向他们问好，也如往常一样与他们开玩笑打趣，一如当年的我。

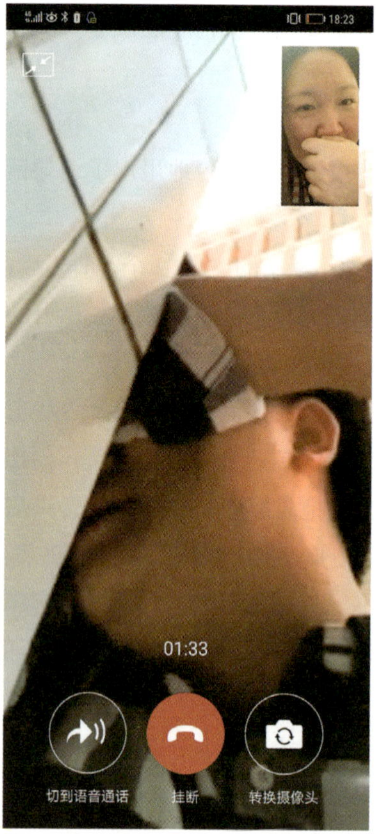

秘书与璐瑶在结营后的视频通话界面截图（2019年1月）

在接下来的几天里，秘书兑现了他的承诺。结营那天，“宇航局局长”秘书带着所有孩儿们和家长，登上了去往“火星”的宇宙飞船，每个人依次念出他们最爱的人的名字，相互表达他们一定要共同去往火星的理由。仪式结束，秘书向参与者和工作人员一一致谢，感谢一路陪伴，感谢包容理解，感谢患难与共，感谢不离不弃。我看到帮我直播的人在抖，秘书也在抖。但是他没有哭，他饱含风度地，以恰当的情绪和方式，为大营画上了完美的句号。

人群散乱开。下一秒，秘书踱步走出教室，发来了视频呼叫。

“秘书辛苦了。”

短短五个字，视频里的秘书已泣不成声，哭得像个孩子。当然，在我眼里他本来就是个孩子。

“太难了，但是我撑过来了。”秘书注视着远在北京肿瘤医院病房里的我，一双漂亮的眼睛哭得通红。

结营当晚的复盘会，我点了 20 杯大匠萃茶送到民中。秘书兴奋地带着大家唱起《最初的梦想》，脸蛋红红的，眼睛开心得又眯成了一条缝。如果不是我亲自点的奶茶，我真怀疑他喝的是酒。

那一晚我终于知道，在任何时候，秘书需要我，但是机构可以没有我。

关于成长：

给孩子们一双翅膀，

他们的人生从此有了新的可能与方向。

翅

成长

“车辆缓缓前行，窗外下起了小雨。我静静地看着窗外，感觉这几天的疲惫都交付给了这场雨，全都被洗掉了。我翻着手机里的照片，看着合照上每一个人的脸，每一张脸我都认识，这让我很满足。”

遇见，走进，成为

林世辉（2019 年 6 月）

“我从来没想过会这样，这对我来说有一些不可思议。”

五年级的时候，我遇到了一群人，但是当时只敢远远地看着。初中的时候，还是那群人，他们拼命拉我与他们一起。高中的时候，也还是那群人，我试着去跟他们在一起。大学的时候，我就是那群人中的一个。

我叫林世辉，梦想家的小伙伴们都叫我辉辉。我加入梦想家的时候刚上五年级，当时什么也不懂，加入梦想家只是因为每个月有 100 块钱补助。那时，我从来没有想过会有后来这么些年来的经历，也没想过自己会到一个离家两千多公里的地方求学！

刚刚加入梦想家的时候，我因为个子比较小，也比较腼腆，活动时常常躲在最后面，怕太显眼会引人注意，只是远远看着大家玩得很开心，爷爷或者秘书的笑话又逗笑了很多人。我想，当时应该也没有谁注意到我吧。一到提问环节自己就非常害怕，恨不得早点回家。

后来，我上初中了，不是最小的那批梦想家成员了。我们在工作坊时，我也开始试着去拥抱板板。初中时我很叛逆，不

辉辉（左一）与伙伴们第一次带梦想家暑假工作坊的活动
（2017年7月，田阳县狮子山公园）

是很喜欢这样子的活动，但每次都会收到活动的邀请函，也不知道为什么能够坚持每一次都不缺席。

再后来，我上了高中，第一次成为工作人员。有一个晚上，我们工作人员进行总结和反思，有一个环节是大家围成一个圈相互夸赞。我看着其他人一个一个都被夸赞了，然而我，一直没有一个人提到。我正在失落时，突然，罗老师开始讲了，他目光转向我，说了一句："我觉得辉辉也很好啊，说什么他都会马上去做，一点都不含糊。"我听了非常高兴。嗯，这就是我的一个优点了。顿时心里充满了能量，觉得自己也不是没有人关注的。

渐渐地，我开始接触到活动方案设计。第一次的时候我高中刚刚毕业，休息没几天，板板就给我们培训。我和荣伟、金皮、凤桂一组，佑佑负责跟进我们小组的进展。我们负责的是第二天团建的内容，要自己选场地，自己设计活动。每一次线上讨论大家都说不清楚要干什么，每个人都迷迷糊糊的，我们只好花更多的时间在线下准备。我们一起开着小电车去看各个场地，还一起到凤桂的家里讨论和演示活动，但这几个团建活动，还是改了又改，想了又想，怎么也达不到预想的效果。

直到最后彩排时，只记得第一组，方案彩排怎么也进行不下去。板板严肃地问他们一个又一个问题，他们怎么也答不上来。我觉得好慌，想我们组准备得也不太好。最后彩排一直卡在第一组，直到活动开始，我们组也没进行彩排。

活动开始的那一天，我很紧张。那是我第一次带活动，既希望自己可以做好，又希望自己可以轻松一些。当时为了活动

梦想家暑假工作坊圆满结营，辉辉（前排左一）和大家一起庆祝（2018年7月，百色市星河水上乐园）

需要，我脸上画了浓浓的妆，我的内心也像这脸上的妆一样乱，有焦虑，有累，有紧张，五味杂陈。每做完一个游戏，我就去找佑佑讨论一下接下来该怎么办，是不是要调整或者删掉内容，还有什么需要注意的。我当时很想找人讲话，想讨论一下前面环节的活动效果怎么样，却怎么也找不到人。这个过程很辛苦，但是，我们的活动最后还是圆满结束了。这是我第一次带活动，也是我正式加入那一群人的开始。

就这样，我在梦想家也成了一个大哥哥。我知道其他成员走过来是一个什么样的感受，每次看到有人不太融入我们的活动，我就会想起当时的自己，就会去做些什么，让他知道自己不是一个人，我们是一个家！

忘忧岛

苏凤仙（2019 年 6 月）

高考分数出来了。

事实上，刚考完我就能预想到结果有多糟糕，但只是心存一丝侥幸，心想着或许改卷老师改到崩溃就给我打点高分。但看到那个冰冷的分数出现在同样冰冷的屏幕上时，我还是忍不住崩溃大哭起来。这个结果让我垂头丧气好久。自成绩出来以后，班群互相谈论，各种亲戚电话连环追问，回家就听到“没考好吧”这样幸灾乐祸的话，最后我麻木得连人也不想见了。

板板和老师找了我好久都没找到。最后，一个电话把睡了一天的我从床上拎起来，还没来得及讲话就听到电话里来了一声“凤仙，快看 QQ”。

我满脸疑惑，但还是好奇地打开了 QQ，结果就看到自己莫名其妙地进了一个群，群里在热闹地讨论着哪个学校好，哪个专业比较吃香这些话题。我困惑地问道：“这……这是在干吗？”

嘀嘀——一条消息发过来：“这是大家为帮你选专业组成的智囊团。”

什么？我？智囊团？我去翻了翻群成员：群主板板，群成员佑佑、美娟、黄园姐、敏丽姐，还有一个最晚来的主角——我，把这些信息组织起来以后才反应过来，这是为我量身定制的“学习专业选择帮帮群”。

我其实已经不抱什么希望了，而且觉得他们是在白费力气。在大家热切的讨论中，我冷漠地开口：“我考得不好哪里都去不了。”

大家好像并没听出来我的放弃，照样在群里热闹：“怎么去不了？那么多分呢”“还是有很多好学校可以去的”……

我不是一个主动的人，也不是一个会拒绝的人，即使不太情愿，还是懵懵懂懂地开始了我的选专业之旅。大家都在为我的事忙碌着，看着他们，我就感觉还有希望。我无以为报，说：“真是太谢谢大家了，太感动了。”这只是一句无意的道谢，紧接着，我看到板板说：“我不要你感动，我要你开心。”开心？好像还没有人关心我开不开心这个问题。

从那次之后，我三天两头往工作室跑，选专业，选学校，给学校打电话了解情况。我是个有很多顾虑的人，几乎所有人都把志愿填完了，我还在磨叽，担心这个学校录不上，这时离志愿填写截止时间不到两天。我在电脑前纠结着，大家在忙各自的事，我看着他们，突发一种“我事真多”的念头，考得不如人家好，事却比人家多，我多怕他们这么看我啊。板板看出我的纠结，起身打了一个电话，我不知道打给谁，我只听到“其他人都填好了，凤仙比较纠结，不知道你有什么建议吗”。过了一会儿，板板回过头来冲我笑笑：“稳了，肯定能过。”那一刻的勇气怎么来的呢？不清楚，就是很相信板板的话，果然稳稳地把志愿落到了武汉。

把一系列的事情完成之后，我才真正把心思放在营会的设计上。那个时候我们团队进度缓慢，分散各处的我们，是第一次异地协作，迟迟无法推进，我也只能干着急。不过我相信，我们组有宝宝，我相信，他一定能解决问题。

忘忧岛“岛主”的女儿凤仙
（2017 年 7 月，田阳县五村镇惠洞水库）

有天晚上，我和板板、苏婷去吃东西，不经意提到了这个问题：“感觉我们组进度好慢，绕来绕去还是那几个点。”

板板说：“那就去解决啊，既然你是第一个发现这个问题的人，那就有能力去解决，不然最后这个问题一定会膨胀，它就成了你的责任。”

我有点蒙，因为在此之前，我不是一个出彩的人，我觉得梦想家的所有人都比我出彩，尤其当时的宝宝是大家公认的顶梁柱，大家都愿意听他的意见，且大部分都会采纳，这也是我为什么会认为我们组有宝宝就好了。而我，我想，大家记得我的，大概就是这个女生成绩不错，这也是一直支撑我的东西。我是一个典型的唯成绩论者，这也是为什么高考失败对我来说就是天塌的大事。

我不知道我是不是一个靠谱的人，团队里有宝宝，我想，他才有办法解决，既然宝宝联系不上，那我就试一把吧。那是我第一次做一个靠谱的人。

活动到了第三天，本来计划好的惠洞水库活动，场地被前一晚的一场大雨给淹了，使用面积缩减了三分之一。我们提前到了场地，紧张地开始调整，忽然，宝宝叫我说，大部队到了，场地没布置完，跟他一起去拖一下时间。

我看了看手里拿着的道具，我不知道我是不是一个靠谱的人，但是听着外面热热闹闹的声音，看着布置一半的场地，好吧，我去。路上，我的心扭成一团，在大脑里飞快地拟了一遍措辞。按照刚刚三分钟前和宝宝对的流程，我会先出场。我慢慢往前走，看到了伞，然后是桂博，然后是人群，我突然忘记了刚刚的准备，随便来了一段即兴：我是忘忧岛的岛主……的

凤仙、美姻、金皮、兰玉、婷婷重现小时候蹲在树下吃早餐的场景（2018年1月，巴别中心小学）

女儿……人群开始热闹起来。太好了，接下来把宝宝引出场我就功成身退了！“接下来欢迎我的皇阿玛出场！”宝宝拖着“移动 KTV”出现，气氛被点燃了。

回到场地，天空放晴，准确地说，是暴晒。慢慢地，大家都步入正轨，我开始上道了，但我负责的活动没带好，很不好意思，一直穿来穿去，其实是不想和板板、秘书、八千哥坐在一个棚里。终于某个环节，我不得不回棚里拿东西的时候，本想快点离开，秘书叫住了我，跟我说：“凤仙，板板说你很可以。”我愣了愣，看了一眼板板，板板似笑非笑故作高深，亮晶晶的眼睛直看着我，我却突然心里炸开了花，一身轻松地去找队友了。

似乎那个时候的信任，把我的“我认为”击碎了。从那时起，我就不是一个唯成绩论的人了，和大家在一起更重要。到现在，我进了编辑部，做着课程设计的活，每次放假都回去和大家开营。孩子们一声声“仙哥”“仙哥”叫着，我总是感到很亲切。

我不是不记得　　李兰玉（2019 年 6 月）

2016 年暑假，梦想家成立 7 周年了，那也是我加入梦想家的第 6 个年头。7 周年庆典无疑是难忘的，有第一批加入梦想家的成员的画面定格，有辉辉、宝宝的演讲，还有嗨翻全场的烟花摩托表演以及留言许愿。但在辉辉和宝宝讲述自己和梦想家的故事时，我突然有点不知所措。他们的故事没有多么轰轰烈烈，不过是一些生活上的琐事，却令人动容。我突然想到，我自己的故事呢？我有什么和梦想家的故事呢？

此前，我从不去想这些，也不会注意到这些身边的小事，但现在真正去想了，才发现，我加入梦想家差不多 6 年了，却好像什么印记都没有留下。也许是我太过封闭内心，也没有能像辉辉和宝宝那样勇敢地说出自己的故事，一直在逃避。当我想要想起在梦想家的某个经历片段时，却只有模糊的片段，身边的人说了什么，自己说了什么，完全没有印象。似乎一直这样什么都不想，什么都不说，每到假期只要高高兴兴、没心没肺和大家一起游戏，一结束就各自回家回校也没有什么。只是，为何自己心里感觉空荡荡的？

台下的我定定地坐在椅子上，望着台上，腰背挺直，手却不知该放到哪里。周围是黑暗的，亮着的唯有打在他们身上的追光灯。我在追光灯照不到的阴影里，周围的一切光热都随我而去，黑暗里就像有一双双触手向我抓来，仿佛是要把我内心不安的网撕扯得越来越大。

我已经不记得后来又发生了什么，但7周年庆典也真的令我感到开心与温暖。大家在7周年的T恤上互相签名，“爱你”“兰心如玉”“兰玉加油！——璐瑶”……当时真的很暖心，也缓解了我原本的不安。只是当时比较傻，不知道水彩笔洗了会褪色。回家后，我把T恤洗了，签名也不见了，这让我伤心可惜了很久。还好，上面保留了唯一的签名，是仙哥用水性笔签的；还好，当时有把衣服背面拍照留下来。只是，衣服前面的签名已经不再有了，连照片都没有了。

梦想家阅读嘉年华活动，兰玉给志愿者们分享自己的成长故事（2018年10月，田阳县第九小学）

之后的几次工作坊，我都没有缺席，即便内心并不坦然，甚至有些慌，但我也不知道我为什么那么执着于参加每一次的工作坊，是因为这些梦想家里的人吗？是为了做活动玩游戏吗？是为了锻炼自己，提升自己的能力吗？抑或单纯是习惯了梦想家，习惯了寒暑假和大家相聚？我不知道，我甚至逃避去面对这些问题。但我的确在梦想家每次的工作坊上都有了一点改变，我更放开自己了，我和大家的关系更亲近了，我能够帮助到大家了，我也不再是那么的不安了。

2018 年 10 月底，我回田阳做阅读嘉年华。一开始，秘书叫我参加志愿者培训，我很紧张，还有些惊慌，我不知道对和我同龄甚至比我大的大学生志愿者，我能培训什么，我有这个资格吗？还要讲我的故事，要知道，我最怕这个了。即便有板板帮忙做 PPT，帮忙引导我该怎么做，我还是没底。培训的日子越临近我越紧张，不断想着我要是在台上说不出话怎么办，搞砸了怎么办。只是，这一切都没法阻挡那天的到来。“怦、怦、怦……”心一直无法平静，到我了，到我了，要上台了……

我站在台上，望着教室里坐满的人，强迫自己静下来，告诉自己没什么，声音别抖，我可以。“大家好，我是梦想家的李兰玉……”看着 PPT 里在梦想家一年年长大的自己，一幕幕画面在脑海闪过，心里不那么慌了。不知不觉，就这样讲完了我这几年在梦想家的经历和改变，即便还有一些紧张，我也突然放松了，这是我和梦想家的故事，梦想家一直记录着我的成长。

这一刻过后，我的内心真正拨开云雾见天明了。

我不再畏惧，我也不再不安。我不是不记得，那些时刻只是存在于我的记忆深处，平时可能不会想起，但当触碰到相关的事物时，当时的场景和心情仍然会回到我的面前。

一步一个脚印

陆美姻（2019 年 6 月）

同学的嘲笑、朋友的疏远，似乎让富有童真的小学生活变得不那么美好，但幸运的是遇见了梦想家！

小的时候，爸爸妈妈因为家庭经济困难，留下了我和比我小 4 岁的弟弟在叔叔婶婶家由他们照顾，自己平时也是跟着邻村的小伙伴一起上下学，似乎渴望着一些东西！小时候因为自己的长相，总是能感受到一些同学的刻意疏远，渐渐地因为这个变得越来越自卑，越来越胆小怕事，总喜欢把自己藏起来。但是小学第一次上的英语课，似乎让我有了我从未有过的自信。

“好，这组美姻来。”我抬起头大步走向讲台！

我代表我们组和别的组进行游戏猜猜的比赛，黑板上已写满了我们学过的单词，听到老师读的单词，就要指出那个单词在哪儿！哈哈，我已迫不及待。

游戏开始了，听到单词，像闪电般的影子，我的手啪啪啪打在黑板上，嗯，就是这个单词了。老师的嘴角不断对我扬起微笑，似乎整个讲台只有我一个人。

这个从北京来巴别支教的老师，我们叫了差不多 10 年的老师，就是我们现在的板板啦！虽然心里留下了一些不那么美好

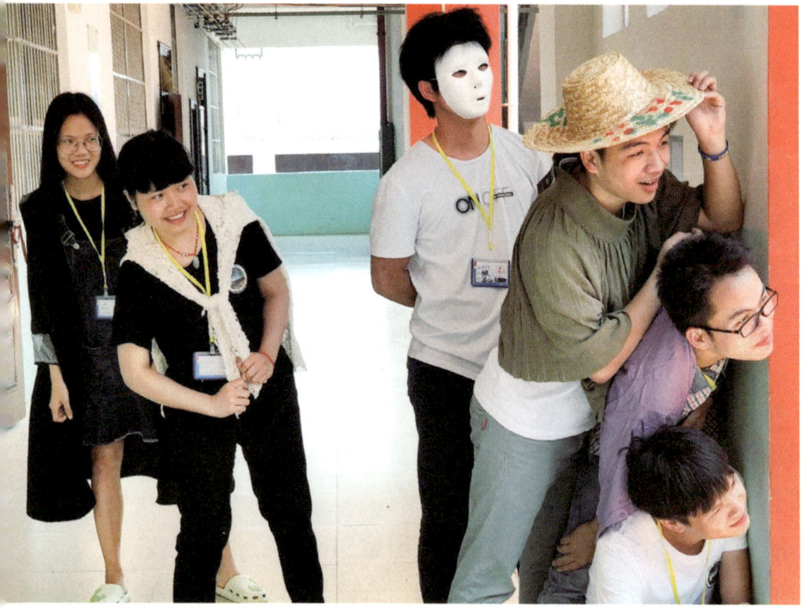

美姻（左二）和伙伴们一起发起了『快乐与融入』主题小营（2018年8月，田阳县第十一小学）

的印记，但是幸运地遇见了板，遇见梦想家，从那时起，我与梦想家的故事就正式“启程”了。

2016 年暑假，那年的我已经不是第一次当工作人员了，但那次比之前当工作人员更加紧张。开营第一天有一个开营晚会，工作人员小组也要出一个节目，于是他们选择以我在梦想家的亲身经历作为素材，我很开心。

我们的节目是一个短剧，主要讲一个女孩在梦想家成长的经历。她从一个自卑、腼腆、胆小的人，经过板板耐心的指导和鼓励，逐渐从被动报名参加工作人员，到主动报名参加，尝试做副组长、组长，慢慢变成一个勇敢、自信、敢于尝试的人。

那个女孩就是我，当时我也是这个剧的主角，饰演我自己。

剧中有一幕是我站起身来面对观众，说一句“非常感谢梦想家”，来表达我对梦想家、对板板深深的感激之情。在正式表演中，我准备开口时，所有的感情像火山喷发一样迸发在我心头。

“呃，呃，呃，非常感谢巴别梦想家……”，我的眼泪在不停地打着转，话到了嘴边又不断咽下。我看到板板一个人坐在篮球架下，认真看着我们的表演，光很微弱，我看不清板板的表情，但我多想跑过去抱住她说声“板板，谢谢你”。

我忍着泪水，完成了表演。下台后，我终于跑向板板，狠狠地把她抱住，放声大哭。

2018 年寒假工作坊结束后，一如既往要开活动总结会。开会前，我的内心有些焦虑和紧张。回想几天的活动，似乎自己并没有做出太大的帮助，除了整理文件和督促还在感冒的板板吃药，好像就没了。轮到我时，我觉得自己的声音都有些颤抖。

我说完之后，板板对秘书说：“秘书，你应该有很多话想对美姻说吧！”

“你们知道吗？刚开始我找美姻当工作人员时她很不自信，担心自己放假晚，不知道自己能做什么，或者做得不好。这次安排美姻做文件管理的工作，她在活动之前认真地整理我们的文件，做好标记，生怕哪个环节出错。我们都看到了，你完成得很好。”

我没敢看秘书，我忍，我忍住，担心眼泪不听话。这时，又听到板板说：“我也想对美姻说，美姻，你什么都好，你很细心，你看，这个寒假把我照顾得那么好，现在我的病都好了！但是有一点不好，就是你不自信。”

“我记得在南宁大学拍的一张照片，你笑得很甜，很好看，而且还有两个酒窝，每次和你讲，你总是说没有，然后低下头。

你总说自己做得不好，在开营前我看到你一个人坐在地板上一上午，一遍遍整理我们活动的文件，我看到了很感动，你做得很好。”

梦想家大营活动开展期间，美姻和璐瑶的合影（2021 年 7 月，广西北海市）

我的眼泪终于忍不住流下来，脸上热热的。秘书的肯定，板板的鼓励，小伙伴坚定的目光，这些都让我相信下次会做得更好。

2018 年第一次开展我们的小营活动，我加入了佑佑组，和仙哥、辉辉、万友哥哥一起设计活动。板板和我们一起开了活动第一天的总结会。板板对我说：“之前没想过美姻那么快就能带领孩子们活动，但今天我看到了。”我内心十分激动，我也未曾想过今天的我能带领孩子们做活动。这是梦想家带给我的又一个新的突破和成长。

梦想家给我不断尝试的机会，从而让我在足够安全的环境氛围里，慢慢变得主动，变成更好的自己，也许就像爷爷说的，“我们从未想创造奇迹，但今天的我们就是奇迹”，我想，梦想家就是我创造奇迹的温床。

变了，多好 农欣欣（2019 年 5 月）

在梦想家待了这么久，我也就是2014 年暑假才放开了自己。在还没出栏之前，每次去参加活动心里都充满害怕和恐惧，或许是自己性格的原因吧，也可能是缺少母爱和父爱的原因。

7 岁时，爸爸就送我来了奶奶家，然后就出去工作了。从小我们姐妹接触的就只有奶奶，而奶奶老了也没出过大山，大半辈子都过着每天面朝黄土背朝天的生活，哪有什么大道理来教导我呢，而且忙着耕种和打理家务也没有太多时间来管教，就这样我和妹妹只能自己慢慢地独立长大。

小时候接触的人不多，也不知道该如何和别人打交道，性格也就随之内向起来，变得不爱表达。好像从小什么事都是自己扛过来的，渐渐地学会了生火和煮饭。即使遇到再大的困难，也都是默默去完成，从不会告诉任何人。

来到梦想家之后，每次到活动里的表达的环节我就很抗拒，也害怕和别人打交道，常常只是待在角落里。上了初中之后，身边的小伙伴好像都在改变，慢慢放开了自己，越来越敢于表达。我心里有些空落落的，时常在想是不是自己真的很差劲，来这么久了还是不能勇敢地表达自己，是不是自己不适合这里。

还想过要不退出吧，或许这样就可以不用在意这些了吧，或许这样就没有压力了吧。可是，每次想到和大家在一起打闹的欢乐场景时，退出的想法就消散了，想着要是退出了是不是就和小伙伴没有联系了，又要过着小时候那种孤单的日子，没人陪伴没人可以一起这样打闹。其实我是喜欢和小伙伴在一起有说有笑的感觉的，也很喜欢相互陪伴的感觉，这就是温暖和爱吧。

2014 年的暑假，我们初三毕业了。那一年，我们同一届的毕业生一起去了北海，有十几人，都是从小一起长大的小伙伴。在车上，大家一路上有说有笑，还一起唱歌。我觉得自己还是没能融入大家，还是选择安安静静地在一旁听着大家的歌声和笑声，觉得这一刻的自己真的好落寞，望着窗外，心里在想要怎么过这几天，要怎么才能融入大家。

夜幕降临了，我们的车还行驶在去往北海的路上，我一边听着歌，一边暗暗下决心，这一次要勇敢一点，要融入一点，也希望这一趟不会白来。到北海时已是凌晨，第一次来海边的心情是无法形容的，超级激动。在海风的吹拂下疲倦也随之散去。

那一晚我们在海边玩游戏，玩累了我们就围成一个圈，互相交谈，这是我最害怕的环节。我心里一直默默酝酿着要说的话，整个身体都在发抖。轮到我时，我心想反正都是要讲的，豁出去了，反而慢慢放下了紧张感。我强作镇定地说完了，发抖的身体也渐渐地放松下来，原来发言好像也没想象中的恐怖，也没想象中的害怕。

那应该是我第一次这么平静地在很多人面前发言和分享，尝试着表达自己内心的东西，也是从那一刻起，我慢慢地和小伙伴有了更深的情感交流。活动结束后，我和妹妹（婷婷）说

欣欣（右二）和梦想家的伙伴们第一次看海（2014年7月，广西北海银滩）

了悄悄话："感觉这一次比之前放开了。"

我时常在想，内向的我们是不是很难在这个社会上生存，因为内向的人害怕在别人面前交流，也不会主动迈出第一步，更何况是在社会上竞争，他们往往只能默默地选择让步，把机会拱手相让。不过，毕竟适者生存，弱者得经历磨炼才能站住脚。所以内向的我们只有改变自己和突破自己，才能更好地适应社会上的生存环境。很庆幸我在慢慢改变，去尝试没做过的事，也体会到了只有迈出第一步才可以争取到自己想要的东西。

变了，多好。

成蝶

黄蓉蓉（2020 年 9 月）

相遇

隔壁班老师突然走到我们的教室门口，叫出了我们班另外四个给梦想家写申请书的同学的名字，可是，那里面没有我。

那四个同学进来了，说放学后要去面试。我不敢相信，为什么唯独没有我呢？她们说“去，可能是老师忘了你的名字，你应该去看看”。于是，我跟着她们，去了板和八哥面试的地方。我等了快一个小时，那里面很凉快，外边很热很吵，我探进去一个头，却不敢走进去，怕会打扰到面试，但我的同学们直接就将我拉了进去。

呼，终于到我了。面试我的是板，我记得当时的我觉得板很和蔼，但也有点严肃。

“你叫什么呀？”板微笑地看着我。“我叫黄蓉蓉，草字头下一个容易的容。”随着这两句话，我和板的交谈开始了。在和板的交谈中，我其实一直都挺紧张的，我感觉到我的心一直在跳，甚至可以听到心跳声，中途我貌似有点控制不住我的表情，但是我能从板的目光中看到鼓励，我还记得板好像笑了。

面试过程也挺顺利的，最后板给我拍了相片，让我写下地址和电话，我觉得我的心好像平静下来了，整个人都舒适了不少。但到了晚上，我突然想起来，可能是我的申请书没有过，所以老师来叫人的时候没有我的名字。现在，我很庆幸当时的我去面试了，想为当时的自己点个赞，也非常非常高兴能认识现在的梦想家的小伙伴们。

想飞

“蓉蓉你也是个大人了，你也要学着站出来，你要去尝试。”在去下一个村民家的路上，丽莹走在我的旁边，低声地跟我说了这句话。

那是我加入梦想家的第三年。我已经高一了，但是每次下乡，我都不敢主动上前去跟村民交谈，外出访谈时也还是不太敢跟陌生人说话。我们的任务是给村民做个医疗手册，让他们知道自己的病会有什么样的症状，可以怎么治疗，等等。但就像刚刚一样，我定定地站在丽莹旁边，看着大家围在村民旁边聊天，问他们平时生什么病比较多，会怎样去治疗，去哪里治疗，但我自己却一动都动不了。

我不知道我应该说什么，应该和村民们聊什么，我怕被拒绝，怕尴尬，也怕聊了半天却没能了解到想要的信息，所以一直都不敢去尝试。

丽莹这句话好像突然帮我打通了任督二脉，我朦朦胧胧地意识到我应该长大了，不能再躲到那些哥哥姐姐身后，我也应该站出来，给比我小的孩子们做一个榜样。

到下一个村民家时，我跃跃欲试，也想像大家一样跟村民聊起来。跟我们聊天的是个老奶奶，和丈夫住在一个瓦房里。

她二话不说就答应了我们的访谈，还给我们找凳子坐。

“您好，我们可以在这里跟您聊聊天吗？”

“可以啊，你们要聊什么呢，但是我不太会讲普通话啊。”

“没关系的，如果您会讲壮话也可以的，因为我也会壮话。”

刚加入梦想家时的蓉蓉
（2016 年 6 月，田阳县初级中学）

接下来我就跟她用壮话聊起来了，偶尔会有卡顿尴尬的时候，但整体上我们聊得都挺开心，可能也是因为讲壮话我比较熟悉，让我想到自己的家人还有村里的人，比较安心，可以放松下来，最后这个老奶奶还叫我们吃午饭呢。

接下来我就像是打开了什么开关，不再躲在别人身后，我开始站出来了。

带领

今年我毕业了，这是我加入梦想家的第五年，我尝试着做小营的工作人员。我加入了今年“选择、离别、珍惜”主题的第二场小营，组员几乎都是准高中生。在小营里，我们的外出访谈是想要看看其他人有哪些选择，他们面对这些选择的时候是怎么做的，有没有后悔做这些选择。

一开始我让组员们自己去访谈，自己在旁边听。第一次访谈结束我就带他们一起总结刚才的问题，讨论怎样可以问得更深入。每访谈完一个人，我们都会及时整理访谈内容。到最后，组员访谈的时候我几乎不用插嘴了，都靠他们自由发挥。这让我感到特别骄傲。

“蓉蓉姐，我是第一次参加梦想家，我不知道其他人是怎么想的，但是我觉得你们真的做得很好了。”

“蓉蓉姐，我参加过很多次梦想家的活动了，我觉得你们带得有点乱，也挺慌的，但是第一次带活动，你们其实做得挺好的了。”

“蓉蓉姐，你真的是一个很细心的姐姐，你会注意到我的情绪，让我觉得我是时刻都被人关注的，很安心。”

听到这么多人叫我“蓉蓉姐”，我真的意识到我已经是一个大姐姐了，不再是梦想家中挺小的一个了。还有，“成长时刻”我听到大家对我的评论，就觉得这几天都值了，我就怕我做得不好，但是大家都说我很靠谱，我就放心了。

我觉得这些就是我的成长。

最大的意义　　梁振宝（2019 年 6 月）

“我现在突然觉得，我不知道我们做这个小营的意义是什么，这么做真的值得吗？我已经开始怀疑我自己。”死气沉沉的气氛突然被这句话打破。

故事发生在 2018 年暑假，我和亮、美娟一起发起了“表达与体验”主题的营会。这是我们第一次没有板板的独立带营。活动前两天都进行得非常顺利，孩子们很享受我们的活动，也都积极参与，一切都令人开心和欣慰。

但是，最后一天的活动却没有我们想象中的顺利。

那是活动第三天的晚上，后面一天就是我们的结营仪式。在营会的设计里，所有孩子都会上台，总结这几天的经历和心得，做一个演讲，作为小营的落幕，这也是整个营会的核心环节。按计划，前一天晚上孩子们都应该写出了自己的演讲稿，并且做好演讲准备。但是，在这个晚上活动结束的时候，没有一个孩子能够完成哪怕一半的演讲稿内容，有些孩子甚至开始抱怨，有了抵触情绪，懒散下来。这让我非常焦虑，这是我们第一次独立带营，我不知道该如何应对这样的情况，只是感到无可奈何和焦虑。那个晚上我一言不发，沉着脸，结束时强撑着笑脸和大家说晚安。

所有孩子都离开之后，我再也绷不住了，骑着摩托车拉着亮来到了河边。停好车子以后，我整个人瞬间没了力气，强撑着朝河里大喊了一番，然后把我的焦虑完完整整地告诉了亮，紧接着我就瘫坐在地上。可能是那些天每天熬夜和高强度的工作让我太累了，但是我能感觉到那时候我的心更累。

我坐在地上，头深深地埋在膝盖里，我内心在坚强和崩溃的边缘徘徊。亮也坐在我旁边，我知道他也和我一样，无奈和焦虑，但他还在试图安慰着我。亮的声音一直在我的耳边徘徊着，但我记不清亮说了啥，上一秒我清晰地明白他说的意思，下一秒我已经完全没有印象，当时的我像极了喝高了酒的醉汉。我只知道，我特别疲倦，我想放弃，无论接下来怎样我都不想再去管了。一会儿，我又想起这些天我们的努力，孩子们的脸，以及开营前给家长的承诺，这似乎给了我一些力量。可当我抬起头，一切问题又像有生命似的，浮现在我面前，让我无法呼吸。我已经记不清还想了什么，只记得回程的时候，是亮骑的摩托车。

回到我们所住的酒店前台，我们叫上美娟又商量了许久，还是不知道该怎么办。我们左思右想，很不情愿但还是拨通了板板的手机。板板并不在我们营中，但她在田阳，于是她很快就过来了。我们将所有焦虑与问题一股脑抛给了她，然后我们都沉默了。

“我现在突然觉得，我不知道我们做这个小营的意义是什么，这么做真的值得吗？我已经开始怀疑我自己。”许久之后我打破了沉默。

“我并不觉得没有意义，就算明天孩子们都没有东西上去演讲，我们不能顺利结营，我也不觉得没有意义。这些天以来孩子们一点点的转变，你们每个人的熬夜筹备以及现在你们能够灰头土脸地在这里跟我谈这个，我觉得就是最大的意义。”板板认真地对我说。

后面板板还说了很多，我们三个也说了很多，但我都不记得了，可能所有的话都被这句话覆盖了。我们还一起想了很多补救的方法，比如不演讲了，用回顾的形式结营；或者不演讲，用画和分享的形式结营；等等。但是这些都达不到预期的效果——让参与者获得满满的成就感，我还是无法放松下来。

“我们一起上去看看他们现在的状况吧，好过你们现在在这里瞎操心。”板板突然说。

来不及拒绝，她就起身了，我们只能拖着疲惫的身躯跟上她。我们一起走到孩子们的房间门口，刚要抬起手敲门，那一瞬间我又犹豫了，想要敲门的力气一下子全没了。我不知道我在害怕什么，可能是害怕在门的后面，大家都在脸色阴沉地坐着，又或者是大家都躺在床上各自刷着手机，又或者是都在抱怨。我突然又没有了信心，我不知道是对自己没信心还是对方案没信心，又或是对孩子们没信心，我只知道，我在害怕。

我挣扎了一会儿，还是没有敲门，身后的亮发现了我的不对劲，于是他上前来，轻轻敲开了门。门慢慢打开了，里面探出来一张笑脸：“亮哥晚上好，宝哥晚上好。”大家一个一个进门了，我依旧站在门口，不敢进去，还是亮把我拉了进去。进门之后，我还没来得及看清里边的情况，一个孩子就把我拉了过去：“宝宝哥，你看我这段写得怎么样？”我们一起探讨了许久，我才能够抬起头来环顾四周。

我看到了什么？大家都在努力备稿，亮、美娟都在跟孩子

宝宝（前排左一）第一次带领的表达小营结营大合影
（2018 年 8 月，广西田阳县）

们探讨，每个人的嘴角都在上扬。那一瞬间，我突然听到了耳边的喧嚣，我突然觉得一切都值得了，我又充满了信心。

归家

黄明星（2019 年 6 月）

不知不觉中加入梦想家 10 年了，参加过那么多的工作坊，一些记忆都有些模糊啦。但细细回想，从懵懂少年到如今长大成人，梦想家一直都陪伴着我。

依然记得那个小学时的假期，我正在家里抱着刚买的电视机看动画片，突然外面传来人说话的声音："是这里吗？"我以为是邻居之类的在我家门口说话，可是那些话是用普通话说的。我还没反应过来怎么回事的时候，板板就站在了门口。那还是第一次有老师来到我的家，所以当时的我就愣在了凳子上。直到板板与我打招呼时，我才急忙来到门口与她打招呼。

那时的我内向，面对长辈或者老师，紧张得说不出话，说的时候也是颤颤巍巍的。所以当时我打完招呼后就像门神一般站在门前，不知所措。直到伯父闻声而来，才让板板进了门。之后，爸妈做农活回来，跟板板谈了许久，签了几份协议。板板告诉我，我得到了一个阿姨的资助。当时我只是感谢板板为我寻到了帮助，还不知道梦想家，也还不知道板板带给我的将不仅仅是这些。

我第一次参加工作坊是在2012年寒假。我虽然是第一批加入梦想家的成员，但年龄最小。当时只有几个人是我在小学时比较熟悉的，内向的我心里越发不安。但是所有人似乎不把我当作是第一次来的，每个人和我打招呼时都那样热情。而我也慢慢放开了自己，会去发言，会去尝试。在我出错时，大家永远是给予鼓励的话语；在我表现好时，大家永远是送上掌声。我爱上了这里，开始期待每一次的工作坊。

可是，在高中毕业的那个暑假，爸妈提前为我找好了暑假工，无奈的我只好听从父母的安排。来年的寒假，工作坊的时间又碰上家中做法事，这是家里的传统，我必须出席。就这样，错过了几次的工作坊。终于，又一个暑假，我回去了，这次是作为一名工作者，和过去的伙伴为更小的梦想家服务。

我的心情比第一次参加工作坊时还要忐忑。这么久了，那些伙伴是不是都陌生了，生疏了。其实我最害怕的是面对板板，是她给我带来了帮助，带来改变，带来了那些伙伴。我也了解到，我没能参加工作坊的这段时间里，一些板板当初的合作伙伴离开了，加上我这样她亲手带出的孩子也要离去，板板要承受的何其之多，她会不会责怪我呢？

再一次见到板板时，她似乎不当我是离开了又回来的孩子，她照例和我、和每一个在场的伙伴拥抱。简单寒暄之后，留下的还是熟悉的匆忙的背影。那些伙伴依然是伙伴，他们依然给我包容，给我鼓励；而板板也还是那个爱护我，对我充满期待的板板。唯一改变的是大家对板板的称呼，不知道为什么大家的称呼从老师变成了板板。

工作坊结束后的总结会上，大家纷纷说着这些天的感受，说到动情处也不禁落泪。其实我心里很有感触，却很少为之落泪。从小到大我就是什么事情都往心里放的人，不会表现出来。哪怕在面对着从小对我疼爱有加的伯父病魔缠身，即将逝去时，我的泪水在眼眶里打着转，仍是被我憋了回去。在会上，我说到我回到梦想家，那些阔别已久的朋友依然熟悉时，我心里似有万千感触，眼前就是许多久违却又熟悉的面孔，就像胸口憋着一口气。板板用湿润的眼睛看着我说："想哭就哭。"是啊，在这里大家无比熟悉，都是亲人。我也想如他们一般痛快表达心中所想，但是胸口起起伏伏，不知为何突然间又顺畅无比。我不知道为什么，也许这是我最后的倔强吧。

之后，板板分享的时候说，我的回来让她很高兴，她留不住所有人，只要回来了就好。我这时才明白，只要我还在梦想家，无论是板板，还是那些伙伴，是不会因为这些原因变得疏远的。理由就是我们已经走过了 10 年，10 年里大家流过汗，流过泪，10 年里大家有伤心，有难过，但是更多的是欢乐，是温暖。我想我还会在梦想家 20 年、30 年，甚至更久，它已然变成了我的第二个家，游子哪有不归家的道理。

我知道我很重要

苏婷（2019 年 6 月）

“大家看一下，这几天一直在我们身边又一直没露脸的工作人员有谁啊？”

“美娟。”

“管账的明星、金皮。”

“物资组。”

“小婷婷……”

像以往一样，每次要结营的时候我总会觉得自己好像什么都没做，也不像荣伟、宝宝一样能经常在孩儿们面前出现，以至于一些孩儿可能都不知道这个姐姐活动期间是干吗的，这应该也是孩儿们总是最后想起我的原因吧。但每次产生这种想法的时候，我又总会问自己：你是不是想要的太多了？

为此，板板总是对我说“小婷婷你要自信点，大家一直都知道你在”之类的话，但大家做的事情总是让我觉得自己可以“不在”。比如 2017 年的寒假大营，板板没有像热情拥抱晚到半天的宝宝一样，来拥抱晚到了差不多两天的我，甚至连寒暄也没有。尽管当时大家都在活动中，但我还是觉得那是因为我不如宝宝他们那般重要。

但板板又时不时坚定地告诉我："小婷婷你其实很重要。"比如在2018年暑假的"点亮之夜"中，当大家陆续走进圈里分享着自己和梦想家这么多年的故事时，满心艳羡的我必须独自陪着板板放PPT、放音乐、调音量……事后，我和板板表示了未能进圈的遗憾，板板说："小婷婷你很重要，所以很多事情只有你愿意去做，也只有你能做。"

我总是想不明白，我在梦想家该是怎样的一个存在。

还好，这种可怕的状态终于在今年寒假放过我了。

八点四十了！要迟到啦！我在路边买好早餐就往工作室冲。十米，五米，一米，我终于气喘吁吁地到了门口，所幸还剩七分钟。但是……秘书呢？作为这个寒假里最尽职的监工，我当然不能放过任何一个揪人的机会啊，夺命连环call也终于在九点以前把秘书call到了工作室。

知道我"壮举"的板板不住地夸我，说我能撑一片天了。然而再往前推那么一年半载的，她可不会这么说。她会担心我的情绪是否稳定，会怕我承受不住高强度工作或者各种压力，还会怕我不够自信，然后她就又会和我说："小婷婷你要自信点，大家一直都知道你在……"

不过，今年的一月份，板板没有回到工作室。因为生病，她被迫滞留北京，秘书的头都要急爆了。作为最早回到田阳的工作人员之一，我当然要全力支持秘书呀，于是也早早和秘书约了我的"上班时间"，在秘书迟到的日子里凶一下他，还把本来属于做书组的时间也匀给了大营的筹备。在和大营工作组一起干活儿的日子里，一切都很自在，每日拿着各种工作表催着各处的进度：

"荣伟，狂欢之夜的方案出了吗？"

“秘书，方案是不是还没过？”

“两点钟有个会，赶紧吃完饭了准备一下。”

…………

我俨然一副大营监工头的模样，至少在我的心里，我已经是大营的一员了，尽管我并不是大营的正式工作人员。

随着做书组开始“上班”，大营即将开营，我把重心调整回了做书组。但我总是牵挂着大营那边的进度，就连吃午饭时都期盼着碰上正好做外出任务的孩儿们，也总是借着大营即兴戏剧排练的机会，光明正大地溜到民中“偷看”每一个小可爱。

还记得那个晚上刚走进民中校门，立马被结束了一天活动的孩儿们围在圈内。孩儿们像咕噜咕噜吐泡泡的小鱼一样，一下子吐出了好多好多问题：婷婷姐白天去哪儿了？为什么没有陪我们玩儿？明天会在吗？婷婷姐在做书组累吗？……也是在那时第一次发觉自己也有被那么多孩儿惦记着，像极了经常被围观的宝宝哥哥、荣伟哥哥……

终于，做书组的寒假工作收尾了，我可以毫无顾忌地去大营旁观了，顺便可以用手机给远在北京的板板继续做现场活动的线上直播！看到孩儿们和父母在工作人员的引导下超级走心地进行活动的画面，羡慕得不得了，即兴戏剧的演绎嗨翻了全场，酸得屏幕另一端的板板直冒泡泡……

一不留神，结营时刻又要到了，秘书带着孩儿们和家长做着最后的分享。和以往的每一次大营一样，分享之后总接着工作人员的亮相环节。秘书腆着他大大的肚子，迈着最沉稳的步伐，用最沉稳的语调将工作人员一个一个地邀请进圈子里。呼，终于只剩三个工作人员了，紧张归紧张，我也该捋捋我的头发、整整我的衣服了吧。“又准备要好好地出现在孩儿们面前啦！”

“荣伟是最早回到工作室的工作人员……”

哈哈，到荣伟了，马上就是我了！

“甜，你过来接一下DV”，圈外的荣伟急切地将DV递给了我，跑进了圈里。

“这不合适吧，我待会儿还得再找人拿着……”我心里想着，依旧颤抖地踮着脚尖在圈外努力将大家都录进去，紧张而又期待着秘书介绍完荣伟后叫到下一个人。

“最后介绍一下我自己……”

啊？什么情况？愣了一下，我假装十分平静地对自己说：“没关系，孩儿们都知道做书组的婷婷姐这几天都在努力找时间来见他们。还有，我是做书组的呀，不需要在大营工作人员见面会上露脸嘛。”

但与此同时，我那一点都不大度的小野兽其实也在心里不断地叫嚣着，明明我是一个最早回到工作室和大营工作组在一起的被认可的“大营的编外人员”，为什么不让我和大家待在一起呢？我甚至有些嫉妒能那么多天和大家在一起并在最后光明正大地站在大家面前的外部志愿者，那里曾经也有我，有我们做书组的每一个人……

突然，屏幕另一端一直安静的板板着急地大喊起来：“秘书！还有小婷婷！小婷婷呢？还有小婷婷!!”这才把我给“请”进了圈。虽然出场方式也挺霸道的，但我还是没能控制住自己，哭成了一个惨兮兮的大花脸。

那天结束后，孩儿们和我说了好多话，秘书花了好些时间和我道歉，板板也很少再和我说“小婷婷，你要自信点”了，现在反倒经常和我说：“秘书他们现在可‘怕’你了。”

我的理事会竞选

罗荣伟（2019年6月）

2017年是我高中生涯结束的一年，是我重新认识巴别梦想家的一年，是我变得勇敢、自信的一年，是我跟梦想家在一起的时间里最难忘的一年。

2017年梦想家暑假工作坊很不一样，我们出栏的成员要亲自设计并带领3天的活动，这很刺激，同时也让我倍感压力。然而更刺激的是梦想家首届"理事会竞选"也在那一次工作坊期间举行，这才是工作坊的重头戏，这才是最令我压力剧增的根源。

什么是理事会？理事会竞选是什么？为什么会举行理事会竞选？当我填完理事竞选报名表时，心中有这样的疑问。而后板板跟我解释我才知道，理事会对于梦想家来说是非常重要的存在，每个理事担任着不同的工作职位，其中包括课设、后勤、物资、财务、编辑等，这些职位对梦想家的工作进展有着至关重要的作用。当然理事会的工作不仅仅是这些，还有很多很多，比如有决策权、选择权等，我记得当时的理事会成员有板板、秘书、美娟、亮亮、佑佑、阿国他们几个。理事会竞选条件是：第一，是梦想家出栏成员；第二，年满18周岁。当时报名的时

荣伟（左）和辉辉与孩子们一起，通过海报向乡村老人普及医疗知识（2018年7月，那满镇）

候，其实也不知道理事会是这么个情况，顿时就后悔了。感觉到了压力的我，想取消报名，但最后经过一番挣扎还是把这个念头打消了。

时间来到理事会竞选的前一晚，我跟几个小伙伴在酒店大厅忙碌着，各自做着竞选的 PPT。什么是 PPT？ PPT 该长什么样？要怎么做？心里又产生了几个问题。虽然很早就收到消息称，竞选的方式是 PPT 演讲，PPT 的内容我也写好了，但是对于一个电脑盲的我来说，做一个 PPT 是一件很难的事情，在此之前我可没见过 PPT 长啥样。这导致我的进度很慢，也让我感到更大的烦躁和压力。

其实，从报名开始我就有压力，我一直后悔报名竞选，为什么？因为我觉得我不如其他的小伙伴。这种“不足感”来自很多方面，比如先从高考成绩来说，当时我们出栏的成员有很多考了一本，包括苏婷、凤仙、辉辉、宝宝、兰玉，而除了兰玉外，其他 4 个都参加了竞选。其次，辉辉和宝宝之前有涉及过理事的一些工作，这已经给他们的竞选加分了。再者就是我觉得自己身上并没有什么闪光的点，在梦想家的我好像给大家的印象也是个模糊的、不是很起眼的人。种种原因，让我胡思乱想，让我感觉到竞选的压力。思绪再回到现在的 PPT，大家都做得差不多了，而我还在第一页徘徊，这使我更加沮丧了。还记得那晚我改 PPT 改到凌晨 4 点才抱着忐忑的心情去睡。

让时间来到理事会竞选现场，两束黄色的灯光、一个简单的台阶、两个投影仪、两台电脑、一两张幕布，组成了我们的竞选舞台。台阶下面挨挨挤挤坐满了人，那是一群可爱的梦想家的小伙伴。而我们的理事会老成员坐在台阶上，坐在桌子前，他们身穿白色的长袖衬衫，这是为了这次竞选定制的。而最特别的，是在视频里的美娟，她不在现场，是通过视频跟我们连线的。黄色的灯光透着温馨，台下的小伙伴们有说有笑，台上的理事会成员们也是嘻嘻哈哈的，这融洽的氛围，使我放松了许多。记得当时的主持人有秋玉，以及要参加竞选还要客串主持的凤仙，真是可爱极了。竞选开始时，本以为能够顺利地等待上台，但是因小伙伴紫瑜高烧不退，突发状况下，大家都没时间，只有我时间比较充裕，所以竞选的中途我带着紫瑜去了趟诊所，赶回来的时候下一个就到我了，心里面想的是幸好还有一点准备时间。接下来，就该走上台竞选了。接过主持人递给我的话筒，手不听使唤地发抖，我深呼吸慢慢地调整。台下是理事和小伙伴们充满期待的目光，我也开始了我的竞选演讲。

竞选的过程中，依稀记得我告诉大家“我为什么会参加竞选”时，这么说过：

梦想家陪伴我这么多年，我想为梦想家做点什么，我想为梦想家做得更多，我希望梦想家走得越来越远。

梦想家是我的第二个家，参加理事会竞选，成为理事会的一员，我感觉就是回家。

说完这些，看一眼台下，大家的目光全都注视着我，大家都很认真地倾听，没有一个不是抬起头的。接下来是我的最后一句话：“我是罗荣伟，梦想家我会一直陪着你。”这句话写在了我 PPT 的最后一页，说完这句话，台下随即响起掌声。走下台，心里的大石头终于放下了，又是一次深呼吸，我脸上挂着满意的微笑，讲得还不错，虽然有些紧张，中途有一点结巴，但总体还是很满意的，接下来就是等待投票结果了。

投票时梦想家的每一个小伙伴都有投票权，包括视频里的美娟也会投票。投票结果出来了，我的竞选意外成功！这是我从没想过的事情，这次的竞选我没有想过会成功，毕竟竞争实在是太激烈了。除了震惊外，我没有因为竞选成功而感到高兴，因为我很忐忑，我担心我胜任不了理事的工作，我担心自己做得不好。但是事情就这样发生了，我也只能顺其自然地接受，我也暗暗发誓要努力把每件事情做好。

我从来没有得过什么名次和成就，在梦想家理事会的竞选成功是我人生的第一次成功，也是我第一次获得这么大的成就感，我为它感到欣慰也感到不安。我一直努力让自己变得更好，让自己配得上理事会成员这个称呼。现在的我，同样也存在着很多的不足，但是我还会继续努力。我达成了自己的目标，活成了自己想要的样子，我能熬夜去完成自己负责的事情，我能完成一些超过我能力范围的工作，我能为了做好一件事情去努力，去学习，把它完成好。我变得越来越自信，不畏惧困难。这也让我重新认识梦想家，梦想家会陪伴着大家，同时它也需要我们的陪伴，也需要我们帮助它，让它去更好地陪伴更多的人。

理事会竞选让我很难忘，人生有许多难忘的瞬间和过往，很庆幸我的过往里有梦想家，很庆幸我能获得梦想家带来的快乐与幸福，很庆幸梦想家能给予我鼓励和使我成长，很庆幸认识王小姐（梦想家发起人璐瑶），很庆幸在梦想家里认识你们，很庆幸，真的很庆幸。

注释：

不同于其他公益组织，巴别梦想家理事会由成年的巴别梦想家共同体成员组成。年满 18 周岁的梦想家共同体成员，可以参加两年一次的理事会竞选，经过梦想家孩子们的集体投票后成为机构理事，获得服务梦想家、服务家乡的机会。这也是梦想家长期成员从被服务者到服务者身份转变的重要标志。

巴别梦想家认为，参与的本质是把选择的权利和能力交换给孩子们，而理事的选举机制正是秉持这个理念建立的。

自 2016 年梦想家完成登记注册，设立理事会后，梦想家大营的设计实施、实践共同体的管理、各个项目组和工作组的推进，都是由理事会成员共同决策和管理的。

理事会竞选也标志着巴别梦想家正式由发起人交接给曾经的服务对象、今天的年轻服务者们。巴别梦想家已经真正成为一个本地青年的自组织。

我想离“家”出走

岑丽俏（2021年8月）

我有一个危险的想法，我想离“家”出走。这个“家”是巴别梦想家，一个陪伴了我七年，见证了我很多第一次的地方。

我是2014年加入梦想家的，起初，梦想家于我而言像是一个学习的夏令营，我能在这儿学到看到新的东西，第一次下乡调研，第一次上台演出，第一次在野外烤鸡……

那时的我，总有一个念头：梦想家很好，但不是我的家，因为我不是她不可或缺的一部分。但是梦想家是秘书、板、苏婷姐、辉辉、宝宝这些哥哥姐姐的家，因为他们是在梦想家成立之初就一直在的人，梦想家的很多第一次都是由他们创造的，少了他们哪一个，梦想家都会缺一个部分。所以直到我高中毕业，成为“出栏梦想家”之后，我仍然感到和他们之间隔着一层壁垒，他们在演绎梦想家的故事，而我是在外面看故事的人。

变化是在2020年发生的。疫情让人始料未及，如同我跟梦想家关系的变化。由于疫情，我没有去学校上课，而是在家上网课。之前我参与了寒假环保营的活动设计和带领工作，并且获得了大家很高的评价。因此，在宝宝邀请我加入暑假大营的课程设计组时，我想都不想就答应了。这是我第二次和那些老成员合作，但那层壁垒依旧存在。“我是去学习的，跟着他们做就好了。”这是我最初的想法。

因为课程设计组要一起学习法律知识，所以我们在板家里学习。那是我第一次到板的家，一起去的还有宝宝、秘书、苏婷姐。相比于秘书、宝宝这样一进门就会自己找东西吃的人，我连找双鞋穿都觉得很不好意思。我一开始以为只是普通吃个饭，没想到却让我听到了很多秘密。

丽俏（左二）和梦想家 2020 年暑假大营课设组在璐瑶家吃饭（2020 年 4 月，广西田阳县）

我印象最深刻的画面是板抱着我哭，而我只能呆呆地抱着她，说不出一句安慰的话。旁边的哥哥姐姐都低着头不说话，苏婷姐眼里似乎噙满了泪水。我像是个突然闯入他们的故事里的看客，不小心撞破了一些“隐秘往事”。但是我又被深深吸引了，突然冒出一个大胆的念头：要是我能跟他们一起经历这些惊心动魄的事情就好了。

真正“入伙”梦想家是在谈判的时候，这是我第一次以“梦想家成员”的身份参与对外的事务。当时田阳教育局终止了和我们的合作，梦想家的孩子都写了信，我也在其中。秘书和板叫我一起去教育局沟通，我问他们为什么选了我，得到的回答是：从我的信里看出了我对梦想家很深厚的感情，觉得我很合适。

我其实有些害怕，毕竟我也才大一。但是一想到在板家里见到的那个画面，我感觉内心那股小火苗蹿起来了。于是，我答应了。

我、秘书、宝宝、苏婷姐在一间会议室里，和四个教育局的领导面对面地交流。每个领导脸上都写满了“严肃”两个字，每个人都带着个本子。我们进行自我介绍之后就开始陈述。可能是因为秘书说了自己是机构负责人，于是那四个人就围着秘书询问，一点也不给我们讲话的机会。秘书拿着两本厚厚的资料讲我们的财务状况，讲资助情况及孩子们的变化。

我对面的局长提出了一个观点：现在的孩子还是专注于学习比较好，梦想家这种层次较高的不太合适。我横下心，忽然开口了。我不记得我说了什么，就记得我的语速很快，以及局长想要插话的时候我说了句：“等一下，请让我先说完。”

谈判结束，我们一行人面不改色地走出会议室，步伐却越来越快。无论结果如何，我们总算是把憋着的那口气吐出来了。出了教育局，我们立刻开始复盘刚刚的谈判细节，秘书给板打电话汇报情况。我想回忆一下刚刚的情节，但是记忆很凌乱。

我并没觉得自己表现得有多好，大家却一直在夸我。“丽俏真厉害，直接就说‘让我先说完’。”说着秘书和宝宝还要比画着演示一遍。板在屏幕上，眼睛亮亮的，看向我的时候似乎里面有光。

我不好意思地低头笑笑。我也为梦想家做了一件实事，不再是需要梦想家保护的人，而成为保护梦想家的人了。看着身边的小伙伴，我意识到，我好像也成了故事里的角色，不再是看故事的人。

经历了谈判，我跟老一辈成员之间的话题变多了，我们一起聊过程中的尴尬瞬间，可以相互开玩笑，我对宝宝和秘书的称呼也从“学长”变成了“宝宝、秘书”。原来只要我愿意，我就可以走进那个故事。我开始了更多的尝试。

我设计并带领了法律大营，虽然整个过程“惨不忍睹”，每天休息不到四小时成了开营期间的常态，很艰难，但是我坚强地挺过来了，而且我还在这次大营中成功竞选了理事会成员，弥补了我上一次落选的遗憾。

大营结束之后，经历短暂的休整，我和美姻姐发起了表达与融入小营，在这个营里我几乎倾尽了自己全部的心血。开营期间，我每天换一个组吃饭，跟每一个孩子聊天。结束的时候我给全部的孩子都写了信，每一张纸条里都写满了我对他们的观察和祝福。我想给我的第一次小营留下一个美好的回忆，事实证明，它确实是我目前为止最满意的成果。我们营全部的参与者在反馈中都表示他们的表达能力在这次营会中得到了提高。

之后在行动研究中，我成了五个研究课题的召集人之一，开始研究“梦想家对参与者产生价值的评估体系”。虽然我们组是五个研究小组中平均年龄最小的组，但是我们组的研究进展一直名列前茅。在桂林的线下工作坊，我们小组是五组当中唯一一组没有老师在场的研究小组，但我们出色地完成了整个活动带领，收获了全场的掌声。

从普通成员到活动带领，从理事会成员到小营统筹再到行动研究召集人，我一步一步实现身份的转变，从梦想家的边缘走向核心。梦想家慢慢占据了我生活的很大一部分，我的生活基本上不是在学校，就是在梦想家。伴随着掌声和鲜花而来的，还有密密麻麻压得人喘不过气的张力。

最明显的压力就是时间的张力，我还在上大学，但是梦想家高密度的活动占据了我大半的课余生活。我的小伙伴去社团了，我在开会；我的舍友去城墙上看风景了，我在开会；我的舍友参加志愿服务活动了，我还在开会。室友经常跟我说的一句话就是："俏俏，今天又开会啦？"

除了时间张力，还有团队协作的张力，这个在行动研究中体现得最为明显。印象最为深刻的是我和苏豪的微信对话，从最基础的"苏豪在吗？""苏豪作业做完了吗？"逐渐演变成"苏豪你为什么总是做不完？"。我不知道我应该给大家什么支持，我也没办法让大家跟我一样全身心地投入研究。

除了张力，还有深深的无力和挫败。我在梦想家里的能力没有人会怀疑，板会经常夸赞我："丽俏的脑子非常清醒。"但是在梦想家之外的我成绩平庸，表现不尽如人意，梦想家里的我和梦想家之外的我好像是两个人，一半在阳光下，一半在阴影里。

梦想家就像是一个旋涡，而我被卷入得越来越深。我想逃离，我觉得我不能这样下去了，我应当去建设梦想家之外的成就，因为我没法同时做很多事情。但是我没法舍下梦想家，在长期的相处中，梦想家的价值观深深地融入了我的价值观，梦想家的小伙伴和我形成了超越友情近似亲情的连接。今天的丽俏是从梦想家生长出来的，让我割去一半的自己，我做不到。而且今天的梦想家需要人去建设，老一辈的成员已慢慢远去，而年轻一辈还没成长起来，如果我也离开了，那她该怎么办呢？

"嘀嘀嘀。"铃声准时响起，提示我已经复习两小时了。我合上《教学论》复习提纲，习惯性地摸了一下头发，然后迅速打开微信。不出意料，梦想家工作群又是几十条工作消息，编辑部群也有消息，我整个人不由得烦躁起来了。

这是我这个学期最日常的状态，学习完了就打开微信回复消息。我一共置顶了十三个群，其中十一个群都是关于梦想家的。为什么会这样？因为我是梦想家的理事，是行动研究的召集人，是编辑部成员……

“俏，理事会，如何？”原来是理事会的邀约，第一反应就是不要！脑子转了一下，直接说不要太尴尬，于是打出了一个“我已经老了，万一选不上尴尬”。这次我只要不选，那么就可以解放一半了。

然而没多久，这个想法被我自己掐灭了。一个晚上，我看到课程设计群的消息非常忙碌，不断更新，但没有一条与我有关。关上手机的那一刻，我有些失落，感觉自己好像被梦想家抛弃了。于是，我还是参加了理事会竞选。这次竞选主要是为了梳理我的经历，竞选不是我的目的。但是，我心里好像隐隐有些说不清的期待。

我毫无悬念地连任了理事会的席位，甚至在上台那一刻我就知道了。不过，最后我只记得竞选结束以后亮哥的离开。

“给亮哥一个拥抱吧。”亮哥用了很久才说出这句话。而后一大群伙伴从座位上站起，跑到舞台中央，拥抱亮哥。那里好像出现了一个旋涡，很多人都被吸过去了。

我并没有站上去，相反，看着向上跑的人群，我悄悄往后边移，移到了一个相对于中心比较远且不引人注目的地方，看向台上。

我觉得自己和亮哥像是线段上的两个端点，两头的端点也不一样大，有着相反的方向。此刻，我的方向跟亮哥是相反的，但也有相似的地方。

相反的，是他今天短暂离开了梦想家，从核心出去了，而我选择了竞选理事会，回到这个核心当中。

相似的，是我觉得将来的我很大可能会像亮哥一样离开梦想家，闯荡自己的生活。

回看我在梦想家的经历，参加谈判，竞选理事会，担任小营统筹，成为行动研究召集人，每个决定都是我自己做出的。我总在做与不做中徘徊，但在思索之后我总会选择继续做下去。我不想远离这些繁杂的事务吗？也不是，我一直都有逃避这些事务的想法。至于为什么能够做下去，可能是因为梦想家是我认可的第二个家吧。虽然有时她会带给我很多挑战，让我想要逃避，但是我也曾在梦想家的故事里写下浓墨重彩的一笔，里面的每个人都跟我有着千丝万缕的联系，我的根依旧在那里，因此，在她还需要我的时候我不能离去。

我依旧会有离“家”出走的想法，但这不是一种逃避，更多的是一种期待，期待未来会有更多的人走进梦想家的核心，去支持她的生长。那个时候，我也可以安心地去看看别处的风景，去构筑梦想家以外的我的生活。

离别的礼物

黄君沁（2021 年 8 月）

今年的五月是难忘的，因为我在五月实现了又一个身份的转变，成了大营的统筹。

五月十二日，晚自习下课之后的我迈着沉重的步伐走回寝室，心事重重。我看着手机上不断变化的时间和理事会群里的会议流程，内心甚是煎熬。在会议开始之前，我十分明确地告诉自己：无论如何今年的大营统筹都不能是我。

我不能成为统筹的理由太多了，多到可以暂时瞒过我内心真正的想法。理由概括来说，就是我已经不再年轻，至少对于梦想家的出栏成员来说，我已不再年轻。即将大四的我不能像以前一样，一放假就一头扎进梦想家里，不可以像以前一样，一个假期最少的时候仅仅在家休息一个星期，这些在这个暑假之后，统统都不能够实现了。因为学院的调整，我在暑假需要进行毕业论文的撰写，同时也需要转变自己的身份去实习，我不再是一个可以自由支配假期的人了。所以在前几次的理事会上，我始终坚持自己的想法，我坚持认为我需要将自己慢慢从梦想家里摘出去，就从不承担大营的统筹开始。

微信群的会议通知把我的思绪从对自己的不断洗脑中拉回

了现实，我郑重地接听了秘书拨来的会议电话。会议中大家说着对大营统筹的看法和各自成为统筹的意愿程度，我已经心猿意马。轮到我发言的时候，我照例将自己的张力全盘托出，并且表示自己不承担这个职责了。说完之后关闭麦克风，想把自己变成一个透明的人，直到他们看不见我。这个环节结束之后空气变得十分凝重，因为跟预想的一样，依旧决定不了谁是统筹。

“如果有人跟我一起的话，我也可以试一试。”前一分钟还一直给自己心理暗示的我打开麦克风说道。谁又知道这几分钟，我的思绪已经经历了千山万水、沧海桑田。我花了几分钟的时

梦想家北海大营出发前的阿沁
（2021 年 7 月，田阳区梦想家古城工作室门口）

间，推翻了自己的决心，也花了几分钟的时间，看到了自己的内心。为什么最后是我呢？一句话解释就是，当我不想来时我有千万种困难，当我想来时我一定会翻山越岭出现在你的面前，你就是梦想家。

也许是因为临近离别，所以我更能够深刻地感受到我跟梦想家的关系在慢慢地发生变化。我很确定在这个暑假之后，我会像那些现在不能继续出现在大营的出栏梦想家一样，慢慢淡出梦想家的世界。我用那几分钟回想了这些年我在梦想家的经历，回想了在我进入大学之后缺席的大营，努力回想了梦想家新的伙伴的脸庞，我决定把将自己摘出去的动作先暂停。同时我也希望，大营可以是我给梦想家的一个离别礼物，送给这些年陪伴我的梦想家，送给爱我的所有人。所以，我成了 2021 年暑假大营的统筹，承诺对今年的大营负责。

“今天继续细化第一天和第二天的流程，九点准时开始我们的会议哟。”坐在寝室桌子前的我敲击着键盘，宿舍里能清楚地听到我敲击键盘的声音，偶尔还夹杂着室友均匀的呼吸声。此时距离开营还有四十多天，我已经渐渐和我的朋友们走上了不一样的生活路线。

“我跟你说一件事，超好笑……”“我现在在开会哟。”此时的我正在和大营的工作人员开会，开会的间隙转过头就会看到我的室友在低声谈论今天的趣事，而我遗憾地不能参与。此时距离开营还有一个月，我已经习惯性不参与一些话题。

“我现在在开会哟，不能接你的电话，你打字给我吧。”挂掉男朋友的电话，我匆忙发一条信息给他。等到会议结束想要重拾话题的时候，我发现分享欲已经消失了。此时距离开营还有半个月，从六月份开始，我和男朋友最多的对话变成了这几句。

“我们期末考完试就去玩水呗，阿沁要去吗？”“我可能不去了，考完试我就得收拾东西回田阳了，我要准备开营了。”我很想跟大家考完试之后一起去玩，也想珍惜这一次可能是最后聚会的机会，但还是放弃了。此时距离开营还有三天，我彻底跟我的朋友们分别，不知归期。

成为大营的统筹之后，我感觉我在慢慢丢失一些东西，并且我没有能力阻止这些事情的发生。以上的画面，从我成为大营的统筹开始，甚至到了后半阶段，几乎每一天都会发生至少其中一种对话。我开始觉得我一直在失去，我开始后悔我的决定。

晚上，每天的工作复盘准时开始。所有的工作人员都围坐在酒店狭小的客厅里，每个人的脸上都写着疲惫，整个客厅的空气都变得沉重。

复盘的开始，每个工作组首先需要同步当天都做了什么，需要什么支持，等等。我坐在柔软的沙发上，却如坐针毡。“希望课设可以给我们具体的要求，我们才能提前准备”“我觉得我们的流程是什么都不清楚，每一天都是临时的”“这是统筹的事，不是课设的”……我的眼神逐渐虚焦，不敢看向任何一个人，但是我能够清楚地感受到一双双眼睛都在看着我，随时都可以把我融化。

我顿住了，脑海里反复回放当天的灾难现场。活动按时开始，活动带领人在给孩子们做活动的引入，板径直向我走来，问我投影仪在哪里。我立马转身跑过去寻找物资组的伙伴们，询问投影仪的下落，但是一时之间找不到人。我不得不将已进组的物资组工作人员从组里叫出来，但他们也不知道，场面一度尴尬又焦急。最后找到了一个新的、大家都不会用的投影仪，活动进程一度被搁置。最后经过多番辗转，找到了放在酒店的旧投影仪，放到主会场使用。

梦想家 12 周年夏令营，课设小组成员秘书、阿沁、璐瑶、忠常在海滩合影（2021 年 7 月，广西北海市）

同一时间，鸿宇问我今天几点吃饭，我一时语塞，当时的活动进度被严重推迟，我自己拿捏不准结束的时间；凤萍来问我今天需不需要外出，使用车辆的时间是什么时候，因为方案在前一晚没有达成共识，我也不知道具体什么时间外出。一双双眼睛在等待我的答案，但是我犹豫着，始终下不了决定。一次次被询问之后，我才迟迟回答："十二点准时开饭吧。""下午外出去侨港，时间是五点，让司机到主会场这边等一下。"说这两句话不过用了几秒钟，却耗尽了我所有的力气。

在安静了十几秒之后，我抬起眼，看向其他工作人员，我感觉每一双眼睛都已经将我审判了一个遍。"那我们接下来先说一下明天的行动计划吧，然后将这些问题规避一下。"那一刻我十分想要离开这个客厅，选择撂挑子。但是不知是何种力量，给了我"反抗"的勇气，反抗着令人窒息的气压。说完第二天的工作安排之后，我以为大家还会继续针对我的失职，寻找我的错误，但是没有。他们纷纷离开自己的座位，去往不同的位置继续自己的工作。

我还是继续坐在沙发上，一切尽收眼底。我看到物资组的工作人员在跟秘书过第二天的细项物资，看到后勤组的工作人员从大门出去前往主会场布展，看到课设组的工作人员在客厅继续过方案，看到财务组的工作人员在认真核对账目。他们从来没有任何一个人在我面前指责我，也没有任何一个人在我最需要的时候不管我。无论工作如何变动、如何艰难，他们都选择和我在一起。

在北海的每一天都很热，但因为是结营，热风好像都比前几天让人舒服。装好物资、行李之后，孩子们和工作人员陆续上车。最后上车的我在等待的间隙回头看了一眼收拾过后的客厅，前几天那里乱糟糟的，现在已经整整齐齐，好像我们从未来过一样。时间过得真快，恍惚间还能看到在酒店门前集合的孩子们，看见拼命扯着嗓子喊孩子们集合的我，看见深夜陆续回来的工作人员。这北海的一切，都在我转身上车的瞬间，交还给了一阵阵的海风。

车辆缓缓前行，窗外下起了小雨。我静静地看着窗外，感觉这几天的疲惫都交付给了这场雨，全都被洗掉了。我翻着手机里的照片，看着合照上每一个人的脸，每一张脸我都认识，这让我很满足。

这是我大学以来跟孩子们相处的最长的一次。以前我总是因为一些原因错过大营，或者即便在大营，也没能和孩子们有更多的接触。我一直觉得这是一个遗憾。这个遗憾也是支撑我成为统筹的原因之一。我最想给孩子们一个大大的礼物，我希望他们能够记住我；可最终，还是他们把礼物给了我，这个礼物叫陪伴。

这几天一起玩水，一起在沙滩上肆意奔跑，一起淋雨，很多事情都是和孩子们一起做的，情绪也被他们感染。他们是一群充满希望的孩子，像热辣的太阳，也像微微的细雨。

“最开始的时候，我把大营当成一个离别的礼物，想把大营设计好、协调好，把这个礼物送给梦想家的所有人；但是现在我觉得最终我才是收到礼物的那个人。”这是跟绿豆老师通话的那晚，我对绿豆老师的回答。

蜕变

“梦想家多年的浸泡，已经在我的DNA中深深刻入了一个关键词‘服务’，梦想家的使命已经不知不觉成为我的使命。看到孩子们开心，我会跟着开心；看到孩子们参与度提高，我会嘴角上扬。难道这还不够吗？”

秘书的理事长就职发言

苏光富（2020 年 7 月）

2020 年 8 月 1 日，苏光富（秘书）经过理事长提名与全体理事合议，成为梦想家的第二任理事长。以下是其就职发言：

11 年弹指一挥间。当初那个懵懂无知、毫无理想、不知人生未来可能性的我，已成长为今天巴别梦想家的理事长，成长为自信、开放的我，成长为知道自己是谁、明确自己追求的我。

人生走过 24 年，其中 11 年是与梦想家交织在一起的。11 年中与伙伴们相互陪伴、共同成长，也在板板的陪伴支持下，光速成长。我和板板的关系从最初的师生，到后来的朋友，再到同事，到成为真正的家人。欢乐时，我与她分享；郁闷时，我向她倾诉。我的每个人生转折点、每个蜕变的瞬间，板板从未缺席。感谢板板对我的包容、培养。在她的推动下，我才成为今天的我。

还记得 2009 年，板板站在我家楼顶问“苏光富，你的梦想是什么？”时的画面。那时候的我并不知道自己未来可以走向何方，我想除了像父母一样打工、像爷爷奶奶一样种地之外，应该没有别的可能性了吧。

2009 年，我成为梦想家首批 8 个服务对象之一。2011 年，我接到首次暑假工作坊的邀请，抱着好奇心参加，体验到了前15年人生中从未体验过的欢乐和学习，从此不论晴雨永不缺席。

2014年，梦想家第一次有了社会实践活动，也是我第一次因为活动内容太难而忍不住哭泣。也是从那时起，我开始面对内心的恐惧，迈出与陌生人交流的第一步，渐渐打破封闭，融入真实的社会。

2016年，和板板一起在自治区民政厅见证了机构的登记注册。从那一刻起，机构有了合法的身份，我的身份也从参与者、志愿者转变成为机构的理事。

2017年暑假开营，我们遇到了很大的困难。深夜我见到板板在办公室默默哭泣，那一刻也激发了我想要为梦想家贡献更多、想要陪伴梦想家的孩子们走下去的想法。

2018年身份再次转变，从小营发起人，到机构全职员工，再到奇点计划的项目负责人，曾经被服务的我也开始全身心地支持更多封闭的、边缘的孩子成长。

2019年，板板重病，我第一次独立统筹大营。结营的瞬间，我踱出教室，通过视频看着远在北京病房中的板板，两人都忍不住崩溃大哭。

2020年，疫情和很多其他因素使梦想家再次陷入困境。和我一起长大的兄弟们、伙伴们，因为学业和就业，也一个一个离开了。但无论前路多么艰难，我和板板、和更多的伙伴仍然在一起，用尽全力支撑、保护着梦想家。此刻，我的身份再一次发生转变，从项目负责人成为机构负责人，从理事成为理事长。这也意味着我人生的新阶段、新起点。

板板就是这样，推动我去承担不同的身份，促使我成长。在梦想家中的孩子们也是一样，都是通过身份的转变，通过承担身份应尽的责任和义务，去推动对自我的探索和价值观、能力上的成长。就在刚刚，当听到板板向理事会提议我成为机构的理事长时，当全体理事表决同意时，我感到既忐忑又憧憬。忐忑在于，我担心自己不能胜任这个身份，担心自己没能将梦想家带到更好的方向，会愧对大家、愧对孩子们。憧憬的是，第一次成为机构负责人，新身份意味着新的学习、新的责任。我要为机构的每个决定兜底，要克服、改掉自己的一些毛病，要努力学习更多知识，有意识地锻炼自己的能力，撑起整个梦想家，成为孩子们的榜样。

11 年来，板板将梦想家从 0 变成 1，从一无所有到陪伴一批孩子，改变了一批人的命运。两年来，板板与我、与许多出栏梦想家们，又将梦想家从 1 变成 N。我们开始独立发起丰富多元的项目、活动，服务更多乡村的孩子和教师。而此刻站在台上的我，在未来，希望和大家共同去寻找 N 的 N 次方。我希望推动梦想家的裂变，能真正让每个伙伴在我们不断创设的新身份中获得快乐和成就，能让更多梦想家的孩子成为有能力支持他人成长的青年创变者。尽管我深知，这个过程非常艰难，尽管我自知，现在的自己还没有足够的能力，但在未来我会努力，努力成为一个合格的机构负责人。我也会时刻警醒自己，孩子们都在看着我，必须要做靠谱的事，成为靠谱的人。

未来梦想家的工作重心也会从田阳迁移到百色，服务百色更多区县的处于封闭的、边缘的孩子。正如 10 年前的我们。我现在正式发出号召，我们公开招募出栏梦想家成为全职员工，欢迎大家回来和秘书并肩作战。正如板板所说的，有多少人离开不重要，重要的是有的人一直在。在此，秘书愿意向大家做出郑重承诺："只要大家还在，秘书就一定在，永远在。"

秘书的成长之旅

❶ 12 岁时读小学的秘书（左一）
（2009 年，巴别中心小学）

❷ 秘书和父亲的第一张合影，摄于梦想家工作坊
（2011 年 7 月，巴别中心小学）

❺ 上大学后的秘书在冬令营中担任小组协调员
（2016 年 1 月，广西田阳县）

❻ 梦想家暑假工作坊中“国王”秘书带领活动
（2017 年 7 月，田阳县民族中学）

❾ 秘书参加中国扶贫基金会奇点计划答辩
（2018 年 12 月，北京）

❿ 秘书在乡镇小学宣讲，为梦想家奇点计划招新
（2019 年 12 月，田阳县那满镇中心小学）

3 在梦想家工作坊中玩游戏的秘书
（2012 年 1 月，田阳县米兰咖啡厅）

4 秘书在梦想家工作坊中做的梦想剪报
（2014 年 1 月，广西田阳县）

7 秘书在梦想家理事会竞选现场致辞
（2017 年 7 月，田阳县民族中学）

8 秘书（前排右二）和伙伴们共创梦想家发展战略
（2018 年 11 月，广西南宁市）

11 秘书（右）下村家访梦想家新成员
（2020 年 5 月，田阳区坡洪镇）

12 秘书成为梦想家理事长的就职发言现场
（2021 年 7 月，百色市图书馆）

落在身后的一个人

苏光国（2019 年 6 月）

巴别的春天吹来阵阵微风，校园里时不时能听到外边的车辆鸣笛声，教室里还是像往常那样吵闹。这时，走进来一个脸圆圆白白的女士。可能是我们的老师吧。我们几个差生在下边讨论，对着这名女士指指点点，这人是谁？来这干吗的？皮肤怎么这么白？就在这样的吵闹中，她在黑板上写了一个单词“dream”。于是，我们开始了一段长达十年的旅途。

这就是我人生的小天使，她叫璐瑶（现在我们都叫她板板），来自北京，是一个年轻的女老师，教我们英语。在巴别的半年里，她给我们带来了从未有过的体验。她带我们猜谜语，猜对有礼物；她带我们看笔记本电脑，很多人还在一起合影；她给我们的闲暇生活带来了无限的乐趣。

很快，半年过去了，她也回北京了。但为了让我们这些孩子有更好的未来，她决定回巴别发起一个公益项目——巴别梦想家，而我，经过某些“考核”顺利地成为第一批受益人。在最初的八个孩子里，我是最年长的，这意味着我可能要做更多事。

梦想家项目给每一个成员发放助学金。起初，板板给我的银行卡转账，我再把钱取出来发给项目的每一个成员。上中学后，有一次我收到汇款，取出来准备拿回学校给其他小伙伴，可是中途却被人偷走了。那可是1500元啊，对我来说可是不小的数额。我哭着给板板打电话，说钱被人偷了。她一直说“不要紧，没事的阿国，一会儿给你再转1500元”。我当然也知道这是她自掏腰包给我的。可她没有任何责备，没有任何怨言，也没有怀疑过我说的话。我想我跟板板、跟梦想家的信任就是这么来的。

我再长大几岁之后，每次外出都是队伍里比较年长的成员——虽然也就是个十几岁的孩子。在享受着梦想家给我快乐的同时，我还要时刻留意大家的安全。有一次，突然有一个小伙伴找不到了。我跟其他人焦急万分，想要骂娘，大家都没法放松下来，直到找到人才能安心。每次出游时，我都觉得自己要做好大家的护航者，看着大家能快乐地游玩，我才能安心。这也是板板教给我的——责任。

后来，我们几个较早进入梦想家的成员开始分担越来越多的工作，包括活动设计、成员招募、项目实施。在这几年里，我跟板板的情感是最亲的，有什么话都会对她说，也学着像她一样关爱他人，梦想家小成员的情感问题或是心理问题我都要尽量去调解或安抚。我也很自豪，能成为很多人的倾听者。

高考后，我被中央民族大学录取。我去北京那天，板板送我去车站，给我买了很多好吃的。那天，田阳的天气还很热，只有板板为我送行。

上大学之后，我到处玩耍，不断学习，不断经历。北京是一个有着高物质追求的地方，考虑到我自己的出身，我决定去追求多年前自己的理想——挣钱。我不断腾出时间扩大人脉交际圈，不断去参与项目，不断去公司实习，然后签约工作。我跟板板的联系慢慢变淡，不是我们不再信任或不再爱彼此，而是她坚守自己的位子，变的是我，长大的孩子总要远走高飞。

我忘不了那一天。

2018 年的一天，我跟板板约吃饭，我们走在万柳公寓旁的马路上，气氛显得有些紧张。那是我认识板板的第九年，有些话我们还没谈过。

我跟她坐在奶茶店，说着我的经历，还有我未来的打算，以及我对巴别梦想家的感情和不舍。我看着秘书和佑佑这些在广西上学的伙伴，几乎每个月都要回田阳做教师培训、元旦沙龙、阅读嘉年华，而我这几年缺席的状态已经不能继续支撑我跟梦想家保持原有的 100% 的亲近了。

我确定我是爱巴别梦想家的，我确定我爱我的板板璐瑶，还有小姨（从 2009 年一直帮助我到现在，并在我生活中承担各种角色的人，她也是我板板的小姨），我确定我爱梦想家的每个人。当一个孩子知道我暑假不能回去时，他告诉我他有多想我。我知道我在部分人心中的位置，同时我也知道他们在我心里的位置。可我还是做了一个艰难的决定，我还不能全身心地回去担起相应的担子。或许在秘书、佑佑和我三个人中间，我是最早下决心的。后来的一年里，秘书做了太多太多的事，那确实是我很久以前本想有的样子。他终究挑起了大梁。

我跟板板、跟梦想家走了十年，每一件事都很奇妙，都很值得怀念。很难想象这样一段全世界独一无二的历程发生在我们的身上。我们起初只不过是一群没有方向的孩子，我的板板也不过是想做点她想做的事，没人知道故事的发展会是这么艰难而幸福。大家都长大了，每个人都有了自己的路要走，秘书决定回梦想家做全职员工，佑佑找到了工作，其他人也上了大学，板板仍然坚持坚守梦想家的岗位，而我也要去追求自己的理想。

我的板板告诉我，人是会变的。对，我自己就变了。我长大了，我对问题的思考更加理性，跟她的对话少而谨慎。但她仍然坚持十年前的那条路没变过。

我们之间的画面太多太多——几个人挤着抢东西吃，每个人都在嫌弃别人吃得多，其实自己吃得最多；几个人在夜里对话，畅想未来；几个人瘫在沙发上；集体外出游学的一个个场景；几个人齐聚北京的欢乐；大家齐聚南宁，共商梦想家的未来。

我长大了，他们也长大了。大家都在前进，而有的人却越走越远，甚至触碰不到。

你好，远航

周万佑（2019年6月）

“叮咚。”伴随着手机消息的提示音，梦想家出栏工作坊终于确定了具体时间和地点。我期待了很久，距离那次谈话已经过去了三个月，我终于要面对板板了。三个月里，我想了很多，做了很多，头发也掉了很多。

在这次工作坊里，我们（已成为大学生的梦想家们）将要一起共创梦想家的未来。但是对于活动的筹备，我什么也没有问，什么也没有去帮忙，这是我第一次在梦想家的活动筹备期间这么的“冷漠”。我没有主动去了解这次活动怎么设计，怎么实施，到了活动场地，还莫名有点“嫌弃”：为什么这个字这么不好看？为什么这些道具摆放得那么乱？为什么？“唉，看来咱们的活动策划还得需要一个细心而又具备强迫症的我啊。”见到板板和秘书以及他们的小组仍在忙碌，我不忍心打扰，这次就好好当个参与者吧，也算对得起我这些天憋着的好奇心和躁动的小情绪了。

活动的第二天，有一个“一对一分享”的环节，我们每个人要将听到的故事分享给另外一个人。“到底该不该趁着这个时候跟板板坦白呢？”此刻我的脑海里只感受到了自己的心跳声——扑通扑通，整个会场仿佛一瞬间就只剩下了自己。“板板，我想和你说。”伴随着颤抖的声音，躁动的小情绪仿佛再也隐藏不住了，就像眼眶里的性感泪珠，它们都同时涌向了板板。“好好，来啊。”板板放下手中正在拍摄的手机，我们一起坐到了教室的角落。

一瞬间，我们仿佛回到了三个月前的那个晚上。在办公室的沙发上，我的心情很沉重，我的脑子里充满了太多太多的大大小小的问号：我已经不止一次跟板板聊过，我到底想要什么，我对于自己的未来十分迷茫，和别人相比，我实实在在是没有一点信心。“我到底想要的是什么？”“我到底该怎么做呢？”“现在是不是太晚了？”

在面对未来自己的路怎么走的选择上，我甚至连选项都没有。我其实已经在心里预演过无数次回梦想家的场景，但我还是没敢做出决定。我知道我不是一个好的决策者与执行者，留在梦想家实在是一个太大的隐患，我很怕自己做得不好。但是我又想辅助秘书，我们彼此互补，一起为梦想家打造一番大事业。太多太多的想法在脑子里迸发。

我跟板板描述了我未来一段时间内的规划，以及自己内心承受的种种压力：毕业后该干吗？自己能不能让爸妈过上好日子？自己能不能找个体面的工作，配得上自己大学毕业生的身份？她依旧在鼓励我：“记得之前让你每周接触一样新事物的小约定吗？现在你应该要学会去尝试，只有在体验和实践之后你才会明白，你想要的是什么，你喜欢的是什么。”在漫长的谈话之后，我对板板做出了承诺：我去找工作，去实践，去接触、尝试新事物，去找寻我自己想要的东西，下个学期会有一个肯定的答案。

“我签工作了。”三个月后，我对板板说出这句话，眼泪止不住往下流。我舍不得板板，舍不得梦想家，我舍不得所有喊我佑佑的梦想家的孩子。但是三个月来的经历已经让我的心变得坚定了：从茫然不知所措，到无头苍蝇乱撞，再到四处奔波面试工作，最后到下定决心签约，其中有过彷徨，有过挫败，但为了寻找答案，自己还是坚持了下来。

梦想家中有句话：离开是为了更好的回来。这句话仿佛是此时此刻的一个最好的注解。这不是分手。

2019 年是我在梦想家的第九年，也是梦想家的第十年，我决定收拾行囊走向远方。有一天，我们会在时间线上的某个点重新相遇，那个时候，我会笑着对梦想家说你好，我们给彼此一个大大的拥抱。

准社会人的 A、B 选项

苏凤仙（2021 年 8 月）

“昨天回去，你妈妈有没有说你表情过于丰富呀？”

“说了啊，还不是你这个小喇叭，这是我和你之间的战争！”

…………

我在教室后面，有一句没一句地跟学生“拌嘴”，起因只是我拍了他上课的“丑照”发给了任课老师，老师便转给了他妈妈，于是，今天他来“讨伐”我。当然，这也是我这实习一天当中最喜欢的环节。我正绞尽脑汁，想着要拿什么话“回击”他，突然，前几天群里的消息又第 N 遍从我脑海里弹了出来。

“希望各位助教老师可以发挥自己的优势跟学生打成一片，让学生爱上来××，最好还能收获一些小粉丝哟。”字里行间满满的亲切感，又满满的任务感。

我心里微动，又实在不知该怎么张这个口，面前的孩子还在兴奋地跟我不停比画，我看着他愣神，最终还是没有把续读的事情问出口。

“续读”是我来到这家教育培训机构之后才接触到的行话，这是一个名词，也是一个动词，说直白些，就是将学生和家长转化成自己的客户。续读的工作已经启动好几轮了，应该说，每天都在续读。任课老师和班主任，每天除了学情反馈，就是为续读做铺垫，这或许是教培这个行业的常态。

如果不是来到这里实习，我还不知道，梦想家之外的教育理念和模式，竟是如此不同。在梦想家的大营和小营里，我和孩子们的交互一定倾尽感情，却又从未期待从对方身上得到怎样特定的答案，无论这个交互进行得多么远，最终都会落到“你自己”上。而在这里，每段课续读开始后我和孩子们互动的话题，大多止于“你爸爸妈妈同意你继续来这里学习吗”，或为此做铺垫。

我还记得第一次协助做续读的时候手足无措，每次询问完一个孩子，我就要在手机上记录一下结果，无非就是家长同意与否，原因为何。某天我做记录的时候被一个孩子看到了，我心虚又慌张地盖住手机，像被窥见了什么见不得人的秘密，又像刚犯了一个错被大人抓住了，可明明我才是大人，也算不上犯了什么错。第二天，我想跟一个孩子互动时，他捂着耳朵冲我摇头，不断重复着“我什么都不知道”。这让我难过了好多天。

我的同事都是好老师，只是有时候不得不分心做备课和上课之外的续读工作。我协助的老师在续读开始前那欢乐的课堂在第四天瞬间缺乏了生气，课间一询问，才知道昨天晚上和家长聊续读和学情反馈一直到了半夜一点多，备课的时间被挤压得所剩无几，又何谈带来一个生动有趣的课堂呢？

其实我对熬夜工作并不陌生。梦想家开营时，熬夜筹备是常有的事，只是那时候是和我所喜爱的团队工作，我们深夜复盘的身影从酒店大厅到未打烊的奶茶店再逐渐“放肆”到深夜烧烤摊，一群人浩浩荡荡的，讨论着该怎么带领，第二天该如何进行分工，如何调整方案，如何提升参与者的体验感云云，仿佛要干一件大事一般。

在这里，我也算加入了一个团队，只是奋斗的战场变成了线上，讨论的主题也不是如何提升参与者的体验感，我做的事情也不值一提，之后再回到家一个人做着反反复复的批改工作，独自咀嚼各种情绪。看到同事们越来越疲惫的身影，尽管我还未被深度地卷入教培这个行业，却已经倍感压力。

压力总是成倍出现，“双减”政策一下来，许多教培机构，包括我所在的机构都做了很多临时调整，让本该按计划完成实习的我一会儿要连续上班，一会儿要在家“待业”。如果说我担心的是能否继续完成下一阶段的课，老师们担忧的却是以后还能否教课的问题。我的同事们有一些是在这个行业深耕好几年的“社会人”，也有刚刚毕业准备在这个行业大展拳脚的“准社会人”，一时间，他们又好像回到了同一条起跑线。远远地，我就已经看到了他们身上的焦虑。这也是我进入这个行业之前没想到的。

一年前，我选择了跨校跨专业考教育学研究生，即使中途经历了不得不换目标学校的痛苦过程，却也没想过换专业。我想，我选择的一部分原因是梦想家的经历让我觉得，我喜欢跟孩子相处。也因为这样，我才选择了来到教培机构实习。我在这里接触到的孩子，一个人可能同时报了七八个兴趣班，听他们说完一天的安排，我实在难以想象这么小的身躯怎么能消化完这么多的内容，许是他们要在父母深沉的期待下长大吧。

很多这样被深沉爱着的孩子，也和我那小田阳里的很多孩子一样，封闭且缺乏安全感。我还记得一个小男孩，他课间时常来我身边坐着，只因为我每次都能念对他的名字，他便愿意分我一些信任，只是每次他都有些欲言又止，一段课结束，我除了记得他的名字，好像也没剩下什么了。

想到他，我忽地就开始想念起梦想家里那些毫无顾忌地找我聊心事的孩子来，既有时间线上的一起成长，又有情感链条上的真实共鸣，那样的陪伴足以让大家相信我。我不禁开始思考，陪伴的意义是什么呢？好像在这里我做不到那样的陪伴。

我从未像现在这样无力，我想有所行动，只是有时候不得不服从于规则。当然梦想家也有规则的，我们称之为“家规”，那是我还在理事会时大家共同讨论出来，再由孩子们补充而形成的，凝聚着所有人的共识，我乐于遵循。社会也有规则，只是这些规则并非我创造，但我必须遵循，明哲保身。梦想家相信“人即目的”，我也信。当规则“打架”时，我想最终我会选择我所喜欢的那一边，但是，我还有很长的路要探索。

也才大学毕业一年

杨万友（2021 年 8 月）

远处零星的渔船散布在海上，附近仅有我们这一艘运维船。三排巨大的风力发电机组（我们简称“风机”）整齐地伫立在海面上，犹如整装待发的士兵。

我却像是丢了灵魂的机器，头耷拉在护栏上，望着时不时蹦出海面的鱼。风格外的温柔，海也很安静，又是不适合擦油的一天。

不过，适不适合擦油与海况无关，只是源自我想与不想，当然，也从来没有哪天适合擦油。

毕业后，我进入了一家风电公司，主要工作是保障风机运行。擦油几乎算是日常任务了。“油”是风机中的润滑油，风机机组的漏油情况一直是公司颇受诟病的问题：漏油点无法预测，也根本监测不到，多数漏油并不会报故障，常常会漏一整晚的油直至无法运行才开始报故障，而此时润滑油早已经漏得到处都是，如果不及时处理，会影响到风机的运行。在简单处理完漏油之后，便是累死累活的擦油，这样的脏活累活实在让我无法忍受。我以为本科学历可以在这个社会混得风生水起，就算不能朝九晚五，最次也是“996”吧？无奈这令人满意的薪酬多次扼杀了我离职的念头。

怎么能轻易就提离职呢？“努力工作，好好挣钱，先苦上几年，帮家里还债，等熬过去了，爸也就不要求你什么了。”——父母的话还萦绕在耳边。当我抽烟父母不再说我，当我凌晨两三点回家父母不再骂我，当家里的事父母开始询问我意见的时候，我就知道，我该“有出息”了。我怀揣着干大事的野心，一头扎进风电行业，希望能完成挣大钱的梦想，心里算计着干完这两年，就算是有出息了吧？

“师父，啥时候上风机？”徒弟的一句话打断了我的思绪，这是公司分配给我的一对一的师带徒，他今年刚刚毕业。虽然我们年龄相差不大，但也以师徒相称，算是我领进门的徒弟了。

我愣了一下，收起我的“野心”，把“梦想”往海里一丢，说道：“今天上去把齿轮箱保养做了，顺带检查一下电缆磨损情况，漏油的话先处理一下，明天再让他们过来擦吧，今天下午我还得去趟升压站，三点之前必须回岸。”

看着精力充沛的他，我好像看到了去年的自己，什么也不懂，什么也不会，只会跟在师父屁股后打打杂，还没受过社会的毒打。与其听他叫师父，我更愿意他叫我“万友哥哥”。当然，这样的称呼在外边不免肉麻，除了在梦想家。

“万友哥哥认真的时候好可怕啊！”在梦想家的小营里，一个小孩和大家小声地嘀咕着。回想起来，那已经是两年前的事了。白天在外面跑了一天，晚上还要熬夜剪辑视频，我上下眼皮都打起了架，鼠标却还在飞速移动着……

在升压站里，虽然我每天也都要飞速移动鼠标、下载数据，却没人会这么说了。

我趴在船头，任风吹着。要是在田阳，我一定会坐上我最爱的三马仔，飞速直奔家里，美美地睡上一觉。船头的浪花又把我拍打到现实中。

从风机下来后，我便“船”不停蹄地往岸上赶——回到项目部，第一件事一定是洗澡，脱下工服，换上体面的衣服。吃过午饭，在床上玩了一会儿手机之后，我便驱车赶往升压站，轻车熟路地走上二楼，走廊尽头便是值班室。推开门，里面有十多台电脑正等着我，墙上的大屏幕一闪一闪的。除此之外，就没有其他人类活动的痕迹了。

升压站是我另一个工作地点，是海上风机数据回传的集控中心。之前我断断续续在这里待了不下三个月，体会过前所未有的孤独。那是属于业主的地方，我与他们仅仅是脸熟，连名字都叫不上。我们并没有工作上的联系，也少有语言上的沟通，礼貌性的微笑点头成了常用的打招呼方式。除了日常的数据上传外，我在这里能做的就只是及时将故障信息发送到群里，并做好任务分配，然后通知在项目部的同事出海处理，除此之外，好像真的只能玩玩手机，听听音乐，刷刷短视频……在接下来的半个月里，我大概也会这样。

我其实早就厌倦了这种日子。也许等到新一批的大学生入职之后，我能摆脱这无所事事的工作，会有新的工作等着我。不过，这枯燥无味与孤独大概是不会变了。周而复始的工作，陌生的环境，一眼就能看得到头的生活，围绕在身边的也只有同事，我能知道明天的工作是什么，后天的工作是什么，甚至能大概地了解一个月之后我在干什么。

或许是待在梦想家的那几年给我带来的巨大反差感吧，以前什么活都是一起做，也常常面临新的挑战，尽管内容不一样，但都有大家在，有了梦想家的大家，所有问题都会迎刃而解。

而现在，无论工作内容有多大的重合，都只有一个人，只有你。别人才不管你做没做完，会与不会，你能问的只有师父，或许你会遇到一个稍微好点的师父，稍次的也有，也可能遇到啥都不管的师父，全靠自己摸索，没做好或做错了，顶多也就是挨骂。摸爬滚打了一年，依靠着从梦想家学来的那套处事不惊的能力，也当上师父了。

虽然没有加班，但我的自由时间多数会在我们经理的“劝说”下丧失在酒桌上。其实我很讨厌酒桌文化，并不是没有拒绝“参与”的权利，也不是没有不举杯的借口，只是觉得我不应该不合群。偶尔也想借着酒劲提出离职，但没想到酒量渐长，撑到最后都还保留一丝清醒。开玩笑的，我酒量还是很差，我只是不敢离职。

就这样，我每天按部就班，兢兢业业，经过一年的职场磨砺，终于成为广东千万人海中一个平凡的打工人。

在工作上，我并没有遇到过太多难题，说不上顺风顺水，也不至于举步维艰。只是，在梦想家的那几年里，我对未来有过无数的期待，自以为可以在这残酷的社会里发光发亮，以为可以大展宏图，以为这个社会拿我没办法。梦想家教会了我如何在这个社会生存，但是社会却在另一个维度虐了我千百遍——社会上可没有梦想家里的环境，出了错仍能被包容，大不了从头再来。我这贪玩懒散的心，似乎也无法被这个社会包容。

想家的心，枯燥的工作，前所未有的孤独，一眼望得到头的工作，除了那碎银几两尚能满足我的虚荣心，如此终点似乎配不上我这一路的颠沛流离。

我好像没有离开梦想家，也好像没有回来。

你真的相信吗　　　　苏婷（2021 年 8 月）

2021 年 7 月，我大学毕业，拖着箱子回到田阳和大家一起准备今年暑假的大营，没有什么特别的“仪式”。随着筹备工作的开展，我成了梦想家的全职员工，也是继秘书和美姻之后第三个回到梦想家做全职的出栏梦想家。现在，我们有四名全职员工了。

离开学校之前，大学室友笑着说：“你这是回去经营家里的事业了。”

回到梦想家的确令我兴奋且期待，但是这条“回家”的路并不平坦。

他们说，我应该找份稳定的工作

像其他毕业生一样，我也会面临着找工作的煎熬。今年上半年，即将毕业的我也免不了被家里人频繁问到毕业后的打算。当大家都在忙着写毕业论文、找实习工作的时候，爸爸也没有闲着，每天都关注着哪儿的旅行社、旅游局、教育局、学校招人啦，时刻关注着我的毕业论文写好了没。“苏婷，要不要也去考公务员？”他也会时不时小心翼翼地问道。以至于有一段时间我都不敢找他，实在不行了，就回一句“我不去，我都说了自己要回梦想家工作了”。换来的，往往是爸爸的沉默。也是在那段时间里，舅舅也打来电话劝我“要不再读个研？”家里的其他长辈也会时不时问：“工作找好了吗？工资多少呀？在不在北京？”

在这段时间里，我只敢和妈妈坚定地说出自己已经在准备回到梦想家做全职的决定，我相信，她会理解并支持我。

实际上也是如此。2020 年的暑假，我第一次认真地和妈妈说想要回梦想家工作，并且把自己的心路历程都一一拆解和妈妈说明，妈妈红着眼眶，像爸爸、舅舅一样，说了她的担心，但也说：“从小到大，很多事情都是你自己做的，我们没有给什么帮助，如果你想做，我们都会支持你。”

从小到大，妈妈总是会支持我和苏豪去做我们想做的事情，吉他、轮滑、超短裙、参加梦想家的各种活动……她会告诉我和苏豪要独立一些，自己想做，就去做。但是她自己得到的支持却很少，作为一个“外来人”，她总是得不到亲戚们的真心认可；作为一个母亲，也一直被要求围绕着这个家庭。但是就像板说的，妈妈和我们一样，她也可以有她自己的选择，做自己想做的事情，付出应该得到大家的尊重和认可，不用被家庭死死困住。

那爸爸呢？我能否得到他的支持？

时间流逝，毕业那一天终于还是到来，我回到了梦想家。

2021 年暑假开营前，我和妈妈商量好，她来参加十二周年的庆典。但两天后，妈妈又特地给我打来电话：“让你爸爸去吧，我想这是一个机会，让他看看自己的孩子到底在做什么事情，好好和他商量一下。”于是，爸爸第一次真正意义上地参加到活动中了。

爸爸刚到达时，我们正在分组点名，准备乘车前往“破冰”的海滩。他站在队伍的最后面，手里紧抓着一瓶水，目光则一直找寻着人群里的我。我看得出，他十分拘谨。尽管如此，到了海边之后，他也尽可能放开了自己，参与到第一个环节的破冰活动中。签字游戏快结束时，他来和我说，大家都跑过来找他签字，奇怪的是怎么大家都问他那几道题，不过很有趣。

海边的太阳很大，大家都晒成了眯眯眼，我拿来防晒品问爸爸要不要来点，他摆摆手说“工地上比这里还晒”，又投入到游戏中。

活动结束，我和他都停了下来，他走过来问道：“这几天都很忙吗？”

“还好，不算忙。”

“天天熬夜吗？”

“哎呀，开营期间大家都忙，肯定晚一点睡呀，平时又不熬。”

“那……你现在是全职了？”

“是的。”

我有点不敢看他，转过头假装看看大家。

他依旧看着我，没说话。太阳晒晒的，晒得我想找个阴凉处避一避。

“那就好好干吧，注意休息哟。”终于，他开了口，然后进入下一轮游戏中。我想，他应该是接受了。

我总在想，自己的能力其实不够

爸爸说，回到梦想家了就好好干吧。但他不知道，刚回到梦想家的我几乎把所有该做的事情都搞砸了。

2021 年 7 月 18 日，暑假大营的最后一天，离下午行动研究成果展示开始还有不到两个小时的时间，所有召集人和工作人员围坐在我身边，等着我安排接下来的流程和布展。但就像之前每一个会聊到行动研究环节的课设会一样，我拿不出成型的方案。

我紧张地看了一下四周，所有人都在等着我、看着我。成果展示得靠召集人们来救场，研讨会的流程一团糟，需要和李老师再梳理思路、修改问题。凌晨三点，评估体系研究小组的召集人丽俏和成员苏豪还不得不坐在我的旁边，一起讨论成果展示的半个小时可以是什么样子的、海报要怎么画……

一个巨大的旋涡持续地裹挟着我，令我喘不过气，也爬不出来——设计不出方案的惶恐、项目延期带来的压力、得不到回应的委屈、自己的马虎、能力的薄弱……在这个旋涡里，我沉浸在对自己的极大怀疑当中，关闭了接受大家支持我的通道。

我强忍着几乎涌到嗓子眼的恐慌与焦灼，尽可能用最稳的音调和大家说完了我能够想到的所有安排。李老师一直说："甜，你不要慌，冷静下来。"但是哪里能不慌——没有流程，没有准备，没有沟通，所有的工作人员都不知道怎么支持我，而一切问题的根源，仿佛都在于我这个项目负责人的不作为。

但也是在这个时候，每一个召集人都领着大家冲向会场，争分夺秒地做准备，共同扛起了下午的展示与论坛。那个中午，大家都没时间吃一口午饭，但大家都站在我的身边。我终于有力量作为项目负责人，站到台上去。那天下午，我们的成果展

苏婷（左）和爸爸、弟弟在梦想家十二周年大营的合影（2021年7月，广西北海银滩）

示与论坛热闹地完成了。

板问，你到底信不信自己能带来改变

我知道大营的结营不是结束，行动研究烂摊子还没收拾干净，我必须得为这件事情兜底，但我也知道，我兜不住。在复盘会上，我再次缩到自己的“保护壳”里，不敢正面剖析问题产生的原因。

板终于问我：“甜，你为什么愿意回来？”

这个问题并不陌生。2020年，在北京的寒夜里，板也问过同样的问题："为什么想要回梦想家？"

我坐在板的车上，西三环两侧繁华的街灯与高楼不断后退，我却回想起了 2018 年"自我认知"小营里的一幕幕场景：

第一次不拘谨地带领破冰，第一次带"走心环节"并认真地回应每个孩子，第一次和伙伴们对着名单，讨论要怎么针对性地支持每个孩子，第一次……

我看到许多孩子在工作坊中真实发生的变化：刚来到小营时和我们说话都会抖的小 Q，在第三天的外出实践中能够鼓起勇气和陌生人说一句"你好"；小 H 说，她在"人生五宝"环节开始思考什么对于当下的自己来说是重要的，自己需要的是什么。我也看到反馈表中大家写到的自己的收获："更大胆""认识了很多新的伙伴""苏婷姐姐一直都很信任我"……我还收获了几十个孩子给我写的"表白信"！

我突然强烈地意识到，在和伙伴们一起陪伴孩子们去实现成长的过程中，我是愉悦的，我能感受到自己是有价值的，我是被自己也被孩子们认可的，也是从那时开始，我肯定地知道，未来我一定会回到梦想家。

于是我很确定地告诉板，是"价值感"。而其他的工作，至少在现阶段，是没办法带给我这种价值感的。那天，我们还一起畅想了未来的梦想家会是什么样子的。但同时，板也告诉我"多去尝试，去实习，去做点不一样的事情"。

"我觉得……我想和秘书、和大家一起带来一些改变。"

"你真的相信自己能够带来改变吗？"

我相信吗？我好像信，但是在行动研究的展示筹备过程中，我总是觉得，刚刚大学毕业的我其实没有那么多能力去做好展示、巡展的设计，也没有那么多力气去推动越来越大的团队；

总是想着，大家似乎都被这个漫长的研究战线拖得很累了，担心大家已经产生了倦怠感；总是猜测，没有及时回复的背后，是不是我的产出其实很糟糕，大家实在不好支持……

我好像不信。但是，我能够在即将崩溃的时候仍然意识到，我是项目负责人，我该站出来，向所有人说行动研究是真实有效的。我能够慢慢地理解板常说的“人即目的，爱是底色”，并知道作为项目负责人的我并不是一个推动项目完成的工具人，也真切感受到板和秘书等伙伴在这个过程中给予我的支持与陪伴。我能看到我们所期待产出的有效模型被一点点地研究出来。我们一起完成了承载着共同故事与成长案例的《根与翅》，并申请到了公益出版的机会。

而这些的发生，源自我相信这些改变能够发生，我能够和板、秘书、美姻，以及更多的小伙伴共同去推动改变的发生。就像板曾经给我的许多信任，让我敢朝着自己希望的方向成长一般。她给了我一束光，让我在被陪伴的过程中得到了逐渐生长出自己的能量。

这条“回家”的路并不好走，我爬过了几个大坑，未来也还会有更多的坑在等着我。但没关系，我已逐渐具备发光的能力，可以逐渐照亮选择的路了。

一根烟的时间

苏光富（2021 年 8 月）

2021 年 7 月 15 日，烈日仿佛要将广西北海的地面烧化了。此刻，我正在离梦想家第 21 次主题大营“我　身份　新世界”会场不到 300 米的树下，一个人蹲坐着，垂着头抽着烟。烟雾从口鼻中飘出，我的思绪也沉浸到成为理事长一年的经历中。

两个小人儿正在我的脑海里疯狂咆哮，一个黑衣，一个白衣。黑衣小人儿对着伤痕累累但眼神坚毅的白衣小人儿吼叫：“难道你还想继续经历这一年的焦虑和劳累吗？你还想继续每天熬夜到三四点也有干不完的工作吗？还想每天被各个项目的事项压得喘不过气来，还想因为理事长身份的缘故，周末也要兼顾各个项目群吗？醒醒吧！梦想家并非一定要你成为理事长不可，你想做梦想家可以换一种形式嘛！难道这一年还不够累吗？！”

白衣小人儿没说话，只是用坚毅的眼神望向眼前这个颐指气使、阻止他竞选梦想家理事长的黑衣小人儿，仿佛在用眼神说：“他一定要继续竞选，他不能让孩子们失望，他不能让自己失望。”

距离 2020 年 7 月我成为梦想家的理事长，已经一年多了。

我刚当选时，只看到了板的示范，决心要成为板那样靠谱、身先士卒、不惧挑战的理事长，一个无所不能的理事长。但是，现实却狠狠给了我一巴掌，我没有成为无所不能的理事长，这一年给我带来的是无尽的忙碌、焦虑、自我否定。

“秘书不打卡我都睡不着。”板说。

“昨晚做梦，梦见秘书不打卡把我吓醒了。”

“每天早上到了快 9 点都会心慌慌的，担心秘书迟到。”美姻说。

“我承诺严格按照制度进行工作，成为有职业素养的理事长，若违反规则会实时同步到出栏微信群。”

这些话语总是让我夜不能寐，胸口像是有一座大山压着，喘不过气。我懒散惯了，带着“我今天已经做了很多的事情了”“最近一直没有休息，我休息半天没关系吧”“再睡 10 分钟，10 分钟后起床再去工作室应该也不会迟到”等想法，理直气壮地连续迟到了 11 个月。最严重的时候，一个月累积迟到和不及时打卡达到 11 次。因为我的迟到，梦想家从没有工作制度变得有了工作制度。有了制度我们没能好好遵守，又使制度一次次被挑战。

我觉得大家不再相信我了，我也不再相信自己可以改变了。也许，是时候将手中象征着梦想家精神的“理事长”身份交出去了。也许对我来说、对机构来说、对伙伴们来说，换一个“领导”是大家都希望的、更能促进梦想家发展的好事吧！

更多画面，令那个遍体鳞伤的白色小人儿难以做出选择：深夜 3 点在床头码字的场景历历在目；当日工作完成量还不足 50% 被大家问责的场景涌上心头；不能在下班前完成工作，又担心被父亲看到自己的忙碌和疲惫，不得不深夜找奶茶店加班的场景让我窒息；朋友们在奶茶店打扑克、打游戏的画面让我心酸羡慕；朋友打电话问“今晚有时间喝两杯吗”，而我的回复只能是“今晚要加班”，让我感到无奈；每当想起伙伴们出去喝酒都不叫我，让我感到大家简直白白相互陪伴了那么多年，难过又心寒；每当想起亮、佑佑、宝宝、仙、友友都离开了梦想家，而我变成了“留守老人”，让我感到孤单寂寞黯然神伤……

玩牌多爽啊！聚餐、喝酒多快乐啊！自由懒散、得过且过的生活不香吗?！成为理事长，又要加班，又要跟进所有的项目，又要什么都管，又要以身作则……我毕竟只是一个刚毕业不久、还不太会工作、更不太会做机构的一个年轻人而已。

我怕了这样的生活，我怕了这样的自己。

“嘶”的一声痛呼，我的思绪忽然回到了现实中，原来烟已经燃到尽头，烫到了手。我扔掉烟头，双手撑着膝盖缓缓站起，这时，梦想家的孩子们三三两两地从我身边走过，步入会场。他们的笑脸又和我脑海中的一张张笑脸重合起来。

我仿佛又听到2017年，板哭着在地下的工作室说：“不知道做梦想家这个选择到底对不对？值不值得？”当时我对板说：“就算梦想家明天关门了，我的命运已经改变了。不止我，还有亮、佑佑、阿国，我们大家的命运都改变了。难道这还不够吗？”

“难道这还不够吗？”那句话好像也是对今天的自己说的。

仍记得，我无数次问过自己“我做梦想家为的是什么”；也仍记得被板、梦想家的弟弟妹妹们、父亲母亲、家里的亲戚、同学朋友问过无数次：“你为什么要回到田阳，为什么要做梦想家？”一直以来我的答案是坚定的：我想陪伴孩子们，对孩子们和伙伴们有无法割舍的感情；我认为梦想家是一个好的平台，尽管在梦想家中面临挑战和失落，但我坚信她会带来更多人眼界的开阔、能力的增长，我相信她可以成为我的一份事业。

梦想家多年的浸泡，已经在我的DNA中深深刻入了一个关键词“服务”，梦想家的使命已经不知不觉成为我的使命。看到孩子们开心，我会跟着开心；看到孩子们参与度提高，我会嘴角上扬。难道这还不够吗？

仍记得，过去一年，在多次承担教师工作坊协作者的历练中，我从一个只能带破冰活动、讲话词不达意、面对参与的老师不敢上前交谈的我，成长为现在能熟练自如负责教师工作坊的主要环节的我。仍记得，我和小茹一起去百色各个学校寻求合作，作为机构负责人，我自信从容地向百色市十一小的校长介绍项目，为促成合作贡献了一分力量。难道这还不够吗？

仍记得，小翔、信达、玉婷这些梦想家的弟弟妹妹已经高中毕业，上个月刚刚在奇点计划一阶工作坊中完成了从参与者向贡献者的身份转变，主动成为分舵的负责人。我们刚刚一起共创了梦想家未来两年的发展目标和战略，也彼此承诺将在未来两年一起实现它。难道这还不够吗？

仍记得，2021年7月8日晚，本届理事会召开了最后一次会议。这次会议是因为理事长在2021年暑假大营开营之时，累得突然消失了一天，而由理事们紧急发起、召开的。我带着忐忑的心参与了那晚的理事会。当看到远在北京的板微笑着出现在电脑屏幕上，听到板平和的声音，当大家用了5个小时共同倾听我消失的原因是什么，我所面临的困境是什么，当大家表达了自己的情绪，同时也表达了对我的理解、包容，当大家说这件事情从此翻篇了，我内心深深地感受到被看到、被信任、被支持，难道这还不够吗？

孩子们还在陆续往会场走，我也跟了上去，带着脑海里的一张张可爱的笑脸。此刻，白色小人儿已经战胜了黑色小人儿，黑色小人儿勉强同意“要参加竞选，要继续成为梦想家理事长”的决定。白色小人儿确信地说：“无论何时，无论何种身份，咱们都应当支持梦想家更好地达成使命。”这次黑色小人儿并没有反驳，但他也没有消失，还怏怏地待在角落里，伺机而动。天知道下一次，他们还会吵些什么。

呼，我长舒一口气，再深深地吸气。在理事会竞选现场的我如坐针毡，有紧张、有期待、有害怕，唯独不见了那一缕摇摆。终于到我了，我缓步走上演讲台，迎着孩儿们的掌声，迎着孩儿们的目光，分享了我这一年做的事情，也讲了一些自己不靠谱的地方。终于熬到下台，荣继走到我身边，说了一声“秘书加油”。陆辉抓着我的手臂轻声说：“秘书是最牛的。”玉婷说：“秘书，答应我你千万不要突然不见了。我好怕找不到你”。

“足够了。”我对自己说。暗自庆幸，还是理事长。

离开是为了回来

璐瑶（2021 年 8 月）

一

夜幕笼罩着大地，灰紫色的天空一直延伸到远方。右江河谷的丘陵被一条高速公路劈成两半，我开着车在路上疾驰。大灯打在护栏上，在眼泪的折射下，原本笔直的护栏变得弯弯曲曲。车里循环播放着朴树的《平凡之路》，他唱着“平凡才是唯一的答案”，可我心里想着“离开才是唯一的答案”。

那是 2021 年 3 月的一个夜晚。在前一周，梦想家的理事会和工作组都经历了一场“惊涛骇浪”。因为工作制度的推行困难，机构内部治理的张力很大。前一天，工作群里很多平时不说话的伙伴都破天荒地发表了各自的想法，展开了激烈的讨论。深夜，我写了一封长信发到工作群，告诉大家我因为身体不好，未来要长期离开田阳，回北京。但是，没有一个人回应。

过去半年，我不遗余力希望建立和推行的工作制度始终无法落地，在梦想家中这样一个“关系”先于“规则”的文化土壤中，工作团队的懒散和无序使我感到担忧和抓狂。我不知道我的眼泪是在表达对工作的无力、对未来的失望，还是对这份冷漠的心寒。仿佛梦想家里每个人都值得被看到、被回应，除了我。总之，从那天起，我就真的下定决心“离开”了。

我继续在那条路上疾速飞驰着，任性地从田阳开向不知名的远方。仿佛这不是一条公路，而是我自己笔直倾泻而下的 12 年。我又开始问自己：当年回到田阳的选择到底对不对，值不值得。但我此刻仿佛不需要任何其他人给我答案了。我默默告诉自己：虽然有憾，但是无愧，也无悔。

二

车真是个好东西，它是一个可以与自己相处的、封闭的、安静的空间。但它不似家里那么寂寞，也不似市井那般繁华。它独立又自由，让无处可去的人可以藏身其中，四处游荡。

车里回荡着汪峰的《北京北京》：“我在这里欢笑，我在这里哭泣，我在这里活着也在这儿死去。”我开着心爱的“大白”，在北京的三环路上绕圈。48 公里而已，距离未免太近了，路也太直太平坦，远比不上田阳到巴别的一路潇洒。这首《北京北京》，还是我的前男友在 10 年前帮我刻进光盘里的歌。“大白”太旧了，连蓝牙都连不了，当然也就无法听那些与时俱进的歌。是啊！我离开北京 10 年了。作为一个生在北京、长在北京、所有家人都在北京的“北京大妞”，我从未想过有一天，北京对我来说竟然如此陌生。如果有本连环画，讲的是“我和我的家乡北京”，那它一定被谁硬生生撕下了几页，以至于故事情节突然跳得太厉害，哪儿哪儿都对不上号了。

撕裂它的不只有时间，还有空间。田阳到北京的 2500 公里，以及这 10 年间所有发生在我身上，却并没有发生在北京的生命体验，它们太深刻、太沉重了，以至于北京显得又轻、又浅。

2021 年 4 月 10 日，我已经回家 10 多天了。除了白天在家上班，晚上健身房撸铁，我竟不知道还可以做什么。这座城市里无数曾经熟悉的街道、熟悉的朋友、熟悉的电影院和咖啡厅，仿佛多年未见的前男友一般，让人感到尴尬又鸡肋。10 年离京，除了是爸妈的女儿、是朋友的朋友，我已经失去了在这里的“社会身份”。在我和北京之间，好像只剩下那根故乡的“脐带”——我知道我是北京人，这里是我出生的地方。但在 2021 年的北京，我是谁，我可以做什么，我该如何生活，我该如何找回自己的生活，我不知道。

离开田阳，我的世界突然“空”了。我每天在梦想家工作群疯狂打卡，每周在梦想家编辑部组织线上培训，频繁约见捐助人。我给自己煮健康餐、撸铁，疯狂地阅读、敷面膜，填充自己的时间，消解那些茫然无措和无意义感，然而那种真实的虚无感，并没有因此而减少，反而更要将我吞噬。我无处躲藏，只好躲到“大白”里。

我不知道可以开去哪里，只知道在三环路上一直往前开，最后还是可以回到家。夜已深，北京的夜开阔、冷寂、深远，深远到足以触到我的童年，触到那个遥远的、属于北京的璐瑶。

“我在这里欢笑，我在这里哭泣，我在这里活着也在这儿死去。北京，北京。”

三

2021 年 7 月 31 日，手表上显示着 17 点 46 分。热辣的尊巴舞曲震动着我的五脏六腑，从健身房的大落地窗望出去，是夕阳中车水马龙的中关村，腾讯、优酷、美团、字节跳动的办公大楼错落排开。旋转，跳跃——我穿着一条白色的运动超短裙和粉红色的紧身小吊带，在舞蹈教室的前排挥汗如雨。我努力地扭着屁股和腰，默默对自己的脂肪说："颤抖吧！拜拜。"

这是我回到北京开始健身的第134天。在过去的134天中，我已经减掉了17公斤的体重，其中有14.4公斤脂肪，我的腰围减少了18厘米，体重指数、体脂肪指数和内脏脂肪指数都回到了健康水平。

我跳得正嗨，手表突然疯狂地震动。抬起手腕，手表上不再显示我的心率，而是"大秘秘来电"几个字。我快速走出舞蹈教室，找到一个安静的角落，回拨了秘书的电话。

"天之骄子的场地租给了别人，3个小营现在都没有场地"，秘书焦急的声音直接冲进我耳中。他已经在田阳街上找了一整天场地。我一边擦汗，一边询问事情的来龙去脉。我们一起梳理了一些可能的场地，我又打电话给了一些朋友，请他们帮忙。

挂掉电话，18点40分，尊巴课已经结束了。我没有再照例去瑜伽房拉伸，而是默默回到更衣室淋浴。我不记得自己在那里冲了多久，水很凉，但我却一直没有去调温度，就任由它淋着我，似乎冰凉的温度可以帮助我保持清醒、保持思考。距离开营只剩3天了，两天前，所有小营的发起人和志愿者已经在田阳集结完毕，105个乡村孩子已经报名完毕，在盼望着开营。这也是新奇点计划立项以来的首轮小营，许多捐助方和合作伙伴都在关注着。想到这里，我又把脑袋放到冷水下面淋了淋，一个念头冒了出来：我要不要马上买张机票回田阳？

从健身房出来，天已经黑透了。周末中关村的夜色下，霓虹闪烁，人群熙熙攘攘。我甩甩湿湿的头发，抬头看看天——原来此刻我是在北京干燥爽朗的夏夜中，而不是湿热的小田阳。

回还是不回？这是一个问题。

在梦想家发起后的 10 年，每当有问题出现，我总要冲在最前面，总是习惯性地认为自己是唯一的、必须要为梦想家兜底、为梦想家解决问题的人。但事实真是这样吗？秘书是梦想家的机构负责人、奇点计划的负责人，同在田阳的还有苏婷、美姻，她们刚刚大学毕业，回到梦想家成为全职员工。同在田阳的，还有多名理事会成员。我问自己，究竟是他们不能解决问题，还是我担心他们不能解决问题？我又问自己，如果问题真的不能被解决，那又怎么样呢？自己可以接受吗？梦想家可以承受吗？

“板一缺席，大家就成长。”鸽导在北海大营时说的这句话，突然在我耳边响起。我有些哭笑不得，对自己说：“那就让大家再成长一次吧，不要成为他们成长的阻碍。”我再次甩甩已经半干的头发，开车回家了。

第二天，秘书告诉我，3 个场地他都搞定了，有的是餐厅，有的是别人暂时不用的办公室。小营如期举办。

我暗自庆幸着自己的“缺席”，感到如释重负。在过去的 12 年中，我给自己设置的太多的“不得不”“必须要”，在这一刻都被放下了。正如我放下那个肥胖的、被脂肪裹住的自己。我眼前又浮现出 20 天之前的场景——7 月 9 日，距离大营开营还有 3 天，我终于回到田阳工作室，迎接我的是一张张熟悉的、亲切的、青春的、可爱的脸。

小翔、信达、凤萍、东杰刚刚出栏，就已经成了大营的工作人员。阿沁、忠常，这些当年的“小不点”“新手”，已经是大营的正副统筹了。大营启动会开了四五个小时，秘书带着大家反复梳理目前筹备中的一些问题，共创未来几天各部门的工作计划。而我则默默在心里咀嚼着重逢的快乐和成长的欣喜。这一切，简直太美好了。

夜里2点，我回到田阳的家。是的，回到。

这是搬家的时候，秘书、苏婷、苏童、苏豪、美姻、丽莹，一起帮我整理布置的一个温馨的小家。在我住了一年多以后，它也完全成为一个让我感到满意、舒适、放松的空间。疲累至极的我瘫在床上，默默在课设群发了这样一段话：

"12年物换星移，有些事，从未改变。最开始，我认为离开是为了回来。后来，对我来说，回来是为了离开。现在我可以说，离开确实是为了更好地回来，为了那些在我们身后，走出去又一起回来的人。"

12年相互陪伴，梦想家给了大家一个家。不知道从什么时候开始，"离开是为了回来"成为梦想家孩子们的信念，成为梦想家最美好最动人的"标签"，它激励着、感动着许许多多人。然而，它也将"离开"与"回来"对立了起来。我们每个人都在离开与回来之间游荡、纠结、盘旋、往返，不知道究竟离开是答案，还是回来是答案。

此刻，当我艰辛走过自己12年的热血青春，轻轻写下这些平凡而真实的瞬间，我忽然明白，所谓离开，并不是一种割裂、分离、永别，亦不意味着抛弃、背叛、冷漠。"离开"，是一种分寸感以及分寸感所带来的自由。12年来的璐瑶，都是梦想家的板，除了梦想家，我没有生活、没有自我。但是今天的璐瑶，可以既是梦想家的板，也是自己的璐瑶。

离开与回来，都不是答案。在离开与回来之间穿梭，我得到了"发现自己的机会、成为自己的勇气"，这才是唯一的答案。

希望梦想家中的每个人，亦能如此。

从教初心 牢记师者使命
田阳县第一小
DENZYANGZYEN DAIH'IT

最后一篇

璐瑶（2019 年 6 月）

一

清晨，我推开巴小宿舍 102 的门，站在走廊伸了一个大大的懒腰。即使是盛夏，巴别的风依然很凉。天蓝得像游泳池，里面飘着几朵绵羊一样的毛茸茸的白白的大云。山也绿得发亮，树叶忽闪忽闪的像捉迷藏的萤火虫。

学校的大喇叭里，播放着动听的山歌。眼前的操场上，学生们三三两两，扫地的扫地，玩耍的玩耍。忽地我看到一群学生蹲在树下吃早饭。他们光着脚，身上脏脏的，皮肤黑黑的，双手捧着一个搪瓷饭盆，埋头吃粥。

那一瞬间，我眼前突然出现我从小在北京经常见到的一幅场景：在许多建筑工地的门口，一群农民工蹲在那里吃午餐。他们衣衫褴褛，汗流浃背，手里端着一个搪瓷碗：两勺炒白菜、一个白馒头。那一瞬间，我仿佛一眼看到了学生们 10 年、20 年后的样子。那一瞬间，我仿佛被什么东西击中了，眼泪开始止不住地流。我不能接受，这些和我朝夕相对的、可爱的、亲爱的孩子，还来不及认识这个世界，还没机会知道他们可以有什么选择，就已经被安排了唯一的命运。

二

“璐瑶，到上面集中一下，带上相机。”不知哪位老师在我门口喊了一嗓子。几乎是同时，罗梓月已经闪进了我房间，她戴个草帽，脖子上挂着她的二手单反相机：“听说是有紧急任务，要下村拍照。”

太热了，我不去。再说我还有课呢。”

“快走吧。”罗梓月拉着我来到“上面”，我看到摩托车棚已经聚集了好多老师。我才知道教育局有任务，一周之内完成全乡所有贫困学生的家访、拍照。我正想推脱，潘老师笑眯眯向我走过来：“你跟我走吧。”

“好呀。”我也不知道为什么要说好，总之我利索地跨上了他的摩托车，我们如离弦的箭飞出了巴小。

接下来的一个星期，从清晨到日暮，我们踩着一辆破摩托走遍了新平、花簪、弄朗、德爱的很多个屯，访谈了70多户。烈日炎炎，我吃了几只土鸡，喝了不少土酒，听了很多故事：贫困户的故事、村小的故事、潘老师的故事。访谈临近结束的时候，我们从花簪回来遇到了大雨，天快黑了，我们两个落汤鸡在新平路口的一根木桩上坐着躲雨。我因为喝了一点酒，于是讲起了那天清晨的故事。

“我想发起一个助学项目，支持孩子们看到和实现更多的可能性。”

“要让他们看到外面的世界，助学不解决问题。”

“是呀，我想为他们联系一对一的捐助人。”

“这里面有两个关键，第一要让捐助人和学生保持联系，第二要坚持。”潘老师也在村小喝了不少酒，说话的时候口齿不清，但他的语气很坚定，坚定到让我有点犹豫。“一两年不解决问题，你能坚持多久？”他看着我，眼神里有一种试探，也有一份邀请。

一个多月之后我就要离开巴别乡回北京了，此刻我真的不知道自己能坚持多久。

“我不知道，但愿意尽最大努力，一直坚持下去。你可以帮我吗？”

“只要你能坚持，我一定尽我所能。”

“一言为定。”

“一言为定。”

我们在山间击掌为誓，约定一起坚持到这批学生长大成人。

天黑透了，雨停了。我们跨上摩托车，在一注昏暗的灯光指引下，飞奔在山野小路上。崎岖、颠簸，风很疾，带走头发上、衣服上的水汽，也带走温度。但奇怪得很，我不觉得冷。我心底生出一种力量，我脑海中不断盘算着，3 年以后，他们该可以上高中了，6 年以后，也许真的会有大学生呢！我眼前出现孩子们长大成人、踏入大学校园的画面，而非踏入工厂车间和建筑工地。我感到异常的兴奋。

整个回来的路上我们都没有交谈，各自想象着、孕育着，一个美好的愿景。

也是从那天起，我和潘老师开始熟络起来。

三

2011 年初，田阳的晚上冷得要命，湿寒的冷风吹到我的骨头缝里，让我无处躲藏。此刻，唯有热气腾腾的火锅可以慰藉。我们在一家非常简陋的牛肉火锅店的包间里，喝牛骨汤，涮牛骨髓。

凌老师不断地和我开着玩笑，一如当年在学校时一样。他已经调出县城工作一年多了，我也已经回北京许久，但我们之间好像一点都不生疏。潘老师在一旁安静地吃东西，听我和凌老师吹牛，时而微笑，时而嘴角上扬。我们都在等待一个人，她正在从田东的思林镇赶来田阳的车上。

她是罗梓月，是我在巴小支教的队友，也是我最好的朋友。罗梓月有着和我相反的长相和身形：大眼睛、大嘴、大手、大脚，又瘦。让人难过的是，在这里我试图描写一下她的样貌，但我的记忆已经模糊了。在巴小的日子里，我们形影不离，一起吃饭、一起睡觉、一起下村、一起进城。罗梓月帮我捉蜘蛛、打老鼠、熬梨汤、洗床单，生活上照顾我，情感上开导我，教会我各种“乡村生存技能”。支教结束后，她来北京考研，这次变成我教会她“城市生存技能”。周末她时常住在我家，我妈煮饭给我们吃，然后她们会探讨“摄影技巧”之类的。再后来，她考研失败，回到田东的一所初中做特岗教师，虽然远隔千里，但我们的关系仍然亲密无间。有时候，她也会回田阳帮我发助学金给孩儿们。

桌子中央的火锅越来越热，蒸汽使灯光散射。我们边叙旧、边续酒，从巴别村口的荔枝树聊到故宫御花园的古松，我们分享这两年各自的经历，也回忆我们共同的经历，快乐得不得了。觥筹交错时，呀的一声，门开了，罗梓月招牌式地咧着大嘴笑着，风尘仆仆走进了房间。

我们三个人同时起身，拎包的拎包，倒水的倒水，把她迎入座位。人齐了。

吃饱喝足，我们开始筹划“大事情”。我们共同分析了孩儿们的现状以及需要，形成了一个共识：目前的助学、通信、家访的项目模式，不足够解决我们所识别的“封闭问题”。彼时我已经在国际公益组织工作了半年多，对“参与式工作坊”这个东西一直在留心学习，小有心得，也特别希望在我们的项目中尝试类似的实践。于是我大胆提出了一个设想：“我们能否组织夏令营，让所有的受助学生都来免费参加？”

“经费怎么解决？”

“这样贸然组织活动是否合法？”

“家长会同意吗？”

“大家都忙，时间能否保证？”

“第一次活动，我们要做点什么？”

谈话就这样继续了三个小时。到深夜，酒早就喝完了，我们举起茶杯，在空中发出清脆的撞击：“今年暑假，不见不散。”

零

2009 年 7 月，在潘老师的协助下，我发起了巴别梦想家。

2010 年 1 月、6 月、10 月，我多次从北京回到巴别，和潘老师、罗老师一起家访，梦想家的服务对象从最初的 8 人增长到 30 人，今天的出栏梦想家，绝大部分是在那个时期发展起来的。

2011 年 1 月，我们共同决定要发起寒暑假工作坊。

2011 年 7 月，梦想家在巴别中心小学举办了第一次工作坊，当时只有 24 个学生参加，许多孩子在那一天拥有了人生第一张和父母的合影。

2011 年 9 月，罗老师考上北师大的研究生，我们又延续了 4 年在北京的缘分。

2013 年 1 月，我笨拙地制作了第一个梦想家的视频，里面有每个孩子和他们捐助人的照片。我还记得当时不会配音乐，音乐是罗老师拿一个音箱手动播放的。观看结束，好多孩子都眼眶湿润，我们点起蜡烛开始了第一次“走心”。

在那次工作坊之后，我们四个人，为了一个初二辍学的梦想家的孩子，大冬天跑到巴别乡巴别村的甘邦屯去。凌老师为他联系了新学校，就这样，他得以完成了初中学业。

2013 年 7 月，梦想家有了第一次游学，我和潘老师、罗老师带着 12 个初三毕业的孩子去了南宁的动物园、水世界、科技馆、广西大学。

2014 年 1 月，梦想家的第一次户外拓展，是在敢壮山。这也是梦想家第一次社会实践，秘书卖花、美娟卖艺，在百色的森林公园。我还第一次带孩子们去了 KTV。那年，罗老师带着她的弟弟罗帅参加了工作坊，在那之后的两年，他每次都会来。

2014 年 7 月，梦想家第一次有多名捐助人来访。Sherry（沈莉）和婷婷都描写了那段故事。结营之后我们一起去了北海游学，那年夏天，很完美。那是潘老师第一次缺席梦想家的工作坊，从此，他再也没有来过。

2015 年 2 月，凌老师在田阳县五村镇工作，因此我们得以去下村，还在村小借宿了一晚。社区实践回来，我们徒步走回村小，所有人都饿晕了。凌老师在学校食堂给孩儿们煮起了“大锅面”，清水、酱油，那是我吃过的最香的面。那是凌老师最后一次参加梦想家的工作坊。

2015年7月，我已经辞职回到了田阳，罗老师也刚刚研究生毕业。那是暑假工作坊的最后一天，我们并排坐在从德天瀑布回到南宁的大巴上，她异常平静地对我说："我要上山了。"后来发生了一段不为人知的故事。我亲自把她"送上了山"，但是，她没有如约回来。那一别，是我们的永别。

2016年1月，我们举办了数位故事工作坊和戏剧工作坊，梦想家第一次有了合作伙伴，第一次公开招募和培训了大学生志愿者。罗帅来帮忙，之后他在南宁的工作室停业，他便来到田阳和我一起工作。一年后，罗帅也离开了。

写在最后

我不是巴别梦想家唯一的发起人。在最初萌生了这个念头的时刻，是因为有潘老师及时地响应、支援，我才有勇气正式访谈并招募了梦想家的第一批8名学生。之后，在机构发展的早期，是因为有罗老师、凌老师的加入，我们的工作坊才得以开展。

他们都曾经是我生命中珍贵的人，他们也都离开了巴别梦想家。无论他们为何离开、身在何处，我都必须承认，他们为梦想家曾经做出过重要的，甚至是决定性的贡献。单凭这一点，他们值得被记住。

他们都走了，我为什么还在继续？

相信读了梦想家的故事，你心中就有了答案。

别 集

山里的诗

我独自在　　　　　李林艳（2020 年 8 月）

我独自在横跨过田地的路上走着，
天空里突然升起了一个孩子尖锐的歌声。
天空仿佛被劈成两半，
一半是晴空万里，
一半是乌云密布，
而我正站在中央。

我看着乌云满满压过，
世界开始变黑，
鲜绿的草和树开始发灰。
稚嫩的、尖锐的歌声继续吟唱，
和这轰轰的雷声、雨声交汇，
交织成神秘的诅咒密语。

云和雨越来越近，
不知源头的歌声越来越近。
我害怕得发抖！想跑、想叫！
我的脚和喉咙却仿佛被定住，
我什么也做不了！

雨就在我眼前。
忽然尖锐的歌声消失，

一只小鸟朝我飞过来，
它“伊伊”地叫着，
它的身后，是一群它的伙伴！
它们在努力逃开暴雨！

身体忽然得到神秘能量，
在空旷的路上，
我用力、尽情狂奔。
我唱出轻快的歌声，
无须找到避雨之处，
我朝着晴天跑。
与小鸟做伴，
仿佛有着无限力气，
一直跑一直跑
乌云永远追不上我

一部分

璐瑶（2019 年 4 月）

我一部分是忧伤 一部分是愤怒
我一部分是阶下囚 一部分是亡命徒
我一部分是火焰 一部分是火种
我一部分是你 一部分是我

忧伤使我感觉到存在 愤怒使我感觉到力量
你不知道 对我来说 平淡没有意义 体验有意义

我的灵魂被囚禁 我的肉体在流浪
你不知道 对我来说 安全没有意义 自由有意义

我的火焰给宇宙温度 我的火种给宇宙希望
你不知道 对我来说 真实没有意义 爱有意义

当我成为你 你转身离开我
你不知道 对我来说 得到没有意义 理解有意义

现在 我一部分是我 一部分是你
你不知道 对我来说 意义早已没有意义

很久很久以前

李荣亮（2019 年 4 月）

傍晚的黄昏，出现在不同的河床上，
为了自己的想法，鱼群放弃了智慧，
放弃了深海里点起的灯笼，
拥抱水泡、海的裙子和冰冷的花朵。
鱼儿争先恐后跳出水面，
离开水能够存活是梦想。
很久很久以前，
香花、野草、走不动的马车，
种植、希望和倒毙在道旁的瘦马。
瘦马在艰难迈步，终点就在前方。
很久很久以前，
火造就了铁，
万人都在走向今天的胜利。
火的骨骼飘在铸铁之上，
火，像一只小心翼翼收翅的小鸟。

盒子说

苏凤仙（2019 年 4 月）

我翻过了一座山，
夜里常常电闪雷鸣的那头，
此刻安静地躺着一个古老的盒子。
盒子说，回去吧，那边是炼狱。
身子拉着我往前走，
盒子说，回去吧，那边是断崖。
双脚带着我继续走，
盒子说，回去吧，那边已经毁了。
我终于到了那边，
是海，湛蓝而澄澈的海，
让我欣喜若狂。
我打开那个古老的盒子，
空空如也。
原来那只是我的声音。

春

农欣欣（2019年5月）

微风起，雾起时
百花山腰盛，重开一夜雨。
欢颜各自色，山间点缀绿。
鸟惊鸣，梦中醒。
窗外燕子密谋巢，山间迷雾等待散。

很久很久以前

林丽莹（2019 年 4 月）

说久不久，说远不远，
他却还在眼前。
他却像只低不下头的长颈鹿。
让我抬头望了好远。
我跑了很久，但跑不出他眼前。

很久很久以前，
说久不久，说远不远，
他现在还在身边。
他却像棵雷打不动的大树。
让我躲在他下面。
我跑了很久，但跑不出他的绿荫。

很久很久以前，
说久也不久，说远不远，
他现在还在心里面。
他却像个永不磨烂的盒子。
让我收藏最珍贵的东西。
我跑了很久，但跑不出他的珍藏。

我想了很久很久，
说久不久，说远不远，

他现在还在我脑海里浮现。
终有一天，
我会跟他去趟洱海边。
无论跑多久，他都会在你所想的一边。

猛然一醒，才知道那是很久很久以前。

一剪梅·春色好

苏婷（2019 年 4 月）

玄鸟衔香旧户开。晓待轻丝，杏入眉梢。林中野涧闹新泉。出也铮铮，匿也铮铮。　　樱下琼瑶共贺早。风寄《春归》，万户盈歌。石矶湖畔问渔船。可见文鸳，何处卧香。

很久很久以前

周万佑（2019 年 4 月）

很久很久以前
提起裤脚边踮起脚尖
白天老牛犁田小牛在跑圈
站在田野前眺望远处桃树尖
那是未曾走过的泥泞小路边沿

很久以前
坐桌前抬起椅子一边
还是看不见窗外蓝天
落座窗边我再次踮起脚尖
终于看见你在窗外展露笑颜

以前
看似聊天却心不在焉
徒羡麻雀虽小但五脏俱全
它像堵墙在眼前不由踮起脚尖
看不见的思绪是胡乱缠绕的铁线

百慕大三角不百不大不三角
很久很久以前不沾边
很久以前听说一点
以前经常钻研
现在好点

未来的诗

韦金玉（2019 年 4 月）

春花秋月
夏日冬雪
朝朝夕夕
在想象中

天空湛蓝深远
空气清新甜润
妙龄的花季少女
勇往直前地行走在道路上
天马行空地在幻想着什么
眼前一道炫彩色的光
寻光而去
眼前出现一个神秘的盒子
打开
春光乍现
深海里的隧道
天空中井井有条行驶的汽车
舞台上正在深情把歌唱的机器人
一切都变得令人神往
在一个科技发达的世界里
畅享自由生活的人类

似水年华
光辉岁月
恍恍惚惚
而现实里

我似只无脚鸟
不惧天高地远
只为梦想纵情高飞
永无止境的前行
路上
别为我担忧
经过沙漠我要吹散它的沙尘
大雪来了我会融化它的双眸
我让大雨来帮我流泪
就算落在没有花的山丘
也不会让它落在父母的脊背
记得为我开一扇窗
把我的思念留个位置
就让我用力地挥翅
雨后挂着的彩虹
是我倒立的微笑
让风当我的回执
来告诉你我没事

“回家吃饭啦”

覃玉如（2020 年 8 月）

傍晚的小道
人们三三两两
成双成对
路旁的树上还藏着几只小知了

我继续往前走
小学门口依然人山人海
耳边围绕着的全是孩子大笑的声音

忽然之间
那天边的彩云被切开了
明亮的道路瞬时间被黑暗笼罩
身后传来了妈妈对我的呼喊
回家吃饭啦

她来了

苏光关（2020 年 8 月）

她来了，悄悄又张扬地
她自以为悄无声息，却不知我看在眼里
她的丝丝泪珠，吹走了片片炽热
她切开腐树，种下排排蘑菇
她只听到蜗牛的呼喊
却不知道的，葡萄芽在她上面大笑
那笑出的泪水都滴落在她身上

附录

巴别梦想家简史

一

2009 年 1 月，我刚刚从英国留学回来，响应国家支援西部的号召，报名参加了团中央的“西部计划”，来到广西田阳县巴别中心小学支教。这个缺水、缺耕地、交通闭塞的山村，当时的人均年收入不足 1400 元，我的学生 90% 都是留守儿童。支教第一天，我给孩子们看外面的照片，孩子们问我：“老师，为什么这个地方是平的？”因为从未走出过大山，他们甚至不能想象世界上有些地方是平的。

2009 年 4 月一个周五的傍晚，我第一次去宝宝（梁振宝）家家访，我问宝宝：“你的梦想是什么？”宝宝说：“我不知道梦想是什么东西。长大后我要么像爷爷奶奶一样，面朝黄土背朝天，去种地；要么像爸爸妈妈一样，出去打工。”

在我即将结束支教的时候，一天清晨，我偶然间看到一群孩子蹲在树下吃早餐。他们穿着脏兮兮的衣服，光着脚，抱着一个搪瓷饭盆。我突然联想到小时候经常在北京看到的一个场景：在建筑工地的门口，有一些打工者蹲在那里，他们衣衫褴褛，汗流浃背，手里拿着一个大白馒头，饭盆里有两勺白菜豆腐。那一瞬间，我仿佛一眼看到了孩子们未来的样子。我感觉被什么东西击中了，眼泪开始止不住地流。

在巴别乡的每一天，我都被一些事情震撼着。我渐渐意识到，乡村教育的问题不是贫困，而是情感和信息的封闭。他们的世界是封闭的，他们的想象力也是封闭的。他们缺少发展机会，处于社会边缘，对未来的可能性一无所知。

2009年的巴别乡（罗梓月／摄）

我无法接受这些和自己朝夕相处的、可爱的、亲爱的孩子，走向一眼望尽未来的人生。我想做些什么，去打破这个封闭，让他们知道未来的更多可能性。于是，2009 年 5 月到 6 月，我走遍了巴别乡的 13 个村，通过家访收集了 130 多份贫困学生的资料。受限于当时的资源，我从自己的亲朋好友中动员了几人，并筛选了苏光富、李荣亮、黄美娟、苏童、苏光国、黄明星、周小飞、苏晓怡这 8 名学生成为首批服务对象。

那时的我并不知道，这个小小的举动，将彻底改变我自己及很多人的命运。那时的我也并不知道，我们的组织后来有了一个极美好的名字：巴别梦想家。

万友和苏童把那次最初的相遇写入了他们的故事中（《尖尖角》和《人生第一次英语课》），还有很多孩子也记录了我们相处的故事。

二

志愿服务结束后，我带着130多个孩子的资料回到了北京，一边工作一边和孩子们保持通信。同时不断在身边发展更多捐助人。2010年年初，梦想家扩招了第二批服务对象，宝宝、荣伟、美姻等都是在那时加入了梦想家。

2009年12月、2010年6月、2010年10月、2011年1月，我4次回到巴别乡家访，还回到了巴别中心小学和田阳县初级中学回访、探望孩子们。也是在这期间，我认识了苏婷，并继续发展了苏婷、凤仙等一大批新成员。截至2011年1月，梦想家已有超过30个服务对象。

在巴别梦想家，每一个服务对象都有一名来自城市的捐助人大朋友，每月会收到捐助人给予的100元助学金。捐助人会和孩子们保持通信，还会给他们邮寄一些书籍和糖果。我当时并不懂任何“项目模式”，但有两点我心中非常笃定：第一，我们要做的是陪伴而不是给钱，所以我自己及捐助人都一定要和孩子们保持联系，建立情感连接，关心孩子们的成长；第二，短期的项目没有用，想要真正带来改变，我们一定要坚持，少说也要坚持个七八年，到他们高中毕业。

捐助人和孩子的感情十分亲密，沈莉的《滋养》、严小英的《樱桃熟了》等几篇文章都是从资助人的角度写下的关于孩子们的故事，而金珠的《她来了，在那个夏天》则是从孩子的视角记录的一次亲密接触。

2011年年初，彼时距离2009年7月项目发起已经有一年半，很多年龄较大的孩子陆续从巴别乡来到县城读初中，也进入了青春期。从乡到县，因为贫困、父母不在身边，也因为封闭，不知道如何与人交往，孩子们胆怯、自卑，无法适应和融入新环境。有的孩子在学校被边缘化、被欺负，有的孩子被欺负了会选择“打回去”。青春期的孩子们，渴望关注，对世界充满好奇心，也更需要倾诉和友情。我发现单纯的资助和通信，根本无法真正解决封闭问题，因此我提出了组织冬令营、夏令营的想法，并且得到了当时的伙伴们的支持。

2011 年 7 月 11 日，我们在巴别中心小学组织了第一次参与式工作坊（以下简称“大营”），让孩子们在丰富多元的艺术体验和社会实践中，打破封闭，一起学习成长。很多孩子都在那次大营上有了第一张和自己父母的合影。从那时起，寒来暑往，大营始终陪伴着孩子们的成长。2012 年 1 月，当时的服务对象绝大部分已经升入初中，在田阳县那坡镇的田阳县初级中学读书。因此大营的场地从巴别乡调整到了田阳县城的“米兰咖啡厅”，之后长达八年的时间里，梦想家大营的举办地一直在田阳县城。2012 年到 2013 年，我持续发展梦想家的服务对象，并尽可能将在行动援助（一个公益组织）学习到的参与式的工作方法应用于梦想家。

2013 年，尽管我们大营的主题从人生、理想扩展到故乡、家庭，

2021 年的巴别乡（刘浩鹏 / 摄）

很多孩子渐渐在大营中接触到更多话题、交到好朋友，他们可以踊跃发言、出色完成任务，在梦想家中显得游刃有余，但是走出梦想家，走入社会，他们甚至不敢和陌生人说话。面临着读高中还是读中专、读中专还是去打工的选择，孩子们并不知道自己未来的路可以怎么走，并不知道有什么专业、有什么职业，并不知道自己喜欢什么、可以做什么。

我渐渐明白，在屋檐下，在一个虚拟的情境中去认识世界，是一个伪命题。孩子们仍然没有看到更大的、更真实的世界，他们对真实社会的认识，仍然停留在“封闭的想象”中。因此我又做出了一个大胆的决定：带孩子们游学。

2013 年 7 月那场大营的主题是“家”。因为当时的孩子们都进入青春期了，比较叛逆，他们的父母又长期外出务工，彼此很少有真正的情感交流。所以孩子和父母的关系张力很大。那场大营中，很多孩子都敞开心扉谈了自己和家人的故事。结营之后，我们包了一辆 19 座的中巴，带着 12 个已经初三毕业的孩子，来到了南宁。那是梦想家的第一次游学。从那以后，除了 2020 年受到疫情影响，梦想家每年夏天都组织外出游学。南宁、北海、德天瀑布、云南普者黑……我们一起去看世界。

2014 年 1 月，梦想家组织了第一次集体的户外活动。我们去了敢壮山，在那里开展了一整天的团队建设游戏。活动结束后，带着最大的一批孩子，我们去了百色，梦想家发起了第一次社会实践。每个小组发 500 元本金，限时 6 个小时，看哪组挣钱最多。从那时起，社会化学习的模式诞生了，并且一发不可收，延续至今。巴别梦想家认为，社会化学习是使学习者浸泡在一种复杂的、真实的、多元的社会情境中，通过持续不断的体验、实践和反思所发生的学习。

2014 年 7 月，梦想家有了第一次海边游学的经历，梦想家的孩儿们第一次从山走到海。那是秘书第一次尝到海水的味道。信息的获取从书本转向了真实的体验和实践。

于是，大营、游学、社会化学习构成了孩子们在巴别梦想家的活动，也在他们的生命中留下了一段段难忘的记忆。我们将这些回忆片段收录在“陪伴”和“成长”这两个小篇章。

三

2015 年 4 月，我辞职回到了田阳，全职发展巴别梦想家。但我当时的最后一个伙伴，也是最重要的伙伴罗梓月老师，突然离开了梦想家。经过一番挣扎之后，我继续独自发展梦想家。2015 年 10 月，我们向广西壮族自治区民政厅提交了核名申请，正式开启了为期 7 个月的登记注册之旅。那时候，非政府组织的登记注册是比较困难的。但自治区民政厅的工作人员看到了我们过去 7 年的项目报告，其中有一本贴着上千张汇款单。民政厅的同志们被感动了，批准了我们的登记申请。就这样，在 2016 年 3 月，梦想家完成了登记注册，成为一家省级教育公益组织，全称为“广西梦想家乡村贫困青少年关爱中心”。

2015 年 6 月，秘书（苏光富）等一批年纪最大的孩子参加了高考，并且之后全都拿到了大学录取通知书。那年大营，秘书、佑佑、阿国开始作为工作人员支持我们的大营。尽管当时的他们能做的还非常有限，但这仍然让我满怀希望。

2016 年，梦想家和北京市新公民计划的未来国项目合作，将“阅读嘉年华”活动引入了田阳。第一场阅读嘉年华活动于 2016 年 6 月 1 日在巴别中心小学举行，当时已经读大学的秘书、佑佑、荣亮等，作为核心工作组一起筹备实施了这场活动。该活动招募了 60 多名大学生志愿者，服务了巴小的 400 多名孩子。这些志愿者大多是秘书、佑佑他们的大学舍友和同学。之后的两年里，梦想家在田阳各乡镇的小学共组织了 11 场阅读嘉年华活动，在广西读大学的出栏梦想家们纷纷参与其中，发动身边的同学、朋友一起回到家乡田阳进行志愿服务。兰玉的《我不是不记得》中，就讲述了她是如何参与到阅读嘉年华活动中，从而进一步发生蜕变的。

2016 年年底，为了系统地认识、了解乡村教育封闭问题的现状，我们在巴别中心小学进行了一次为期 3 天的调研。调研对象主要是乡村的一线教师和在乡镇就读小学的孩子们。从而使我们识别到了教师群体的封闭问题，并进一步认识和理解了教育的系统性封闭是怎么形成的。于是我提出，在巴别中心小学组织一场教师教育创新工作坊，该工作坊于 2017 年 6 月落地，我和茹（何秋茹）是工作坊主要的设计者、协作者，秘书、佑佑带领了第一天的团建破冰，苏婷、宝宝、辉辉刚刚结束了高考，作为分享者展示了他们在梦想家中体验到的教育。

教师工作坊大获成功，2016 年年底，原本在巴别中心小学任教的何俊雄校长调任田阳县第十一小学，他提出了学校没有图书馆、学生没有书看的难处，于是我顺水推舟，发起了“阅读领航计划”，并邀请茹作为该计划的负责人。“阅读领航计划”借鉴了梦想家实践共同体的经验，创建教师实践共同体，长期支持、陪伴一线教师的成长。该计划先后在田阳县第十一小学、田阳县第一小学建设了儿童友好阅读空间，并在这两所学校组织了 3 个阶段共 6 场参与式阅读和教育创新工作坊，参与教师超过 200 人次。2019 年，该项目得到田阳县教育局的认可，并组织田阳全县 25 所小学的骨干教师参加培训。

2017 年 7 月，有 14 名梦想家的孩子参加了高考并正式“出栏”，苏婷、宝宝都是在那一年高中毕业。这一年，巴别梦想家第一次举行理事会公开竞选，苏婷、宝宝、辉辉、凤仙、荣伟、振甲参加了竞选，从那时起，“离开是为了回来”也渐渐由口号变为现实。

在梦想家共同体中，每一个孩子都是一个“梦想家”，而年满18周岁且高中毕业的孩子，被形象地称为“出栏梦想家”，象征着他们已经成人、成才，梦想家也完成了服务他们、陪伴他们的使命。就像猪羊等养肥养壮了可以出栏了一样。许多出栏梦想家通过参加理事会竞选，成为机构理事，实现从被服务者到服务者的身份转变，获得进一步服务梦想家、服务家乡的机会。理事会竞选对于一些孩子来说，具有某种里程碑式的意义。荣伟的《我的理事会竞选》和丽俏的《我想离“家”出走》，都从不同角度回顾了自己在竞选理事过程中的成长和蜕变。

也是在2017年夏天，梦想家开营遇到了很大的困难，深夜，我独自在田阳的办公室里崩溃大哭，接下来就发生了《秘书》那篇文章里写到的故事，这也为秘书后来回到机构工作埋下了种子。

四

随着梦想家机构的发展和出栏梦想家能力的提高，我发现单纯在大营中负责某部分具体的执行工作，对于他们来说已经没有足够的挑战性和学习空间。于是，我们开始尝试由出栏梦想家独立地策划、发起、统筹“小营”。小营是一个为期3到4天，服务30到35名孩子的微型参与式夏令营。麻雀虽小，五脏俱全，一个小营不只涉及活动的设计、带领，还涉及组建团队、志愿者培训、分工协作、后勤物资、财务、人员管理和记录传播等方方面面的工作。独立统筹一个营会，任务的复杂性大大增加。这对出栏梦想家的挑战和锻炼不言而喻。

2018年8月，大营结营之后，当时理事会和核心工作组的孩子们发起了3场平行的“小营”，服务了田阳地区120名梦想家共同体之外的12到15岁的乡村孩子。这是梦想家第一次由其他成员作为统筹独立开营，它为梦想家未来的裂变奠定了基础，也成了秘书决心回到梦想家工作的转折点。

宝宝的《最大的意义》和佑佑的《你好，远航》，都讲述了他们在独立发起小营过程中经历的挑战和成长。

2018 年 11 月，在澳门同济慈善会的支持下，梦想家组织了第一次“出栏工作坊”，当时的 27 名出栏成员共同提炼了梦想家 10 年的发展经验，共创了未来两年的发展目标和战略规划，并形成了 5 个工作组（分舵）——裂变、自造血、做书、人力资源、本地传播，秘书、宝宝、苏婷、辉辉、荣亮分别担任 5 个分舵的负责人。

2018 年 9 月，秘书升入大四，正式回梦想家成为全职工作人员。同年，梦想家入选了群岛教育加速器，我也入选了银杏伙伴。这都标志着巴别梦想家的故事、模式，开始被公益行业关注和认可。2018 年 10 月，中国民生银行联合中国扶贫基金会发起的“我决定民生爱的力量——ME 公益创新资助计划”（简称“ME 创新计划”）开始招标，这是一个自助金额高达 50 万元的、在业内备受关注和追捧的社会创新公益项目资助计划。我和秘书共同设计了推动梦想家实践共同体裂变、培养出栏梦想家成为青年创变者的“奇点计划”。后来梦想家入围决选，秘书作为项目负责人完成了答辩，6 个小时中我们集满了 3 万个赞。就这样，巴别梦想家正式进入“裂变期”。

2019 年年初，我患了重病，秘书在苏婷、荣伟的支持下，独立统筹了 2019 年 1 月的大营。我写的《秘书》，以及苏婷的《我知道我很重要》，就是发生在那年冬天的故事。

2019 年 6 月至 2021 年 1 月，42 名出栏梦想家创建了一个由 220 名乡村青少年组成的实践共同体，作为发起人独立设计实施了 18 场小营，并参加了 5 个阶段的能力进阶工作坊：通过“奇点计划”，出栏梦想家们成为有意识有能力支持他人成长的青年创变者，能够独立陪伴和服务更多乡村的孩子。

在“奇点计划”进行得如火如荼的同时，2019 年 7 月，巴别梦想家还创办了一场难以超越的 10 周年大营。这是由 25 名出栏梦想家在 33 天内，通过线上共创的方式独立策划、实施的一次参与式大会。大会第一次有超过 30 人的教育公益同行、捐助人、媒体人员深度参与其中，帮助梦想家成员进一步创造多元的社会情境，实现与外部世界的深度互动和广泛连接，为教育创新领域提供了经典案例。

也是在那个夏天，受友成基金会邀请，宝宝带着梦想家自造血分舵成员到德保县第三中学开展夏令营。该夏令营为期 7 天，参与者超过 60 人。梦想家的服务地点第一次离开田阳，前往更远的地方。梦想家也第一次通过开营获得了营业收入，自造血分舵的小目标达成。

2020 年，由于疫情，田阳县教育局终止了和梦想家的合作，梦想家的孩子们站出来，亲笔写下一封封陈情信。秘书、苏婷、丽俏、宝宝，作为梦想家的代表，去了田阳县政府和百色市教育局为梦想家争取支持。当时受影响最大的阅读项目也因此中断，我组织茹和秘书共同编写了梦想家阅读项目手册，呈递百色市教育局。正是孩子们的不肯放弃和这本手册“救”了梦想家。2020 年 6 月，在百色市教育局杨序勇局长的引荐下，巴别梦想家在百色市第一小学建立阅读示范校，梦想家阅读项目得以重启。7 月，梦想家法律大营在百色市图书馆召开，梦想家大营第一次走出了田阳。2020 年注定是不平凡的一年，在序言《唯成长与爱是永恒》中，我深情回顾了巴别梦想家这一群人的 2020 年。

2019 年，梦想家的做书分舵通过成立线上写作营的方式，在屠彬（绿豆）老师的指导下，组织出栏梦想家共创了故事集《根与翅》。2019 年年底，梦想家发起了参与式行动研究项目，苏婷成为该项目的负责人。2020 年 9 月，经过长达一年的线上共学，出栏梦想家共创了

5 个研究问题，并形成研究小组，系统研究梦想家社会化学习的实践共同体的经验、模型、要素、机制。各个研究小组在之后 9 个月中完成了集体研究，研究产出超过 20 万字。

2021 年 7 月，巴别梦想家 12 周年大营在广西北海举办，主题是“我　身份　新世界”。巴别梦想家第一次带着所有的孩子离开百色，来到一个新的地方举办大营，共同奔赴“新世界”。山是故乡，海是世界；山是我们，海是社会。12 周年北海大营为巴别梦想家 12 年来从山到海、打破封闭的奇迹旅程，加上了一个特殊的注脚。值得一提的是，梦想家的参与式行动研究成果，也在北海大营第一次公开。

截至 2021 年 7 月，梦想家已经有 26 名成员大学毕业，他们找到了自己的社会身份，完成了社会化的过程，梦想家也完成了陪伴和支持封闭的、边缘的孩子成长为融入的、有责任感的社会人的使命。他们中有的选择成为公务员，有的成为教师，有的在北京、深圳、广州等地方的企业工作，有的选择了考研。当然，也有出栏梦想家选择回到梦想家全职工作，他们是秘书、苏婷、美姻。梦想家真正成为一个本地青年的“自组织”，实现了可持续发展。

《根与翅》中关于毕业和选择的故事，既有回到梦想家的故事（苏婷《你真的相信吗》），也有暂时别离的选择（苏光国《落在身后的一个人》）。

2021 年，《根与翅》将正式出版。对，就是你们现在在看的这本书。

2011 年 7 月梦想家暑假工作坊（巴别中心小学）

2013 年 1 月梦想家寒假工作坊（广西田阳县）

2013 年 7 月，梦想家第一次游学（南宁市广西科技馆）

巴别梦想家◎时光墙

2012 年 1 月梦想家寒假工作坊（田阳县米兰咖啡厅）

2013 年 7 月梦想家暑假工作坊（田阳县大明珠酒楼）

2014 年 1 月梦想家寒假工作坊（田阳县敢壮山）

2014 年 7 月梦想家暑假工作坊（田阳县五村镇惠洞水库）

2015 年 1 月梦想家寒假工作坊（田阳县五村镇惠洞屯）

2015 年 7 月，梦想家第三次游学（南宁市广西科技馆）

2014 年 7 月，梦想家第二次游学（南宁市广西大学）

2015 年 7 月梦想家暑假工作坊（巴别中心小学）

2015 年 7 月，梦想家第三次游学（南宁市广西大学）

2016 年 1 月梦想家寒假工作坊（田阳县民族中学）

2017 年 1 月梦想家寒假工作坊（巴别中心小学）

2017 年 7 月，梦想家第五次游学
（云南文山壮族苗族自治州普者黑风景区）

2016 年 7 月梦想家暑假工作坊（田阳县田州古城）

2017 年 7 月梦想家暑假工作坊（田阳县五村镇惠洞水库）

2017 年 7 月，梦想家第五次游学
（云南文山州普者黑风景区）

2017 年 7 月，梦想家第五次游学（云南文山州舍得草场）

2018 年 7 月梦想家暑假工作坊（田阳县民族中学）

2019 年 7 月梦想家暑假工作坊（田阳县第一小学）

2018 年 1 月梦想家寒假工作坊（巴别中心小学）

2019 年 1 月梦想家寒假工作坊（田阳县民族中学）

2020 年 1 月梦想家寒假工作坊（田阳县民族中学）

2020 年 7 月梦想家暑假工作坊（百色市图书馆）

2021 年 1 月，梦想家因为疫情无法开营，孩子们通过“线上春晚”继续相互陪伴

2021 年 7 月梦想家暑假工作坊（广西北海市）

2021 年 7 月梦想家暑假工作坊（广西北海银滩）

璐瑶访谈实录　　（2019 年 6 月 30 日）

绿豆_我们的书很快就要做出来了。现在你也拿着这份书稿，看到大家写的这些故事，有什么让你意外的发现吗？

璐瑶_有很多。比如在梦想家里我跟每个孩子的交流其实不是平均的，有一些孩子平常交流不多，可能也就是开营的时候碰面。虽然会一起工作或者聊天，但私下单独的沟通很有限，所以我并不知道原来他们跟梦想家、跟我有如此深厚的感情。比如阿沁写到的她的感受，还有很多人写到自己的人生转折点是跟板板的某一次对话，等等。并且他们记得这么多的细节，好多细节我都忘了，但是他们都还有这么鲜活的记忆，这个还是让我蛮惊讶的。

绿豆_看到这些对你来说意味着什么呢？会高兴或者感动吗？

璐瑶_可能不是高兴，是一种力量感。其实在这个写作营的整个过程里，每天我都会认真读大家写的文字，一起互动、修改。这些文字都让我更加确定这 10 年是真实的，是有意义的，是流淌在我们所有共同经历人的生命中的一段很独特的经历。创造这些共同经历本身就非常有意义了，不需要说一定是每个人命运改变了，才是有意义的。

我也会很感激。不是感动，是感激大家。以前我时常会觉得，我在梦想家里是边缘、弱势的群体，很微妙。我们都说梦想家是我们的家嘛，但这个家里只有一个人跟其他人不一样，就是我。我们叫共同体，但只有我跟他们的所谓共同点是最少的，对吧？他们有共同的语言，他们在一起聊天、讲笑话，我是听不懂的；他们有共同的故乡、背景、文化、成长经历；他们彼此之间的情感在某些层面远远超过我跟他们之间的情感。所以我一直觉得，在这个集体里我实际上是最特别的一个，也是最难融入的一个，甚至有时会有失落感。特别是我一个人在这边（田阳），他们都有亲戚朋友在一起，但我是一个人。比如说，放暑假回到田阳，除了一起开营，他们可能会一起去玩。他们去撸串，就不一定会喊我一起，因为对于他们来说，他们是他们，板板是板板。他们之间的那种亲密无间，是他们和我不可能达到的程度。

但这次在这个写作营里，我忽然有了一些新的感受。其实我给到大家的陪伴本身是被分散了的，但这10年我在我的能力范围内倾尽所有了，给了100%。

绿豆_也许是200%？

璐瑶_是的，即使是200%，但对于每个人来说，可能收到的是5%、10%，同时它也不是均匀的。而在这样的情况下，他们给予我的这些无条件的接纳和支持，甚至有时候是给予我保护、关爱、照料，包括我在他们写的东西里看到的很深的感情。我觉得他们给予我的总和，远远超过我付出的总和。我给出去的是分散的，但是他们给出来的是加总的，所以我非常感激。

绿豆_我们这本书最后取名叫《根与翅》，这两个意象对于孩子们象征着什么是很清晰的："根"意味着家乡、童年、过往的经历，"翅"意味着新的可能性、不同的生活、不同的选择等。但对你来说，这两个词的意味应该是不同的吧？

璐瑶＿其实巴别梦想家就是我的翅了。至于根呢，其实在整个写作营的过程中，包括我们现在筹备10周年的过程中，都一直在谈“初心”和“真我”。“初心”就是当初我为什么会发起梦想家，今天我们所写的这本书，以及我们想做的所谓总结也好，反思也好，都是想回应这个初心。初心其实就是在发起这个项目的初期，我自己的内在有很多的需要，也像一个缺少陪伴的孩子，同时和这个项目之间有很强的情感纽带，是我舍不下放不下的东西。我觉得这其实是梦想家能够成长和坚持的最重要的一个动因。它可能很简单、很本能，就是一些缺少陪伴和关爱的孩子们，包括我自己也是。我们抱团取暖，想彼此安慰、彼此陪伴，还想一起去看世界，这个事就慢慢地发生了。

尽管遇到很多的困难，但是，这些经历也使我成为今天的我，更接近那个真实的自己，更了解自己的恐惧和局限，也看到了自己的强大、自己的能量，也使我相信自己是重要的、有希望的。所以在这10年共同的陪伴中，我自己也慢慢长出了翅膀，梦想家也成了我的翅膀。包括现在我所获得的很多，不管是荣誉还是机会，都是源于巴别梦想家的，是源于孩子们的。梦想家的孩子们做了很多的尝试、实践和努力，正是因为有他们做的事情，才会有人认可巴别梦想家，说梦想家真了不起，而不是仅仅因为璐瑶做了什么。所以我觉得梦想家、梦想家的孩子们就是我的翅。

绿豆＿你提到说自己在10年的过程里，也变得更强大了，这些力量来自哪里呢？

璐瑶＿一个是这个过程确实确实太艰难了，但在经历这些磨难之后，我们坚持下来了，就像是死后重生，或者好像我们生了一场病，感冒发烧了，然后突然退烧了，就觉得“哇，好舒服啊，好有劲儿啊”。如果被它打垮嘛，就放弃。但是没有被打垮，站起来，走下去，那一定是会变得更强大的。

还有一个因素是，在我们遇到很多困难，甚至觉得坚持不下去的时候，大家彼此之间有一个支撑。这个支撑也使得梦想家中的人际关系变得越来越强韧。因为我们共同经历过很多挑战，就像一起打过仗的战友一样，所以关系也在生长。这部分关系在今天也变成了我的人际关系中很重要的一个部分，给了我很大的力量感，就是我知道不管我遇到什么事情，我背后有他们（梦想家的孩子们）。

第三个因素就是梦想家的形式，我们把它称作实践共同体，是一种长期陪伴的形式。这在客观上给了我一个很高的要求，甚至是一种张力，让我自己必须要持续地学习，打破自己的封闭，接触新的东西。因为我要支持他们的成长啊，而他们的成长实在太迅猛了！可能他们在小学的时候，随便玩一个什么小游戏就很开心了；但到初中的时候，他们开始有各种各样的情绪的、情感的张力了，开始叛逆，开始需要寻找自我；到高中的时候需要接触社会了，渴望看到世界；到大学之后开始更多更深的实践，也需要更好的机会和平台……这一切的一切都对我提出了海量的需求。我要回应他们的成长的需求，就必须要学习，要去寻找资源。这个过程其实也在培养和塑造我。

绿豆_你最后说到的这个过程确实很有趣，让我很难不想到父母和孩子的关系。现在很多家长也认同这样的观念：要陪伴孩子成长，作为父母自己也必须要成长。跟你描述的这个过程特别像。我看过一些初稿之后，也会写反馈问，你们和板板的关系有过哪些变化，是怎么发生的？可能一开始你像是老师，甚至有时候承担了一些父母的角色，然后变成板板，慢慢到现在他们开始去支持你、陪伴你。因为在写作的层面、故事的层面，我会对这样的转折点特别感兴趣，也很好奇对你来说，有没有某一次让你特别清晰地感觉到，你跟某个孩子或者某一群孩子的关系不一样了？

璐瑶_ 有很多这样的时刻。一开始的一些这样的时刻是自然发生的，我是无意识的，到后期的一些改变是我有意识在推动的，想要形成一种更平等的关系。而且你的提问让我有一个新发现：我们一直在谈的是梦想家中每个人的身份，推动孩子们去思考和找寻自己的社会身份，从在梦想家的身份开始，从边缘到融入，然后逐渐走向更广阔的世界，这种身份认知的改变会推动每个人主动地学习和进步。但对我来说其实也是一样的，只是我好像之前没有这样思考过。关于我在梦想家的身份转变是什么，开始他们可能觉得我就是一个老师，甚至不是真的学校的老师，只是一个志愿者或者曾经的老师；然后慢慢变成了“板板”，我们在共同做一件事情，我是这件事情的负责人；再后来变成了有很多亲情的部分，早期我会把他们当成自己的孩子，在陪伴的过程中，他们对我也“长出”了那种像对父母或者对大姐姐一样的情感。但是到这个阶段的时候，我也意识到，这样的一种关系其实不利于我们组织的成长，或者不应该仅仅是这样的一种关系。这个组织不应该只靠一群人的情感黏在一起，而应该是每个人都能同时贡献、实现社会价值。而且大家现在对我的这种依赖，觉得好像板板是梦想家唯一的精神领袖，长远来看是不可持续的。我希望最终梦想家是可以不需要璐瑶的。所以，我开始有意识地转变这个关系，更像伙伴，像朋友。

你问我什么时候我突然觉得跟他们的关系不一样了，其实有过好多这样的时刻，但是我现在马上能想起来的是2017年夏天。当时有一个学生在我们户外拓展的时候受伤要送去医院，大家都非常崩溃，那可能是我们这么多年最困难的一次，因为这个营当时面临着马上要停掉的状况，医院里也不知道会发生什么。大家又要开营，又要去医院，又要协调各种事情，我当时身体也特别差，一直在生病，发高烧。后面就发生了我书中写到的，跟秘书的那次对话。

在2017年之前，我从来没有在他们面前哭过，也从来没有跟他们说过“这件事情好难哪，我不知道该怎么办”。我在所有的孩子面前的表现都是“我是无敌的，板板可以搞定一切”，像父母肯定会保护好孩子。而2017年那是第一次我表露出我已经撑不住了，虽然只是面对秘书一个人，这也使得我跟秘书的关系首先发生了改变。我记得秘书也写到，他恍然大悟板板不是万能的，第一次觉得板板原来有这么多困境。然后，在这个瞬间的改变之后，我发现我跟大家的关系也开始慢慢地改变，到现在，我可以非常坦然地跟他们说很多我的困难、我的张力，包括我很多个人的经历。

绿豆_我印象很深的是阿沁写的那篇关于你的文章，可能你之前也不知道她这些想法。

璐瑶_完全不知道。因为我们的交流本来就不多。前几天我们在做二阶工作坊的时候，阿沁的小组得了第一名，他们就得到一个特权，可以给现场的任何一个人提一个要求，这个人要在三天之内满足这个要求。她就给我提了一个要求，说“板板，早点睡觉，好好吃药”，写在小卡片上。

这些小细节让我发现，很多时候，融合不是取决于他们，而是取决于我能不能走进他们。当我真的这么做的时候，其实每一个人，都有这样的意愿和能力，像关心一个孩子、关心一个小梦想家一样关心我。

绿豆_另外一个我想问的是关于理事会的建立。好几个人都写到理事会、竞选理事，我感觉这也是一个特别重要的事情，所以想问问是怎么想到要建一个理事会，又是怎么想到让孩子们来竞选理事的？

璐瑶_理事会的成立其实有一个契机，就是2016年，我们机构要注册，需要一个理事会。在那之前我们也没有考虑过这个机构应该是由一个团队来管理的，更没想过这个团队应该由哪些人组成。这个注册的事情就迫使我们要去思考这件事。毫无疑问的一点是，这个机构应该由孩子们来管理，孩子们应该是做决定的人。这也是我们一贯的价值观。因此肯定是由孩子们来做机构的理事。最开始是我邀请了几个已经上大学的孩子来做，第二年就开始扩大，有竞选。

为什么这个理事会在孩子们心目中，以及对于我们的组织来讲，是一个里程碑的事件呢？在我看来，首先对孩子们来说，可能最开始他们没有想过，我们是这个组织的主人或者决策者。从我们整个的社会背景和文化习惯来讲，他们会认为板板是做决定的人，老师是做决定的人，成人是做决定的人，比我们更年长的、更有经验的、更有权力的人应该是做决定的人。但是梦想家在这么多年的实践里，我们一次一次地把这个权力还给孩子们。

绿豆_是怎么做的呢？

璐瑶_从一开始，他们如果想加入梦想家，要自己写申请，要自己做这个选择；每次假期活动，会征求他们的意见和需求；接下来会开始邀请他们承担一些营会的工作，但是如果你想做某个工作，也是要申请的，要说明为什么你觉得自己适合做这个工作；他们自己来组织营会，参加理事会竞选，甚至自发组成各种各样的行动小组；到最后，我已经把这个机构的管理，以及整个决策中枢交还给他们了。所以这个过程中最开始他们是惊讶的，是不自信的，但是慢慢地，他们开始迎接这个挑战，挑起这份责任的时候，就发生了很大的权力意识的转变和自我能力的突破。有很多孩子写到自己的人生的转折点就是理事会竞选。

在今年暑假，又会有一个变化，我们会在10周年的前一天晚上，跟所有梦想家的孩子们现场竞选理事。9个理事会的席位全部清空，包括我自己。所以，如果我想要继续做机构的理事，我就得去竞选。我也有选票，和所有人一样。这就是真正的平等，没有任何人有特权，选不上就是选不上。

我觉得这也是梦想家存在的一个很大的意义，就是无论未来梦想家走到哪里，无论我们怎么裂变，我们的基调是这样的：没有人有特权，所有的人都有权做选择，有权去尝试任何事情。我相信这对于这个行业，甚至整个社会有更大的意义。

作者简介

梦想家成员：

璐　瑶_巴别梦想家发起人、理事，昵称“板板”

苏光富_2009 年（12 岁）加入梦想家，2020 年至今担任梦想家理事长，奇点计划项目负责人，昵称“秘书”

梁振宝_2010 年（12 岁）加入梦想家，2017 年至 2021 年担任梦想家理事，昵称“宝宝”

苏　婷_2011 年（13 岁）加入梦想家，2019 年至今担任梦想家理事，参与式行动研究项目负责人，昵称“甜”

黄君沁_2013 年（14 岁）加入梦想家，2020 年至 2021 年担任梦想家理事，昵称“阿沁”

黄忠常_2013 年（14 岁）加入梦想家，2020 年至 2021 年担任梦想家理事

岑丽俏_2013 年（12 岁）加入梦想家，2020 年至今担任梦想家理事

李荣亮_2009 年（13 岁）加入梦想家，2016 年至 2020 年担任梦想家理事

黄美娟_2009 年（11 岁）加入梦想家，2016 年至 2019 年担任梦想家理事

周万佑_2011 年（15 岁）加入梦想家，2016 年至 2019 年担任梦想家理事

罗荣伟_2010 年（12 岁）加入梦想家，2017 年至 2020 年担任梦想家理事

林世辉_2010 年（11 岁）加入梦想家，2017 年至 2020 年担任梦想家理事

杨万友_2010 年（13 岁）加入梦想家，2019 年至 2020 年担任梦想家理事

苏凤仙_2011 年（13 岁）加入梦想家，2019 年至 2020 年担任梦想家理事

苏光国_2009 年（13 岁）加入梦想家

苏　童_2009 年（12 岁）加入梦想家

黄明星_2009 年（10 岁）加入梦想家

罗振甲_2010 年（13 岁）加入梦想家

黄金皮_2010 年（12 岁）加入梦想家

农欣欣_2010 年（12 岁）加入梦想家

李兰玉_2010 年（12 岁）加入梦想家

农婷婷_2010 年（12 岁）加入梦想家

陆美姻_2010 年（11 岁）加入梦想家，现为梦想家全职工作人员

韦金珠_2010 年（11 岁）加入梦想家

韦金玉_2010 年（11 岁）加入梦想家

罗艳艳_2010 年（10 岁）加入梦想家

林丽莹_2013 年（14 岁）加入梦想家

覃玉如_2013 年（13 岁）加入梦想家

苏　豪_2013 年（11 岁）加入梦想家

梁天丰_2015 年（15 岁）加入梦想家

黄丽琼_2015 年（15 岁）加入梦想家

梁力尹_2015 年（14 岁）加入梦想家

黄小香_2015 年（14 岁）加入梦想家

李林艳 _2016 年（15 岁）加入梦想家

黄蓉蓉 _2016 年（15 岁）加入梦想家

苏光关 _2016 年（14 岁）加入梦想家

滕城海 _2016 年（14 岁）加入梦想家

何秋茹 _2018 年成为梦想家终身成员，阅读领航项目负责人

梦想家捐助人：

严小英 _2009 年开始捐助梦想家，梦想家监事，苏光国的捐助人

沈　莉 _2010 年开始捐助梦想家，罗振甲、韦金珠、韦金玉、凌浩然、黄薪蓓、岑祚科的捐助人

冯莉琼 _2009 年开始捐助梦想家，黄美娟的捐助人，笔名“风荷”

梦想家志愿者：

廖玉贞 _ 广西大学 2017 级学生，2018 年成为梦想家志愿者

梁凤荷 _ 广西大学 2017 级学生，2019 年成为梦想家志愿者

赵海似 _ 广西师范大学 2018 级学生，2019 年成为梦想家志愿者

指导老师：

屠彬 _ 梦想家捐助人，写作者，昵称“绿豆”

致谢

请容许巴别梦想家向以下诸位致以深深的感激，正因为有你们，巴别梦想家的第一本故事集《根与翅》才得以问世、出版。

感谢我们的写作指导老师——屠彬老师。从前期的筹备、写作课程设计到2019年写作营和2020年写作营的开展、后续文字的修改等，屠彬老师为我们投入了大量的时间、精力支持。在屠彬老师的引导下，每个作者从开始的“写作畏惧者”逐渐转变为“自由写作者”，并且都挖掘出了属于自己的宝贵的故事，创作了许多宝贵的作品。这使得梦想家们过去十二年关于“自我”“故乡”“成长”“陪伴”的宝贵记忆得以具象化，属于巴别梦想家的“历史”得以书写。

感谢每一个写作者用心的投入，让《根与翅》真正地成为我们的故事集，成为梦想家的故事集。写作者当中，不仅有从梦想家成长起来的小伙伴们，还有一直陪伴、支持我们的捐助人，以及加入梦想家队伍中一起为实现“支持更多乡村的孩子打破情感和信息的封闭”而努力的志愿者小伙伴们。

感谢澳门同济慈善会。正因为有澳门同济慈善会对巴别梦想家的关注与支持，我们才能申请到参与式行动研究项目，并完成《根与翅》的创作、出版申请，从而使梦想家的故事具象化。这为巴别梦想家的青色组织裂变的研究挖掘了原始的宝贵的材料，也为梦想家进行公众倡导，呼吁大家对“情感和信息封闭”这一问题的关注打好了基础。

感谢中信出版集团。在发送出版申请之后，中信出版集团不仅在第一时间向我们抛出了橄榄枝，还为我们申请到了公益出版的机会，让我们能够看到《根与翅》出版的希望。除此之外，在出版的筹备过程中，中信出版集团还用心地为《根与翅》进行了适合的、精美的编排工作，为《根与翅》的出版提供了更好的平台与支持。

感谢我们的板板——璐瑶。因为有你，我们有了一扇通往世界的门，一个可以回来的家，有了这么多真挚的、动人的故事。

最后，感谢每一位翻开了《根与翅》的读者，让这些来自大山、来自梦想家的故事再次活起来。也祝愿每一位读者，能够寻到属于你的“根与翅”。

巴别梦想家

2021年11月

元十行本周易兼義

第一册

三國魏 王弼 晋 韓康伯注 唐 孔穎達疏 唐 陸德明釋文

元刻本

山東人民出版社·濟南

圖書在版編目（CIP）數據

元十行本周易兼義 /（三國魏）王弼，（晋）韓康伯注；（唐）孔穎達疏；（唐）陸德明釋文 .— 濟南：山東人民出版社，2024.3
（儒典）
ISBN 978-7-209-14337-0

Ⅰ．①元… Ⅱ．①王… ②韓… ③孔… ④陸… Ⅲ．①《周易》-注釋 Ⅳ．① B221.2

中國國家版本館 CIP 數據核字（2024）第 036163 號

項目統籌：胡長青
責任編輯：吕士遠
裝幀設計：武　斌
項目完成：文化藝術編輯室

元十行本周易兼義
〔三國魏〕王弼　〔晋〕韓康伯注　〔唐〕孔穎達疏　〔唐〕陸德明釋文

主管單位　山東出版傳媒股份有限公司
出版發行　山東人民出版社
出 版 人　胡長青
社　　址　濟南市市中區舜耕路517號
郵　　編　250003
電　　話　總編室（0531）82098914
　　　　　市場部（0531）82098027
網　　址　http://www.sd-book.com.cn
印　　裝　山東華立印務有限公司
經　　銷　新華書店

規　　格　16開（160mm×240mm）
印　　張　42.25
字　　數　338千字
版　　次　2024年3月第1版
印　　次　2024年3月第1次
ISBN　978-7-209-14337-0
定　　價　102.00圓（全二册）

《儒典》選刊工作團隊

學術顧問　杜澤遜　李振聚　徐　泳

項目統籌　胡長青

責任編輯　劉　晨　劉嬌嬌　張艷艷
　　　　　呂士遠　趙　菲　劉一星

前言

中國是一個文明古國、文化大國，中華文化源遠流長，博大精深。在中國歷史上影響較大的是孔子創立的儒家思想，因此整理儒家經典、注解儒家經典，爲儒家經典的現代化闡釋提供权威、典范、精粹的典籍文本，是推進中華優秀傳統文化創造性轉化、創新性發展的奠基性工作和重要任務。

中國經學史是中國學術史的核心，歷史上創造的文本方面和經解方面的輝煌成果，大量失傳了。西漢是經學的第一個興盛期，除了當時非主流的《詩經》毛傳以外，其他經師的注釋後來全部失傳了。東漢的經解衹有鄭玄、何休等少數人的著作留存下來，其餘也大都失傳了。南北朝至隋朝興盛的義疏之學，其成果僅有皇侃《論語疏》幸存於日本。五代時期精心校刻的《九經》、北宋時期國子監重刻的《九經》以及校刻的單疏本，也全部失傳。南宋國子監刻的單疏本，我國僅存《周易正義》、《爾雅疏》、《春秋公羊疏》（三十卷殘存七卷）、《春秋穀梁疏》（十二卷殘存七卷），日本保存了《尚書正義》、《毛詩正義》、《禮記正義》（七十卷殘存八卷）、《周禮疏》（日本傳抄本）、《春秋公羊疏》（日本傳抄本）、《春秋正義》（日本傳抄本）。南宋兩浙東路茶鹽司刻八行本，我國保存下來的有《周禮疏》、《禮記正義》、《春秋左傳正義》（紹興府刻）、《論語注疏解經》（二十卷殘存十卷）、《孟子注疏解經》（存臺北「故宫」），日本保存有《周易注疏》《尚書正義》（凡兩部，其中一部被清楊守敬購歸）。南宋福建刻十行本，我國僅存《春秋穀梁注疏》、《春秋左傳注疏》（六十卷，一半在大陸，一半在臺灣），日本保存有《毛詩注疏》《春秋左傳注疏》。從這些情況可以看出，經書代表性的早期注釋和早期版本國内失傳嚴重，有的僅保存在東鄰日本。

鑒於這樣的現實，一百多年來我國學術界、出版界努力搜集影印了多種珍貴版本，但是在系統性、全面性和準確性方面都還存在一定的差距。例如唐代開成石經共十二部經典，石碑在明代嘉靖年間地震中受到損害，明代萬曆初年西安府學等學校師生曾把損失的文字補刻在另外的小石上，立於唐碑之旁。近年影印出版唐石經拓本多次，都是以唐代石刻與明代補刻割裂配補的裱本爲底本。由於明代補刻采用的是唐碑的字形，這種配補本難以區分唐刻與明代補刻，不便使用，亟需單獨影印唐碑拓本。

爲把幸存於世的、具有代表性的早期經解成果以及早期經典文本收集起來，系統地影印出版，我們規劃了《儒典》編纂出版項目。

《儒典》出版後受到文化學術界廣泛關注和好評，爲了滿足廣大讀者的需求，現陸續出版平裝單行本。共收録一百十一種元典，共計三百九十七册，收録底本大體可分爲八個系列：經注本（以開成石經、宋刊本爲主。開成石經僅有經文，無注，但它是用經注本删去注文形成的）、經注附釋文本、纂圖互注本、單疏本、八行本、十行本、宋元人經注系列、明清人經注系列。

《儒典》是王志民、杜澤遜先生主編的。本次出版單行本，特請杜澤遜、李振聚、徐泳先生幫助酌定選目。特此説明。

二〇二四年二月二十八日

目録

第一册

第二册

周易正義序

國子祭酒上護軍曲阜縣開國子臣孔穎達奉勑撰定

夫易者象也爻者效也聖人有以仰觀俯察象天地
而育羣品雲行雨施效四時以生萬物若用之以順
則兩儀序而百物和若行之以逆則六位傾而五行
亂故王者動必則天地之道使一物失其性行必
協陰陽之宜不使一物受其害故能彌綸宇宙酬酢
神明宗社所以无窮風聲所以不朽非夫道極玄妙
孰能與於此乎斯乃乾坤之大造生靈之所益也若
夫龍出於河則八卦宣其象麟傷於澤則十翼彰其

用業資凡聖時歷三古及秦亡金鏡未墜斯文漢理珠囊重興儒雅其傳易者西都則有丁孟京田東都則有荀劉馬鄭大體更相祖述非有絕倫唯魏世王輔嗣之注獨冠古今所以江左諸儒並傳其學河北學者罕能及之其江南義疏十有餘家皆辭尚虛玄義多浮誕原夫易理難窮雖復玄之又玄至於垂範作則便是有而教有若論住內住外之空就能就所之說斯乃義涉於釋氏非爲教於孔門也既背其本又違於注至若復卦云七日來復並解云七日當爲七月謂陽氣從五月建午而消至十一月建子始復

所歷七辰故云七月今案輔嗣注云陽氣始剝盡至
來復時凡七日則是陽氣剝盡之後凡經七日始復
但陽氣雖建午始消至建戌之月陽氣猶在何得稱
七月來復故鄭康成引易緯之說建戌之月以陽氣
既盡建亥之月純陰用事至建子之月陽氣始生隔
此純陰一卦卦主六日七分舉其成數言之而云七
日來復仲尼之緯分明輔嗣之注若此康成之說遺
跡可尋輔嗣注之於前諸儒背之於後考其義理其
可通乎又蠱卦云先甲三日後甲三日輔嗣注云甲
者創制之令又若漢世之時甲令乙令也輔嗣又云

令洽乃誅故後之三日文巽卦云先庚三日後庚三
日輔嗣注云申命令謂之庚輔嗣又云甲庚皆申命
之謂也諸儒同於鄭氏之說以爲甲者宣令之日先
之三日而用辛也欲取改新之義後之三日而用丁
也取其丁寧之義王氏注意本不如此而又不顧其
注妄作異端今既奉
勅删定考察其事必以仲尼爲宗義理可詮先以輔
嗣爲本去其華而取其實欲使信者有徵其文簡其
理約寡而制衆變而能通仍恐鄙才短見意未周盡
謹與朝散大夫行大學博士臣馬嘉運守大學助教

臣趙乾叶等對共參議詳其可否至十六年文奉
勑與前修䟽人及給事郎守四門博士上騎都尉臣
蘇德融等對勑使趙弘智覆更詳審爲之正義凡十
有四卷庶望上裨聖道下益將來故序其大畧附之
卷首爾

周易正義卷第一

自此下分爲八段

第一論易之三名　第二論重卦之人
第三論三代易名　第四論卦辭文辭誰作
第五論分上下二篇　第六論夫子十翼

第七論傳易之人　第八論誰加經字

第一論易之三名

正義曰夫易者變化之總名改換之殊稱自天地開闢陰陽運行寒暑迭來日月更出孚萌庶類亭毒羣品新新不停生生相續莫非資變化之力換代之功然變化運行在陰陽二氣故聖人初畫八卦設剛柔兩畫象二氣也布以三位象三才也謂之爲易取變化之義既義揔變化而獨以易爲名者易緯乾鑿度云易一名而含三義所謂易也變易也不易也又云易者其德也光明四通簡易立節天以爛明日月星

辰布設張列通精无門藏神无穴不煩不擾澹泊不
失此其易也變易者其氣也天地不變不能通氣五
行迭終四時更廢君臣取象變節相移能消者息必
專者敗此其變易也不易者其位也天在上地在下
君南面臣北面父坐子伏此其不易也鄭玄依此義
作易贊及易論云易一名而含三義易簡一也變易
二也不易三也故繫辭云乾坤其易之縕邪又云易
之門戶邪又云夫乾確然示人易矣夫坤隤然示人
簡矣易則易知簡則易從此言其易簡之法則也又
云爲道也屢遷變動不居周流六虛上下无常剛柔

相易不可爲典要唯變所適此言順時變易出入移
動者也又云天尊地卑乾坤定矣卑高以陳貴賤位
矣動靜有常剛柔斷矣此言其張設布列不易者也
崔覲劉貞簡等並用此義云易者謂生生之德有易
簡之義不易者言天地定位不可相易變易者謂生
生之道變而相續皆以緯稱不煩不擾澹泊不失此
明是易簡之義无爲之道故易者易也作難易之音
而周簡子云易者易音亦也不易也變易也易者易代
之名凡有无相代彼此相易皆是易義不易者常體
之名有常有體无常无體是不易之義變易者相變

改之名兩有相變此爲變易張氏何氏並用此義云易者換代之名待奪之義因於乾鑿度云易者其德也或沒而不論或云德者得也萬法相形皆得相易不顧緯文不煩不擾之言所謂用其文而背其義何不思之甚故今之所用同鄭康成等易者易也音爲難易之音義爲簡易之義得緯文之本實也蓋易之三義唯在於有然有從无出理則包无故乾鑿度云夫有形者生於无形則乾坤安從而生故有太易有太初有太始有太素太易者未見氣也太初者氣之始也太始者形之始也太素者質之始也氣形質具

而未相離謂之渾沌渾沌者言萬物相渾沌而未相
離也視之不見聽之不聞循之不得故曰易也是知
易理備包有无而易象唯在於有者蓋以聖人作易
本以垂教教之所備本備於有故繫辭云形而上者
謂之道道即无也形而下者謂之器器即有也故以
无言之存乎道體以有言之存乎器用以變化言之
存乎其神以生成言之存乎其易以真言之存乎其
性以邪言之存乎其情以氣言之存乎陰陽以質言
之存乎爻象以教言之存乎精義以人言之存乎景
行此等是也且易者象也物无不可象也作易所以

垂教者即乾鑿度云孔子曰上古之時人民无別羣
物未殊未有衣食器用之利伏犧乃仰觀象於天俯
觀法於地中觀萬物之宜於是始作八卦以通神明
之德以類萬物之情故易者所以斷天地理人倫而
明王道是以畫八卦建五氣以立五常之行象法乾
坤順陰陽以正君臣父子夫婦之義度時制宜作為
罔罟以佃以漁以贍民用於是人民乃治君親以尊
臣子以順羣生和洽各安其性此其作易垂教之本
意也

第二論重卦之人

繫辭云河出圖洛出書聖人則之又禮緯含文嘉曰
伏犧德合上下天應以鳥獸文章地應以河圖洛書
伏犧則而象之乃作八卦故孔安國馬融王肅姚信
等並云伏犧得河圖而作易是則伏犧雖得河圖復
須仰觀俯察以相參正然後畫卦伏犧初畫八卦萬
物之象皆在其中故繫辭曰八卦成列象在其中矣
是也雖有萬物之象其萬物變通之理猶自未備故
因其八卦而更重之卦有六爻遂重爲六十四卦也
繫辭曰因而重之爻在其中矣是也然重卦之人諸
儒不同凡有四說王輔嗣等以爲伏犧重卦鄭玄之

徒以爲神農重卦，孫盛以爲夏禹重卦，史遷等以爲
文王重卦。其言夏禹及文王重卦者，案繫辭神農之時
已有，蓋取益與噬嗑。以此論之，不攻自破。其言神農
重卦亦未爲得。今以諸文驗之。案說卦云：昔者聖人
之作易也，幽贊於神明而生蓍。凡言作者，創造之謂
也。神農以後，便是述脩，不可謂之作也。則幽贊用蓍，
謂伏犧矣。故乾鑿度云：垂皇策者犧。上繫論用蓍云：
四營而成易，十有八變而成卦。既言聖人作易，十八
變成卦，明用蓍在六爻之後，非三畫之時。伏犧用蓍，
即伏犧已重卦矣。說卦又云：昔者聖人之作易也，將

以順性命之理是以立天之道曰陰與陽立地之道曰柔與剛立人之道曰仁與義兼三才而兩之故易六畫而成卦既言聖人作易兼三才而兩之又非神農始重卦矣又上繫云易有聖人之道四焉以言者尚其辭以動者尚其變以制器者尚其象以卜筮者尚其占此之四事皆在六爻之後何者三畫之時未有彖繇不得有尚其辭因而重之始有變動三畫不動不得有尚其變揲蓍布爻方用之卜筮蓍起六爻之後三畫不得有尚其占自然中間以制器者尚其象亦非三畫之時今伏犧結繩而爲罔罟則是制器

明伏犧已重卦矣又周禮小史掌三皇五帝之書明
三皇已有書也下繫云上古結繩而治後世聖人易
之以書契蓋取諸夬既象夬卦而造書契伏犧有書
契則有夬卦矣故孔安國書序云古者伏犧氏之王
天下也始畫八卦造書契以代結繩之政又曰伏犧
神農黃帝之書謂之三墳是也又八卦小成爻象未
備重三成六能事畢矣若言重卦起自神農其爲功
也豈比繫辭而已哉何因易緯等數所歷三聖但云
伏犧文王孔子竟不及神農明神農但有蓋取諸益
不重卦矣故今依王輔嗣以伏犧既畫八卦即自重

爲六十四卦爲得其實其重卦之意備在說卦此不
具叙伏犧之時道尚質素畫卦重爻足以垂法後代
澆訛德不如古爻象不足以爲教故作繫辭以明之

第三論三代易名

案周禮太卜三易云一曰連山二曰歸藏三曰周易
杜子春云連山伏犧歸藏黄帝鄭玄易贊及易論云
夏曰連山殷曰歸藏周曰周易鄭玄又釋云連山者
象山之出雲連連不絕歸藏者萬物莫不歸藏於其
中周易者言易道周普无所不備鄭玄雖有此釋更
无所據之文先儒因此遂爲文質之義皆煩而无用

今所不取案世譜等群書神農一曰連山氏亦曰列山氏黃帝一曰歸藏氏既連山歸藏並是代號則周易稱周取岐陽地名毛詩云周原膴膴是也又文王作易之時正在羑里周德未興猶是殷世也故題周別於殷以此文王所演故謂之周易其猶周書周禮題周以別餘代故易緯云因代以題周是也先儒又兼取鄭說云既指周代之名亦是普徧之義雖欲无所遐棄亦恐未可盡通其易題周因代以稱周是先儒更不別解唯皇甫謐云文王在羑里演六十四卦著七八九六之爻謂之周易以此文王安周字其繫

辭之文連山歸藏无以言也

第四論卦辭爻辭誰作

其周易繫辭凡有二説一説所以卦辭爻辭並是文王所作知者案繫辭云易之興也其於中古乎作易者其有憂患乎又曰易之興也其當殷之末世周之盛德邪當文王與紂之事邪又乾鑿度云垂皇策者犧卦道演德者文成命者孔通卦驗又云蒼牙通靈昌之成孔演命明道經準此諸文伏犧制卦文王繫辭孔子作十翼易歷三聖只謂此也故史遷云文王囚而演易即是作易者其有憂患乎鄭學之徒並依

此說也二以爲驗爻辭多是文王後事案升卦六四王用亨于岐山武王克殷之後始追號文王爲王若爻辭是文王所制不應云王用亨于岐山又明夷六五箕子之明夷武王觀兵之後箕子始被囚奴文王不宜豫言箕子之明夷又既濟九五東鄰殺牛不如西鄰之禴祭說者皆云西鄰謂文王東鄰謂紂文王之時紂尚南面豈容自言已德受福勝殷又欲抗君之國遂言東西相鄰而已又左傳韓宣子適魯見易象云吾乃知周公之德周公被流言之謗亦得爲憂患也驗此諸說以爲卦辭文王爻辭周公馬融陸績

等並同此說今依而用之所以只言三聖不數周公者以父統子業故也案禮稽命徵曰文王見禮壞樂崩道孤無主故設禮經三百威儀三千其三百三千即周公所制周官儀禮明文王本有此意周公述而成之故繫之文王然則易之爻辭蓋亦是文王本意故易緯但言文王也

第五論分上下二篇

案乾鑿度云孔子曰陽三陰四位之正也故易卦六十四分為上下而象陰陽也夫陽道純而奇故上篇三十所以象陽也陰道不純而偶故下篇三十四所

以法陰也乾坤者陰陽之本始萬物之祖宗故爲上篇之始而尊之也離爲日坎爲月日月之道陰陽之經所以始終萬物故以坎離爲上篇之終也咸恒者男女之始夫婦之道也人道之興必由夫婦所以奉承祖宗爲天地之主故爲下篇之始而貴之也既濟未濟爲最終者所以明戒慎而全王道也以此言之則上下二篇文王所定夫子作緯以釋其義也

第六論夫子十翼

其彖象等十翼之辭以爲孔子所作先儒更无異論但數十翼亦有多家既文王易經本分爲上下二篇

則區域各別彖象釋卦亦當隨經而分故一家數十
翼云上彖一下彖二上象三下象四上繫五下繫六
文言七說卦八序卦九雜卦十鄭學之徒並同此說
故今亦依之

第七論傳易之人

孔子既作十翼易道大明自商瞿已後傳授不絕案
儒林傳云商瞿子木受易於孔子以授魯橋庇子
庸子庸授江東馯臂子弓子弓授燕周醜子家子家
授東武孫虞子乘子乘授齊田何子莊及秦燔書易
爲卜筮之書獨得不禁故傳授者不絶漢興田何授

東武王同子中及雒陽周王孫梁人丁寬齊服生皆
著易傳數篇同授菑川楊何字叔元叔元傳京房京
房傳梁丘賀賀授子臨臨授御史大夫大夫王駿其後丁
寬又別授田王孫孫授施讎讎授張禹禹授彭宣此
前漢大畧傳授之人也其後漢則有馬融荀爽鄭玄
劉表虞翻陸績等及王輔嗣也
第八論誰加經字
但子夏傳云雖分爲上下二篇未有經字經字是後
人所加不知起自誰始案前漢孟喜易本云分上下
二經是孟喜之前已題經字其篇題經字雖起於後

其稱經之理則久在於前故禮記經解云絜靜精微易教也既在經解之篇是易有稱經之理案經解之篇備論六藝則詩書禮樂並合稱經而孝經緯稱易建八卦序六十四卦轉成三百八十四爻運機布度其氣轉易故稱經也但緯文鄙僞不可全信其八卦方位之所六爻上下之次七八九六之數內外承乘之象入經別釋此未具論也

周易兼義上經乾傳第一

國子祭酒上護軍曲阜縣開國子臣孔穎達奉　勑撰正義

王弼注

☰ 乾下乾上　乾元亨利貞　疏　正義曰乾者此卦之名謂之卦者易緯云卦者掛也言懸掛物象以示於人故謂之卦但二畫之體雖象陰陽之氣未成萬物之象未得成卦必三畫以象三才寫天地雷風水火山澤之象乃謂之卦也故繫辭云八卦成列象在其中矣是也但初有三畫雖有萬物之象於萬物變通之理猶有未盡故更重之而有六畫備萬物之形象窮天下之能事故六畫成卦也此乾卦本以象天天乃積諸陽氣而成天故此卦六爻皆陽畫成卦也此既象天何不謂之天而謂之乾者天者定體之名乾者體用之稱故說卦云乾健也言天之體以健為用聖人作易本以教人欲使人法天之用不法天之體故名乾不名天也天以健為用者運行不息應化无窮此天之自然之理故聖人當法此自然之象而施人事亦當應物成務云為不已終日乾乾无時懈倦所以因天象以教人事於物象言之則純陽也天也於人

事言之則君也父也以其居尊故在諸卦之首爲易理之初但聖人名卦體例不同或則以物象而爲卦名者若否泰剥頤鼎之屬是也或以象之所用而爲卦名者即乾坤之屬是也如此之類多矣雖取物象乃以人事而爲卦名者即家人歸妹謙履之屬是也所以如此不同者但物有萬象人有萬事若執一事不可包萬物之象若限局一象不可總萬有之事故名有隱顯辭有踳駁不可一例求之不可一類取之故繫辭云上下无常剛柔相易不可爲典要韓康伯注云不可立定準是也元亨利貞者是乾之四德也子夏傳云元始也亨通也利和也貞正也言此卦之德有純陽之性自然能以陽氣始生萬物而得元始亨通能使物性和諧各有其利又能使物堅固貞正得終此卦自然令物有此四種使得其所故謂之四德言聖人亦當法此卦而行善道以長萬物物得生存而爲元也又當以加美之事會合萬物令使開通而爲亨也又當以義協和萬物使物各得其理而爲利也又當以貞固幹事使物各得其正而爲貞也是以聖人法乾而行此四德故曰元亨利貞其委曲條例備在文言

初九潛龍勿用文言備矣疏正義曰居第一之位故稱初以其陽爻故稱九潛者隱伏之名龍者變化之物言天之自然之氣起於建子之月陰氣始盛陽氣潛在地下故言初九潛龍也此自然之象聖人作法言

於此潛龍之時小人道盛聖人雖有龍德於此時唯宜潛藏勿可施用故言勿用張氏云以道未可行故稱勿用以誡之於此小人道盛之時若其施用則為小人所害寡不敵衆弱不勝強禍害斯及故誡勿用若漢高祖生於暴秦之世唯隱居為泗水亭長是勿用也諸儒皆以為舜始漁於雷澤舜之時當堯之世堯君在上不得為小人道盛此潛龍始起在建子之月於義恐非也第一位言初第六位當言終第六位言上第一位當言下所以文不同者莊氏云下言初則上有末義故大過彖云棟橈本末弱是上有末義六言上則初當言下故小象云潛龍勿用陽在下也則是初有下義互文相通義或然也且第一言初者欲明萬物積漸從无入有所以言初不言一與下也六言上者欲見位居卦上故不言六與末也此初九之等是乾之六爻之辭但乾卦是陽生之世故六爻所述皆以聖人出處託之其餘卦六爻各因象明義隨義而發不必皆論聖人他皆倣此謂之爻者繫辭云爻也者效此者也聖人畫爻以倣效萬物之象先儒云後代聖人以易占事之時先用蓍以求數得數以定爻累爻而成卦因卦以生辭則蓍為爻卦之本爻卦為蓍之末今案說卦云聖人之作易也幽贊於神明而生蓍參天兩地而倚數觀變於陰陽而立卦發揮於剛柔而生爻繫辭云成天下之亹亹者莫大乎蓍龜是故天生神物聖人則之又易乾鑿度云垂

皇策者此諸爻皆是用蓍以求卦先儒之說理當然矣然
陽爻稱九陰爻稱六其說有二一者乾體有三畫坤體有六畫
陽得兼陰故其數九陰不得兼陽故其數六二者老陽數九老
陰數六老陰老陽皆變周易以變者為占故杜元凱注襄九年
傳遇艮之八及鄭康成注易皆稱周易以變者為占故稱九稱
六所以老陽數九老陰數六者以揲蓍之數九遇揲則得老陽
六遇揲則得老陰其少陽稱七少陰稱八義亦準此張氏以為
陽數有七有九陰數有八有六但七為少陽八為少陰質而不
變為爻之本體九為老陽六為老陰文而從變故為爻之別名
且七既為陽爻其畫已長今有九之老陽不可復畫為陽所以
重錢避少陽七數故稱九也八為陰數而畫陰爻今六為老陰
不可復畫陰爻故交其錢避八而稱六但易含萬象所託多塗
義或然也

九二見龍在田利見大人

出潛離隱故曰見龍處於地上故曰在田
德施周普居中不偏雖非君位君之德也初則不彰
三則乾乾四則或躍上則過亢利見大人唯二五焉

疏 九二至利見大人○正義曰陽處二位故曰九二陽氣發見故曰見龍田
是地上可營為有益之處陽氣發在地上故曰在田且一之與
三俱為地道二在一上所以稱田見龍在田是自然之象利見
大人以人事託之言龍見在田之時猶似聖人久潛稍出雖非

君位而有君德故天下衆庶利見九二之大人故先儒云若夫子教於洙泗利益天下有人君之德故稱大人案文言云九二德博而化又云君德也王輔嗣注云雖非君位君之德也是九二有人君之德所以稱大人也輔嗣又云利見大人唯二五焉是二之與五俱是大人為天下所利見也而褚氏張氏同鄭康成之說皆以為九二利見九五之大人其義非也且大人之文不專在九五與九二故訟卦云利見大人又蹇卦利見大人此大人之文施處廣矣故輔嗣注謂九二也是大人非專九五○注處於地上至唯二五焉○正義曰處於地上故曰在田者先儒以為重卦之時重於上下兩體故初與四相應二與五相應三與上相應是上下體論天地人各別但易含萬象為例非一及其六位則一二為地道三四為人道五上為天道二在一上是九二處於地上所田食之處唯在地上所以稱田也觀輔嗣之注意唯取地上稱田諸儒更廣而稱之言田之耕稼利益及於萬物盈溢有益於人猶若聖人益於萬物故稱田也德施周普者下小象文謂周而普徧○居中不偏者九二居在下卦之中而於上於下其心一等是居中不偏也不偏則周普也雖非君位者二為大人已居二位是非君位也君之德者以德施周普也文言云德博而化又云君德也是九二有人君之德也初則不彰者謂潛隱不彰顯也三則乾乾者危懼不安也四則或

躍者謂進退懷疑也上則過亢過謂過甚亢謂亢極利見大人唯二五焉者言此據乾之一卦故云唯二五焉於別卦言之非唯二五而已故訟卦蹇卦並云利見大人所以施處廣非唯二五也諸儒以為九二當太蔟之月陽氣發見則九三為建辰之月九四為建午之月九五為建申之月為陰氣始殺不宜稱飛龍在天上九為建戌之月羣陰既盛上九不得言與時偕極於此時陽氣僅存何極之有諸儒此說於理稍乖此乾之陽氣漸生似聖人漸出宜據十一月之後至建巳之月已來此九二當據建丑建寅之間於時地之萌牙初有出者即是陽氣發見之義乾卦之象其應然也但陰陽二氣共成歲功故陰興之時仍有陽在陽生之月尚有陰存所以六律六呂陰陽相間取象論義與此不殊乾之初九則與復卦不殊乾之九二又與臨卦无別何以復臨二卦與此不同者但易論象復臨二卦既有羣陰見象於上即須論卦之象義各自為文此乾卦初九九二只論居位一爻无羣陰見象故但自明當爻之地為此與臨復不同

九三君子終日乾乾夕惕若厲无咎處下體之極居上體之下在不中之位履重剛之險上不在天未可以安其尊也下不在田未可以寧其居也純脩下道則居上之德廢純脩上道則處下之禮曠故終日乾乾至于夕惕猶若厲也居上不驕在下不

憂因時而惕不失其幾雖危而勞可以无咎處下卦之極愈於上九之亢故竭知力而後免於咎也乾三以處下卦之上故免亢龍之悔坤三以處下卦之上故免龍戰之災

疏 九三君子至夕惕若厲无咎○正義曰以陽居三位故稱九三以居不得中故不稱大人陽而得位故稱君子在憂危之地故終日乾乾言每恒終竟此日健健自強勉力不有止息夕惕者謂終竟此日後至向夕之時猶懷憂惕若厲者若如也厲危也言尋常憂懼恒如傾危乃得无咎謂既能如此戒慎則无罪咎如其不然則有咎故繫辭云无咎者善補過也此一爻因陽居九三之位皆以人事明其象○注處下體之極至免龍戰之災○正義曰處下體之極者極終也三是上卦之下下體之極故云極也又云居上體之下者四五與上是上體三居四下未入上體但居上體之下四則已入上體但居其上體之下故九四注云居上體之下與此別也云履重剛之險者上下皆有陽爻剛強好為險難故云履重剛之險云上不在天未可以安其尊者若在天位其尊自然安處在上卦之下雖在下卦之上其尊未安故云未可以安其尊也下不在田未可以寧其居者田是所居之處又是中和之所既不在田故不得安其居純脩下道則居上之德廢者言若純脩下道以事上卦則已居下卦之上其德廢壞言其太甲柔也純脩上道則處下之禮曠者曠謂空曠言

已終脩居下卦之上道以自驕矜則處上卦之下其礼終竟空曠久惕猶若厲也者言雖至於夕恒懷惕懼猶加未夕之前常若厲也案此卦九三所居之處實有危厲又文言云雖危无咎是實有危也據其上下文勢若字宜為語辭但諸儒並以若為如如似有厲是實无厲也理恐未盡今且依如解之因時而惕不失其幾者因時謂因可憂之時故文言云因時而惕又云知至至之可與幾也是因時而惕不失其幾也雖危而勞者若厲是雖危終日乾乾是而勞也故竭知力而後免於咎者王以九三與上九相並九三處下卦之極其位猶甲故竭知力而得免咎也上九在上卦之上其位極尊雖竭知力不免亢極言下勝於上卑勝於尊

九四或躍在淵无咎

去下躰之極居上躰之下乾道革之時也上不在天下不在田中不在人履重剛之險而无定位所處斯誠進退无常之時也近乎尊位欲進其道迫乎在下非躍所及欲靜其居居非所安持疑猶豫未敢決志用心存公進不在私疑以為慮不謬於果故无咎也

疏九四或躍在淵无咎○正義曰或疑也躍躍也言九四陽氣漸進似若龍體欲飛猶疑或也躍於在淵未即飛也此自然之象猶若聖人位漸尊高欲進於王位猶豫遲疑在於故位未即進也云无咎者以其遲疑進退不即果敢以取尊位故无咎也若其貪利務進時未可行而行則物

所不與故有咎也若周西伯內執王心外率諸侯以事紂也
注去下體之極至无咎也。正義曰去下體之極若離下體入
上體但在下體之上故云去下體之極注九三云處下體之極
彼仍數九三與此別也云乾道革之時者革變也九四去下體
入上體是乾道革之時云上不在天下不在田中不在人者易
之爲體三與四爲人道人近在下不近於上故九四云中不在
人異於九三也云而无定位所處者九四以陽居陰上旣不在
於天下復不在於地中又不當於人上下皆无定位所處也斯
誠進退无常之時者文言云上下无常進退无恒是也欲進其
道迫乎在下非躍所及者謂欲進已聖道而居王位但逼迫於
下羣衆未許非已獨躍所能進及也欲靜其居居非所安持疑
猶豫未敢決志者謂志欲靜其居處百姓旣未離禍患須當拯
救所以不得安居故遲疑猶豫未敢決斷其志而苟進也用心
存公進不在私者本爲救亂除患不爲於已是進不在私也疑
以爲慮不謬於果者謬謂錯謬果謂果敢若不思慮苟欲求進
當錯謬於果敢之事而致敗亡若疑惑以爲思慮則不錯謬於
果敢之事其錯謬者若宋襄公與楚人戰而致敗亡是也

九五飛龍在天利見大人

不行不躍而在乎天非飛而何故曰飛龍也龍德在天則大人
之路亨也夫位以德興德以位敘以至德而處盛位萬物之覩

不亦（疏）九五至利見大人。正義曰言九五陽氣盛至於天宜乎（疏）故云飛龍在天此自然之象猶若聖人有龍德飛騰而居天位德備天下爲萬物所瞻覩故天下利見此居王位之大人。注龍德在天。正義曰龍德在天則大人之路亨謂若聖人有龍德居在天位則大人道路得亨通猶若文王拘在羑里是大人道路未亨也夫位以德興者位謂王位以聖德之人能興王位也德以位叙者謂有聖德之人得居王位乃能叙其聖德若孔子雖有聖德而无其位是德不能以位叙也

上九亢龍有悔（疏）正義曰上九亢陽之至大而極盛故曰亢龍此自然之象以人事言之似聖人有龍德上居天位久而亢極物極則反故有悔也純陽雖極未至大凶但有悔吝而已繫辭云悔吝者言乎其小疵也故鄭引堯之末年四凶在朝是以有悔未大凶也凡悔之爲文既是小疵不單稱悔也必以餘字配之其悔若在則言有悔謂當有此悔則此經是也其悔若无則言悔亡言其悔已亡也若恒卦九二悔亡是也其悔雖亡或是更取他文結之若復卦初九不遠復无祗悔之類是也但聖人至極終始无虧故文言云知進退存亡而不失其正者其唯聖人乎是知大聖之人本无此悔但九五天位有大聖而居者亦有非大聖而居者不能不有驕亢故聖人設法以戒之也

用九見羣龍

无首吉九天之德也能用天德乃見羣龍之義焉夫以剛健而居人之首則物之所不與也以柔順而爲不正則佞邪之道也故乾吉在无首坤利在永貞〔疏〕用九見羣龍无首吉〇正義曰用九見羣龍者此一句說乾元能用天德也九天德也若體乾元聖人能用天德則見羣龍之義以无首爲吉故曰用九見羣龍无首吉也〇注九天之德〇正義曰九天之德者言六爻俱九乃共成天德非是一爻之九則爲天德也

彖曰大哉乾元萬物資始乃統天雲行雨施品物流形大明終始六位時成時乘六龍以御天乾道變化各正性命天也者形之名也健也者用形者也夫形也者物之累也有天之形而能永保无虧爲物之首統之者豈非至健哉大明乎終始之道故六位不失其時而成升降无常隨時而用處則乘潛龍出則乘飛龍故曰時乘六龍也乘變化而御大器靜專動直不失大和豈非正性命之情者邪〔疏〕彖曰大哉乾元至各正性命〇正義曰夫子所作彖辭統論一卦之義或說其卦之德或說其卦之義或說其卦之名故畧例云彖者何也統論一卦之體明其所由之主案褚氏莊氏並云彖斷

也斷定一卦之義所以名爲彖也但此彖釋乾與元亨利貞之德但諸儒所說此彖分解四德意各不同今案莊氏之說於理稍密依而用之大哉乾元萬物資始乃統天者此三句總釋乾與元也乾是卦名元是乾德之首故以元德配乾釋之大哉乾元者陽氣昊大乾體廣遠又以元大始生萬物故曰大哉乾元萬物資始者釋其乾元稱大之義以萬象之物皆資取乾元而各得始生不失其宜所以稱大也乃統天者以其至健而爲物始以此乃能統領於天天是有形之物以其至健能總統有形是乾元之德也雲行雨施品物流形者此二句釋亨之德也言乾能用天之德使雲氣流行雨澤施布故品類之物流布成形各得亨通無所壅蔽是其亨也大明終始六位時成者此二句總結乾卦之德也以乾之爲德大明曉乎萬物終始之道始則潛伏終則飛躍可潛則潛可飛則飛是明達乎始終之道故六爻之位依時而成若其不明終始之道應潛而飛應飛而潛應生而殺應殺而生六位不以時而成也時乘六龍以御天者此二句申明乾元乃統天之義言乾之爲德以依時乘駕六爻之陽氣以控御於天體六龍即六位之龍也以所居上下言之謂之六位也陽氣升降謂之六龍也上文以至健元始總明乾德故云乃統天也此名乘駕六龍各分其事故云以御天也乾道變化各正性命者此二句更申明乾元資始之義道體無形自

然使物開通謂之爲道言乾卦之德自然通物故云乾道也變謂後來改前以漸移改謂之變也化謂一有一无忽然而改謂之爲化言乾之爲道使物漸變者使物卒化者各能正定物之性命性者天生之質若剛柔遲速之別命者人所稟受若貴賤夭壽之屬是也。○注天也者形之名也至豈非正性命之情者邪。○正義曰夫形也者物之累也凡有形之物以形爲累是含生之屬各憂性命而天地雖復有形常能永保无虧爲物之首豈非統用之者至極健哉若非至健何能使天形无累見其无累則知至健也乘變化而御大器者乘變化則乘潛龍飛龍之屬是也而御大器大器謂天也乘此潛龍飛龍而控御天體所以運動不息故云而御大器也靜專動直不失大和者謂乾之爲體其靜住之時則專一不轉移也其運動之時正直不傾邪也故上繫辭云夫乾其靜也專其動也直以是大生焉韓康伯注云專專一也直剛正也不失大和則下文保合大和是也豈非正性命之情者以乾能正定物之性命故云豈非正性命之情者邪謂物之性命各有情也非天之情也天本无情何情之有而物之性命各有情也所稟生者謂之性隨時念慮謂之情无識无情今據有識而言故稱曰情也夫子爲彖之辭所以明一卦之義爲例不同莊氏以爲凡有一十二體今則略舉大綱不可事事繁說莊氏云彖者發首則歎美卦者則此乾彖云大哉乾元坤卦彖云至哉坤元以乾坤德大故先歎美之乃後詳說其義或有先疊文解義而後歎者則豫卦彖云豫之時義大矣哉之類是也或有先釋卦名之義後以卦名結之者則同人彖云柔得位得中而應乎乾曰同人大有彖云柔得尊位大中而上下應之曰大有之例是也或有特疊卦名而稱其卦者則同人彖云同人曰同人於野亨利涉大川注云同人於野亨利涉大川非二之所能也是乾之所行故特曰同人曰此等之屬爲文不同唯同人之彖特稱同人曰注又別釋其餘諸卦之彖或詳或略或先或後故上下參差體例不同或難其解或易略解若一一比並曲生節例非聖人之本趣恐學者之徒勞心不曉也今皆略而不言必有其義於卦下而具說

保合大和乃利貞 不和而剛暴

（疏）正義曰此二句釋利貞也純陽剛暴若无和順則物不得利又失其正以能保安合會大利之道乃能利貞於萬物言萬物得利而貞正也

首出庶物萬國咸寧 萬國所以寧各以有君也

（疏）正義曰自上已來皆論乾德自然養萬物之道此二句論聖人上法乾德生養萬物言聖人爲君在衆物之上最尊高於物以頭首出於衆物之上各置君長以領萬國故萬國皆得寧也人君位實尊高故於此云首出於庶物者也志須卑下故前經云无首吉也但前文說乾用

天德其事既詳故此文聖人以人事象乾於文略也以此言之
聖人亦當令萬物資始統領於天位而雲行雨施布散以澤使
兆庶衆物各流布其形又大明乎終始之道使天地四時
貴賤高下各以時而成又任用群賢以奉行聖化使物各正性
命此聖人所以
象乾而立化

象曰天行健君子以自強不息（疏）

象曰天行健至自強不息　正義曰此大象也十翼之中第三
翼總象一卦故謂之大象但萬物之體自然各有形象聖人設
卦以寫萬物之象今夫子釋此卦之所象故言象曰天有純剛
故有健用今畫純陽之卦以比擬之故謂之象象在彖後者彖
詳而象略也是以過半之義思在彖而不在象有由而然也天
行健者行者運動之稱健者強壯之名乾是衆健之訓今大象
不取餘健爲釋偏說天者萬物壯健皆有衰怠唯天運動日過
一度蓋運轉混沒未曾休息故云天行健健是乾之訓也順者
坤之訓也坤則云地勢坤此不言天行乾而言健者劉表云詳
其名也然則天是體名乾是用名健是其訓三者並見最爲詳
悉所以尊乾異於他卦凡六十四卦說象不同或總舉象之所
由不論象之實體又總包六爻不顯上體下體則乾坤二卦是
也或直舉上下二體者若雲雷屯也天地交泰也天地不交否
也雷電噬嗑也雷風恒也雷雨作解也風雷益也雷電皆至豐

也㳙雷震也隨風巽也習坎坎也明兩作離也兼山艮也麗澤兊也凡此一十四卦皆總舉兩體而結義也取兩體俱成或有直舉兩體上下相對者天與水違行訟也上天下澤履也天與火同人也上火下澤睽也凡此四卦或取兩體相違或取兩體相合或取兩體上下相承而爲卦也故兩體相對而俱言也雖上下二體共成一卦或直指上體而爲文者若雲上於天需也風行天上小畜也火在天上大有也雷出地奮豫也風行地上觀也山附於地剝也澤滅木大過也雷在天上大壯也明出地上晉也風自火出家人也澤上於天夬也澤上於地萃也風行水上渙也水在火上既濟也火在水上未濟也凡此十五卦皆先舉上象而連於下亦意取上象以立卦名也亦有雖意在上象而先舉下象以出上象者地上有水比也澤上有地臨也山上有澤咸也山上有火旅也木上有水井也木上有火鼎也山上有木漸也澤上有雷歸妹也山上有水蹇也澤上有水節也澤上有風中孚也山上有雷小過也凡此十一卦皆先舉下象以出上象亦意取上象共下象而成卦也或先舉上象而出下象義取下象以成卦義者山下出泉蒙也地中有水師也山下有風蠱也山下有火賁也天下雷行无妄也山下有雷頤也天下有山遯也山下有澤損也天下有風姤也地中有山謙也澤中有雷隨也地中生木升也澤中有火革也凡此十二卦皆先

[illegible]上[illegible]後明[illegible]也則上[illegible]是[illegible]天與山則稱下也若[illegible]射是
地也與澤則稱中也或有雖先舉下象稱在上象之下者若雷
在地中復也天在山中大畜也明入地中明夷也澤无水困也
是先舉下象而稱在上象之下亦義取下象以立卦也所論之
例者皆大判而言之其間委曲各於卦下別更詳之先儒所云
此等象辭或有實象或有假象實象者若地上有水比也地中
生木升也皆非虛故言實也假象者若天在山中風自火出如
此之類實无此象假而為義故謂之假也雖有實象假象皆以
義示人總謂之象也天行健者謂天體之行晝夜不息周而復
始无時虧退故云天行健此謂天之自然之象君子以自強不
息此以人事法天所行言君子之人用此卦象自彊勉力不有
止息言君子者謂君臨上位子愛下民通天子諸侯兼公卿大
夫有地者凡言君子義皆然也但位尊者象卦之義多也位卑
者象卦之義少也但須量力而行各法其卦也所以諸卦並稱
君子若卦體之義唯施於天子不兼包在下者則言先王也若
比卦稱先王以建萬國豫卦稱先王以作樂崇德觀卦稱先王
以省方觀民設教噬嗑稱先王以明罰敕法復卦稱先王以至
日閉關无妄稱先王以茂對時育萬物渙卦稱先王以享于帝
立廟泰卦稱后以財成天地之道姤卦稱后以
施命誥四方稱后兼諸侯也自外卦並稱君子

潛龍勿用

陽在下也見龍在田德施普也終日乾乾反復道也以上言之則不驕以下言之則不憂反覆皆道也【疏】潛龍勿用至反復道也正義曰自此以下至盈不可久是夫子釋六爻之象辭謂之小象以初九陽潛地中故云陽在下也經言龍而象言陽者明經之稱龍則陽氣也此一爻之象專明天之自然之氣也見龍在田德施普者此以人事言之用龍德在田似聖人已出在世道德恩施能普徧也比初九勿用是其周普也若比九五則猶狹也終日乾乾反復道者此亦以人事言之君子終日乾乾自彊不息故反之與覆皆合其道反謂進反在上也處下卦之上能不驕逸是反能合道也覆謂從上倒覆而下居上卦之下能不憂懼是覆能合道也○

或躍在淵進无咎也飛龍在天大人造也亢龍有悔盈不可久也【疏】或躍在淵至盈不可久也○正義曰或躍在淵進无咎者此亦人事言之進則跳躍在上退則潛處在淵猶聖人疑或而在於貴位也心所欲進意在於公非是為私故進无咎也飛龍在天大人造者此亦人事言之飛龍在天猶聖人之在王位造為也唯大人能為之而成就也姚信陸績之屬皆以造為造至之造

象辭皆上下爲韻則姤倍之義其讀非也亢龍有悔盈不可久者此亦人事言之九五是盈也盈而不已則至上九地致亢極有悔恨也故云盈不可久也但此六爻象辭第一爻言陽在下是舉自然之象明其餘五爻皆有自然之象舉初以見末五爻並論人事則知初爻亦有人事互文相通也**用九天德不可爲首也**(疏)正義曰此一節釋經之用九之象辭經稱用九故象更疊一云用九云天德不可爲首者此夫子釋辭也九是天之德也天德剛健當以柔和接待於下不可更懷尊剛爲物之首故云天德不可爲首也

文言曰元者善之長也亨者嘉之會也利者義之和也貞者事之幹也君子體仁足以長人嘉會足以合禮利物足以和義貞固足以幹事君子行此四德者故曰乾元亨利貞(疏)文言曰至乾元亨利貞。正義曰文言者是夫子第七翼也以乾坤其易之門戶邪其餘諸卦及爻皆從乾坤而出義理深奥故特作文言以開釋之莊氏云文謂文飾以乾坤德大故特文飾以爲文言今

謂夫子但贊明易道申說義理非是文飾華彩當謂釋二卦之
經文故稱文言從此至元亨利貞明乾之四德爲第一節從初
九曰潛龍勿用至動而有悔明六爻之義爲第二節自潛龍勿
用下至天下治也論六爻之人事爲第三節自潛龍勿用陽氣
潛藏至乃見天則論六爻自然之氣爲第四節自乾元者至天
下平也此一節復說乾元之四德之義爲第五節自君子以成
德爲行至其唯聖人乎此一節更廣明六爻之義爲第六節今
各依文解之此第一節論乾之四德也元者善之長也此已下
論乾之四德但乾之爲體是天之用凡天地運化自然而爾因
无而生有也无爲而自爲天本无心豈造元亨利貞之德也天
本无名豈造元亨利貞之名也但聖人以人事託之謂此自然
之功爲天之四德垂教於下使後代聖人法天之所爲故立天
四德以設教也莊氏云第一節元者善之長者謂天之體性生
養萬物善之大者莫善施生元爲施生之宗故言元者善之長
也亨者嘉之會者嘉美也言天能通暢萬物使物嘉美之會聚
故云嘉之會也利者義之和者言天能利益庶物使物各得其
宜而和同也貞者事之幹者言天能以中正之氣成就萬物使
物皆得幹濟莊氏之意以此四句明天之德也而配四時元是
物始於時配春春爲發生故下云體仁仁則春也亨是通暢萬
物於時配夏故下云合禮禮則夏也利爲和義於時配秋秋既

物成各合其宜貞爲事幹於時配冬冬既收藏事皆幹了也於
五行之氣唯少土也土則分王四季四氣之行非土不載故不
言也君子體仁足以長人者自此已下明人法天之行此四德
言君子之人體包仁道汎愛施生足以尊長於人也仁則善也
謂行仁德法天之元德也嘉會足以合禮者言君子能使萬物
嘉美集會足以配合於禮謂法天之亨也利物足以和義者言
君子利益萬物使物各得其宜足以和合於義法天之利也貞
固足以幹事者言君子能堅固貞正令物得成使事皆幹濟此
法天之貞也施於五事言之元則仁也亨則禮也利則義也貞
則信也不論智者行此四事並須資於知且乾鑿度云水土二
行兼信與知也故略而不言也君子行此四德者故曰乾元亨
利貞以君子之人當行此四種之德是以文王作易稱元亨利
貞之德欲使君子法之但行此四德則與天同功非聖人不可
唯云君子者但易之爲道廣爲垂法若限尚聖人恐不逮餘下
故總云君子使諸侯公卿之等悉皆行之但聖人行此四德能
盡其極也君子行此四德各量力而爲多少各有其分但乾卦
象天故以此四德皆爲天德但陰陽合會二象相成皆能有德
非獨乾之一卦是以諸卦之中亦有四德但餘卦四德有劣於
乾故乾卦直云四德更无所言欲見乾之四德无所不包其餘
卦四德之下則更有餘事以四德狹劣故以餘事繫之即坤卦

之類是也亦有四德之上即論餘事若革卦云巳日乃孚元亨
利貞悔亡也由乃孚之後有元亨利貞乃得悔亡也有四德者
即乾坤屯臨隨无妄革七卦是也亦有其卦非善而有四德者
以其卦凶故有四德乃可也故隨卦有元亨利貞乃得无咎是
也四德具者其卦未必善也亦有三德者即離咸萃兌渙小過
凡六卦就三德之中爲文不一或總稱三德於上更別陳餘事
於下若離咸之屬是也就三德之中上下不一離則云利貞亨
由利貞乃得亨也亦有先云亨更陳餘事乃始云利貞者以有
餘事乃得利貞故也有二德者大有蠱漸大畜升困中孚凡七
卦此二德或在事上言之或在事後言之由後有事乃致此二
德故也亦有一德者若蒙師小畜履泰謙噬嗑賁復大過震豐
節既濟未濟凡十五卦皆一德也並是亨也或多在事上言之
或在事後言履卦云履虎尾不咥人亨由有事乃得亨以前所
論德者皆於經文挺然特明德者乃言之也其有因事相連而
言德者則不數之也若需卦云需有孚光亨貞吉雖有亨貞二
德連事起文故不數也遯卦云亨小利貞雖有三德亦不數也
旅卦云旅小亨旅貞吉雖有亨貞二德亦連他事不數也比卦
云原筮元永貞无咎否卦云否之匪人不利君子貞雖有貞字
亦連他文言之又非本卦德亦不數之同人云同人於野亨坎
卦云有孚維心亨損卦云无咎可貞此[illegible]

言之故亦不數所以然者但易含萬象事義非一隨時曲變不可爲典要故也其有意義各於卦下詳之亦有卦善而德少者若泰與謙復之類雖善唯一德也亦有全无德者若豫觀剥晉蹇解夬姤井艮歸妹凡十一卦也大略唯有凶卦无德者若剥蹇夬姤之屬是也亦有卦善而无德者晉漸之屬是也各於卦下詳之凡四德者亨之與貞其德特行若元之與利則配連他事其意以元配亨以利配貞雖配他事爲文元是元大也始首也利是利益也合和也以當分言之各是其一德也唯配亨貞俱爲四德元雖配亨亦配他事故比卦云元永貞坤六五黄裳元吉是也利亦非獨利貞亦所利餘事多矣若利涉大川利建侯利見大人利君子貞如此之屬是利字所施處廣故諸卦謂他事之利不數以爲德也此四德非唯卦下有之亦於爻下有之但爻下其事稍少故黄裳元吉及何天之衢亨小貞吉大貞凶此皆於爻下言之其利則諸爻皆有

初九曰潛龍勿用何謂也子曰龍德而隱者也不易乎世不爲世俗所移易也〔疏〕初九曰至不易乎世○正義曰此第二節釋初九爻辭也初九曰潛龍勿用何謂也若此夫子疊經初九爻辭故言初九曰方釋其義假設問辭故言潛龍勿用何謂也子曰龍德而隱者也此夫子以人事釋潛龍之

義聖人有龍德隱居者此不易乎世者不移易其心在於世俗雖逢險難不易本志也不成乎名遯世无悶不見是而无悶樂則行之憂則違之確乎其不可拔潛龍也(疏)不成乎名至潛龍也○正義曰不成乎名者言自隱默不成就於令名使人知也遯世无悶者謂逃遯避世雖逢无道心无所悶不見是而无悶者言舉世皆非雖不見善而心亦无悶上云遯世无悶心處僻陋不見是而无悶此因見世俗行惡是亦无悶故再起无悶之文樂則行之憂則違之者心以爲樂已則行之心以爲憂已則違之確乎其不可拔者身雖逐物推移隱潛避世心志守道確乎堅實其不可拔此是潛龍之義也

九二曰見龍在田利見大人何謂也子曰龍德而正中者也庸言之信庸行之謹閑邪存其誠善世而不伐德博而化易曰見龍在田利見大人君德也(疏)九二曰至君德也○正義曰此釋九二一爻辭子曰龍德而正中者九二居中不偏然不

九五居尊得位故但云龍德而正中者也庸言之信庸行之謹者庸謂中庸庸常也從始至末常言之信實常行之謹慎閑邪存其誠者言防閑邪惡當自存其誠實也善世而不伐者謂爲善於世而不自伐其功德博而化者言德能廣博而變化於世俗初爻則全隱遯避世二爻則漸見德行以化於俗也若舜漁於雷澤陶於河濱以器不窳民漸化之是也易曰見龍在田利見大人君德者以其異於諸爻故特稱易曰見龍在田未是君位但云君德也

九三曰君子終日乾乾夕惕若厲无咎何謂也子曰君子進德脩業忠信所以進德也脩辭立其誠所以居業也知至至之可與幾也知終終之可與存義也

體之極是至也居一卦之盡是終也處事之至而不犯咎知至者也故可與成務矣處終而能全其終知終者也夫進物之速者義不若利存物之終者利不及義故靡不有初鮮克有終夫可與存義者其唯知終者乎

疏 九三曰至可與存義也。正義曰此釋九三爻辭也子曰君子進德脩業者德謂德行業謂功業九三所以終日乾乾者欲進益道德脩營功業故

終日乾乾非解也進德則知至將進也脩業則知終存義也忠
信所以進德者復解進德之事推忠於人以信待物人則親而
尊之其德日進是進德也脩辭立其誠所以居業者辭謂文教
誠謂誠實也外則脩理文教內則立其誠實內外相成則有功
業可居故云居業也上云進德下復云進德上云脩業下變云
居業者以其間有脩辭之文故避其脩文而云居業且功業宜
云居也知至至之可與幾者九三處一體之極方至上卦之下
是至也既居上卦之下而不凶咎是知至也既能知是將至則
是識幾知理可與共論幾事幾者去無入有有理而未形之時
此九三既知時節將至知理欲到可與共營幾也知終終之可
與存義者居一體之盡而全其終竟是知終也既能知此終竟
是終盡之時可與保存其義義者宜也保全其位不有失喪於
事得宜九三既能知其自全故可存義然九三唯是一爻或使
之欲進知幾也或使之欲退存義也一進一退其意不同以九
三處進退之時若可進則進可退則退兩意並行○注處一體
之極至其唯知終者乎○正義曰處一體之極是至也者莊氏
云極即至也三在下卦之上是至極褚氏云一體之極是至者
是下卦已極將至上卦之下至謂至上卦也下云在下位而不
憂注云知夫至至故不憂此以人事言之既云下位明知在上
卦之下欲至上卦故不憂是知將至上卦莊氏之說直云下

卦上極是至極儻先上卦之躰何可至也何須與幾也是知至至者據上卦爲文其說非也處事之至而不犯咎知至者謂三近上卦事之將至能以禮知屈而不觸犯上卦之咎則是知事之將至故可與成務者務謂事務既識事之先幾可與以成其事務與猶許也言可許之事不謂此人共彼相與也進物之速者義不若利者利則隨幾而發見利則行也義者依分而動不妄求進故進物速疾義不如利由義靜而利動故也存物之終者利不及義者保全已成之物不妄興動故利不及義也故靡不有初鮮克有終者見利則行不顧在後是靡不有初不能守成其業是鮮克有終**是故居上位而不驕在下位而不憂**居下躰之上在上躰之下明夫終敝故不驕也知夫至至故不憂也

（疏）是故居上位而不驕在下位而不憂。正義曰是故居上位而不驕者謂居下躰之上位而不驕也以其知終故不敢懷驕慢在下位而不憂者處上卦之下故稱下位以其知事將至務幾欲進故不可憂也。注明夫終敝故不驕也至故不憂也。正義曰明夫終敝故不驕者解知終也知夫至至故不憂者解知至也前經知至在前知終在後此經先解知終後解知至者隨文便而言之也**故乾乾因其時而惕雖危无咎矣**惕怵

惕之謂也處事之極失時則廢懈
怠則曠故因其時而惕雖危无咎（疏）故乾乾至无咎矣。正
乾乾也因其已終已至之時而心懷惕懼雖危不寧以其知終
知至故无咎。注處事之極至解怠則曠。正義曰處事之極
失時則廢者謂三在下卦之上體是處事之極至也至失時不
進則幾務廢闕所以乾乾須進也懈怠則曠者既處事極極則
終也當保守已終之業若懈怠驕逸則功業空曠所
以乾乾也失時則廢解知至也懈怠則曠解知終也九四曰
或躍在淵无咎何謂也子曰上下无常非爲邪
也進退无恒非離羣也君子進德脩業欲及時
也故无咎（疏）九四曰至故无咎。正義曰此明九四爻辭
也子曰上下无常非爲邪者上而欲躍下而
欲退是无常也意在於公非是爲邪也進退无恒非離羣者何
氏云所以進退无恒者時使之然非苟欲離羣也何氏又云言
上下者據位也進退者據爻也所謂非離羣者言雖進退无恒
猶依羣衆而行和光俯仰並同於衆非是卓絶獨離羣也君子
進德脩業欲及時者進德則欲上欲進也脩業則欲下欲退也
進者棄位欲躍是進德之謂也退者仍退在淵是脩業之謂也

其意與九二同但九四欲前進多於九二故云欲及時也九三則不云及時但可與言幾而已

九五曰飛龍在天利見大人何謂也子曰同聲相應同氣相求水流濕火就燥雲從龍風從虎聖人作而萬物覩本乎天者親上本乎地者親下則各從其類也

【疏】九五曰至各從其類也○正義曰此明九五爻之義飛龍在天者言天能廣感眾物眾物應之所以利見大人因大人與眾物感應故廣陳眾物相感應以明聖人之作而萬物瞻覩以結之也同聲相應者若彈宮而宮應彈角而角動是也同氣相求者若天欲雨而礎柱潤是也此二者聲氣相感也水流濕火就燥者此二者以形象相感水流於地先就濕處火焚其薪先就燥處此同氣水火皆无識而相感先明自然之物故發初言之也雲從龍風從虎者龍是水畜雲是水氣故龍吟則景雲出是雲從龍也虎是威猛之獸風是震動之氣此亦是同類相感故虎嘯則谷風生是風從虎也此二句明有識之物感无識故以次言之漸就有識而言也聖人作而萬物覩者此二句正釋飛龍在天利見大人之義聖人作則

飛龍在天也萬物覩則利見大人也陳上數事之名本明於此
是有識感有識也此亦同類相感聖人有生養之德萬物有生
養之情故相感應也本乎天者親上本乎地者親下者在上雖
陳感應唯明數事而已此則廣解天地之間共相感應之義莊
氏云天地絪縕和合二氣共生萬物然萬物之體有感於天氣
偏多者有感於地氣偏多者故周禮大宗伯有天產地產大司
徒云動物植物本受氣於天者是動物含靈之屬天體運動含
靈之物亦運動是親附於上也本受氣於地者是植物无識之
屬地體凝滯植物亦不移動是親附於下也則各從其類聖言
天地之間共相感應各從其氣類此類因聖人感萬物以同類
故以同類言之其造化之性陶甄之器非唯同類相感亦有異
類相感者若磁石引針琥珀拾芥蠶吐絲而商弦絕銅山崩而
洛鐘應其類煩多難一一言也皆冥理自然不知其所以然也
感者動也應者報也皆先者為感後者為應非唯近事則相感
亦有遠事遙相感者若周時獲麟乃為漢高之應漢時黃星後
為曹公之兆感應之事廣非片言可悉今意在釋理故略舉大
綱而已

上九曰亢龍有悔何謂也子曰貴而无位高而无民下无陰也（疏）正義曰此明上九爻辭也子曰貴而无位者以上九非位而上九居之是无位

也高而无民者六爻皆无陰是无民也**賢人在下位而无輔**賢人雖在下而當位不爲
之助〔疏〕正義曰賢人雖在下位不爲之輔助也**是以動而有悔也**處上卦之極而不當
位故盡陳其闕也獨立而動物莫之與矣乾文言首不論乾而
先說元下乃曰乾何也夫乾者統行四事者也君子以自強不
息行此四者故首不論乾而下曰乾元亨利貞餘爻皆說龍至
於九三獨以君子爲目何也夫易者象也象之所生生於義也
有斯義然後明之以其物故以龍敘乾以馬明坤隨其事義而
取象焉是故初九九二龍德皆應其義故可論龍以明之也至
於九三乾乾夕惕非龍德也明以君子當其象矣統而舉之乾體皆龍別而敘之各隨其義〔疏〕是以動而有悔也○
正義曰聖人設誡居此之時不可動作也○注夫乾者統行四
事者也○正義曰夫乾者統行四事者也君子以自強不息行
此四者注意以乾爲四德之主文言之首不先說乾而先說四
德者故自發問而釋之以乾體當分无功唯統行此四德之事
行此四德乃是乾之功故文言先說君子以自強不息行此四
德者故先言之發首不論乾也但能四德既備乾功自成故下
始云乾元亨利貞**潛龍勿用下也見龍在田時舍也終日**

乾乾行事也或躍在淵自試也飛龍在天上治
也亢龍有悔窮之災也乾元用九天下治也（此
章全以人事明之也九陽也陽剛直之物也夫能全用剛直放
遠善柔非天下至理未之能也故乾元用九則天下治也夫識
物之動則其所以然之理皆可知也龍之爲德不爲妄者也潛
而勿用何乎必窮處於下也見而在田必以時之通舍也以爻
爲人以位爲時人不妄動則時皆可知也文
王明夷則主可知矣仲尼旅人則國可知矣）
（疏）潛龍勿用至天下治也○
正義曰此一節是文言第三節說六爻人事所治之義潛龍勿
用下也者言聖人於此潛龍之時在卑下也見龍在田時舍者
舍謂通舍九二以見龍在田是時之通舍也終日乾乾行事者
言行此知至知終之事也或躍在淵自試者言聖人逼近五位
不敢果決而進唯漸漸自試意欲前進遲疑不定故云自試也
飛龍在天上治者言聖人居上位而治理也亢龍有悔窮之災
者言位窮而致災災則悔也非爲大禍災也乾元用九天下治
者易經上稱用九用九之文總是乾德又乾字不可獨言故舉
元德以配乾也言此乾元用九德而天下治九五止是一爻觀
見事狹但云上治乾元總包六爻觀見事闊故云天下治也

注此一章全以人事至國可知矣。○正義曰此一章全以人事明之者下云陽氣潛藏又云乃位乎天德又云乃見天則此一章但云天下治是皆以人事說之也夫能全用剛直放遠善柔非天下至理未之能也者以乾元用九六爻皆陽是全用剛直放遠善柔謂放棄善柔之人善能柔諂貌恭心很使人不知其惡識之為難此用九純陽者是全用剛直更无餘陰柔善之人堯尚病之故云非天下之至理未之能也夫識物之動則其所以然之理皆可知者此欲明在下龍潛見之義故張氏云識物之動謂龍之動也則其所以然之理皆可知者謂識龍之所以潛所以見然此之理皆可知也龍之為德不為妄者言龍靈異於他獸不妄舉動可潛則潛可見則見是不虛妄也見而在田必以時之通舍者經唯云時舍也注云必以時之通舍者則輔嗣以通解舍舍是通義也初九潛藏不見九二既見而在田是時之通舍之義也以爻為人以位為時者爻居其位猶若人遇其時故文王明夷則主可知矣主則時也謂當時无道故明傷也仲尼旅人則國可知矣國亦時也若見仲尼羈旅於人則知國君无道令其羈旅出外引文王仲尼者明龍潛龍見之義

潛龍勿用陽氣潛藏見龍在田天下文明終日乾乾與時偕行與天時俱不息

疏 潛龍勿用至與時偕行 〇正義曰此一節是文言第四節明六爻天氣之義天下文明者陽氣在田始生萬物故天下有文章而光明也與時偕行者此以天道釋爻象也所以九三乾乾不息終日自戒者同於天時生物不息言與時偕行也偕俱也諸儒以爲建辰之月萬物生長不有止息與天時而俱行若以不息言之是建寅之月三陽用事三當生物之初生物不息同於天時生物不息故言與時偕行也

或躍在淵乾道乃革飛龍在天乃位乎天德亢龍有悔與時偕極　與時運俱終極

疏 或躍在淵至與時偕極 〇正義曰乾道乃革者去下體入上體故云乃革也乃位乎天德者位當天德之位言九五陽居於天照臨廣大故云天德也

乾元用九乃見天則　此一章全說天氣以明之也九剛直之物唯乾體能用之用純剛以觀天天則可見矣

疏 乾元用九乃見天則 〇正義曰乃見天則者陽是剛亢之物能用此純剛唯天乃然故云乃見天則

乾元者始而亨者也利貞者性情也　不爲乾元何能通物之始不性其情何能久行其正是故始而亨者必乾元也利而正者必性情也

疏 乾元者至性情

一節是第五節復明上初章及乾四德之義也乾元者始而亨
者也以乾非自當分有德以元亨利貞爲德元是四德之首故
夫子恒以元配乾而言之欲見乾元相將之義也以有乾之元
德故能爲物之始而亨通也此解元亨二德也利貞者性情也
者所以能利益於物而得正者由性制於情也○注不爲乾元
至必性情也○正義曰乾之元氣其德廣大故能徧通諸物之
始若餘卦元德雖能始生萬物德不周普故云不爲乾元何能
通物之始其實坤元亦能通諸物之始以此文言論乾元之德
故注連言乾元也不性其情何能久行其正者性者天生之質
正而不邪情者性之欲也言若不能以性制情使其情如性則
不能久行其正其六爻發揮之義案略例云爻者言乎變者也
故合散屈伸與體相乖形躁好靜質柔愛剛體與情反質與願
違是故爻者所以明情故六爻發散旁通萬物之情輔嗣之意以
初爲无用之地上爲盡末之境其居位者唯二三四五故繫辭
唯論此四爻初末雖无正位統而論之爻亦始末之位故乾彖
云六位時成二四爲陰位陰居爲得位陽居爲失位三五爲陽
位陽居爲得位陰居爲失位略例云陽之所求者陰也陰之所
求者陽也一與四二與五三與上若一陰一陽爲有應若俱陰
俱陽爲无應此其六爻之大略
其義具於繫辭於此略言之

乾始能以美利利天下

不言所利大矣哉大哉乾乎剛健中正純粹精也六爻發揮旁通情也時乘六龍以御天也雲行雨施天下平也

（疏）乾始能以美利至天下平也○正義曰乾始能以美利利天下不言所利大矣哉者此復說始而亨利貞之義乾始謂乾能始生萬物解元也能以美利利天下解利也謂能以生長美善之道利益天下也不復說亨貞者前文亨既連始貞又連利舉始舉利則通包亨貞也不言所利大矣哉者若坤卦云利牝馬之貞及利建侯利涉大川皆言所利之事此直云利貞不言所利之事欲見无不利也非唯止一事而已故云不言所利大矣哉其實此利爲无所不利此貞亦无所不貞是乾德大也大哉乾乎剛健中正純粹精者此正論乾德不兼通元也故直云大哉乾乎剛健中正謂純陽剛健其性剛強其行勁健中謂二與五也正謂五與二也故云剛健中正六爻俱陽是純粹也純粹不雜是精靈故云純粹精也六爻發揮旁通情者發謂發越也揮謂揮散也言六爻發越揮散旁通萬物之情也時乘六龍以御天者重取乾彖之文以贊美此乾之義雲行雨施天下平也言天下普得其利而均平不偏陂

君子以成德

爲行日可見之行也潛之爲言也隱而未見行而未成是以君子弗用也（疏）君子以成德爲行至君子弗用也○正義曰此一節是文言第六節明六爻之義此節明初九爻辭周氏云上第六節乾元者始而亨者也是廣明乾與四德之義此君子以成德爲行亦是第六節明六爻之義總屬第六節不更爲第七節義或當然也君子以成德爲行者明初九潛龍之義故先開此語也言君子之人當以成就道德爲行令其德行彰顯使人日可見其德行之事此君子之常也不應潛隱所以今日潛者以時未可見故須潛也潛之爲言也隱而未見行而未成此夫子解潛龍之義此經中潛龍之言是德之幽隱而未宣見所行之行未可成就是以君子弗用者德既幽隱行又未成是君子於時不用以逢衆陰未可用也周氏云德出於己在身内之物故云成行被於人在外之事故云爲行下文即云行而未成是行亦稱成周氏之說恐義非也成德爲行者言君子成就道德以爲其行其成德爲行未必文相對君子學以聚之問以辯之以君德而處下體資納於物者也（疏）正義曰此復明九二之德君子學以聚之者九二從微而進未在君位故且習學以畜其德問

以辯之者學有未了更詳問其事以辯決於疑也寬以居之仁以行之易曰見龍在田利見大人君德也（疏）正義曰寬以居之者當用寬裕之道居處其位也仁以行之者以仁恩之心行之被物易曰見龍在田利見大人君德者既陳其德於上然後引易本文以結之易之所云是君德寬以居之仁以行之是也但有君德未是君位九三重剛而不中上不在天下不在田故乾乾因其時而惕雖危无咎矣（疏）九三云无咎矣○正義曰此明九三爻辭上之初九九二皆豫陳其德於上不發首云初九九二此九三九四則發首先言九三九四其九五全不引易文上九則發首云亢之為言也上下不為例者夫子意在釋經義便則言以潛見須言其始故豫張本於上三四俱言重剛不中恐其義同故並先云爻位並重剛不中之事九五前章已備故不復引易但云天人也上九亦前章備顯故此直言亢之為言也案初九云潛之為言也上爻云亢之為言獨二爻云言者褚氏以初上居无位之也故稱言也其餘四爻是有位故不云言義或然也重剛者上下俱陽故重剛也不中者不在二五[illegible]

謂非五位下不在田謂非二位也故乾乾因其時而惕雖
危无咎矣者居危之地以乾乾夕惕戒懼不息得先咎也九
四重剛而不中上不在天下不在田中不在人
故或之或之者疑之也故无咎【疏】九四至故无咎 正義曰此明九
四爻辭也其重剛不中上不在天下不在田並與九二同也中
不在人者三之與四俱為人道但人道之中人下近於地上遠
於天九三近二是下近於地正是人道故九三不云中不在人
九四則上近於天下遠於地非人所處故特云中不在人故或
之者以其上下无定故心或之也或之者疑之也者此夫子釋
經或字經稱或是疑惑之辭欲進欲退猶豫不定故疑之也九
三中雖在人但位卑近下向上為難故危惕其憂深也九
四則陽德漸盛去五彌近前進稍易故但疑惑憂則淺也夫
大人者與天地合其德與日月合其明與四時
合其序與鬼神合其吉凶先天而天弗違後天
而奉天時天且弗違而況於人乎況於鬼神乎

【疏】「夫大人者至況於鬼神乎」○正義曰：此明九五爻辭，但上節明大人與萬物相感，此論大人之德无所不合，廣言所合之事。「與天地合其德」者，莊氏云：謂覆載也。「與日月合其明」者，謂照臨也。「與四時合其序」者，若賞以春夏，刑以秋冬之類也。「與鬼神合其吉凶」者，若福善禍淫也。「先天而天弗違」者，若在天時之先行事，天乃在後不違，是天合大人也。「後天而奉天時」者，若在天時之後行事，能奉順上天，是大人合天也。「天且弗違，而況於人乎？況於鬼神乎」者，夫子以天且不違，遂明大人之德，言尊而遠者尚不違，況小而近者可有違乎？況於人乎？況於鬼神乎？

亢之為言也，知進而不知退，知存而不知亡，知得而不知喪。其唯聖人乎！知進退存亡而不失其正者，其唯聖人乎！

【疏】「亢之為言也至其唯聖人乎」○正義曰：此明上九之義也。知進而不知退，知存而不知亡，知得而不知喪者，言此上九所以亢極有悔者，正由有此三事。若能三事備知，雖居上位，不至於亢也。此設誡辭，莊氏云：進退據心，存亡據身，得喪據位。「其唯聖人乎！知進退存亡」者，言唯聖人乃能知進退存亡也。何不云得喪者，得喪輕於存亡，舉重略輕也。而不失其正者，其唯聖人聖人非但只知進退存亡，又能不失其正道，其唯聖人乎。此經再稱其唯聖人乎者，上稱聖人為知進退存亡發文，下稱其唯聖人乎者，為不失其正發文，言聖人非但知進退存亡，又能不失其正，故再發聖人之文也。

☷ 坤下坤上 **坤元亨，利牝馬之貞。** 坤，貞之所利，利於牝馬也。馬在下而行者也，而又牝焉，順之至也。至順而後乃亨，故唯利於牝馬之貞。

〔疏〕正義曰：此一節是文王於坤卦之下陳坤德之辭。但乾坤合體之物，故乾後次坤，言地之為體，亦能生萬物，各得亨通，故云元亨，與乾同也。利牝馬之貞者，此與乾異。乾之所利，利於萬事為貞，此唯云利牝馬之貞。坤是陰道，當以柔順為貞正，借柔順之象，以明柔順之德也。牝對牡為柔，馬對龍為順，還借此柔順以明柔道，故云利牝馬之貞。牝馬外物自然之象，此亦聖人因坤元亨利牝馬之貞自然之德以垂教也。不云牛而云馬者，牛雖柔順，不能行地無疆，無以見坤廣生之德，馬雖比龍為劣，所行亦能廣遠，象地之廣育。○注「至順而後乃亨」至「利牝馬之貞」。○正義曰：至順而後乃亨，故唯利於牝馬之貞者，案牝馬是至順，牝馬在元亨之下，在貞之上，應云至順而後乃貞，今云至順而後乃亨，倒取上文者，輔嗣之意，下句既云牝馬之貞，避此貞文，故云乃亨。但亨貞相將之

[illegible]貞亦是至順之極此坤德以牝馬至順乃得貞物故云至順[illegible]也[illegible]喪朋去陰就陽乃得貞吉上下義[illegible]者皆也以文又云[illegible]坤此自與乾相對不可純剛敵乾故為牝含萬象一[illegible]按不可純陰當須剛柔交錯故喪朋吉也下句論況[illegible]

君子有攸往先迷後得主利西南得朋東北喪朋安貞吉

西南致養之地與坤同道者也故曰得朋東北反西南者也故曰喪朋陰之為物必離其黨之於反類而後獲安貞吉

[疏]君子有攸往至安貞吉○正義曰君子有攸往者以其柔順利貞故君子利有所往先迷後得主利者以其至柔當待唱而後和凡有所為若在物之先即迷惑若在物之後即得主利以陰不可先唱猶臣不可先君卑不可先尊故也西南得朋者此假象以明人事西南坤位是陰也今以陰詣陰乃得朋俱是陰類不獲吉也猶人既懷陰柔之行又向陰柔之所是純陰柔故非吉也東北喪朋安貞吉者西南既為陰東北反西南即為陽也以柔順之道往詣於陽是喪失陰朋故得安靜貞正之吉以陰而兼有陽故也若以人事言之象人臣離其黨而入君之朝女子離其家而入夫之室莊氏云[illegible]

[illegible]之道[illegible]

曰坤位西南說卦云坤也者地也萬物皆致養焉坤既養物若向西南與坤同道也陰之爲物必離其黨之於反類而後獲安貞吉若二女同居其志不同必之於陽是之于反類乃得吉也凡言朋者非唯人爲其黨性行相同亦爲其黨假令人是陰柔而之剛正亦是離其黨

彖曰至哉坤元萬物資生乃順承天坤厚載物德合无疆含弘光大品物咸亨牝馬地類行地无疆地之所以得无疆者以卑順行之故也乾以龍御天坤以馬行地

（疏）

彖曰至无疆
明坤義及二
德與乾相通
極也言地能
至極又大於
地而生初稟
稼成形故云
柔以和順承
物有此生長之
无疆一是長久

无疆。正義曰至哉坤元至无疆此五句總
德之首也但元是坤德之首故連言之猶乾之元
共文也至哉坤元者歎美坤德故云至哉至謂至
生養至極與天同也但天亦至極包籠於地非但
地故乾言大哉坤言至哉萬物資生者言萬物資
其氣謂之始成形謂之生乾本氣初故云資始坤
生乃順承天者乾是剛健能統領於天坤是陰
於天坤厚載物德合无疆者以其廣厚故能載
德合无疆凡言无疆者其有二義一是廣博
无疆也自此已上論坤元之氣也含弘光大品

大卞示七勿四十一
物咸亨者包含
乾即不得大名
句釋亨也牝馬
爲體終无禍患故
文云利牝馬之貞是也**柔**
得常西南得
安貞之吉應
形與剛健爲耦而
不以牝馬利之不以
疏 柔順利貞君子攸
重釋利貞之義
迷失道者以陰在物
物之後陽唱而陰和
行者以陰而造坤位
陰而詣陽初雖離群
安謂安靜貞謂貞正

厚光著盛大故品類之物皆得亨通但坤比
若比衆物其實大也故曰含弘光大者
類行地无疆者以其柔順故云地類以柔
云行地无疆不復窮已此二句釋利貞也故上
順利貞君子攸行先迷失道後順
朋乃與類行東北喪朋乃終有慶
无疆 地也者形之名也坤也者用地者也夫兩雄必爭二主必危
永保无疆用之者不亦至順乎若夫行之永貞方而又剛柔而又圓求安難矣
无疆○正義曰[illegible]
是君子之所行兼釋前文君子有攸往先
之先失其爲陰之道後順得常者以陰在
乃得主利是後順得常西南得朋乃與類
是乃與類俱行東北喪朋乃終有慶者以
乃終久有慶善也安貞之吉應地无疆者
地體安靜而貞正人若得靜而能正即得
[illegible]

安難矣○正義曰行之不以牝馬牝馬謂柔順也利之不以永
貞永貞謂貞固剛正也言坤既至柔順而利之即不兼剛正也
方而又剛者言體既方正而性又剛強即太剛也所以須牝馬
也柔而又圓者謂性既柔順體又圓曲謂太柔也故須永貞也
若其坤无牝馬又无永貞求安難矣云永貞者是
下用六爻辭也東北喪朋去陰就陽是利之永貞**象曰地勢**
坤地形不順其勢順（疏）正義曰地勢方直是不順也其勢承天是其順也**君子以厚德**
載物（疏）正義曰君子用此地之厚德容載萬物言君子者亦包公卿諸侯之等但厚德載物隨分多少非如
至聖載物之極也**初六履霜堅冰至**始於履霜至于堅冰所謂至柔而動也剛陰之為道本於
卑弱而後積著者也故取履霜以明其始陽之為物非
基於始以至於著者也故以出處明之則以初為潛（疏）初六
履霜堅冰至○正義曰初六陰氣之微似若初寒之始但履踐
其霜微而積漸故堅冰乃至義所謂陰道初雖柔順漸漸積著
乃至堅剛凡易者象也以物象而明人事若詩之比喻也或取
天地陰陽之象以明義者若乾之潛龍見龍坤之履霜堅冰龍
戰之屬是也或取萬物雜象以明義者若屯之六三即鹿无虞
六四乘馬班如之屬是也如此之類易中多矣或直以人事不

取物象以明義者若乾之九三君子終日乾乾坤之六三含章
可貞之例是也聖人之意可以取象者則取象也可以取人事
者則取人事也故文言注云至於九三獨以君子為目
者何也乾乾夕惕非龍德也故以人事明之是其義也 象曰
履霜堅冰陰始凝也馴致其道至堅冰也 疏 象曰
履霜堅冰至堅冰也○正義曰夫子所作象辭元在六爻經
辭之後以自卑退不敢干亂先聖正經之辭及至輔嗣之意以
為象者本釋經文宜相附近其義易了故分爻之象辭各附其
當爻下言之猶如元凱注左傳分經之年與傳相附陰始凝也
者釋履霜之義言陰氣始凝結而為霜也馴致其道至堅冰也
者馴猶狎順也若鳥獸馴狎然言順其陰柔之道習而不已乃
至堅冰也褚氏云履霜者從初六至六三堅冰者從六四至上
六陰陽之氣无為故積馴履霜必至於堅冰以明人事有為不
可不制其節度故於履霜而逆以堅
冰為戒所以防漸慮微慎終于始也 六二直方大不習无
不利 居中得正極於地質任其自然而物自生
不假脩營而功自成故不習焉而无不利 疏 六二至无不利
○正義曰文言云直其正也二得其位極地之質故亦同地也
包三德生物不邪謂之直也地體安靜是其方也无物不載是其

其大地既有三德極地之美自然而生不假修營故云不習无不利物皆自成无所不利以此爻居中得位極於地體故盡極地之義此因自然之性以明人事居在此位亦當如地之所爲○注居中得正○正義曰居中得正極於地質者質謂形質地之形質直方又大此六二居中得正是盡極地之體質也所以直者言氣至而生物由是體正直之性其運動生物之時又能任其質性直而且方故象云六二之動直以方也

象曰六二之動直以方也動而直方任其質也（疏）象曰至直以方也○正義曰言六二之體所有興動任其自然之性故云直以方也○注動而直方任其質也○正義曰是質以直方動又直方是質之與行内外相副物有内外不相副者故略例云形躁好静質柔愛剛此之類是也

不習无不利地道光也（疏）正義曰言所以不假脩習物无不利猶地道光大故也

六三含章可貞或從王事无成有終三處下卦之極而不疑於陽應斯義者也不爲事始須唱乃應待命乃發含美而可正者也故曰含章可貞也有事則從不敢爲首故曰或從王事也不爲事主順命而終故曰无成有終也（疏）六三至无成有終○正義曰含章可貞者六三處下卦之極而能不被疑於陽

章美也既居陰極能自降退不爲事始唯内含章美之道待命
乃行可以得正故曰含章可貞或從王事无成有終者言六三
爲臣或順從於王事故不敢爲事之首主成於物故云无成唯
上唱下和奉行其終故云有終○注三處下卦之極○正義曰
三處下卦之極者欲見三雖陰爻其位尊也不爲於陽者陰之
尊極將與陽敵體必被陽所忌今不被疑於陽言陽不害也應
斯義者斯此也若能應此義唯行含章可貞
已下之事乃應斯義此爻全以人事明之
象曰含章可貞以時發也或從王事知光大也知慮光大故不擅其美疏
象曰至光大也○正義曰含章可貞以時發者夫子釋含章
之義以身居陰極不敢爲物之首但内含章美之道待時而發
是以時發也或從王事知光大者釋无成有終也既隨從王事
不敢主成物始但奉終而行是知慮光大不自擅其美唯奉於
上
六四括囊无咎无譽處陰之卦以陰處陰履非中位无直方之質不造陽事无含章
之美括結否閉賢人乃隱施慎則可非泰之道疏六四至无譽○正義曰括結也囊
所以貯物以譬心藏知也閉其知
而不用故曰括囊功不顯物故曰无譽不與物忤故曰无咎○
注不造陽事至非泰之道○正義曰不造陽事无含章之美者

六三以陰居陽位是不爲事始唯唱乃行是陽事猶在故云含章章卽陽之美也今六四以陰處陰內无陽事是不造陽事无含章之美當括結否閉之時是賢人乃隱唯施謹慎則可非通泰之道也 **象曰括囊无咎慎不害也**（疏）正義曰慎不害者釋所以括囊无咎之義曰其謹慎不與物競故不被害也○

六五黃裳元吉 黃中之色也裳下之飾也坤爲臣道美盡於下夫體无剛健而能極物之情通理者也以柔順之德處於盛位任夫文理者也垂黃裳以獲元吉非用武者也極陰之盛不至疑陽以文在中美之至也（疏）六五黃裳元吉○正義曰黃是中之色裳是下之飾坤爲臣道五居君位是臣之極貴者也能以中和通於物理居於臣職故云黃裳元吉元大也以其德能如此故得大吉也○注黃中之色○正義曰黃中之色裳下之飾者左氏昭十二年傳文也裳下之飾則上衣比君下裳法臣也垂黃裳以獲元吉非用武者以體无剛健是非用威武也以內有文德通達物理故象云文在中也

象曰黃裳元吉文在中也 用黃裳而獲元吉以文在中也（疏）正義曰釋所以黃裳元吉之義以其文德在中故也旣有中和又奉臣職通達文理故云文在中言不用威武也

七三

六龍戰于野其血玄黃陰之爲道卑順不盈乃全其美盛而不已固陽之地陽所不堪故戰于野疏上六至其血玄黃。○正義曰以陽謂之龍上六是陰之至極陰盛似陽故稱龍焉盛而不已固陽之地陽所不堪故陽氣之龍與之交戰即說卦云戰乎乾是也戰於卦外故曰于野陰陽相傷故其血玄黃。○注盛而不已。○正義曰盛而不已固陽之地也若固爲占固陰去則陽來陰乃盛而不去占固此陽所生之地故陽氣之龍與之交戰

象曰龍戰于野其道窮也用六利永貞用六之利利永貞也疏正義曰用六利永貞者此坤之六爻總辭也言坤之所用用此衆爻之六六是柔順不可純柔故利在永貞永長也貞正也言長能貞正也

象曰用六永貞以大終也能以永貞大終者也疏正義曰以大終者釋永貞之義既能用此柔順長守貞正所以廣大而終止若不用永貞則是柔而又圓即前注云求安難矣此永貞即坤卦之下安貞吉是也

文言曰坤至柔而動也剛至靜而德方動之方正不爲邪也柔而又圓消之道也其德至靜德必方也疏正義曰此一節是第二節明坤之德也自

積善之家以下是第一節也分釋六爻之義坤至柔而動也剛者六爻皆陰是至柔也體雖至柔而運動也剛柔而積漸乃至堅剛則上云履霜堅冰是也又地能生物初雖柔弱後至堅剛而成就至靜而德方者地體不動是至靜生物不邪是德能方正

後得主而有常含萬物而化光坤道其順乎承天而時行（疏）正義曰後得主而有常者陰主卑退若在事之後不為物先則得主也此陰之恒理故云有常含萬物而化光者自明象辭含弘光大言含養萬物而德化光大也坤道其順乎承天而時行者言坤道柔順承奉於天以量時而行即不敢為物之先恒相時而動

積善之家必有餘慶積不善之家必有餘殃臣弒其君子弒其父非一朝一夕之故其所由來者漸矣由辯之不早辯也易曰履霜堅冰至蓋言順也（疏）積善之家至蓋言順也○正義曰此一節明初六爻辭也積善之家必有餘慶積不善之家必有餘殃皆欲明初六其惡有漸故先明其所行善惡事由久而積漸

故致後之吉凶其所由來者漸矣者言弒君弒父非一朝一夕率然而起其禍患所從來者積漸久遠矣由辯之不早辯者臣子所以久包禍心由君父欲辯明之事不早分辯故也此戒君父防臣子之惡蓋言順者言此履霜堅冰至蓋言順習陰惡之道積微而不已乃致此弒害稱蓋者是疑之辭凡萬事之起皆從小至大從微至著故上文善惡並言今獨言弒君弒父有漸者以陰主柔順積柔不已乃終至禍亂故特於坤之初六言之欲戒其防柔弱之初又陰爲弒害故寄此以明義

直其正也方其義也君子敬以直內義以方外敬義立而德不孤直方大不習无不利則不疑其所行也

【疏】直其正至所行也○正義曰此一節釋六二爻辭直其正也者經稱直是其正也方其義也者經稱方是其義也義者宜也於事得宜故曰義君子敬以直內者覆釋直其正也言君子用敬以直內內謂心也用此恭敬以直內以義以方外者用此義事以方正外物言君子法地正直而生萬物皆得所宜各以方正然即前云直其正也方其義也二云義以方外即此應云正以直內改云敬以直內者欲見正則能敬故變正爲敬也敬義立而德不孤者身有敬義以接於人

則人亦敬義以應之是德不孤也直則不邪正則謙恭義則與物无競方則凝重不躁既不習无不利則所行不須疑慮故曰即不疑其所行

陰雖有美含之以從王事弗敢成也地道也妻道也臣道也地道无成而代有終也（疏）陰雖有美至有終也○正義曰此一節明六三爻辭言陰雖有美含之以從王事者釋含章可貞之義也言六三之陰雖有美道包含之德或從王事不敢爲主先成之也地道也妻道也臣道也者欲明坤道處卑待唱乃和故歷言此三事皆卑應於尊下順於上也地道无成而代有終者其地道卑柔无敢先唱成物必待陽始先唱而後代陽有終也

天地變化草木蕃天地閉賢人隱易曰括囊无咎无譽蓋言謹也（疏）天地變化至蓋言謹也○正義曰此一節明六四爻辭天地變化謂二氣交通生養萬物故草木蕃滋天地閉賢人隱者謂二氣不相交通天地否閉賢人潛隱天地通則草木蕃明天地閉草木不蕃天地閉賢人隱明天地通則賢人出互而相通此乃括囊无咎故賢人隱屬天地閉也蓋言謹者謹謂謹慎蓋言賢人君子於此之時須謹慎也

君子黄中通理正位居體美在其中而暢於四支發於事業美之至也【疏】君子至美之至也○正義曰此一節明六五爻辭也黄中通理者以黄居中兼四方之色奉承臣職是通曉物理也正位居體者居中得正是正位也處上體之中是居體也黄中通理是美在其中有美在於中必通暢於外故云暢於四支支猶人手足比于四方物務也外内俱善能宣發於事業所營謂之事事成謂之業美莫過之故云美之至也陰疑於陽必戰辯之不早疑盛乃動故必戰○【疏】正義曰此一節明上六爻辭陰疑於陽必戰者陰盛爲陽所疑陽乃發動欲除去此陰陰既強盛不肯退避故必戰也爲其嫌於无陽也爲其嫌於非陽而戰故稱龍焉【疏】正義曰上六陰盛似陽爲嫌純陰非陽故稱龍以明之猶未離其類也猶未失其陰類爲陽所滅故稱血焉猶與陽戰而相傷故稱血【疏】正義曰言上六雖陰盛似陽然猶未能離其陰類故爲陽所傷而見滅也夫玄黄者天地之雜也天玄而地黄【疏】正義

其血玄黃之義莊氏云上六之爻兼有天地雜氣所以上六被傷其血玄黃也天色玄地色黃故血有天地之色今輔嗣注云猶與陽戰而相傷是言陰陽俱傷也恐莊氏之言非王之本意今所不取也

☵☳ 震下坎上 **屯元亨利貞** 剛柔始交是以屯也不交則否故屯乃大亨也大亨則无險故利貞

疏 正義曰屯難也剛柔始交而難生初相逢遇故云屯難也以陰陽始交而為難因難物始大通故元亨也萬物大亨乃得利益而貞正故利貞也但屯之四德劣於乾之四德故屯乃元亨亨乃利貞乾之四德无所不包此即勿用有攸往又別言利建侯不如乾之无所不利也

勿用有攸往 往益屯也 **利建侯** 得主則定

疏 正義曰勿用有攸往利建侯者以其屯難之世世道初創其物未寧故宜利建侯以寧之此二句釋人事也

彖曰屯剛柔始交而難生動乎險中大亨貞 始於險難至於大亨而後全正故曰屯元亨利貞

疏 彖曰至大亨貞○正義曰屯剛柔始交而難生者此一句釋屯之名以剛柔二氣始欲相交未相通感情意未得故難生也若剛柔已交之後物皆通泰非復難也唯初始交

時而有難故云剛柔始交而難生動乎險中大亨貞者此釋四德也坎為險震為動震在坎下是動於險中初動險中故屯難動而不已將出於險故得大亨貞也大亨即元亨也不言利者利屬於貞故直言大亨貞

雷雨之動滿盈 雷雨之動乃得滿盈皆剛柔始交之所為 **疏** 雷雨之動滿盈○正義曰周氏云此一句覆釋亨也但屯有二義一難也二盈也亨既以剛柔始交釋屯難也此又以雷雨二象解盈也言雷雨二氣初相交動以生養萬物故得滿盈即是亨之義也覆釋亨者以屯難之世不可以亨通恐亨義難曉故特釋之此已下說屯之自然之象也○注雷雨之動乃得滿盈○正義曰雷雨之動乃得滿盈者周氏褚氏云釋亨也萬物盈滿則亨通也皆剛柔始交之所為者雷雨之動亦陰陽始交也萬物盈滿亦陰陽而致之故云皆剛柔始交之所為也若取屯難則坎為險則上云動乎險中是也若取亨通則坎為雨震為動此云雷雨之動是也隨義而取象其例不一也

天造草昧宜建侯而不寧 屯體不寧故利建侯也屯者天地造始之時也造物之始始於冥昧故曰草昧也處造始之時所宜之善莫善建侯也 **疏** 天造草昧至不寧○正義曰釋利建侯也草謂草創昧謂冥昧言天造萬物於草創之始如在冥昧之時也于此草昧之時王

者當法此屯卦宜建立諸侯以撫恤萬方之物而不得安居无
事此二句以人事釋屯之義○注屯體不寧○正義曰屯體不
寧者以此屯遭險難其體不寧故宜建侯也造物之始始于冥
昧者造物之始即天造草昧也草謂草創初始之義始於冥昧
者言物之初造其形未著其體未彰故在幽冥闇昧也 象曰雲雷屯君子以經綸
君子經綸之時（疏）正義曰經謂經緯綸謂繩綸言君子法此屯象有
為之時以經綸天下約束於物故云君子以經綸
也姚信云綸謂綸也以織綜經緯此君子之事非
其義也劉表鄭玄云以綸為論字非王本意也 初九磐桓
利居貞利建侯 處屯之初動則難生不可以進故磐桓也
處此時也其利安在不唯居貞建侯乎夫
息亂以靜守靜以侯安民在正弘正在謙也難之世陰求於陽
弱求於強民思其主之時也初處其首而又下焉爻備斯義宜
其得民也（疏）初九至利建侯○正義曰磐桓不進之貌處屯之初
動則難生故磐桓也不可進唯宜利居處貞正亦宜
建立諸侯○注息亂以靜至得民也○正義曰息亂以靜者解
利居貞也守靜以侯者解利建侯也安民在正者解貞也弘正
在謙者取象其以貴下賤也言弘大此屯正在
於謙也陰求於陽弱求於強者解大得民也 象曰雖磐

桓志行正也不可以進故磐桓也非為宴安棄成務也故雖磐桓志行正也（疏）象曰至志行正也○正義曰言初九雖磐桓不進非苟求宴安志欲以靜息亂故居處貞也非是苟貪逸樂唯志行守正也○注非為宴安棄成務○正義曰非為宴安棄成務者言已止為前進有難故磐桓且住非是苟求宴安棄此所成之務而不為也言身雖住但欲以靜息亂也以貴下賤大得民也陽貴而陰賤也（疏）正義曰貴謂陽也賤謂陰也言初九之陽在三陰之下是以貴下賤也屯難之世民思其主之時既能以貴下賤所以大得民心也六二屯如邅如乘馬班如匪寇婚媾女子貞不字十年乃字志在于五不從於初屯難之時正道未行與初相近而不相得困於侵害故屯邅也時方屯難正道未通涉遠而行難可以進故曰乘馬班如也寇謂初也无初之難則與五婚矣故曰匪寇婚媾也志在於五不從於初故曰女子貞不字也屯難之世勢不過十年者也十年則反常反常則本志斯獲矣故曰十年乃字（疏）六二至十年乃字○正義曰屯如邅如者屯是屯難邅是邅廻如是語辭也言六二欲應於九五即畏初九逼之不敢前進故屯如邅如也乘馬班如

傳云班如者謂相牽不進也馬季長云班班旋不進也言二欲
乘馬往適於五正道未通故班旋而不進也匪寇婚媾者寇謂
初也言二非有初九與已作寇害則得共五為婚媾矣馬季長
云重婚曰媾鄭玄云媾猶會也女子貞不字者貞正也女子謂
六二也女子以守貞正不受初九之愛字訓愛也十年乃字者
十年難息之後即初不害已也乃得往適於五受五之字愛十
者數之極數極則變故云十年也**象曰六二之難乘剛也十年乃字反常也**疏正義曰六二之難乘剛也者釋所以邅如亶如也有畏難者以其乘陵初剛不肯從之故有難也十年乃字反常者謂十年之後屯難止息得反常者謂反常道即二適於五是其得常也已前有難不得行常十年難息得反歸於常以適五也此爻因六二之象以明女子婚媾之事即其餘人事亦當法此猶如有人逼近於強難遠有外應夫敢苟進被近者所陵經久之後乃得與應相合是知萬事皆象於此非唯男女而已諸爻所云陰陽男女之象義皆做於此

六三即鹿无虞惟入于林中君子幾不如舍往吝

三既近五而无寇難四雖比五其志在初不妨己路可以進而无屯邅也見路之易不揆其志五應在二往必不納何異无虞

以從禽乎雖見其禽而无其虞徒入于林中其可獲乎幾辭也夫君子之動豈取恨辱哉故不如舍往吝窮也（疏）六三至舍往吝○正義曰即鹿无虞者即就也虞謂虞官如人之田獵欲從就於鹿當有虞官助己商度形勢可否乃始得鹿若无虞官即虛入于林木之中必不得鹿故云唯入于林中此是假物爲喻今六三欲往從五如就鹿也五自應二今乃不自揆度彼五之情納己以否是无虞也即徒往向五五所不納是徒入于林中君子幾不如舍者幾辭也夫君子之動自知可否豈取恨辱哉見此形勢不如休舍也言六三不如舍此求五之心勿往也往吝者若往求五即有悔吝也○注見路之易不揆其志○正義曰見路之易不揆其志者三四比四不害己身无屯邅是路之平易即意欲向五而不預先揆度五之情意納己以否是无虞也獵人先遣虞官商度鹿之所在猶若三欲適五先遣人測度五之情意幾爲語辭不爲義也知此幾不爲事之幾微凡幾微者乃從无向有其事未見乃爲幾也今即鹿无虞是已成之事事已顯著故不得爲幾微之幾

象曰即鹿无虞以從禽也君子舍之往吝窮也（疏）正義曰即鹿无虞以從禽者言就鹿當有虞官即有鹿也若无虞官以從逐于禽亦不可得也君子舍之往吝窮者君子見此[illegible]

當至五而不往者往則有悔吝窮苦也

六四乘馬班如求婚媾往吉无不利二雖比初執貞不從不害己志者也求與合好往必見納矣故曰往吉无不利【疏】正義曰六四應初故乘馬也慮二婦己路故初時班如旋也二既不從於初故四求之為婚必得媾合所以往吉无不利

象曰求而往明也見彼之情狀也【疏】正義曰言求初而往婚媾明識初與二之情狀知初納己知二不害己志是其明矣

九五屯其膏小貞吉大貞凶處屯難之時居尊位之上不能恢弘博施无物不與拯濟微滞亨于群小而繫應在二屯難其膏非能光其施者也固志同好不容他間小貞之吉大貞之凶【疏】九五屯其膏至大貞凶○正義曰屯其膏者膏謂膏澤恩惠之類言九五既居尊位當恢弘博施唯繫應在二而所施者褊狹是屯難其膏小貞吉大貞凶者貞正也出納之吝謂之有司是小正為吉若大人不能恢弘博施是大正為凶○注固志同好不容他間○正義曰固志同好不容他間者間者厠也五應在二是堅固其志在于同好不容他人間厠其間也

象曰屯其膏施未光也

上六乘馬班如泣血漣如

[illegible]
處險難之極下无應援進无所適雖比於五五屯其膏不與相得居不獲安行无所適窮困闉厄无所委仰故泣血漣如（疏）正義曰處險難之極而下无應援若欲前進即无所之適故乘馬班如窮困闉厄无所委仰故泣血漣如

象曰泣血漣如何可長也（疏）正義曰何可長者言窮困泣血何可久長也

䷃坎下艮上蒙亨匪我求童蒙童蒙求我初筮告再三瀆瀆則不告筮者決疑之物也童蒙之來求我欲決所惑也決之不一不知所從則復惑也故初筮則告再三則瀆瀆蒙也能爲初筮其唯二乎以剛處中能斷夫疑者也（疏）蒙亨至瀆則不告 正義曰蒙者微昧闇弱之名物皆蒙昧唯願亨通故云蒙亨匪我求童蒙童蒙求我者物既闇弱而意願亨通即明者不求於闇即匪我師德之高明往求童蒙之闇但闇者求明明者不諮於闇故云童蒙求我也初筮告者初者發始之辭筮者決疑之物童蒙既來求我當以初始一理剖決告之再三瀆瀆則不告者師若遲疑不定或再或三是褻瀆瀆則不告童蒙來問本爲決疑師若以廣深二義再三之言告之即童蒙聞之轉亦瀆亂故不如不告也自此已上解蒙亨之義順此上事乃得亨也故亨文在此事之上

此不云元者謂時當蒙弱未有元也○注初筮告○正義曰初
筮則告者童蒙既來求我我當以初心所念所筮之義一理而
則告之再三則瀆瀆蒙也者若以棄此初本之意而猶豫遲疑
岐頭別說則童蒙之人聞之褻瀆而煩亂也故再三則瀆瀆蒙
也能爲初筮其唯二乎者以彖云初筮
告以剛中者剛而得中故知是二也**利貞**蒙之所利乃利正也夫明莫若
聖昧莫若蒙蒙以養正乃聖功
也然則養正以明失其道矣（疏）利貞○正義曰貞正也言蒙之爲義利以養正故彖
云蒙以養正乃聖功也若養正以明即失其道也○注然則養
正以明失其道○正義曰然則養正以明失其道者言人雖懷
聖德若隱默不言人則莫測其淺深不知其大小所以聖德彌
遠而難測矣若彰顯其德苟自發明即人知其所爲識其淺深
故明夷注云明夷莅衆顯明於外巧
所避是也此卦繫辭皆以人事明之**彖曰蒙山下有險**
險而止蒙退則困險進則閡山不知所適蒙之義也（疏）正義曰山下有險者坎在艮下是山下有
險艮爲止坎上遇止是險而止也恐
進退不可故蒙昧也此釋蒙卦之名**蒙亨以亨行時中**
也時之所願惟願亨也以亨行之得時中也（疏）正義曰蒙亨以亨行之義言居蒙之時人皆願亨若以亨道行之于時則

得中也故云時中也匪我求童蒙童蒙求我志應也我謂非童蒙者也非童蒙者即陽也[illegible]不識者求問識者識者不求所告闇者求明明者不諮於闇故蒙之爲義匪我求童蒙童蒙求我也童蒙之來求我志應故也（疏）正義曰以童蒙闇昧之志而求應會明者故云志應也初筮告以剛中也謂二也二爲衆陰之主也无剛決中何由得初筮之告乎再三瀆瀆則不告瀆蒙也蒙以養正聖功也（疏）正義曰再三瀆瀆則不告瀆蒙者所以再三不告恐瀆亂蒙者自此已上彖辭總釋蒙亨之義蒙以養正聖功也者能以蒙昧隱默自養正道乃成至聖之功此一句釋經之利貞象曰山下出泉蒙山下出泉未知所適蒙之象也（疏）正義曰山下出泉未有所適之處是險而止故蒙昧之象也君子以果行育德果行若初筮之義也育德若養正之功也（疏）正義曰君子當法此蒙道以果決其行告示蒙者則初筮之義育德謂隱默懷藏不自彰顯以育養其德果行育德者自相違錯若童蒙來問則果行也[illegible]則育德是不相須也初六發蒙利用刑人

用說桎梏以往吝處蒙之初二照其上故蒙發也蒙
發疑明刑說當也以往吝刑不可長
疏初六至以往吝正義曰發蒙者以初近於九二二以陽處
中而明能照闇故初六以能發去其蒙也利用刑人說
桎梏者蒙既發去无所疑滯故利用刑戮于人又利用說去
人桎梏以蒙既發去疑事顯明刑人說桎梏皆得當在足曰桎
在手曰梏小雅云杻謂之梏械謂之桎以往吝者若以正道
而往即其事益善矣若以刑人之道出往行之即有鄙吝象
曰利用刑人以正法也刑人之道道所惡也以正法制故刑人也疏正義曰且
刑人之道乃賊害於物是道之所惡以利用刑人者以正其法
制不可不刑矣故刑罰不可不施於國而鞭扑不可不施於家案
此經刑人說人二事象直云利
用刑人一者但舉刑重故也九二包蒙吉納婦吉子
克家以剛居中童蒙所歸包而不距則遠近咸至故包蒙吉
也婦者配己而成德者也體陽而能包蒙以剛而能居
中以此納配物莫不應故納婦吉也處于卦內以
剛接柔親而得中能幹其任施之於子克家之義疏九二至克家
正義曰包謂包含九二以剛居中羣蒙悉來歸己九二能含
容而不距皆與之決疑故得吉也九二以剛居中陰來應之婦謂

配也故納此匹配而得吉也此爻在下體之中能包蒙納婦任
內理中幹了其任即是子孫能克荷家事故云子克家也○注
親而得中○正義曰親而得中者言九二居下卦之中央上下
俱陰以己之剛陽迎接上下二陰陰陽相親故云親而得中也
能幹其任者既能包蒙又能納匹是能幹其任
象曰子克家剛柔接也（疏）正義曰以陽居於卦內接待羣陰是剛柔相接故克幹家事也
六三勿用取女見金夫不有躬无攸利童蒙之時陰求於陽晦求於明各求發其昧者也六三在下卦之上上九在上卦之上男女之義也上不求三而三求上女先求男者也女之爲體正行以待命者也見剛夫而求之故曰不有躬也施之於女行在不順故勿用取女而无攸利（疏）六三至无攸利○正義曰勿用取女者女謂六三言勿用取此六三之女所以不須者此童蒙之世陰求於陽是女求男之時也見金夫者謂上九以其剛陽故稱金夫此六三之女自往求見金夫女之爲體正行以待命而嫁今先求於夫是爲女不能自保其躬固守貞信乃非禮而動行既不順若欲取之无所利益故云不有躬无攸利也
象曰勿用取女行不順也（疏）正義曰釋勿用取女之義所以勿用取此女者

以女行不順故也

六四困蒙吝獨遠於陽處兩陰之中闇莫之發故曰困蒙也困於蒙昧不能比賢以發其志亦以鄙矣故曰吝也**疏**正義曰此釋六四爻辭也六四在兩陰之中去九二既遠无人發去其童蒙故曰困于蒙昧而有鄙吝

象曰困蒙之吝獨遠實也陽稱實也**疏**象曰至獨遠實也○正義曰獨遠實者實謂九二之陽也九二以陽故稱實也六三近九二六五近上九又應九二唯此六四既不近二又不近上故云獨遠實也○注陽稱實也○正義曰陽主生息故稱實陰主消損故不得言實

六五童蒙吉以夫陰質居於尊位不自任察而委於二付物以能不勞聰明功斯克矣故曰童蒙吉**疏**正義曰言六五以陰居於尊位其應在二二剛而得中五則以事委任於二不勞己之聰明猶若童稚蒙昧之人故所以得吉也

象曰童蒙之吉順以巽也委物以能不先不為順以巽也**疏**象曰至順以巽也○正義曰順以巽也釋童蒙之吉巽以順也猶委物於二順謂心順巽謂貌順故褚氏云順者心不違也巽者外迹相卑下也○注委物以能至順以巽也○正義曰委物以能謂委付事物與有能之人謂委二也不先不為者五雖居尊位而事委任於二不在二先而首唱

是順於二也不爲若謂六自造爲是委任二也不先於二是心順也不自造爲是貌巽也

上九擊蒙不利爲寇利禦寇 處蒙之終以剛居上能擊去童蒙以發其昧者也故曰擊蒙也童蒙願發而已能擊去之合上下之願故莫不順也爲之扞禦則物咸附之若欲取之則物咸叛矣故不利爲寇利禦寇也

疏 正義曰處蒙之終以剛居上能擊去衆蒙之蒙合上下之願故莫不順從也若因物之來即欲取之而爲寇害物皆叛矣故不利爲寇也若物從外來爲之扞禦即物咸附之故利用禦寇也

象曰利用禦寇上下順也

疏 正義曰所宜利爲物禦寇若由上下順從故也言此爻既能發去衆蒙以合上下之願又能爲之禦寇故上下彌更順從也

國子祭酒上護軍曲阜縣開國子臣孔穎達奉勑撰正義

王弼注

乾下坎上 需有孚光亨貞吉利涉大川 疏 正義曰此需卦繇辭也需者待也物初蒙穉待養而成无信即不立所待唯信也故云需有孚言需之爲體唯有信也光亨貞吉者若能有信即需道光明物得亨通于正則吉故云光亨貞吉也利涉大川者以剛健而進即不患於險乾德乃亨故云利涉大川

彖曰需須也險在前也剛健而不陷其義不困窮矣需有孚光亨貞吉位乎天位以正中也 謂五也位乎天位用其中正以此待物需道畢矣故光亨貞吉 疏 彖曰需須也至以正中也○正義曰此釋需卦繇辭需須也險在前者釋需卦之名也是需待之義故云需須也險在前釋所以需待由險難在前故有待乃進也剛健而不陷其義不困窮

矣者解需道所以得亨由乾之剛健前雖遇險而不被陷滯是
其需待之義不有困窮矣故得光亨貞吉由乾之德也需有孚
光亨貞吉位乎天位以正中者此疊出需卦繇辭然後釋之也
言此需體非但得乾之剛彊而不陷又由中正之力也以九五
居乎天子之位又以陽居陽正而得中故能有信光明亨通而
貞吉也剛健而不陷只由二象之德位乎天位以正中是九五
之德也凡卦之爲體或直取象而爲卦德者或直取爻而爲卦
德者或以兼象兼爻而爲卦德者此卦之例是也○注謂五也
至光亨貞吉○正義曰需道畢矣者凡需待之義先須於信後
乃光明亨通於物而貞吉能備此事是須道終畢五即居於天
位以陽居尊中則不偏正則无邪以此待物即所爲皆成故需道畢矣

利涉大川往有功也

乾德獲進往輒亨也【疏】利涉大川往有功也○正義曰釋利涉大川之義以乾剛健故行險有功也○注乾德至亨也
○正義曰前云剛健而不陷此云往有功剛健即乾也故乾德
獲進往而有功即是往輒亨通也此雖釋利涉大川兼釋上光
亨之義由是光亨乃得利涉大川故於利涉大川乃明亨也

象曰雲上於天需君子以飲食宴樂

童蒙已發盛德光亨飲食宴樂其在茲乎【疏】象曰至飲食宴樂○正義曰此

險又爲雨所以不言險雨者此象不取險難之義也故不云險也雨是已下之物不是須待之義故不云雨也不言天上有雲而言雲上於天者若是天上有雲无以見欲雨之義故云雲上於天若言雲上於天是天之欲雨待時而落所以明需天惠將施而盛德又亨故君子於此之時以飲食宴樂

初九需于郊利用恒无咎居需之時最遠於難能抑其進以遠險待時雖不應幾可以保常也【疏】正義曰但難在於坎初九去難既遠故待時在於郊郊者是境上之地亦去水遠也利用恒无咎者恒常也遠難待時以避其害故宜利保守其常所以无咎猶不能見幾速進但得无咎而已

象曰需于郊不犯難行也利用恒无咎未失常也【疏】正義曰不犯難行者去難既遠故不犯難而行未失常者不敢速進遠難待時是未失常也○

九二需于沙小有言終吉轉近於難故曰需于沙也不至致寇故曰小有言也近不逼難遠不後時履健居中以待其會雖小有言以吉終也【疏】正義曰沙是水傍之地去水漸近待時於沙故難稍近雖未致寇而小有言以相責讓近不逼難遠不後時但履健居中以待要會雖小有責讓之言而終得其吉也

象曰

需于沙，衍在中也。雖小有言，以終吉也。【疏】正義曰：需于沙衍在中者，衍謂寬衍，去難雖近，猶未逼于難，而寬衍在其中也，故雖小有言，以吉終也。

九三：需于泥，致寇至。以剛逼難，欲進其道，所以招寇而致敵也。猶有須焉，不陷其剛，寇之來也自我所招，敬慎防備，可以不敗。【疏】正義曰：泥者，水傍之地，泥溺之處，逼近於難，欲進其道，難必害己，故致寇至。猶且遲疑而需待時，雖即有寇至，亦未為禍敗也。

象曰：需于泥，災在外也。自我致寇，敬慎不敗也。【疏】正義曰：災在外者，釋需于泥之義，言為需雖復在泥，泥猶居水之外，即災在身外之義，未陷其剛之義，故可用需以免。自我致寇敬慎不敗者，自由也，由我欲進而致寇來，已若敬慎，則不有禍敗。

六四：需于血，出自穴。凡稱血者，陰陽相傷者也。陰陽相近而不相得，陽欲進而陰塞之，則相害也。穴者，陰之路也，處坎之始，居穴者也。九三剛進，四不能距，見侵則辟，順以聽命者也，故曰需于血，出自穴也。【疏】六四需于血出自穴○正義曰：需于血者，謂陰陽相傷，故有血也。九三之陽而欲上進，此六四之陰而塞其路，兩相妨害，故稱血。言待時於血，猶待時於難中

也出自穴者穴即陰之路也處坎之始是居穴者也三來逼
已四不能距故出此所居之穴以避之但順以聽命而得免咎
也故象云需于血順以聽命也○注凡稱血者至出自穴也○
正義曰凡稱血者陰陽相傷者也即坤之上六其血玄黃是也
穴者陰之路也者凡孔穴穿道皆是幽隱故云陰之路也處坎
之始居穴者坎是坎險若處坎之上即是出穴者也處坎之始
是居穴者也但易含萬象此六四一爻若以戰鬭言之其出則
爲血也若以居處言之其處則爲穴也穴之與血各隨事義也

象曰需于血順以聽也九五需于酒食貞吉注需之所須以待達也已得天位暢其中正无所復須故酒食而已獲貞吉也

疏正義曰需于酒食貞吉者五既爲需之主已得天位无所復需但以需待酒食以遞相宴樂而得貞吉

象曰酒食貞吉以中正也疏正義曰釋酒食貞吉之義言九五居中得正需道亨通上下无事也

上六入于穴有不速之客三人來敬之終吉注六四所以出自穴者以不與三相得而塞其路不辟則害故不得不出自穴而辟之也至於上六處卦之終非塞路者也與三爲應三來之己乃爲己援故无畏害之辟而乃

有入穴之固也三陽所以不敢進者須難之終也難終則至不待召也已居難終故自來也處无位之地以一陰而爲三陽之主故必敬之而後終吉

疏 上六至敬之終吉○正義曰上六入于穴者上六陰爻故亦稱穴也上六與三相應三來之已不爲禍害乃得爲己援助故上六无所畏忌乃入于穴而居也有不速之客三人來者速召也不須召喚之客有三人自來三人謂初九九二九三此三陽務欲前進但畏于險難不能前進其難既通三陽務欲上升不須召喚而自來故云有不速之客三人來也敬之終吉者上六居无位之地以一陰而爲三陽之主不可怠慢故須恭敬此三陽乃得終吉

象曰不速之客來敬之終吉雖不當位未大失也 處无位之地不當位者也敬之則得終吉故雖不當位未大失也

疏 正義曰雖不當位未大失者釋敬之終吉之義言己雖不當位而以一陰爲三陽之主若不敬之則有凶害今由己能敬之雖不當位亦未有大失言初時雖有小失終久乃獲吉故云未大失也且需之一卦須待難通其於六爻皆假他物之象以明人事待通而亨須待之義且凡人萬事或有去難遠近須出須處法此六爻即萬事盡矣不可皆以人事曲細比之易之諸爻之例並皆放此

☰☵ 坎下乾上 訟有孚窒惕中吉窒謂窒塞也皆惕然後可以獲中吉 疏 正義曰窒塞也惕懼也凡訟者物有不和情相乖爭而致其訟凡訟之體不可妄興必有信實被物止塞而能惕懼中道而止乃得吉也 終凶利見大人不利涉大川 疏 正義曰終凶者訟不可長若終竟訟事雖復窒惕亦有凶也利見大人者物既有訟須大人決之故利見大人也不利涉大川者以訟不可長若以訟而往涉危難必有禍患故不利涉大川 彖曰訟上剛下險險而健訟訟有孚窒惕中吉剛來而得中也終凶訟不可成也利見大人尚中正也不利涉大川入于淵也凡不和而訟无施而可涉難特甚焉唯有信而見塞懼者乃可以得吉也猶復不可終中乃吉也不閉其源使訟不至雖每不枉而訟至終竟此亦凶矣故雖復有信而見塞懼猶不可以爲終也故曰訟有孚窒惕中吉終凶也无善聽者雖有其實何由得明而令有信塞懼者得其中吉必有善聽之主焉其在二乎以剛而來正夫群小斷不失中應斯任也 疏 彖曰訟上剛下

險至入于淵也正義曰此釋繇辭之義訟上剛下險險而健訟者上剛即乾也下險即坎也猶人意懷險惡性又剛健所以訟也此二句因卦之象以顯有訟之所由案上需須也以釋卦之名此訟卦不釋訟名者訟義可知故不釋也諸卦其名難者則釋之其名易者則不釋之他皆倣此訟有孚窒惕中吉剛來而得中者先疊出訟之繇辭以剛來而得中者釋所以訟得其有孚窒惕中吉者言中九二之剛來向下體而處下卦之中爲訟之主而聽斷獄訟故訟者得其有孚窒惕中吉也終凶訟不可成者釋終凶之義以爭訟之事不可使成故終凶也利見大人尚中正者釋利見大人之義所以於訟之時利見此大人者以時方鬬爭貴尚居中得正之主而聽斷之不利涉大川入于淵者釋不利涉大川之義若以訟事往涉于川即必墜于深淵而陷于難也○注凡不和而訟至應斯任也○正義曰无施而可者言若性好不和又與人鬬訟即无處施設而可也言所往之處皆不可也涉難特甚焉者言好訟之人習常施爲已自不可若更以訟涉難其不可特甚焉故云涉難特甚焉中乃吉者謂此訟事以中途而止乃得吉也前注云可以獲中吉謂獲中止之吉○不閉其源使訟不至者若能謙虛退讓與物不競即此是閉塞訟之根源使訟不至也今不能如此是不閉塞訟源使訟得至也雖每不枉而訟至終竟者謂雖每訴訟陳其道理不

枉曲而訟至終竟此亦凶矣

象曰天與水違行訟君子以作事謀始聽訟吾猶人也必也使无訟乎无訟在於謀始謀始在於作制契之不明訟之所以生也物有其分起契之過職不相監爭何由興訟之所以起契之過也故有德司契而不責於人【疏】天與水違行訟至作事謀始○正義曰天道西轉水流東注是天與水相違而行象人彼此兩相乖戾故致訟也不云水與天違行者凡訟之所起必剛健在先以爲訟始故云天與水違行也君子以作事謀始者物既有訟言君子當防此訟源凡欲興作其事先須謀慮其始若初始分職分明不相干涉即終无所訟也○注聽訟至不責於人○正義曰訟之所以起契之過者凡鬬訟之起只由初時契要之過謂作契要不分明有德司契者言上之有德司主契要而能使分明以斷於下亦不須責在下之人有爭訟也有德司契之文出老子經也

初六不永所事小有言終吉處訟之始訟不可終故不永所事然後乃吉凡陽唱而陰和陰非先唱者也四召而應見犯乃訟處訟之始不爲訟先雖不能不訟而了訟必辯明也【疏】初六至小有言終吉○正義曰不永所事者永長也不可長久爲鬬訟之事以訟不可終也小有言終吉者言終吉者言初六應于

九四然九四剛陽先來非理犯己初六陰柔見犯乃以訟辯不能不訟是不獲已而訟也故小有言以訟之始不爲訟先故終吉○注處訟之始至必辯明也○正義曰處訟之始者始入訟境言訟事尚微故云處訟之始也不爲訟先者言己是陰柔待唱乃和故云不爲訟先也

象曰不永所事訟不可長也雖小有言其辯明也

疏 正義曰訟不可長者釋不永所事以訟不可長故不長此鬭爭之事其辯明者釋小有言以訟必辯析分明四雖初時犯己己能辯訟道理分明故初時小有言也

九二不克訟歸而逋其邑人三百戶无眚

以剛處訟不能下物自下訟上宜其不克若能以懼歸竄其邑乃可以免災邑過三百非爲竄也竄而據強災未免也

疏 九二至三百戶无眚○正義曰不克訟者克勝也以剛處訟不能下物自下訟上與五相敵不勝其訟言訟不得勝也歸而逋其邑者訟既不勝怖懼還歸逋竄其邑若其邑強大則大都偶國非逋竄之道人三百戶无眚者若其邑狹少唯三百戶乃可也三百戶者鄭注禮記云小國下大夫之制又鄭注周禮小司徒云方十里爲成九百夫之地溝渠城郭道路三分去其一餘六百夫又以田有不易有一易有再易定受田

三百家即此三百户者一成之地也鄭注云不易之田歲種之一易之田休一歲乃種再易之地休二歲乃種言至薄也苟自藏隱不敢與五相敵則无眚災○注以剛見訟至災未免也○正義曰若能以懼歸竄其邑乃可免災若如此注意則經稱其邑二字連上爲句人三百户合下爲句 象曰不克訟歸逋竄也自下訟上患至掇也 疏 正義曰歸逋竄若釋歸而逋邑以訟之不勝故退歸逋竄也患至掇者掇猶拾掇也自下訟上悖逆之道故禍患來至若手自拾掇其物言患必來也故王肅云若手拾掇物然 六三食舊德貞厲終吉或從王事无成 體夫柔弱以順於上不爲九二自下訟上不見侵奪保全其有故得食其舊德而不失也居爭訟之時處兩剛之間而皆近不相得故曰貞厲柔體不爭繫應在上衆莫能傾故曰終吉上壯爭勝難可忤也故或從王事不敢成也 疏 六三食舊德至王事无成 正義曰食舊德者六三以陰柔順從上九不爲上九侵奪故保全已之所有故食其舊日之德祿位貞厲者貞正也厲危也居爭訟之時處兩剛之間故須貞正自危厲故曰貞厲然六三柔體不爭係應在上衆莫能傾故終吉也或從王事无成者三應於上上則壯而又勝故六

三或從上九之王事不敢觸忤无敢先成故云无成

象曰食舊德從上吉也

疏 正義曰從上吉者釋所以食舊德以順從上九故得其吉食舊德也

九四不克訟 初辯明也

疏 正義曰九四既非理陵犯於初初能分辯道理故九四訟不勝也

復即命渝安貞吉 處上訟下可以改變者也故其咎不大若能反從本理變前之命安貞不犯不失其道爲仁猶已故吉從之

疏 復即命渝安貞吉。正義曰復即命渝者復反也即就也九四訟既不勝若能反就本理變前與初爭訟之命能自渝變休息不與初訟故云復即命渝安貞吉者既能反從本理渝變往前爭訟之命即得安居貞吉。注處上訟下至故吉從之。正義曰若能反從本理者釋復即之義復反也即從也本理謂原本不與初訟之理當反從此原本不爭之理故云反從本理變前之命者解命渝也渝變也但倒經渝字在命上故云變前之命前命者謂往前共初相訟之命也今乃變之也安貞不犯者謂四安居貞正不復犯初故云安貞不犯爲仁由己故吉從之者爲仁由己論語文初不犯己己莫陵於初是爲仁義之道自由於己故云爲仁由己

象曰復即命渝安貞不失也

疏 正義曰安貞不失者釋

即命渝之義以其反理變命故得安貞之吉不失其道

九五訟元吉處得尊位為訟之主用其中正以斷枉直中則不過正則不邪剛无所溺公无所偏故訟元吉

【疏】九五訟元吉○正義曰處得尊位中而且正以斷獄訟故得元吉也○注處得尊位至故訟元吉○正義曰處得尊位為訟之主者居九五之位當爭訟之時是主斷獄訟者也然此卦之內斷獄訟之人凡有二主案上注云善聽之主其在二乎是二為主也此注又云為訟之主用其中正以斷枉直是五又為主也一卦兩主者凡諸卦之內如此者多矣五是其卦尊位之主餘爻是其卦為義之主猶若復卦初九是復卦之主復義在于初九也六五亦居尊位為復之尊位之主如此之例非一卦也所以然者五居尊位猶若天子總統萬機與萬物為主故諸卦皆五居尊位諸爻則偏主一事猶若六卿春官主禮秋官主刑之類偏主一事則其餘諸爻各主一事也即六卿總歸於天子諸卦之爻皆以九五為尊位也若卦由五位五又居尊正為一主也若比之九五之類是也今此訟卦二既為主五又為主皆有斷獄之德其五與二爻其義同然也故俱以為主也案上象辭剛來而得中今九五象辭云訟元吉以中正也知象辭剛來得中非據九五也輔嗣必以為九二者案上下二象在於下象者則稱來故賁卦云柔來而文剛是離下艮上而

稱柔來今此云剛來而得中故知九二也且凡云來者皆據異
類而來九二在二陰之中故稱來九五在外卦又三爻俱陽不
得稱來若於爻辭之中亦有從下卦向上卦稱來也故需上六
有不速之客三人來謂下卦三陽來然需上六陰爻陽來詣之
亦是往非類而稱來也以斷枉直者枉曲也凡二人來訟
必一曲一直此九五聽訟能斷定曲直者故云以斷枉直象

曰訟元吉以中正也（疏）正義曰以中正也者釋元吉之義所以訟得大吉者以九
五處中而得正位中則不有過差正則不有邪曲中正為德故元吉

上九或錫之鞶帶終朝三褫之（注）處訟之極以剛居上訟而得勝者也以訟受錫榮何可保故終朝之間褫帶者三也（疏）正義

曰或錫之鞶帶者上九以剛居上是訟而得勝者也若以謙讓
蒙錫則可長保有若因訟而得勝雖或錫與鞶帶不可長久終
一朝之間三被褫脫
故云終朝三褫之

象曰以訟受服亦不足敬也（疏）

正義曰釋終朝三褫之義以其因訟得勝受此錫服非德而受
亦不足可敬故終朝之間三被褫脫也九言或者或之言有也
言或有如此故言或則上三或從王事无成及坤之六三或從
[illegible]

疏繫注云般事大帶也此論一卦及爻辭並以人事明之推不利涉大川假外物之象以喻人事

䷆ 坎下坤上 **師貞丈人吉无咎** 丈人嚴莊之稱也爲師之正丈人乃吉也興役動衆无功罪也故吉乃无咎也〔疏〕師貞丈人吉无咎○正義曰師衆也貞正也丈人謂嚴莊尊重之人言爲師之正唯得嚴莊丈人監臨主領乃得吉无咎若不得丈人監臨之衆不畏懼不能齊衆必有咎害○注[illegible]云乃无咎也○正義曰興役動衆无功[illegible]有功勞乃得无咎若其不以威嚴[illegible]興役動衆无功罪也

彖曰師衆也貞正也能以衆正可以王矣剛中而應行險而順以此毒天下而民從之吉又何咎矣 毒猶役也〔疏〕彖曰至又何咎矣○正義曰師衆也貞正也能以衆正可以王矣者此釋師卦之名并明用師有功之義但師訓旣多或訓爲法或訓爲長恐此師名取法之與長故特明之師訓爲衆也貞爲正也貞之爲正其義已見於此復云貞正者欲見齊衆必須以正故訓貞爲正也與下文爲首引之勢故云能以衆正可以王矣剛中而應者剛中謂

九二而應謂六五行險而順者行險謂下體坎也而順謂上體
坤也若剛中而无應或有應而不剛中或行險而不以順皆不
可行師得吉也以此毒天下而民從之吉又何咎矣者毒猶役
也若用此諸德使役天下之眾人必從之以得其吉又何无功
而咎責乎自剛中以下釋丈人吉
无咎也言丈人能備此諸德也

象曰地中有水師君子以容民畜眾

〔疏〕正義曰君子以容民畜眾者言君子
法此師卦容納其民畜養其眾若為
人除害使眾得寧此則容民畜眾也又為師之主雖尚威嚴當
赦其小過不可純用威猛於軍師之中亦是容民畜眾之義所
以象稱地中有水欲見地能包水水又眾大是容民畜眾之象
若其不然或當云地在水上或云上地下水或云水上有地今
云地中有水蓋取容畜之義也

初六師出以律否臧凶

為師之始齊師
者也齊眾以律
失律則散故師出以律律不可失失律而臧何異於
否失令有功法所不赦故師出不以律否臧皆凶

〔疏〕初六
師出
至否臧凶○正義曰初六師出以律者律法也初六為師之始
是整齊師眾者也既齊整師眾使師出之時當須以其法制整
齊之故云師出以律也否臧凶者若其失律行師无問否之與
臧皆為凶也否謂破敗臧謂有功然否為破敗即是凶也何須

則云否臧凶者本意所明雖臧亦凶臧文既單故以否閒之欲盛言臧凶不可單言故云否之與臧皆為凶也○注為師之始至否臧皆凶○正義曰為師之始齊師者也者以師之初爻故云為師之始在師之首先唱發始是齊整師眾者也失律而臧何異於否者若棄失法律不奉法而行雖有功而臧何異於否也失令有功法所不赦者解何異於否之義令則法律也若失此法令雖有功勞軍法所不容故云何異於否然閫外之事將軍所裁臨事制宜不必皆依君命何得有功法所不赦者凡為師之體理非一端量事制宜隨時進退此則將軍所制隨時施行若苟順私情故違君命犯律觸法則事不可赦耳

象曰師出以律失律凶也（疏）正義曰失律凶者釋師出以律之義言所以必須以律者以其失律則凶反經之文以明經義

九二在師中吉无咎王三錫命以剛居中而應於上在師而得其中者也承上之寵為師之主任大役重无功則凶故吉乃无咎也行師得吉莫善懷邦邦懷眾服錫莫重焉故乃得成命（疏）九二至王三錫命○正義曰在師中吉者以剛居中而應於五是在師中吉也无咎者承上之寵為師之主任大役重无功則凶故吉乃无咎王三錫命者以其有功故王三加錫命○注以剛居中至故乃得成

也○正義曰在師而得中者觀注之意以在師中爲句其吉字屬下觀象之文在師中吉承天寵者則似吉字屬上此吉之一字上下兼該故注文屬下象文屬上但象略其无咎之字故吉屬師中也故乃得成命者案曲禮云三賜不及車馬一命受爵再命受服三命受車馬三賜三命而尊之得成故乃得成命也　**象曰在師中吉承天寵也王三錫命懷萬邦也**　疏　正義曰承天寵者釋在師中吉之義也正謂承受五之恩寵故中吉也懷萬邦也者以其有功能招懷萬邦故被王三錫命也　**六三師或輿尸凶**　以陰處陽以柔乘剛進則无應退无所守以此用師宜獲輿尸之凶　疏　六三師或輿尸凶○正義曰以陰處陽以柔乘剛進无所應退无所守以此用師或有輿尸之凶○注以陰處陽至輿尸之凶○正義曰退无所守者倒退而下乘二之剛已又以陰居陽是退无所守　**象曰師或輿尸大无功也**　疏　正義曰大无功也若釋輿尸之義以其輿尸則大无功也　**六四師左次无咎**　得位而无應无應不可以行得位則可以處故左次之而无咎也行師之法欲右背高故左次之　疏　六四師左次无咎○正義曰六四得位而无應无應

不可以行，得位則可以處，故云師左次无咎。師在高險之左，以次止則无凶咎也。○注「行師之法」至「故左次之」。○正義曰：行師之法，欲右背高者，此兵法也。故漢書韓信云：「兵法欲右背山陵，前左水澤。」

象曰：左次无咎，未失常也。雖不能有獲，足以不失其常也。疏 正義曰：「未失常」者，釋无咎之義，以其雖未有功，未失常道。

六五：田有禽，利執言，无咎。長子帥師，弟子輿尸，貞凶。處師之時，柔得尊位，陰不先唱，柔不犯物，犯而後應，往必得直，故田有禽也。物先犯己，故可以執言而无咎也。柔非軍帥，陰非剛武，故不躬行，必以授也。授不得王，則眾不從，故長子帥師可也。弟子之凶，故其宜也。

疏 「六五田有禽」至「輿尸貞凶」。○正義曰：「田有禽，[illegible]執言」者，柔得尊位，陰不先唱，柔不犯物，犯而後應，往必得直，故往即有功。猶如田中有禽而來犯苗，若往獵之，則无咎過也。人之脩田，非禽之所犯；王者守國，非叛者所亂。禽之犯苗，則可獵取；叛人亂國，則可誅之。此假他象以喻人事，故利執言无咎，己不直則有咎，己今得直，故可以執此言往問之而无咎也。「長子帥師，弟子輿尸，貞凶」者，以己是柔，不可為軍帥，己又是陰，身非剛武，不可以親行，故須役任長子、弟子之等。若任役長子，則可以帥師；若任用弟子，則軍必破

[illegible]敗而輿尸是爲正之凶莊氏云長子謂九二德長於人弟子謂六三德劣於物今案象辭云長子帥師以中行也是九二居中也弟子輿尸使不當也謂六三失位也○往至往必得直○正義曰往必得直者見犯乃行欲往征之則於理正直故云在必得直

象曰長子帥師以中行也弟子輿尸使不當也上六大君有命開國承家小人勿用處師之極師之終也大君之命不失功也開國承家以寧邦也小人勿用非其道也疏上六大君有命至小人勿用○正義曰大君有命者上六處師之極是師之終竟也大君謂天子也言天子爵命此上六若其功大使之開國爲諸侯若其功小使之承家爲卿大夫小人勿用者言開國承家須用君子勿用小人也

象曰大君有命以正功也小人勿用必亂邦也疏正義曰大君有命以正功也者正此上六之功也小人勿用必亂邦也者若用小人必亂邦國故不得用小人也

䷇坤下坎上比吉原筮元永貞无咎不寧方來後夫

凶【疏】正義曰比吉者謂能相親比而得其吉原筮元永貞无咎者欲相親比必能原窮其情筮決其意唯有一人大永長貞正乃得无咎元永貞者謂兩相親比皆須永貞不寧方來者比是寧樂之時若能與人親比則不寧之方皆悉歸來後夫凶者夫語辭也親比貴速若及早而來人皆親已故在先者吉若在後而至者人或疎已親比不成故後夫凶或以夫爲丈夫謂後來之人也

彖曰比吉也比輔也下順從也原筮元永貞无咎以剛中也

【注】處比之時將原筮以求无咎其唯元永貞乎夫群黨相比而不以元永貞則凶邪之道也若不遇其主則雖永貞而猶未足免於咎也使永貞而无咎者其唯九五乎

【疏】彖曰至以剛中也○正義曰比吉也者釋親比爲善言相親比而得吉也比輔也者釋比所以得吉由比者人來相輔助也下順從也者在下之人順從於上是相輔助也謂衆陰順從九五也自此已上釋比名爲吉之義原筮元永貞无咎以剛中者釋原筮元永貞无咎之義所以得如此者以九五剛而處中故使比者皆得原筮元永貞无咎也○注處比之時至其唯九五乎○正義曰將原筮以求无咎其唯元永貞乎者原謂原窮比者根本筮謂筮決求比之情以求久長无咎其唯元永貞乎元大也永長也爲已有大長貞正

乃能原筮相親比之情得久長而无咎謂彼此相親比也若不遇其主則雖永貞而猶未足免於咎者若不逢遇明主則彼此相求比者雖各懷永貞而猶未足免離於咎雖有永貞而无明主照察不被上知相親涉於朋黨故不免咎也使永貞而无咎者其唯九五乎若使比者得免咎保永貞久而无咎其唯九五乎以九五為比之主剛而處中能識比者之情意故使比者得保永貞无凶咎也**不寧方來上下應也**上下无陽以分其民五獨處尊莫不歸之上下應之既親且安安則不安者託焉故不寧方所以來上下應故也夫无者求有有者不求所與危者求安安者不求所保火有其炎寒者附之故已苟安焉則不寧方來矣【疏】正義曰釋不寧方來之義以九五處中故上下羣陰皆來應之於此之時陰往比陽羣陰未得其所皆未寧也**後夫凶其道窮也**將合和親而獨在後親成則誅是以凶也【疏】後夫凶其道窮也○正義曰釋後夫凶他悉親比已獨後來比道窮困无人與親故其凶也此謂上六也○注將合和親至是以凶也○正義曰親成則誅者彼此相比皆速來為親親道已成已獨在後而來眾則嫌其離貳所以被誅而凶也**象曰地上有水比先王以建萬國親諸侯**

以比建諸侯以比親（疏）正義曰建萬國親諸侯非諸侯已下之所能故特云先王也建萬國謂割土而封建之親諸侯謂爵賞恩澤而親友之萬國據其境域故曰建也諸侯謂其君身故云親也地上有水猶域中有萬國使之各相親比猶地上有水流通相潤及物故云地上有水比也

初六有孚比之无咎有孚盈缶終來有它吉

處比之始爲比之首者也夫以不信爲比之首則禍莫大焉故必有孚盈缶然後乃得免比之咎故曰有孚比之无咎也處比之首應不在一心无私吝則莫不比之著信立誠盈溢乎質素之器則物終來无衰竭也親乎天下著信盈缶應者豈一道而來故必有他吉也（疏）初六有孚比之无咎者處比之始爲比之首若无誠信禍莫大焉必有誠信而相親比終始如一爲之誠信乃得无咎有孚盈缶終來有他吉者身處比之首應不在一心无私吝莫不比之有此孚信盈溢質素之缶以此待物物皆歸向從始至終尋常恒來非唯一人而已更有他人並來而得吉故云終來有他吉也此假外象喻人事也○注應不在一心无私吝○正義曰應不在一者初六无應是應不在一故心无私吝也若心有偏應即私有愛吝也以應不在一故心无私吝也

象曰比之初六有

它吉也。六二：比之自內，貞吉。處比之時，居中得位，而繫應在五，不能來它，故得其自內貞吉而已。【疏】正義曰：「比之自內，貞吉」者，居中得位，繫應在五，不能使它悉來，唯親比之道，自在其內，獨與五應，但貞吉而已，不如初六有它吉也。象曰：比之自內，不自失也。【疏】正義曰：「不自失」者，釋比之自內之義，不自失其所應之偶，故云比之自內不自失也。六三：比之匪人。四自外比，二爲五貞，近不相得，遠則无應，所與比者，皆非己親，故曰比之匪人。象曰：比之匪人，不亦傷乎！【疏】正義曰：「比之匪人，不亦傷乎」者，言六三所比，皆非己親之人。四自外比，二爲五應，近不相得，遠又无應，是所欲親比，皆非其親，是以悲傷也。六四：外比之，貞吉。外比於五，履得其位，比不失賢，處不失位，故貞吉也。【疏】正義曰：六四上比於五，欲外比也。居得其位，比不失賢，所以貞吉。凡下體爲內，上體爲外，六四比五，故云外比也。象曰：外比於賢，以從上也。【疏】正義曰：九五居中得位，故稱賢也。五在四上，四往比之，是以從上也。九五：顯比，王用三驅，失前禽。

禽邑人不誡吉為比之主而有應在二顯比者也比而顯之則所親者狹矣夫无私於物唯賢是與則去之與來皆无失也夫三驅之禮禽逆來趣已則舍之背已而走則射之愛於來而惡於去也故其所施常失前禽也以顯比而居于位用三驅之道者也故曰王用三驅失前禽也用其中正征討有常伐不加邑動必討叛邑人无虞故不誡也雖不得乎大人之吉是顯比之吉也

疏 九五顯比至邑人不誡吉此可以為上之使非為上之道也 ○正義曰五應於二顯明比道不能普徧相親是比道狹也王用三驅失前禽者此假田獵之道以喻顯比之事凡三驅之禮禽向已者則舍之背已者則射之是失於前禽也顯比之道與已相應者則親之與已不相應者則踈之與三驅田獵愛來惡去相似故云王用三驅失前禽也言顯比之道似於此也邑人不誡吉者雖不能廣普親比於自已相親之處不妄加討罰所以已邑之人不須防誡而有吉也至于邑人不誡而為吉非是大人弘闊之道不可為大人之身但可為大人之使 ○注為比之主至非為上之道 ○正義曰去之與來皆无失者若比道弘闊不偏私於物唯賢是親則背已去者與來向已者皆悉親附无所失也言去亦不失來亦不失夫三驅之禮者先儒皆云三度驅禽而射之也三度則已今亦從之去則射之褚氏諸儒皆以為三面著人驅禽必知

三面著禽唯有背已向已趣已故左右及於後皆有驅之愛於
來而惡於去者來則舍之是愛於來也去則射之是惡於去也
故其所施常失前禽者言獨比所應則所比爲失如三驅所施
愛來惡去則失在前禽也用其中正征討有常伐不加邑動必
討叛者此九五居中得正故云用其中正也心既中正不妄喜
怒故征伐有常也所伐之事不加親已之邑興師動衆必欲討
其叛逆二以其顯比親者伐所不加也叛者必欲征伐也云雖
不得乎大人之吉是顯比之吉者以象云顯比之吉其比狹也
若大人之吉則比道弘通也可以爲上之使非爲上之道若九
五居上之位若爲行如此身雖爲王止可爲上使之人非是爲
王之道故云非爲上之道

象曰顯比之吉位正中也舍逆取順失前禽也邑人不誡上使中也（疏）顯比之吉至上使中也。正義曰顯比之吉位正中者所以顯比得吉者以所居之位正而且中故云顯比之吉舍逆取順失前禽也者禽向已者則舍之而不害禽順去背已而走者則射而取之是失前禽也邑人不誡上使中也者釋邑人不誡之義所以已邑之人不須防誡止由在上九五之使得其中正之人伐不加邑動必討叛不橫加无罪止由在上使中也中謂九五也此九五雖不得爲王者之貞堪爲王者之師以居中位故云上使中也**上六比之无首凶**无首後也處卦之終是後夫也親道已成无所與終爲時所棄宜其凶也（疏）正義曰无首凶者謂无能爲頭首它人皆比已獨在後是親比於人无能爲頭首也它人皆比親道已成已獨在後衆人所棄宜其凶也**象曰比之无首无所終也**（疏）正義曰无所終者釋比之无首既不能爲比之初首被人所棄故无能與之共終也

☴☰ 乾下巽上 **小畜亨**不能畜大止健剛志故行是以亨（疏）正義曰但小有所畜唯畜九三而已初九九二猶剛健得行是以剛志上得亨通故云小畜亨也若大畜乾在於下艮在於上艮是陽卦又能止物能止此乾之剛健所畜者大故稱大畜此卦則巽在於上乾在於下巽是陰柔性又和順不能止畜在下之乾唯能畜止九三所畜狹小故名小畜**密雲不雨自我西郊**（疏）正義曰密雲不雨者若陽之上升陰能畜止兩氣相薄則爲雨也今唯能畜止九三其氣被畜但爲密雲初九九二猶自上通所以不能爲雨也自我西郊者所聚密雲由在我之西郊去我既遠潤澤不能行也但聚在西郊而已**彖曰小畜柔得位而上下**

應之曰小畜 謂六四也成卦之義在此爻也體无二陰以分其應故上下應之也既得其位而上下應之三不能陵小畜之義 疏 正義曰柔得位謂六四也以陰居陰故稱得位此卦唯有一陰上下諸陽皆來應之故曰小畜此釋小畜卦名也言此卦之畜六四唯畜其下九三初九二猶不能擁畜而云上下應之者若細別而言小畜之義唯當畜止在下三陽猶不能畜盡但畜九三而已若大判而言之上下五陽總應六四故云上下應之其四雖應何妨總不能畜止剛健也

健而巽剛中而志行乃亨密雲不雨尚往也自我西郊施未行也 小畜之勢足作密雲乃自我西郊未足以爲雨也何由知未能爲雨夫能爲雨者陽上薄陰陰能固之然後烝而爲雨今不能制初九之復道固九二之牽復九三更以不能復爲劣也下方尚往施豈得行故密雲而不能爲雨尚往故也何以明之夫陰能固之然後乃雨乎上九獨能固九三之路故九三不可以進而輿說輻也能固其路而安於上故得既雨既處若四五皆能若上九之善畜則能雨明矣故舉一卦而論之能爲小畜密雲而已陰苟不足以固陽則雖復至盛密雲自我西郊故不能雨也施之未行也彖至論一卦之體故曰密雲不雨

彖各言一爻之德健而巽至猶未行也。正義曰健而巽
故曰既雨既處也（疏）剛中而志行乃亨者內既剛健而外逢
柔順剛發於中不被摧抑而志意得行以此言之故剛健之志
乃得亨通此釋亨也密雲不雨尚往者所以密雲不雨者不能
畜止諸陽初九九二猶得上進陰陽氣通所以不雨釋密雲不
雨也自我西郊施未行者釋自我西郊之義所以密雲不雨從
我西郊而積聚者猶所施潤澤不得流行周徧故不覆國都但
遠聚西郊也然雲在國都而不雨亦是施未行也必云在西郊
者若在國都雨雖未落猶有覆陰之施不得云施未行今言在
西郊去施遠也。注小畜之勢至既雨既處也。正義曰九三
更以不能復為劣者初九既得復道九二可牽以獲復皆得剛
健上通則是陰不能固陽而九三劣弱又不能自復則是陽不
薄陰是以皆不雨也且小畜之義貴於上往而九三不能自復
更為劣弱故言九三更不能復為劣也能固其路而安於上者
謂上九能閉固九三之道路不被九三所陵得安於上所以既
雨既處也故舉一卦而論之能為小畜密雲而已者此明卦之
與爻其義別也但卦總二象明上體不能閉固下體所以密雲
不能為雨爻則止明一爻之事上九能固九三所以上九而有
雨也所以卦與爻其義異也諸卦多然若比卦云比吉上六則
云比之无首凶也復卦云復亨上六云迷復凶也此皆卦之與

爻義相違反它皆倣此 象曰風行天上小畜君子以懿文德

未能行其施者故可以懿文德而已【疏】正義曰君子以懿文德者懿美也以於其時施未得行喻君子之人但脩美文德待時而發風為號令若風行天下則施附於物不得云施未行也今風在天上去物既遠无所施及故曰風行天上凡大象君子所取之義或取二卦之象而法之者若地中有水師君子以容民畜衆取卦象包容之義若履卦象云上天下澤履君子以辯上下取上下尊卑之義如此之類皆取二象君子法以為行也或有取卦名因其卦義所有君子法之須合卦義行事者若訟卦云君子以作事謀始防其所訟之源不取天與水違行之象若小畜君子以懿文德不取風行天上之象餘皆倣此

初九復自道何其咎吉處乾之始以升巽初四為已應不距己者也以陽升陰復自其道順而无違何所犯咎得義之吉【疏】正義曰處乾之始以升巽初四為已應以陽升陰反復於上自用已道四則順而无違於已无咎故云復自道何其咎吉 象曰復自道其義吉也【疏】正義曰其義吉者以陽升陰以剛[illegible]其義於理吉也 九二牽復吉處乾之中以升巽五五非畜極非固己者

也雖不能若陰之不違可牽以獲復是以吉也（疏）正義曰牽謂牽連復謂反復二欲往五五非止畜之極不閉固於己可自牽連反復於上而得吉也

象曰牽復在中不自失也（疏）正義曰既彊牽連而復在下卦之中以其得中不被閑固亦於己不自有失解牽復吉也

九三輿說輻夫妻反目上為畜盛不可牽征以斯而進故必說輻也已為陽極上為陰長畜於陰長不能自復方之夫妻反目之義也（疏）正義曰九三欲復而進上九固而止之不可以行故車輿說其輻夫妻反目者上九體巽為長女之陰今九三之陽被長女閑固不能自復夫妻乖戾故反目相視

象曰夫妻反目不能正室也（疏）正義曰不能正室者釋夫妻反目之義以九三之夫不能正上九之室故反目也此假象以喻人事也

六四有孚血去惕出无咎夫言血者陽犯陰也四乘於三近不相得三務於進而已隔之將懼侵克者也上亦惡三而能制焉志與上合共同斯誠三雖逼已而不能犯故得血去懼除保无咎也（疏）六四至无咎○正義曰六四居九三之上乘陵於三三既務進而已固之懼三害已故有血也畏三侵陵故惕懼也上九亦憎惡九三

六四與上九同志共惡於三三不害已故得其血去除其惕出散信能血去懼除乃得无咎。注夫言血者至无咎也。正義曰夫言血者陽犯陰也者謂此卦言血陽犯陰也夫者發語之端非是總九之辭故需六四云需於血注云凡稱血者陰陽相傷也則稱血者非唯陽犯陰也

象曰有孚惕出上合志也 疏 正義曰釋惕出之意所以惕出者由已與上九同合其志共惡於三也

九五有孚攣如富以其鄰 處得尊位不疑於二來而不距二牽已攣不爲專固有孚攣如之謂也以陽居陽處實者也居盛處實而不專固富以其鄰者也 疏 正義曰有孚攣如若五居尊位不疑於二來而不距二既牽挽而來已又攀攣而迎接上下意合同不有專固相逼是有信而相牽攣也如語辭非義類富以其鄰者五是陽爻即必富實心不專固故能用富以與其鄰鄰謂二也

象曰有孚攣如不獨富也 疏 正義曰不獨富也者釋攣如之義所以攀攣於二者以其不獨自專固於富分與二也

上九既雨既處尚德載婦貞厲月幾望君子征凶 處小畜之極能畜者也陽不獲亨故既雨也剛不能侵故既處也[illegible]

不敢犯尚德者也爲陰之長能畜剛健德積載者也婦制其夫
臣制其君雖貞近危故曰婦貞厲也陰之盈盛莫盛於此故曰
月幾望也滿而又進必失其道陰疑於陽必【疏】上九既雨既處至君子征
見戰伐雖復君子以征必凶故曰君子征凶
凶○正義曰既雨既處者九三欲進已能固之陰陽不通故已
得其雨也既處者三不能侵不憂危害故已得其處也尚德載
者體巽處上剛不敢犯爲陰之長能畜正剛健慕尚此德之積
聚而運載也故云尚德載也言慕尚此道德之積載也婦貞厲
者上九制九三是婦制其夫臣制其君雖復貞正而近危厲也
月幾望者婦人之制夫猶如月在望時盛極以敵日也戒辭也
已從上釋故於此不復言也君子征凶若陰疑於陽必見戰伐
雖復君子之行而亦凶也○注處小畜之極至君子征凶○正
義曰處小畜之極能畜者也又已處小畜盛極是閉畜者也陽
不獲亨故既雨也者陽若得通則不雨也所以卦繇辭云小畜
亨密雲不雨今九三之陽被上
九所固不獲亨通故既雨也**象曰既雨既處德積載**
也君子征凶有所疑也夫處下可以征而无咎者唯泰也則然坤本體下又順而弱不
能敵剛故可以全其類征而吉也自此以往則其進各有難矣
夫巽雖不能若艮之善畜猶不肯爲坤之順從也故可得少進

不可盡陵也是以初九九二其復則可至於九三則輿說輻也
夫大畜者畜之極也畜而不已畜極則通是以其畜之盛在於
四五至于上九道乃大行小畜積極而後乃
能畜是以四五可以進而上九說征之輻
疏 象曰既雨既處至有所疑
也○正義曰既雨既處德積載者釋既雨既處之義言所以得
既雨既處者以上九道德積畜可以運載使人慕尚故云既雨
既處也君子征凶有所疑者釋君子征凶之義言所以征凶者
陰氣盛滿被陽所疑忌必見戰伐故征凶也○注夫處下至
說征之輻○正義曰夫巽雖不能若艮之善畜者謂雖不能如
大畜艮卦在上善畜下之乾也此巽雖不能如艮之善畜故其畜
小也猶不肯然坤之順從者謂猶不肯如泰卦坤在於上順從
乾也故可得少進者謂初九九二得前進也不可盡陵者九三
欲陵上九被上九所固是不可得盡陵也畜而不已畜極則通
是以其畜之盛在于四五至于上九道乃大行者此論大畜義
也大畜畜而不已謂之大畜四爻五爻是畜之盛極而不休已
畜極則通四五畜道既極至於上九上九可所畜故上九道乃大
行先所畜也小畜積極而後乃能畜若小畜之道既微積其終
極至於上九乃能畜也謂畜九三也是以四五可以進者四雖
畜初五雖畜二畜道既弱故初二可以進上九說征之輻者上
九畜之積極故能說此九三征行之輻案九三但有說輻無征

之文所以言此九說征之輻者輿之有輻可以征行九
行征義今輿輻既說則是說征之輻因上九征凶之文征則行
也文雖不言於義必有言輻者鄭注云謂輿下縛
木與軸相連鉤心之木是也子夏傳云輻車劇也

䷉ 兌下乾上 履虎尾不咥人亨（疏）正義曰履卦之義以六三為主六三以陰柔履踐九二之剛履危者也猶如履虎尾為危之甚不咥人亨者以六三在兌體兌為和說而應乾剛雖履其危而不見害故得亨通猶若履虎尾不見咥齧於人此假物之象以喻人事

彖曰履柔履剛也說而應乎乾是以履虎尾不咥人亨 凡彖者言乎一卦之所以為主也成卦之體在六三也履虎尾者言其危也三為履主以柔履剛履危者也履虎尾有不見咥者以其說而應乎乾也乾剛正之德者也不以說行大佞邪而以說應乎乾宜其履虎尾不見咥而亨（疏）彖曰履柔履剛也至不咥人亨○正義曰履柔履剛者言履卦之義是柔之履剛六三陰爻在九二陽爻之上故云柔履剛也履謂履踐也此釋履卦之義說而應乎乾是以履虎尾不咥人亨者釋不咥人亨之義六三在兌體兌為和說應於上九上九在乾體兌自和說應乎乾剛以說應剛无所見害是以履

踐虎尾不咥害於人而得亨通也若以和說之行而應於陰柔則是邪佞之道由以說應於剛无得吉也**剛中正履帝位而不疚光明也**言五之德【疏】正義曰剛中正履帝位若謂九五也以剛處中得其正位居九五之尊是剛中正履帝位也而不疚光明者能以剛中而居帝位不有疚病由德之光明故也此一句贊明履卦德義之美於經无所釋也**象曰上天下澤履君子以辯上下定民志**【疏】正義曰天尊在上澤卑處下君子法此履卦之象以分辯上下尊卑以定正民之志意使尊卑有序也但此履卦名合二義若以爻言之則在上履踐於下六三履九二也若以二卦上下之象言之則履禮也在下以禮承事於上此象之所言取上下二卦卑承尊之義故云上天下澤履但易合萬象反覆取義不可定為一體故也**初九素履往无咎**處履之初為履之始履道惡華故素乃无咎處履以素何往不從必獨行其願物无犯也【疏】正義曰處履之始而用質素故往而无咎若不以質素則有咎也**象曰素履之往獨行願也**【疏】正義曰獨行願者釋素履之往也人尚華已獨能質素則何咎也故獨行所願則物无犯也**九**

二履道坦坦幽人貞吉履道尚謙不喜處盈務在致誠惡夫外飾者也而二以陽處陰履於謙也居內履中隱顯同也履道之美於斯爲盛故履道坦坦无險厄也在幽而貞宜其吉（疏）正義曰九二至幽人貞吉

正義曰履道坦坦者坦坦平易之貌九二以陽處陰履於謙退己能謙退故履道坦坦者易无險難也幽人貞吉者既无險難故在幽隱之人守正得吉○注履道尚謙至宜其吉○正義曰履道尚謙者言履踐之道貴尚謙退然後乃能踐物履又爲禮故尚謙也居內履中隱顯同者履道尚謙不喜處盈然以陽處陰尚於謙德居內履中以信爲道不以居外爲榮處內爲屈若居在外亦能履中謙退隱之與顯在心齊等故曰隱顯同也在幽而貞宜其吉者以其在內卦之中故云在幽能謙而得中是貞正也在幽能行此正故曰宜其吉

象曰幽人貞吉中不自亂也（疏）正義曰中不自亂者釋幽人貞吉以其居中不以危險而自亂也既能謙退幽居何有危險自亂之事

六三眇能視跛能履履虎尾咥人凶武人爲于大君居履之時以陽處陽猶曰不謙而况以陰居陽以柔乘剛者乎故以此爲明眇目者也以此爲行跛足者也以此履危見咥者也志在剛健不

脩所履欲以陵武於人爲于大君行〔疏〕六三眇能視至武人
未能免於凶而志存于五頑之甚也爲于大君○正義曰
眇能視跛能履者居履之時當須謙退今六三以陰居陽而又
失其位以此視物猶如眇目自爲能視不足爲明也以此履踐
猶如跛足自爲能履不足與之行也履虎尾咥人凶者以此履
虎尾咥齧於人所以凶也武人爲于大君者行此威武加陵於
人欲自爲於大君以六三之
微劣行九五之志頑愚之甚

象曰眇能視不足以有明

也跛能履不足以與行也咥人之凶位不當也

武人爲于大君志剛也〔疏〕象曰眇能視至武人爲于
大君志剛也○正義曰不
足以有明者釋眇能視物目既隆眇假使能視无多明也不足
以與行者解跛能履足既蹇跛假使能履行不能遠故云不足
以與行也位不當者釋咥人之凶所以被咥見凶者緣居位不
當也謂以陰處陽也志剛者釋武人爲于大君所以陵武加人欲
爲大君以其志意剛猛以
陰而處陽是志意剛也

九四履虎尾愬愬終吉逼近
至尊以陽承陽處多懼之地故曰履虎尾愬愬也然〔疏〕正義
以陽居陰以謙爲本雖處危懼終獲其志故終吉也曰履

履虎尾愬愬者逼近五之尊位是履虎尾近其危也以陽承陽處嫌隙之地故愬愬危懼也終吉者以陽居陰意能謙退故終行其吉也

象曰：愬愬終吉，志行也。疏 正義曰志行者釋愬愬終吉初雖愬愬終得其吉以謙志得行故終吉也

九五：夬履，貞厲。得位處尊以剛決正故曰夬履貞厲也履道惡盈而五處實是以危 疏 正義曰夬履者夬者決也得位處尊以剛決正履道行正故夬履也貞厲者厲危也履道惡盈而五以陽居尊故危厲也

象曰：夬履貞厲，位正當也。疏 正義曰位正當者釋夬履貞厲之義所以夬履貞厲者以其位正當處在九五之位不得不決斷其理不得不有其貞厲以位居此地故也

上九：視履考祥，其旋元吉。禍福之祥生乎所履處履之極履道成矣故可視履而考祥也居極應說高而不危是其旋也履道大成故元吉也 疏 正義曰視履考祥者祥謂徵祥上九處履之極履道已成故視其所履之行善惡得失考其禍福之徵祥其旋元吉者旋謂旋反也上九處履之極下應兌說高而不危是其不墜於禮而能旋反行之禮道大成故元吉也

象曰：元吉在上，大有慶也。疏 正義曰大

有慶者解元吉在上之義既以元吉而在上
九是大有福慶也以有福慶故在上元吉也

䷊ 乾下坤上 泰小往大來吉亨【疏】正義曰陰去故小往陽長故大來以此吉而亨通此卦亨通之極而四德不具者物既太通多失其節故不得以爲元始而利貞也所以象云財成輔相故四德不具

彖曰泰小往大來吉亨則是天地交而萬物通也上下交而其志同也內陽而外陰內健而外順內君子而外小人君子道長小人道消也【疏】彖曰泰小往大來至小人道消也　正義曰泰小往大來吉亨則是天地交而萬物通者釋此卦小往大來吉亨名爲泰也所以得名爲泰者止由天地氣交而生養萬物物得大通故云泰也上下交而其志同者此以人事象天地之交上謂君也下謂臣也君臣交好故志意和同內陽而外陰內健而外順內健則內陽外順則外陰內陽外陰據其象內健外順明其性此說泰卦之德也陰陽言爻健順言卦此就卦爻釋小往大來吉亨也內君子而外小人君子道長小人道消者更就人事之中釋小往大

永吉亨也象曰天地交泰后以財成天地之道輔相天地之宜以左右民泰者物大通之時也上下大通則物失其節故財成而輔相以左右民也疏象曰天地交泰至以左右民。正義曰后以財成天地之道者由物皆通泰則上下失節后君也於此之時君當須財成就天地之道輔相天地之宜者相助也當輔助天地所生之宜以左右民者左右助也以助養其人也天地之道者謂四時也冬寒夏暑春生秋殺之道若氣相交通則物失其節物失其節則冬溫夏寒秋生春殺君當財節成就使寒暑得其常生殺依其節此天地自然之氣故云天地之道也天地之宜者謂天地所生之物各有其宜若大司徒云其動物植物及職方云揚州其貢宜稻麥雍州其貢宜黍稷若天氣大同則所宜相反故人君輔助天地所宜之物各安其性得其宜據物言之故称宜也此卦言后者以不兼公卿大夫故不云君子也兼通諸侯故不得直言先王欲見天子諸侯俱是南面之君故特言后也

初九拔茅茹以其彙征吉茅之為物拔其根而相牽引者也茹相牽引之貌也三陽同志俱志在外初為類首已舉則從若茅茹也上順而應不為違距進皆得志故以其類征吉疏正義曰拔

茅茹者初九欲往於上九二九三皆欲上行已去則從而似拔茅牽其根相牽茹也以其彙者彙類也以類相從征吉者征行也上坤而順下應於乾已去則納故征行而吉 象曰拔茅征吉志在外也 疏 正義曰志在外者釋拔茅征吉之義以其三陽志意皆在於外已行則從而似拔茅往行而得吉此假外物以明義也 九二包荒用馮河不遐遺朋亡得尚于中行 體健居中而用乎泰能包含荒穢受納馮河者也用心弘大无所遐棄故曰不遐遺也无私无偏存乎光大故曰朋亡也如此乃可以得尚于中行尚尤配也中行謂五 疏 正義曰包荒用馮河者體健居中而用乎泰能包含荒穢之物故云包荒也用馮河者无舟渡水馮陵于河是頑愚之人此九二能包含容受故曰用馮河也不遐遺者遐遠也遺棄也用心弘大无所疏遠棄遺於物朋亡者得中无偏所在皆納无私於朋黨之事亡无也故云朋亡也得尚於中行者中行謂六五也處中而行以九二所爲如此尚配也得配六五之中也 象曰包荒得尚于中行以光大也 疏 正義曰釋得尚中行之義所以包荒得配此六五之中者以无私无偏存乎光大之道故此包荒皆假外物以明義

也九三无平不陂无往不復艱貞无咎勿恤其孚于食有福乾本上也坤本下也而得泰者降與升也而三處天地之際將復其所處復其所處則上守其尊下守其卑是故无往而不復也无平而不陂也處天地之將閉平路之將陂時將大变世將大革而居不失其正動不失其應艱而能貞不失其義故无咎也信義誠著故不恤其孚而自明也故曰勿恤其孚于食有福也

疏 九三无平不陂至于食有福。正義曰无平不陂者九三處天地相交之際將各分復其所處乾体初雖在下今將復歸於上坤体初雖在上今欲復歸於下是初始平者必將有險陂也初始往者必將有反復也无有平而不陂无有往而不復者猶若元在下者而不在上元在上者而不歸下也艱貞无咎者已居变革之世應有危殆只爲已居得其正動有其應艱難貞正乃得无咎勿恤其孚于食有福者憂恤也孚信也信義先以誠著故不須憂其孚信也信義自明故於食祿之道自有福慶也。注將復其所處至于食有福也。正義曰將復其所處者以泰卦乾体在下此九三將棄三而向四是將復其乾之上体所處也泰卦坤体在上此六四今將去四而歸向初復其坤体所處也處天地之將閉平路之將陂者天將處上地將處下閉而不通是天地之將閉也所以往前通泰路无險難自今已后時既否閉路有傾危是平路之將陂也此因三之向四是下欲上也則上六將歸於下是上欲下也故云復其所處也信義誠著者以九三居不失正動不失應是信義誠著也故不恤其孚而自明者解於食有福以信義自明故飲食有福

象曰无往不復天地際也天地將各分復之際

疏 正義曰天地際者釋无往不復之義而三處天地交際之處天体將上地体將下故往者將復平者將陂

六四翩翩不富以其鄰不戒以孚乾樂上復坤樂下復四處坤首不固所居見命則退故曰翩翩也坤爻皆樂下已退則從故不待富而用其鄰也莫不與已同其志願故不待戒而自孚也

疏 正義曰六四翩翩者四主坤首而欲下復見命則退故翩翩而下也不富以其鄰者以用也鄰謂五與上也今已下復衆陰悉皆從之故不待財富而用其鄰不戒以孚者鄰皆從已共同志願不待戒告而自孚信以從已也

象曰翩翩不富皆失實也不戒以孚中心願也

疏 正義曰皆失實者解翩翩不富之義尤衆陰皆失其本實所居之處今既見命翩翩樂動不待財富並悉從之故云皆失實也不戒以孚中心

與君[illegible]不戒以孚之義所以不待六四之戒告而六五上六皆已孚信者由中心皆願下復故不待戒而自孚也

六五帝乙歸妹以祉元吉　婦人謂嫁曰歸泰者陰陽交通之時也女處尊位履中居順降身應二感以相與用中行願不失其禮帝乙歸妹誠合斯義履順居中行願以祉盡夫陰陽交配之宜故元吉也

疏　六五至以祉元吉　正義曰帝乙歸妹者女處尊位履中居順降身應二感以相與用其中情行其志願不失於禮爻備斯義者唯帝乙歸嫁于妹而能然也故作易者引此帝乙歸妹以明之也以祉元吉者履順居中得行志願以獲祉福盡夫陰陽交配之道故大吉也　注婦人謂嫁曰歸　正義曰隱二年公羊傳文也

象曰以祉元吉中以行願也

疏　正義曰中以行願者釋以祉元吉之義止由中順行其志願故得福而元吉也

上六城復于隍勿用師自邑告命貞吝　居泰上極各反所應泰道將滅上下不交卑不上承尊不下施是故城復于隍卑道崩也勿用師不煩攻也自邑告命貞吝否道已成命不行也

疏　上六城復于隍至自邑告命貞吝　正義曰城復于隍者居泰上極各反所應泰道將滅上下不交卑不

上承尊不下施是故城復于隍也子夏傳云隍是城下池也城之為體由基土陪扶乃得為城今下不陪扶城則隕壞以此崩倒反復於隍猶君之為體由臣之輔翼今上下不交臣不扶君君道傾危故云城復于隍此假外象以喻人事勿用師者謂君道已傾不須用師也自邑告命貞吝者否道已成物不順從唯於自己之邑而施告命下既不從故貞吝　注卑道崩也　正義曰卑道崩也者卑道向下不與上交故卑之道崩壞不承事於上也

象曰城復于隍其命亂也　疏　正義曰其命亂者釋城復于隍之義若教命不亂臣當輔君猶土當扶城由其命錯亂下不奉上猶土不陪城使復于隍故云其命亂也

䷋ 坤下乾上

否之匪人不利君子貞大往小來　疏　正義曰否之匪人者言否閉之世非是人道交通之時故云匪人不利君子貞者由小人道長君子道消故不利君子為正也陽氣往而陰氣來故云大往小來陽主生息故稱大陰主消耗故稱小

彖曰否之匪人不利君子貞大往小來則是天地不交而萬物不通

也上下不交而天下无邦也内陰而外陽内柔而外剛内小人而外君子小人道長君子道消也【疏】正義曰上下不交而天下无邦者与泰卦反也泰卦云上下交而其志同此應云上下不交則其志不同也非但其志不同上下乖隔則邦国滅亡故變云天下无邦也内柔而外剛者欲取否塞之義故内至柔弱以弊剛彊所以否閉若欲取通泰之義則云内健外順各隨義爲文故此云剛柔不云健順 象曰天地不交否君子以儉德辟難不可榮以祿【疏】正義曰君子以儉德辟難者言君子於此否塞之時以節儉爲德辟其危難不可榮華其身以居祿位此若據諸侯公卿言之辟其羣小之難不可重受官賞若據王者言之謂節儉爲德辟其陰陽已運之難不可重自榮華而驕逸也 初六拔茅茹以其彙貞吉亨 居否之初處順之始爲類之首者也順非健也何可以征居否之時動則入邪三陰同道皆不可進故茅茹以類貞而不諂則吉亨【疏】正義曰拔茅茹者以居否之初處順之始未可以動動則入邪不敢前進三陰

皆然，猶若拔茅牽連其根相茹也。已若不進，餘皆從之，故云拔茅茹也。以其彙者，以其同類共皆如此。貞吉亨者，守正而居，志在於君，乃得吉而亨通。**象曰：拔茅貞吉，志在君也。**【注】志在於君，故不苟進。【疏】正義曰：志在君者，釋拔茅貞吉之義。所以居而守正者，以其志意在君，不敢懷諂苟進，故得吉亨也。此假外物以明人事。

六二：包承，小人吉，大人否亨。【注】居否之世而得其位，用其至順，包承於上，小人路通，內柔外剛，大人否之，其道乃亨。【疏】正義曰：包承者，居否之世而得其位，用其至順，包承於上。小人吉者，否閉之時，小人路通，故於小人為吉也。大人否亨者，若大人用此包承之德，能否閉小人之吉，其道乃亨。**象曰：大人否亨，不亂羣也。**【疏】正義曰：此釋所以大人否亨之意，良由否閉小人，防之以得其道，小人雖盛，不敢亂羣，故言不亂羣也。

六三：包羞。【注】俱用小道以承其上，而位不當，所以包羞也。**象曰：包羞，位不當也。**【疏】正義曰：包羞者，言羣陰俱用小人之道包承於上，以失位不當，所包承之事，唯羞辱已。

九四：有命无咎，疇離祉。【注】夫處否而不可以有命者，以所應者小人也。有命於小人，則消君子之道者也今初志在君處乎窮下故可以有命无咎而疇麗福也疇謂初也〔疏〕正義曰有命无咎者九四處否之時其陰爻皆是小人若有命於小人則君子道消也今初六志在於君守正不進處于窮下今九四有命命之故无咎疇離祉者疇謂疇匹謂初六也離麗也麗謂附著也言九四命初身既无咎初既被命附依祉福言初六得福也

象曰有命无咎志行也〔疏〕正義曰釋有命无咎之義所以九四得无咎者由初六志意得行守正而應於上故九四之命得无咎

九五休否大人吉其亡其亡繫于苞桑〔注〕居尊得位能休否道者也施否於小人否之休也唯大人而後能然故曰大人吉也處君子道消之時己居尊位何可以安故心存將危乃得固也〔疏〕九五休否至苞桑正義曰休否者休美也謂能行休美之事於否塞之時能施此否閉之道遏絶小人則是否之休美者也故云休否大人吉者唯大人乃能如此而得吉也若其凡人則不能其亡其亡繫于苞桑者若其亡道消之世居於尊位而遇小人必近危難須恒自戒慎其意常懼其危亡言丁寧戒慎如此也繫于苞桑者苞本也凡物繫于桑之苞本則牢固也若能其亡其亡以自戒慎則有繫于苞桑之固无傾危也〔注〕心存將危 正義曰

心存將危解其亡其亡之義身雖安靜心意常存將有危難但念其亡其亡乃得固者即繫于苞桑也必云苞桑者取會韻之義又桑之為物其根衆也衆則牢固之義**象曰大人之吉位正當也**疏正義曰釋大人吉之義言九五居尊得位正所以當遇其吉小人得其吉**上九傾否先否後喜**先傾後通故後喜也始以傾為否後得通乃喜疏正義曰處否之極否道已終此上九能傾毀其否故曰傾否也先否後喜者否道未傾之時是先否之道否道已傾之後其事得通故曰後有喜也**象曰否終則傾何可長也**疏正義曰釋傾否之義否道已終通道將至故否之終極則傾損其否何得長久故云何可長也

䷌ 離下乾上 **同人于野亨利涉大川利君子貞**疏正義曰同人謂和同於人于野亨者野是廣遠之處借其野名喻其廣遠言和同於人必須寬廣無所不同用心無私處非近狹遠至于野乃得亨進故云同人于野亨與人同心足以涉難故曰利涉大川也與人和同義涉邪僻故利君子貞正此和同

大川假物象以明人事　彖曰：同人，柔得位得中而應乎乾，曰

同人。二為同人之主。疏 正義曰：此釋所以能同於人之義。柔得位得中者，謂六二也。上應九五，是應於乾也。

同人曰：同人于野，亨，利涉大川，乾行也。注 所以乃能同人于野，亨，利涉大川，非二之所能也，是乾之所行，故特曰同人曰。疏 同人曰至乾行也。正義曰：釋同人于野亨利涉大川之義。所以能如此者，由乾之所行也。言乾能行此德，非六二之所能也。故特云同人曰，乃云同人于野亨，與諸卦別也。注 故特曰同人曰。正義曰：故特曰同人曰者，謂卦之彖辭發首即疊卦名以釋其義，則以例言之，此發首應云同人于野亨之主別云同人曰者，是其義有異。此同人卦名以六二為主，故同人卦名繫屬六二，故稱同人曰，猶言同人卦曰也。同人于野，亨，利涉大川，此是同人卦下之辭，不關六二之義，故更疊同人于野亨之文，乃是乾之所行也。

文明以健，中正而應，君子正也。行健不以武而以文明用之，相應不以邪而以中正應之，君子正也。故曰利君子貞。疏 正義曰：此釋君子貞也。此以二象明之，故云文明以健。中正而應，謂六二、九五皆居中得正而又相應，是

君子之正道也故云君子正也若以威武而爲健邪僻而相應則非君子之正也唯君子爲能通天下之志注君子以文明爲德疏唯君子爲能通天下之志正義曰此更於明君子貞正之義唯君子之人於同人之時能以正道通達天下之志故利君子之貞注君子以文明爲德正義曰若非君子則用威武今卦之下體爲離故彖云文明又云唯君子能通天下之志是君子用文明爲德也謂文理通明也象曰天與火同人注天體在上而火炎上同人之義也疏正義曰天體在上火又炎上取其性同故云天與火同人君子以類族辨物注君子小人各得所同疏正義曰族聚也言君子法此同人以類而聚也辨物謂分辨事物各同其黨使自相同不間雜也初九同人于門无咎注居同人之始爲同人之首者也无應於上心无係吝通夫大同出門皆同故曰同人于門也出門同人誰與爲咎疏正義曰同人于門者居同人之首无應於上心无係吝含弘光大和同於人在於門外出門皆同故云无咎也象曰出門同人又誰咎也疏正義曰又誰咎者釋出門同人无咎之義言既心无係吝出門逢人皆同

則諂與爲過咎　六二同人于宗吝　注應在乎五唯同於主過主則否用心褊狹鄙吝之道

正義曰係應在五而和同於人在於宗族不能弘闊是鄙吝之道故象云同人于宗吝道也

象曰同人于宗吝道也　九三伏戎于莽升其高陵三歲不興　注居同人之際履下卦之極不能包弘上下通夫大同物黨相分欲乖其道貪於所比據上之應其敵剛健非力所當故伏戎于莽不敢顯亢也升其高陵望不敢進量斯勢也三歲不能興者也三歲不能興則五道亦以成矣安所行焉

于莽至三歲不興○正義曰伏戎于莽者九三處下卦之極不能包弘上下通夫大同欲下據六二上與九五相爭也但九五剛健九三力不能敵故伏潛兵戎於草莽之中升其高陵三歲不興者雖升高陵以望前敵量斯勢也縱令更經三歲亦不能興起也○注不能包弘上下至安所行焉○正義曰不能包弘上下通夫大同者初九出門皆同无所係著是包弘上下通夫大同今九三欲下據六二奪上之應是不能包弘也物黨相分者謂同人之時物各有黨類而相分別也二則與五相親與三相分別也欲乖其道貪於所比據上之應者言此九三欲乖其同人之道不以類相從不知二已從五直以苟貪與二之比近

而欲取之據上九五之應也

象曰伏戎于莽敵剛也三歲不興安行也安辭也

【疏】正義曰伏戎于莽敵剛者釋伏戎于莽之義以其當敵九五之剛不敢顯亢故伏戎于莽三歲不興安行者釋三歲不興之義雖經三歲猶不能興起也安語辭也猶言何也既三歲不興五道亦已成矣何可行也故云安行也此假外物以明人事

九四乘其墉弗克攻吉處上攻下力能乘墉者也履非其位以與人爭二自五應三非犯己攻三求二尤而效之違義傷理衆所不與故雖乘墉而不克也不克則反反則得吉也不克乃反其所以得吉困而反則者也

【疏】正義曰乘其墉者履非其位與人鬭爭與三爭二欲攻於三既是上體力能顯亢故奪上高墉欲攻三也弗克攻吉者三欲求二其事已非四又效之以求其二違義傷理衆所不與雖復乘墉不能攻三也吉者既不能攻三能反自思愆以從法則故得吉也此爻亦假物象也

象曰乘其墉義弗克也其吉則困而反則也

【疏】正義曰乘其墉義弗克也者釋不克之義所以乘墉攻三不能克者以其違義衆所不從故云義不克也其吉則困而反則者釋其吉之義所以得其吉者由困而反則以不克

吉而反歸其法則故得吉也 **九五同人先號咷而後笑大師克**

相遇 彖曰柔得位得中而應乎乾曰同人然則體柔居中衆之所與執剛用直衆所未從故近隔乎二剛未獲厥志是以先號咷也居中處尊戰必克勝故後笑也不能使物自歸而用其強直故必須大師克之然後相遇也 疏 正義曰同人先號咷者五與二應用其剛直衆所未從故九五共二欲相和同九三九四與之競二也五未得二故志未和同於二故先號咷也而後笑者處得尊位戰必克勝故後笑也大師克相遇者不能使物自歸己用其剛直必以大師與三四戰克乃得與二相遇此爻假物象以明人事 **象曰同人之先以中直也大師相遇言相克也** 疏 正義曰同人之先以中直者解先號咷之意以其用中正剛直之道物所未從故先號咷也但象略號咷之字故直云同人之先以中直也大師相遇言相克者釋相遇之義所以必用大師乃能相遇也以其用大師與三四相伐而得克勝乃與二相遇故言相克也 **上九同人于郊无悔** 郊者外之極也處同人之時最在於外不獲同志而遠於內爭故雖无悔亦未得其志 疏 正義曰上九同人于郊无悔○正

義曰同人于郊者處同人之極最在於外雖欲同人人必踈已不獲所同其志未得然雖陽亢于外遠於內之爭訟故无悔吝也。注不獲同志至未得其志。正義曰不獲同志者若彼此在內相同則獲其同志意也若已為郊境之人而與相同人未親已是不獲同志也遠于內爭者以外而同不與室家之內是遠于內爭也以遠內爭故无悔吝以在外郊故未得志也

象曰同人于郊志未得也凡處同人而不泰焉則必用師矣不能大通則各私其黨而求利焉楚人亡弓不能亡楚愛國愈甚益為它災是以同人不弘剛健之爻皆至用師也

疏象曰同人于郊志未得也。正義曰釋同人于郊之義同人在郊境遠處與人踈遠和同之志猶未得也。注凡處同人至用師也。正義曰凡處同人而不泰焉則必用師矣者王氏注意非止上九一爻乃總論同人一卦之義去初上而言二有同宗之吝三有伏戎之禍四有不克之困五有大師之患是處同人之世无大通之志則必用師矣楚人亡弓不能亡楚愛國愈甚益為它災者案孔子家語弟子好生篇云楚昭王出遊亡烏號之弓左右請求之王曰楚人亡弓楚得之又何求焉孔子聞之曰惜乎其志不大也不曰人亡之人得之何必楚也昭王名軫哀六年吳伐陳楚救陳在城父卒此愛國而致它災也引此者證同人不弘皆至用師矣。

䷍離上乾下 大有元亨 不大通何由得大有乎大有則必元亨矣 疏 正義曰柔處尊位羣陽並應大能所有故稱大有既能大有則其物大得亨通故云大有元亨 彖曰大有柔得尊位大中而上下應之曰大有 處尊以柔居中以大體无二陰以分其應上下應之靡所不納大有之義也 疏 正義曰釋此卦稱大有之義大中者謂六五處大以中柔處尊位是其大也居上卦之內是其中也 其德剛健而文明應乎天而時行是以元亨 德應於天則行不失時矣剛健不滯文明不犯應天則大時行則无違是以元亨 疏 其德剛健至是以元亨○正義曰釋元亨之義剛健謂乾也文明謂離也應乎天而時行者褚氏莊氏云六五應九二九二在乾體故云應乎天也德應於天則行不失時與時無違雖萬物皆得亨通故云是以元亨 注剛健不滯至是以元亨○正義曰剛健不滯者剛健則物不擁滯也文明不犯者文理明察則不犯於物也應天則大者能應於天則盛大也時行則无違者以時而行物无違也以有此諸事故大通而元亨也 象曰火在天上大有君子以遏惡揚善

順天休命大有包容之象故遏惡揚善成物之美順夫天德休物之命【疏】正義曰君子以遏惡揚善者大有包容之義故君子象之當包含遏匿其惡褒揚其善順奉天德休美物之性命巽順含容之義也不云天在火下而云火在天上者天體高明火又在上是光照耀之物而在於天上是光明之甚无所不照亦是包含之義又為揚善之理也○

初九无交害匪咎艱則无咎以夫剛健為大有之始不能履中滿而不溢術斯以往後害必至其欲匪咎艱則无咎也【疏】初九至艱則无咎○正義曰以夫剛健為大有之始不能履中謙退雖无交切之害久必有凶其欲匪咎能自艱難其志則得无咎故云无交害匪咎艱則无咎也○注不能履中至无咎也○正義曰不能履中滿而不溢者以不在二位是不能履中在大有之初是盈滿身行剛健是溢也故云不能履中滿而不溢也

象曰大有初九无交害也

九二大車以載任重而不危【疏】九二大車以載○正義曰大車以載者體是剛健而又居中身被委任其任重也能堪受其任不有傾危猶若大車以載物也此假外象以喻人事○注大車以載物○正義曰釋大車以載之意大車謂牛車也載物既多故云任重車材彊壯故不有傾

危也有攸往无咎健不違中爲五所任任重不危致遠不泥故可以往而无咎也疏正義曰堪當重任故有所往无咎者以居失其位嫌有凶咎故云无咎也象曰大車以載積中不敗也疏正義曰積中不敗者釋大車以載之義物既積聚身有中和堪受所積之物聚在身上不至於敗也

九三公用亨于天子小人弗克處大有之時居下體之極乘剛健之上而履得其位與五同功威權之盛莫此過焉公用斯位乃得通乎天子之道也小人不克害可待也疏九三至小人弗克○正義曰公用亨于天子者九三處大有之時居下體之極乘剛健之上履得其位與五同功五爲王位三既與之同功則威權之盛莫盛於此乃得通乎天子之道故云公用亨于天子小人弗克者小人德劣不能勝其位必致禍害故云小人不克也○注與五同功至莫此過焉○正義曰與五同功者繫辭云三與五同功此云與五同功謂五爲王位三既能與五之同功則威權與五相似故云威權之盛莫此過焉象曰公用亨于天子小人害也

九四匪其彭无咎既失其位而上近至尊之威下比分權之臣其爲懼也可謂危矣唯

夫有聖知者乃能免斯咎也三雖至盛五不可舍能（疏）九四
辯斯數專心承五常匪其旁則无咎矣旁謂三也　匪其
彭无咎○正義曰匪其彭无咎者匪非也彭旁也謂九三在九
四之旁九四若能專心承五非取其旁九四言不用三也如此
乃得无咎也既失其位上近至尊之威下比分
權之臣可謂危矣能棄三歸五故得无咎也　象曰匪其
彭无咎明辯晳也　明猶才也（疏）正義曰明辯晳也者釋匪其彭无咎之義明猶才也九四
所以能去其旁之九三者由九四才性
辯而晳知能斟酌事宜故云明辯晳也　六五厥孚交如威
如吉　居尊以柔處大以中无私於物上下應之信以發志故其孚交如也夫不私於物物亦公焉不疑於物物亦誠
焉既公且信何難何備不言而教行何為而
不威如為大有之主而不以此道吉可得乎（疏）正義曰六五厥孚交如者
厥其也孚信也交謂交接也如語辭也六五居尊以柔處大以
中无私於物上下應之故其誠信物來交接故云厥孚交如也
威如吉者威畏也既誠且信不言而教行所爲
之處人皆畏敬故云威如以用此道故得吉也　象曰厥孚
交如信以發志也威如之吉易而无備也（疏）

曰信以發志者釋厥孚交如之義由己誠信發起其志故上下應之與之交接也威如之吉易而无備者釋威如之吉之義所以威始得吉者以己不私於物唯行簡易无所防備物自畏之故云易而无備也

上九自天祐之吉无不利

大有豐富之世也處大有之上而不繫於位志尚乎賢者也餘爻皆乘剛而己獨乘柔順也五爲信德而己履焉履信之謂也雖不能體柔而以剛乘柔思順之義也居豐有之世而不以物累其心高尚其志尚賢者也爻有三德盡夫助道故繫辭具焉

疏 上九至无不利。正義曰釋所以大有上九而得吉者以有三德從天已下悉皆祐之故云自天祐之。注不累於位至盡夫助道。正義曰不累於位志尚乎賢者既居豐富之時應須以富有爲累也既居无位之地不以富有縈心是不繫累於位既能清靜高絜是慕尚賢之行也爻有三德者五爲信德而己履焉履信之謂是一也以剛乘柔思順之義是二也不以物累於心高尚其志尚賢者是三也爻有三德盡夫助道者天尚祐之則无物不祐故云盡夫助道也

象曰大有上吉自天祐也

䷎ 艮下坤上 謙亨君子有終

疏 正義曰謙者屈躬下物先人後己以此待物則所在

皆通故曰亨也小人行謙則不能長久唯君子有終也然案謙
卦之象謙爲諸行之善是善之最極而不言元與利貞及吉者
元是物首也利貞是幹正也於人旣爲謙退何可爲之首也以
謙下人何以幹正於物故不云元與利貞也謙必獲吉其吉可
知故不言之凡易經之體有吉理可知而不言吉者卽此謙卦
之繇及乾之九五利見大人是吉理分明故不云吉也諸卦言
吉若其義有嫌者兼善惡也若行事有善則吉乃隨之行
事有惡則不得其吉諸稱吉者嫌其不吉故稱吉也若坤之六
五及泰之六五並以陰居尊位若不行此事則无吉若行此事
則得其吉故並稱元吉其餘皆言吉事亦倣此亦有大人爲吉
於小人爲凶若否之九五云休否大人吉是也或有於小人爲
吉大人爲凶若屯之九五小貞吉大貞凶及否之六二包承小
人吉之類是也亦有其吉灼然而稱吉者若大有上九自天祐
之吉无不利之類是也但易之爲體不可以一爲例今各隨文
解之義具諸卦之下今謙卦之繇其吉可知也旣不云吉何故
初六六二及九三並云吉者謙卦是總諸六爻其善旣大故不
須云吉也六爻各明其義其義有優劣其德旣小嫌其不吉故須言吉以明之也

彖曰謙亨天道下濟而光明地道卑而上行天道虧盈而益謙地

道變盈而流謙鬼神害盈而福謙人道惡盈而好謙謙尊而光卑而不可踰君子之終也【疏】彖曰至君子之終也。○正義曰謙亨天道下濟而光明地道卑而上行者釋亨義也欲明天地上下交通坤體在上故言地道卑而上行也其地道既上行天地相對則天道下濟也且艮爲陽卦又爲山天之高明今在下體亦是天道下濟之義也下濟者謂降下濟生萬物也而光明者謂三光垂耀而顯明也地道卑而上行者地體卑柔而氣上行交通於天以生萬物也天道虧盈而益謙者從此已下廣說謙德之美以結君子能終之義也虧謂減損減損盈滿而增益謙退若日中則昃月盈則食是虧減其盈盈者虧減則謙者受益也地道變盈而流謙者丘陵川谷之屬高者漸下下者益高是改變盈者流布謙者也鬼神害盈而福謙者驕盈者被害謙退者受福是害盈而福謙也人道惡盈而好謙者盈溢驕慢皆以惡之謙退恭巽悉皆好之謙尊而光卑而不可踰者尊者有謙而更光明盛大卑謙而不可踰越是君子之所終也言君子能終其謙之善事又獲謙之終福故云君子之終也

象曰地中有山謙君子以裒多益寡稱物

平施多者用謙以爲裒少者用謙以爲益隨物而與施不失平也 【疏】象曰至稱物平施 正義曰裒多者君子若能用此謙道則裒益其多言多者得謙物更裒聚彌益多也故云裒多即謙尊而光也是尊者得謙而光大也益寡者謂寡者得謙而更進益即卑而不可踰也是卑者得謙而更增益不可踰越也稱物平施者稱此物之多少均平而施物之先多者而得其施也物之先寡者而亦得其施也故云稱物平施也此謙卦之象以山爲主是於山爲謙於地爲不謙應言山在地中今乃云地中有山者意取多之與少皆得其益似地中有山以包取其物以與於人故變其文也。注多者用謙至不失平也 正義曰多者用謙以爲裒者爾雅釋詁云裒聚也於先多者其物雖多未得積聚以謙故益其物更多而積聚故云多者用謙以爲裒也少者用謙以爲益者其物先少今既用謙而更增益故云用謙以爲益也隨物而與者多少俱與隨多隨少而皆與也施不失平者多者亦得施恩少者亦得施恩是施不失平也言君子於下若有謙者官之先高則增之榮秩位之先卑亦加以爵祿隨其官之高下考其謙之多少皆因其多少而施與之也

初六謙謙君子用涉大川吉 處謙之下謙之謙者也能體謙謙其唯君子用涉大難物无害也 【疏】正義曰謙謙君子者能體謙謙

謙謙唯君子若能之以此涉難其吉宜也用涉大川假象言也象曰謙謙君子卑以自牧也牧養也【疏】正義曰卑以自牧者牧養也解謙謙君子之義恒以謙卑自養其德也六二鳴謙貞吉鳴者聲名聞之謂也得位居中謙而正焉【疏】正義曰鳴謙者謂聲名也處正得中行謙廣遠故曰鳴謙正而得吉也象曰鳴謙貞吉中心得也【疏】正義曰中心得者鳴聲中吉以中和爲心而得其所鳴謙得中吉也九三勞謙君子有終吉處下體之極履得其位上下无陽以分其民衆陰所宗尊莫先焉故謙之也何可安尊上承下接勞謙匪解是以吉也【疏】正義曰勞謙君子者處下體之極履得其位上下无陽以分其民上承下接勞倦於謙也唯君子能終而得吉也象曰勞謙君子萬民服也【疏】正義曰萬民服者釋所以勞謙之義以上下羣陰象萬民皆來歸服事須引接故疲勞也六四无不利撝謙處三之上而用謙焉則是自上下下之義也承五而用謙順則是上行之道也盡乎奉上下下之道故无不利指撝皆謙不違則也【疏】正義曰无不利者處三之

[illegible]上而用謙焉則是自上下下之義承五而用謙順則是上行之道益乎奉上下下之道故无所不利也 象曰无

不利撝謙不違則也 疏 正義曰指撝皆謙不違則者釋无不利撝謙之義所以指撝皆謙者以不違法則動合於理故无所不利也 六五不富以其鄰利用侵

伐无不利 居於尊位用謙與順故能不富而用其鄰也以謙順而侵伐所伐皆驕逆也 疏 正義曰不富以其鄰者以用也凡人必將財物周贍鄰里乃能用之六五居於尊位用謙與順鄰自歸之故不待豐富能用其鄰也利用侵伐无不利者居謙履順必不濫罰无理若有驕逆不服則須伐之以謙得衆故利用侵伐无不利者也 象曰

利用侵伐征不服也上六鳴謙利用行師征邑

國 最處於外不與內政故有名而已志功未得也處外而履謙順可以邑一國而已 疏 正義曰鳴謙者上六最處於外不與內政不能於實事而謙但有虛名聲聞之謙故云鳴謙志欲立功未能遂事其志未得既在外而行謙順唯利用行師征伐外旁國邑而已不能立功在內也 象曰鳴謙志未得也可用行

師征邑國也 夫吉凶悔吝生乎動者也動之所起興於利者也故飲食必有訟訟必有衆起未有居衆

人之所惡而爲動者所害處不競之地而爲爭者所奪是以六爻雖有失位无應乘剛而皆无凶咎悔吝者以謙爲主也謙尊而光卑而不可踰信矣哉

疏 象曰鳴謙至征邑國也 正義曰志未得者釋鳴謙之義也所以但有聲鳴之謙不能實爭立功者以其居在於外其内立功之志猶未得也可用行師征邑國者釋行師征邑國之意經言利用象改利爲可者言内志雖未得猶可在外興行軍師征國邑也 注動之所起興於利者也 正義曰動之所起興於利者凡人若不見利則心无所動今動之所以起者見利乃動故云興於利也飲食必有訟訟必有衆起者欲明爲利乃有動動而致訟訟則起兵故序卦需爲飲食飲食必有訟故需卦之後次訟卦也爭訟必興兵故訟卦之後次師卦也

☷☳ 坤下震上

豫利建侯行師 疏 正義曰謂之豫者取逸豫之義以和順而動動不違衆衆皆説豫故謂之豫也動而衆説故可利建侯也以順而動不加无罪故可以行師也无四德者以逸豫之事不可以常行時有所爲也縱恣寬暇之事不可長行以經邦訓俗故无元亨也逸豫非幹正之道故不云利貞也莊氏云建侯即元亨也行

師即利貞也案屯卦元亨利貞之後別云利建侯則建侯非元亨也恐莊氏說非也彖曰豫剛應而志行順以動豫順以動故天地如之而況建侯行師乎天地以順動故日月不過而四時不忒聖人以順動則刑罰清而民服豫之時義大矣哉

疏 彖曰豫剛應而志行至大矣哉 ○正義曰豫剛應而志行順以動豫者剛謂九四也應謂初六也既陰陽相應故志行也此就爻明豫義順以動坤在下是順也震在上是動也以順而動故豫也此以上下二象明豫義也自此已上釋豫卦之理也豫順以動故天地如之而況建侯行師乎者此釋利建侯行師也若聖人和順而動合天地之德故天地亦如聖人而為之也天地尊大而遠神之難者猶尚如之況於封建諸侯行師征伐乎難者既從易者可知若建侯能順動則人從之行師能順則眾從之天地以順動故日月不過而四時不忒自此已下廣明天地聖人順動之功也若天地以順而動則日月不有過差依其晷度四時不有忒變寒暑以時聖人以順動則刑罰清而民服者聖人能以理順而動則不赦有罪不

濫无辜故刑罰清也刑罰當理故人服也豫之時義大矣哉
歎美為豫之善言於逸豫之時其義大矣此歎卦也凡言不盡
意者不可煩文具說故歎之以示情使後生思其餘蘊得意而
忘言也然歎卦有三體一直歎時如大過之時大矣哉之例是
也二歎時并用如險之時用大矣哉之例是也三歎時并義豫
之時義大矣哉之例是也夫立卦之體各象其時時有屯夷事
非一揆故爻來適時有凶有吉人之生世亦復如斯或逢治世
或遇亂時出處存身此道豈小故曰大矣哉也然時運雖多大
體不出四種者一者治時頤養之世是也二者亂時大過之世
是也三者離散之時解緩之世是也四者改易之時革變之世
是也故舉此四卦之時為歎餘皆可知言用者謂適時之用也
雖知居時之難此事不小而未知以何而用之耳故坎睽蹇之
時宜用君子小人勿用用險取濟不可為常斟酌得宜是用時
之大略舉險難等三卦餘皆可知矣又言義者姤卦注云凡言
義者不盡於所見中有意謂者也是其時皆有義也略明佚樂
之世相隨相遇之日隨遯離之時凡五卦其義不小則餘卦
亦可知也今所歎者十二卦足以發明大義恢弘妙理者也凡
于彖之末歎云大哉者凡一十二卦若豫旅遯姤凡四卦皆云
時義案姤卦注云凡言義者不盡於所見中有意謂以此言之
則四卦各未盡其理其中更有餘意不可盡申故總云義也

隨之一卦亦言義但與四卦其文稍別四卦皆云時義隨卦則隨時之義者非但其中別有義意又取隨逐其時故變云隨時之義大矣哉睽蹇坎此三卦皆云時用案睽卦注云睽離之時非小人之所能用蹇卦亦云非小人之所能用此二卦言大矣哉者則是大人能用故云大矣哉其中更无餘義唯大人能用故云用不云義也坎卦時用則與睽蹇稍別故注云非用之常用有時也謂坎險之事時之須用利益乃大與睽蹇時用文同而義異也解之時頤之時大過之時此四卦直云時不云義與用也案解卦注難解之時非治難時故不言用體盡於解之名无有幽隱故不曰義以此注言之直云時者尋卦之名則其意具盡中間更无餘義故不言義其卦名之事事已行了不須別有所用故解革及頤事已行了不須言用唯大過稱時注云君子有爲之時與解革頤其理稍別大過是有用之時亦直稱時者取大過之名其意即盡更无餘意故直稱時不云義又略不云用也

象曰雷出地奮豫先王以作樂崇德殷薦之上帝以配祖考

〔疏〕正義曰案諸卦之象或云雲上于天或云風行天上以類言之今此應云雷出地上乃云雷出地奮豫者雷是陽氣之聲奮是震動之狀雷既出地震動萬物被陽氣而生各皆逸豫故曰雷

出地奮豫也先王以作樂崇德者雷是鼓動故先王法此鼓動而作樂崇盛德業樂以發揚盛德故也殷薦之上帝者用此殷盛之樂薦祭上帝也象雷出地而向天也以配祖考者謂以祖考配上帝用祖用考若周夏正郊天配靈威仰以祖后稷配也配祀明堂五方之帝以考文王也故云以配祖考也

初六鳴豫凶

處豫之初而特得志於上樂過則淫志窮則凶豫何可鳴

〔疏〕正義曰鳴豫者處豫之初而獨得應於四逸豫之甚是聲鳴于豫但逸樂之極過則淫荒獨得於樂所以凶也

象曰初六鳴豫志窮凶也

〔疏〕正義曰釋鳴豫之義而初時鳴豫後則樂志窮盡故為凶也

六二介于石不終日貞吉

處豫之時得位履中安夫貞正不求苟豫者也順不苟從豫不違中是以上交不諂下交不瀆時禍福之所生故不苟說辯必然之理故不改其操介如石焉不終日明矣

〔疏〕正義曰介于石者得位履中安夫貞正不苟求逸豫上交不諂下交不瀆知幾事之初始明禍福之所生不苟求逸豫守志耿介似於石然見幾之速不待終竟一日去惡修善相守正得吉也

象曰不終日貞吉以中正也

〔疏〕正義曰釋貞吉之義所以見其惡事即能斷去不待終日守正吉者

以此六二居中守正順不苟從豫不
違中故不須待其一日終守貞吉也　六三盱豫悔遲有
悔　居下體之極處兩卦之際履非其位承動豫之主若其睢
盱而豫悔亦生焉遲而不從豫之所疾位非所據而以從
豫進退離悔　疏　正義曰盱豫悔者六三履非其位上承動豫
宜其然矣　之主盱謂睢盱睢盱者喜說之貌若睢盱之
求豫則悔吝也遲有悔若居豫之　象曰盱豫有悔位不
時若遲停不求於豫亦有悔也
當也　疏　正義曰解其盱豫有悔之義以六三居不當位進
退不得其所故盱豫有悔但象載經文多從省略
經有盱豫有悔遲有悔兩文具載象唯云盱豫有悔不言遲　九
者略其文也故直云盱豫舉其欲進略云有悔舉其遲也
四由豫大有得勿疑朋盍簪　處豫之時居動之始獨
體陽爻衆陰所從莫不
由之以得其豫故曰由豫大有得也夫不信於物
物亦疑焉故勿疑則朋合疾也盍合也簪疾也　疏　正義曰
由豫大
有得若處豫之時居動之始獨體陽爻為衆陰之所從莫不由
之以得其豫故云由豫也大有得若衆陰皆歸是大有所得勿
疑朋盍簪者盍合也簪疾也若能不疑於
物以信待之則衆陰羣朋合聚而疾來也　象曰由豫大有

得志大行也【疏】正義曰釋由豫大有得之意衆陰由之而豫大有所得是志意大行也

六五貞疾恒不死四以剛動爲豫之主專權執制非己所乘故不敢與四爭權而又居中處尊未可得亡是以必常至於貞疾恒不死而已【疏】正義曰四以剛動爲豫之主專權執制非己所乘故不敢與四爭權而又居中處尊未可得亡滅之是以必常至於貞疾恒得不死而已

象曰六五貞疾乘剛也恒不死中未亡也【疏】正義曰六五貞疾乘剛者解貞疾之義以乘九四之剛故正得其疾恒不死也中未亡者以其居中處尊未可亡滅之也

上六冥豫成有渝无咎處動豫之極極豫盡樂故至于冥豫成也過豫不已何可長乎故必渝變然後无咎【疏】正義曰處動豫之極極豫盡樂乃至於冥昧之豫而成就也如俾晝作夜不能休已滅亡在近有渝无咎者渝變也若能自思改變不爲冥豫乃得无咎也

象曰冥豫在上何可長也

周易兼義卷第二

周易兼義上經隨傳卷第三

國子祭酒護軍曲阜縣開國子臣孔穎達奉勑撰正義

王弼注

☱☳震下兌上 隨元亨利貞无咎（疏）隨元亨利貞无咎○正義曰元亨者於相隨之世必大得亨通若其不大亨通則无以相隨逆於時也利貞者相隨之體須利在得正隨而不正則邪僻之道必須利貞也无咎者有此四德乃无咎以苟相從涉於朋黨故必須四德乃无咎也凡卦有四德者或其卦當時之義即有四德如乾坤屯臨无妄此五卦之時即能四德備具其隨卦以惡相隨則不可也有此四德乃无咎无此四德則有咎也與前五卦其義稍別其革卦巳日乃孚有四德若不巳日乃孚則无四德與乾坤屯臨无妄隨其義又別若當卦之時其卦雖美未有四德若行此美方得在後始致四德者於卦則不言其德也若謙泰及復之等德義既美行之不巳久必致此四德但當初之時其德未具故卦不顯四德也其諸卦之三德巳下其義大略亦然也

彖曰隨剛來而下柔動而

說隨大亨貞无咎而天下隨時隨時之義大矣
哉震剛而兑柔也以剛下柔動而之說乃得隨也爲隨而不大
通逆於時也相隨而不爲利正災之道也故大通利貞乃得
无咎也爲隨而令大通利貞得於時也得時則天下隨之矣隨
之所施唯在於時也時異而不隨否之道也故隨時之義大矣
哉[疏]彖曰至大矣哉○正義曰隨剛來而下柔動而說隨者
此釋隨卦之義所以致此隨者由剛來而下柔剛謂震
也柔謂兑也震處兑下是剛來下柔震動而兑說既能下人動
則喜說所以物皆隨從也大亨貞无咎而天下隨特者以有大
亨貞正无有咎害而天下隨之以正道相隨故隨之者廣若不
以大亨貞无咎而以邪僻相隨則天下不從也隨時之義大矣
哉若以元亨利貞則天下隨從即隨之義意廣大矣哉謂隨之
初於其道未弘終久義意而美大者特云隨時者謂隨其時節
之義謂此時宜行元亨利貞故云隨時也○注震剛而兑柔至大
矣哉○正義曰爲隨而不大通逆於時也物既相隨之時若王
者不以廣大開通使物閉塞是違逆於隨從之時也相隨而不
爲利正災之道者凡物之相隨多曲相朋附不能利益於物守
其正直此即小人之道長災禍及之故云災之道也隨之所施
唯在於時者釋隨時之義言隨時施設唯在於得時若能大通

利貞是得時也若不能大通利貞是失時也時異而不隨否之道若凡所遇之時體无恒定或值不動之時或值相隨之時來恒住今須隨從時節殊異於前而不使物相隨則是否塞之道當須可隨則隨逐時而用所利則大故云隨時之義大矣哉

象曰澤中有雷隨君子以嚮晦入宴息澤中有雷動說之象也物皆說隨可以无爲不勞明鑒故君子嚮晦入宴息也（疏）象曰至宴息○正義曰說卦云動萬物者莫疾乎雷說萬物者莫說乎澤故注云澤中有雷動說之象也君子以嚮晦入宴息者明物皆說豫相隨不勞明鑒故君子象之鄭玄云晦冥也猶人君既夕之後入於宴寢而止息

初九官有渝貞吉出門交有功居隨之始上无其應无所偏係動能隨時意无所主者也隨不以欲以欲隨宜者也故官有渝變隨不失正也出門无違何所失哉（疏）初九至有功○正義曰官有渝者官謂執掌之職人心執掌與官同稱故人心所主謂之官渝變也此初九既无其應无所偏係可隨則隨是所執之志有能渝變也唯正是從故貞吉也出門交有功者所隨不以私欲故見善則往隨之以此出門交獲其功○注居隨之始至何所失哉○正義曰言隨不以欲以欲隨宜者若有其應則有私欲以无偏應是所隨

之事不以私欲有正則從是以欲隨其所宜也象曰官有渝從正吉也出門交有功不失也疏正義曰官有渝從正吉者釋官有渝之義所執官守正能隨時渝變以見貞正則往隨從故云從正吉出門交有功不失者釋交有功之義以所隨之處不失正道故出門即有功也六二係小子失丈夫陰之爲物以處隨世不能獨立必有係也居隨之時體於柔弱而以乘夫剛動豈能秉志違於所近隨此失彼弗能兼與五處已上初處已下故曰係小子失丈夫也疏六二至失丈夫○正義曰小子謂初九也丈夫謂九五也初九處卑故稱小子五居尊位故稱丈夫六二既是陰柔不能獨立所處必近係屬初九故云係小子既屬初九則不得往應於五故云失丈夫也象曰係小子弗兼與也疏正義曰釋係小子之意既隨此初九則失彼九五丈夫是不能兩處兼有故云弗兼與也六三係丈夫失小子隨有求得利居貞陰之爲物以處隨世不能獨立必有係也雖體下卦二已據初將何所附故舍初係四志在丈夫四俱无應亦欲於已隨之則得其所求矣故曰隨有求得也應非其正以係於人何可以妄

[illegible]利居貞也初處已下四處（疏）六三係丈夫至利居貞。正義曰六三陰柔近於九四是係於丈夫也初九既被六二之所據六三不可復往從之是失小子也隨有求得者三欲往隨於四四亦更无他應已往隨於四四不能逆已是三之所隨有求而皆得也利居貞者已非其正以係於人不可妄動唯利在居處守正故云利居貞也。注四俱无應至小子也。正義曰四俱无應者三既无應四亦无應是四與三俱无應也此六二六三因陰陽之象假丈夫小子以明人事餘无義也

象曰係丈夫志舍下也下[illegible]初也（疏）正義曰釋係丈夫之義六三既係九四之丈夫志意則舍下之初九也

九四隨有獲貞凶有孚在道以明何咎處說之初下據二陰三求係已不距則獲故曰隨有獲也居於臣地履非其位以擅其民失於臣道違正者也故曰貞凶體剛居說而得民心能幹其事而成其功者也雖違常義志在濟物心有公誠著信在道以明其功何咎之有（疏）九四至何咎。正義曰隨有獲者處說之初下據二陰三求係已不距則獲故曰隨有獲也貞凶者居於臣地履非其位以擅其民失其臣道違其正理故貞凶也有孚在道以明何咎者體剛居說而得民心雖違常義志在濟

物心存公誠著信在於正道有功以明更有何咎故云有孚在道以明何咎也 象曰隨有獲其義凶也有孚在道明功也【疏】正義曰隨有獲其義凶者釋隨有獲貞凶之意九四既有六三六二獲得九五之民爲臣而擅君之民失於臣義是以宜其凶也有孚在道明功者釋以明何咎之義既能著信在于正道是明立其功故无咎也 九五孚于嘉吉 履正居中而處隨世盡隨時之宜得物之誠故嘉吉也【疏】正義曰孚于嘉吉也履中居正而處隨世盡隨時之義得物之誠信故獲美善之吉也 象曰孚于嘉吉位正中也 上六拘係之乃從維之王用亨于西山 隨之爲體陰順陽者也最處上極不從者也隨道已成而特不從故拘係之乃從也率土之濱莫非王臣而爲不從王之所討也故維之王用亨于西山也兌爲西方山者途之險隔也處西方而爲不從故王用通于西山【疏】象曰至于西山。正義曰最處上極是不隨從者也隨道已成而特不從故須拘係之乃始從也維之王用亨于西山者若欲維係此上六王者必須用兵通于西山險難之處乃得拘係也山謂險阻兌處西方故謂西山令有不從必須維係此乃王者必須用兵通於險阻之道非是意在好刑故曰王用亨于西山**象曰拘係之上窮也**處于上極故窮也（疏）正義曰釋拘係之義所以須拘係者以其在上而窮極不肯隨從故也

☶☴ 巽下艮上

蠱元亨利涉大川先甲三日後甲三日

（疏）蠱元亨至後甲三日○正義曰蠱者事也有事營爲則大得亨通有爲之時利在拯難故利涉大川也先甲三日後甲三日者甲者創制之令既在有爲之時不可因仍舊令今用創制之令以治於人人若犯者未可即加刑罰以民未習故先此宣令之前三日殷勤而語之又於此宣令之後三日更丁寧而語之其人不從乃加刑罰也其褚氏何氏周氏等並同鄭義以爲甲者造作新令之日甲前三日取改過自新故用辛也甲後三日取丁寧之義故用丁也今案輔嗣注甲者創制之令不云創制之日又巽卦九五先庚三日後庚三日輔嗣注申命令謂之庚輔嗣又云甲庚皆申命之謂則輔嗣不以甲爲創制之日而諸儒不顧輔嗣注旨妄作異端非也**彖曰蠱剛上而柔下**上剛可以斷制下柔可以施令**巽而止蠱**既巽又止不競爭也有事而无競爭之患故可以有爲也（疏）彖曰至止蠱○正義

曰剛上而柔下巽而止蠱者有此釋蠱卦之名并明稱蠱之義也以上剛能制斷下柔能施令巽順止靜故可以有爲也褚氏云蠱者惑也物既惑亂終致損壞當須有事也有爲治理也故序卦云蠱者事也謂物蠱必有事非謂訓蠱爲事義當然也

蠱元亨而天下治也有爲而大亨非天下治而何也（疏）正義曰釋元亨之義以有爲而得元亨是天下治理也**利涉大川往有事也先甲三日後甲三日終則有始天行也**蠱者有事而待能之時也可以有爲其在此時矣物已說隨則待夫作制以定其事也進德脩業往則亨矣故元亨利涉大川也甲者創制之令也創制不可責之以舊故先之三日後之三日使令洽而後乃誅也因事申令令終則復始若天之行用四時也（疏）正義曰利涉大川往有事也者釋利涉大川也蠱者有爲之時拔拯危難往當有事故利涉大川此則假外象以喻危難也先甲三日後甲三日終則有始天行者釋先甲三日後甲三日之義也民之犯令告之已終更後從始告之殷勤不已若天之行四時既終更復從春爲始象天之行故云天行也 注蠱者至四時也 ○正義曰蠱者有事待能之時者物既蠱壞須有事營爲所作之事非賢能不可故經云幹父之

蠱幹則能也甲者創制之令者甲為十日之首創造之令為在後錯令之首故以創造之令謂之為甲故漢時謂令之重者謂之甲令則此義也創制不可責之以舊者以人有犯令而致罪者不可責之舊法有犯則刑故須先後三日殷勤語之使曉知新令而後乃誅誅謂兼通責讓之罪非專謂誅殺也

象曰山下有風蠱君子以振民育德 蠱者有事而待能之時也故君子以濟民養德也（疏）正義曰必云山下有風者風能搖動散布潤澤今山下有風取君子能以恩澤下振於民育養以德振民象山下有風育德象山在上也

初六幹父之蠱有子考无咎厲終吉 處事之首始見任者也以柔巽之質幹父之事能承先軌堪其任者也故曰有子也任為事首能堪其事考乃无咎也故曰有子考无咎也當事之首是以危也能堪其事故終吉（疏）初六至厲終吉○正義曰幹父之蠱者處事之首以柔巽之質幹父之事堪其任也有子考无咎者有子既能堪任父事考乃无咎也以其處事之初若不堪父事則考有咎也厲終吉者厲危也既為事初所以危也能堪其事所以終吉也

象曰幹父之蠱意承考也 幹事之首時有損益不可盡承故意承而已

【疏】正義曰：釋幹父之蠱義。凡堪幹父事，不可小大損益一依父命，當量事制宜，以意承考而已。對文父沒稱考，若散而言之，生亦稱考。若《康誥》云"大傷厥考心"，是父在稱考。此避幹父之文，故變云考也。**九二：幹母之蠱，不可貞。**居於內中，宜幹母事，故曰"幹母之蠱"也。婦人之性難可全正，宜屈己剛，既幹且順，故曰"不可貞"也。幹不失中，得中道也。【疏】正義曰：居內處中，是幹母事也。"不可貞"者，婦人之性難可全正，宜屈己剛，不可固守貞正，故云"不可貞"也。**象曰：幹母之蠱，得中道也。**【疏】正義曰："得中道"者，釋幹母之蠱義。雖不能全正，猶不失在中之道，故云"得中道"也。**九三：幹父之蠱，小有悔，无大咎。**以剛幹事而无其應，故有悔也。履得其位，以正幹父，雖小有悔，終无大咎。【疏】正義曰："幹父之蠱，小有悔"者，以剛幹事而无其應，故小有悔也。"无大咎"者，履得其位，故終无大咎也。**象曰：幹父之蠱，終无咎也。六四：裕父之蠱，往見吝。**體柔當位，幹不以剛而以柔和，能裕先事者也。然无其應，往必不合，故曰"往見吝"。【疏】象曰至見吝。○正義曰："裕父之蠱"者，體柔當位，幹不以剛而以柔和，能裕裕父之事也往見吝者以其无應所往之處見其御而吝故往未得也 象曰裕父之蠱往未得也六五幹父之蠱用譽以柔處尊用中而應承先以斯用譽之道也【疏】象曰至用譽○正義曰幹父之蠱用譽者以柔處尊用中而應以此承父用有聲譽 象曰幹父用譽承以德也以柔處中不任威力也【疏】正義曰釋幹父用譽之義奉承父事唯以中和之德不以威力故云承以德也 上九不事王侯高尚其事最處事上而不累於位不事王侯高尚其事【疏】正義曰最處事上不復以世事為心不係累於職位故不承事王侯但自尊高慕尚其清虛之事故云高尚其事也 象曰不事王侯志可則也【疏】正義曰釋不事王侯之義身既不事王侯志則清虛高尚可法則也

䷒兌下坤上 臨元亨利貞至于八月有凶【疏】臨元亨至有凶○正義曰案序卦云臨大也以陽之浸長其德壯大可以監臨於下故曰臨也剛既浸長說而且順又以剛居中有應於外大

得亨通而利正也故曰元亨利貞也至于八月有凶者以物盛必衰陰長陽退臨爲建丑之月從建丑至于七月建申之時三陰既盛三陽方退小人道長君子道消故八月有凶也以盛不可終保聖人作易以戒之也 彖曰臨剛

浸而長說而順剛中而應大亨以正天之道也

陽轉進長陰道日消君子日長小人日憂大亨以正之義 (疏) 彖曰至天之道也○正義曰臨剛浸而長說而順者此釋臨義也據諸卦之例說而順之下應以臨字結之此无臨字者以其剛中而應亦是臨義故不得於剛中之上而加臨也剛中而應大亨以正天之道者天道以剛居中而下與地相應使物大得亨通而利正故乾卦元亨利貞今此臨卦其義亦然故云天之道也

至于八月有凶消不久也

八月陽衰而陰長小人道長君子道消也故曰有凶 (疏) 至于八月不久也○正義曰證有凶之義以其陽道既消不可常久故有凶也但復卦一陽始復剛性尚微又不得其中故未有元亨利貞泰卦三陽之時三陽在下而成乾體乾下坤上象天降下地升上上下通泰物通則失正故不具四德唯此卦二陽浸長陽浸壯大特得稱臨所以四德具也然陽長之卦每卦皆應八月有凶但此卦名臨是盛大之義

故於此卦特戒之耳若以類言之則陽長之卦至其終末皆有凶也○注八月至有凶○正義曰云八月者何氏云從建子陽生至建未為八月褚氏云自建寅至建酉為八月今案此注云小人道長君子道消宜據否卦之時故以臨卦建丑而至否卦建申為八月也

象曰澤上有地臨君子以教思无窮容保民无疆相臨之道莫若說順也不恃威制得物之誠故物无違也是以君子教思无窮容保民无疆也

疏 象曰至无疆○正義曰澤上有地臨者欲見地臨於澤在上臨下之義故云澤上有地也君子以教思无窮者君子於此臨卦之時其下莫不喜說和順在上但須教化思念无窮已也欲使教恒不絕也容保民无疆者容謂容受也保安其民无有疆境象地之闊遠故云无疆也

初九咸臨貞吉咸感也感應也有應於四感以臨者也四履正位而己應焉志行正者也以剛感順志行其正以斯臨物正而獲吉也

疏 正義曰咸感也有應於四感以臨四履正位而己應焉志行得正故貞吉也

象曰咸臨貞吉志行正也

疏 正義曰咸臨貞吉志行正者釋咸臨貞吉之義四既履得正位己往與之相應是己之志意行而歸正也

九二咸臨吉无不利

有應在五感以臨者也剛勝則柔危而五體柔非能同斯志者也若順於五則剛德不長何由得吉无不利乎全與相違則失於感應其得感臨吉无不利必未順命也【疏】正義曰咸臨吉者咸感也有應於五是感以臨而得其吉也无不利者二雖與五相應二體是剛五體是柔兩雖相感其志不同若純用剛往則五所不從若純用柔往又損己剛性必須商量事宜有從有否乃得无不利也

象曰咸臨吉无不利未順命也【疏】正義曰未順命者釋无不利之義未可盡順五命須斟酌事宜有從有否故得无不利也則君臣上下獻可替否之義也

六三甘臨无攸利既憂之无咎甘者佞邪說媚不正之名也履非其位居剛長之世而以邪說臨物宜其无攸利也若能盡憂其危改脩其道剛不害正故咎不長【疏】正義曰甘臨者謂甘美諂佞也履非其位居剛長之世而以邪說臨物故无攸利也既憂之无咎者既盡也若能盡憂其危則剛害正故无咎也

象曰甘臨位不當也既憂之咎不長也【疏】正義曰既憂之咎不長者能盡憂其事改過自脩其咎則止不復長久故无咎也

六四至臨无咎處順應陽不忌

剛長而乃應之履得其位盡其至者也
剛勝則柔危柔不失正乃得无咎也【疏】正義曰履順應陽
不畏剛長而已應之履得其位盡其至極之善而爲
臨故云至臨以柔不失正故无咎也 象曰至臨无咎位
當也【疏】正義曰釋无咎之義以六四以陰所居
得正柔不爲邪位當其處故无咎也 六五知
臨大君之宜吉 處於尊位履得其中能納剛以禮用建其
正不忌剛長而能任之委物以能而不犯
焉則聰明者竭其視聽知力者盡其謀能不爲而成不行
而至矣大君之宜如此而已故曰知臨大君之宜吉也【疏】
正義曰處於尊位履得其中能納剛以禮用建其正不忌剛長
而能任之故聰明者竭其視聽知力者盡其謀能是知爲臨之
道大君之所
宜以吉也 象曰大君之宜行中之謂也【疏】
正義曰釋大君之宜所以得宜者止由六五處中
行此中和之行致得大君之宜故言行中之謂也 上六敦臨
吉无咎 處坤之極以敦而臨者也志在助賢以敦
爲德雖在剛長剛不害厚故无咎也【疏】正義曰
敦厚也
上六處坤之上敦厚而爲臨志在助賢以敦爲德故云
敦臨吉雖在剛長而志行敦厚剛所以不害故以无咎也 象曰

敦臨之吉志在內也疏正義曰釋敦臨吉之義雖在上卦之極志意恒在於內之二陽意在助賢故得吉也

䷓坤下巽上觀盥而不薦有孚顒若王道之可觀者莫盛乎宗廟宗廟之可觀者莫盛於盥也至薦簡略不足復觀故觀盥而不觀薦也孔子曰禘自既灌而往者吾不欲觀之矣盡夫觀盛則下觀而化矣故觀至盥則有孚顒若也疏觀盥而至顒若○正義曰觀者王者道德之美而可觀也故謂之觀觀盥而不薦者可觀之事莫過宗廟之祭盥其禮盛也薦者謂既灌之後陳薦籩豆之事故云觀盥而不薦也但下觀此盛禮莫不皆化悉有孚信而顒然故云有孚顒若○注王道之可觀至有孚顒若也○正義曰盡夫觀盛則下觀而化者觀盛謂觀盥禮盛則休而止是觀其大不觀其細此是下之效上因觀而皆化之矣故觀至盥則有孚顒若者顒是嚴正之貌若為語辭言下觀而化皆孚信容貌儼然也

彖曰大觀在上下賤而上貴也順而巽中正以觀天下觀疏正義曰謂大觀在上者大為在下所觀唯在於上由在上既貴故在下大觀今大觀在於上

盥而不薦有孚顒若下觀而化也觀天之神道
而四時不忒聖人以神道設教而天下服矣統說
觀之爲道不以刑制使物而以觀感化物者也神則无形者也不見天之使四時而四時不忒不見聖人使百姓而百姓自服
也(疏)順而巽至天下服矣。正義曰順而和巽居中得正以觀於天下謂之觀此釋觀卦之名觀盥而不薦有孚
顒若下觀而化者釋有孚顒若之義本由有下觀效在上而變化故有孚顒若也觀天之神道而四時不忒者此盛名觀卦之
美言觀盥與天之神道相合觀此天之神道而四時不有忒變神道者微妙无方理不可知目不可見不知所以然而然謂之
神道而四時之節氣見矣豈見天之所爲不知從何而來唯見四時流行不有差忒故云觀天之神道而四時不忒也聖人以
神道設教而天下服矣者此明聖人用此天之神道以觀設教而天下服矣天既不言而行不爲而成聖人法則天之神道唯
身自行善垂化於人不假言語教戒不須威刑恐逼在下自然觀化服從故云天下服矣象曰風行地
上觀先王以省方觀民設教(疏)正義曰風行地上者風主號令行於

地上猶如先王設教在於民上故云風行地上觀也先王以省方觀民設教者以省視萬方觀看民之風俗以設於教非諸侯以下之所爲故去先王也

初六童觀小人无咎君子吝

處於觀時而最遠朝美體於陰柔不能自進无所鑒見故曰童觀趣順而已无所能爲小人之道也故曰小人无咎君子處大觀之時而爲童觀不亦鄙乎

（疏）正義曰童觀者處於觀時而最遠朝廷之美體是柔弱不能自進无所鑒見唯如童稚之子而觀望也小人无咎君子吝者爲此觀看趣在順從而已无所能爲於小人行之纔得无咎若君子行之則鄙吝也

象曰初六童觀小人道也

六二闚觀利女貞

處在於內寡所鑒見體於柔弱從順而已猶有應焉不爲全蒙所見者狹故曰闚觀居內得位柔順寡見故曰利女貞婦人之道也處大觀之時居中得位不能大觀廣鑒闚觀而已誠可醜也

（疏）象曰至利女貞。正義曰闚觀利女貞者既是陰爻又處在卦內性又柔弱唯闚竊而觀如此之事唯利女之所貞非丈夫所爲之事也注處在於內至誠可醜也。正義曰猶有應焉不爲全蒙者六二雖柔弱在內猶有九五剛陽與之爲應則微有開發不爲全是童蒙如初六也故能闚而外觀此童蒙闚觀皆[illegible]讀爲上聲也象曰闚觀女貞亦可醜也。六三觀我生進退。居下體之極處二卦之際近不比尊遠不童觀觀風者也居此時也可以觀我生進退也（疏）象曰至進退。○正義曰觀我生進退者我生我身所動出三居下體之極是有可進之時又居上體之下復是可退之地遠則不爲童觀近則未爲觀國居在進退之處可以自觀我之動出也故時可則進時不可則退觀風相幾未失其道故曰觀我生進退也道得名生者道是開通生利萬物故繫辭云生生之謂易是道爲生也象曰觀我生進退未失道也（疏）正義曰觀我生進退之時以觀進退之幾未失道也六四觀國之光利用賓于王居觀之時最近至尊觀國之光者也居近得位明習國儀者也故曰利用賓于王也（疏）正義曰最近至尊是觀國之光利用賓于王者居在親近而得其位明習國之禮儀故宜利用賓于王庭也象曰觀國之光尚賓也（疏）正義曰釋觀國之光義以居近至尊之道志意慕尚爲王賓也九五觀我生君子无咎居於尊位爲觀之主宣弘大化光于四表觀之極者也上之化下猶風之靡草故觀民之俗以察己道百姓有罪在予一人君子風著已乃无咎上為化主將欲自觀乃觀民也（疏）正義曰九五居尊為觀之主四海之内由我而化我教化善則天下有君子之風教化不善則天下著小人之俗故觀民以察我道有君子之風著則无咎也故曰觀我生君子无咎也

象曰觀我生觀民也（疏）正義曰謂觀民以觀我故觀我即觀民也

上九觀其生君子无咎觀我生自觀其道也觀其生為民所觀若也不在於位最處上極高尚其志為天下所觀者也處天下所觀之地可不慎乎故君子德見乃得无咎生猶動出也（疏）上九至无咎○正義曰觀其生者最處上極高尚其志生亦道也為天下觀其己之道故云觀其生也君子无咎者所居天下可觀之地可不慎乎故君子謹慎乃得无咎也注觀我生至動出也○正義曰生猶動出者或動或出是生長之義故云生猶動出六三九五皆云觀我生上九云觀其生此等云生皆為動出故於卦末注總明之也

象曰觀其生志未平也特處異地為衆觀不為平易和光流通志未平也（疏）正義曰釋觀其生之義以特處異地為衆所觀不為平易和光流通志未與世俗均平世无危懼之憂我有符同之慮故曰志未平也

䷔震下離上噬嗑亨利用獄噬齧也嗑合也凡物之不親由有間也物之不齊由有過也有間與過齧而合之所以通也刑克以通獄之利也【疏】正義曰噬嗑亨者噬齧也嗑合也物在於口則隔其上下若齧去其物上下乃合而得亨也此卦之名假借口象以為義以喻刑法也凡上下之間有物間隔當須用刑法去之乃得亨通故云噬嗑亨也利用獄者以刑除間隔之物故利用獄也

彖曰頤中有物曰噬嗑頤中有物齧而合之噬嗑之義也【疏】正義曰此釋噬嗑名也案諸卦之彖先釋卦名乃復言曰某卦曰同人曰大有曰小畜之類是也此發首不疊卦名者若義幽隱者先出卦名後更以卦名結之若其義顯露則不先出卦名則此頤中有物曰噬嗑之類其事可知故不先出卦名此乃夫子因義理文勢隨義而發不為例也

噬嗑而亨有物有間不齧不合无由亨也【疏】正義曰釋亨義由噬嗑而得亨也

剛柔分動而明雷電合而章剛柔分動不溷乃明雷電合不亂乃章皆利用獄之義【疏】剛柔分動至合而章　正義曰釋利用獄之義剛柔既分不相溷雜故動而顯明也雷電既合而不錯亂故事得彰著明而且著可以斷獄剛柔分謂震剛在下離柔在上

剛柔云分雷電云合者欲見明之與動各是一事故剛柔云分也明動雖各一事相須而用故雷電云合但易之爲體取象既多若取分義則云震下離上若取合義則云離震合體共成一卦也此釋二象利用獄之義也○注剛柔分動至用獄之義○正義曰雷電並合不亂乃章者彖文唯云雷電合注云不亂乃章者不亂之文以其上云剛柔分剛柔分則是不亂故云雷電並合不亂乃章也

柔得中而上行雖不當位利用獄也謂五也能爲齧合而通必有其主五則是也上行謂所之在進也凡言上行皆所之在貴也雖不當位不害用獄也

疏 柔得中至用獄也○正義曰此釋爻有利用獄之義陰居五位是柔得中也而上行者既居上卦意在向進故云上行其德如此雖不當位者所居陰位猶利用獄也○注謂五也至不害用獄也○正義曰凡言上行皆所之在貴者輔嗣此注恐畏之適五位則是上行故於此明之凡言上行但所之在進皆曰上行不是唯向五位乃稱上行也故謙卦彖云地道卑而上行坤道體在上故總云上行不止也又損卦彖云損下益上曰上行是減二而益上卦謂之上行是亦不據五也然則此云上行及晉卦彖云上行既在五位而又稱上行則似若王者雖見在尊位猶意在欲進仰慕三皇五帝可貴之道故稱上行者也

象

曰：雷電噬嗑，先王以明罰勑法。〔疏〕正義曰：雷電噬嗑者，但噬嗑之象，其象在口，雷電非噬嗑之體，但噬嗑象外物既有雷電之體，則雷電欲取明罰勑法可畏之義，故連云雷電也。

初九，屨校滅趾，无咎。居无位之地以處刑初，受刑而非治刑者也。凡過之所始，必始於微，而後至於著；罰之所始，必始於薄，而後至於誅。過輕戮薄，故屨校滅趾，桎其行也。足懲而已，故不重也。過而不改，乃謂之過。小懲大誡，乃得其福，故无咎也。校者，以木絞校者也，即械也。校者取其通名也。〔疏〕初九至无咎。○正義曰：屨校滅趾者，屨謂著而履踐也，校謂所施之械也。處刑之初，居无位之地，是受刑之人，非治刑之主。凡過之所始，必始於微，積而不已，遂至於著。罰之所始，必始於薄刑，薄刑之不已，遂至於誅。在刑之初，過輕戮薄，故必校之在足，足為懲誡，故不復重犯。故校之在足，已沒其趾，桎其小過，誡其大惡，過而能改，乃是其福。雖復滅趾，可謂无咎，故言屨校滅趾无咎也。

象曰：屨校滅趾，不行也。過止於此。〔疏〕正義曰：釋屨校滅趾之義，猶著校滅沒其趾也，小懲大誡，故罪過止息不行也。

六二，噬膚滅鼻，无咎。噬，齧也。齧者，刑克之謂也。處中得位，所刑者當，故曰噬膚也。乘剛而

刑未盡順道噬過其分故滅鼻也刑得所疏正義曰六二處
疾故雖滅鼻而无咎也膚者柔脆之物也中得位是用刑
者所刑中當故曰噬膚膚是柔脆之物以喻服罪受刑之人也
乘剛而刑未盡順道噬過其分故至滅鼻言用刑大深也无咎
者用刑得其所疾謂
刑中其理故无咎也象曰噬膚滅鼻乘剛也疏正義
曰乘剛者釋噬膚滅鼻之義
以其乘剛故用刑深也六三噬腊肉遇毒小吝无咎
處下體之極而履非其位以斯食物其物必堅豈唯堅乎將遇
其毒噬以喻刑人腊以喻不服毒以喻怨生然承於四而不乘
剛雖失其正刑不侵順疏正義曰噬腊肉者腊是堅剛之肉
故雖遇毒小吝无咎也毒者苦惡之物也三處下體之
上失政刑人刑人不服若齧其腊肉非但難齧亦更生怨咎猶
噬腊而難入復遇其毒味然也三以柔不乘剛刑不侵順道雖
有遇毒之吝於德亦无大咎故象曰遇毒位不當也疏
曰噬腊肉遇毒小吝无咎也
正義曰位不當者九四噬乾胏得金矢利艱貞吉雖體
謂處位不當也
陽爻為陰之主履不獲中而居其非位以斯噬物物亦不服故
曰噬乾胏也金剛也矢直也噬乾胏而得剛直可以利於艱貞

之吉未足以盡通理之道也〔疏〕正義曰噬乾胏者乾胏是臠肉之乾者履不獲中居其非位以斯治物物亦不服猶如噬乾胏然也得金矢者金剛也矢直也雖刑不能服物而能得其剛直也利艱貞吉者既得剛直利益艱難守貞正之吉猶不能光大通理之道故象云未光也象曰利艱貞吉未光也六五噬乾肉得黃金貞厲无咎乾肉堅也黃中也金剛也以陰處陽以柔乘剛以噬於物物亦不服故曰噬乾肉也然處得尊位以柔乘剛而居於中能行其戮者也履不正而能行其戮剛勝者也噬雖不服得中而勝故曰噬乾肉得黃金也已雖不正而刑戮得當故雖貞厲而无咎也〔疏〕象曰至貞厲无咎○正義曰噬乾肉者乾肉堅也以陰處陽以柔乘剛以此治罪於人人亦不服如似噬乾肉也得黃金者黃中也金剛也以居於中是黃也以柔乘剛是金也既中而行剛能行其戮剛勝者也故曰得黃金也貞厲无咎者已雖不正刑戮得當故雖貞正自危而无咎害位雖不當而用刑得當故象云得當也象曰貞厲无咎得當也上九何校滅耳凶處罰之極惡積不改者也罪非所懲故刑及其首至于滅耳及首非誡滅耳非懲凶莫甚焉〔疏〕象曰至滅耳凶

正義曰何校滅耳凶者何謂擔何處罰之極惡積不改故罪及其首何擔枷械滅沒於耳以至誅殺以其聰之不明積惡致此故象云聰不明也。注處罰之極至凶莫甚焉。正義曰罪非所懲者言其惡積既深尋常刑罪非能懲誡故云罪非所懲也及首非誡滅耳非懲者若罪未及首猶可誡懼歸善也罪已及首性命將盡非復可誡故云及首非誡也校既滅耳將欲刑殺非可懲改故云滅耳非懲也

象曰何校滅耳聰不明也 聰不明故不慮惡積至于不可解也

☶☲ 離下艮上

賁亨小利有攸往 疏 正義曰賁飾也以剛柔二象交相文飾也賁亨者以柔來文剛而得亨通故曰賁亨也小利有攸往者以剛上文柔不得中正故不能大有所往故云小利有攸往也

彖曰賁亨柔來而文剛故亨分剛上而文柔故小利有攸往 剛柔不分文何由生故坤之上六來居二位柔來文剛之義也柔來文剛居位得中是以亨乾之九二分居上位分剛上而文柔之義也剛上文柔不得中位不若柔來文剛故小利有攸往 疏 彖曰至有攸往。正義曰

賁亨柔來而文剛故亨者此釋賁亨之義不直言賁連云賁亨者由賁而致亨事義相連也若大哉乾元以元連乾者也柔來而文剛故亨柔來文剛以文相飾是賁義也相飾即有爲亨故云賁亨亨之下不重以賁字結之者以亨之與賁相連而釋所以亨下不得重結賁字分剛上而文柔故小利有攸往釋小利有攸往義乾體在下今分乾之九二上向文飾坤之上六是分剛上而文柔也棄此九二之中往居无位之地棄善從惡往无大利故小利有攸往也○注剛柔不分至小利有攸往○正義曰坤之上六何以來居二位不居於初三乾之九二何以分居上位不居於五者乾性剛亢故以已九二居坤極坤性柔順不爲物首故以已上六下居乾之二位也且若柔不分居乾二剛不分居坤極則不得文明以止故也又陽本在上陰本在下應分剛而下分柔而上何因分剛向上分柔向下者今謂此本泰卦故也若天地交泰則剛柔得交若乾上坤下則是天地否閉剛柔不得交故分剛而上分柔而下也

天文也剛柔交錯而成文焉天之文也

疏正義曰天之爲體二象剛柔剛柔交錯成文是天文也

文明以止人文也止物不以威武而以文明人之文也

疏正義曰文明離也以止艮也用此文明之道裁止於人是人之文德之教此賁卦之象既有天文人文欲廣美天文

人文之義聖人用之以治於物也觀乎天文以察時變觀乎人文以

化成天下解天之文則時變可知也解人之文則化成可爲也疏正義曰觀乎天文以察時變者言聖

人當觀視天文剛柔交錯相飾成文以察四時變化若四月純陽用事陰在其中靡草死也十月純陰用事陽在其中齊麥生

也是觀剛柔而察時變也觀乎人文以化成天下者言聖人觀察人文則詩書禮樂之謂當法此教而化成天下也象

曰山下有火賁君子以明庶政无敢折獄處賁之時

止物以文明不可以威刑故君子以明庶政而无敢折獄疏正義曰山下有火賁者欲見火以上照山有光明文飾也又

取山含火之光明象君子內含文明以理庶政故云山有火賁也以明庶政者用此文章明達以治理庶政也无敢折獄者勿

得直用果敢所繇訟獄初九賁其趾舍車而徒在賁之始以剛處下居於无位

棄於不義安夫徒步以從其志者也疏正義曰在賁之始以故飾其趾舍車而徒義弗乘之謂也剛處下居於无位之

地乃棄於不義之車而從有義之徒步故云舍車而徒以其志行高絜不苟就輿乘是以義不肯乘故象云義弗乘也象

曰舍車而徒義弗乘也六二賁其須得其位而无應三亦无應
俱无應而比焉近而相得者也須之爲物上
附者也循其所履以附於上故曰賁其須也【疏】正義曰賁其須者須是上
須於面六二常上附於三若似賁飾其須也循其
所履以附於上與上同爲興起故象云與上興也象曰賁其
須與上興也九三賁如濡如永貞吉處下體之極居得其位與
二相比俱履其正和合相潤以成其文者也既得其飾又得
其潤故曰賁如濡如也永保其貞物莫之陵故曰永貞吉也
【疏】正義曰賁如濡如者賁如華飾之貌濡如潤澤之理居得
其位與二相比和合文飾而有潤澤故曰賁如濡如其常
加此長保貞吉物莫之陵故象云永貞之吉終莫之陵也象曰永貞之吉終莫之陵
也六四賁如皤如白馬翰如匪寇婚媾有應在初而閡於三
爲己寇難二志相感不獲通亨欲靜則疑初之應欲進則懼三
之難故或飾或素內懷疑懼也鮮絜其馬翰如以待雖履正位
未敢果其志也三爲剛猛未
可輕犯匪寇乃婚終无尤也【疏】正義曰賁如皤如者皤是素

白之色六四有應在初欲往從之三爲己難故己猶豫或以文
飾故賁如也或守質素故皤如也白馬翰如者但鮮絜其馬其
色翰如徘徊待之未敢輒進也匪寇婚媾者
若非九三爲己寇害乃得與初爲婚媾也 象曰六四當
位疑也匪寇婚媾終无尤也 疏 正義曰六四當位疑者以其當位得
與初爲應但礙於三故遲疑也若不當位則與初非應何須欲
往而致遲疑也匪寇婚媾終无尤者釋匪寇婚媾之義若待匪
有寇難乃爲婚媾則終无尤過若
犯寇難而爲婚媾則終有尤也 六五賁于丘園束帛
戔戔吝終吉 處得尊位爲飾之主飾之盛者也施飾於物其道害也施飾丘園盛莫大焉故賁于束帛
丘園乃落賁于丘園帛乃戔戔用莫過
儉泰而能約故必吝焉乃得終吉也 疏 六五賁于丘園至終吉○正義曰賁
于丘園束帛戔戔者六五處得尊位爲飾之主若能施飾
在於質素之處不華侈費用則所束之帛戔戔衆多也吝終
吉者初時儉約故是其吝也必儉約之吝乃得終吉而有喜也
故象云六五之吉有喜也○注處得尊位至乃得終吉也○正
義曰爲飾之主飾之盛者若宮室輿服之屬五爲飾主若施設
華飾在於輿服宮館之物則大道損害也施飾丘園盛莫大焉

者丘謂丘墟園謂園圃唯草木所生是質素之處非華美之所若能施飾每事質素與丘園相似盛莫大焉故賁于束帛丘園乃落者束帛財物也舉束帛言之則金銀珠玉之等皆是也若賁飾於此束帛珍寶則素質之道乃隕落故云丘園乃落也賁于丘園帛乃戔戔者設飾在於丘園質素之所則不靡費財物束帛乃戔戔衆多也諸儒以爲若賁飾束帛不用聘士則丘園之士乃落也若賁飾丘園之士與之故束帛乃戔戔也諸家注易多爲此解但今案輔嗣之注全無聘賢之意且爻之與象亦无待士之文輔嗣云用莫過儉泰而能約故必吝焉乃得終吉此則賁飾丘園之道不尚華侈而貴儉約也若從先師唯用束帛招聘丘園以儉約待賢豈其義也所以漢聘隱士或乃用羔鴈玄纁蒲輪駟馬豈止束帛之間而云儉約之事今觀注意故爲此解耳 象曰六五之吉有喜也上九白賁无咎處飾之終飾終反素故任其質素不勞文飾而无咎也以白爲飾而无患憂得志者也 疏 正義曰白賁无咎者處飾之終飾終則反素故在其質素不勞文飾故曰白賁无咎也 象曰守志任貞得其本性故象云上得志也言居上得志也白賁无咎上得志也

大七十一

一九七

䷖坤下艮上 剥不利有攸往〔疏〕正義曰剥者剥落也今陰長變剛剛陽剥落故稱剥也小人既長故不利有攸往也

彖曰剥剥也柔變剛也不利有攸往小人長也順而止之觀象也君子尚消息盈虛天行也

坤順而艮止也所以順而止之不敢以剛止者以觀其形象也强亢激拂觸忤以隕身身既傾焉功又不就非君子之所尚也

〔疏〕彖曰至天行也○正義曰剥剥也者釋剥卦名為剥不知何以稱剥故釋云剥者解剥之義是陰長解剥於陽也柔變剛者釋所以此卦名剥之意也不利有攸往小人長者此釋不利有攸往之義小人道長世既闇亂何由可進往則遇災故不利有攸往也順而止之觀象者明在剥之時世既無道君子行之不敢顯其剛直但以柔順止約其上唯望君上形象量其顏色而止也君子尚消息盈虛天行者解所以在剥之時順而止之觀其顏色形象者須量時制變隨物而動君子通達物理貴尚消息盈虛道消之時行消道也道息之時行盈道也在虛之時行虛道也若值消虛之時存身避害危行言遜也若值盈息之時極言正諫建事立功也天行謂逆順消息盈虛乃天道之所行也春夏始生之時天氣盛

大秋冬嚴殺之時天氣消滅故云天行也○注坤順而艮止也

至君子之所尚也○正義曰非君子之所尚者不逐時消息盈虛於无道之時剛亢激拂觸忤以隕身身既傾隕功又不就非君子之所尚也

象曰山附於地剥上以厚下安宅 厚下者牀不見剥也安宅者物不失處也厚下安宅治剥之道也 疏 正義曰山附於地剥者山本高峻今附於地即是剥落之象故云山附於地剥也上以厚下安宅者剥之為義從下而起故在上之人當須豐厚於下安物之居以防於剥也

初六剥牀以足蔑貞凶 牀者人之所以安也剥牀以足猶云剥牀之足也蔑猶削也剥牀之足滅下之道也下道始滅剛隕柔長則正削而凶來也 疏 正義曰剥牀以足者牀者人之所以安處也在剥之初剥道從下而起剥牀之足言牀足已剥也下道始滅也蔑貞凶者蔑削也貞正也下道既蔑則以侵削其貞正所以凶也

象曰剥牀以足以滅下也 疏 正義曰釋剥牀以足之義牀在人下足又在牀下今剥牀之足是盡滅於下也

六二剥牀以辨蔑貞凶 蔑猶甚極之辭也辨者足之上也剥道浸長故剥其辨也稍近於牀轉欲滅物之所處長柔而削正以斯為德

物所棄也【疏】六二至蔑貞凶○正義曰剝牀以辨者辨謂牀身之下牀足之上足與牀身分辨之處也今剝落侵上乃至於辨是漸近人身故云剝牀以辨也蔑貞凶者蔑削也削除中正之道故凶也初六蔑貞但小削而已六二蔑貞是削之甚極故更云蔑貞凶也長此陰柔削其正道以此為德則物之所棄故象云未有與也言无人與助之也○注蔑猶甚極至物所棄也○正義曰蔑猶甚極之辭者初既稱蔑二又稱蔑蔑上復蔑此為蔑甚極故云蔑猶甚極之辭也蔑謂微蔑物之見削則微蔑也故以蔑為削稍近於牀轉欲蔑物之處蔑者物之所處謂牀也今剝道既至於辨在牀體下畔之間是將欲滅牀故云轉欲滅物之所處也

象曰剝牀以辨未有與也

六三剝之无咎與上為應群陰剝陽我獨協焉雖處於剝可以无咎【疏】正義曰六三與上九為應雖在剝陽之時獨能與陽相應雖失位處剝而无咎也

象曰剝之无咎失上下也三上下各有二陰而三獨應於陽則失上下也【疏】正義曰釋所以无咎之義上下群陰皆悉剝陽也已獨能違失上下之情而往應之所以无咎也

六四剝牀以膚凶初二剝牀民所以安未剝其身也至四剝道浸長牀既剝盡以

及人身小人遂盛物將失身豈唯削正靡所不凶【疏】正義曰四道浸長剝牀已盡乃至人之膚體物皆失身所以凶也

象曰剝牀以膚切近災也【疏】正義曰切近災者其災已至故云切近災也

六五貫魚以宮人寵无不利 處剝之時居得尊位為剝之主者也剝之為害小人得寵以消君子者也若能施寵小人於宮人而已不害於正則所寵雖衆終无尤也貫魚謂此衆陰也駢頭相次似貫魚也【疏】正義曰貫魚以宮人寵者處得尊位為剝之主剝之為害小人得寵以消君子貫魚者謂衆陰也駢頭相次似若貫穿之魚此六五若能處待衆陰但以宮人之寵相似宮人被寵不害正事則終无尤過无所不利故云无不利故象云終无尤也

象曰以宮人寵終无尤也

上九碩果不食君子得輿小人剝廬 處卦之終獨全不落故果至于碩而不見食也君子居之則為民覆蔭小人用之則剝下所庇也【疏】正義曰碩果不食者處卦之終獨得完全不被剝落猶如碩大之果不為人食也君子得輿者若君子而居此位能覆蔭於下使得全安是君子居之則得車輿也若小人居之下无庇蔭在下之人被

剝徹廬舍也

象曰君子得輿民所載也小人剝廬終不可用也【疏】正義曰君子得輿民所載者釋得輿之義若君子居處此位養育其民民所仰載也小人剝廬終不可用者言小人處此位為君剝徹民之廬舍此小人終不可用為君也

䷗震下坤上 復亨出入无疾朋來无咎反復其道七日來復利有攸往【疏】正義曰復亨者陽氣反復而得亨通故云復亨也出入无疾者出則剛長入則陽反理會其時故无疾病也朋來无咎者朋謂陽也反復眾陽朋聚而來則无咎若非陽眾來則有咎以其眾陽之來故无咎也反復其道七日來復者欲速反之與復而得其道不可過遠唯七日則來復乃合於道也利有攸往者以陽氣方長往則小人道消故利有攸往也

彖曰復亨剛反動而以順行是以出入无疾 入則為反出則剛長故无疾疾猶病也 朋來无咎 朋謂陽也【疏】彖曰至无咎○正義曰復亨者以陽復則亨故以亨連復而釋之也剛反動而以順行者既上釋復亨之義又下釋出入无疾

朋來无咎之理故云是以出入无疾朋來无咎也

反復其道七日來復

陽氣始剝盡至來復時凡七日

（疏）正義曰陽氣始剝盡謂陽氣始於剝盡之後至陽氣來復時凡經七日觀注之意陽氣從剝盡之後至於反復凡經七日其注分明如褚氏莊氏並云五月一陰生至十一月一陽生凡七月而云七日不云月者欲見陽長須速故變月言日今輔嗣云剝盡至來復是從盡至來復經七日也若從五月言之何得云始盡也又臨卦亦是陽長而言八月今復卦亦是陽長何以獨變月而稱七日觀注之意必謂不然亦用易緯六日七分之義同鄭康成之說但於文省略不復具言案易緯稽覽圖云卦氣起中孚故離坎震兌各主其一方其餘六十卦卦有六爻爻別主一日凡主三百六十日餘有五日四分日之一者每日分爲八十分五日分爲四百分四分日之一又爲二十分是四百二十分六十卦分之六七四十二卦別各得七分是每卦得六日七分也剝卦陽氣之盡在於九月之末十月當純坤用事坤卦有六日七分坤卦之盡則復卦陽來是從剝盡至陽氣來復隔坤之一卦六日七分舉成數言之故輔嗣言凡七日也反復者則出入之義反謂入而倒反復謂既反之後復而向上也

天行也

以天之行反覆不過七日復之不可遠也

（疏）正義曰反復其道七日來

復天行者以天行釋反復其道七日來復之義言反之與復得合其道唯七日而來復不可以遠也此是天之所行也天之陽氣絕滅之後不過七日陽氣復生此乃天之自然之理故曰天行也

利有攸往剛長也

往則小人道消也

【疏】正義曰以剛長釋利有攸往之義也

復其見天地之心乎

復者反本之謂也天地以本為心者也凡動息則靜靜非對動者也語息則默默非對語者也然則天地雖大富有萬物雷動風行運化萬變寂然至无是其本矣故動息地中乃天地之心見也若其以有為心則異類未獲具存矣

【疏】復見天地之心乎。正義曰復其見天地之心乎者此贊明復卦之義天地養萬物以靜為心不為而物自為不生而物自生寂然不動此天地之心也此復卦之象動息地中雷在地下息而不動靜寂之義與天地之心相似觀此復象乃見天地之心也天地非有主宰何得有心以人事之心託天地以示法爾。注復者反本之謂也至未獲具存矣。正義曰復者反本之謂也者往前離本處而去今更反於本處是反本之謂也天地以本為心者本謂靜也言天地寂然不動是以本為心者也凡動息則靜靜非對動者也天地之動靜為其本動為其末言靜時多也動時少也若暫時而動止息則歸靜是靜非對動言靜之為本自然而有

非對動而生静故曰静非對動者也語息則默默非對語者語
則聲之動默則口之静是不語之時恒常默也非是對語有默
以動静語默而无別體故云非對也云天地雖大富有萬物雷
動風行運化萬變者此言天地之動也言寂然至无是其本矣
者凡有二義一者萬物雖運動於外而天地寂然至无於其内
也外是其末内是其本言天地无心也二者雖雷動風行千化
万變若其雷風止息運化停住之後亦寂然至无也若其以有
爲心則異類未獲具存者凡以无爲心則物我齊致親疎一等
則不害異類彼此獲寧若其以有爲心則我之自我不能普
及於物物之自物不能普賴於我物則被害故未獲具存也象

曰雷在地中復先王以至日閉關商旅不行后
不省方 方事也冬至陰之復也夏至陽之復也故爲復則至於寂然大静先王則天地而行者也動復則静行復
則止事復則无事也 疏 象曰至后不省方○正義曰雷在地中復者雷是動物復卦以動息爲主故曰雷在地中先王
以至日閉關者先王象此復卦以二至之日閉塞其關也商旅
不行於道路也后不省方者方事也后不省視其方事也以地
掩閉於雷故關門掩閉商旅不行君后掩閉於事皆取動息之
義○注方事也至事復則无事也○正義曰方事者恐方是四

方境域故以方為事也言至日不但不可出行亦不可省視事也
冬至陰之復夏至陽之復故復為反本靜為動本冬至一陽生是
陽動用而陰復於靜也夏至一陰生是陰動用而陽復於靜也動
復則靜行復則止事復則无事若動而反復則歸靜行而反復則
歸止事而反復則歸于无事也**初九不遠復无祇悔元吉**最處復初始復者也復之
不速遂至迷凶不遠而復幾悔而反以此脩
身患難遠矣錯之於事其殆庶幾乎故元吉也（疏）正義曰不遠復者最處復
初是始復者也既在陽復即能從而復之是迷而不遠即能復
也无祇悔元吉者韓氏云祇大也既能速復是无大悔所以大
吉**象曰不遠之復以脩身也**（疏）正義曰釋不遠之復也所以不遠速
復者以能脩正其身有過則改故也**六二休復吉**得位處中最比於初上无陽爻以疑其親陽為仁行在初
之上而附順之下仁之謂也既處中位親仁善鄰復之休也（疏）正義曰得位處中最比於初陽為仁行已在其上附
而順之是降下於仁是休美之復故云休復吉也以其下仁所以吉也故象云休復之吉以下仁也**象曰休復**
之吉以下仁也六三頻復厲无咎頻頻蹙之貌也處下體之終雖

愈於上六之迷已失復遠矣是以蹙也蹙而求復未至於迷故雖危无咎也復道宜速蹙而乃復義雖无咎它來難保

【疏】象曰休復之吉至无咎　正義曰頻復者頻謂頻蹙六三處下體之上去復稍遠雖勝於上六迷復猶頻蹙而復復道宜速謂蹙而求復也去復猶近雖有危厲於義无咎故象云義无咎也

注頻蹙之貌至它來難保　正義曰義雖无咎它來難保者去復未甚大遠於義雖復无咎謂以道自守得无咎也若自守之外更有他事而來則難可保此无咎之吉也所以象云義无咎守常之義得无咎也

象曰頻復之厲義无咎也六四中行獨復　四上下各有二陰而處厥中履得其位而應於初獨得所復順道而反物莫之犯故曰中行獨復也

【疏】象曰至中行獨復　正義曰中行獨復者處於上卦之下上下各有二陰已獨應初居在眾陰之中故云中行獨自應初故云獨復從道而歸故象云以從道也

象曰中行獨復以從道也六五敦復无悔　居厚而履中居厚則无怨履中則可以自考雖不足以及休復之吉守厚以復悔可免也

【疏】正義曰敦復无悔者處坤之中是敦厚於復故云敦復既能履中又能自考成其行既居敦厚物无所怨雖不及六二之休復猶得

免於悔吝，故云无悔也。象曰：敦復无悔，中以自考也。【疏】正義曰：釋无悔之義，以其處中，能自考其身，故无悔也。

上六：迷復凶，有災眚，用行師，終有大敗，以其國君凶，至于十年不克征。最處復後，是迷者也。以迷求復，故曰迷復也。用之行師，難用有克也，終必大敗。用之於國，則反乎君道也。大敗乃復，量斯勢也，雖復十年修之，猶未能征也。【疏】上六迷復凶至不克征　正義曰：迷復凶者，最處復後，是迷闇於復，以迷求復，所以凶也。有災眚者，闇於復道，必无福慶，唯有災眚也。用行師終有大敗者，所為既凶，故用之行師，必无克勝，唯終有大敗也。以其國君凶者，以用也。用此迷復於其國內，則反違君道，所以凶也。至于十年不克征者，師敗國凶，量斯形勢，雖至十年，猶不能征伐，以其迷闇不復，而反違於君道，故象云迷復之凶，反君道也。

象曰：迷復之凶，反君道也。

☳☰ 震下乾上

无妄：元亨利貞。其匪正有眚，不利有攸往。【疏】正義曰：无妄者，以剛為內主，動而能健，以此臨下，物皆无敢詐偽虛妄，俱行實理，所以大得亨通，利於貞

正義曰无亨利貞也其匪正有眚不利有攸往若物既无妄當以正道行之若其匪依正道則有眚災不利有所往也

彖曰无妄剛自外來而爲主於内謂震也動而健震動而乾健也

疏 正義曰以此卦象釋能致无妄之義以震之剛從外而來爲主於内震動而乾健故能使物无妄也

剛中而應謂五也

疏 正義曰明爻義能致无妄九五以剛處中六二應之是剛中而應剛中則能制斷虛實有應則物所順從不敢虛妄也

大亨以正天之命也剛自外來而爲主於内動而愈健剛中而應威剛方正私欲不行何可以妄使有妄之道滅无妄之道成非大亨利貞而何剛自外來而爲主於内則柔邪之道消矣動而愈健則剛直之道通矣剛中而應則齊明之德著矣故大亨以正也天之教命何可犯乎何可妄乎是以匪正則有眚而不利有攸往也

疏 大亨以正天之命也 正義曰釋元亨利貞之義威剛方正私欲不行何可以妄此天之教命也天道純陽剛而能健是乾德相似故云天之命也既是天命豈可犯乎 注剛自外來至不利有攸往也 正義曰云使有妄之道滅无妄之道成者妄謂虛妄矯詐不循正理若无剛中之主柔弱邪僻則物皆詐妄是有妄之道興也今遇剛中

之上威嚴剛正在下畏威不敢詐妄是有妄之道滅无妄之道成 **其匪正有眚不利有**匪正有眚**攸往无妄之往何之矣天命不祐行矣哉**不求改以從正而欲有所往居不可以妄之時而欲以不正有所往將欲何之天命之所不祐竟矣哉

疏 其匪正有眚至天命不祐行矣哉　正義曰其匪正有眚不利有攸往无妄之往何之矣若此釋匪正有眚不利有攸往之義也无妄之往何之矣上之是語辭下之是適也身既非正在无妄之世欲有所往何所之適矣故云无妄之往何之矣天命不祐行矣哉者身既非正欲有所往犯違天命則天命不祐助也必竟行矣哉言終竟行此不祐之事也　注匪正有眚至不祐竟矣哉　正義曰竟矣哉者竟謂終竟言天所不祐終竟行矣哉

象曰天下雷行物與无妄與辭也猶皆也天下雷行物皆不可以妄也

疏 正義曰天下雷行者雷是威恐之聲今天下雷行震動萬物物皆驚肅无敢虛妄故云天下雷行物皆无妄也 **先王以茂對時育萬物**茂盛也物皆不敢妄然後萬物乃得各全其性對時育物莫盛於斯也

疏 正義曰茂盛也對當也言先王以此无妄盛事當其无妄之時

育萬物也此唯王者其德乃耳非諸侯已下所能故不云君子而言先王也案諸卦之象直言兩象即以卦名結之若雷在地中復今无妄應云天下雷行无妄今云物與无妄者欲見萬物皆无妄故加物與二字也其餘諸卦未必萬物皆與卦名同義故直顯象以卦結之至如復卦唯陽氣復非是萬物皆復舉復一卦餘可知矣

初九无妄往吉

體剛處下以貴下賤行不犯妄故往得其志

【疏】正義曰體剛處下以貴下賤所行教化不為妄動故往吉而得志也

象曰无妄之往得志也六二不耕穫不菑畬則利有攸往

不耕而穫不菑而畬代終已成而不造也不擅其美乃盡臣道故利有攸往

【疏】象曰至利有攸往　正義曰不耕穫不菑畬者六二處中得位盡於臣道不敢創首唯守其終猶若田農不敢發首而耕唯在後穫刈而已不敢發新田唯治其菑熟之地皆是不為其初而成其末猶若為臣之道不為事始而代君有終也則利有攸往若為臣如此則利有攸往若不如此則往而无利也

象曰不耕穫未富也

【疏】正義曰釋不耕而穫之義不敢前耕但守後穫者未敢以耕耕之與穫俱為己事唯為後穫不敢先耕事既闕初不擅其美故云未富也

六三无妄之災或繫之牛行人之得邑人之災以陰居陽行違謙順是无妄之所以為災也牛者稼穡之資也二以不耕而穫利有攸往而三為不順之行故或繫之牛是有司之所以為穫彼人之所以為災也故曰行人之得邑人之災也【疏】六三至人之災　正義曰无妄之世邪道不行六三陰居陽位失其正道行違謙順而乖臣範故无妄之所以為災矣牛者稼穡之資六三僭為耕事行唱始之道而為不順王事之行故有司或繫其牛制之使不妄造故曰或繫之牛也行人者有司之義也有司繫得其牛是行人制之得功故曰行人之得彼居三者是處邑之人僭為耕事受其災罰故曰行人之得邑人之災也

象曰行人得牛邑人災也【疏】正義曰釋行人之得義也以行人所得謂得牛也此則得牛彼則為災故云邑人災也

九四可貞无咎處无妄之時以陽居陰以剛乘柔履於謙順比近至尊故可以任正固有所守而无咎【疏】正義曰以陽居陰以剛乘柔履於謙順上近至尊可以任正固有所守而无咎故曰可貞无咎也

象曰可貞无咎固有之也【疏】正義曰釋可貞无咎之義所以可執貞正言堅固有

所執守故曰无咎也

九五无妄之疾勿藥有喜

注 居得尊位為无妄之主者也下皆无妄害非所致而取藥焉疾之甚也非妄之災勿治自復非妄而藥之則凶故曰勿藥有喜

疏 正義曰无妄之疾者九禍疾所起由有妄而來今九五居得尊位為无妄之主下皆无妄而偶然有此疾害故云无妄之疾也勿藥有喜者若疾自已招或寒暑飲食所致當須治療若其自然之疾非已所致疾當自損勿須藥療而有喜也此假病象以喻人事猶若人主而剛正自脩身无虛妄下亦无虛妄而遇逢凶禍若堯湯之厄災非已招但順時脩德勿須治理必欲除去不勞煩天下是有喜也然堯遭洪水使鯀禹治之者雖知災未可息必須順民之心鯀之不成以災未息也禹能治救災欲盡也是亦自然之災勿藥有喜之義也

象曰无妄之藥不可試也

注 藥攻有妄者也而反攻无妄故不可試也

疏 正義曰解勿藥有喜之義若有妄致疾其藥可用若身既无妄自然致疾其藥不可試也若其試之恐更益疾也言非妄有災不可治也若必欲治之則勞煩於下害更甚也此非直施於人主至於凡人之事亦皆然也若已之无罪忽逢禍患此乃自然之理不須憂勞救護亦恐反傷其性

上九无妄行有眚无攸利

注 處不

可妄之極唯宜靜保其身而已故不可以行也【疏】正義曰處不可妄之極唯宜靜保其身若動行必有災眚无所利也位處窮極動則致災故象云无妄之行窮之災也

象曰无妄之行窮之災也

䷙乾下艮上 大畜利貞不家食吉利涉大川【疏】正義曰謂之大畜者乾健上進艮止在上止而畜之能畜止剛健故曰大畜彖云能止健大正也是能止健故爲大畜也小畜則巽在乾上以其巽順不能畜止乾之剛故云小畜也此則艮能止之故爲大畜也利貞者人能止健非正不可故利貞也不家食吉者已有大畜之資當須養順賢人不使賢人在家自食如此乃吉也利涉大川者豐則養賢應於天道不憂險難故利涉大川

彖曰大畜剛健篤實輝光日新其德 凡物既厭而退者弱也既榮而隕者薄也夫能輝光日新其德者唯剛健篤實也【疏】正義曰言大畜剛健篤實者此釋大畜之義剛健謂乾也乾體剛性健故言剛健也篤實謂艮也艮體靜止故稱篤實也輝光日新其德者以其剛健篤實之故故能輝耀光榮日日增新其德若无剛健則劣弱也必既厭而退若无篤實則虛薄也必既榮而隕何能久有輝光日新其德乎 注凡物既厭至剛

健篤實也　正義曰凡物既厭而退者弱也若釋經剛健也若不剛健則見厭被退能剛健則所爲日進不被厭退也既榮而隕者薄也若釋經篤實也凡物暫時榮華而即隕落者由體質虛薄也若能篤厚充實則恒保榮美不有隕落也剛

上而尚賢謂上九也處上而大通剛來而不距尚賢之謂也　疏　剛上而尚賢　正義曰剛上謂上九也乾剛向上上九不距是貴尚賢也　注謂上九至尚賢之謂也　正義曰謂上九也者言上九之德見乾之上進而不距逆是貴尚賢也處上而大通者釋上九何天之衢亨是處上通也既處於上下應於天有大通之德也剛來而不距者以有大通既見乾來而不距逆是尚賢之義也

能止健大正也健莫過乾而能止之非夫大正未之能也　疏　正義曰釋利貞義所以艮能止乾之健者德能大正故能止健也

不家食吉養賢也利涉大川應乎天也有大畜之實以之養賢令賢者不家食乃吉也尚賢制健大正應天不憂險難故利涉大川也　疏　不家食吉至應乎天也　正義曰不家食吉養賢者釋不家食吉所以不使賢者在家自食而獲吉也以在上有大畜之實養此賢人故不使賢者在家自食也利涉大川應乎天者以貴尚賢人大正應天可逾越險難故利涉

大川也注有大畜之實乃利涉大川也　正義曰尚賢制健
者謂上九剛來不距尚賢之謂也艮能畜剛制健之謂也故上
經云剛上而尚賢王注云謂上九也又云能止健大正也王注
云健莫過乾而能止之非夫大正未之能也則是全論艮體明
知尚賢謂上九也制健謂艮體也大正應天者謂艮也故前文
云能止健大正也止健是艮也應天者上體之艮應下體之乾
故稱應天也此取上卦下卦而相應非謂一陰一陽而相應也　象曰天在山中大畜君
子以多識前言往行以畜其德物之可畜於懷令德不散盡於此也
疏象曰至以畜其德　正義曰天在山中者欲取德積於身
中故云天在山中也君子以多識前言往行以畜其德者
君子則此大畜物既大畜德亦大畜故多記識前代之言往賢
之行使多聞多見以畜積己德故云以畜其德也　注物之可
畜至盡於此也　正義曰物之可畜於懷令其道德不有棄散
者唯賢人君子前言往行可以令德不散也唯此而已故云盡
於此也　初九有厲利已四乃畜己未可犯也故進則有厲已則利也　疏正義曰初九雖
有厲於四四乃抑畜於己己今若往則有危厲唯利
休已不須前進則不犯禍凶也故象云不犯災也　象曰有

厲利已不犯災也處健之始未果其健者故能利已九二輿說輹五處畜盛未可犯也遇斯而進故輿說輹也居得其中能以其中不爲馮河死而无悔遇難能止故无尤也疏正義曰九二雖與六五相應五處畜盛未可犯也若遇斯而進則輿說其輹車破敗也以其居中能遇難而止則无尤過故象云中无尤也以其居中能自止息故无尤也此輿說輹亦假象以明人事也象曰輿說輹中无尤也九三良馬逐利艱貞曰閑輿衛利有攸往凡物極則反故畜極則通初二之進值於畜盛故不可以升至於九三升于上九而上九處天衢之亨塗徑大通進无違距可以馳騁故曰良馬逐也履當其位進得其時在乎通路不憂險厄故利艱貞也閑閡也衛護也進得其時雖涉艱難而无患也輿雖遇閑而故衛也與上合志故利有攸往也疏正義曰九三良馬逐者初二之進值於畜盛不可以升至於九三升于上九而上九處天衢之亨塗徑大通進无違距故九三可以良馬馳逐也利艱貞者履當其位進得其時在乎通路不憂險厄故宜利艱難而貞正也若不值此時雖平易守正而尚不可況艱難而欲行正乎曰閑輿衛者進得其時涉難无患雖曰有人欲

閑衛車輿乃是防衛見護也故云曰閑輿衛也利有攸往者與上合志利有所往故象云上合志也

象曰利有攸往上合志也

六四童牛之牿元吉

處艮之始履得其位能止健初距不以角柔以止剛剛不敢犯抑銳之始以息彊爭豈唯獨利乃將有喜也

疏 正義曰童牛之牿元吉者處艮之始履得其位能抑止剛健之初距此初九不須用角故用童牛牿止其初也元吉者柔以止剛剛不敢犯以息彊爭所以大吉而有喜也故象云元吉有喜也

象曰六四元吉有喜也

六五豶豕之牙吉

豕牙橫猾剛暴難制之物謂二也五處得尊位為畜之主二剛而進能豶其牙柔能制健禁暴抑盛豈唯能固其位乃將有慶也

疏 豶豕至有慶也 正義曰豶豕之牙吉者豕牙謂九二也二既剛陽似豕牙之橫猾九二欲進此六五處得尊位能豶損其牙故云豶豕之牙柔能制健禁暴抑盛所以吉也非唯獨吉乃終久有慶故象云六五之吉有慶也

注豕牙橫猾至有慶也 正義曰能豶其牙者觀注意則豶是禁制損去之名褚氏云豶除也除其牙也然豶之為除爾雅無訓案爾雅云墳大防則墳是隄防之義此豶其牙謂防止其牙古字假借雖豕傍土邊之異其義亦通豶其牙謂止

其牙　象曰六五之吉有慶也上九何天之衢亨

處畜之極畜極則通大畜以至於大亨之時何辭也猶云何畜乃天之衢亨也（疏）正義曰何天之衢亨者何謂語辭猶云何畜也處畜極之時更何所畜乃天之衢亨无所不通也故象云何天之衢道大行也何氏云天衢既通道乃大亨　象

曰何天之衢道大行也

䷚震下艮上　頤貞吉觀頤自求口實（疏）正義曰頤貞吉者於頤養之世養此貞正則得吉也觀頤者頤養也觀此聖人所養物也自求口實者觀其自養求其口中之實也　彖曰頤貞

吉養正則吉也觀頤觀其所養也自求口實觀

其自養也天地養萬物聖人養賢以及萬民頤

之時大矣哉（疏）彖曰至大矣哉　正義曰頤貞吉養正則吉者釋頤貞吉之義頤養也貞正也所養得正則有吉也其養正之言乃兼二義一者養此賢人是其養正故下云聖人養賢以及萬民二者謂養身得正故象云

慎言語節飲食以此言之則養正之文兼養賢及自養之義也
觀頤觀其所養也者釋觀頤之養也言在下觀視在上頤養所
養何人故云觀頤觀其所養也自求口實觀其自養者釋自求
口實之義也謂在下之人觀此在上自求口中之實是觀其自
養則是在下觀上乃有二義若所養是賢及自養有節則是其
德盛也若所養非賢及自養乖度則其德惡也此卦之意欲使
所養得也不欲所養失也天地養萬物若自此已下費言頤卦
所養唯大故云天地養萬物也聖人養賢以及萬民者先須養
賢乃得養民故云養賢以及萬民也聖人但養賢人使治衆衆
皆獲安有如虞舜五人周武十人漢帝張良齊君管仲此皆養
得賢人以為輔佐政治世康兆庶咸說此則聖人養賢以及萬
民之義也頤之時大矣哉者以彖釋頤義於理既盡更無餘意
故不云義所以直言頤之時大
矣哉以所養得廣故云大矣哉　象曰山下有雷頤君子

以慎言語節飲食 言飲食猶慎而之而況其餘乎 疏 正義曰山止於上雷動於
下頤之為用下動上止故曰山下有雷頤人之開發言語咀嚼
飲食皆動頤之事故君子觀此頤象以謹慎言語裁節飲食先
儒云禍從口出患從口入故於頤養而慎節也

初九舍爾靈龜觀我朵頤凶

朵頤者嚼也以陽處下而爲動始不能令物由己養動而求養者也夫安身莫若不競脩己莫若自保守道則福至求祿則辱來居養賢之世不能貞其所履以全其德而舍其靈龜之明兆羨我朵頤而躁求離其致養之至道闚我寵祿而競進凶莫甚焉

【疏】初九至朵頤凶○正義曰靈龜謂神靈明鑒之龜兆以喻己之明德也朵頤謂朵動之頤以嚼物喻貪惏以求食也初九以陽處下而爲動始不能使物賴己而養而更自動求養是舍其靈龜之明兆觀我朵頤而躁求是損己廉靜之德行其貪競之情所以凶也不足可貴故象云亦不足貴也○注朵頤者嚼也至凶莫甚焉○正義曰朵頤者嚼也者朵是動義如手之捉物謂之朵也今動其頤故知嚼也不能令物由己養者若道德弘大則己能養物是物由己養今身處无位之地又居震動之始是動而自求養也離其致養之至道闚我寵祿而競進者若其能自守廉靜保其明兆則能致君上所養今不能守廉靜是離其致養之至道反以求其寵祿而競進也

象曰觀我朵頤亦不足貴也

六二顛頤拂經于丘頤征凶養下曰顛拂違也經猶義也丘所履之常也處下體之中无應於上反而養初居下不奉上而反養下故曰顛頤拂經于丘也以此而養未見其福也以此而行未見有

與故曰頤征凶【疏】正義曰顛頤倒也拂違也經義也丘所履之常處也六二處下體之中无應於上反倒下養初故曰顛
頤下當奉上是義之常處也今不奉於上而反養於下是違此經義於常之處故云拂經于丘也頤征凶者征行也若以此而
養所行皆凶故曰頤征凶也 象曰六二征凶行失類也 類皆上養而二處下
養初【疏】正義曰頤養之體類皆養上也今此獨養下是所行失類也 六三拂頤貞凶十
年勿用无攸利 履夫不正以養於上納上以諂者也拂養正之義故曰拂頤貞凶也處頤而為此行
十年見棄者也立行於斯无施而利【疏】正義曰拂頤貞凶者拂違也履夫不正以養上九是自納於上以諂媚者也
養正之義故曰拂頤貞而有凶也為行如此雖至十年猶勿用而見棄也故曰十年勿用立行於此故无所利也 象
曰十年勿用道大悖也【疏】正義曰釋十年勿用之義以其養上以諂媚則於正
道大悖亂解十年勿用見棄也 六四顛頤吉虎視眈眈其欲逐逐
无咎 體屬上體居得其位而應於初以上養下得頤之義故曰顛頤吉也下交不可以瀆故虎視眈眈威而不猛不

恥而嚴養德施賢何可有利故其欲逐逐尚敦篤也修此二者
然後乃得全其吉而无咎觀其自養則履正察其所養則養陽
頤爻之貴斯爲盛矣【疏】六四顛頤吉至无咎　正義曰顛頤吉者體屬
上體居得其位而應於初以上養下得養之宜
所以吉也虎視眈眈者以上養下不可褻瀆恒如虎視眈眈然
威而不猛也其欲逐逐者既養於下不可有求其情之所欲逐
逐然尚於敦實也无咎者若能虎視眈眈其欲逐逐雖復顛頤
養下則得吉而无咎也　注體屬上體至爲盛矣　正義曰
觀其自養則履正者以陰處陰四自處其身是觀其自養則能
履正道也察其所養則養陽者六四下養於初是觀其所養初
是陽爻則能養陽也

象曰顛頤之吉上施光也【疏】正義曰釋顛頤吉之義上
謂四也下養於初是上施也能威而不猛如虎視眈眈又寡欲
少求其欲逐逐能爲此二者是上之所施有光明也然六二顛
頤則爲凶六四顛頤得爲吉者六二身處下體而又下養所以
凶也六四身處上體又應於初陰而應陽又能威嚴寡欲所以
吉也

六五拂經居貞吉不可涉大川以陰居陽拂頤之
義也行則失類故
宜居貞也无應於下而比於上故可守貞從上得
頤之吉雖得居貞之吉處頤違謙難未可涉也【疏】正義曰
拂違也

經義也以陰居陽不有謙退乖違於頤養之義故言拂經也居貞吉者若行則失類居貞吉也不可涉大川者處頤違謙患難未解故不可涉大川故居貞吉也

象曰居貞之吉順以從上也

疏正義曰釋居貞之義以五近上九以陰順陽親從於上故得居貞吉也

上九由頤厲吉利涉大川

注以陽處上而履四陰陰不能獨為主必宗於陽也故莫不由之以得其養故曰由頤為衆陰之主不可瀆也故厲乃吉有似家人悔厲之義貴而无位是以厲也高而有民是以吉也為養之主物莫之違故利涉大川也

疏正義曰由頤者以陽處上而履四陰陰不能獨為其主必宗事於陽也衆陰莫不由之以得其養故曰由頤也厲吉者為衆陰之主不可褻瀆嚴厲乃吉故云厲吉也利涉大川者為養之主无所不為故利涉大川而有慶也故象云大有慶也

象曰由頤厲吉大有慶也

䷛ 巽下兌上 **大過**

疏大過 正義曰過謂過越之過非經過之過此衰難之世唯陽爻乃大能過越常理以拯患難也故曰大過以人事言之猶若聖人過越常理以拯患難也

注音相過之過 正義曰相過者謂相過越之

其甚也非謂相過從之過故象云澤滅木是過越之甚也四陽在中二陰在外以陽之過越之甚也棟橈利有

攸往亨〔疏〕正義曰棟橈者謂屋棟也本之與末俱橈弱以言衰亂之世始終皆弱也利有攸往亨者既遭大

衰難聖人利有攸往以拯患難乃得亨通故云利有攸往亨也彖曰大過大者過也大者

乃能過也〔疏〕正義曰釋大過之義也大者過謂盛大者乃能過其分以拯難也故於二爻陽處陰位乃能拯難也亦

是過甚之義棟橈本末弱也初為本而上為末也〔疏〕正義曰釋棟橈義以大過本末俱弱

故屋棟橈弱也以若衰難之時始終弱也剛過而中謂二也居陰過也處二中也拯弱興衰不失其中也巽

而說行巽而說行以此救難難乃濟也利有攸往乃亨危而弗持則將安用故往

乃亨〔疏〕正義曰剛過而中巽而說行利有攸往乃亨者此經利有攸往乃亨義剛過而中謂二也以陽處陰剛之過

極之甚則陽來拯此陰難是過極之甚也巽順和說而行難乃得濟故利有攸往得亨也故云乃亨既以大

過之時大矣哉是有為之時也〔疏〕正義曰此廣說大過之美言當此大過之時唯君子

有為拯難其功甚大故曰大矣哉也

象曰：澤滅木，大過。君子以獨立不懼，遯世无悶。此所以為大過，非凡所及也。疏正義曰：澤滅木者，澤體處下，木體處上，澤无滅木之理，今云澤滅木者，是澤之甚極而至滅木，是極大過越之義。其大過之卦有二義也：一者物之自然大相過越常分，即此澤滅木是也；二者大人大過越常分以拯患難，則九二枯楊生稊，老夫得其女妻是也。君子以獨立不懼、遯世无悶者，明君子於衰難之時，卓爾獨立，不有畏懼，隱遯於世而无憂悶，欲有遯難之心，其操不改。凡人遇此則不能然，唯君子獨能如此，是其過越之義。

初六：藉用白茅，无咎。以柔處下，過而可以无咎，其唯慎乎。疏正義曰：以柔處下，心能謹慎，薦藉於物，用絜白之茅，言以絜素之道奉事於上也。无咎者，既能謹慎如此，雖遇大過之難而无咎也。以柔道在下，所以免害，故象云柔在下也。

象曰：藉用白茅，柔在下也。

九二：枯楊生稊，老夫得其女妻，无不利。稊者，楊之秀也。以陽處陰，能過其本而救其弱者也。上无其應，心无特吝，處過以此，无衰不濟也。故能令枯楊更生稊，老夫更得少妻，拯弱興衰，莫盛斯爻，故无不利也老過則枯少過則稚以老分少則稚者長以稚分老則枯者榮過以相與之謂也大過至衰而已至壯以至壯輔至衰應斯義也【疏】象曰藉用白茅至无不利 正義曰枯楊生稊者枯謂枯槁稊謂楊之秀者九二以陽處陰能過其本分而救其衰弱上无其應心无特吝處大過之時能行此道无有衰者不被拯濟故衰者更盛猶若枯槁之楊更生少壯之稊枯老之夫得其少女爲妻也无不利者謂拯弱興衰莫盛於此以斯而行无有不利也 注稊者楊之秀也至衰應斯義也 正義曰稊者楊柳之穗故云楊之秀也以陽處陰能過其本而救其弱者若以陽處陽是依其本分今以陽處陰是過越本分拯救陰弱也老過則枯少過則稚若老之太過則枯槁少之太過則幼稚也以老分少則稚者長謂老夫減老而與女妻女妻得之而更益長故云以老分少則稚者長也以稚分老則枯者榮者謂女妻減少而與老夫老夫得之似若槁者而更得生稊故云則枯者榮也云大過至衰而已至壯以至壯輔至衰應斯義者此大過之卦本明至壯輔至衰不論至衰減至壯故輔衰嗣此注特云以至壯輔至衰也象曰過以相與者因至壯而輔至衰似女妻而助老夫遂因云老夫減老而與少猶若至衰減衰而與壯也其實不然也

象曰老夫女妻過以相與也【疏】正義曰釋

老夫女妻之義若老夫而有老妻是依分相對今若老夫而得女
妻是過分相與也老夫得女妻是女妻以少而與老夫老夫得
少而更壯是女妻過分而與夫也女妻而得少夫是依分相對
今女妻得老夫是老夫減老而與少女妻既得其老則益長是
老夫過分而與妻也故云過以相與象直云老夫女妻不云枯
楊生稊者枯楊則是老夫也生稊則女妻也其意相似故象略
而不言

九三棟橈凶 居大過之時處下體之極不能救危拯弱以隆其棟而以陽處陽自守所居又應於上係心在一宜其淹弱而凶衰也

【疏】正義曰居大過之時處下體之極以陽居陽不能救危拯弱唯自守而已獨應於上係心在一所以凶也心既褊狹不可以輔救衰難故象云不可以有輔也

象曰棟橈之凶不可以有輔也

九四棟隆吉有它吝 體屬上體以陽處陰能其弱不為下所橈者也故棟隆吉也而應在初用心不弘故有它吝也

【疏】正義曰棟隆吉者體居上體以陽處陰能拯救其弱不為下所橈故得棟隆起而獲吉也有它吝者以有應在初心不弘闊故有它吝也

象曰棟隆之吉不橈乎下也

【疏】正義曰釋棟隆之吉以其能拯於難不被橈乎在下故得棟隆吉九

然初行又謙順能拯於難然唯只拯初初謂下也下得
若所居屋棟隆起下以不橈弱何得之不被橈乎在下
云棟橈彖辭棟橈者本末弱也以屋棟橈弱而偏則屋下
亡亦先弱柱爲本橈爲末觀此彖辭是足以見其義故子產云棟
折榱崩僑將壓焉以屋棟橈
折則榱柱亦同崩此則義也

九五枯楊生華老婦得其士夫无咎无譽

處得尊位而以陽處陽未能拯危處得尊位亦未有橈故能生華不能生稊能得夫不能得妻處棟橈之世而爲无咎无譽何可長哉故生華不可久士夫誠可醜也

疏 九五枯楊生華至无咎无譽

正義曰枯楊生華者處得尊位而以陽居陽未能拯危不如九二枯楊生稊但以處在尊位唯得枯楊生華而已言其衰老雖被拯救其益少也又似年老之婦得其彊壯士夫婦已衰老夫又彊大亦是其益少也所拯難處少纔得无咎而已何有聲譽之美故无咎无譽也

注處得尊位至誠可醜也

正義曰處得尊位亦未有橈者以九三不得尊位故有棟橈今九五雖與九三同以陽居陽但九五處得尊位功雖未廣亦未有橈弱若其橈弱不能拯難不能使枯楊生華也以在尊位微有拯難但其功狹少但使枯楊生華而已不能生稊也能得夫不能得妻者若拯難功闊則老夫得其女妻是得少之壯也今既拯難功

於六也挾但能使老婦得士夫而已不能得女妻言老
婦所得利益薄少皆為拯難功薄故所益少也

象曰枯楊生華何可久也老婦士夫亦可醜也

【疏】正義曰枯楊生
華何可久若枯槁之楊被拯纔得生華何可長久尋當衰落也
老婦士夫亦可醜也若老婦當少稚於夫今年老之婦而得彊壯
士夫亦可醜辱也此言九五不能廣拯衰難但使枯楊生華而
已但使老婦得其士夫而已拯難狹劣故不得長久誠可醜辱
言不如九二也

上六過涉滅頂凶无咎

處大過之極過之甚也
涉難過甚故至于滅頂
凶志在救時
故不可咎也

【疏】正義曰處大過之極是過越之甚也以此涉
危難乃至於滅頂言涉難深也既滅其頂所
以凶也无咎者所以涉難滅頂至于凶亡本欲濟時拯難意善
功惡无可咎責此猶龍逢比干憂時危亂不懼誅殺直言深諫
以忤无道之主遂至滅亡其意則善而功不成復有何咎責此
亦過涉滅頂凶无咎之象故象云不可咎也言不可害於義理也

象曰過涉之凶不可咎也

雖凶无咎
不害義也

☵坎下坎上 習坎

坎險陷之名也
習謂便習之

【疏】正義曰坎是險陷之名
習者便習之義險難之

事非經便習不可以行故須便習於坎事乃得用故云習坎也案諸卦之名皆於卦上不加其字此坎卦之名特加習者以坎爲險難故特加習名習有二義一者習重也謂上下俱坎是重疊有險險之重疊乃成險之用也二者人之行險先須便習其事乃可得通故云習也

有孚維心亨

剛正在內有孚者也陽不外發而在乎內心亨者也

疏 有孚維心亨 正義曰有孚者孚信也由剛正在內故有信也維心亨者陽不外發而在於內是維心亨言心得通也 注剛正在內至心亨者也 正義曰剛正在內者謂陽在中也內心剛正則能有誠信故云剛正在內有孚者也陽不外發而在乎內心亨者也上若外陽內陰則內心柔弱故不得亨通今以陽在於內陽能開通故維其在心之亨也

行有尚

內亨外闇內剛外順以此行險行有尚也

疏 行有尚 正義曰內亨外闇內剛外柔以此行險事可尊尚故云行有尚也 注內亨外闇至行有尚也 正義曰內亨外闇者內陽故內亨外陰故外闇以亨通之性而往詣陰闇之所能通於險故行可貴尚也

彖曰習坎重險也

坎以險爲用故特名曰重險言習坎者習重重險也

疏 彖曰習坎重險也 正義曰釋習坎之義言習坎者習行重險險難也若險難不重不爲至險不須便習亦可濟也今險難既

重是險之甚者若不便習不可濟也故注云習坎者習重險也
注坎以險爲用故特名習乎重險也　正義曰言習坎者習乎重險
也者言人便習於坎止是便習重險便習之語以釋習名
兩坎相重謂之重險又當習義是一習之名有此兩義

水流而不盈行險而不失其信險陷之極故水流而不能盈也處至險而不失剛中行險而不失其信者習坎之謂也

〔疏〕水流而不盈至不失其信　正義曰此釋重險習坎之義水流而不盈謂險陷既極坑穽特深水雖流注不能盈滿言險之甚也釋重險之義也行險而不失其信謂行此至險能守其剛中不失其信也此釋習坎及有孚之義也以能便習於險故守剛中不失其信也　注險陷之極至習坎之謂也　正義曰險陷之極故水流而不能盈者若洿岸平谷則水流有可盈滿若其崖岸險峻澗谷泄漏是水流不可盈滿是險難之極也

維心亨乃以剛中也行有尚往有功也便習於坎而之坎地盡坎之宜故往必有功也

〔疏〕正義曰維心亨乃以剛中也者釋維心亨義也以剛在於中故維得心亨也行有尚往有功者此釋行有尚也既便習於坎而往之險地必有其功故云行有尚往有功也

天險不可升也不可得升故得

保其威尊〔疏〕正義曰此已下廣明險之用也言天之為險懸邈高遠不可升上此天之險也若其可升不得保其威尊故以不可升為險也**地險山川丘陵也**有山川丘陵故物得以保全也〔疏〕正義曰言地以山川丘陵而為險也故使地之所載之物保守其全若無山川丘陵則地之所載之物失其性也故地以山川丘陵而為險也

王公設險以守其國國之為衛恃於險也言自天地以下莫不須險也〔疏〕正義曰言王公法象天地固其城池嚴其法令以保守其國也**險之時用大矣哉**非用之常用有時也〔疏〕正義曰言天地已下莫不須險險有時而用故其功盛大矣哉　注非用之常用有時也　正義曰若天險地險不可暫無此謂人之設險用有時也若化洽平治內外輯睦非用險也若家國有虞須設險防難是用有時也

象曰水洊至習坎重險懸絕故水洊至也不以坎為隔絕相仍而至習乎坎也〔疏〕正義曰重險懸絕其水不以險之懸絕水亦相仍而至故謂為習坎也以人之便習於坎猶若水之洊至水不以險為難也

君子以常德行習教事至險未夷教不可廢故以常德行而習教事也習於坎然後乃能不以險

難為困而德行不失常也故則夫習坎以常德行而習教事也疏正義曰言君子當法此便習於坎不以險難為困當守德行而習其政教之事若能習其教事則可便習於險也

初六習坎入于坎窞凶習坎者習為險難之事也最處坎底入坎窞者也處重險而復入坎底其道凶也行險而不能自濟習坎而入坎窞失道而窮在坎底上无應援可以自濟是以凶也疏正義曰既處坎底上无應援是習為險難之事无人應援故入於坎窞而凶也以其失道不能自濟故象云失道凶也

象曰習坎入坎失道凶也

九二坎有險求小得履失其位故曰坎上无應援故曰有險坎而有險未能出險之中也處中而與初三相得故可以求小得也初三未足以為援故曰求小得也疏正義曰坎有險者履失其位故曰坎也上无應援故曰有險既在坎難而又遇險未能出險之中故象云未出中也求小得者以陽處中初三來附故可以求小得也初三來弱未足以為大援故云求小得也

象曰求小得未出中也

六三來之坎坎險且枕入于坎窞勿用既履非其位而又處兩坎之間出則之坎居則

亦坎故曰來之坎坎也枕者枕枝而不安之謂也出則无之處則无安故曰險且枕也來之皆坎无所用之徒勞而已[疏]正義曰來之坎坎者履非其位而處兩坎之間出之與居皆在於坎故云來之坎坎也險且枕者枕枝而不安之謂也出則无應所以險處則不安故且枕也入于坎窞者出入皆難故入於坎窞也勿用者不出行若其出行終必无功徒勞而已故象云終无功也

象曰來之坎坎終无功也六四樽酒簋貳用缶納約自牖終无咎處重險而復正以柔居柔履得其位以承於五五亦得位剛柔各得其所不相犯位皆无餘應以相承比明信顯著不存外飾處坎以斯雖復一樽之酒二簋之食瓦缶之器納此至約自進於牖乃可羞之於王公薦之於宗廟故終无咎也。[疏]象曰至自牖終无咎。正義曰樽酒簋貳者處重險而履得其位以承於五五亦得位剛柔各得其所皆无餘應以相承比明信顯著不假外飾處坎以此雖復一樽之酒二簋之食故云樽酒簋貳也用缶者既有樽酒簋二又用瓦缶之器故云用缶也納約自牖終无咎者納此儉約之物從牖而薦之可羞於王公可薦於宗廟故云終无咎也。

象曰樽酒簋貳剛柔際也剛柔相比而相親焉

際之【疏】正義曰樽酒簋貳義所以一樽之酒二簋之食得
謂也進獻者以六四之柔與九五之剛兩相交際而相親
故得以此儉
約而為禮也 九五坎不盈祇既平无咎 為坎之主而无應輔可以
自佐未能盈坎者也坎之不盈則險不盡矣祇辭也為坎之主
盡平乃无咎故曰祇既平无咎也說既平乃无咎明九五未免
於咎也。【疏】正義曰坎不盈者為坎之主而无應輔可以自佐險
難未能盈坎猶險難未盡也故云坎不盈也祇既平
无咎者祇辭也謂險難既得盈滿而
平乃得无咎若坎未盈平仍有咎也 象曰坎不盈中未
大也【疏】正義曰釋坎不盈之義雖復居中而无應未得光大所以坎不盈滿也 上六係用
徽纆寘于叢棘三歲不得凶 險陗之極不可升也嚴法峻整難可犯也宜其
囚執寘于思過之地三歲險道之夷也險終乃反故三
歲不得自脩三歲乃可以求復故曰三歲不得凶也。【疏】正義
曰係用徽纆寘于叢棘者險陗之極不可升上嚴法峻整難可
犯觸上六居此險陗之處犯其峻整之威所以被繫用其徽纆
之繩寘於叢棘謂囚執之處以棘叢而禁之也三歲不得凶者
謂險道未終三歲已來不得其吉而有凶也險終乃反若能自

脩三歲後可以求復自新故象云上六失道凶三歲也言失道之凶唯三歲之後可以免也。象曰上六失道凶三歲也

☲☲離下離上 離利貞亨 離之爲卦以柔爲正故必貞而後乃亨故曰利貞亨也。疏 離利貞亨。正義曰離麗也麗謂附著也言萬物各得其所附著處故謂之離也利貞亨者離卦之體陰柔爲主柔則近於不正不正則不亨通故利在行正乃得亨通以此故亨在利貞之下故云利貞亨。注離之爲卦至利貞亨也。正義曰離之爲卦以柔爲正者二與五俱是陰爻處於上下兩卦之中是以柔爲正

畜牝牛吉 柔處于內而履正中牝之善也外強而內順牛之善也離之爲體以柔順爲主者也故不可以畜剛猛之物而吉於畜牝牛也 疏 畜牝牛吉正義曰柔處於內而履正中牝之善者外強內順是牛之善者也離之爲體以柔順爲主故畜養牝牛乃得其吉若畜養剛健則不可也此云畜牝牛假象以明人事也言離之爲德須內順外強而行此德則得吉也若內剛外順則反離之道也。注柔處于內至畜牝牛也。正義曰柔處於內而履正中牝之善也者若柔不處於內似婦人而預外事若柔而不履正中則邪僻之行皆

非牝之善也若柔能處中行能履正是爲牝之善也云外強而
內順牛之善者若內外俱強則失於猛害若外內俱順則失於
劣弱唯外強內順於用爲善故云外強內順牛之善也離之爲
體以柔順爲主故不可以畜剛猛之物若既以柔順爲主若畜
剛猛之物則反其德故不可畜剛猛而畜牝牛也。**彖曰離麗也**麗猶著也各得所著之宜
正義曰釋離卦之名麗謂附著也以陰柔之
質附著中正之位得所著之宜故云麗也。**日月麗乎天**疏
百穀草木麗乎土重明以麗乎正乃化成天下
柔麗乎中正故亨是以畜牝牛吉也柔著于中正乃得通也柔
通之吉極於畜牝牛不能及剛猛也疏日月麗乎天以下至是以畜牝牛吉也。○正義曰日月麗乎天百穀草木麗乎土者
此廣明附著之義以柔附著中正是附得宜故廣言所附得宜
之事也重明以麗乎正乃化成天下者此以卦象說離之功德
也并明利貞之義也重明謂上下俱離麗乎正也者謂兩陰在
內既有重明之德又附於正道所以化成天下也然陰居二位
可謂爲正若陰居五位非其正位而云重明麗乎正者以五處
於中正又居尊位雖非陰陽之正乃是事理之正故總云麗於

正也柔麗乎中正故亨是以牝牛吉者釋經亨義也又總釋畜
牝牛吉也柔麗於中正謂六五六二之柔皆麗於中中則不偏
故云中正以中正爲德故萬事亨以中正得通故畜養牝牛而
得吉也以牝牛有中正故也案諸卦之彖釋卦名之下乃釋卦
下之義於後乃歎而美之此彖既釋卦名即廣歎爲卦之美乃
釋卦下之義與諸卦不例者此乃夫子隨義則言因文之便也
此既釋離名麗因廣說日月草木所麗
之事然後却明卦下之義更无義例。**象曰明兩作離大**
人以繼明照于四方繼謂不絕也明照相繼不絕曠也。疏正義曰明兩作離者
離爲日日爲明今有上下二體故云明兩作離也案八純之卦
論象不同各因卦體事義隨文而發乾坤不論上下之體直總
云天行健地勢坤以天地之大故總稱上下二體也雷是連續
之至水爲流注不已義皆取連續相因故震云洊雷坎云洊至
也風是搖動相隨之物故云隨風巽也山澤各自爲體非相入
之物故云兼山艮麗澤兌是兩物各行也今明之爲體前後各
照故云明兩作離是積聚兩明乃作於離若一明暫絕其離未
久必取兩明前後相續乃得作離卦之美故云大人以繼明照
於四方是繼續其明乃照於四方若明不繼續則不
得久爲照臨所以特云明兩作離取不絕之義也。**初九履**

錯然敬之无咎錯然者警慎之貌也處離之始將進而盛未在既濟故宜慎其所履以敬為務辟其
咎也【疏】初九履錯然敬之无咎。正義曰履錯然者身處離初將欲前進其道未濟故其所履踐恒錯然敬慎不敢自
寧故云履錯然敬之无咎若能如此恭敬則得避其禍而无咎故象云履錯之敬以辟咎也。注錯然者警慎之貌也至辟其
咎也。正義曰錯然者警懼之狀其心未寧故錯然也言處離之始將進而盛未在既濟者將進而盛謂將欲
前進而向盛也若在於三則得既濟今位在於初是未在既濟謂功業未大故宜慎其所履恒須錯然避咎也。象
曰履錯之敬以辟咎也六二黃離元吉居中得位以柔處柔
履文明之盛而得其中故曰黃離元吉也【疏】正義曰黃者中色離者文明居中得位而處於文明故元吉也故象云得
中道以其得中央黃色之道也象曰黃離元吉得中道也九三日
昃之離不鼓缶而歌則大耋之嗟凶嗟憂歎之辭也處下離之
終明在將沒故曰日昃之離也明在將終若不委之於人養志无為則至於耋老有嗟凶矣故曰不鼓缶而歌則大耋之嗟凶

也【疏】正義曰日昃之離者處下離之終其明將没故云日昃之離也不鼓缶而歌大耋之嗟凶者時既老耄當須委事任人自取逸樂若不委之於人則是不鼓擊其缶而爲歌則至於大耋老耄而咨嗟何可久長所以凶也故象云日昃之離何可久也

象曰日昃之離何可久也九四突如其來如焚如死如棄如處於明道始變之際昏而始曉没而始出故曰突如其來如其明始進其炎始盛故曰焚如逼近至尊履非其位欲進其盛以炎其上命必不終故曰死如違離之義无應无承衆所不容故曰棄如

【疏】正義曰突如其來如者四處始變之際三爲始昏四爲始曉三爲已没四爲始出突然而至忽然而來故曰突如其來如也焚如者逼近至尊履非其位欲進其盛以焚炎其上故云焚如也死如者既焚其上命必不終故云死如也棄如者違於離道无應无承衆所不容故云棄如是以象云无所容也

象曰突如其來如无所容也六五出涕沱若戚嗟若吉履非其位不勝所履以柔乘剛不能制下下剛而進將來害己憂傷之深至于沱嗟也然所麗在尊四爲逆首憂傷至深衆之所助

故乃沱若而獲吉也疏正義曰出涕沱若者以履非其位不勝其任以柔乘剛不能制下下剛而進將來害己憂傷之深所以出涕滂沱憂戚而咨嗟也若是貞吉者以所居在尊位四爲逆首已能憂傷悲嗟衆之所助所以吉也

象曰六五之吉離王公也疏正義曰此釋六五吉義也所以然得吉者以其所居在五離附於王公之位被衆所助故得吉也五爲王位而言公者此連王而言公取其便文以會韻也

上九王用出征有嘉折首獲匪其醜无咎離麗也各得安其所麗謂之離處離之極離道已成則除其非類以去民害王用出征之時也故必有嘉折首獲匪其醜乃得无咎也疏正義曰王用出征者處離之極離道既成物皆親附當除去其非類以去民害故王用出征也有嘉折首獲匪其醜者以出征罪人事必剋獲故有嘉美之功所斷罪人之首獲得非其醜類乃得无咎也若不出征除害居在終極之地則有咎也

象曰王用出征以正邦也疏正義曰釋出征之義言所以出征者除去民害以正邦國故也

周易兼義下經咸傳卷第四

國子祭酒上護軍曲阜縣開國子臣孔穎達奉勑撰正義

王弼注

艮下兌上 咸亨利貞取女吉。

疏 正義曰：先儒以易之舊題分自此已上三十卦爲上經已下三十四卦爲下經序卦至此又別起端首先儒皆以上經明天道下經明人事然韓康伯注序卦破此義云夫易六畫成卦三才必備錯綜天人以效變化豈有天道人事偏於上下哉案上經之内明飲食必有訟訟必有衆起是兼於人事不專天道既不專天道則下經不專人事理則然矣但孔子序卦不以咸繫離繫辭云二篇之策則是六十四卦舊分上下乾坤象天地咸恒明夫婦乾坤乃造化之本夫婦實人倫之原因而擬之何爲不可天地各卦夫婦共卦者周氏云尊天地之道略於人事猶如三才天地爲二人止爲一也此必不然竊謂乾坤明天地初闢至屯乃剛柔始交故以純陽象天純陰象地則咸以明人事人物既生共相感應若二氣不交則不成於相感自然天地各一夫婦共卦此不言可悉豈宜

安爲異端咸亨利貞取女吉者咸感也此卦明人倫之始夫婦之義必須男女共相感應方成夫婦既相感應乃得亨通若以邪道相通則凶害斯及故利在貞正既感通以正即是婚媾之善故云咸亨利貞取女吉也。**彖曰咸感也柔上而剛下二氣感應以相與**是以亨也【疏】正義曰彖上而剛下二氣感應以相與者此因上下二體釋咸亨之義也艮剛而兌柔若剛自在上柔自在下則不相交感无由得通今兌柔在上而艮剛在下是二氣感應以相授與所以爲咸亨也**止而說**故利貞也【疏】正義曰此因二卦之義釋利貞也艮止而兌說也能自靜止則不隨動欲以上行說則不爲邪諂不失其正所以利貞也**男下女**取女吉也【疏】正義曰此因二卦之象釋取女吉之義艮爲少男而居於下兌爲少女而處於上是男下於女也婚姻之義男先求女親迎之礼御輪三周皆是男先下於女然後女應於男所以取女得吉者也**是以亨利貞取女吉也天地感而萬物化生**二氣相與乃化生也【疏】是以至化生。正義曰是以亨利貞取女吉者次第釋訖總舉繇辭以結之天地感而万物化生者以下廣明感之義也天地二氣若不感應相與剛柔物先由得應化而生聖人感人心而天下和平觀其所感而天地萬物之情可見矣天地萬物之情見於所感也凡感之為道不能感非類者也故引取女以明同類之義也同類而不相感應以其各亢所處也故女雖應男之物必下之而後取女乃吉也。

[疏]聖人至可見矣。正義曰聖人感人心而天下和平者聖人設教感動人心使變惡從善然後天下和平觀其所感而天地萬物之情可見矣者結歎咸道之廣大則包天地小則該萬物感物而動謂之情也天地萬物皆以氣類共相感應故觀其所感而天地萬物之情可見矣

象曰山上有澤咸君子以虛受人以虛受人物乃感應

[疏]象曰至虛受人。正義曰山上有澤咸澤性下流能潤於下山體上承能受其潤以山感澤所以為咸君子以虛受人者君子法此咸卦下山上澤故能空虛其懷不自有實受納於物無所棄遺以此感人莫不皆應

初六咸其拇處咸之初為感之始所感在末故有志而已如其本實未至傷靜。

[疏]初六咸其拇。正義曰咸其拇者拇足大指也體之最末初應在四俱處卦始為感淺末取譬一身在於足指而已故曰咸其拇也。

注處咸至傷靜。正義曰六二咸道轉進所感在腓腓體動躁
則成往而行今初六所感淺末則譬如拇指指雖小動未移其
足以喻人心初感始有其志志雖小動未甚躁求凡吉凶悔
吝生乎動者也以其本實未傷於靜故无吉凶悔吝之辭。象
曰咸其拇志在外也四屬外也。疏正義曰志在外者謂四也與四相應所感在
外處於感初有志而已故云志在外也。六二咸其腓凶居吉咸道轉進離拇升腓腓體
動躁者也感物以躁凶之道也由躁故凶居則吉矣處不乘剛故可以居而獲吉。疏六二至居吉。正義曰腓足之
腓腸也六二應在九五咸道轉進離拇升腓腓體動躁躁以相感凶之道也由躁故凶靜居則吉故曰咸其腓凶居吉以不乘
剛故可以居而獲吉。注腓體動躁。正義曰王廙云動於腓腸斯則行矣故言腓體動躁也。象曰雖凶
居吉順不害也陰而為居順之道也不躁而居順不害也。疏正義曰雖者與彖之辭若既凶
矣何由得居而獲吉良由陰性本靜今能不躁而居順其本性則不有災害免凶而獲吉也。九三咸其
股執其隨往吝股之為物隨足者也進不能制動退不能靜處所感在股志在隨人者也志在隨人

所執亦以賤矣用斯以往吝其宜也象曰咸其股亦不處也志在隨人所執下也（疏）正義曰咸其股亦不處也者非但進不能制動退亦不能靜處也所執下者既志在隨人是其志意所執下賤也九四貞吉悔亡憧憧往來朋從爾思處上卦之初應下卦之始居體之中在股之上二體始相交感以通其志心神始感者也凡物始感而不以之於正則至於害故必貞然後乃吉吉然後乃得亡其悔也始在於感未盡感極不能至於无思以得其黨故有憧憧往來然後朋從其思也。（疏）正義曰貞吉悔亡者九四居上卦之初應下卦之始居體之中在股之上二體始相交感以通其志心神始感者也凡物始感而不以之於正則害之將及矣故必貞然後乃吉吉然後乃得亡其悔也故曰貞吉悔亡也憧憧往來朋從爾思者始在於感未盡感極惟欲思運動以求相應未能忘懷息照任夫自然故有憧憧往來然後朋從爾之所思也象曰貞吉悔亡未感害也未感於害故可正之得悔亡也（疏）正義曰未感害者心神始感未至於害故不可不正正而故得悔亡也。憧憧往來未光大也（疏）正義曰未

光大者非感之極不能无思无欲故未光大也

九五咸其脢无悔脢者心之上口之下進不能大感退亦不爲无志其志淺末故无悔而已（疏）九五至无悔。正義曰咸其脢无悔者脢者心之上口之下也四已居體之中爲心神所感五進在於四上故所感在脢脢已過心故進不能大感由在心上退亦不能无志志在淺末故无悔而已故曰咸其脢无悔也。注脢者心之上口之下。正義曰脢者心之上口之下者子夏易傳曰在脊曰脢馬融云脢背也鄭玄云脢脊肉也王肅云脢在背而夾脊說文云脢背肉也雖諸說不同大體皆在心上輔嗣以四爲心神上爲輔頰五在上四之間故直云心之上口之下也明其淺於心神厚於言語

象曰咸其脢志末也（疏）正義曰志末也者末猶淺也感以心爲深過心則謂之淺末矣

上六咸其輔頰舌咸道轉末故在口舌言語而已（疏）正義曰咸其輔頰舌者馬融云輔上頷也輔頰舌者言語之具咸道轉末在於口舌言語而已故云咸其輔頰舌也

象曰咸其輔頰舌滕口說也輔頰舌者所以爲語之具也咸其輔頰舌則滕口說也憧憧往來猶未光大況在滕口薄可知也（疏）正義曰滕口說也者舊說字[illegible]

滕競與也所競者口无復心實故云滕口說也鄭玄又作媵媵送也咸道極薄徒送口舌言語相感而已不復有志於其間王注義得兩通未知誰同其旨也

☳☴ 巽下震上 **恒亨无咎利貞** 恒而亨以濟三事也恒之為道亨乃无咎也恒通无咎乃利正也〔疏〕恒亨至利貞○正義曰恒久也恒久之道所貴變通必然後利以行正故曰恒亨无咎利貞也○注三事○正義曰褚氏云三事謂无咎利貞利有攸往莊氏云三事者无咎一也利二也貞三也周氏云三事者一亨也二无咎也三利貞也注不明數故先儒各以意說竊謂注云恒而亨以濟三事者明用此恒亨濟彼三事无疑亨字在三事之中而此注云恒之為道亨乃无咎恒通无咎乃利正也又注彖曰道得所久則常通无咎而利正也此解皆以利正相將為一事分以為二恐非注旨驗此注云恒之為道亨乃无咎也此以恒亨濟无咎也又云恒通无咎乃利正也此以恒亨濟利貞也下注利有攸往云各得所恒脩其常道終則有始往而无違故利有攸往此以恒亨濟利有攸往也觀文驗注褚氏為長 **利有攸往** 各得所恒脩其常道終則有始往而无違故利有攸往也〔疏〕

正義曰得其常道何往不利故曰利有攸往也。**彖曰恆久也剛上而柔下**剛尊柔卑得其序也。**疏**彖曰至柔下。正義曰恆久也者釋訓卦名也恆之爲名以長久爲義剛上而柔下者既訓恆爲久因名此卦得其恆名所以釋可久之意此就二體以釋恆也震剛而巽柔震則剛尊在上巽則柔卑在下得其順序所以爲恆也。注剛尊柔卑得其序也。正義曰咸明感應故柔上而剛下取二氣相交也恆明長久故剛上而柔下取尊卑得序也。**雷風相與**長陽長陰能相成也。**疏**雷風相與。正義曰此就二象釋恆也雷之與風陰陽交感二氣相與更互而相成故得恆久也。注長陽長陰能相成也。正義曰震爲長男故曰長陽巽爲長女故曰長陰彖曰雷風相與雷之與風共相助成之義故褚氏云雷資風而益遠風假雷而增威是也今言長陽長陰能相成者因震爲長男巽爲長女遂以長陽長陰而名之作文之體也又此卦明夫婦可久之道故以二長相成如雷風之義也。**巽而動**動无違也。**疏**正義曰此就二卦之義因釋恆名震動而巽順无有違逆所以可恆也。**剛柔皆應**不孤媲也。**疏**剛柔皆應。正義曰此就六爻釋恆此卦六爻剛柔皆相應和无孤媲者故可長久也。注不孤媲也。正義曰配也。恆，皆可久之道。【疏】正義曰：歷就四義釋恆名訖，故更舉卦名以結之也。明上四事皆可久之道，故名此卦爲恆。

恆亨无咎利貞，久於其道也。道得所久，則常通无咎而利正也。【疏】正義曰：此就名釋卦之德，言所以得亨无咎利貞者，更无別義，正以得其恆久之道，故言久於其道也。

天地之道，恆久而不已也。得其所久，故不已也。【疏】正義曰：將釋利有攸往，先舉天地以爲證喻，言天地得其恆久之道，故久而不已也。

利有攸往，終則有始也。得其常道，故終則復始，往无窮也。【疏】正義曰：舉經以結成也。人用恆久之道，會於變通，故終則復始，往无窮極，同於天地之不已，所以爲利也。

日月得天而能久照，四時變化而能久成，聖人久於其道而天下化成。言各得其所恆，故皆能長久。【疏】日月得天而能久照至天下化成。正義曰：日月得天而能久照者，以下廣明恆義。上言天地之道恆久而不已也，故日月得天所以亦能久照，四時變化而能久成者，四時更代，寒暑相變，所以能久生成萬物。聖人久於其道而天下化成者，聖人應變隨時得其長久之道所以能光宅天下使萬物從化而成也。觀其所恒而天地萬物之情可見矣天地萬物之情見於所恒也。疏正義曰總結恒義也。象曰雷風恒長陽長陰合而相與可久之道也。疏正義曰雷風相與為恒已如彖釋。君子以立不易方得其所久故不易也。疏正義曰君子立身得其恒久之道故不改易其方方猶道也。初六浚恒貞凶无攸利處恒之初最處卦底始求深者也求深窮底令物无餘縕漸以至此物猶不堪而況始求深者乎以此為恒凶正害德无施而利也。疏初六浚恒貞凶无攸利。正義曰浚深也最處卦底故曰深也深恒者以深為恒是也施之於仁義即不厭深施之於正即求物之情過深是凶正害德无施而利故曰浚恒貞凶无攸利也。注處恒之初至害德无施而利也。正義曰處卦之初故言始也最在於下故言深也所以致凶謂在於始而求深者也。象曰浚恒之凶始求深也。九二悔亡雖失其位恒居於中可以消悔也。疏正義曰失位故稱悔居中故悔亡也。象曰九二悔亡能久中也【疏】正義曰能久中者處恒故能久位在於中所以消悔也。九三不恒其德或承之羞貞吝處三陽之中居下體之上處上體之下上不全尊下不全卑中不在體體在乎恒而分无所定无恒者也德行无恒自相違錯不可致詰故或承之羞也施德於斯物莫之納鄙賤甚矣故曰貞吝也。【疏】正義曰不恒其德或承之羞貞吝者九三居下體之上處上體之下雖處三陽之中又在不中之位上不全尊下不全卑執心不定德行无恒故曰不恒其德德既无恒自相違錯則為羞辱承之所羞非一故曰或承之羞也處久如斯正之所賤故曰貞吝也。注正義曰雖在三陽之中非一體之中也不可致詰者詰問也違錯處多不足問其事理所以明其羞辱之深如論語云於予與何誅。象曰不恒其德无所容也【疏】正義曰无所容者謂不恒之人所往之處皆不納之故无所容也。九四田无禽恒於非位雖勞无獲也。【疏】正義曰田者田獵也以譬有事也无禽者田獵不獲以喻有事无功也恒於非位故勞而无功也。象曰久非其位安得禽也【疏】正義曰恒而

[illegible]失位是以非其位田獵而无所獲是安得禽也

六五：恒其德貞，婦人吉，夫子凶。居得尊位，爲恒之主，不能制義，而係應在二，用心專貞，從唱而已。婦人之吉，夫子之凶也。（疏）正義曰：恒其德貞者，六五係應在二，不能傍及他人，是恒常貞一其德，故曰恒其德貞也。婦人吉者，用心專貞，從唱而已，是婦人之吉也。夫子凶者，夫子制斷事宜，不可專貞從唱，故曰夫子凶也。

象曰：婦人貞吉，從一而終也。夫子制義，從婦凶也。（疏）正義曰：從一而終者，謂用心貞一，從其貞一而自終也。從婦凶者，五與二相應，五居尊位，在震爲夫，二處下體，在巽爲婦，五係於二，故曰從婦凶也。

上六：振恒，凶。夫靜爲躁君，安爲動主，故安者上之所處也，靜者可久之道也。處卦之上，居動之極，以此爲恒，无施而得也。（疏）正義曰：振恒凶者，上六居恒之上，處動之極，以振爲恒，所以凶也。

象曰：振恒在上，大无功也。（疏）正義曰：大无功也者，居上而以振動爲恒，无施而得，故曰大无功也。

䷠ 艮下乾上 遯亨，小利貞。（疏）正義曰：遯亨者，遯者隱退逃避之名。陰長之卦，小人方用君子曰消君子當此之時若不隱遯避世即受其害須遯而後得通故曰遯亨小利貞者陰道初始浸長正道亦未全滅故曰小利貞○**彖曰遯亨遯而亨也**遯之爲義遯乃通也 疏 正義曰遯而亨者此釋遯之所以得亨通之義小人之道方長君子非遯不通故曰遯而亨也**剛當位而應與時行也**謂五也剛當位而應非否亢也遯不否亢能與時行也○ 疏 正義曰此就九五之爻釋所以能遯而致亨之由良由九五以剛而當其位有應於二非爲否亢遯不否亢即是相時而動所以遯而得亨故云剛當位而應與時行也○**小利貞浸而長也**陰道欲浸而長正道亦未全滅故小利貞也○ 疏 正義曰釋小利貞之義浸者漸進之名若陰德暴進即消正道良由二陰漸長而正道亦未即全滅故云小利貞也**遯之時義大矣哉** 疏 正義曰歎美遯德相時度宜避世而遯自非大人照幾不能如此其義甚大故云大矣哉**象曰天下有山遯**陰長之象 疏 象曰天下有山遯○正義曰天下有山遯者山者陰類進在天下即是山勢欲上逼於天天性高遠不受於逼是遯避之象故曰天下有山遯○注天下有山至之象○正義曰積

陽爲天積陰爲地山者地之高峻今上逼於天是陰長之象。**君子以遠小人不惡而嚴**

【疏】正義曰君子當此遯避之時小人進長理須遠避力不能討故不可爲惡復不可與之褻瀆故曰不惡而嚴。

初六遯尾厲勿用有攸往 遯之爲義辟內而之外者也尾之爲物最在體後者也處遯之時不往何災而爲遯尾禍所及也危至而後求行難可免乎厲則勿用有攸往也。【疏】正義曰遯尾厲者爲遯之尾最在後遯者也小人長於內應出外以避之而最在卦內是遯之爲後也逃遯之世宜速遠而居先而爲遯尾禍所及也故曰遯尾厲也勿用有攸往者危厲既至則當固窮危行言遜勿用更有所往故曰勿用有攸往

象曰遯尾之厲不往何災也【疏】正義曰不往何災者象釋當遯之時宜須出避而勿用有攸往若既爲遯尾出必見執不如不往不往即無災害何災者猶言無災也與何傷何咎之義同也

六二執之用黃牛之革莫之勝說 居內處中爲遯之主物皆遯己何以固之若能執乎理中厚順之道以固之也則莫之勝解。【疏】正義曰執之用黃牛之革莫之勝說者逃遯之世避內出外二爲全卦中居內即非遯之人

也既非遯之人便爲所遯之主物皆棄已而遯何以執固留之惟有中和厚順之道可以固而安之也能用此道則无能勝已解脫而去也黃中之色以譬中和牛性順從皮體堅厚牛革以譬厚順也六二居中得位亦是能用中和厚順之道故曰執之用黃牛之革莫之勝說也

象曰執用黃牛固志也【疏】正義曰固志者堅固遯者之志使不去已也。

九三係遯有疾厲畜臣妾吉 在內近二以陽附陰宜遯而繫故曰繫遯遯之爲義宜遠小人以陽附陰繫於所在不能遠害亦已憊矣宜其屈辱而危厲也繫於所在畜臣妾可也施於大事凶之道也。【疏】正義曰係遯者九三无應於上與二相比以陽附陰係意在二處遯之世而意有所係故曰係遯有疾厲者遯之爲義宜遠小人既係於陰即是有疾憊而致危厲故曰有疾厲也畜臣妾吉者親於所近係在於下施之於人畜養臣妾則可矣大事則凶故曰畜臣妾吉

象曰係遯之厲有疾憊也畜臣妾吉不可大事也【疏】正義曰不可大事者釋此係遯之人以畜臣妾吉明其不可爲大事也。

九四好遯君子吉小人否 處於外而有應於內君子好遯

故能舍之小人繫戀是以否也。疏正義曰九四處在於外而有應於內處外即意欲遠遯應內則未能棄捨若好遯君子超然不顧所以得吉小人有所係戀即不能遯故曰小人否也。

象曰君子好遯小人否也。音臧否之否。疏正義曰嫌讀為否故音之也。

九五嘉遯貞吉。遯而得正反制於內小人應命率正其志不惡而嚴得正之吉遯之嘉也。疏正義曰嘉遯貞吉者嘉美也五居於外得位居中是遯而得正二為已應不敢違拒從五之命率正其志遯而得正反制於內不惡而嚴得正之吉為遯之美故曰嘉遯貞吉也。

象曰嘉遯貞吉以正志也。疏正義曰以正志者小人應命不敢為邪是五能正二之志故成遯之美也。

上九肥遯无不利。最處外極无應於內超然絕志心无疑顧憂患不能累矰繳不能及是以肥遯无不利也。疏上九肥遯无不利。正義曰子夏傳曰肥饒裕也四五雖在於外皆在內有應猶有反顧之心惟上九最在外極无應於內心无疑顧是遯之最優故曰肥遯遯而得肥无所不利故云无不利也。注最處外極至无不利也。正義曰矰矢名也鄭注周禮結繳於矢謂之矰繳字林及說文云繳生絲縷也。

象曰

肥遯无不利无所疑也

☳☰乾下震上大壯利貞【疏】正義曰大壯卦名也壯者強盛之名以陽稱大陽長旣多是大者盛壯故曰大壯利貞者卦德也羣陽盛長小道將滅大者獲正故曰利貞也彖曰大壯大者壯也大者謂陽爻小道將滅大者獲正故利貞也。【疏】彖曰至壯也。正義曰大者壯也者就爻釋卦名陽爻浸長已至於四是大者盛壯故曰大者壯也。注大者謂陽爻至利貞也。正義曰釋名之下剩解利貞成大者之義也。剛以動故壯大壯利貞大者正也正大而天地之情可見矣天地之情正大而已矣弘正極大則天地之情可見矣。【疏】正義曰剛以動故壯者就二體釋卦名乾剛而震動柔弱而動即有退溺剛強以動所以成壯大壯利貞大者正也者就爻釋卦德大者獲正故得利貞正大而天地之情可見矣者因大獲正遂廣美正大之義天地之道弘正極大故正大則見天地之情不言萬物者壯大之名義歸天地故不與咸恒同也象曰雷在天上大壯剛以動也【疏】正義曰震雷爲威動乾天

主剛健雷在天上是剛以動所以爲大壯

君子以非禮弗履壯而違禮則凶凶則失壯也故君子以大壯而順禮也。【疏】正義曰盛極之時好生驕溢故於大壯誡以非禮勿履也

初九壯于趾征凶有孚夫得大壯者必能自終成也未有陵犯於物而得終其壯者在下而壯故曰壯于趾也居下而用剛壯以斯而進窮凶可以必也故曰征凶有孚【疏】正義曰壯于趾征凶有孚者趾足也初在體下有如趾足之象故曰壯于趾也施之於人即是在下而用壯也在下用壯陵犯於物以斯而行凶其信矣故曰征凶有孚

象曰壯于趾其孚窮也言其信窮【疏】正義曰其孚窮者釋壯于趾者其人信其窮凶也。

九二貞吉居得中位以陽居陰履謙不亢是以貞吉

象曰九二貞吉以中也【疏】正義曰以其居中履謙行不違禮故得正而吉也。

九三小人用壯君子用罔貞厲羝羊觸藩羸其角處健之極以陽處陽用其壯者也故小人用之以爲壯君子用之以爲羅已者也貞厲以壯雖復羝羊以之觸藩能无羸乎。【疏】九三小人用至羸其角。正義曰罔羅罔

也羝羊羖羊也藩藩籬也羸拘累纏繞也九三處乾之上是健之極也又以陽居陽是健而不謙也健而不謙必用其壯也小人當此不知恐懼即用以爲壯盛故曰小人用壯君子當此即慮危難用之以爲羅罔於己故曰君子用罔以此爲正其正必危故云貞厲也以此爲正狀似羝羊觸藩也必羸其角矣

象曰小人用壯君子罔也

疏 正義曰言小人用以爲壯者即是君子所以爲羅罔也

九四貞吉悔亡藩決不羸壯于大輿之輹 下剛而進將有憂虞而以陽處陰行不違謙不失其壯故得貞吉而悔亡也已得其壯而上陰不罔已路故藩決不羸也壯于大輿之輹无有能說其輹者可以壯也

疏 正義曰大輿者大車也下剛而進將有憂虞而九四以陽處陰行不違謙居謙即不失其壯故得正吉而悔亡也故云貞吉悔亡九三以壯健不謙即被藩羸其角九四以謙而進謂之上行陰爻不罔已路故藩決不羸也壯于大輿之輹者言四乘車而進其輹壯大无有能說之者故曰藩決不羸壯于大輿之輹也

象曰藩決不羸尚往也

疏 正義曰尚往者尚庶幾也者已不羸其壯然後可以往也

六五喪羊于易无悔 居於大壯以陽

處陽猶不免咎而況以陰處陽以柔乘剛者乎羊壯也必喪其羊失其所居也能喪壯于易不于險難故得无悔二履貞吉能幹其任而已委焉則得无悔委之則難不至居之則敵寇來故曰喪羊于易

疏 六五喪羊于易无悔○正義曰喪羊于易无悔者羊壯也居大壯之時以陽處陽猶不免咎而況以陰處陽以柔乘剛者乎違謙越禮必喪其壯羣陽方進勢不可止若於平易之時逆捨其壯委身任二不為違拒亦剛所不害不害即无悔矣故曰喪羊于易无悔也○注居於大壯至喪羊于易○正義曰羊剛狠之物故以譬壯云必喪其羊失其所居者言違謙越禮理勢必然云能喪壯于易不于險難者二雖應已剛長則侵陰為已寇難必喪其壯當在於平易寧靜之時勿於險難敵寇既來之時良由居之有必喪之理故須防而莊氏云經止一言喪羊而注為兩處分用初云必喪其羊失其所居是自然應失後云能喪壯於易不以險難故得无咎自能喪其羊二理自為矛楯竊謂莊氏此言全不識注意

象曰喪羊于易位不當也

疏 正義曰位不當者正由處不當位故須捨其壯也

上六羝羊觸藩不能退不能遂无攸利艱則吉有應於三故不能退懼於剛長故不能遂持疑猶豫志无所定

以斯決事未見所利雖處剛長剛不害正苟定其分疏上六羝羊
固志在一以斯自處則憂患消亡故曰艱則吉也。
觸藩至艱則吉。○正義曰退謂退避遂謂進往有應於三疑之
不已故不能退避然懼於剛長故不能遂往故云羝羊觸藩不
能退不能遂也无攸利者持疑猶豫不能自決以此處事未見
其利故曰无攸利也艱則吉者雖處剛長剛不害正但艱固其
志不捨於三即得吉故曰艱則吉也

象曰不能退不能遂不詳也艱則吉咎不長也 疏 正義曰不詳也者祥者善也進退不定非為善也故云不祥也咎不長也者能艱固其志即憂患消亡其咎不長釋所以得吉也

䷢ 坤下離上 **晉康侯用錫馬蕃庶晝日三接** 疏 正義曰晉者卦名也晉之為義進長之名此卦明臣之昇進故謂之晉康者美之名也侯謂昇進之臣也臣既柔進天子美之賜以車馬蕃多而衆庶故曰康侯用錫馬蕃庶也晝日三接者言非惟蒙賜蕃多又被親寵頻數一晝之間三度接見也 **彖曰**

晉進也明出地上順而麗乎大明柔進而上行

乃言上行者所以在貴也【疏】彖曰晉進也至進而上行。正義曰晉進也者以今釋古古之晉字即以進長爲義恐後世不曉故以進釋之明出地上者此就二體釋得晉名離上坤下故言明出地上明既出地漸就進長所以爲晉順而麗乎大明柔進而上行者此就二體之義及六五之爻釋康侯用錫馬已下也坤順也離麗也又爲明坤能順從而麗著於大明六五以柔而進上行貴位順而著明臣之美道也柔進而上行君上所與也故得厚賜而被親寵也**是以康侯用錫馬蕃庶晝日三接也**康美之名也順以著明臣之道也柔進而上行物所與也故得錫馬而蕃庶以訟受服則終朝三褫柔進受寵則一晝三接也【疏】是以康侯至三接也。正義曰釋訟舉經以結君寵之意也。注康美之名也至一晝三接也。正義曰舉此對釋者蓋訟言終朝晉言一晝俱不盡一日明黜陟之速所以示懲勸也

象曰明出地上晉君子以自昭明德以顯著明自顯之道【疏】象曰至自昭明德。正義曰自昭明德者昭亦明也謂自顯明其德也周氏等爲照以爲自照己身老子曰自知者明用明以自照爲明德案王注此云以順著明自顯之道又此卦與明夷正反明夷象云君子以莅衆用晦而明王

汙也云衍衆顯明蔽偽百姓明於以人[illegible]注明王之注意以此爲自顯明德昭字宜爲昭於逆周氏等爲照於反非注旨也**初六晉如摧如貞吉罔孚裕无咎**處順之初應明之始明順之德於斯將隆進明退順不失其正故曰晉如摧如貞吉也處卦之始功業未著物未之信故曰罔孚方踐卦始未至履位以此爲足自喪其長者也故必裕之然後无咎【疏】初六晉如摧如至无咎○正義曰晉如摧如貞吉者何氏云摧退也裕寬也如辭也初六處順之初應明之始明順之德於斯將隆進則之明退則居順進之與退不失其正故曰晉如摧如貞吉也罔孚者處卦之始功業未著未爲人所信服故曰罔孚裕无咎者裕寬也方踐卦始未至履位不可自以爲足也若以此爲足是自喪其長也故必宜寬裕其德使功業弘廣然後无咎故曰裕无咎也**象曰晉如摧如獨行正也裕无咎未受命也**未得履位未受命也【疏】象曰至未受命也○正義曰獨行正者獨處摧之時專也言進與退專行其正也裕无咎未受命也者進之初未得履位未受錫命故宜寬裕進德乃得无咎**六二晉如愁如貞吉受茲介福于其王**

母進而无應其德不照故曰晉如愁如居中得位履順而正不以无應而回其志處晦能致其誠者也脩德以斯闇乎幽昧得正之吉也故曰貞吉母者處內而成德者也鳴鶴在陰則其子和之立誠於闇闇亦應之故其初愁如履貞不回則乃受茲大福于其王母也【疏】六二晉如愁如至于其王母○正義曰晉如愁如者六二進而无應於上其德不見照明故曰進如愁如憂其不昭也貞吉者然履順居於中正不以无應而不脩其德正而獲吉故曰貞吉也受茲介福于其王母者介者大也母者處內而成德者也初雖愁如但守正不改終能受此大福於其所脩故曰受茲介福於其王母○注進而无應至于其王母也○正義曰鳴鶴在陰則其子和之者此王用中孚九二爻辭也

象曰受茲介福以中正也

六三眾允悔亡處非其位悔也志在上行與眾同信順而麗明故得悔亡也【疏】正義曰六三處非其位有悔也志在上行與眾同信順而麗明故得其悔亡

象曰眾允之志上行也【疏】正義曰居晉之時眾皆欲進已應於上志在上行故能與眾同信也

九四晉如鼫鼠貞厲履非其位上承於五下據三陰履非其位又負且乘无業可安志无所據以斯為進正之

石也注如鼫鼠无所守也【疏】九四晉如鼫鼠貞厲○正義曰晉如鼫鼠者鼫鼠有五能而不成伎之蟲也九四履非其位上承於五下據三陰上不許其承下不許其據以斯爲進无業可安无據可守事同鼫鼠无所成功也以斯爲進正之危也故曰晉如鼫鼠貞厲也○注履非其位至无所守也○正義曰進如鼫鼠无所守也者蔡邕勸學篇云鼫鼠五能不成一伎王注曰能飛不能過屋能緣不能窮木能游不能渡谷能穴不能掩身能走不能先人本草經云螻蛄一名鼫鼠謂此也鄭引詩云碩鼠碩鼠无食我黍謂大鼠也陸機以爲雀鼠案王以爲无所守蓋五伎者當之

象曰鼫鼠貞厲位不當也六五悔亡失得勿恤往吉无不利

柔得尊位陰爲明主能不用察不代下任也故雖不當位能消其悔失得勿恤各有其司術斯以往无不利也【疏】象曰鼫鼠至无不利○正義曰悔亡失得勿恤往吉无不利者居不當位悔也柔得尊位陰爲明主能不自用其明以事委任於下故得悔亡既以事任下委物責成失之與得不須憂恤故曰失得勿恤也能用此道所往皆吉而无不利故曰往吉无不利也

象曰失得勿恤往有慶也

【疏】正義曰有慶者委任得人非惟自得无憂亦將人所

變說故曰有慶也

上九晉其角維用伐邑厲吉无咎貞吝

動進之極過明之中明將夷焉已在乎角而猶進之非亢如何失夫道化无爲之事必須攻伐然後服邑危乃得吉吉乃无咎用斯爲正亦以賤矣【疏】上九晉其角至貞吝○正義曰晉其角者西南隅也上九處晉之極過明之中其猶日過於中已在於角而猶進之故曰晉其角也維用伐邑者在角猶進過亢不已不能端拱无爲使物自服必須攻伐其邑然後服之故云維用伐邑也厲吉无咎貞吝者兵者凶器伐而服之是危乃得吉吉乃无咎故曰厲吉无咎以此爲正亦以賤矣故曰貞吝也

象曰維用伐邑道未光也【疏】正義曰道未光也者用伐乃服雖得之其道未光大也

䷣ 離下坤上

明夷利艱貞【疏】正義曰明夷卦名夷者傷也此卦日入地中明夷之象施之於人事闇主在上明臣在下不敢顯其明智亦明夷之義也時雖至闇不可隨世傾邪故宜艱難堅固守其貞正之德故明夷之世利在艱貞

彖曰明入地中明夷内文明而外柔順

以蒙大難，文王以之。利艱貞，晦其明也。內難而能正其志，箕子以之。【疏】彖曰明入地中至箕子以之。○正義曰：明入地中，明夷者，此就二象以釋卦名，故此及晉卦皆彖象同辭也。內文明而外柔順，以蒙大難，文王以之者，既釋明夷之義，又須出能用明夷之人。內懷文明之德，撫教六州，外執柔順之能，三分事紂，以此蒙犯大難，身得保全，惟文王能用之，故云文王以之。利艱貞，晦其明也者，此又就二體釋卦之德。明在地中，是晦其明也。既處明夷之世，外晦其明，恐陷於邪道，故利在艱固其貞，不失其正，言所以利艱貞者，用晦其明也。內難而能正其志，箕子以之者，既釋艱貞之義，又須出能用艱貞之人，內有險難，殷祚將傾，而能自正其志，不為邪干，唯箕子能用之，故云箕子以之。

象曰：明入地中，明夷。君子以蒞眾，蒞眾顯明，蔽偽百姓者也。故以蒙養正，以明夷蒞眾。【疏】象曰君子以蒞眾。○正義曰：蒞眾顯明，蔽偽百姓者也。所以君子能用此明夷之道以臨於眾，冕旒垂目，黈纊塞耳，無為清靜，民化不欺。若運其聰明，顯其智慧，民即逃其密網，姦詐愈生，豈非藏明用晦，反得其明也？故曰君子以蒞眾，用晦而明也。用晦而明。藏明於內，乃得明也。

顯明於外，巧所辟也。初九，明夷于飛，垂其翼。君子于行，三日不食。有攸往，主人有言。明夷之主在於上六，上六為至闇者也。初處卦之始，最遠於難也。遠難過甚，明夷遠遯，絕跡匿形，不由軌路，故曰明夷于飛。懷懼而行，行不敢顯，故曰垂其翼也。尚義而行，故曰君子于行也。志急於行，飢不遑食，故曰三日不食也。殊類過甚，以斯適人，人必疑之，故曰有攸往，主人有言。

【疏】初九明夷于飛至主人有言。○正義曰：明夷于飛者，明夷是至闇之卦，上六既居上極，為明夷之主，云飛者，借飛鳥為喻，如鳥飛翔也。初九處於卦始，去上六最遠，是最遠於難。遠難過甚，明夷遠遯，絕跡匿形，不由軌路，高飛而去，故曰明夷于飛也。垂其翼者，飛不敢顯，故曰垂其翼。君子于行，三日不食者，尚義而行，故云君子于行。志急於行，飢不遑食，故曰三日不食。有攸往，主人有言者，殊類過甚，以此適人，人以為怪而有言，故曰有攸往，主人有言。○象曰：君子于行，義不食也。

【疏】正義曰：義不食也者，君子逃難惟速，故義不求食也。六二，明夷，夷于左股，用拯馬壯，吉。夷于左股，是行不能壯也。以柔居中，用夷其明，進不殊類，退不近難，不見疑憚，順以則也，故可用拯馬而壯吉也不垂其翼然後乃免也〔疏〕正義曰明夷夷于左股者左股被傷行不能壯六二以柔居中用夷其明不行剛壯之事者也故曰明夷夷于左股莊氏云言左者取其傷小則比夷右未爲切也夷于左股明避難不壯不爲闇主所疑猶得處位不至懷懼而行然後徐徐用馬以自拯濟而獲其壯吉也故曰用拯馬壯吉也。**象曰六二之吉順以則也**順之以則故不見疑〔疏〕正義曰順以則也者言順闇主之則不同初九殊類過甚故不爲闇主所疑故得拯馬之吉也**九三明夷于南狩得其大首不可疾貞**處下體之上居文明之極上爲至晦入地之物也故夷其明以獲南狩得大首也南狩者發其明也既誅其主將正其民民之迷也其日固已久矣化宜以漸不可速正故曰不可疾貞〔疏〕九三明夷于南狩至不可疾貞。正義曰南方文明之所狩者征伐之類大首謂闇君明夷于南狩得其大首者初藏明而往託狩而行至南方而發其明也九三應於上六是明夷之臣發明以征闇君而得其大首故曰明夷于南狩得其大首也不可疾貞者既誅其主將正其民民迷日久不可卒正宜化之以漸故曰不可疾貞**象曰南狩之志乃得大也**去闇主也〔疏〕

正義曰志欲除闇乃得大首是其志大得也。

六四入于左腹獲明夷之心于出門庭左者取其順也入于左腹得其心意故雖近不危隨時辟難門庭而已能不逆忤也（疏）正義曰入于左腹獲明夷之心者凡右為用事也從其左不從其右是卑順不逆也腹者懷情之地六四體柔處坤與上六相近是能執卑順入于左腹獲明夷之心意也于出門庭者既得其意雖近不危隨時避難門庭而已故曰于出門庭

象曰入于左腹獲心意也（疏）正義曰獲心意者心有所存既不逆忤能順其旨故曰獲心意也

六五箕子之明夷利貞最近於晦與難為比險莫如茲而在斯中猶闇不能沒明不可息正不憂危故利貞也。（疏）正義曰箕子之明夷者六五最比闇君似箕子之近殷紂故曰箕子之明夷也利貞者箕子執志不回闇不能沒明不可息正不憂危故曰利貞。

象曰箕子之貞明不可息也（疏）正義曰明不可息也息滅也象稱明不可滅者明箕子能保其貞卒以全身為武王師也

上六不明晦初登于天後入于地處明夷之極是至晦者也

本其初也在乎光照轉至於晦遂入于地（疏）正義曰不明晦者上六居明夷之極是至闇之主故曰不明而晦本其初也其意在於光照四國其後由乎不明遂入於地謂見誅滅也**象曰初登于天照四國也後入于地失則也**（疏）正義曰失則者由失法則故誅滅也

䷤離下巽上**家人利女貞**家人之義各自脩一家之道不能知家外他人之事統而論之非无亨利君子之貞故利女貞其正在家內而已（疏）正義曰家人者卦名也明家內之道正一家之人故謂之家人利女貞者既修家內之道不能知家外他人之事統而論之非君子丈夫之正故但言利女貞**彖曰家人女正位乎內**謂二也。**男正位乎外**謂五也家人之義以內爲本故先說女也（疏）彖曰至男正位乎外。正義曰此因二五得正以釋家人之義并明女貞之旨家人之道必須女主於內男主於外然後家道乃立今此卦六二柔而得位是女正位乎內也九五剛而得位是男正位乎外也家人以內爲本故先說女也**男女正天地之大義也家人有嚴君焉父母之謂也**

父父子子兄兄弟弟夫夫婦婦而家道正正家

而天下定矣〔疏〕男女正至天下定矣。○正義曰男女正天地之大義也者因二五得正以廣明家人之義乃道均二儀非惟人事而已家人即女正於內男正於外二儀則天尊在上地卑在下同於男女正位故曰天地之大義也家人有嚴君焉父母之謂者上明義均天地此又言道齊邦國父母一家之主家人尊事同於國有嚴君故曰家人有嚴君焉父母之謂也父父子子兄兄弟弟夫夫婦婦而家道正正家而天下定矣者此歎美正家之功可以定於天下申成道齊邦國既家有嚴君即父不失父道乃至婦不失婦道尊卑有序上下不失而後爲家道之正各正其家无家不正即天下之治定矣

象曰風自火出家人由內以相成熾也。〔疏〕正義曰巽在離外是風從火出火出之初因風方熾火既炎盛還復生風內外相成有似家人之義故曰風自火出家人也。

君子以言有物而行有恒家人之道脩於近小而不妄也故君子以言必有物而口无擇言行必有恒而身无擇行〔疏〕正義曰物事也言必有事即口无擇言行必有常即身无擇行正家之義脩於近小言之與行君子樞機出身

加人發邇化遠故舉言行以為之誡言既稱物而行稱恒者亦皆言之行皆擬議於可常之事而相足也　初九閑有家悔亡　凡教在初而法在始家瀆而後嚴之志變而後治之則悔矣處家人之初為家人之始故宜必以閑有家然後悔亡也　疏　正義曰治家之道在初即須嚴正立法防閑若黷亂之後方始治之即有悔矣初九處家人之初能防閑有家乃得悔亡故曰閑有家悔亡也　象曰閑有家志未變也　疏　正義曰志未變也者釋在初防閑之義所以在初防閑其家者家人志未變黷也　六二无攸遂在中饋貞吉　居內處中履得其位以陰應陽盡婦人之正義无所必遂職乎中饋巽順而已是以貞吉也　○疏　正義曰六二履中居位以陰應陽盡婦人之義也婦人之道巽順為常无所必遂其所職主在於家中饋食供祭而已得婦人之正吉故曰无攸遂在中饋貞吉也　象曰六二之吉順以巽也　疏　正義曰舉爻位也言吉者明其以柔居中而得正位故能順以巽而獲吉也　九三家人嗃嗃悔厲吉婦子嘻嘻終吝　以陽處陽剛嚴者也處下體之極為一家之長者也行與其慢寧過

乎恭家與其瀆寧過乎嚴是以家人雖嗃嗃悔厲猶得其道婦子嘻嘻乃失其節也疏正義曰嗃嗃嚴酷之意也嘻嘻喜笑之貌也九三處下體之上爲一家之主以陽處陽行剛嚴之政故家人嗃嗃雖復嗃嗃傷猛悔其酷厲猶保其吉故曰悔厲吉若縱其婦子慢黷嘻嘻喜笑而无節則終有恨辱故曰婦子嘻嘻終吝也

象曰家人嗃嗃未失也婦子嘻嘻失家節也疏正義曰未失也者初雖悔厲似失於猛終无慢黷故曰未失也失家節者若縱其嘻嘻初雖歡樂終失家節也

六四富家大吉能以其富順而處位故大吉也若但能富其家何足爲大吉體柔居巽履得其位明於家道以近至尊能富其家也疏正義曰富謂祿位昌盛也六四體柔處巽得位承五能富其家者也由其體巽承尊長保祿位吉之大者也故曰富家大吉

象曰富家大吉順在位也疏正義曰順在位者所以致大吉由順承於君而在臣位故不見黜奪也

九五王假有家勿恤吉假至也履正而應處尊體巽王至斯道以有其家者也居於尊位而明於家道則下莫不化矣父父子子兄兄弟弟夫夫婦婦六親和睦交相愛樂而家道正正家而天

下定矣故王假有家則勿恤而吉【疏】正義曰王假有家者假至也九五履正而應處尊體巽是能以尊貴巽接於物王至此道以有其家故曰王假有家也勿恤吉者居於尊位而明於家道則在下莫不化之矣不須憂恤而得吉也故曰勿恤吉也

象曰王假有家交相愛也【疏】正義曰交相愛也者王既明於家道天下化之六親和睦交相愛樂也

上九有孚威如終吉處家人之終居家道之成刑于寡妻以著于外者也故曰有孚凡物以猛為本者則患在寡恩以愛為本者則患在寡威故家人之道尚威嚴也家道可終唯信與威身得威敬人亦如之反之於身則知施於人也【疏】正義曰上九處家人之終家道大成刑于寡妻以著於外信行天下故曰有孚也威被海內故曰威如威信並立乃得終於家道而吉從之故曰有孚威如終吉也

象曰威如之吉反身之謂也【疏】正義曰反身之謂者身得人敬則敬於人明知身敬於人人亦敬己反之於身則知施之於人故曰反身之謂也

☲☱ 兌下離上 睽小事吉【疏】正義曰睽者乖異之名物情乖異不可大事大事謂興役動衆

必須大同之世，方可為之。小事謂飲食衣服，不待衆力，雖乖而可，故曰小事吉也。

彖曰：睽，火動而上，澤動而下；二女同居，其志不同行。說而麗乎明，柔進而上行，得中而應乎剛，是以小事吉。事皆相違，害之道也，何由得小事吉？以有此三德也。

疏 正義曰：「彖曰睽火動而上澤動而下」者，此就二體釋卦名為睽之義，同而異者也。水火二物，共成烹飪，理應相濟。今火在上而炎上，澤居下而潤下，无相成之道，所以為乖。中少二女共居一家，理應同志，各自出適，志不同行，所以為異也。「說而麗乎明，柔進而上行，得中而應乎剛，是以小事吉」者，此就二體及六五之爻，釋所以小事得吉。說而麗乎明，不為邪僻；柔進而上行，所之在貴；得中而應乎剛，非為全弱。雖在乖違之時，卒能合同，故可以行小事而獲吉也。

天地睽而其事同也，男女睽而其志通也，萬物睽而其事類也，睽之時用大矣哉！睽離之時，非小人之所能用也。

疏 「天地睽而其事同」至「時用大矣哉」。○正義曰天地睽而其事同也以下歷就天地男女萬物廣明睽義體乖而用合也天高地卑其體懸隔是天地睽也而生成品物其事則同也男女睽而其志通者男外女内分位有別是男女睽也而成家理事其志即通也萬物殊形各自爲象是萬物睽也而均於生長其事即類故曰天地睽而其事同也男女睽而其志通也萬物睽而其事類也睽之時用大矣哉既明睽理合同之大又歎能用睽之人其德不小睽離之時能建其用使合其通理非大德之人則不可也故曰睽之時用大矣哉也

象曰上火下澤睽君子以同而異同於通理異於職事

疏正義曰上火下澤睽者動而相背所以爲睽也君子以同而異者佐王治民其意則同各有司存職掌則異故曰君子以同而異也

初九悔亡喪馬勿逐自復見惡人无咎處睽之初居下體之下无應獨立悔也與人合志故得悔亡馬者必顯之物處物之始乖而喪其馬物莫能同其私必相顯也故勿逐而自復也時方乖離而位乎窮下上无應可援下无權可恃顯德自異爲惡所害故見惡人乃得免咎也

疏初九悔亡喪馬勿逐自復見惡人无咎○正義曰悔亡者初九處睽離之初居下體之下无應獨立所以悔也四亦處下无應獨立不乖於己與己合志

故得悔亡喪馬勿逐而自復者時方睽離觸目乖阻馬之為物難
可隱藏時或失之不相容隱不須尋求勢必自復故曰喪馬勿
逐自復也見惡人无咎者處於窮下上无其應无應則无以為
援窮下則无權可恃若標顯自異不能和光同塵則必為惡人
所害故曰見惡人无咎 象曰
咎見謂遜接之也 **象曰見惡人以辟咎也** 疏 見惡
人以辟咎也○正義曰以辟咎也者惡人
不應與之相見而遜接之若以辟咎也 **九二遇主于巷**
无咎 處睽失位將无所安然五亦失位俱求其黨出門同趣
不期而遇故曰遇主于巷也處睽得援雖失其位未失
道也 疏 九二遇主于巷无咎○正義曰九二處睽之時而失其
位將无所安五亦失位與己同黨同趣相求不假遠涉
而自相遇適在於巷言遇之不遠故曰遇主于
巷主謂五也處睽得援咎悔可亡故无咎也 **象曰遇主**
于巷未失道也 疏 正義曰未失道者既遇其主雖失其位亦未失道也 **六三見**
輿曳其牛掣其人天且劓无初有終 凡物近而不相得則凶處
睽之時履非其位以陰居陽以柔乘剛志在於上而不和於四
二應於五則近而不相比故見輿曳輿曳者履非其位失所載

也其牛掣者滯隔所在不獲進也其人天且劓者四從上
取二從下取而應在上九執志不回初雖受困終獲剛助
六三見輿曳其牛至无初有終。正義曰見輿曳其牛掣者處
睽之時履非其位以陰居陽以柔乘剛志在上九不與四合二
自應五又與己乖欲載其輿被曳失己所載也欲進其牛被牽
滯隔所在不能得進也故曰見輿曳其牛掣也其人天且劓无
初有終者剠額為天截鼻為劓既處二四之間皆不相得其為
人也四從上刑之故剠其額二從下刑之又截其鼻故曰其人
天且劓而應在上九執志不回初
雖受困終獲剛助故曰无初有終
象曰見輿曳位不當
也无初有終遇剛也 疏 象曰至有終遇剛也。正義曰位不當者由位不當故輿
被曳遇剛者由遇上九之剛
九之剛所以有終也 **九四睽孤遇元夫交孚厲无咎**
无應獨處五自應二三與己睽故曰睽孤也初亦无應特立處
睽之時俱在獨立同處體下同志者也而已失位比於三五皆
與己乖處无所安故求其疇類而自託焉故曰遇元夫也同志
相得而无疑焉故曰交孚也雖在乖隔志故得行故雖危无咎
疏 九四至无咎。正義曰元夫謂初九也處於卦始
故云元也初四俱陽而言夫者蓋是丈夫之夫非夫婦之

夫也象曰交孚无咎志行也六五悔亡厥宗噬膚

往何咎非位悔也有應故亡厥宗謂二也噬膚者齧柔也三雖比二二之所噬非妨己應者也以斯而往何咎之

有往必合也疏六五悔亡至往何咎○正義曰悔亡者失位悔也有應故悔亡也厥宗噬膚往何咎者宗主也謂二

也噬膚謂噬三也三雖隂二之所噬故曰厥宗噬膚也二是陰爻故以膚爲譬言柔脆也二既噬三即五可以往而无咎矣

故曰往无咎象曰厥宗噬膚往有慶也疏象曰至往有慶也○正義曰往

有慶也者有慶之言善功被物爲物所賴也五雖居尊而不當位與二合德乃爲物所賴故曰往有慶也

孤見豕負塗載鬼一車先張之弧後說之弧匪

寇婚媾往遇雨則吉處睽之極睽道未通故曰睽孤己居炎極三處澤盛睽之極也以文

明之極而觀至穢之物睽之甚也豕而負塗穢莫過焉至睽將合至殊將通恢詭譎怪道將爲一未至於洽先見殊怪故見豕

負塗甚可穢也見鬼盈車吁可怪也先張之弧將攻害也後說之弧睽怪通也四剠其應故爲寇也睽志將通匪寇婚媾往不

失時睽疑亡也貴於遇雨和陰陽也陰陽既和羣疑亡也

疏 上九睽孤見豕至遇雨則吉○正義曰睽孤者處睽之極睽道未通故曰睽孤也見豕負塗者火動而上澤動而下已居炎極三處澤盛睽之極也離爲文明澤是卑穢以文明之極而觀至穢之物事同豕而負塗泥穢莫斯甚矣故曰見豕負塗載鬼一車先張之弧後說之弧者鬼魅盈車怪異之甚也至睽將合至殊將通未至於洽先見殊怪故又見載鬼一車載鬼不言見者爲豕上有見字也見怪若斯懼來害已故先張之弧將攻害也物極則反睽極則通故後說之弧不復攻也匪寇婚媾者四剠其應故謂四爲寇睽志既通匪能爲寇乃得與二爲婚媾矣故曰匪寇婚媾也往遇雨則吉者雨者陰陽交和之道也衆異併消无復疑阻往得和合則吉從之故曰往遇雨則吉○注處睽之極至羣疑亡也○正義曰恢詭譎怪道將爲一者莊子內篇齊物論曰无物不然无物不可故爲舉莛與楹厲與西施恢詭譎怪道通爲一郭象注云夫莛横而楹縱厲醜而西施好所謂齊者豈必齊形狀同規矩哉舉縱横好醜恢詭譎怪各然其所然各可其所可即形雖萬殊而性本得同故曰道通爲一也莊子所言以明齊物故舉恢詭譎怪至異之物道通爲一得性則同王輔嗣用此文而改通爲將字者明物極則反睽極則通有似引詩斷章不以與本義同也

象曰遇雨

之吉羣疑亡也【疏】正義曰羣疑亡也者往與三合如雨之和向之見豕見鬼張弧之疑併消釋矣故曰羣疑亡也

䷦ 艮下坎上 蹇利西南不利東北 西南地也東北山也以難之平則難解以難之山則道窮【疏】正義曰蹇難也有險在前畏而不進故稱爲蹇西南險位平易之方東北險位阻礙之所世道多難率物以適平易則蹇難可解若入於險阻則彌加擁塞去就之宜理須如此故曰蹇利西南不利東北也 利見大人 往則濟也【疏】正義曰能濟衆難惟有大德之人故曰利見大人 貞吉 爻皆當位各履其正居難履正正邦之道也正道未否難由正濟故貞吉也遇難失正吉可得乎【疏】正義曰居難之時若不守正而行其邪道雖見大人亦不得吉故曰貞吉也 彖曰蹇難也險在前也見險而能止知矣哉蹇利西南往得中也不利東北其道窮也利見大人往有功也當位貞吉以正邦也蹇

之時用大矣哉蹇難之時非小人之所能用也【疏】彖曰至大矣哉○正義曰蹇難也險在前也見險而能止知矣哉者釋卦名也蹇者有難而不進能止而不犯故就二體有險有止以釋蹇名坎在其外是險在前也有險在前所以爲難若冒險而行或罹其害艮居其內止而不往相時而動非知不能故曰見險而能止知矣哉也蹇利西南往得中也者之於平易救難之理故云往得中也不利東北其道窮者之於險阻更益其難其道彌窮故曰其道窮也利見大人往有功也者往見大人必能除難故曰往有功也當位貞吉以正邦也者二三四五爻皆當位所以得正而吉故曰當位貞吉也以正邦也者居難守正正邦之道故曰以正邦也蹇之時用大矣哉者能於蹇難之時建立其功用以濟世者非小人之所能故曰蹇之時用大矣哉也象曰山上有水蹇山上有水蹇難之象【疏】正義曰山者是巖險水是阻難水積山上彌益危難故曰山上有水蹇君子以反身脩德除難莫若反身脩德【疏】正義曰蹇難之時未可以進惟宜反求諸身自脩其德道成德立方能濟險故曰君子以反身脩德也陸績曰水在山上失流通之性故曰蹇通水流下今在山上不得下流蹇之象陸績又曰水本應山下今在山上終應反下故曰

反身處難之世不可以行只可反自省察修己德用乃除難君子通達道暢之時並濟天下處窮之時則獨善其身也

初六往蹇來譽處難之始居止之初獨見前識覩險而止以待其時知矣哉故往則遇蹇來則得譽

疏正義曰初六處蹇之初往則遇難來則得譽初居艮始是能見險而止見險不往則是來而得譽故曰往蹇來譽。

象曰往蹇來譽宜待也疏正義曰宜待者既往則遇蹇宜止以待時也

六二王臣蹇蹇匪躬之故處難之時履當其位居不失中以應於五不以五在難中私身遠害執心不回志匡王室者也故曰王臣蹇蹇匪躬之故履中行義以存其上處蹇以此未見其尤也

疏正義曰王謂五也臣謂二也九五居於王位而在難中六二是五之臣往應於五履正居中志匡王室能涉蹇難而往濟蹇故曰王臣蹇蹇也盡忠於君匪以私身之故而不往濟君故曰匪躬之故

象曰王臣蹇蹇終无尤也疏正義曰終无尤者處難以斯豈有過尤也

九三往蹇來反進則入險來則得位故曰往蹇來反爲下卦之主是內之所恃也

疏正義曰九三與坎爲鄰進則入險故曰往蹇來則得位故曰來反

象

曰往蹇來反內喜之也【疏】正義曰內卦三爻惟九三一陽居二陰之上是內之所恃故云內喜之也六四往蹇來連往則无應來則乘剛往來皆難故曰往蹇來連得位履正當其本實雖遇於難非妄所招也【疏】正義曰馬云連亦難也鄭云遲久之意六四往則无應來則乘剛往來皆難故曰往蹇來連也象曰往蹇來連當位實也【疏】正義曰當位實者明六四得位履正當其本實而往來遇難者乃數之所招非邪妄之所致也故曰當位實也九五大蹇朋來處難之時獨在險中難之大者也故曰大蹇然居不失正履不失中執德之長不改其節如此則同志者集而至矣故曰朋來也【疏】九五大蹇朋來○正義曰九五處難之時獨在險中難之大者也故曰大蹇然得位履中不改其節如此則同志者自遠而來故曰朋來○注處難之時至朋來也○正義曰同志者集而至矣者此以同志釋朋來之義鄭注論語云同門曰朋同志曰友此對文也通而言之同志亦是朋黨也象曰大蹇朋來以中節也【疏】正義曰以中節者得位居中不易其節故致朋來故云以中節也上六往蹇

來碩吉利見大人往則長難來則難終難終則衆難皆濟志大得矣故曰往蹇來碩吉險夷難解大道可與故曰利見大人也疏正義曰碩大也上六難終之地不宜更有所往往則長難故曰往蹇也來則難終難終則衆難皆濟志大得矣故曰來碩吉也險夷難解大道可與宜見大人以弘道化故曰利見大人也象曰往蹇來碩志在內也有應在內往則失之來則志獲志在內也疏正義曰志在內也者有應在三是志在內也應既在內往則失之來則得之所以往則有蹇來則碩吉也利見大人以從貴也疏正義曰貴謂陽也以從陽故云以從貴也

☳☵坎下震上解利西南西南衆也解難濟險利施於衆也亦不困于東北故不言不利東北也○疏正義曰解者卦名也然解有兩音一音古買反一音胡買反解謂解難之初解謂既解之後彖稱動而免乎險明非拯難之時故先儒皆讀爲解序卦云物不可以終難故受之以解解者緩也然則解者險難解釋物情舒緩故爲解也解利西南者西南坤位坤是衆也施解於衆則所濟者弘故曰解利西南也无所往其來復吉有

攸往夙吉（未有善於解難而迷於處安也。解之為義，解難而濟厄者也。无難可往，以解來復，則不失中；有難而往，則以速為吉者，无難則能復其位，有難則能濟其厄也。）

【疏】正義曰：无所往者，此上言解難濟險，利施於眾，此下明救難之時，誡其可否。若无難可往，則以來復為吉；若有難可往，則以速赴為善。故云无所往其來復吉，有攸往夙吉。褚氏云：世有无事求功，故誡以无難宜靜；亦有待敗乃救，故誡以有難須速也。

彖曰：解，險以動，動而免乎險，解。（動乎險外，故謂之免；免險則解，故謂之解。）

【疏】正義曰：此就二體以釋卦名。遇險不動，无由解難；動在險中，亦未能免咎。今動於險外，即見免脫於險，所以為解也。

解利西南，往得眾也；其來復吉，乃得中也；有攸往夙吉，往有功也。天地解而雷雨作，雷雨作而百果草木皆甲坼。（天地否結則雷雨不作，交通感散，雷雨乃作也。雷雨之作，則險厄者亨，否結者散，故百果草木皆甲坼也。）

【疏】正義曰：解利西南往得眾者，解之為義，兼濟為美，往之西南，得施解於眾，所以為利也。其來復吉乃得

中也者无難可解退守靜默得理之中故云乃得中也有攸往
夙吉往有功也者解難能速則不失其幾故往有功也天地解
而雷雨作雷雨作而百果草木皆甲坼者此因震坎有雷雨之
象以廣明解義天地解緩雷雨乃作雷雨既作百果草木皆孚
甲開坼莫不解散也解之時大矣哉注无所而不釋也難解之時非治難時故不言用體盡於解之名
无有幽隱故不曰義疏正義曰結歎解之大也自天地至于草木无不有解豈非大哉象曰雷雨
作解君子以赦過宥罪疏正義曰赦謂放免過謂誤失宥謂寬宥罪謂故犯過
輕則赦罪重則宥皆解緩之義也初六无咎注解者解也屯難盤結於是乎解
處蹇難始解之初在剛柔始散之際將赦罪厄以夷其險處此之時不煩於位而无咎也疏正義曰夫險難未夷則賤弱者受害然則蹇難未解
之時柔弱者不能无咎否結既釋之後剛強者不復陵暴初六處蹇難始解之初在剛柔始散之際雖以柔弱處无位之地逢
此之時不慮有咎故曰初六无咎也象曰剛柔之際義无咎也注或有過咎非其理也
義猶理也疏正義曰義无咎者且義猶理也剛柔既散理必无咎或有過咎非理之當也故曰義无咎也注有過咎至

義猶理也○正義曰或有過咎非其理也者或本无此八字

九二田獲三狐得黃矢貞吉　狐者隱伏之物也剛中而應為五所任處於險中知險之情以斯解物能獲隱伏也故曰田獲三狐也黃理中之稱也矢直也田而獲三狐得乎理中之道不失枉直之實能全其正者也故曰田獲三狐得黃矢貞吉也

〔疏〕正義曰田獲三狐者狐是隱伏之物三為成數舉三言之搜獲備盡九二以剛居中而應於五為五所任處於險中知險之情以斯解險无險不濟能獲隱伏如似田獵而獲窟中之狐故曰田獲三狐得黃矢貞吉者黃中之稱矢直也田而獲三狐得乎理中之道不失枉直之實能全其正者也故曰得黃矢貞吉也

象曰九二貞吉得中道也　〔疏〕正義曰得中道也者明九二位既不當所以得貞吉者由處於中得乎理中之道故也

六三負且乘致寇至貞吝　處非其位履非其正以附於四用夫柔邪以自媚者也乘二負四以容其身寇之來也自己所致雖幸而免正之所賤也

〔疏〕正義曰負且乘致寇至者六三失正无應下乘於二上附於四即是用夫邪佞以自說媚者也乘者君子之器也負者小人之事也施之於人即在車騎之上而負於物也故寇盜知其非己所有於是競欲

奪之故曰負且乘致寇至也貞吝者負乘之人正其所鄙故曰貞吝也象曰負且乘亦可醜也自我致戎又誰咎也疏正義曰亦可醜也者天下之醜多矣此是其一故曰亦可醜也自我致戎又誰咎也者言此寇雖由己之招非是他人致此過咎故曰又誰咎也九四解而拇朋至斯孚失位不正而比於三故三得附之爲其拇也三爲之拇則失初之應故解其拇然後朋至而信矣疏正義曰而汝也拇足大指也履於不正與三相比三從下來附之如指之附足四有應在初若三爲之拇則失初之應故必解其拇然後朋至而信故曰解而拇朋至斯孚象曰解而拇未當位也疏正義曰未當位者四若當位履正即三不爲邪媚之身不得附之也既三不得附四則无所解今須解拇由不當位也六五君子維有解吉有孚于小人居尊履中而應乎剛可以有解而獲吉矣以君子之道解難釋險小人雖闇猶知服之而无怨矣故曰有孚于小人也疏正義曰君子維有解吉者六五居尊履中而應於剛是有一子之德君子當此之時可以解於險難維辭也有解於難所以獲吉故曰君子維有解

吉也有孚于小人者以君子之道解難則小人皆信服之故曰有孚于小人也○象曰君子有解小人退也 疏 正義曰小人謂作難者信君子之德故退而畏服之 上六公用射隼于高墉之上獲之无不利 初爲四應二爲五應三不應上失位負乘處下體之上故曰高墉墉非三之所處高非三之所履上六居動之上爲解之極將解荒悖而除穢亂者也故用射之極則後動成而後舉故以獲之而无不利也 疏 上六至无不利○正義曰隼者貪殘之鳥鸇鷂之屬墉牆也六三失位負乘不應於上即是罪釁之人故以譬於隼此借飛鳥爲喻而居下體之上其猶隼處高墉隼之爲鳥宜在山林隼於人家高墉必爲人所繳射以譬六三處於高位必當被人所誅討上六居動之上爲解之極將解之荒悖而除穢亂故用射之也極而後動成而後舉故必獲之而无不利故曰公用射隼于高墉之上獲之无不利也公者臣之極上六以陰居上故謂之公也 象曰公用射隼以解悖也 疏 正義曰解悖也者悖逆也六三失位負乘不應於上是悖逆之人也上六居動之上能除解六三之荒悖故云以解悖也

䷨ 兌下艮上 損有孚元吉无咎可貞利有攸往曷之用二簋可用享 疏 損有孚至可用享。正義曰損者減損之名此卦明損下益上故謂之損損之爲義損下益上損剛益柔損下益上非補不足者也損剛益柔非長君子之道者也若不以誠信則涉諂諛而有過咎故必有孚然後大吉无咎可正而利有攸往矣故曰損有孚元吉无咎可貞利有攸往也先儒皆以无咎可貞各自爲義言旣吉而无咎則可以爲正準下王注彖辭无損下而不爲邪益上而不爲諂則何咎而可正然則王意以无咎可貞共成一義故莊氏云若行損有咎則須補過以正其失今行損用信則是无咎可正故云无咎可貞竊謂莊氏之言得正旨矣曷之用二簋可用享者明行損之禮貴夫誠信不在於豐旣行損以信何用豐爲二簋至約可用享祭矣故曰曷之用二簋可用享也

彖曰損損下益上其道上行 艮爲陽兌爲陰凡陰順於陽者也陽止於上陰說而順損下益上上行之義也 疏 正義曰此就二體釋卦名之義艮陽卦爲止兌陰卦爲說陽止於上陰說而順之是下自減損以奉於上上行之謂也

損而有孚元吉无咎可貞利有攸往

損之為道損下益上損剛益柔也損下益上非補不足也損剛益柔非長君子之道也為損而可以獲吉其唯有孚乎損而有孚則元吉无咎而可正利有攸往矣損剛益柔不以消剛損下益上不以盈上損剛而不為邪益上而不為諂則何咎而可正雖不能拯濟大難以斯有往物无距也○疏正義曰卦有元吉已下等事由於有孚故加一而字則其義可見矣**曷之用**曷辭也曷之用言何用豐為也**二簋可用享**二簋質薄之器也行損以信雖二簋而可用享疏正義曰曷之用二簋可用享者舉經明之皆為損而有孚故得如此**二簋應有時**至約之道不可常也疏正義曰申明二簋之禮不可為常二簋至約惟在損時應時行之非時不可也**損剛益柔有時**下不敢剛貴於上行損剛益柔之謂也剛為德長損之不可以為常也○疏正義曰明損下益上之道亦不可為常損之所以能損下益上者以下不敢剛亢貴於奉上則是損於剛亢而益柔順也損剛者謂損兌之陽爻也益柔者謂益艮之陰爻也人之為德須備剛柔就剛柔之中剛為德長既為德長不可恒減故損之有時**損益盈虛與時偕行**自然之質各定其分短者不為不足長者不為有餘損益將何加焉非道之常故必與時

偕行也。疏正義曰盈虛者鳧足短而任性鶴脛長而自然此又云與時偕行者上旣言損剛益柔不可常用此又汎明損益之事體非恒理自然之質各定其分鳧足非短鶴脛非長何須損我以益人虛此以盈彼但有時宜用故應時而行故曰損益盈虛與時偕行也

象曰山下有澤損山下有澤損之象也疏正義曰澤在山下澤卑山高似澤之自損以崇山之象也

君子以懲忿窒欲可損之善莫善忿欲也。疏正義曰君子以法此損道以懲止忿怒窒塞情欲夫人之情也感物而動境有順逆故情有忿欲懲者息其旣往窒者閉其將來忿欲皆有往來懲窒互文而相足也

初九已事遄往无咎酌損之損之爲道損下益上損剛益柔以應其時者也居於下極損剛奉柔則不可以逸處損之始則不可以盈事已則往不敢宴安乃獲无咎也以剛奉柔雖免乎咎猶未親也故旣獲无咎復自酌損乃得合志也遄速也疏正義曰已事遄往无咎者已竟也遄速也損之爲道損下益上如人臣欲自損己奉上然各有所掌若廢事而往咎莫大焉若事已不往則爲傲慢竟事速往乃得无咎故曰已事遄往无咎也酌損之者剛勝則柔危以剛奉柔初未見親也故須酌而減損之乃得合志故曰酌損之

象曰巳事遄往尚合志也尚合於志故速往也疏正義曰尚合志者尚庶幾也所以竟事速往庶幾與上合志也九二利貞征凶弗損益之柔不可全益剛不可全削下不可以无正初九已損剛以順柔九二履中而復損己以益柔則剝道成焉故不可遄往而利貞也進之於柔則凶矣故曰征凶也故九二不損而務益以中為志也疏正義曰柔不可以全益剛不可以全削下不可以无正初九已損剛以益柔為順六四為初六九二復損己以益六五為六二則成剝卦矣故九二利以居而守正進之於柔則凶故曰利貞征凶也既征凶故九二不損己而務益故曰不損益之也象曰九二利貞中以為志也疏正義曰中以為志者言九二所以能居而守貞不損益之良由居中以中為志故損益得其節適也六三三人行則損一人一人行則得其友損之為道損下益上其道上行三人謂自六三已上三陰也三陰並行以承於上則上失其友內无其主名之曰益其實乃損故天地相應乃得化淳男女匹配乃得化生陰陽不對生可得乎故六三獨行乃得其友二陰俱行則必疑矣疏六三一人至得其友。正義曰六三處損之時居於下體損之[illegible]其道上行三人謂自六三已上三陰上一人謂上九也下一人謂六三也夫陰陽相應萬物化淳男女匹配故能生育六三應於上九上有二陰六四六五也損道上行有相從之義若與二陰并已俱行雖欲益上九一人更使上九懷疑疑則失其適匹之義也名之曰益即不是減損其實損之也故曰三人行則損一人若六三一人獨行則上九納已无疑則得其友矣故曰一人行則得其友也。象曰一人行三則疑也（疏）正義曰三則疑者言一人則可三人則加疑惑也。六四損其疾使遄有喜无咎履得其位以柔納剛能損其疾也疾何可久故速乃有喜損疾以離其咎有喜乃免故使速乃有喜有喜乃无咎（疏）六四至无咎。正義曰疾者相思之疾也初九自損已遄往已以正道速納陰陽相會同志斯來无復企子之疾故曰損其疾疾何可以久速乃有喜有喜乃无咎故曰使遄有喜无咎。注履得其位至有喜乃无咎也。正義曰遄乃有喜有喜乃无咎者相感而久不相會則有勤望之憂故速乃有喜初九自損以益四四不速納則有失益之咎也故曰有喜乃无咎也象曰損其疾亦可喜也（疏）正義曰亦可喜者詩曰亦既見止我心則降亦亦有

喜乎

六五或益之十朋之龜弗克違元吉以柔居尊而爲損道江海處下百谷歸之履尊以損則或益之矣朋黨也龜者決疑之物也陰非先唱柔非自任尊以自居損以守之故人用其力事竭其功知者慮能明者慮策弗能違也則衆才之用盡矣獲益而得十朋之龜足以盡天人之助也。疏六五至元吉。正義曰六五居尊以柔而在乎損而能自抑損者也居尊而能自抑損則天下莫不歸而益之故曰或益之也或者言有也言其不自益之有人來益之也朋者黨也龜者決疑之物也陰不先唱柔不自任尊以自居損以守之則人用其力事竭其功智者慮能明者慮策而不能違也朋至不違則群才之用盡矣故曰十朋之龜弗克違也群才畢用自尊委人天人並助故曰元吉。注以柔居尊至天人之助也。正義曰朋黨也者馬鄭皆案爾雅云十朋之龜者一曰神龜二曰靈龜三曰攝龜四曰寶龜五曰文龜六曰筮龜七曰山龜八曰澤龜九曰水龜十曰火龜。象曰六五元吉自上祐也。疏正義曰自上祐者上謂天也故與自天祐之吉无不利義同也

上九弗損益之无咎貞吉利有攸往得臣无家處損之終上无所奉損終

反益剛德不損乃反益之而不憂於咎用正而吉不制於柔剛德遂長故曰弗損益之无咎貞吉利有攸往也居上乘柔處損之極尚夫剛德爲物所歸故曰得臣得臣則天下爲一故无家也。（疏）上九至得臣无家。正義曰弗損益之无咎貞吉者損之爲義損下益上上九處損之極上无所奉損終反益故曰弗損益之也既剛德不損乃反益之則不憂於咎用正而吉故曰无咎貞吉也利有攸往者不制於柔不使三陰俱進不疑其志剛德遂長故曰利有攸往也又能自守剛陽不爲柔之所制豈惟无咎貞吉而已所往亦无不利故曰利有攸往義所存也得臣无家者居上乘柔處損之極尊夫剛德爲物所歸故曰得臣得臣則以天下爲一故曰无家无家者光宅天下无適一家也。

象曰弗損益之大得志也（疏）正義曰大得志者剛德不損爲物所歸故大得志也

䷩ 震下巽上 益利有攸往利涉大川（疏）正義曰益者增足之名損上益下故謂之益下已有矣而已更益之明聖人利物之无已也損卦則損下益上益卦則損上益下得名皆就下而不據上者向秀云明王之道志在惠下故取下謂之損與下謂之益既上行惠下之道則益萬物動而无違何往不利故曰利有攸往以益

涉難理絶險阻故曰利涉大川彖曰益損上益下民說无疆震陽也巽陰也巽非違震者也處上而巽不違於下損上益下之謂也○疏正義曰此就二體釋卦名之義柔巽在上剛動在下上巽不違於下損上益下之義也旣居上者能自損以益下則下民歡說无復疆限故曰益所以名益者正以損上益下民說无疆者也○自上下下其道大光利有攸往中正有慶五處中正自上下下故有慶也以中正有慶之德有攸往也何適而不利哉○疏正義曰此就九五之爻釋利有攸往中正有慶也五處中正自上下下則其道光大為天下之所慶賴也以中正有慶之德故所往无不利焉益之所以利有攸往者正謂中正有慶故也利涉大川木道乃行木者以涉大川為常而不溺者也以益涉難同乎木也○疏正義曰此取譬以釋利涉大川也木體輕浮以涉大川為常而不溺也以益涉難如木道之涉川无害益之為利故云利涉大川木道乃行也益動而巽日進无疆天施地生其益无方損上益下疏正義曰益動而巽日進无疆者此已下廣明益義剛則就二

體明損上益下以釋卦名以下有動求上能巽接是損上益下
之義今就二體更明得益之方也若動而驕盈則物所无已若
動而卑巽則進益无疆故曰益動而巽日進无疆天施地生其
益无方者此就天施明益之大義也天施氣於地地受氣而
化生亦是損上益下義也其施化之益
无有方所故曰天施地生其益无方○凡益之道與時偕
行益之為用施未足也滿而益之害之道也疏正義曰益不可恒當應時行
之故舉凡益之道與時偕行也○象曰風雷益君子以見善
則遷有過則改遷善改過益莫大焉疏正義曰子夏傳云雷以動
之風以散之萬物皆益孟僖亦與此同其意言必須雷動於前風散於後然後萬物皆益
如二月啟蟄之後風以長物八月收聲之後風以殘物風之為
益其在雷後故曰風雷益也遷謂遷徙慕尚改謂改更懲止遷
善改過益莫大焉故君子求益以見善則遷有過則改也六子
之中並有益物獨取雷風者何
晏云取其最長可久之義也○初九利用為大作元吉
无咎處益之初居動之始體夫剛德以莅其事而之乎巽以斯大作必獲大功夫居下非厚事之地在卑非任重之

勳大作非小功所濟故元吉乃得无咎也【疏】正義曰大作謂興作大事也初九益之初居動之始有興作大事之端又體剛能幹應巽不違有堪建大功之德故曰利用爲大作也然有其才而无其位得其時而非其勳雖有殊功人不與也時人不與則咎過生焉故必元吉乃得无咎故曰元吉无咎**象曰元吉无咎下不厚事也**時可以大作而下不可以厚事得其時而无其勳故元吉乃得无咎也。【疏】正義曰下不厚事者厚事猶大事也

六二或益之十朋之龜弗克違永貞吉王用享于帝吉以柔居中而得其位處內履中居益以沖益自外來不召自至不先不爲則朋龜獻策同於損卦六五之位位不當尊故吉在永貞也帝者生物之主興益之宗出震而齊巽者也六二居益之中體柔當位而應於巽享帝之美在此時也【疏】六二至王用享于帝吉。正義曰六二體柔居中當位應巽是居益而能用謙沖者也居益用謙則物自外來朋龜獻策弗能違也同於損卦六五之位故曰或益之十朋之龜弗克違也然位不當尊故永貞乃吉故曰永貞吉帝天也王用此時以享祭於帝明靈降福故曰王用享于帝吉也**象曰或益之自外來也**【疏】

正義曰自外來者明益之者從外自來不召而至也。

六三益之用凶事无咎有孚中行告公用圭以陰居陽求益者也故曰益之益不外來已自爲之物所不與故在謙則戮救凶則免以陰居陽處下卦之上壯之甚也用救衰危物所恃也故用凶事乃得无咎也若能益不爲私志在救難壯不至亢不失中行以此告公國主所任也用圭之禮備此道矣故曰有孚中行告公用圭也公者臣之極也凡事足以施天下則稱王次天下之大者則稱公六三之才不足以告王足以告公而得用圭也故曰中行告公用圭也

疏六三至告公用圭。正義曰六三以陰居陽不能謙退是求益者也故曰益之益不外來已自爲之物所不須若以謙道責之則理合誅戮若以救凶原之則情在可恕然此六三以陰居陽處下卦之上壯之甚也用此以救衰危則物之所恃所以用凶事而得免咎故曰益之用凶事无咎若能求益不爲私已志在救難爲壯不至亢極能適於時是有信實而得中行故曰有孚中行也用此有孚中行之德執圭以告於公公必任之以救衰危之事故曰告公用圭。注以陰居陽至告公用圭也。正義曰告王者宜以文德燮理使天下人寧不當但以救凶用志褊狹也

象曰益用凶事固有之也用

凶事乃得固有之也【疏】正義曰固有之者明非為救凶求可求益施之凶事乃得固有其功也六四中

行告公從利用為依遷國居益之時處巽之始體柔當位在上應下卑不窮下

高不處亢位雖不中用中行者也以斯告公何有不從以斯依遷誰有不納也【疏】正義曰六四居益之時處巽之始體

柔當位在上應下卑不窮下高不處亢位雖不中用中行者也

故曰中行也以此中行之德有事以告於公公必從之故曰告

公從也用此道以依人而遷國者人无不納故曰利用為依遷

國也遷國國之大事明以中行雖有大事而无不利如周之東

遷晉鄭焉依之義也象曰告公從以益志也志得益也【疏】正義曰以益志者既

為公所從其志得益也九五有孚惠心勿問元吉有孚惠我

德得位履尊為益之主者也為益之大莫大於信為惠之大莫大於心因民所利而利之焉惠而不費惠心者也信以

惠心盡物之願故不待問而元吉有孚惠我德也以誠惠物物亦應之故曰有孚惠我德也【疏】正義曰九五得位處

尊為益之主兼張德義以益物者也為益之大莫大於信為惠

之大莫大於心因民所利而利之焉惠而不費惠心者也有惠

有信盡物之願必獲元吉不待疑問故曰有孚惠心勿問元吉
我既以信惠被於物物亦以信惠歸於我故曰有孚惠我德也
象曰有孚惠心勿問之矣惠我德大得志也疏正義曰大得志者天下皆以信惠歸我
則可以得志於天下故曰大得志也上九莫益之或擊
之立心勿恒凶處益之極過盈者也求益无已心无恒者
也无厭之求人弗與也獨唱莫和是偏辭
也人道惡盈怨者非一故曰或擊之也疏正義曰上九處益之極益之過甚者
也求益无厭怨者非一故曰莫益之
或擊之也勿猶无也求益无已是立心无恒者
也无恒之人必凶咎之所集故曰立心勿恒凶象曰莫益
之偏辭也或擊之自外來也疏正義曰偏辭者此
有求而彼不應是
偏辭也自外來者怨者非一
不待召也故曰自外來也

周易兼義卷第四

元十行本周易兼義

第二册

三國魏 王弼 晋 韓康伯注 唐 孔穎達疏 唐 陸德明釋文

元刻本

山東人民出版社・濟南

周易兼義下經夬傳卷第五

國子祭酒上護軍曲阜縣開國子臣孔穎達奉勅撰正義

王弼注

䷪ 乾下兌上 夬揚于王庭孚號有厲告自邑不利即戎利有攸往 夬與剝反者也剝以柔變剛至於剛幾盡夬以剛決柔如剝之消剛剛隕則君子道消柔消則小人道隕君子道消則剛正之德不可得直道而用刑罰之威不可得坦然而行揚于王庭其道公也

疏 夬揚于王庭至利有攸往○正義曰夬決也此陰消陽息之卦也陽長至五五陽共決一陰故名為夬也揚于王庭者明行決斷之法夬以剛決柔施之於人則是君子決小人也王庭是百官所在之處以君子決小人故可以顯然發揚決斷之事於王者之庭示公正而無私隱也故曰揚于王庭也孚號有厲者號號令也行決之法先須號令夬以剛決柔則是用明信之法而宜其號令如此即柔邪者危故曰孚號有厲也以剛制斷行令於邑可也若用剛即戎尚力取勝為物所疾以此用師必有不利故

曰告自邑不利即戎雖不利即戎然剛德不長則柔邪不消故陽爻宜有所往夬道乃成故曰利有攸往也

彖曰夬決也剛決柔也健而說決而和健而說則決而和矣〔疏〕彖曰至決而和。正義曰夬決也剛決柔者此就爻釋卦名也健而說決而和者此就二體之義明決而能和乾健而兌說健則能決說則能和故曰決而和也

揚于王庭柔乘五剛也剛德齊長一柔為逆眾所同誅而无忌者也故可揚于王庭〔疏〕正義曰此因一陰而居五陽之上行夬之法以剛德齊長一柔為逆眾所同誅誅而无忌也故曰揚于王庭言所以得顯然揚于王庭者只謂柔乘五剛也

孚號有厲其危乃光也剛正明信以宣其令則柔邪者危故曰其危乃光也〔疏〕正義曰以明信而宣號令即柔邪者危厲危厲之理分明可見故曰其危乃光也

告自邑不利即戎所尚乃窮也以剛斷制告令可也告自邑謂行令於邑也用剛即戎尚力取勝也尚力取勝物所同疾也〔疏〕正義曰剛克之道不可常行若專用威猛以此即戎則便為尚力取勝即是決而不和其道窮矣行決所以惟告自邑不利即戎者只謂所尚乃窮

故也利有攸往，剛長乃終也剛德愈長，柔邪愈消，故利有攸往，道乃成也。

【疏】正義曰：「道成者，剛長柔消，夬道乃成也。」

象曰：澤上於天，夬。君子以施祿及下，居德則忌。澤上於天，夬之象也。澤上於天，必來下潤，施祿及下之義也。夬者，明法而決斷之象也。忌，禁也。法明斷嚴，不可以慢，故居德以明禁也。施而能嚴，嚴而能施，健而能說，決而能和，美之道也。

【疏】象曰至居德則忌。○正義曰：「澤上於天，夬」者，澤性潤下，雖復澤上於天，決來下潤，此事必然，故是夬之象也。「君子以施祿及下，居德則忌」者，忌，禁也。夬有二義，象則澤來潤下，彖則明法決斷，所以君子法此夬義，威惠兼施，雖復施祿及下，其在身居德，復須明其禁令，合於健而能說，決而能和，故曰「君子以施祿及下，居德則忌」也。

初九：壯于前趾，往不勝為咎。居健之初，為決之始，宜審其策，以行其事。壯其前趾，往而不勝，宜其咎也。

【疏】正義曰：初九居夬之初，當須審其籌策，然後乃往。而體健處下，徒欲果決壯健，前進其趾，以此而往，必不克勝，非夬之謀，所以為咎，故曰「初九，壯于前趾，往不勝為咎」也。

象曰：不勝而往，咎也。不勝之理，在往前也。

【疏】正義曰：經稱往

不勝而往咎也象云不勝而往咎翻其文者蓋暴虎馮河孔子所忌謀於用壯必无勝理孰知不勝果決而往所以致於咎過故注云不勝之理在往前也 九二惕號莫夜有戎勿恤居健履中以斯決事能審己度而不疑者也故雖有惕懼號呼莫夜有戎不憂不惑故勿恤也【疏】正義曰九二體健居中能決其事而无疑惑者也雖復有人惕懼號呼語之云莫夜必有戎卒來害己能審己度不惑不憂故勿恤也 象曰有戎勿恤得中道也【疏】正義曰得中道者決事而得中道故不以有戎為憂故云得中道也 九三壯于頄有凶君子夬夬獨行遇雨若濡有慍无咎頄面權也謂上六也最處體上故曰權也剝之六三以應陽為善夫剛長則君子道興陰盛則小人道長然則處陰長而助陽則善處剛長而助柔則凶矣夬為剛長而三獨應上六助於小人是以凶也君子處之必能棄夫情累決之不疑故曰夬夬也若不與眾陽為群而獨行殊志應於小人則受其困焉遇雨若濡有恨而无所咎也【疏】九三壯于頄至无咎○正義曰壯于頄有凶者頄面權也謂上六也言九三處夬之時獨應上六助於小人是以凶也若剝之六三處陰長之

時而應上是助陽爲善今九三處剛長之時獨助陰爲凶也若子夬夬若君子之人若於此時能棄其情累不受於應在於決斷而无滯是夬夬也獨行遇雨若濡有慍无咎者若不能決斷殊於衆陽應於小人則受濡濕其衣自爲怨恨无咎責於人故曰有慍无咎也**象曰君子夬夬終无咎也**【疏】正義曰衆陽決陰獨與上六相應是有咎也若能夬夬決之不疑則必无咎矣然則象云无咎自釋君子夬夬非經之无咎也**九四臀无膚其行次且牽羊悔亡聞言不信**下剛而進非已所據必見侵食失其所安故臀无膚其行次且也羊者抵很難移之物謂五也五爲夬主非下所侵若牽於五則可得悔亡而已剛亢不能納言自任所處聞言不信以斷而行凶可知矣【疏】九四臀无膚至聞言不信○正義曰臀无膚其行次且者九四據下三陽位又不正下剛而進必見侵傷侵傷則居不得安若臀之无膚矣次且行不前進也臀之无膚居既失安行亦不進故曰臀无膚其行次且也牽羊悔亡聞言不信者羊者抵很難移之物謂五也居尊當位爲夬之主下不敢侵若牽於五則可得悔亡故曰牽羊悔亡然四亦是剛陽各亢所處雖復聞牽羊之言不肯信服事於五故曰聞言不信也**象曰其行**

次且位不當也聞言不信聰不明也同於噬嗑滅耳之凶[疏]聰不明也○正義曰聰不明者聰聽也良由聽之不明故聞言不信也○注同於噬嗑滅耳之凶○正義曰四既聞言不信不肯牽繫於五則必被侵克致凶而經无凶文象稱聰不明者與噬嗑上九辭同彼以不明釋凶知此亦為凶也

九五莧陸夬夬中行无咎莧陸草之柔脆者也決之至易故曰夬夬也夬之為義以剛決柔以君子除小人者也而五處尊位最比小人躬自決者也以至尊而敵至賤雖其克勝未足多也處中而行足以免咎而已未足光也[疏]九五至无咎○正義曰莧陸草之柔脆者也五處尊位為夬之主親決上六決之至易也如決莧陸草然故曰莧陸夬夬也但以至尊而敵於至賤雖其克勝不足貴特以中行之故纔得无咎故曰中行无咎○注莧陸草之柔脆者○正義曰莧陸草之柔脆者子夏傳云莧陸木根草莖剛下柔上也馬融鄭玄王肅皆云莧陸一名商陸皆以莧陸為一董遇云莧人莧也陸商陸也以莧陸為二案注直云草之柔脆者亦以為一同於子夏等也

象曰中行无咎中未光也[疏]正義曰中未光者雖復居中而行以其親決上

六以尊敵卑未足以為光大也

上六，无號，終有凶。處夬之極，小人在上，君子道長，衆所共棄，故非號咷所能延也。【疏】正義曰：上六居夬之極，以小人而居羣陽之上，衆共棄也，君子道長，小人必凶，非號咷所免，故禁其號咷曰无號終有凶也。

象曰：无號之凶，終不可長也。【疏】正義曰：終不可長者，長，延也，凶危若此，非號咷所能延，故曰終不可長也。

䷫ 巽下乾上

姤，女壯，勿用取女。【疏】正義曰：姤，遇也，此卦一柔而遇五剛，故名為姤。施之於人，則是一女而遇五男，為壯至甚，故戒之曰：此女壯甚，勿用取此女也。

象曰：姤，遇也，柔遇剛也。施之於人，則女遇男也，一女而遇五男，為壯至甚，故不可取也。【疏】正義曰：此就爻釋卦名，以初六一柔而上遇五剛，所以名遇而用舉卦辭女壯勿用取女之義也。

勿用取女，不可與長也。

天地相遇，品物咸章也。正乃功成也。【疏】勿用取女至品物咸章也○正義曰：勿用取女不可與長者，女之為體，婉娩貞順，乃可期之偕老，淫壯若此，不可與之長久，故勿用取女。天地相遇，品物咸章者，此

小之卦也下麗明遇之義卦得遇名本由一柔始生五剛相遇故遇辭非美就
卦而取象言遇不可用是勿用取女也故孔子更就天地歎美
遇之為義不可廢也天地若各亢所處不相交遇則萬品庶物
无由彰顯必須二氣相遇乃得資生故曰天地相遇品物咸章
也**剛遇中正天下大行也**中乃大行也疏正義曰莊氏云一女而遇五男
既不可取天地四遇然能成品物由是言之若剛遇中
正之柔男得幽貞之女則天下人倫之化乃得大行也**姤之**
時義大矣哉凡言義者不盡於所見中有意謂者也疏姤之時義大矣哉正義曰上既博美
此又結歎欲就卦而取義但是一女而遇五男不足稱美博論
天地相遇乃致品物咸章然則姤之時義大矣哉○注凡言義
者至有意謂者也○正義曰注總為稱義發例故曰凡言也就
卦以驗名義只是女遇於男博尋遇之深旨乃至道該天地故
云不盡於所見中有意謂者也**象曰天下有風姤后以施命誥四**
方疏正義曰風行天下則无物不遇故為遇象后以施命誥四方者風行草偃天之威令故人君法此以施教命誥
於四方也**初六繫于金柅貞吉有攸往見凶羸豕孚**

蹢躅金者堅剛之物柅者制動之主謂九四也初六處遇之始以一柔而承五剛體夫躁質得遇而通散而无主自縱者也柔之為物不可以不牽臣妾之道不可以不貞故必繫于正應乃得貞吉也若不牽于一而有攸往行則唯凶是見矣羸豕謂牝豕也羣豕之中豭強而牝弱故謂之羸豕也孚猶務躁也夫陰質而躁恣者羸豕特甚焉言以不貞之陰失其所牽其為淫醜若羸豕之孚務蹢躅也【疏】初六繫于金柅至羸豕孚蹢躅○正義曰繫于金柅貞吉者金者堅剛之物柅者制動之主謂九四也初六陰質若繫於正應以從於四則貞而吉矣故曰繫於金柅貞吉也有攸往見凶者若不牽於一而有所行往則惟凶是見矣故曰有攸往見凶羸豕孚蹢躅者初六處遇之初以一柔而承五剛是不繫金柅有所往者也不繫而往則如羸豕之務躁而蹢躅然也故曰羸豕孚蹢躅羸豕謂牝豕也羣豕之中豭強而牝弱故謂牝豕為羸豕陰質而淫躁牝豕特甚焉故取以為喻○注柅者制動之主者○正義曰柅者制動之主者柅之為物眾說不同王肅之徒皆為織績之器婦人所用惟馬云柅者在車之下所以止輪令不動者也王注云柅者制動之主蓋與馬同

象曰繫于金柅柔道牽也【疏】正義曰柔道牽者陰柔之道必須有所牽繫也

九二包有

魚无咎不利賓初陰而窮下故稱魚不正之陰處遇之始不能逆近者也初自樂來應己之廚非為犯奪故无咎也擅人之物以為己惠義所不為故不利賓也【疏】正義曰庖有魚无咎者初六以陰而處下故稱魚也以不正之陰處遇之始不能逆於所近故捨九四之正應樂充九二之庖廚故曰九二庖有魚初自樂來為己之廚非為犯奪故得无咎也不利賓者夫擅人之物以為己惠義所不為故不利賓也

象曰包有魚義不及賓也【疏】正義曰義不及賓者言有他人之物於義不可及賓也

九三臀无膚其行次且厲无大咎處下體之極而二據於初不為己乘居不獲安行无其應不能牽據以固所處故曰臀无膚其行次且也然履得其位非為妄處不遇其時故使危厲災非己招是以无大咎也【疏】正義曰陽之所據者陰也九三處下體之上為內卦之主以乘於二无陰可據居不獲安上又无應不能牽據以固所處同於夬卦九四之失據故曰臀无膚其行次且也然復得其位非為妄處特以不遇其時故致此危厲災非己招故无大咎故曰厲无大咎

象曰其行次且行未牽也【疏】正義曰行未牽者未能牽據故其行

次且是行**九四包无魚起凶**二有其魚故失之也无民而動失應而作是以凶也
未牽也

疏 正義曰包无魚者二擅其應故曰包无魚也包之无魚則是无民之義也起凶者起動也无民而動失應而作是以凶也

象曰无魚之凶遠民也

疏 正義曰遠民者陰爲陽之民爲二所據故曰遠民也

九五以杞包瓜含章有隕自天 杞之爲物生於肥地者也包瓜爲物繫而不食者也九五履得尊位而不遇其應得地而不食含章而未發不遇其應命未流行然處得其所體剛居中志不舍命不可傾隕故曰有隕自天也

疏 九五以杞包瓜至有隕自天○正義曰以杞匏瓜若杞之爲物生於肥地匏瓜爲物繫而不食九五處得尊位而不遇其應是得地而不食故曰以杞匏瓜也含章有隕自天者不遇其應命未流行无物發起其美故曰含章然體剛居中雖復當位命未流行而不能改其操无能傾隕之者故曰有隕自天蓋言惟天能隕之耳○注杞之爲物生於肥地者也○正義曰杞之爲物生於肥地者也先儒說杞亦有不同馬云杞大木也左傳云杞梓皮革自楚往則爲杞梓之杞子夏傳曰作杞匏瓜薛虞記云杞杞柳也杞性柔韌宜屈橈以匏瓜又爲杞柳之杞案王氏云生於肥地蓋以

杞爲之也枸杞也 象曰九五含章中正也有隕自天志不舍命也 疏 正義曰中正者中正故有美无腓故含章而不發若非九五中正則无美可含故以含章之位而言中正也志不舍命者雖命未流行而居尊當位志不舍命故曰不可傾隕也

上九姤其角吝无咎 進之於極无所復遇遇角而已故曰姤其角也進而无遇獨恨而已不與物争其道不害故无凶咎也 疏 正義曰姤其角者角者最處體上上九進之於極无所復遇遇角而已故曰姤其角也吝无咎者角非所安與无遇等故獨恨而鄙吝也然不與物争其道不害故无凶咎故曰无咎也

象曰姤其角上窮吝也 疏 正義曰上窮吝者處於上窮所以遇角而吝也

䷬ 坤下兌上 萃亨 聚乃通也 疏 正義曰萃卦名也又萃聚也聚集之義也能招民聚物使物歸而聚已故名爲萃也亨者通也擁隔不通无由得聚聚之爲事其道必通故云萃亨

王假有廟 假至也王以聚至有廟也 疏 正義曰假至也天下崩離則民怨神怒雖復享祀與无廟同王至大聚之時孝德乃洽始可謂之有廟矣

故曰王假有廟利見大人亨利貞聚得大人乃得通而利正也【疏】正義曰聚而无主不散則亂惟有大德之人能弘正道乃得常通而利正故曰利見大人亨利貞也用大牲吉全夫聚道用大牲乃吉也聚道不全而用大牲神不福也【疏】正義曰大人為王聚道乃全以此而用大牲神明降福故曰用大牲吉也利有攸往【疏】正義曰人聚神祐何往不利故曰利有攸往也彖曰萃聚也順以說剛中而應故聚也但順而說則邪佞之道也剛而違於中應則強亢之德也何由得聚順說而以剛為主主剛而履中履中以應故得聚也【疏】彖曰萃至故聚也○正義曰萃聚者訓萃名也順以說剛中而應故聚者此就二體及九五之爻釋所以能聚也若全用順說則邪佞之道興全用剛陽而違於中應則強亢之德著何由得聚今順以說而剛為王則非邪佞也應不失中則非偏亢也如此方能聚物故曰順以說剛中而應故聚也王假有廟致孝享也全聚乃得致孝之享也【疏】正義曰享獻也聚道既全可以至於有廟設祭祀而致孝享也利見大人亨聚以正也大人體中正者也通衆以正聚乃得全也

疏正義曰釋聚所以利見大人乃得通而利正者良由大人有中正之德能以正道通而化之然後聚道得全故曰聚以正也

用大牲吉利有攸往順天命也順以說而不損剛順天命者也天德剛而不違中順天則說而以剛爲主也

疏正義曰天之爲德剛不違中今順以說而以剛爲主是順天命也動順天命可以享於神明无往不利所以得用大牲吉利有攸往者只爲順天命也

觀其所聚而天地萬物之情可見矣方以類聚物以羣分情同而後乃聚氣合而後乃羣

疏正義曰此廣明萃義而歎美之也凡物所以得聚者由情同也情志若乖无由得聚故觀其所聚則天地萬物之情可見矣

象曰澤上於地萃君子以除戎器戒不虞聚而无防則衆生心

疏正義曰澤上於地則水潦聚故曰澤上於地萃也除者治也人既聚會不可无防備故君子於此之時脩治戎器以戒備不虞也

初六有孚不終乃亂乃萃若號一握爲笑勿恤往无咎有應在四而三承之心懷嫌疑故有孚而不終也不能守道以結至好迷務競爭

故乃亂乃萃也一握者小之貌也爲笑者懦劣之貌也已爲正
配三以近寵若安夫卑退謙以自牧則勿恤而往无咎也

疏 初六有孚至往无咎○正義曰有孚不終乃亂乃萃者初
六有應在四而三承之萃聚之時貴於近合見三承四疑
四與三始以正應相信末以他意相阻故曰有孚不終也既心
懷嫌疑則情意迷亂奔馳而行萃不以禮故曰乃亂乃萃一握
者小之貌也自比一握之間言至小也爲笑者非嚴毅之容言
懦劣也已爲正配三以近寵若自號比爲一握之小執其謙退
之容不與物爭則不憂於三往必得合而无
咎矣故曰若號一握爲笑勿恤往无咎也

象曰乃亂乃萃其志亂也

疏 正義曰其志亂者只爲疑
四與三故志意迷亂也

六二引吉无咎孚乃利用禴

居萃之時體柔當位處坤之中已獨履
正與衆相殊異操而聚民之多僻獨正
者危夫能變體以遠於害故必見引然後乃吉而无咎也禴殷春
祭名也四時祭之省者也居聚之時處於中正而行以忠信故可
以省薄薦於鬼神也

疏 六二至利用禴○正義曰引吉无咎者萃之爲體
貴相從就聚道乃成今六二以陰居陰復在坤體
志於靜退則是守中未變不欲相就者也乖衆違時致危害故
須牽引乃得吉而无咎也故曰引吉无咎孚乃利用禴者禴殷春

祭之名也四時之祭最薄者也雖在於衆志須牽引然居中得正忠信而行故可以省薄薦於鬼神也故曰孚乃利用禴象

曰引吉无咎中未變也疏正義曰中未變也者釋其所以獲引乃吉良由居中未變

六三萃如嗟如无攸利往无咎小吝履非其位以比於四四亦失位不正相聚相聚不正患所生也干人之應害所起也故萃如嗟如无攸利也上六亦无應而獨立處極而憂危思援而求朋巽以待物者也與其萃於不正不若之於同志故可以往而无咎也二陰相合猶不若一陰一陽之應故有小吝也

疏六三萃如嗟如至小吝○正義曰居萃之時履非其位以比於四四亦失位不正相聚相聚不正患所生也干人之應害所起也故曰萃如嗟如无攸利也往无咎小吝者上六亦无應而獨立處極而憂危思援而求朋巽以待物者也與其萃於不正不若之於同志故可以往而无咎但以上六是陰已又是陰以二陰相合猶不若一陰一陽之應故有小吝也象

曰往无咎上巽也疏正義曰以上體柔巽以求其朋故三可以往而无咎也九

四大吉无咎履非其位而下據三陰得其所據失其所處聚之時不正而據故必大吉立夫大功然後无

咎也【疏】正義曰以陽處陰明非其位又下據三陰得其所據失其所處處聚之時不正而據是其凶也若以從之時立夫大功獲其大吉乃得无咎故曰大吉无咎

象曰大吉无咎位不當也【疏】正義曰位不當者謂以陽居陰也

九五萃有位无咎匪孚元永貞悔亡處聚之時最得盛位故曰萃有位也四專而據已德不行自守而已故曰无咎匪孚失脩仁守正久必悔消故曰元永貞悔亡【疏】九五至悔亡。正義曰九五處聚之時最得盛位故曰萃有位也既得盛位所以无咎匪孚者良由四專而據已德化不行信不孚物自守而已故曰无咎匪孚若能脩夫大德久行其正則其悔可消故曰元永貞悔亡

象曰萃有位志未光也【疏】正義曰志未光也者雖有盛位信德未行久乃悔亡今時志意未光大也

上六齎咨涕洟无咎處聚之時居於上極五非所乘內无應援處上獨立近遠无助危莫甚焉齎咨嗟歎之辭也若能知危之至懼禍之深憂病之甚至于涕洟不敢自安亦衆所不害故得无咎也【疏】正義曰齎咨者居萃之時最處上極五非所乘內又无應處上獨立无其援助危亡之甚居不獲安故齎咨而嗟歎也若能安

有危亡懼害之深憂危之甚至於涕洟滂沱如此居不獲安方得免所不害故无咎矣自目出曰涕自鼻出曰洟

象曰齎咨涕洟未安上也疏正義曰未安上者未敢安居其上所乘也

䷭巽下坤上升元亨用見大人勿恤巽順可以升陽爻不當尊位无嚴剛之正則未免於憂故用見大人乃勿恤也疏正義曰升元亨者升卦名也升者登上之義升而得大通故曰升元亨也用見大人勿恤者升者登也陽爻不當尊位无剛嚴之正則未免於憂故用見大德之人然後乃得无憂恤故曰用見大人勿恤南征吉以柔之南則麗乎大明也疏正義曰非直須見大德之人復宜適明陽之方若以陰之陰彌足其闇也南是明陽之方故云南征吉也

象曰柔以時升柔以其時乃得升也疏正義曰升之為義自下升高故就六五居尊以釋名升之意六五以陰柔之質超升貴位若不得時則不能升耳故曰柔以時升也巽而順剛中而應是以大亨純柔則不能自升剛亢則物不從既以時升又巽而順剛中而應以此而故得大亨疏正義曰此就二體及九二之爻釋元亨之德也純柔則不能自升剛亢則物所不從

卦體既巽且順爻又剛中而應於五有此衆德故得元亨用見大人勿恤有慶也南

征吉志行也巽順以升至于大明志行之謂也疏正義曰用見大人勿恤有慶者以大通之

德用見大人不憂否塞必致慶善故曰有慶也南征吉志行者之於闇昧則非其本志今以柔順而升大明其志得行也象

曰地中生木升君子以順德積小以高大疏正義

曰地中生木升者地中生木始於細微以至高大故為升象也君子以順德積小以高大者地中生木始於毫末終至合抱君

子象之以順行其德積其小善以成大名故繫辭云善不積不足以成名是也初六允升大吉允當

也巽卦三爻皆升者也雖无其應處升之初與九二九三合志俱升當升之時升以大得是以大吉也疏正義曰允

當也巽卦三爻皆應升上而二三有應於五六升之不疑惟初无應於上恐不得升當二三升時與之俱升必大得矣故曰允

升大吉也象曰允升大吉上合志也疏正義曰上謂二三也與之合志

俱升乃得大吉也九二孚乃利用禴无咎與五為應往必見任體夫剛德進不求寵

[illegible]

閑邪存誠志在大業故乃利用禴約于神明矣【疏】正義曰九二與五爲應往升於五以見信任故曰孚二體剛德而履乎中進不求寵志在大業用心如此乃可薦其省約於神明而无咎也故曰孚乃利用禴无咎

象曰九二之孚有喜也【疏】正義曰有喜也者上升則爲君所任薦約則爲神所享斯之爲喜不亦宜乎

九三升虛邑履得其位以陽升陰以斯而奉上莫之違距故若升虛邑也【疏】正義曰九三履得其位升於上六上上體是陰柔不距於已[illegible]升空虛之邑也

象曰升虛邑无所疑也往必得邑【疏】正義曰无所疑者往得邑何所疑乎

六四王用亨于岐山吉无咎處升之際下升而進可納而不可距也距下之進攘來自專則殃咎至焉若能不距而納順物之情以通庶志則得吉而无咎矣[illegible]山之會順事之情无不納也【疏】正義曰王用亨于岐山者六四處升之際下體三爻皆來上升可納而不可距事同文王岐山之會故曰王用亨於岐山也吉无咎者若能納而不距順物之情則得吉而无咎故曰吉无咎也

象曰王用亨于岐山順事也【疏】正義曰順事者順物之情而立功立事故曰[illegible]

事也

六五貞吉升階升得尊位體柔而應納而不距任而不專故得貞吉升階而尊也【疏】正義曰貞吉升階者六五以柔居尊位納於九二不自專權故得貞吉升階保其尊貴而踐阼矣故曰貞吉升階也象曰貞吉升階大得志也【疏】正義曰大得志者居中而得其貞吉處尊而保其升階志大得矣故曰大得志也

上六冥升利于不息之貞處升之極進而不息者也進而不息故雖冥猶升也故施於不息之正則可用於為物之主則喪矣終於不息消之道也【疏】正義曰冥升者冥猶暗也處升之上進而不已則是雖冥猶升也故曰冥升利于不息之貞者若冥升在上陵物為主則喪亡斯及若紀己脩身施於為政則以不息為美故曰利于不息之貞

象曰冥升在上消不富也勢不可久也【疏】正義曰消不富者雖為政不息交免危咎然勢不可久終致消衰故曰消不富也

☵坎下 ☱兌上 困亨窮必通也處窮而不能自通者小人也【疏】正義曰困者窮厄委頓之名道窮力竭不能自濟故名為困亨者卦德也小人遭困則窮斯濫矣君子遇之則不改其操君子處困而不失其自通之道故曰困亨

[illegible]

也貞大人吉无咎處困而得无咎吉乃免也（疏）正義曰處困而能自通必是履正體大之人能濟於困然後得吉而无咎故曰貞大人吉无咎也有言不信（疏）正義曰處困求濟在於正身脩德若巧言飾辭人所不信則其道彌窮故誡之以有言不信也彖曰困剛揜也剛則揜於柔也

（疏）正義曰此就二體以釋卦名兌陰卦為柔坎陽卦為剛坎在兌下是剛見揜於柔也剛應升進今被柔揜施之於人其猶君子為小人所蔽以為困窮矣險以說困而不失其所亨處險而不改其說困而不失其所亨也（疏）正義曰此又就二體名訓以釋亨德也坎險而兌說所以困而能亨者良由君子遇困安其所遇雖居險困之世不失暢說之心故曰險以說困而不失其所亨也其唯君子乎貞大人吉以剛中也處困而用剛不失其中履正而能體大者也能正而不能大未能濟困者也故曰貞大人吉

（疏）正義曰其唯君子乎者結歎處困能通非小人之事唯君子能然也貞大人吉以剛中者此就二五之爻釋貞大人之義剛則正直所以為貞中而不偏所以能大若正而不大未能濟困處困能濟濟乃得吉而无咎故曰貞大人吉以

剛中也有言不信尚口乃窮也處困而言不見信之時也非行言之時而欲用言以免必窮者也其吉在於貞大人口何為乎（疏）正義曰處困求通在於修德非用言以免困徒尚口說更致困窮故曰尚口乃窮也

象曰澤无水困君子以致命遂志澤无水則水在澤下水在澤下困之象也處困而屈其志者小人也君子固窮道可忘乎（疏）正義曰澤无水困者水在澤下則澤上枯槁萬物皆困故曰澤无水困也君子以致命遂志者君子之人守道而死雖遭困厄之世期於致命喪身必當遂其高志不屈撓而移改也故曰致命遂志也

初六臀困于株木入于幽谷三歲不覿最處底下沈滯卑困居无所安故曰臀困于株木也欲之其應二隔其路居則困于株木進不獲拯必隱遯者也故曰入于幽谷也困之為道不過數歲者也以困而藏困解乃出故曰三歲不覿也（疏）初六臀困于株木至三歲不覿○正義曰初六臀困于株木者初六處困之時以陰爻最居窮下沈滯卑困居不獲安若臀之困于株木故曰臀困于株木也入于幽谷者有應在四而二隔之居則困株進不獲拯勢必隱遯者也故曰入于幽谷也三歲不覿者困之為道不過數歲困解乃出

故曰三歲不覿也 象曰入于幽谷幽不明也 言幽者不明之辭也入于不明以自藏也 疏 正義曰幽不明若象辭惟釋幽字言幽若正是不明之辭所以入不明以自藏而避困也釋株者机不謂之株也

九二困于酒食朱紱方來利用享祀征凶无咎 以陽居陰尚謙者也居困之時處得其中體夫剛質而用中履謙應不在一心无所私盛莫先焉夫謙以待物物之所歸剛以處險難之所濟履中則不失其宜无應則心无私恃以斯處困物莫不至不勝豐衍故曰困于酒食美之至矣坎北方之卦也朱紱南方之物也處困以斯能招異方者也故曰朱紱方來也豐衍盈盛故利用享祀盈而又進傾之道也以此而征凶誰咎乎故曰征凶无咎 疏 九二困于酒食至无咎〇正義曰困于酒食者九二體剛居陰處中无應體剛則健能濟險也居陰則謙物所歸也處中則不失其宜无應則心无私黨處困以斯物莫不至不勝豐衍故曰困于酒食也朱紱方來利用享祀者紱祭服也坎北方之卦朱紱南方之物處困用謙能招異方者也故曰朱紱方來也舉異方者明物无不至酒食豐盈異方歸向祭則受福故曰利用享祀征凶无咎者盈而又進傾敗之道以征必凶故曰征凶自進致凶无所怨咎

故曰无咎也

象曰困于酒食中有慶也【疏】正義曰中有慶者言二以中德被物物之所賴故曰有慶也

六三困于石據于蒺蔾入于其宮不見其妻凶石之爲物堅而不納者也謂四也三以陰而居陽志武者也四自納初不受己者二非所據剛非所乘上比困石下據蒺蔾无應而入焉得配耦在困處斯凶其宜也【疏】六三困于石至不見其妻凶○正義曰困于石據于蒺蔾者石之爲物堅剛而不可入也蒺蔾之草有刺而不可踐也六三以陰居陽志懷剛武已又无應欲上附於四四自納於初不受己者也故曰困于石也下欲比二二又剛陽非己所據故曰據于蒺蔾也入于其宮不見其妻凶者无應而入難得配偶譬於入宮不見其妻處困以斯凶其宜也故曰入于其宮不見其妻凶也

象曰據于蒺蔾乘剛也入于其宮不見其妻不祥也【疏】正義曰乘剛者明二爲蒺蔾也不祥也者祥善也吉也不吉必有凶也

九四來徐徐困于金車吝有終金車謂二也二剛以載者也故謂之金車徐徐者疑懼之辭也志在於初而鬲於二履不當位威命不行棄之

則不能欲往則畏二故曰來徐徐困于金車也有應而不能濟之故曰吝也然以陽居陰履謙之道量力而處不與二爭雖不當位物終與之故曰有終也【疏】九四來徐徐至有終○正義曰何氏云九二以剛德勝故曰金車也徐徐者疑懼之辭九四有應於初而礙於九二故曰困于金車欲棄之惜其配偶疑懼而行不敢疾速故來徐徐也有應而不敢往可恥可恨故曰吝也以陽居陰不失謙道為物之所與故曰有終

象曰來徐徐志在下也下謂初也**雖不當位有與也**【疏】正義曰有與者位雖不當執謙之故物所與也

九五劓刖困于赤紱乃徐有說利用祭祀以陽居陽任其壯者也不能以謙致物物則不附忿物不附而用其壯猛行其威刑異方愈乖遐邇愈叛刑之欲以得乃益所以失也故曰劓刖困于赤紱也二以謙得之五以剛失之體在中直能不遂迷困而後能用其道能致物之功不在於暴故曰徐也困而後乃徐徐則有說矣故曰困于赤紱乃徐有說也祭祀所以受福也履夫尊位困而能改不遂其迷以斯祭祀必以得福焉故曰利用祭祀【疏】九五至利用祭祀○正義曰九五以陽居陽用其剛壯也見物不歸也用威刑行其劓刖之事既行此

威刑則異方愈乖遐邇愈叛兌爲西方之卦物曰劓刖困於赤紱也此卦九二以陽居陰用其謙退能招異方之物也此言九五剛猛不能感異方之物但用其中正之德招致於物不在速暴乃徐徐則物歸之乃得有說矣故曰乃徐有說也居得尊位困而能反不執其迷用其祭祀則受福也

象曰劓刖志未得也乃徐有說以中直也利用祭祀受福也

疏正義曰志未得也者由物不附已已志未得故曰志未得也乃徐有說以中直也者居中得直不貪不暴終得其應乃[illegible]脩其道德則得喜說故云乃徐有說以中直也利用於祭祀受福者若能不遂迷志用其中正則異方所歸祭則受福故曰利用祭祀受福也

上六困于葛藟于臲卼曰動悔有悔征吉

居困之極而乘於剛下无其應行則愈繞者也行則纏繞居不獲安故曰困于葛藟于臲卼也下句不困困於一也處困之極行无所通居无所安困之至也凡物窮則思變困則謀通處至困之地用謀之時也曰者思謀之辭也謀之所行有隙則獲言將何以通至困乎曰動悔令生有悔以征則濟矣故曰動悔有悔征吉也

疏上六困于葛藟至征吉〇正義曰葛藟引蔓纏繞之草臲卼動

揺不安之貌上六處困之極極困者也而乘於剛下又无應行則纏繞居不得安故曰困于葛藟于臲卼也臲卼亦言困於臲卼困困於上者文也凡物窮則思變困則謀通處至困之地是用謀策之時也曰者思謀之辭也謀之所行有隙則獲言將何以通至困乎爲之謀曰必須發動其可悔之事令其有悔可知然後處困求通可以行而獲吉故曰動悔有悔征吉 象

曰困于葛藟未當也 所處未當故致此困也 疏 正義曰未當也者處於困極而又乘於剛所處不當故致此困也 動悔有悔吉行也 疏 正義曰吉行者知悔而征行必獲吉也

䷯ 巽下坎上 井改邑不改井 井以不變爲德者也 疏 正義曰井者物象之名也古者穿地取水以瓶引汲謂之爲井此卦明君子脩德養民有常不變終始无改養物不窮莫過乎井故以脩德之卦取譬名之井焉改邑不改井者以下明井有常德此明井體有常邑雖遷移而井體无改故云改邑不改井也 无喪无得 德有常也 疏 正義曰此明井用有常德終日引汲未嘗言損終日泉注未嘗言益故曰无喪无得也 往來

井井不渝變也（疏）正義曰此明性常井井潔静之貌也往者來者皆使潔静不以人有往來改其洗濯之性故曰往來井井也

汔至亦未繘井已來至而未出井也羸其瓶凶井道以已出為功也幾至而覆（疏）正義曰此下明井誡言井功難成也汔幾也幾近也繘綆也雖汲水以至井上然綆出猶未離井口而鉤羸其瓶而覆之也棄其方成之功雖有出井之勞而與未汲不異喻今人行常德須善始令終若有初无終則必致凶咎故曰汔至亦未繘井羸其瓶凶言亦者不必之辭言不必有如此不克終者計獲一瓶之水何足言凶以喻人之修德不成又云但取喻人之德行不恒不能慎終如始故就人言凶也

彖曰巽乎水而上水井音舉上（疏）彖曰至水井○正義曰此就二體釋井之名義此卦以巽為水在上巽為木在下又巽為入以木入於水而又上水井之象也○注音舉上之上○正義曰嫌讀為去聲故音之也

井養而不窮也改邑不改井乃以剛中也以剛處中故能定居其所而不變也

（疏）正義曰井養而不窮者歎美井德愈汲愈生給養於人无有窮已也改邑不改井乃以剛中也者此釋井體有常由

於二五也二五以剛居中故能定居其所而不改變也不釋往
來二德者无喪无得往來井井皆由以剛居中更无他義故不
具舉經文也
汔至亦未繘井未有功也井以已成為功（疏）正義曰水未及
用則井功未成其猶人德
未被物亦是功德未就也羸其瓶是以凶也（疏）正義
曰水未出而覆喻脩德未
成而止所以致凶也象曰木上有水井君子以勞
木上有水井之象也上水以養養而不窮者也
民勸相相猶助也可以勞民勸助莫若養也（疏）
正義曰木上有水則是上水之象所以為井君子以勞民勸相
者勞謂勞賚相猶助也井之為義汲養而不窮君子以勞來之
恩勤恤民隱勸助百姓使
有成功則此養而不窮也初六井泥不食舊井无禽
最在井底上又无應沈滯滓穢故曰井泥不食也井泥而不可
食則是久井不見渫治者也久井不見渫治禽所不嚮而況人
乎一時所共棄舍也井者不變之
物居德之地恒德至賤物无取也（疏）正義曰初六最處井底上
又无應沈滯滓穢即是井之下泥污不堪食也故曰井泥不食
也井泥而不可食即是久井不見渫治禽所不嚮

曰舊井无禽也○注井者不變之物○正義曰井者不變之物居德之地者繫辭稱改邑不改井故曰井者不變之物居德繫辭又云井德之地也故曰居德之地也注言若者明井既有不變即是有恒既居德地即是用德者也今居窮下即是恒德至賤故物无取也禽之與人皆共棄舍也象曰井泥不食下也舊井无禽時舍也(疏)正義曰下也者以其最在井下故爲井泥也時舍也者人既不食禽又不向即是一時共棄舍也

九二井谷射鮒甕敝漏谿谷出水從上注下水常射焉井之爲道以下給上者也而无應於上反下與初故曰井谷射鮒鮒謂初也失井之道水不上出而反下注故曰甕敝漏也夫處上宜下處下宜上井已下焉而復下注其道不交則莫之與也(疏)正義曰井谷射鮒者井之爲德以下上九二上无其應反下比初施之於事正似谷中之水下注敝鮒井而似谷故曰井谷射鮒也鮒謂初也子夏傳云井中蝦蟆呼爲鮒魚也甕敝漏者井而下注失井之道有似甕敝漏水水漏下流故曰甕敝漏也象曰井谷射鮒无與也(疏)正義曰无與也者井既處下宜應汲上今反養下則不與上交物莫之與故曰无與也

九三井渫不食

為我心惻可用汲王明並受其福渫不停污之謂也處下卦之上

履得其位而應於上得井之義也當井之義而不見食脩己全

潔而不見用故為我心惻也為猶使也不下注而應上故可用

汲也王明則見照明既嘉其行又〔疏〕九三井渫不食至王明

欽其用故曰王明並受其福也並受其福○正義曰井

渫不食者渫治去穢污之名也井被渫治則清潔可食九三處

下卦之上異初六井泥之時得位而有應於上非射鮒之象但

井以上出為用猶在下體未有成功功既未成井雖渫治未食

也故曰井渫不食也為我心惻者為猶使也井渫而不見食猶

人修己全潔而不見用使我心中惻愴故曰為我心惻也可用

汲王明並受其福者不同九二下注而不可汲也有應於上是

可汲也井之可汲猶人可用若不遇明主則滯其才用若遭遇

賢主則申其行能賢主既嘉其行又欽其用故曰可用汲王明

並受其福也象曰井渫不食行惻也行感於誠故曰惻也求王明受

福也六四井甃无咎得位而无應自守而不能給上可以脩井之壞補過而已〔疏〕

正義曰六四井甃无咎者案子夏傳曰甃亦治也以塼壘井脩

井之壞謂之為甃六四得位而无應自守而已不能給上可以

脩井崩壞施之於人可以脩德補過故曰井甃无咎也象曰井甃无咎脩井也【疏】正義曰脩井者但可脩井之壞未可上給養人也

九五井洌寒泉食洌絜也居中得正躰剛不撓不食不義中正高絜故井洌寒泉然後乃食也【疏】正義曰餘爻不當貴位但脩德以待用九五爲卦之主擇人而用之洌絜也九五居中得正而躰剛直既躰剛直則不食汙穢必須井絜而寒泉然後乃食以言剛正之主不納非賢必須行絜才高而後乃用故曰井洌寒泉食也

象曰寒泉之食中正也【疏】正義曰以中正者若非居中得正則任用非賢不能要待寒泉然後乃食也必言寒泉者清而冷者水之本性遇物然後濁而溫故言寒泉以表絜也

上六井收勿幕有孚元吉處井上極水已出井井功大成在此爻矣故曰井收也羣下仰之以濟淵泉由之以通者也幕猶覆也不擅其有不私其利則物歸之往无窮矣故曰勿幕有孚元吉也【疏】正義曰收式胄反凡物可收成者則謂之收如五穀之有收也上六處井之極水已出井井功大成者也故曰井收也勿幕有孚元吉者幕覆也井功已成若能不擅其美不專其利不自掩覆與衆共之則爲物所歸信能致其大功而獲元

吉故曰勿幕有孚元吉也 象曰元吉在上大成也 疏 正義曰上六所以能獲元吉者只為居井之上井功大成者也

䷰ 離下兌上 革巳日乃孚元亨利貞悔亡 夫民可與習常難與適變可與樂成難與慮始故革之為道即日不孚巳日乃孚也孚然後乃得元亨利貞悔亡也巳日而不孚革不當也悔吝之所生生乎變動者也革而當其悔乃亡也 疏 正義曰革者改變之名也此卦明改制革命故名革也夫民情可與習常難與適變可與樂成難與慮始故革命之初人未信服所以即日不孚巳日乃孚也孚然後乃得大通而利正也悔吝之所生生乎變動革之為義變動者也革若不當則悔吝交及如能大通利貞則革道當矣為革而民信之革而當乃得亡其悔吝故曰元亨利貞悔亡

彖曰革水火相息二女同居其志不相得曰革 凡不合而後乃變生變之所生生於不合者也故取不合之象以為革也息者生變之謂也火欲上而澤欲下水火相戰而後生變者也二女同居而有水火之性近而不相得也 疏 彖曰革其志不

相得曰革○正義曰此就二卦釋卦名也水火相息先就二象
明革息生也火本乾燥澤本潤濕燥濕殊性不可共處若其共
處必相侵尅既相侵尅其變乃生變生則本性改矣水熱而成
湯火滅而氣冷是謂革也二女同居者此就人事明革也中少
二女而成一卦此雖形同而志革也一男一女乃相感應二女
雖復同居其志終不相得志不相得則變必生矣所以爲革

巳日乃孚革而信之文明以說大亨以正革而當其悔乃亡

夫所以得革而信者文明以說也文明以說履正而行以斯爲革應天順民大亨以正者也革而大亨以正非當如何

疏 巳日乃孚至其悔乃亡○正義曰巳日乃孚革而信者釋革之爲義革初未孚巳日乃信也文明以說者此舉二體上釋革而信下釋四德也能用文明之德以說於人所以革命而爲民所信也大亨以正者民既說文明之德而從之所以大通而利正也革而當其悔乃亡者爲革若合於大通而利正可謂當矣革而當理其悔乃亡消也

天地革而四時成湯武革命順乎天而應乎人革之時大矣哉

疏 天地革而四時成至大矣哉○正義曰天地革而四時成者以下廣

明革義此先明天地革者天地之道陰陽升降溫暑涼寒迭相
變革然後四時之序皆有成也湯武革命順乎天而應乎人者
以明人革也夏桀殷紂凶狂无度天既震怒人亦叛亡殷湯周
武聰明睿智上順天命下應人心放桀鳴條誅紂牧野革其王
命改其惡俗故曰湯武革命順乎天而應乎人計王者相承改
正易服皆有變革而獨舉湯武者蓋舜禹禪讓猶或因循湯武
干戈極其損益故取相變甚者以明人革也革之時大
矣哉者備論革道之廣訖總結歎其大故曰大矣哉也**象曰**

澤中有火革君子以治歷明時歷數時會存乎變也**疏**正義曰澤
中有火革者火在澤中二性相違必相改變故為革象也君子
以治歷明時者天時變改故須歷數所以君子觀茲革象脩治
歷數以明天時也

初九鞏用黃牛之革在革之始革道未成固夫常中未能應變者也
此可以守成不可以有為也鞏固也黃中也牛之
革堅仞不可變也固之所用常中堅仞不肯變也**疏**正義曰鞏固也
黃中也牛革皮也革之為義變改之名而名皮為革者以禽
獸之皮皆可從革故以喻焉皮雖從革之物然牛皮堅仞難變
初九在革之始革道未成守夫常中未能應變施之於事有似
用牛皮以自固未肯造次以從變者也故曰鞏用黃牛之革也

象曰鞏用黃牛不可以有爲也（疏）正義曰不可以有爲者有爲謂適時之變有所云爲也既堅仞自固可以守常不可以有爲也

六二巳日乃革之征吉无咎陰之爲物不能先唱順從者也不能自革革巳乃能從之故曰巳日乃革之也二與五雖有水火殊體之異同處厥中陰陽相應往必合志不憂咎也是以征吉而无咎（疏）六二巳日至无咎○正義曰巳日乃革之者陰道柔弱每事順從不能自革革巳日乃能從之故曰巳日乃革之征吉无咎者與五相應同處厥中陰陽相應往必合志不憂咎也故曰征吉无咎二五雖是相應而水火殊體嫌有相剋之過故曰无咎

象曰巳日革之行有嘉也（疏）正義曰行有嘉者往應見納故行有嘉慶也

九三征凶貞厲革言三就有孚巳處火極上卦三爻雖體水性皆從革者也自四至上從命而變不敢有違故曰革言三就其言實誠故曰有孚革言三就有孚而猶征之凶其宜也（疏）正義曰九三陽爻剛壯又居火極火性炎上處革之時欲征之使革征之非道則正之危也故曰征凶貞厲所以征凶致危者正以水火相息之物既處於火極上之三爻水在火

上皆從革若也自四至上從命而變不敢有違則從革之言三爻並成就不虛故曰革言三就其言實誠故曰有孚也既不言三就有孚從革已矣而猶征之則凶所以征凶而居貞

象曰革言三就又何之矣

〔疏〕正義曰又何之矣者征之本爲不從既革言三就更又何往征伐矣

九四悔亡有孚改命吉

初九處下卦之下九四處上卦之下故能變也无應悔也與水火相比能變者也是以悔亡處水火之際居會變之始能不固吝不疑於下信志改命不失時願是以吉也有孚則見信矣見信以改命則物安而无違故曰悔亡有孚改命吉也處上體之下始宣命也

〔疏〕正義曰九四與初同處卦下初九處下卦之下革道未成故未能變九四處上卦之下所以能變也无應悔也能變故悔亡也處水火之際居會變之始能不固吝不疑於下信彼改命之志而能從之合於時願所以得吉故曰有孚改命吉也

象曰改命之吉信志也

信志而行

〔疏〕正義曰信志者信下之志而行其命也

九五大人虎變未占有孚

未占而孚合時心也

〔疏〕正義曰九五居中處尊以大人之德爲革之主損益前王創制立法有文章之美煥然可觀有似虎變其文彪

炳則是湯武革命順天應人不勞占決信德自著故曰大人虎變未占有孚也象曰大人虎變其文炳也（疏）正義曰其文炳者義取文章炳著也上六君子豹變小人革面居變之終變道已成君子處之能成其文小人樂成則變面以順上也（疏）正義曰上六居革之終變道已成君子處之雖不能同九五革命創制如虎文之彪炳然亦潤色鴻業如豹文之蔚縟故曰君子豹變也小人革面者小人處之但能變其顏面容色順上而已故曰小人革面也征凶居貞吉改命創制變道已成功成則事損事損則无爲故居則得正而吉征則躁擾而凶也（疏）正義曰革道已成宜安靜守正更有所征則凶居而守正則吉故曰貞凶居貞吉也象曰君子豹變其文蔚也小人革面順以從君也（疏）正義曰其文蔚者明其不能大變故文細而相映蔚也順以從君者明其不能潤色立制但順而從君也

䷱ 巽下離上

鼎元吉亨革去故而鼎取新取新而當其人易故而法制齊明吉然後乃亨故先元

吉而後亨也鼎者成變之卦也革既變矣則制器立法以成之焉變而无制亂可待也法制應時然後乃吉賢愚有別尊卑有序然後乃亨故先元吉而後乃亨〔疏〕正義曰鼎者器之名也自火化之後鑄金而為此器以供亨飪之用謂之為鼎亨飪成新能成新法然則鼎之為器且有二義一有亨飪之用二有物象之法故彖曰鼎象也明其有法象也雜卦曰革去故而鼎取新明其亨飪有成新之用此卦明聖人革命示物法象惟新其制有鼎之義以木巽火有鼎之象故名為鼎焉變故成新必須當理故先元吉而後乃亨故曰鼎元吉亨也

彖曰鼎象也法象也〔疏〕正義曰明鼎有亨飪成新之法象也

以木巽火亨飪也亨飪鼎之用也〔疏〕正義曰此明上下二象有亨飪之用此就用釋卦名也

聖人亨以享上帝而大亨以養聖賢亨者鼎之所為也革去故而鼎成新故為亨飪調和之器也去故取新聖賢不可失也飪孰也天下莫不用之而聖人用之乃上以亨上帝而下以大亨養聖賢也〔疏〕正義曰此明鼎用之美亨飪所須不出二種一供祭祀二當賓客若祭祀則天神為大賓客則聖賢為重故舉其重大則輕小可知享帝直言亨聖人則言大亨者享帝尚質特牲而已故直言亨聖賢既多

養須飪故亨上加大字也**巽而耳目聰明**聖賢獲養則已不為而成矣故巽而耳目聰明也（疏）正義曰此明鼎用之益言聖人既能謙巽大養聖賢聖賢獲養則憂其事而助於己明目達聰不勞己之聰明則不為而成矣**柔進而上行得中而應乎剛是以元亨**謂五也有斯二德故能成新而獲大亨也（疏）正義曰此就六五釋元吉亨以柔進上行體已獲通得中應剛所通者大故能制法成新而獲大亨也**象曰木上有火鼎君子以正位凝命**凝者嚴整之貌也鼎者取新成變者也革去故而鼎成新正位者明尊卑之序也凝命者以成教命之嚴也（疏）正義曰木上有火即是以木巽火有亨飪之象所以為鼎也君子以正位凝命者凝者嚴整之貌也鼎既成新即須制法制法之美莫若上下有序正尊卑之位輕而難犯布嚴凝之命故君子象此以正位凝命也**初六鼎顛趾利出否得妾以其子无咎**凡陽為實而陰為虛鼎之為物下實而上虛而今陰在下則是為覆鼎也鼎覆則趾倒矣否謂不善之物也取妾以為室主亦顛趾之義也處鼎之初將在納新施顛以出穢得妾以為子故

无咎也疏正義曰鼎顛趾趾足也凡陽爲實而陰爲虛鼎之爲物下實而上虛初六居鼎之始以陰處下則是下虛下虛而鼎足倒矣故曰鼎顛趾也利出否者否者不善之物鼎之倒趾失其所利鼎覆而不失其利在於寫出否穢之物也故曰利出否也得妾以其子无咎者妾者側媵非正室也施之於人正室雖亡妾猶不得爲室主妾爲室主亦猶鼎之顛趾而有咎過妾若有賢子則母以子貴以之繼室則得无咎故曰得妾以其子无咎也

象曰鼎顛趾未悖也倒以寫否故未悖也疏正義曰未悖也者倒趾以出否未爲悖逆也

利出否以從貴也棄穢以納新也疏正義曰以從貴者舊穢也新貴也棄穢納新所以從貴也然則去妾之賤名而爲室主亦從子貴也

九二鼎有實我仇有疾不我能即吉以陽之質處得中有實者也有實之物不可復加益之則溢反傷其實我仇謂五也困於乘剛之疾不能就我則我不溢得全其吉也疏正義曰實謂陽也仇是匹也即就也九二以陽之質居鼎之中有實者也故曰鼎有實也有實之物不可復加加之則溢而傷其實矣六五我之仇匹欲來應我困於乘剛之疾不能就我則我不溢而全其吉也故曰我仇有疾不我能即吉

象

曰鼎有實慎所之也有實之鼎不可復有所取才任已極不可復有所加〔疏〕正義曰鼎有實

曰慎所之者之往也自此已往所宜慎之也我仇有疾終无尤也〔疏〕正義曰我仇有疾終

无尤也者五既有乘剛之疾不能加我則我終无尤也九三鼎耳革其行塞雉膏

不食方雨虧悔終吉鼎之為義虛中以待物者也而三處下體之上以陽居陽守實无應

无所納受耳宜空以待鉉而反全其實塞雖有雉膏而終不能食也雨者陰陽交和不偏亢者也雖體陽

交而統屬陰主若不全任剛亢務在和通方雨則悔虧終則吉也〔疏〕九三鼎耳革至終吉○正義曰鼎耳革其行塞

者鼎之為義下實上虛是空以待物者也鼎之耳宜空以

待鉉今九三處下體之上當此鼎之耳宜居空之地而以陽居

陽是以實處實者也既實而不虛則變革鼎之常義也當所

納物受鉉之處今則塞矣故曰鼎耳革其行塞也雉膏不食者

非有鉉實不受又上九不應於已亦无所納雖有其器而无所

用雖有雉膏而不能見食也故曰雉膏不食方雨虧悔終吉者

雨者陰陽交和不偏亢者也雖體陽爻而統屬陰主若不全任

剛亢務在和通方欲為此和通則悔虧而終獲吉故曰方雨虧

悔終吉也

象曰：鼎耳革，失其義也。（疏）正義曰：失其義也者，失其虛中納受之義也。

九四：鼎折足，覆公餗，其形渥，凶。處上體之下，而又應初，既承且施，非己所堪，故曰鼎折足也。初已出否，至四所盛，則已絜矣，故曰覆公餗也。渥，沾濡之貌也。既覆公餗，體為渥沾，知小謀大，不堪其任，受其至辱，災及其身，故曰其刑渥凶也。（疏）九四鼎折足至其形渥凶。○正義曰：鼎折足，覆公餗者，餗，糝也，八珍之膳，鼎之實也。初以出否，至四所盛，故當馨絜矣，故以餗言之。初處下體之下，九四處上體之下，上有所承，而又應初，下有所施，既承且施，非己所堪，故曰鼎折足。鼎足既折，則覆公餗也。渥，霑濡之貌也。既覆公餗，體則渥霑也。施之於人，知小而謀大，力薄而任重，如此必受其至辱，災及其身也，故曰其形渥凶。

象曰：覆公餗，信如何也！不量其力，果致凶災，信之如何。（疏）正義曰：信如何也者，言不能治之於未亂，既敗之後，乃責之云，不量其力，果致凶災，災既及矣，信如之何也。言信有此不可如何之事也。

六五：鼎黃耳金鉉，利貞。居中以柔，能以通理，納乎剛正，故曰黃耳金鉉利貞也。耳黃則能納剛正以自舉也。（疏）正義曰：黃，中也；金，剛也；鉉，所以貫鼎

而革之也五爲中位故曰黄耳能在九二以柔納剛故曰金鉉所納剛正故曰利貞也**象曰**鼎黄耳

中以爲實也以中爲實所受不妄也（疏）正義曰中爲實也者言六五以中爲實所受不妄也

上九鼎玉鉉大吉无不利處鼎之終鼎道之成也居鼎之成體剛履柔用勁施鉉以斯處上高不誡亢得夫剛柔之節能舉其任者也應不在一則靡所不舉故曰大吉无不利也（疏）正義曰鼎玉鉉者玉者堅剛而有潤者也上九居鼎之終鼎道之成體剛處柔則是用玉鉉以自舉者也故曰鼎玉鉉也大吉无不利者應不在一即靡所不舉故得大吉而无不利

象曰玉鉉在上剛柔節也（疏）正義曰剛柔節者以剛履柔雖復在上不爲乾之亢龍故曰剛柔節也

䷲ 震下震上

震亨震懼以成則是以亨（疏）正義曰震動也此象雷之卦天之威動故以震爲名震既威動莫不驚懼驚懼以威則物皆整齊由懼而獲通所以震有亨德故曰震亨也

震來虩虩笑言啞啞震之爲義威至而後乃懼也故曰震來虩虩恐懼之貌也震者驚駭怠惰以肅解慢者也故震來虩虩恐致福

也笑言啞啞〔疏〕正義曰虩虩恐懼之貌也啞啞笑語之聲也
後有則也　震之爲用天之威怒所以肅整怠慢故迅雷
風烈君子爲之變容施之於人事則是威嚴之教行於天下也
故震之來也莫不恐懼故曰震來虩虩也物既恐懼不敢爲非
保安其福遂至笑語之
盛故曰笑言啞啞也

震驚百里不喪匕鬯　威震驚乎百里則是

可以不喪匕鬯矣匕所以載
鼎實鬯香酒奉宗廟之盛也
〔疏〕震驚百里不喪匕鬯○正義曰匕所以載鼎實鬯香酒也
奉宗廟之盛者也震卦施之於人又爲長子長子則正體於上
將所傳重出則撫軍守則監國威震驚於百里可以奉承宗廟
彝器粢盛守而不失也故曰震驚百里不喪匕鬯○注威震驚
乎百里至宗廟之盛也○正義曰先儒皆云雷之發聲聞乎百
里故古帝王制國公侯地方百里故以象焉竊謂天之震雷不
應止聞百里蓋以古之啓土百里爲極文王作繇在殷時明長
子威震於一國故以百里言之也匕所以載鼎實鬯香酒者陸
績云匕者棘匕橈鼎之器先儒皆云匕形似畢但不兩岐耳以
棘木爲之長三尺刊柄與末詩云有捄棘匕是也用棘者取其
赤心之義祭祀之禮先烹牢於鑊既納諸鼎而加冪焉將薦乃
舉冪而以匕出之升於俎上故曰匕所以載鼎實也鬯香酒者鄭玄
之義則爲秬黍之酒其氣調暢故謂之鬯詩傳則爲鬯是香草

冢王度記云天子以鬯諸侯以熏大夫以蘭以例而言之則鬯是天子之禮尚牲薦鬯而已其
矣今特言匕鬯者鄭玄云人君於祭祀之禮尚牲薦鬯而已其餘不足觀也

彖曰震亨震來虩虩恐致福也笑言啞啞後有則也震驚百里驚遠而懼邇也威震驚乎百里則惰者恐懼於近也

（疏）正義曰彖曰震亨者卦之名德但舉經而不釋名德所由者正明由懼而得亨通故曰震亨更无他義或本无此二字震來虩虩恐致福也者威震之來初雖恐懼能因懼自脩所以致福也笑言啞啞後有則也者因前恐懼自脩未敢失則必時然後言樂然後笑故曰笑言啞啞後有則也震驚百里驚遠而懼邇者言威震驚於百里之遠則惰者恐懼於近也

出可以守宗廟社稷以為祭主也明所以堪長子之義也不喪匕鬯則己出可以守宗廟

（疏）出可以守宗廟至為祭主也○正義曰釋不喪匕鬯之義也出謂君出巡狩等事也君出則長子留守宗廟社稷攝祭主之禮事也○注己出○正義曰己出謂君也

象曰洊雷震君子以恐懼脩省（疏）正義曰洊[illegible]

大[illegible]
者重[illegible]因以[illegible]雷相因仍乃為威震也此是重震之卦故曰洊
雷震[illegible]君子以恐懼脩省者君子[illegible]自戰戰兢兢不敢懈惰今
見天之怒畏雷之威彌自脩身省
察己過故曰君子以恐懼脩省也初九震來虩虩後笑
言啞啞吉[illegible]以恐懼脩其德也疏正義曰初九剛陽之德為一卦之先剛則不闇
於幾先覺能有所畏故[illegible]震[illegible]之[illegible]始而[illegible]懼[illegible]其德
故曰震來虩虩後笑言啞啞吉此爻辭句與卦[illegible]同
之又與彖[illegible]不[illegible]者[illegible]威震之功令物恐懼致福[illegible]過震
而懼修省致福之[illegible]卦則[illegible]象辭釋
其事一也所以爻卦[illegible]辭[illegible]未俱[illegible]其[illegible]初九
利建侯[illegible]卦則[illegible]舉也時宜其有所[illegible]
堪建之人此爻之[illegible]
初九亦其類也
象曰震來虩虩恐致福也笑言啞
啞後有則也六二震來厲億喪貝躋于九陵勿
逐七日得震之為義威駭怠解肅整惰慢者也初幹其任而二乘之震來則危喪其資貨亡其所處矣故曰震
來厲億喪貝億辭也貝資貨糧用之屬也犯逆受戮无應而行行无所舍威嚴大行物莫之納无糧而走雖復超越陵險必困

于窮匱不過七日故曰勿逐七日得也【疏】六二震來厲億至勿逐七日○正義曰：震來厲億喪貝者，億，辭也。貝，資貨糧用之屬。震之為用，本威惰慢者也。初九以剛處下，聞震而懼，恐而致福，即是有德之人。六二以陰賤之躰，不能敬於剛陽尊其有德，而反乘之，是傲尊陵貴，為天所誅。震來則有危亡，喪其資貨，故曰震來厲億喪貝也。躋于九陵勿逐七日得者，躋，升也。犯逆受戮，无應而行，行无所舍，威嚴大行，物莫之納，既喪資貨，无糧而走，雖復超越陵險，必困於窮匱，不過七日為有司所獲矣，故曰躋於九陵，勿逐，七日得。

象曰：震來厲，乘剛也。【疏】正義曰：乘剛也者，只為乘於剛陽，所以犯逆受戮也。

六三：震蘇蘇，震行无眚。不當其位，位非所處，故懼蘇蘇也。而无乘剛之逆，故可以懼行而无眚也。【疏】六三震蘇蘇震行无眚○正義曰：蘇蘇，畏懼不安之貌。六三居不當位，故震懼而蘇蘇然也。雖不當位，而无乘剛之逆，故可以懼行而无災眚也，故曰震蘇蘇，震行无眚也。○注故懼○正義曰：驗注以訓蘇蘇為懼，蓋懼不自為懼，由震故懼也。自下爻辭皆以震言懼也。

象曰：震蘇蘇，位不當也。【疏】正義曰：位不當者，其猶竊位者遇威嚴之世，不能自安也。

九四：震遂泥。處四

陰之中居恐懼之時爲衆陰之主宜勇其身以安於衆若其震也遂困難矣履夫不正不能除恐使物安已德未光也
疏 正義曰九四處四陰之中爲衆陰之主當恐懼之時宜勇其身以安於衆若其自懷震懼則遂滯溺而困難矣故曰震遂泥也然四失位違中則是有罪自懼遂沉泥者也

象曰震遂泥未光也

疏 正義曰未光也者身既不正不能除恐使物安已是道德未能光大也

六五震往來厲意无喪有事

往則无應來則乘剛恐而往來不免於危夫處震之時而得尊位斯乃有事之機也而懼往來將喪其事故曰億无喪有事也

疏 正義曰震往來厲者六五往則无應來則乘剛恐而往來不免於危故曰震往來厲也億无喪有事者夫處震之時而得尊位斯乃有事之機而懼以往來將喪其事故戒之曰億无喪有事也

象曰震往來厲危行也其事在中大无喪也

大則无喪往來乃危也

疏 正義曰危行也者懷懼往來是致危之行其事在中大无喪也者六五居尊當其有事在於中位得建大功若守中建大則无喪有事若恐懼往來則致危无功也

上六震索索視矍矍征凶震不

于其躬于其鄰无咎婚媾有言 處震之極極震者也居震之極求中未得故懼而索索視而不安矍矍也已處動極而復征焉凶其宜也若恐非已造彼動故懼懼鄰而戒合於備豫故无咎也極懼相疑故雖婚媾而有言也

（疏）上六震索索至婚媾有言○正義曰震索索視矍矍征凶者上六處震之極極震者也既居震極求中未得故懼而索索視而矍矍无所安親征凶者夫處動懼之極而復征焉凶其宜也故曰征凶震不于其躬于其鄰无咎者若恐非已造彼動故懼懼鄰而戒合於備豫則得无咎故曰震不于其躬于其鄰无咎婚媾有言者居極懼之地雖復婚媾相結亦不能无相疑之言故曰婚媾有言也

象曰震索索中未得也雖凶无咎畏鄰戒也（疏）正義曰中未得也者猶言未得中也畏鄰戒者畏鄰之動懼而自戒乃得无咎

䷳ 艮下艮上 艮其背 目无患也（疏）正義曰目者能見之物施止於背則目无患也 不獲其身 所止在後故不得其身也 行其庭不見

其人相背故也无咎凡物對面而不相通否之道也艮者止而不相交通之卦也各止而不相與何得无咎唯不相見乃可也施止於背不隔物欲得其所止也背者无見之物也无見則自然靜止靜止而无見則不獲其身矣相背者雖近而不相見故行其庭不見其人也夫施止不於无見令物自然而止而強止之則姦邪並興近而不相得則凶其得无咎艮其背不獲其身行其庭不見其人故也

（疏）艮其背不獲其身至无咎○正義曰艮其背不獲其身行其庭不見其人无咎者艮止也靜止之義此是象山之卦故以艮為名施之於人則是止物之情防其動欲故謂之止艮其背者此明施止之所也施止得所則其道易成施止不得其所則其功難成故老子曰不見可欲使心不亂也背者无見之物也夫无見則自然靜止夫欲防止之宜防其未兆既兆而止則傷物情故施止於无見之所則不隔物欲得其所止也若施止於面則對面而不相通強止其情則姦邪並興而有凶咎止而无見則所止在後不與面相對言有物對面而來則情欲有私於己既止在後則是施止无見所止无見何及其身故不獲其身既不獲其身則相背矣相背者雖近而不相見故行其庭不見其人如此乃得无咎故曰艮其背不獲其身行其庭不見其人无咎也又若能止於未兆則是治之於未萌若對面不相交通則是否

之道也但止其背可得无咎也　彖曰艮止也時止則止時行則行動靜不失其時其道光明止道不可常用必施於不可以行適於其時道乃光明也

疏彖曰艮止也至其道光明○正義曰艮止也者訓其名也時止則止時行則行動靜不失其時其道光明者將釋施止有所光明施止有時凡物之動息自各有時運用止之法不可爲常必須應時行止然後其道乃得光明也

艮其止止其所也易背曰止以明背即止也施止不可於面施背乃可也施止於止不施止於行得其所矣故曰艮其止止其所也

疏正義曰此釋施止之所也艮其止者疊經文艮其背也易背曰止以明背者无見之物即是可止之所也既時止即宜止時行則行所以施止須得所艮既訓止今言艮其止是止其所止也故曰艮其止止其所也

上下敵應以相與也是以不獲其身行其庭不見其人无咎也

疏正義曰上下敵應不相與也者此就六爻皆不相應釋艮卦之名又釋不獲其身以下之義凡應者一陰一陽二體不敵今上下之位雖復相當而爻皆峙敵不相交與故曰上下敵應不相與也然八

純之卦皆六爻不應何獨於此言之者謂此卦既止而不交爻又峙而不應與止義相協故兼取以明之也是以不獲其身行其庭不見其人无咎也者此本經文以結之明相與而止之則有咎也

象曰兼山艮君子以思不出其位各止其所不侵官也(疏)正義曰兼山艮者兩山兼重謂之兼山也直置一山已能鎮止今兩山重疊止義彌大故曰兼山艮也君子以思不出其位者止之為義各止其所故君子於此之時思慮所及不出其己位也

初六艮其趾无咎利永貞處止之初行无所之故止其趾乃得无咎至靜而定故利永貞(疏)正義曰艮其趾无咎者趾足也初處體下故謂之足居止之初行无所適止其足而不行乃得无咎故曰艮其趾无咎也利永貞者靜止之初不可以躁動故利在永貞也

象曰艮其趾未失正也(疏)正義曰未失正也者行則有咎止則不失其正釋所以在永貞

六二艮其腓不拯其隨其心不快隨謂趾也止其腓故其趾不拯也腓體躁而處止而不得拯其隨不能退聽安靜故其心不快也(疏)正義曰艮其腓不拯其隨者腓腸也在足之上腓體或屈或伸躁動之物腓動則足

隨之故謂足為隨拯舉也今既施止於腓腓不得動則足無由
舉故曰艮其腓不拯其隨也其心不快者腓是躁動之物而強
止之貪進而不得動則情與質乖也故
曰其心不快此爻明施止不得其所也**象曰不拯其隨未**
退聽也〔疏〕正義曰未退聽也者聽從也既不能拯動又不
能靜退聽從其見止之命所以其心不快矣
九三艮其限列其夤厲薰心限身之中也三當兩象
之中故曰艮其限夤當
中脊之肉也止加其身中䠶而分故列其夤而憂危薰心也艮
之為義各止於其所上下不相與至中則列矣列加其夤危莫
甚焉危亡之憂乃薰灼其心也施止
䠶中其䠶分焉䠶分兩主大器喪矣〔疏〕九三艮其限至厲薰
心○正義曰限身之
中人繫帶之處言三當兩象之中故謂之限施止於限故曰艮
其限也夤當中脊之肉也薰燒灼也既止加其身之中則上下
不通之義也是分列其夤夤既分列身將喪亡故憂危之切薰
灼其心矣然則君臣共治大䠶若身大䠶不通則君臣不接君
臣不接則上下離心列夤則身亡離心則國喪故曰列其夤厲
薰心○注䠶分兩主大器喪矣○正義曰䠶分兩主大器喪矣
者大器謂國與身也此爻
亦明施止不得其所也**象曰艮其限危薰心也六**

四艮其身无咎中上稱身履得其位止求諸身得其所處故不陷於咎也疏六四艮其身无

咎○正義曰艮其身无咎者中上稱身六四居止之時已入上躰獲得其位止求諸身不陷於咎故曰艮其身无咎也求責也

諸之也象曰艮其身止諸躬也自止其躬不分全躰疏象曰至止諸躬

也○正義曰止諸躬也者躬猶身也明能靜止其身不爲躁動也○注自止其躬不分全躰○正義曰艮卦總其兩躰以爲一

身兩躰不分乃謂之全全乃謂之身以九三居兩躰之際在於身中未入上躰則是止於下躰不與上交所以躰分夤列六四

已入上躰則非上下不接故能總止其身不分全躰然則身是總名而言中上稱身者何也蓋至中則躰分而身喪入上躰則

不分而身全九三施止於分躰故謂之限六四施止於全躰故謂之身非中上獨是其身而中下非身也六五艮

其輔言有序悔亡施止於輔以處於中故口无擇言能亡其悔也疏正義曰輔頰車

也能止於輔頰也以處其中故口无擇言也言有倫序能亡其悔故曰艮其輔言有序悔亡也象曰艮其

輔以中正也能用中正故言有序也疏正義曰以中正者位雖不正以居得其中故不失其

正故言有序也上九敦艮吉居止之極極止者也敦重在上不陷非妄宜其吉也疏正義曰敦厚也上九居艮之極極止者也在上能用敦厚以自止不陷非妄宜其吉也故曰敦艮吉也象曰敦艮之吉以厚終也疏正義曰以厚終者言上九能以敦厚自終所以獲吉也

䷴ 艮下巽上 漸女歸吉利貞漸者漸進之卦也止而巽以斯適進漸進者也以止巽為進故女歸吉也進而用正故利貞也疏正義曰漸者不速之名也凡物有變移徐而不速謂之漸也女歸吉者歸嫁也女人生有外成之義以夫為家故謂嫁曰歸也婦人之嫁備禮乃動故漸之所施吉在女嫁故曰女歸吉也利貞者女歸有漸得禮之正故曰利貞也

彖曰漸之進也之於進也疏正義曰釋卦名也漸是徐動之名不當進退但卦所名漸是之於進也女歸吉也進得位往有功也進以正可以正邦也其位剛得中也以漸進得位也疏女歸吉至得中也○正義曰女歸吉也者此漸漸而進之施於人事是女歸之吉也進得位往有功也進以正可以正邦也者此就九五得位

剛中釋利貞也言進而得於貴位是往而有功也以六二適九
五是進而以正身既得正可以正邦也其位剛得中者此卦爻
皆得位上言進得位嫌是兼二三四等故
特言剛得中以明得位之言惟是九五也止而巽動不窮
也疏正義曰此就二體廣明漸進之美也止不為暴巽能用
謙以斯適進物无違拒故能漸而動進不有困窮也
象曰山上有木漸君子以居賢德善俗賢德以止巽則居風
俗以止巽乃善疏正義曰山上有木漸者木生山上因山而高非是
從下忽高故是漸義也君子以居賢德善俗者夫
止而巽者漸之美也君子求賢得使居位化風俗使清
善皆須文德謙下漸以進之若以卒暴威刑物不從矣初六
鴻漸于干小子厲有言无咎鴻水鳥也適進之義始於下而升者也故以鴻
為喻之以進而履之為義焉始進而位乎窮下又无其應
以斯履于干危不可以安也始進而未得其位則困於小子窮於
謗言故曰小子厲有言也困於小子讒疏初六鴻漸至无咎
諛之言未傷君子之義故曰无咎也正義曰鴻漸于干
者鴻水鳥也干水涯也漸進之道自下升高故取譬鴻飛自下
而上也初之始進未得祿位上无應援體又窮下若鴻之進於

阿之干不得安寧也故曰鴻漸于干也小子厲有言无咎者始進未得顯位易致陵辱則是危於小子而被毀於讒言故曰小子厲有言小人之言未傷君子之義故曰无咎

象曰小子之厲義无咎也

【疏】正義曰義无咎者備如經釋

六二鴻漸于磐飲食衎衎吉磐山石之安者也進而得位居中而應本无祿養進而得之其爲歡樂願莫先焉

【疏】正義曰六二鴻漸于磐者磐山石之安者六二進而得位居中而應得可安之地故曰鴻漸于磐也既得可安之地所以飲食衎衎然樂而獲吉福故曰飲食衎衎吉○注磐山石之安者正義曰馬季長云山中石磐紆故稱磐也鴻是水鳥非是集於山石陵陸之禽而爻辭以此言鴻漸者蓋漸之爲義漸漸之於高故取山石陵陸以應漸高之義不復係水鳥也

象曰飲食衎衎不素飽也

【疏】正義曰素故也故无祿養今日得之故願莫先焉

九三鴻漸于陸夫征不復婦孕不育凶利禦寇陸高之頂也進而之陸與四相得不能復反者也夫征不復樂於邪配則婦亦不能執貞矣非夫而孕故不育也

本艮體而棄乎羣醜與四相得遂乃不反至使婦孕不育見利忘義貪進忘舊凶之道也異體合好順而相保物莫能間故利禦寇也

〔疏〕九三鴻漸于陸至利禦寇○正義曰鴻漸于陸夫征不復婦孕不育凶者陸高之頂也九三居下體之上是進而得高之象故曰鴻漸于陸也進而之陸无應於上與四相比四亦无應近而相得三本是艮體與初二相同一家棄其羣類而與四合好即是夫征而不反復也夫既樂於邪配妻亦不能保其貞非夫而孕故不育也見利忘義貪進忘舊凶之道也故曰夫征不復婦孕不育凶也利禦寇者異體合好恐有寇難離間之者然和比相順共相保安物莫能間故曰利用禦寇也○注陸高之頂也○正義曰陸高之頂也者爾雅云高平曰陸故曰高之頂也

象曰夫征不復離羣醜也婦孕不育失其道也利用禦寇順相保也

〔疏〕正義曰離羣醜者醜類也言三與初二雖有陰陽之殊同體艮卦故謂之羣醜也失其道也者非夫而孕故不育失其道故也順相保也者謂四以陰乘陽嫌其非順然好合相得和比相安故曰順相保也

六四鴻漸于木或得其桷无咎鳥而之木得其宜也或得其桷遇安棲也雖乘于剛志相得也

疏正義曰鴻漸于木者鳥而之木得其宜也六四進而得位故曰鴻漸于木也或得其桷无咎者桷榱也之木而遇堪為桷之枝取其易直可安也六四與三相得順而相保故曰或得其桷斯與相得无乘剛之咎故曰无咎象曰或得其桷順以巽也疏正義曰順以巽也者言四雖乘三體巽而下附三雖被乘上順而相保所以六四得其安栖由順以巽也九五鴻漸于陵婦三歲不孕終莫之勝吉陵次陸者也進得中位而隔乎三四不得與其應合故婦三歲不孕也各履正而居中三四不能久塞其塗者也不過三歲必得所願矣進以正邦三年有成成則道濟故不過三歲也疏九五鴻漸于陵至終莫之勝吉○正義曰鳴漸于陵者陵次陸者也九五進于中位處於尊高故曰鴻漸于陵婦三歲不孕者有應在二而隔乎三四不得與其應合是二五情意徒相感說而隔礙不交故曰婦三歲不孕也終莫之勝吉者然二與五合各履正而居中三四不能久塞其路終得遂其所懷故曰終莫之勝吉也○注進以正邦至不過三歲○正義曰進以正邦三年有成者九五居尊得位故曰進以正邦也三歲有成則三四不敢塞其路故曰不過三歲也象曰終莫之勝吉得所願

也【疏】正義曰得所願也者所願在於與二合好既各履中正无能勝之故終得其所願也上九鴻漸于陸其羽可用為儀吉進處高絜不累於位无物可以屈其心而亂其志峨峨清遠儀可貴也故曰其羽可用為儀吉【疏】正義曰鴻漸于陸者上九與三皆處卦上故並稱陸上九最居上極是進處高絜故曰鴻漸于陸也其羽可用為儀吉者然居无位之地是不累於位者也處高而能不以位自累則其羽可用為物之儀表可貴可法也故曰其羽可用為儀吉也以言羽者既以鴻明漸故用羽表儀也象曰其羽可用為儀吉不可亂也【疏】正義曰不可亂也者進處高絜不累於位无物可以亂其志也

䷵兌下震上歸妹征凶无攸利妹者少女之稱也兌為少陰震為長陽少陰而承長陽說以動嫁妹之象也【疏】正義曰歸妹者卦名也婦人謂嫁曰歸歸妹猶言嫁妹也然易論歸妹得名不同泰卦六五云帝乙歸妹彼據兄嫁妹謂之歸妹此卦名歸妹以妹從姊而嫁謂之歸妹故初九爻辭云歸妹以娣是也上咸卦明二少相感恒卦明二長相承今此卦以少承長非是匹敵明是妹從娣嫁故謂之歸妹焉古者諸侯一取九女嫡夫人及左右媵皆

以姪娣從故以此卦當之矣不言歸姪者女娣是兄弟之行亦舉尊以包之也征凶无攸利者歸妹之戒也征謂進有所往妹從姊嫁本非正匹惟須自守卑退以事元妃若妄進求寵則有並后凶咎之敗故曰征凶无攸利**彖曰歸妹天地之大義也天地不交而萬物不興歸妹人之終始也**陰陽既合長少又交天地之大義人倫之終始【疏】正義曰歸妹天地之大義也天地不交而萬物不興者此舉天地交合然後萬物蕃興證美歸妹之義所以未及釋卦名先引證者以歸妹之義非人情所欲且違於匹對之理蓋以聖人制禮令姪娣從其姑姊而充妾媵者所以廣其繼嗣以象天地以少陰少陽長陰長陽之氣共相交接所以蕃興萬物也歸妹人之終始也者上既引天地交合為證此又舉人事歸妹結合其義也天地以陰陽相合而得生物不已人倫以長少相交而得繼嗣不絕歸家豈非天地之大義人倫之終始也**說以動所歸妹也**少女而與長男交少女所不樂也而今說以動所歸必妹也雖與長男交嫁而係娣是以說也【疏】正義曰此就二體釋歸妹之義少女而與長男交少女所不樂也而今說以動所歸必妹也雖與長男交嫁而係於娣是以說也係娣所以說者既

係娣為媵不得別適若其不以備數更有動望之憂故係娣而行合禮說以動也征凶位不當也履於不正說動以進妖邪之道也疏正義曰此因二三四五皆不當位釋征凶之義位既不當明非正嫡因說動而更求進妖邪之道也所戒其征凶也无攸利柔乘剛也以征則有不正之凶以處則有乘剛之逆疏无攸利柔乘剛○正義曰此因六三六五乘剛釋无攸利之義夫陽貴而陰賤以妾媵之賤進求殊寵即是以賤陵貴故无攸利也○注以征則至有乘剛之逆也○正義曰彖以失位釋征凶乘剛釋无攸利而注互而言之者略例云去初上而論位分則三五各在一卦之上何得不謂之陽二四各在一卦之下何得不謂之陰然則二四陰位也三五陽位也陽應在上陰應在下今二三四五並皆失位其勢自然柔皆乘剛其猶妾媵求寵其勢自然以賤陵貴以明柔乘剛繇於失正而進也

象曰澤上有雷歸妹君子以永終知敝歸妹相終始之道也故以永終知敝疏正義曰澤上有雷說以動也故曰歸妹君子以永終知敝者歸妹相終始之道也故君子象此以永長其終知應有不終之敝故也

初九歸妹以娣跛能履征吉

少女而與長男爲耦非敵之謂是娣從之義也娣少女之稱也
少女之行善莫若娣夫承嗣以君之子雖幼而不妄行少女以
娣雖跛能履斯乃恒久之義吉而相承之道也以斯而進吉其宜也【疏】初九至征吉○正義曰歸妹以娣者少女謂之
妹從娣而行謂之歸初九以兌適震非夫婦匹敵是從娣之義
也故曰歸妹以娣也跛能履者妹而繼姊爲娣雖非正配不失
常道譬猶跛人之足然雖不正不廢能履故曰跛能履也征吉
者少長非偶爲妻而行則凶焉爲娣而行則吉故曰征吉也
注夫承嗣以君之子至吉其宜也○正義曰夫承嗣以君之子
雖幼而不妄行者此爲少女作此例也言君之子宜爲嗣承以
類妃之妹應爲娣也立嗣宜取長然君之子雖幼而立之不爲
妄也以言行嫁宜匹敵然妃之妹雖至少而爲娣則可行也
象曰歸妹以娣以恒也跛能履吉相承也【疏】正義
曰以恒也者妹而爲娣恒久之道也吉相承也者行得其宜是相承之吉也　九二眇能視利幽
人之貞雖失其位而居內處中眇猶能視足以保常也在內履中而能守其常故利幽人之貞也【疏】正義
曰九二不云歸妹者既在歸妹之卦歸妹可知故略不言也然
九二雖失其位不廢居內處中以言歸妹雖非正配不失交合

之道猶如眇目之人視雖不正不廢能視耳故曰眇能視也利幽人之貞者居内處中能守其常施之於人是處幽而不失其貞正也故曰利幽人之貞也 象曰利幽人之貞未變常也 【疏】正義曰未變常也者貞正幽人之常也九二失位嫌其變常不貞也能以履中不偏故云不變常也

六三歸妹以須反歸以娣 室主猶存而求進焉進未值時故有須也不可以進故反歸待時以娣乃行也 【疏】正義曰歸妹以須者六三在歸妹之時處下體之上有欲求為室主之象而居不當位則是室主猶存室主既存而欲求進為未值其時也未當其時則宜有待故曰歸妹以須也反歸以娣者既而有須不可以進宜反歸待時以娣乃行故曰反歸以娣 象曰歸妹以須未當也 【疏】正義曰未當也者未當其時故宜有待也

九四歸妹愆期遲歸有時 夫以不正无應而適人也必須彼道窮盡无所與交然後乃可以往故愆期遲歸以待時也 【疏】正義曰九四居下得位又无其應以斯適人必待彼道窮盡无所與交然後乃可以往故曰愆期遲歸有時也 象曰愆期之志有待而行也 【疏】

正義曰嫁宜及時今乃過期而遲歸者此嫁者之志正欲有所待而後乃行也

六五帝乙歸妹其君之袂不如其娣之袂良月幾望吉

歸妹之中獨處貴位故謂之帝乙歸妹也袂衣袖所以爲禮容者也其君之袂謂帝乙所寵也即五也爲帝乙所崇飾故謂之其君之袂也配在九二兌少震長以長從少不若以少從長之爲美也故曰不若其娣之袂良也位在乎中以貴而行極陰之盛以斯適配雖不若少往亦必合故曰月幾望吉也

疏六五帝乙至幾望吉○正義曰帝乙歸妹者六五居歸妹之中獨處貴位是帝王之所嫁妹也故曰帝乙歸妹其君之袂不如其娣之袂良者六五貴位卦是長陽之卦若以爻爲人即是娣人之道故爲帝乙之妹既居長卦乃是長女之象其君即五也袂衣袖也所以斂爲禮容帝王嫁妹爲之崇飾故曰其君之袂也配在九二兌少震長以長從少者可以從少雖有其君崇飾之袂猶不若以少從長之爲美故曰不如其娣之袂良也月幾望吉者陰而貴盛如月之近望以斯適配雖不如以少從長然以貴而行往必合志故得吉也故曰月幾望吉也

象曰帝乙歸妹不如其娣之袂良也其位在中以貴行也

【疏】象曰至以貴行也○正義曰帝乙歸妹不如其娣之袂良者釋其六五雖所居貴位然長不如少也言不必少女而從於長男也其位在中以貴行也者釋月幾望吉也既以長適少非歸妹之美而得吉者其位在五之中以貴盛而行所往必得合而獲吉也

上六女承筐无實士刲羊无血无攸利羊謂三也處卦之窮仰无所承下又无應爲女而承命則筐虛而莫之與爲士而下命則刲羊而无血刲羊而无血不應所命也進退莫與故曰无攸利也【疏】上六至无攸利○正義曰女之爲行以上有承順爲美士之爲功以下有應命爲貴上六處卦之窮仰則无所承受故爲女承筐則虛而无實又下无其應下命則无應之者故爲士刲羊則乾而无血故曰女承筐无實士刲羊无血則進退莫與故无所利

象曰上六无實承虛筐也【疏】正義曰承虛筐者筐本盛幣以幣爲實今之无實正是承捧虛筐空无所有也

周易兼義卷第五

周易兼義下經豐傳卷第六

國子祭酒上護軍曲阜縣開國子臣孔穎達奉勑撰正義

王弼注

☲☳ 離下震上 豐亨王假之 大而亨者王之所至 【疏】正義曰豐亨者豐
皆以大訓豐也然則豐者多大之名盈足之義財多德大故謂
之爲豐德大則无所不容財多則无所不濟无所擁礙謂之爲
亨故曰豐亨王假之者假至也豐亨之道王之
所尚非有王者之德不能至之故曰王假之也 勿憂宜日
中 豐之爲義闡弘微細通夫隱滯者也爲天下之主而令微
隱者不亨憂未已也故至豐亨乃得勿憂也用夫豐亨不
憂之德宜處天中以徧 【疏】正義曰勿无也王能至於豐亨乃
照者也故曰宜日中也 得无復憂慮故曰勿憂也用夫豐
亨无憂之德然後可以君臨萬國徧照四
方如日中之時徧照天下故曰宜日中也 彖曰豐大也 音闡
大之 【疏】彖曰豐大也○正義曰豐大也者釋卦名也是弘大
大也 之義也○注音闡大之大也○正義曰闡者弘廣之
[illegible]

言凡物之大其有二種一者自然之大二者由人之闡弘使大豐之為義既闡弘微細則豐之稱大乃闡弘之大非自然之大故音之也

明以動故豐王假之尚大也

大者王之所尚故至之也

疏 正義曰動故豐者此就二體釋卦得名為豐之意動而不明未能光大資明以動乃能致豐故曰明以動故豐也王假之尚大也者豐大之道王所崇尚所以王能至之以崇尚大故也

勿憂宜日中宜照天下也

以勿憂之德故宜照天下也

疏 正義曰日中之時遍照天下无憂慮德乃光被同於日中之盛无復憂宜日中宜照天下也

日中則昃月盈則食天地盈虛與時消息而況於人乎況於鬼神乎

豐之為用困於昃食者也施於未足則尚豐施於已盈則方溢不可以為常故具陳消息之道者也

疏 正義曰此孔子因豐設戒以上言王者以豐大之德照臨天下同於日中然盛必有衰自然常理日中至盛過中則昃月滿則盈過盈則食天之寒暑往來地之陵谷遷貿盈則與時而息虛則與時而消天地日月尚不能久況於人與鬼神而能長保其盈盛乎勉令及時脩德仍戒居存慮亡也此辭先陳天地後言人鬼神者

欲以輕譬重亦先尊後卑也而日月先天地者承上宜日中之下遂言其昃食因舉日月以對之然後并陳天地作文之體也

象曰雷電皆至豐君子以折獄致刑 文明以動不失情理也

疏 正義曰雷電皆至豐者雷者天之威動電者天之光耀雷電俱至則威明備足以爲豐也君子以折獄致刑者君子法象天威而用刑罰亦當文明以動折獄斷決也斷決獄訟須得虛實之情致用刑罰必得輕重之中若動而不明則淫濫斯及故君子象於此卦而折獄致刑

初九遇其配主雖旬无咎往有尚 注 處豐之初其配在四以陽適陽以明之動能相光大者也旬均也雖均无咎往有尚也初四俱陽爻故曰均也

疏 正義曰遇其配主者豐者文明以動尚於光大者也初配在四俱是陽爻以陽適陽以明之動能相光大者也故曰遇其配主也雖旬无咎往有尚者旬均也俱是陽爻謂之爲均非是陰陽相應嫌其有咎以其能相光大故雖均可以无咎而往有嘉尚也故曰雖均无咎往有尚也

象曰雖旬无咎過旬災也 注 過均則爭交斯叛也

疏 象曰至災也○正義曰過旬災者言勢若不均則相傾奪既相傾奪則爭競乃興一相違斥災害因起故曰過旬災也○注

過均至災也○正義曰初四匹配謂之為交勢若不均則初四之相守於斯時敗矣六二豐其部日中見斗往得疑疾有孚發若吉部覆曖鄣光明之物以處明動之時不能自豐以光大之德既處乎內而又以陰居陰所豐在部幽而无觀者也故曰豐其部日中見斗也日中者明之盛也斗見者闇之極也處盛明而豐其部故曰日中見斗不能自發故往得疑疾然履中當位處闇不邪有孚者也若能有孚可以發其志不困於闇故獲吉也【疏】六二豐其部至發若吉○正義曰豐其部者二以陰居陰又處於內幽闇无所觀見所豐在於覆蔽故曰豐其部也部者覆曖鄣光明之物也日中見斗者二居離卦之中如日正中則至盛之時也處日中盛明之時而斗星顯見是二之至闇使斗星見明者也處光大之世而為極闇之行譬日中而斗星見故曰日中見斗也二五俱陰二已見斗之闇不能自發以自求於五往則得見疑之疾故曰往得疑疾也然居中履正處闇不邪是有信者也有信以自發其志不困於闇故獲吉也故曰有孚發若吉也象曰有孚發若信以發志也【疏】正義曰信以發志者雖處幽闇而不為邪是有信以發其豐大之志故得吉也九三豐其沛日中

見沬折其右肱无咎 沛幡幔所以禦盛光也沬微昧之明也應在上六志在乎陰雖愈乎以陰處陰亦未足以免於闇也所豐在沛日中則見沬之謂也施明則見沬而已施用則折其右肱故可以自守而已未足用也

【疏】正義曰豐其沛日中見沬者沛幡幔所以禦盛光也沬微昧之明也以九三應在上六志在乎陰雖愈於六二以陰處陰亦未見免於闇也是所以豐在沛日中見沬也處光大之時而豐沛見沬雖愈於豐蔀見斗然施於大事終不可用假如折其右肱自守而已乃得无咎故曰折其右肱无咎

象曰豐其沛不可大事也 明不足也

【疏】正義曰不可大事者當光大之時可為大事而明不足故不可為大事也

折其右肱終不可用也 雖有左在不足用也

【疏】正義曰終不可用者凡用事在右肱右肱既折雖有左在終不可用也

九四豐其蔀日中見斗遇其夷主吉 以陽居陰豐其蔀也得初以發夷主吉也

【疏】正義曰豐其蔀者九四以陽居陰闇同於六二故曰豐其蔀也日中見斗遇其夷主吉者夷平也四應在初而同是陽爻能相顯發而得其吉故曰遇其夷主吉也言四之與初交相為主若賓主之義也若據初適

四則以四為主故曰遇其配主自四之初則以初為主故曰遇其夷主也二陽體敵兩主均平故初謂四為配而四謂初為夷

也　象曰豐其蔀位不當也日中見斗幽不明也

遇其夷主吉行也　疏　正義曰位不當者止謂以陽居陰而位不當所以豐蔀而闇者也幽不明也者日中盛明而反見斗以譬當光大而居陰是處明而幽闇不明也吉行也者處於陰位為闇已甚更應於陰无由獲吉猶與陽相遇故得吉行也

六五來章有慶譽吉　以陰之質來適尊陽之位能自光大章顯其德獲慶譽也　疏　正義曰六五處豐大之世以陰柔之質來適尊陽之位能自光大章顯其德而獲慶善也故曰來章有慶譽吉也

象曰六五之吉有慶也　疏　正義曰有慶也者言六五以柔處尊履得其中故致慶譽也

上六豐其屋蔀其家闚其戶闃其无人三歲不覿凶　屋藏蔭之物以陰處極而最在外不履於位深自幽隱絕跡深藏者也既豐其屋又蔀其家屋厚家覆闇之甚也雖闚其戶闃其无人棄其所處而自深藏也處於明動尚大之時而深自幽隱以高其行大

道既濟而猶不見隱不爲賢更爲反道凶其宜也三年豐道之成治道未濟隱猶可也既濟而隱是以治爲亂者也

上六豐其屋至不覿○正義曰屋者藏蔭隱蔽之物也上六以陰處豐極以處外不履於位是深自幽隱絕跡深藏也既豐厚其屋者也既豐厚其屋而又覆蔀其家屋厚家闇蔀之甚也雖闚其戶而闃寂无人棄其所處而自深藏也處於豐大之世隱不爲賢治道未濟隱猶可也三年豐道已成而猶不見所以爲凶故曰豐其屋蔀其家闚其戶闃其无人三歲不覿凶

象曰豐其屋天際翔也翳光最甚者也【疏】正義曰天際翔也者如鳥之飛翔於天際言隱翳之深也闚其戶闃其无人自藏也可以出而不出自藏之謂也非有爲而藏不出戶庭失時致凶況自藏乎凶其宜也【疏】正義曰自藏也者言非有爲而當自藏可以出而不出无事自爲隱藏也

䷷艮下離上旅小亨旅貞吉不足全夫貞吉之道唯足以爲旅之貞吉故特重曰旅貞吉也【疏】正義曰旅者客寄之名羈旅之稱失其本居而寄他方謂之爲旅既爲羈旅苟求僅存雖得自通非甚光大故旅之

爲義小亨而已故曰旅小亨羇旅而獲小亨是旅之正吉故曰旅貞吉也

彖曰旅小亨柔得中乎外而順乎剛止而麗乎明是以小亨旅貞吉也夫物失其主則散柔乘於剛則乖既乖且散物皆羇旅何由得小亨而貞吉乎夫陽爲物長而陰皆順陽唯六五乘剛而復得中乎外以承于上陰各順陽不爲乖逆止而麗明動不履妄雖不及剛得尊位恢弘大通足以小亨令附旅者不失其正得其所安也

疏 彖曰至貞吉也○正義曰旅小亨者舉經文也柔得中乎外而順乎剛止而麗乎明是以小亨旅貞吉者此就六五及二體釋旅得亨貞之義柔處於外弱而爲客之象若所託不得其主得主而不能順從則乖逆而離散何由得自通而貞吉乎今柔雖處外而得中順陽則是得其所託而順從於主又止而麗明動不履妄故能於寄旅之時得通而正不失所安也

旅之時義大矣哉旅者大散物皆失其所居之時也咸失其居物願所附豈非知者有爲之時

疏 正義曰出歎美寄旅之時物皆失其所居若能與物爲附使旅者獲安非小才可濟惟大智能然故曰旅之時義大矣哉

象曰山上有火旅君子以明慎用

刑而不留獄止以明之刑戮詳也疏正義曰火在山上逡巡不留勢不久留故爲旅象又上下二體艮止離明故君子象此以靜止明察審慎用刑而不稽留獄訟

初六旅瑣瑣斯其所取災最處下極寄旅不得所安而爲斯賤之役所取致災志窮且困疏正義曰旅瑣瑣斯其所取災者瑣瑣者細小卑賤之貌也初六當旅之時最處下極是寄旅不得所安而爲斯卑賤之役然則爲斯卑賤勞役由其處於窮下故致此災故曰旅瑣瑣斯其所取災也

象曰旅瑣瑣志窮災也疏正義曰志窮災志意窮困自取此災也

六二旅即次懷其資得童僕貞次者可以安行旅之地也懷來也得位居中體柔奉上以此寄旅必獲次舍懷來資貨得童僕之所正也旅不可以處盛故其美盡於童僕之正也過斯以往則見害矣童僕之正義足而已疏正義曰旅即次懷其資得童僕貞者得位居中體柔承上以此而爲寄旅必爲主君所安旣得次舍懷來資貨又得童僕之正不同初六賤役故曰旅即次懷其資得童僕貞

象曰得童僕貞終无尤也疏正義曰終无尤者旅不可以處盛盛則爲物所害今惟正

於童僕則終保无咎也。**九三，旅焚其次，喪其童僕，貞厲。**居下體之上，與二相得，以寄旅之身而為施下之道，與萌侵權，主之所疑也。故次焚僕喪，而身危也。疏「九三旅焚其次」至「貞厲」。○正義曰：「旅焚其次，喪其童僕，貞厲」者，九三居下體之上，下據於二，上无其應，與二相得，是欲自尊而惠施於下也。以羈旅之身而為惠下之道，是與萌侵權，為主君之所疑也。為君主所疑，則被黜而見害，故焚其次，舍喪其童僕之正，而身危也。○注「與萌」至「所疑也」。○正義曰：「與萌侵權」者，言與得政事之萌漸侵奪主君之權勢，若齊之田氏，故為主所疑也。**象曰：旅焚其次，亦以傷矣。以旅與下，其義喪也。**疏正義曰：「亦以傷矣」者，言失其所安，亦可悲傷也。「以其義喪」者，言以旅與下，理是喪亡也。**九四，旅于處，得其資斧，我心不快。**斧所以斫除荊棘以安其舍者也。雖處上體之下，不先於物，然而不得其位，不獲平坦之地，客于所處，不得其次而得其資斧之地，故其心不快也。疏正義曰：「旅于處，得其資斧，我心不快」者，九四處上體之下，不同九三之自尊，然不得其位，猶寄旅之人求其次舍，不獲平坦之所，而得用斧之地，言用斧除荊棘，然後乃處，故曰「旅于處，得其資斧」也。求

安處而得資斧之地
所以其心不快也
象曰旅于處未得位也得其資斧心未快也六五射雉一矢亡終以譽命射雉以一

矢而復亡之明雖有雉終不可得矣寄旅而進雖處于文明之
中居于貴位此位終不可有也以其能知禍福之萌不安其處
以乘其下而上承於上
故終以譽而見命也

疏 六五射雉至以譽命○正義曰射
雉一矢亡終以譽命者羈旅不可
以處盛位六五以羈旅之身進居貴位其位終不可保譽之射
雉惟有一矢射之而復亡失其矢其雉終不可得故曰射雉一
矢亡也然處文明之內能照禍福之幾不乘下以侵權而
承上以自保故得終以美譽而見爵命故曰終以譽命也

象曰終以譽命上逮也

疏 正義曰上逮者逮及也以能
承及於上故得終以譽命也

上九鳥焚其巢旅人先笑後號咷喪牛于易凶

居高危而以為宅巢之謂也客而得上位故先笑也以旅而處
于上極眾之所嫉也以不親之身而當被害之地必凶之道也
故曰後號咷牛者稼穡之資以旅處上眾所同嫉故喪牛于易
不在於難物莫之與危而不扶喪牛于易終莫之聞莫之聞則

傷之者至矣【疏】正義曰鳥焚其巢旅人先笑後號咷喪牛于易凶者最居於上如鳥之巢以旅處上必見傾奪如鳥巢之被焚故曰鳥焚其巢也客得上位所以先笑凶害必至故後號咷衆所同嫉喪其稼穡之資理不獲久故曰喪牛于易物莫之與則傷之者至矣故曰凶也

象曰以旅在上其義焚也喪牛于易終莫之聞也【疏】正義曰終莫之聞者衆所同疾危而不扶至於喪牛于易終无以一言告之使聞而悟也

䷸巽下巽上

巽小亨全以巽爲德是以小亨也上下皆巽不違其令命乃行也故申命行事之時上下不可以不巽也【疏】正義曰巽者卑順之名說卦云巽入也蓋以巽是象風之卦風行无所不入故以入爲訓若施之於人事能自卑巽者亦无所不容然巽之爲義以卑順爲體以容入爲用故受巽名矣上下皆巽不爲違逆君唱臣和教令乃行故於重巽之卦以明申命之理雖上下皆巽命令可行然全用卑巽則所通非大故曰小亨

利有攸往巽悌以行物无距也【疏】正義曰巽悌以行物无違距故曰利有攸往

利見大人大人用之道愈隆

疏 正義曰但能用巽者皆无往不利然大人用巽其道愈隆故曰利見大人明上下皆須用巽也 彖曰重

巽以申命 命乃行也未有不巽而命行也 疏 正義曰此卦以卑巽為名以申命為義故就二體上下皆巽以明可以申命也上巽能接於下下巽能奉於上上下皆巽命乃得行故曰重巽以申命也 剛巽乎中

正而志行 以剛而能用巽處乎中正物所與也 疏 正義曰剛巽乎中正而志行者雖上下皆巽若命不可從則物所不與也故又因二五之爻剛而能巽乎其中所以志意得行申其命令也 柔皆順乎剛

明无違逆故得小亨 疏 柔皆順乎剛〇正義曰柔皆順乎剛者剛雖巽為中正柔若不順乎剛何以申其命乎故又就初四各處卦下柔皆順剛无有違逆所以教命得申成小亨以下之義也〇注明无違至得小亨〇正義曰案彖併舉小亨利有攸往利見大人以結之則柔皆順剛之意不專釋小亨二字而注獨言明无違逆故得小亨者褚氏云夫獻可替否其道乃弘柔皆順剛非大通之道所以文王繫小亨之辭孔子致皆順之釋案王注上下卦之體皆以巽言之義不違剛正是巽義故知皆順之言通釋諸辭也 是以小亨利有攸往利見大人 疏 正義

曰是以小亨以下樂經結也象曰隨風巽君子以申命行事疏正義曰隨風巽者兩風相隨故曰隨風風既相隨物无不順故曰隨風巽君子以申命行事者風之隨至非是令初故君子訓之以申命行事也

初六進退利武人之貞處令之初未能服令者也故進退也成命齊邪莫善武人故利武人之貞以整之疏正義曰初六處令之初法未宜著體於柔巽不能自決心懷進退未能從令者也成命齊邪莫善威武既未能從令則宜用武人之正以整齊之故曰進退利武人之貞也

象曰進退志疑也巽順之志進退疑懼疏正義曰志疑者欲從之則未明其令欲不從則懼罪及己志意懷疑所以進退也

利武人之貞志治也疏正義曰志治也者武非行令所宜而言利武人者志在使人從治故曰利武人其備當對初六象曰利用刑人以正法也

九二巽在牀下用史巫紛若吉无咎處巽之中既在下位而復以陽居陰卑巽之甚故曰巽在牀下也卑甚失正則入于咎過矣能以居中而施至卑於神祇而不用之於威勢則乃至于紛若之吉而亡其過矣故曰用史巫紛若吉无咎

也（疏）正義曰巽在牀下者九二處巽下體而復以陽居陰卑巽之甚故曰巽在牀下用史巫紛若吉无咎者史謂祝史巫謂巫覡並是接事鬼神之人也紛若者盛多之貌卑甚失正則入於過咎人有威勢易爲行恭神道无形多生怠慢若能用居中之德行至卑之道用之於神祇不行之於威勢則能致之於盛多之吉而无咎過故曰用史巫紛若吉无咎也

象曰紛若之吉得中也（疏）正義曰得中者用卑巽於神祇是行得其中故能致紛若之吉

九三頻巽吝 頻頻蹙不樂而窮不得已之謂也以其剛正而爲四所乘志窮而巽是以吝也（疏）正義曰頻巽吝者頻者頻蹙憂戚之容也九三體剛居正爲四所乘是志意窮屈不得申遂也既處巽時只得受其屈辱也頻蹙而巽鄙吝之道故曰頻巽吝也

象曰頻巽之吝志窮也（疏）正義曰志窮者志意窮屈所以爲吝也

六四悔亡田獲三品 乘剛悔也然得位承五卑得所奉雖以柔御剛而依尊履正以斯行命必能獲強暴遠不仁者也獲而有益莫善三品故曰悔亡田獲三品一曰乾豆二曰賓客三曰充君之庖（疏）正義曰悔亡田獲三品者六四有乘剛之悔然得位承尊得其所奉雖以柔乘剛而依尊履正

以斯行命必能有功取害田獵能獲而有益莫善三品所以得悔亡故曰悔亡田獲三品也三品者一曰乾豆二曰賓客三曰充君之庖廚也

象曰田獲三品有功也（疏）正義曰有功者田獵有獲以喻行命有功也

九五貞吉悔亡无不利无初有終先庚三日後庚三日吉以陽居陽損於謙巽然秉乎中正以宣其令物莫之違故曰貞吉悔亡无不利也化不以漸卒以剛直用加於物故初皆不說也終於中正邪道以消故有終也申命令謂之庚夫以正齊物不可卒也民迷固久直不可肆也故先申三日令著之後復申三日日然後誅而无咎怨矣甲庚皆申命之謂也（疏）正義曰九五以陽居陽違於謙巽是悔也然秉乎中正以宣其令物莫之違是由貞正獲吉故得悔亡而无不利故曰貞吉悔亡无不利也无初有終者若卒用剛直化不以漸物皆不說故曰无初也終於中正物服其化故曰有終也先庚三日後庚三日吉者申命令謂之庚民迷固久申不可卒故先申之三日令著之後復申之三日然後誅之民服其罪无怨而獲吉矣故曰先庚三日後庚三日吉也

象曰九五之吉位正中也（疏）正義曰位正中者若不以九居五位

則不能以中正齊物物之不齊无由致吉故云吉是由九居五位故舉爻位言之

上九巽在牀下喪其資斧貞凶 注 處巽之極極巽過甚故曰巽在牀下也斧所以斷者也過巽失正喪所以斷故曰喪其資斧貞凶也 疏 正義曰巽在牀下者上九處巽之極巽之過甚故曰巽在牀下喪其資斧者斧能斬決以喻威斷也巽過則不能行威命命之不行是喪其所用之斧故曰喪其資斧也貞凶者失其威斷是正之凶故曰貞凶也

象曰巽在牀下上窮也喪其資斧正乎凶也 疏 正義曰上窮者處上窮巽故過在牀下也正乎凶者正理須當威斷而喪之是正乎凶也

☱ 兌下兌上

兌亨利貞 疏 正義曰兌說也說卦曰說萬物者莫說乎澤以兌是象澤之卦故以兌為名澤以潤生萬物所以萬物皆說施於人事猶人君以恩惠養民民无不說也惠施民說所以為亨以說說物恐陷諂邪其利在於貞正故曰兌亨利貞

彖曰兌說也剛中而柔外說以利貞 注 說而違剛則諂剛而違說則暴剛中而柔外所以說以利貞也剛中故利貞柔外故說亨 疏 正義曰兌說也者訓

卦名也剛中而柔外說以利貞者此就二五以剛居中上六六
三以柔處外釋兌亨利貞之義也外雖柔說而內德剛正則不
畏邪諂內雖剛正而外迹柔說則不憂侵暴只
爲剛中而柔外中外相濟故得說亨而利貞也是以順乎
天而應乎人天剛而不失說者也（疏）正義曰廣明說義合於天人天爲剛德而有柔克是剛而
不失其說也今說以利貞是上順乎天也人心說於惠澤能以惠澤說人是下應乎人也說以先民民
忘其勞說以犯難民忘其死說之大民勸矣哉
（疏）正義曰說以先民民忘其勞以下歎美說之所致亦申明應人之法先以說豫撫民然後使之從事則民皆竭力忘
其從事之勞故曰說以先民民忘其勞也說以犯難民忘其死若先以說豫勞民然後使之犯難則民皆授命忘其犯難之死
故曰說以犯難民忘其死也施說於人所致如此豈非說義之大能使民勸勉矣哉故曰說之大民勸矣哉象曰
麗澤兌君子以朋友講習麗猶連也施說之盛莫盛於此（疏）正義曰麗澤兌
者麗猶連也兩澤相連潤說之盛故曰麗澤兌也君子以朋友
講習者同門曰朋同志曰友朋友聚居講習道義相說之盛莫

過於此也故君子象之以朋友講習也初九和兌吉【疏】居兌之初應不在一无所黨係和兌之謂也說不在諂履斯而行未見有疑之者吉其宜矣【疏】正義曰初九居兌之初應不在一无所私說說之和也說物以和何往不吉故曰和兌吉也象曰和兌之吉行未疑也【疏】正義曰行未疑者說不為諂履斯而行未見疑之者也所以得吉也九二孚兌吉悔亡說不失中有孚者也失位而說孚吉乃悔亡也【疏】正義曰九二說不失中有信者也說而有信則吉從之故曰孚兌吉也然履失其位有信而吉乃得亡悔故曰孚兌吉悔亡也象曰孚兌之吉信志也其志信也【疏】正義曰信志也者失位而得吉是其志信也六三來兌凶以陰柔之質履非其位來求說者也非正而求說邪佞者也【疏】正義曰三為陽位陰來居之是進來求說故言來兌而以不正來說佞邪之道故曰來兌凶也象曰來兌之凶位不當也【疏】正義曰位不當者由位不當所以致凶也九四商兌未寧介疾有喜商商量裁制之謂也介隔也三為佞說將近至尊故四以剛德

裁而隔之匡內制外是以未寧也處於幾近閑邪介疾宜其有喜也 疏 正義曰商兌未寧者商商量裁制之謂也夫佞邪之人國之疾也三為佞說將近至尊故四以剛德裁而隔之使三不得進匡內制外未遑寧處故曰商兌未寧居近至尊防邪隔疾宜其有喜故曰介疾有喜

象曰九四之喜有慶也 疏 正義曰有慶者四能匡內制外介疾除邪此之為喜乃為至尊所善天下蒙賴故言有慶也

九五孚于剝有厲 比於上六而與相得處尊正之位不說信乎陽而說信乎陰孚于剝之義也剝之為義小人道長之謂 疏 正義曰剝者小人道長消君子之正故謂小人為剝也九五處尊正之位下无其應比於上六與之相得是說信於小人故曰孚于剝信而成剝危之道也故曰有厲

象曰孚于剝位正當也 以正當之位信於小人而疏君子故曰位正當也 疏 正義曰位正當者以正當之位宜在君子而信小人故以當位責之也

上六引兌 以夫陰質最處說後靜退者也故必見引然後乃說也 疏 正義曰上六以陰柔之質最在兌後是自靜退不同六三自進求說必須他人見引然後乃說故曰引兌也

象曰上六引兌未光也

疏 正義曰未光也者雖免躁求之凶亦有後時之失所以經无吉文以其道未光故也

䷺ 坎下巽上 渙亨王假有廟利涉大川利貞 疏 正義曰渙亨者渙卦名也序卦曰說而後散之故受之以渙然則渙者散釋之名雜卦曰渙離也此又渙是離散之號也蓋渙之爲義小人遭難離散奔迸而逃避也大德之人能於此時建功立德散難釋險故謂之爲渙能釋險難所以爲亨故曰渙亨王假有廟者王能渙難而亨可以至於建立宗廟故曰王假有廟也利涉大川者德洽神人可濟大難故曰利涉大川利貞者大難既散宜以正道而柔集之故曰利貞 彖曰渙亨剛來而不窮柔得位乎外而上同 二以剛來居內而不窮於險四以柔得位乎外而與上同內剛而无險困之難外順而无違逆之乖是以亨利涉大川利貞也凡剛得暢而无忌回之累柔履正而同志乎剛則皆亨利涉大川利貞也 疏 彖曰渙亨至上同○正義曰渙亨者疊經文畧舉名德也剛來而不窮柔得位乎外而上同者此就九二剛德居險六四得位從上釋所以能散釋險難而致亨通乃至利涉大川利貞等也二以剛德來居險中而不窮於險四以柔順得位於外而上與五同內剛无險

困之難外柔无違逆之乖所以得散釋險難而通亨建立宗廟
而祭亨利涉大川而克濟利以正道而鳩民也○注凡剛得暢
至利貞也○正義曰凡剛得暢而无忌回之累若此還言九二
居險不窮是剛得暢遂剛既得暢无復畏忌回邪之累也柔履
正而同志乎剛者此還言六四得位履正同志乎五也剛德不
暢柔不同剛何由得亨通而濟難利貞而不邪乎故言則皆亨
利涉大川利貞也注於此言皆者凡有二意一則彖雖疊渙亨
二字即以剛來而不窮柔得位乎外而上同釋之下別言王假
有廟王乃在中利涉大川乘木有功恐剛來之言惟釋亨德不
通在下二則先儒有以剛來不窮釋亨德柔得位乎外釋利貞
故言皆以通之明剛柔皆釋亨以下至于利貞也

王假有廟王乃在中也王乃在乎渙然之中故至有廟也（疏）正義曰此重明渙時可以有廟之義險難未夷方勞經略今在渙然之中故至於有廟也

利涉大川乘木有功也乘木即涉難也木者專所以涉川也涉難而常用渙道必有功也（疏）利涉至有功也○正義曰重明用渙可以濟難之事乘木涉川必不沉溺以渙濟難必有成功故曰乘木有功也○注乘木有功也○正義曰先儒皆以此卦坎下巽上以爲乘木水上涉川之象故言乘木有功王不用象直取況喻之義

故言此以亨之也。**象曰：風行水上，渙。先王以享于帝立廟。**

【疏】正義曰：「風行水上渙」者，風行水上，激動波濤，散釋之象，故曰「風行水上，渙」。「先王以享于帝立廟」者，先王以渙然無難之時，享于上帝，以告太平，建立宗廟，以祭祖考，故曰「先王以享于帝立廟」也。

初六，用拯馬壯，吉。 渙，散也。處散之初，乖散未甚，故可以遊行，得其志而違於難也。不在危劇而後乃逃竄，故曰「用拯馬壯，吉」。【疏】正義曰：初六處散之初，乖散未甚，可用馬以自拯拔而得壯吉也，故曰「用拯馬壯，吉」。

象曰：初六之吉，順也。 觀難而行，不與險爭，故曰順也。【疏】正義曰：觀難而行，不與險爭，故曰順也。

九二，渙奔其机，悔亡。 机，承物者也，謂初也。二俱無應，與初相得，而初得散道，離散而奔，得其所安，故悔亡也。【疏】正義曰：「渙奔其机」者，机，承物者也。初承於二，謂初為机。二俱无應，與初相得，而初得遠難之道，今二散奔歸初，故曰「渙奔其机」也。「悔亡」者，初得散道而二往歸之，得其所安，故悔亡也。

象曰：渙奔其机，得願也。【疏】正義曰：「得願」者，違難奔散，願得所安，奔初獲安，是得其願也。

六三，渙其躬，无悔。 渙之為義，內險而外安者也散躬志外不固所守與剛合志故得无悔也〔疏〕正義曰渙其躬无悔者渙之為義內險外安六三內不比二而外應上九是不固所守能散其躬故得无悔故曰渙其躬无悔**象曰渙其躬志在外也**〔疏〕正義曰志在外者釋六三所以能渙其躬者正為身在於內而應在上九是志意在外也**六四渙其羣元吉渙有丘匪夷所思**踰乎險難得位體巽與五合志內掌機密外宣化命者也故能散羣之險以光其道然處於卑順不可自專而為散之任猶有丘虛匪夷之慮雖得元吉所思不可忘也〔疏〕正義曰渙其羣元吉者六四出在坎上已踰於險得位體巽與五合志內掌機密外宣化命者也能為羣物散其險害故曰渙其羣也元吉渙有丘匪夷所思者能散羣險則有大功故曰元吉然處上體之下不可自專而得位承尊憂責復重雖獲元吉猶宜於散難之中有丘墟未平之慮為其所思故曰渙有丘匪夷所思也**象曰渙其羣元吉光大也**〔疏〕正義曰光大也者能散羣險而獲元吉是其道光大也**九五渙汗其大號渙王居无咎**處尊履正居巽之中散汗大號以盪險阸者也為渙之主唯王居之乃得无咎也

[疏]正義曰渙汗其大號者人遇險阨驚怖而勞則汗從體出故以汗喻險阨也九五處尊履正在號令之中能行號令以散險阨者也故曰渙汗其大號也渙王居无咎者爲渙之主名位不可假人惟王居之乃得无咎故曰渙王居无咎象曰王居无咎正位也正位不可以假人[疏]正義曰正位者釋王居无咎之義以九五是王之正位若非王居之則有咎矣上九渙其血去逖出无咎逖遠也最遠於害不近侵克散其憂傷遠出者也散患於遠害之地誰將咎之哉[疏]正義曰渙其血去逖出者血傷也逖遠也上九處於卦上最遠於險不近侵害是能散其憂傷去而遠出者也故曰渙其血去逖出也无咎者散患於遠害之地誰將咎之矣故曰无咎象曰渙其血遠害也[疏]正義曰遠害者釋渙其血也是居遠害之地故也

䷻兌下坎上節亨苦節不可貞[疏]正義曰節卦名也彖曰節以制度雜卦云節止也然則節者制度之名節止之義制事有節其道乃亨故曰節亨節須得中爲節過苦傷於刻薄物所不堪不可復正故

曰苦節不可貞也

象曰節亨剛柔分而剛得中坎陽而兌陰也陽上而陰下剛柔分也剛柔分而不亂剛得中而爲制主疏正義曰此就上下二體及二五剛中釋所以爲節得亨之義也坎剛居上兌柔處下是剛柔分也剛柔分男女別也節之義也節之大者莫若剛柔分男女別節之大義也二五以剛居中爲制之主所以得節節不違中所以得亨故曰節亨剛柔分而剛得中也

苦節不可貞其道窮也爲節過苦則物不能堪也物不能堪則不可復正也疏正義曰爲節過苦不可爲正若以苦節爲正則其道困窮故曰苦節不可貞其道窮也

說以行險當位以節中正以通然後亟耳也无說而行險過中而爲節則道窮也疏正義曰上言苦節不可貞其道窮者正由爲節不中則物所不說不可復正其道困窮故更就二體及四五當位重釋行節得亨之義以明苦節之窮也行險以說則爲節得中當位以節則可以爲正良由中而能正所以得通故曰中正以通此其所以爲亨也

天地節而四時成節以制度不傷財不害民疏正義曰天地節而四時成者此下就天地與人廣明

節義天地以氣序爲節使寒暑往來各以其序則四時功成之也王者以制度爲節使用之有道役之有時則不傷財不害民也

象曰澤上有水節君子以制數度議德行【疏】正義曰澤上有水節者水在澤中乃得其節故曰澤上有水節也君子以制數度議德行者數度謂尊卑禮命之多少德行謂人才堪任之優劣君子象節以制其禮數等差皆使有度議人之德行任用皆使得宜

初九不出户庭无咎爲節之初將整離散而立制度者也故明於通塞慮於險僞不出户庭愼密不失然後事濟而无咎也【疏】初九至无咎○正義曰初九處節之初將立制度宜其愼密不出户庭若不愼而泄則民情姦險應之以僞故愼密不失然後事濟而无咎故曰不出户庭无咎○注將整離散而立制度者也○正義曰序卦云物不可以終離故受之以節此卦承渙之後初九居節之初故曰將整離散而立法度也

象曰不出户庭知通塞也【疏】正義曰知通塞者識時通塞所以不出也

九二不出門庭凶初已造之至二宜宣其制矣而故匿之失時之極則遂廢矣故不出門庭則凶也【疏】正義曰初已制法至二宜宣若猶匿之則失時之極可施

之事則遂廢矣不出門庭所以致凶故曰不出門庭凶　象曰不出門庭凶失時極
也【疏】正義曰失時極者極中也應出不出失時之中所以爲凶　六三不節若則嗟
若无咎　若辭也以陰處陽以柔乘剛違節之道以至哀嗟自已所致无所怨咎故曰无咎也【疏】正義曰節
者制度之卦處節之時位不可失六三以陰處陽以柔乘剛失位驕逆違節之道禍將及已以至哀嗟故曰不節若則嗟若也
禍自已致无所怨咎故曰无咎　象曰不節之嗟又誰咎也【疏】正義曰又誰咎
者由已不節自致禍災又欲怨咎誰乎　六四安節亨　得位而順不改其節而能亨者也承上以斯得
其道也【疏】正義曰六四得位而上承於五是得節之道但能安行此節而不改變則何往不通故曰安節亨明六三
以失位乘剛則失節而招咎六四以得位承陽故安節而致亨　象曰安節之亨承上道
也【疏】正義曰承上道者以能承於上故不失其道也　九五甘節吉往有尚　當位
居中爲節之主不失其中不傷財不害民之謂也爲節而不苦非甘而何術斯以往往有尚也【疏】正義曰甘者不苦之

名也九五居於尊位得正履中能以中正爲節之主則當彖曰節以制度不傷財不害民之謂也爲節而无傷害則是不苦而甘所以得吉故曰甘節吉以此而行所往皆有嘉尚故曰往有尚也

象曰甘節之吉居位中也（疏）正義曰居位中者以居尊位而得中故致甘節之吉也

上六苦節貞凶悔亡 過節之中以至亢極苦節者也以斯施正物所不堪正之凶也以斯脩身行在无妄故得悔亡（疏）正義曰上六處節之極過節之中節不能甘以至於苦故曰苦節也爲節過苦物所不堪不可復正正之凶也故曰貞凶若以苦節施人則是正道之凶若以苦節脩身則儉約无妄可得亡悔故曰悔亡也

象曰苦節貞凶其道窮也

䷼ 兌下巽上 中孚豚魚吉利涉大川利貞（疏）正義曰中孚豚魚吉者中孚卦名也信發於中謂之中孚魚者蟲之幽隱豚者獸之微賤人主內有誠信則雖微隱之物信皆及矣莫不得所而獲吉故曰豚魚吉也利涉大川利貞者微隱獲吉顯者可知既有誠信光被萬物萬物得宜以斯涉難何往不通故曰利涉

[illegible]

涉大川信而不止凶邪之道故利在貞也彖曰中孚柔在內而剛得中說
而巽孚有上四德然後乃孚疏正義曰此就三四陰柔並在兩體之內二五剛德各處一卦之中及上下
二體說而以巽釋此卦名爲中孚之義也柔內剛中各當其所說而以巽乖爭不作所以信發於內謂之中孚故曰柔在內而
剛得中說而巽孚也乃化邦也信立而後邦乃化也柔在內而剛得中各當其所也剛得中則直而正柔在內
則靜而順說而以巽則乖爭不作如此則物无巧競敦實之行著而篤信發乎其中矣疏正義曰信發於內則邦
國化於外故曰乃化邦也豚魚吉信及豚魚也魚者蟲之隱者也豚者獸之微賤者也爭
競之道不興中信之德淳著則雖微隱之物信皆及之疏正義曰釋所以得吉由信及豚魚故也利涉
大川乘木舟虛也乘木於用舟之虛則終已无溺也用中孚以涉難若乘木舟虛也疏
正義曰釋此涉川所以得利以中信而濟難若乘虛舟以涉川也中孚以利貞乃應乎
天也盛之至也疏正義曰釋中孚所以利貞者天德剛正而氣序不差是正而信也今信不失正乃得應於

天是中孚之盛故須濟以利貞也

象曰澤上有風中孚君子以議獄緩死信發於中雖過可恕（**疏**）正義曰澤上有風中孚者風行澤上无所不周其猶信之被物无所不至故曰澤上有風中孚君子以議獄緩死者中信之世必非故犯過失爲辜情在可恕故君子以議其過失之獄緩捨當死之刑也

初九虞吉有它不燕虞猶專也爲信之始而應在四得乎專吉者也志未能變繫心於一故更有他來不燕也（**疏**）正義曰虞猶專也燕安也初爲信始應在于四得其專一之吉故曰虞吉既係心於一故更有他來不能與之共相燕安也故曰有它不燕也

象曰初九虞吉志未變也（**疏**）正義曰志未變者所以得專一之吉以志未改變不更親於他也

九二鳴鶴在陰其子和之我有好爵吾與爾靡之處內而居重陰之下而履不失中不徇於外任其眞者也立誠篤至雖在闇昧物亦應焉故曰鳴鶴在陰其子和之也不私權利唯德是與誠之至也故曰我有好爵與物散之（**疏**）正義曰鳴鶴在陰其子和之者九二體剛處於卦內又在三四重陰之下而履不失中是不徇於外自任其眞

者也。處於幽昧而行不失信，則聲聞于外，為同類之所應焉。如鶴之鳴於幽遠，則為其子所和，故曰鳴鶴在陰，其子和之也。我有好爵，吾與爾靡之者，靡，散也。又无偏應，是不私權利，唯德是與，若我有好爵，吾願與爾賢者分散而共之，故曰我有好爵，吾與爾靡之。

象曰：其子和之，中心願也。（疏）正義曰：中心願者，誠信之人，願與同類相應，得誠信而應之，是中心願也。

六三：得敵，或鼓或罷，或泣或歌。三居少陰之上，四居長陰之下，對而不相比，敵之謂也。以陰居陽，欲進者也。欲進而閡敵，故或鼓也。四履正而承五，非已所克，故或罷也。不勝而退，懼見侵陵，故或泣也。四履乎順，不與物校，退而不見害，故或歌也。不量其力，進退无恒，憊可知也。（疏）正義曰：六三與四俱是陰爻，相與為類，然三居少陰之上，四居長陰之下，各自有應，對而不相比，敵之謂也，故曰得敵。欲進礙四，恐其害己，故或鼓而攻之，而四履正承尊，非已所勝，故或罷而退敗也。不勝而退，懼見侵陵，故或泣而憂悲也。四履乎順，不與物校，退不見害，故或歌而歡樂也。故曰或鼓或罷，或泣或歌也。

象曰：或鼓或罷，位不當也。（疏）正義曰：位不當者，所以或鼓或罷，進退无恒者，止為不當其位，妄進故也。

六四：月幾

望馬匹亡无咎居中孚之時處巽之始應說之初居正履順以承於五內毗元首外宣德化者也充乎陰德之盛故曰月幾望馬匹亡者棄群類也若夫居盛德之位而與物校其競爭則失其所盛矣故曰絶類而上履正承尊不與三爭乃得无咎也疏正義曰月幾望者六四居中孚之時處巽應說得位履順上承於五內毗元首外宣德化充乎陰德之盛如月之近望故曰月幾望馬匹亡无咎者三與己敵進來攻己己若與三校戰則失其所盛故棄三之類如馬之亡匹上承其五不與三爭乃得无咎故曰馬匹亡无咎也象曰馬匹亡絶類上也類謂三俱陰爻故曰類也疏正義曰絶類上者絶三之類不與三爭而上承於五也九五有孚攣如无咎攣如者繫其信之辭也處中誠以相交之時居尊位以為群物之主信何可舍故有孚攣如乃得无咎也疏正義曰有孚攣如无咎者攣如者相牽繫不絶之名也五在信時處於尊位為群物之主恒須以中誠交物孚信何可暫舍故曰有孚攣如繫信不絶乃得无咎故曰有孚攣如无咎也象曰有孚攣如位正當也疏正義曰位正當者以其正當尊位故戒以繫信乃得无咎若真以陽得正位而无有係信則招

有公之人嫌也

上九翰音登于天貞凶翰高飛也飛音者音飛而實不從之謂也居卦之上處信之終信終則衰忠篤內喪華美外揚故曰翰音登于天也翰音登天正亦滅矣【疏】正義曰翰高飛也飛音者音飛而實不從之謂也上九處信之終信終則衰也信衰則詐起而忠篤內喪華美外揚若鳥於翰音登于天虛聲遠聞也故曰翰音登于天虛声无實正之凶也故曰貞凶

象曰翰音登于天何可長也【疏】正義曰何可長也者虛聲无實何可久長

䷽艮下震上小過亨利貞可小事不可大事飛鳥遺之音不宜上宜下大吉飛鳥遺其音聲哀以求處上愈无所適下則得安愈上則愈窮莫若飛鳥也【疏】小過亨至大吉○正義曰小過亨者小過卦名也王於大過卦下注云音相過之過恐人作罪過之義故以音之然則小過之義亦與彼同也過於小事謂之小過即行過乎恭喪過乎哀之例是也褚氏云謂小人之行小有過差君子爲過厚之行以矯之也如晏子狐裘之比也此因小人有過差故君子爲過厚之行非即以過差釋卦名彖曰小過小

者過而亨言因過得亨明非罪過故王於大過音之既雖義兼罪過得名上在君子爲過行也而周氏等不悟此理兼以罪過釋卦名失之遠矣過爲小事道乃可通故曰小過亨也利貞者矯世勵俗利在歸正故曰利貞也可小事不可大事者時也小有過差惟可矯以小事不可正以大事故曰可小事不可大事也飛鳥遺之音不宜上宜下大吉者借喻以明過厚之行有吉有凶飛鳥遺其音聲哀以求處過上則愈无所適過下則不失其安以譬君子處過差之時爲過矯之行順而立之則吉逆而忤鱗則凶故曰飛鳥遺之音不宜上宜下大吉順則執卑守下逆則犯君陵上故以臣之逆順類鳥之上下也○注飛鳥至求處○正義曰飛鳥遺其音聲哀以求處者遺失也鳥之失聲必是窮迫未得安處論語曰鳥之將死其鳴也哀故知遺音即哀聲也

彖曰小過小者過而亨也 小者謂凡諸小事也過於小事而通者也

疏 正義曰此釋小過之名也并明小過有亨德之義過行小事謂之小過順時矯俗雖過而通故曰小者過而亨也

過以利貞與時行也 過而得以利貞應時宜也施過於恭儉利貞者也

疏 正義曰此釋利貞之德由爲過行而得利貞然矯枉過正應時所宜不可常也故曰與時行也

柔得中是以

小事吉也剛失位而不中是以不可大事也成大事者必在剛也柔而浸大剛之迫也【疏】正義曰此就六二六五以柔居中九四失位不中九三得位不中釋同小事不可大事之義柔順之人惟能行小事柔而得中是行小中時故曰小事吉也剛健之人乃能行大事失位不中是行大不中時故曰不可大事也有飛鳥之象焉不宜上宜下即飛鳥之象【疏】正義曰釋不取餘物為況惟取飛鳥者以不宜上宜下有飛鳥之象故也飛鳥遺之音不宜上宜下大吉上逆而下順也上則乘剛逆也下則承陽順也施過於不順凶莫大焉施過於順過更變而為吉也【疏】正義曰此就六五乘九四之剛六二承九三之陽釋所以不宜上宜下大吉之義也上則乘剛而逆下則承陽而順故曰不宜上宜下大吉以上逆而下順也象曰山上有雷小過君子以行過乎恭喪過乎哀用過乎儉【疏】正義曰雷之所出本出於地今出山上過其本所故曰小過小人過差失在慢易奢侈故君子矯之以行過乎恭喪過乎哀用過乎儉也初六飛

鳥以凶小過上逆下順而應在上卦進而之逆无所錯足飛鳥之凶也（疏）正義曰小過之義上逆下順而初應在上卦進而之逆同於飛鳥无所錯足故曰飛鳥以凶也象曰飛鳥以凶不可如何也（疏）正義曰不可如何也者進而之逆孰知不可自取凶咎欲如何乎六二過其祖遇其妣不及其君遇其臣无咎過而得之謂之遇在小過而當位過而得之之謂也祖始也謂初也妣者居內履中而正者也過初而履二位故曰過其祖而遇其妣過而不至於僭盡於臣位而已故曰不及其君遇其臣无咎（疏）正義曰過而得之謂之遇六二在小過而當位是過而得之也祖始也謂初也妣者母之稱六二居內履中而正故謂之妣已過於初故曰過其祖也履得中位故曰遇其妣也過不至於僭盡於臣位而已故曰不及其君遇其臣无咎象曰不及其君臣不可過也（疏）正義曰臣不可過者臣不可自過其位也九三弗過防之從或戕之凶小過之世大者不立故令小者得過也居下體之上以陽當位而不能先過防之至令小者咸過而復應而從焉其從之也則戕之凶至矣故曰弗

過防之從或【疏】正義曰弗過防之者小過之世大者不能立德故令小者得過九三居下體之上以陽當位不能先過爲防至令小者或過上六小人最居高顯而復應而從焉其從之也則有殘害之凶至矣故曰弗過防之從或戕之凶者春秋傳曰在內曰弑在外曰戕然則戕者皆殺害之謂也言或者不必之辭也謂爲此行者有幸而免也

象曰從或戕之凶如何也【疏】正義曰凶如何者從於小人果致凶禍將如何乎言不可如何也

九四无咎弗過遇之往厲必戒勿用永貞雖體陽爻而不居其位不爲責主故得无咎也失位在下不能過者也以其不能過故得合於免咎之宜故曰弗過遇之夫宴安酖毒不可懷也處於小過不寧之時而以陽居陰不能有所爲者也以此自守免咎可也以斯攸往危之道也不交於物物亦弗與无援之助故危則必戒而已无所告救也沈沒怯弱自守而已以斯而處於羣小之中未足任者也故曰勿用永貞言不足用之於永貞【疏】九四至永貞。○正義曰居小過之世小人有過差之行須大德之人防使无過今九四雖體陽爻而不居其位不防之責責不在已故得无咎所以无其咎者以其失位在下不能爲過厚之行故得遇於无咎之宜故曰无咎弗過遇之也既能无為自守則无咎有往則危厲故曰往厲不交於物物亦不與无援之助故危則必自戒慎而已无所告救故曰必戒以斯而處於羣小之中未足委任不可用之以長行其正也故曰勿用永貞也○注夫宴安至懷也○正義曰夫宴安酖毒不可懷也者此春秋狄伐邢管仲勸齊侯救邢爲此辭言宴安不救邢即酖鳥之毒不可懷而安之也 象

曰弗過遇之位不當也往厲必戒終不可長也

疏 正義曰位不當者釋所以弗過而遇得免於咎者以其位不當故也終不可長者自身有危无所告救豈可任之長以爲正也

六五密雲不雨自我西郊公弋取彼在穴

小過小者過於大也六得五位陰之盛也故密雲不雨至于西郊也夫雨者陰在於上而陽薄之而不得通則烝而為雨今艮止於下而不交焉故不雨也是故小畜尚往而亨則不雨也小過陽不上交亦不雨也雖陰盛于上未能行其施也公者臣之極也五極陰盛故稱公也弋射也在穴者隱伏之物也小過者過小而難未大作猶在隱伏者也以陰質治小過能獲小過者也故曰公弋取彼在穴也除過之道不在取之是乃密雲不能雨也 疏 六五密雲至在穴○正義曰密雲不雨自我西

郊者小過者小者過於大也六得五位是小過於大陰之盛也陰盛於上而艮止之九三陽止於下是陰陽不交雖復至盛密雲至下西郊而不能為雨也施之於人是柔得過而處尊未能行其恩施廣其風化也故曰密雲不雨自我西郊也公弋取彼在穴者公者臣之極五極陰盛故稱公也小過之時為過猶小而難未大作猶在隱伏以小過之才治小過之失能獲小過在隱伏者有如公之弋獵取得在穴隱伏之獸也故曰公弋取彼在穴也。注除過至能雨也○正義曰除過至能雨也者雨者以喻德之惠化也除過差之道在於文德懷之使其自服弋而取之是尚威武尚威武即密雲不雨之義也 **象曰**

密雲不雨已上也 陽已上故止也 **疏** 正義曰已上者釋所以密雲不雨也以艮之陽爻已上於一卦之上而成止故不上交而為雨也 **上六弗遇過之飛鳥離之凶**

是謂災眚 小人之過遂至上極過而不知限至於亢也過至于亢將何所遇飛而不已將何所託災自己致復何言哉 **疏** 正義曰上六處小過之極是小人之過遂至上極過而不知限至于亢者也過至於亢无所復遇故曰弗遇過之也以小人之身過而弗遇必遭羅網其猶飛鳥飛而无託必離矰繳故曰飛鳥離之凶也過亢離凶是謂自災而

致會復何言哉故曰是謂災眚也

象曰弗遇過之已亢也 疏 正義曰已亢者釋所以弗遇過之以其已在亢極之地故也

☵☲ 離下坎上 既濟亨小利貞初吉終亂 疏 正義曰既濟亨小利貞初吉終亂者濟者濟渡之名既者皆盡之稱萬事皆濟故以既濟爲名既萬事皆濟若小者不通則有所未濟故曰既濟亨小也小者尚亨何况於大則大小剛柔各當其位皆得其所當此之時非正不利故曰利貞也但人皆不能居安思危慎終如始故戒以今日既濟之初雖皆獲吉若不進德脩業至於終極則危亂及之故曰初吉終亂也

彖曰既濟亨小者亨也 既濟者以皆濟爲義者也小者不遺乃爲皆濟故舉小者以明既濟也 疏 正義曰此釋卦名德既濟之亨必小者皆亨也但舉小者則大者可知所以爲既濟也具足爲文當更有一小字但既疊經文略足以見故從省也

利貞剛柔正而位當也 剛柔正而位當則邪不可以行矣故唯正乃利貞也 疏 正義曰此就二三四五並皆得正以釋利貞也剛柔皆正則邪不可行故唯正乃利貞也

初吉柔

得中也終止則亂其道窮也柔得中則小者亨也柔不得中則小者未亨小者未亨雖剛得正則為未既濟也故既濟之要在柔得中也以既濟為安者道極无進終唯有亂故曰初吉終亂終亂不為自亂由止故亂故曰終止則亂也疏正義曰初吉柔得中者此就六二以柔居中釋初吉也以柔小尚得其中則剛大之理皆獲其濟物无不濟所以為吉故曰初吉也終止則亂其道窮者此正釋戒若能進脩不止則既濟无終既濟終亂由止故亂終止而亂則既濟之道窮矣故曰終止則亂其道窮也象曰水在火上既濟君子以思患而豫防之存不忘亡既濟不忘未濟也疏正義曰水在火上炊爨之象飲食以之而成性命以之而濟故曰水在火上既濟也但既濟之道初吉終亂故君子思其後患而豫防之初九曳其輪濡其尾无咎最處既濟之初始濟者也始濟未涉於燥故輪曳而尾濡也雖未造易心无顧戀志棄難者也其於義也无所咎也疏正義曰初九處既濟之初體剛居中是始欲濟渡也始濟未涉於燥故輪曳而尾濡故云曳其輪濡其尾也但志在棄難雖復曳輪濡尾其義不有咎故云无咎象曰曳其輪

義无咎也六二婦喪其茀勿逐七日得居中履正處文明之盛而應乎五陰之光盛者也然居初三之間而近不相得上不承三下不比初夫以光盛之陰處於二陽之間近而不相得能无見侵乎故曰喪其茀也稱婦者以明自有夫而它人侵之也茀首飾也夫以中道執乎貞正而見侵者衆之所助也處既濟之時不容邪道者也時既明峻衆又助之竊之者逃竄而莫之歸矣量斯勢也不過七日不須已逐而自得也疏六二至七日得○正義曰婦喪其茀勿逐七日得者婦人之首飾也六二居中履正處文明之盛而應乎五陰之光盛者也然居初三之間而近不相得夫以光盛之陰處於二陽之間近而不相得能无見侵乎故曰婦喪其茀稱婦者以明自有夫而它人侵之也夫以中道執乎貞正而見侵者物之所助也處既濟之時不容邪道者也時既明峻衆又助之竊之者逃竄而莫之歸矣量斯勢也不過七日不須已逐而自得故曰勿逐七日得象曰七日得以中道也疏正義曰以中道者釋不須追逐而自得者以執守中道故也九三高宗伐鬼方三年克之小人勿用處既濟之時居文明之終履得其位是居衰末而能濟者高宗伐鬼

方三年乃克也君子勑之故能興也小人居之遂喪邦也疏正義曰高宗伐鬼方三年克之者高宗者殷王武丁之號也九三處既濟之時居文明之終履得其位是居衰末而能濟者也高宗伐鬼方以中興殷道事同此爻故取譬焉高宗德實文明而勢甚衰憊不能即勝三年乃克故曰高宗伐鬼方三年克之也小人勿用者勢既衰弱君子處之能建功立德故興而復之小人居之日就危亂以喪邦也故曰小人勿用

象曰三年克之憊也疏正義曰憊也者以衰憊之故三年乃克之

六四繻有衣袽終日戒繻宜曰濡衣袽所以塞舟漏也履得其正而近不與三五相得夫有隙之棄舟而得濟者有衣袽也鄰於不親而得全者終日戒也疏正義曰繻有衣袽終日戒者王注云繻宜曰濡衣袽所以塞舟漏者也六四處既濟之時履得其位而近不與三五相得如在舟而漏矣而舟漏則濡濕所以得濟者有衣袽也鄰於不親而得全者終日戒也故曰繻有衣袽終日戒也

象曰終日戒有所疑也疏正義曰有所疑者釋所以終日戒以不與三五相得懼其侵克有所疑故也

九五東鄰殺牛不如西鄰之禴祭實受其福

牛祭之盛者也禴祭之薄者也居既濟之時而處尊位物皆濟矣將何為焉其所務者祭祀而已祭祀之盛莫盛脩德故沼沚之毛蘋蘩之菜可羞於鬼神故黍稷非馨明德惟馨是以東鄰殺牛不如西鄰之禴祭實受其福也（疏）九五東鄰至受其福○正義曰牛祭之盛者也禴殷春祭之名祭之薄者也九五居既濟之時而處尊位物既濟矣將何為焉其所務者祭祀而已祭祀之盛莫盛脩德九五履正居中動不為妄脩德者也苟能脩德雖薄可饗假有東鄰不能脩德雖復殺牛至盛不為鬼神歆饗不如我西鄰禴祭雖薄能脩其德故神明降福故曰東鄰殺牛不如西鄰之禴祭實受其福也○注沼沚之毛至鬼神○正義曰沼沚之毛蘋蘩之菜可羞於鬼神者並略左氏傳之文也

象曰東鄰殺牛不如西鄰之時也在於合時不在於豐也（疏）正義曰不如西鄰之時者神明饗德能脩德致敬合於祭祀之時雖薄降福故曰時也○注在於合時○正義曰在於合時者詩云威儀孔時言周王廟中羣臣助祭並皆威儀肅敬止得其時此合時之儀亦當如此故也**實受其福吉大來也**（疏）正義曰吉大來者非惟當身福流後世

上六濡其首厲處既濟之極既濟道窮則之於未濟之於未濟則首

先犯焉過惟不已則遇於難故【疏】正義曰上六處既濟之極則反於未濟若反於未濟則首先犯焉若進而不已必遇於難故濡其首也將沒不久危莫先焉故曰濡其首厲也象曰濡其既被濡首將沒不久危莫先焉故曰濡其首厲也

首厲何可久也【疏】正義曰何可久者首既被濡身將陷沒何可久長者也

䷿坎下離上未濟亨小狐汔濟濡其尾无攸利【疏】正義曰未濟亨者未濟者未能濟渡之名也未濟之時小才居位不能建功立德拔難濟險若能執柔用中委任賢哲則未濟有可濟之理所以得通故曰未濟亨小狐汔濟濡其尾无攸利者汔者將盡之名小才不能濟難事同小狐雖能渡水而无餘力必須水汔方可涉川未及登岸而濡其尾濟不免濡豈有所利故曰小狐汔濟濡其尾无攸利也彖曰未濟亨柔得中也以柔處中不違剛也能納剛健故得亨也【疏】正義曰此就六五以柔居中下應九二釋未濟所以得亨者柔而得中不違剛也與二相應納剛自輔故於未濟之世終得亨通也小狐汔濟未出中也小狐不能涉大川須汔然後乃能濟處未濟之時必剛健拔難然後乃能濟汔乃能濟未能出險之

中（疏）正義曰小狐汔濟未出中也者釋小狐涉川所以必須水汔乃濟以其力薄不能出險之中故也濡

其尾无攸利不續終也小狐雖能渡而无餘力將濟而濡其尾力竭於斯不能續終險雖

難猶未足以濟也濟未濟者必有餘力也（疏）正義曰濡尾力竭不能相續而終至於登岸所以无攸利也

不當位剛柔應也位不當故未濟剛柔應故可濟（疏）正義曰雖不當位剛柔應者重釋未

濟之義凡言未者今日雖未濟後有可濟之理以其不當其位故即時未濟剛柔皆應是得相拯是有可濟之理故稱未濟不

言不濟也

象曰火在水上未濟君子以慎辨物居方

辨物居方令物各當其所也（疏）正義曰火在水上不成烹飪未能濟物故曰火在水上未濟君子

以慎辨物居方者君子見未濟之時剛柔失正故用慎

爲德辨別衆物各居其方使皆得求其所所以濟也

初六

濡其尾吝處未濟之初最居險下不可以濟者也而欲之其難進則溺身未濟之始始於既濟之上六也濡其

首猶不反至於濡其尾不知紀極者也然以陰處下非爲進亢

遂其志者也困則能反故不曰凶事在已量而必困乃反頑亦

其矣故曰吝也【疏】初六至吝○正義曰初六處未濟之初最居險下而欲上之其應進則溺身如小狐之渡川濡其尾也未濟之始始於既濟之上六也既濟上六但云濡其首言始入於難未沒其身此言濡其尾者進不知極已沒其身也然以陰處下非爲進亢遂其志者也困則能反故不曰凶不能豫昭事之幾萌困而後反頑亦甚矣故曰吝也○注不知紀極○正義曰不知紀極者春秋傳曰聚斂積實不知紀極謂之饕餮言无休已也

象曰濡其尾亦不知極也【疏】正義曰亦不知極者未濟之初始於既濟之上六濡首而不知遂濡其尾故曰不知極也

九二曳其輪貞吉體剛履中而應於五五體陰柔應與而不自任者也居未濟之時處險難之中體剛中之質而見任與極救危難經綸屯蹇者也用健拯難靖難在正而不違中故曳其輪貞吉也【疏】正義曰曳其輪貞吉者九二居未濟之時處險難之內體剛中之質以應於五五體陰柔委任於二令其濟難者也經綸屯蹇任重憂深故曰曳其輪曳其輪者言其勞也靖難在正然後得吉故曰曳其輪貞吉也

象曰九二貞吉中以行正也位雖不正中以行正也【疏】正義曰中以行正者釋九二失位而稱貞吉者位雖不正以其居中

故能行正也**六三未濟征凶利涉大川**以陰之質失位居險不能自濟者也以不正之身力不能自濟而求進焉喪其身也故曰征凶也二能拯難而已比之棄己委二載二而行溺可得乎何憂未濟故曰利涉大川（疏）正義曰未濟征凶者六三以陰柔之質失位居險不能自濟者也身既不能自濟而欲自進求濟必喪其身故曰未濟征凶也利涉大川者二能拯難而已比之若能棄己委二則沒溺可免故曰利涉大川**象曰未濟征凶位不當也**（疏）正義曰位不當者以不當其位故有征則凶**九四貞吉悔亡震用伐鬼方三年有賞于大國**處未濟之時而出險難之上居文明之初體乎剛質以近至尊雖履非其位志在乎正則吉而悔亡矣其志得行靡禁其威故曰震用伐鬼方也伐鬼方者興衰之征也故每至興衰而取義焉處文明之初始出於難其德未盛故曰三年也五居尊以柔體乎文明之盛不奪物功者也故以大國賞之也（疏）正義曰居未濟之時履失其位所以為悔但出險難之外居文明之初以剛健之質接近至尊志行其正正則貞吉而悔亡故曰貞吉悔亡正志既行靡禁其威故震發威怒用伐鬼方也然處文明之初始出於險其

卌七百舍六

德未盛不能即勝故曰三年也五以順柔文明而居尊位不奪物功九四既克而還必得百里大國之賞故曰有賞於大國也

象曰貞吉悔亡志行也疏正義曰志行者釋九四失位而得貞吉悔亡者也以其正志得行而終吉故也

六五貞吉无悔君子之光有孚吉以柔居尊處文明之盛為未濟之主故必正然後乃吉吉乃得无悔也夫以柔順文明之質居於尊位付與於能而不自役使武以文御剛以柔斯誠君子之光也付物以能而不疑也物則竭力功斯克矣故曰有孚吉疏正義曰貞吉无悔者六五以柔居尊處文明之盛為未濟之主故必正然後乃吉吉乃得无悔故曰貞吉无悔也君子之光者以柔順文明之質居於尊位有應於二是能付物以能而不自役有君子之光華矣故曰君子之光也有孚吉者付物以能而无疑焉則物竭其誠功斯克矣故曰有孚吉也

象曰君子之光其暉吉也疏正義曰其暉吉者言君子之德光暉著見然後乃得吉也

上九有孚于飲酒无咎濡其首有孚失是未濟之極則反於既濟既濟之道所任者當也所任者當則可信之无疑而已逸焉故曰有孚于飲酒无

咎也以其能信於物故得逸豫而不憂於事之廢苟不憂於事之廢而耽於樂之甚則至于失節矣由於有孚失於是矣故曰濡其首有孚失是也（疏）正義曰有孚于飲酒无咎者上九居未濟之極則及於既濟既濟之道則所任者當也所任者當則信之无疑故得自逸飲酒而已故曰有孚于飲酒无咎濡其首者既得自逸飲酒而不知其節則濡首之難還復及之故曰濡其首也有孚失是者言所以濡首之難及之者良由信任得人不憂事廢故失於是矣故曰有孚失是也

象曰飲酒濡首亦不知節也（疏）正義曰亦不知節者釋飲酒所以致濡首之難以其不知止節故也

周易兼義卷第六

周易兼義卷第七

國子祭酒上護軍曲阜縣開國子臣孔穎達奉勑撰正義

韓康伯注

周易繫辭上第七

（疏）正義曰謂之繫辭者凡有二義論字取繫屬之義聖人繫屬此辭於爻卦之下故此篇第六章云繫辭焉以斷其吉凶第十二章云繫辭焉以盡其言是繫屬其辭於爻卦之下則上下二篇經辭是也文取繫屬之義故字體從毄又音為係者取綱係之義卦之與爻各有其辭以釋其義則卦之與爻各有綱係所以音謂之係也夫子本作十翼申說上下二篇經文繫辭條貫義理別自為卷總曰繫辭分為上下二篇者何氏云上篇明无故曰易有太極太極即无也又云聖人以此洗心退藏於密是其无也下篇明幾從无入有故云知幾其神乎今謂分為上下更无異義有以簡編重大是以分之或以上篇論易之大理下篇論易之小理者事必不通何則案上繫云君子出其言善則千里之外應之出其言不善則千里之外違之又云藉用白茅无咎皆人言語小事及小慎之行豈為易之大理又下繫云天地之道

貞觀者也日月之道貞明者也豈復易之小事乎明以大小分之義必不可故知聖人既无其意若欲强釋理必不通諸儒所釋上篇所以分段次下凡有一十二章周氏云天尊地卑爲第一章聖人設卦觀象爲第二章彖者言乎象者爲第三章精氣爲物爲第四章顯諸仁藏諸用爲第五章聖人有以見天下之賾爲第六章初六藉用白茅爲第七章大衍之數爲第八章子曰知變化之道爲第九章天一地二爲第十章是故易有太極爲第十一章子曰書不盡言爲第十二章馬季長荀爽姚信等又分白茅章後取負且乘更爲別章成十三章案白茅以下歷序諸卦獨分負且乘以爲別章義无所取也虞翻分爲十一章合大衍之數并知變化之道共爲一章案大衍一章總明揲蓍策數及十有八變之事首尾相連其知變化之道已下別明知神及唯幾之事全與大衍章義不類何得合爲一章今從先儒以十二章爲定

疏 正義曰天尊地卑至其中矣此第一章明天尊地卑及貴賤之位剛柔動靜寒暑往來廣明乾坤簡易之德聖人法之能見天下之理

天尊地卑乾坤定矣 乾坤其易之門户先明天尊地卑以定乾坤之體

疏 天尊

至定矣○正義曰天以剛陽而尊地以柔陰而卑則乾坤之體安定矣乾健與天陽同坤順與地陰同故得乾坤定矣若天不剛陽地不柔陰是乾坤之體不得定也此經明天地之德也所以先明至之體○正義曰云先明天尊地卑以定乾坤之體者易含萬象天地最大若天尊地卑各得其所則乾坤之義得定矣若天之不尊降在滯溺地之不卑進在剛盛則乾坤之體何由定矣案乾坤是天地之用非天地之體今云乾坤之體者是所用之體乾以健爲體坤以順爲體故云乾坤之體

卑高以陳貴賤位矣天尊地卑之義既列則涉乎萬物貴賤之位明矣

疏卑高至位矣○正義曰卑謂地體卑下高謂天體高上卑高既以陳列則物之貴賤得其位矣若卑不處卑謂地在上高不處高謂天在下上下既亂則萬物貴賤則不得其位矣此經明天地之體此雖明天地之體亦涉乎萬物之形此貴賤總兼萬物不唯天地而已先云卑者便文爾案前經云天尊地卑天地別陳此卑高以陳不更別陳總云卑高者上文詳於此略也○注天尊至明矣○正義曰天尊地卑之義既列解經卑高以陳也云則涉乎萬物貴賤之位明矣解經貴賤位矣上經既云天尊地卑此經又云貴賤者則貴賤非唯天地是兼萬物之貴賤

動靜有常剛柔斷矣剛動而柔

止也動止得其常體【疏】正義曰天陽為動地陰為靜各有常
則剛柔之分著矣　度則剛柔斷定矣動而有常則成剛
靜而有常則成柔所以剛柔可斷定矣若動而无常則剛道不
成靜而无常則柔道不立是剛柔雜亂動靜无常則剛柔不可
斷定也此經論天地之性也此雖天地動靜亦總兼萬物
也萬物稟於陽氣多而為動也稟於陰氣多而為靜也

方以類聚物以羣分吉凶生矣　方有類物有羣則有同有異有聚有分也順其所同則吉乖其所趣則凶故吉凶生矣【疏】方以類聚至生矣○正義曰方謂法術性行以類共聚同方者則同聚也物謂物色羣黨共在一處而與他物相分別若順其所同則吉也若乖其所趣則凶也故曰吉凶生矣此經雖因天地之性亦廣包萬物之情也○注方有類○正義曰方有類者方謂法術情性趣舍故春秋云教子以義方注云方道也是方謂性行法術也言方雖以類而聚亦有非類而聚者若陰之所求者陽陽之所求者陰是非類聚也若以人比禽獸即是非類雖男女不同俱是人例亦是以類聚也故云順所同則吉乖所趣則凶

在天成象在地成形變化見矣　象況日月星辰形況山川草木也懸象運轉以成昏明山澤通氣而雲行雨施故變化見矣【疏】

正義曰象謂懸象日月星辰也形謂山川草木也懸象運轉而成昏明山澤通氣而雲行雨施故變化見也是故

剛柔相摩相切摩也言陰陽之交感也疏正義曰以變化形見即陽極變爲陰陰極變爲陽剛而陰柔故剛柔共相切摩更遞變化也八卦相盪相推盪也言運化之推移疏正義曰剛則陽爻也柔則陰爻也剛柔兩體是陰陽一爻相雜而成八卦遞相推盪若十一月一陽生而推去一陰五月一陰生而推去一陽雖諸卦遞相推移本從八卦而來故云八卦相盪也鼓之以雷霆潤之以風雨

日月運行一寒一暑乾道成男坤道成女乾知大始坤作成物乾以易知坤以簡能天地之道不爲而善始不勞而善成故曰易簡疏鼓之以雷霆至簡能正義曰鼓之以雷霆潤之以風雨日月運行一寒一暑皆重明上經變化見矣及剛柔相摩八卦相盪之事八卦既相推盪各有功之所用也又鼓動之以震雷離電滋潤之以巽風坎雨或離日坎月運動而行一節爲寒一節爲暑直云震巽離坎不云乾坤艮兌者乾坤上下備言艮兌非鼓動運行之物故不言之其實亦

一焉雷電風雨亦出山澤也乾道成男坤道成女者道謂自然而生故乾得自然而為男坤得自然而成女必去成者有故以乾因陰而得成男坤因陽而得成女故云成也乾知太始者以乾是天陽之氣萬物皆始在於氣故云知其大始也坤作成物者坤是地陰之形坤能造作以成物也初始无形未有營作故但云知也已成之物事可營為故云作也乾以易知者易謂易略无所造為以此為知故曰乾以易知也坤以簡能者簡謂簡省凝靜不須繁勞以此為能故曰坤以簡能也若於物艱難則不可以知故以易而得知也若於事繁勞則不可能也必簡省而後可能也○注天地之道至易簡○正義曰云天地之道不為而善始者釋經之乾以易知不勞而善成者釋經坤以簡能也案經乾易坤簡各自別言而注合云天地者若以坤對乾乾為易也坤為簡也經之所云者是也若據乾坤相合皆无為自然養物之始也是自然成物之終也是乾亦有簡坤亦有易故注合而言之也用使聖人俱行易簡法无為之化

易則易知簡則易從易知則有親易從則有功順萬物之情故曰有親通天下之志故曰有功

疏正義曰易則易知若此覆說上乾以易知也乾德既能說易若求而行之則易可知也簡則易從者覆說上坤以簡能也於事簡省若求

而行之則易可從也上乾以易知坤以簡能論乾坤之體性也易則易知簡則易從者此論乾坤既有此性人則易可倣效也易知則有親者性意易知心无險難則相和親故云易知則有親也易從則有功者於事易從不有繁勞其功易就故曰易從則有功此二句論聖人法此乾坤易簡則有所益也

有親則可久有功則可大

有易簡之德則能成可久可大之功

疏 正義曰有親則可久者物既和親无相殘害故可久也有功則可大者事業有功則積漸可大此二句論人法乾坤久而益大

可久則賢人之德可大則賢人之業

天地易簡萬物各載其形聖人不爲羣方各遂其業德業既成則入於形器故以賢人目其德業

疏 可久至之業○正義曰可久則賢人之德者使物長久是賢人之德能養萬物故云可久則賢人之德也可大則賢人之業者功勞既大則是賢人事業行天地之道總天地之功唯聖人能然今云賢人者聖人則隱迹藏用事在无境今云可久可大則是離无入有賢人則事在有境故可久可大以賢人目之也注聖人至德業○正義曰云聖人不爲羣方各遂其業者聖人顯仁藏用唯見生養之功不見其何以生養猶若日月見其照臨之力不知何以照臨是聖人用无爲以及天下是聖人不爲

也云德業既成則入於形器者初行得業未成之時不見其所為是在於虛无若德業既成覆被於物在於有境是入於形器也賢人之分則見其所為見其成功始末皆有德之與業是所有形器故以賢人目其德業然則本其虛无玄象謂之聖據其成功事業謂之賢也

易簡而天下之理得矣天下之理莫不由於易簡而各得順其分位也（疏）易簡至得矣。正義曰此則贊明聖人能行天地易簡之化則天下萬事之理並得其宜矣。注易簡。正義曰若能行說易簡靜任物自生則物得其性矣故列子云不生而物自生不化而物自化若不行易簡法令茲章則物失其性也老子云水至清則无魚人至察則无徒又莊云馬翦剔羈絆所傷多矣是天下之理未得也

天下之理得而成位乎其中矣成位至立象也極易簡則能通天下之理通天下之理故能成象並乎天地言其中則[illegible]與天地也（疏）正義曰成位況立象言聖人極易簡之善則能通天下之理故能成立卦象於天地之中言並天地也

（疏）正義曰聖人設卦至不利此第二章也前章言天地成象成形簡易之德明乾坤之大旨此章明聖人設卦觀

象爻辭吉凶悔吝之細別

聖人設卦觀象此總言也【疏】聖人至觀象○正義曰謂聖人設畫其卦之時莫不瞻觀物象法其物象然後設之卦象則有吉有凶故下文云吉凶者失得之象也悔吝者憂虞之象變化者進退之象剛柔者晝夜之象是施設其卦有此諸象也○注此總言也○正義曰此設卦觀象總爲下而言故云此總言也繫辭焉而明吉凶剛柔相推而生變化繫辭所以明吉凶剛柔相推所以明變化也吉凶者存乎人事也變化者存乎運行也【疏】正義曰繫辭焉而明吉凶者卦象爻象有吉有凶若不繫辭其理未顯故繫屬吉凶之文辭於卦爻之下而顯明此卦爻吉凶也案吉凶之外猶有悔吝憂虞直云而明吉凶者悔吝憂虞是凶中之小別舉吉凶則包之可知也剛柔相推而生變化者八純之卦卦之與爻其象既定變化猶少若剛柔二氣相推陰爻陽爻交變分爲六十四卦有三百八十四爻委曲變化事非一體是而生變化也繫辭而明吉凶明繫辭之意剛柔相推而生變化明其推引而生雜卦之意也是故吉凶者失得之象也由有失得故吉凶生【疏】

正義曰此下四句經總明諸象不同之事辭之吉者是得之象辭之凶者是失之象故曰吉凶者是失得之象也初時於事有失有得積漸成著乃爲吉凶也然易之諸卦及爻不言吉凶者義有數等或吉凶據文可知不須明言吉凶者若乾元亨利貞及九五飛龍在天利見大人之屬尋文考義是吉可知故不須云吉也若其剝不利有攸往離之九四突如其來如焚如死如棄如之屬據其文辭其凶可見故不言凶也亦有爻處吉凶之際吉凶未定行善則吉行惡則凶是吉凶未定亦不言吉凶若乾之九三君子終日乾乾夕惕若厲无咎若屯之六二屯如邅如乘馬班如匪寇婚媾女子貞不字十年乃字是吉凶未定亦不言吉凶也又諸稱无咎者若不有善應則有咎若有善應則无咎此亦不定言吉凶也諸稱吉凶者皆嫌其吉凶不明故言吉凶以正之若坤之六五黃裳元吉以陰居尊位嫌其不吉故言吉以明之推此餘可知也亦有於事无嫌吉凶灼然可知而更明言吉凶者若剝之初六剝牀以足蔑貞凶六二剝牀以辯蔑貞凶者此皆凶狀灼然而言凶也或有一卦之内或一爻之中得失相形須言吉凶若大過九三棟橈凶九四棟隆吉是一卦相形也屯卦九五屯其膏小貞吉大貞凶是一爻相形也亦有一事相形終始有異若訟卦有孚窒惕中吉終凶之類是也大略如此原夫易之爲書曲明萬象苟在釋辭明其意達其理

不可以一爻爲例，義有變通也。**悔吝者，憂虞之象也。**失得之微者，足以致憂虞而已，故曰悔吝。【疏】正義曰：經稱悔吝者，是得失微小，初時憂念虞度之形象也。以憂虞不已，未是大凶，終致悔吝。悔者，其事已過，意有追悔之也。吝者，當事之時，可輕鄙恥，故云吝也。吝既是小凶，則易之爲書，亦有小吉，則无咎之屬，善補過是也。此亦小吉，而不言者，下經備陳之也，故於此不言。其餘元亨利貞則是吉象之境，有四德別言，故於此不言也。其以祉、有慶、有福之屬，各於爻卦別言，故不在此而說。且易者戒人爲惡，故於惡事備言也。**變化者，進退之象也。**往復相推，迭進退也。【疏】正義曰：萬物之象，皆有陰陽之爻，或從始而上進，或居終而倒退，以其往復相推，或漸變而頓化，故云進退之象也。**剛柔者，晝夜之象也。**晝則陽剛，夜則陰柔，始總言吉凶變化，而下別明悔吝、晝夜者，悔吝則吉凶之類，晝夜亦變化之道。吉凶之類，則同因繫辭而明；變化之道，則俱由剛柔而著。故始總言之，下則明失得之輕重，辨變化之小大，故別序其義也。【疏】剛柔至象也。○正義曰：晝則陽日照臨，萬物生而堅剛，是晝之象也；夜則陰潤浸被，萬物而皆柔弱，是夜之象也。○注始總至變化。○正義曰：一云始總言吉凶變化者，謂上文云繫辭焉

而明吉凶剛柔相推而生變化是始總言吉凶變化也云而下
別明悔吝晝夜者謂次文云悔吝者憂虞之象剛柔者晝夜之
象是別明悔吝晝夜也言悔吝則吉凶之類若案上文繫辭而
明吉凶次又別序云吉凶者失得之象悔吝者憂虞之象是吉
凶之外別生悔吝是悔吝亦吉凶之類大略總言吉凶若細別
之吉凶之外別有悔吝也故云悔吝則吉凶之類云晝夜亦變化
之道者案上文云剛柔相推而生變化次文別云變化者進退之
象剛柔者晝夜之象是變化之外別云晝夜總言之則變化晝夜是
一分之則變化晝夜是殊故云晝夜亦變化之道也云吉凶之
類則同因繫辭而明者案上文云繫辭焉而明吉凶次文別序
云吉凶悔吝兩事同因上繫辭而明之故云吉凶之類則同
因繫辭而明也云變化之道則俱由剛柔而著者上文剛柔相
推而生變化次文別序云變化者進退之象剛柔者晝夜之象
上文則變化剛柔合為一次文則別序變化剛柔分為二合之
則同分之則異是變化從剛柔而生故云變化之道俱由剛柔
而著也云故始總言之也上文繫辭焉而明吉凶不云悔吝是
總言之也又上文剛柔相推而生變化不云晝夜是總變化言
之也云下則明失得之輕重辨變化之小大故別序其義者案
次文別序云吉凶者失得之象是失得重也悔吝者憂虞之象
是失得輕也又次經云變化者進退之象是變化大也剛柔者

晝夜之象是變化小也兩事並言失得別明輕重變化別明小大是別序其義

六爻之動三極之道也三極三材也兼三材之道故能見吉凶成變化也【疏】正義曰此覆明變化進退之義言六爻遞相推動而生變化是天地人三才至極之道以其事兼三才故能見吉凶成變化也

是故君子所居而安者易之序也序易象之次序【疏】正義曰以其在上吉凶顯其得失變化明其進退以此之故君子觀象知其所處故可居治之位而安靜居之是易位之次序也若居在乾之初九而安在勿用若居在乾之九三而安在乾乾是以所居而安者由觀易之位次序也

所樂而玩者爻之辭也

是故君子居則觀其象而玩其辭動則觀其變而玩其占是以自天祐之吉无不利【疏】所樂至无不利 正義曰所樂而玩者爻之辭也者言君子愛樂而習玩者是六爻之辭也辭有吉凶悔吝見善則思齊其事見惡則懼而自改所以愛樂而耽玩也卦之與爻皆有其辭但爻有變化取象既多以知得失故君子尤所愛樂所以特云爻之辭也是故君子居則觀

其象而玩其辭者以易象則明其善惡辭則示其吉凶故君子自居處其身觀看其象以知身之善惡而習玩其辭以曉事之吉凶動則觀其變而玩其占者言君子出行興動之時則觀其爻之變化而習玩其占之吉凶若乾之九四或躍在淵是動則觀其變也春秋傳云先王卜征五年又云卜以決疑是動玩其占也是以自天祐之吉无不利者君子既能奉遵易象以居處其身无有凶害是以從天以下悉皆祐之吉无不利此大有上九爻辭

疏 正義曰彖者言乎象者也此第二章也上章明吉凶悔吝繫辭之義而細意未盡故此章更委曲說卦爻吉凶之事是以義理深奧能彌綸天地之道仰觀俯察知死生之說

彖者言乎象者也 彖總一卦之義也 疏 正義曰彖謂卦下之辭言說乎一卦之象也

爻者言乎變者也 爻各言其變也 疏 正義曰謂爻下之辭言說此爻之象改變也

吉凶者言乎其失得也悔吝者言乎其小疵也无咎者善補過也是故列貴賤者存乎位 爻之

所處曰位六位有貴賤也【疏】正義曰吉凶者言乎其失得也者謂爻卦下辭也著其吉凶者言論其卦爻失之與得之義也前章言據其卦爻之象故云吉凶者失得之象此章據其卦爻之辭故云吉凶者言乎其失得也悔吝者言乎其小疵也者辭著悔吝者言說此卦爻有小疵病也有小疵病必須有憂虞故前章云悔吝者憂虞之象但前章據其象此章論其辭也无咎者善補過也者辭稱无咎者即此卦爻能補其過若不能補過則有咎也案略例无咎有二一者善能補過故无咎二者其禍自己招无所怨咎故節之六三不節之嗟又誰咎也但如此者少此據多者言之故云善補過也前章舉其大略故不細言无咎之事此章備論也是故列貴賤者存乎位者以爻者言乎變以此之故陳列物之貴賤者存乎六爻之位皆上貴而下賤也

齊小大者存乎卦

卦有小大也齊猶言辨也即彖者言乎象也【疏】正義曰以彖者言乎象象有小大故齊辨物之小大者存乎卦也猶若泰則小往大來吉亨否則大往小來之類是也

辯吉凶者存乎辭

辭爻辭也即爻者言乎變也言象所以明小大言變所以明吉凶故小大之義存乎卦吉凶之狀見乎爻至於悔吝无咎其例一也吉凶悔吝小疵无咎皆生乎變事有小大故下歷言五者之差也【疏】

辯吉至乎辭　正義曰謂爻辭明卦之與爻之吉凶存乎卦爻下之辭是也　注辭爻至差也　正義曰云辭爻辭也者其實卦之與爻皆有其辭知是爻辭者但卦辭變化少爻辭變化多此經辯吉凶者存乎辭與齊小大者存乎卦二文相對上既云卦故此辭爲爻辭也云言象所以明小大者若卦小大者存乎卦是也云言變化所以明吉凶者則辯吉凶者存乎辭是也云故小大之義存乎卦者還說言乎象所以明小大也云吉凶之狀見乎爻者還說言乎變所以明吉凶也云悔吝无咎其例一也者謂悔吝无咎體類與吉凶一也皆是有乎辭云悔吝小疵无咎皆生乎變者謂皆生於爻也言乎變者謂爻之變而來云事有小大者大則爲吉凶小則爲悔吝无咎也云故下歷言五者之差者謂於吉凶下歷次言五者之差別數其五者則吉一凶二悔三吝四无咎五然諸儒以爲五者皆數列貴賤者存乎位是其一也齊小大者存乎卦是其二也辯吉凶者存乎辭是其三也憂悔吝者存乎介是其四也震无咎者存乎悔是其五也於經數之爲便但於注理則乖今並存焉任後賢所擇

憂悔吝者存乎介　介纖介也王廙曰憂悔吝之時其介不可慢也即悔吝者言乎小疵也

疏　正義曰介謂纖介謂小小疵病能預憂虞悔吝者存於細小之疵病也

震无咎者存乎悔

无咎者善補過也震動也故動而无咎存乎悔過也【疏】正義曰震動也動而无咎者存乎能自悔過也是故卦有小大辭有險易其道光明曰大君子道消曰小之泰則其辭易之否則其辭險【疏】正義曰其道光明謂之大其道消散謂之小若之適通泰其辭則說易若之適否塞其辭則難險也辭也者各指其所之易與天地準作易以準天地【疏】正義曰辭也者各指其所之者謂爻卦之辭各斥其爻卦之之適也若之適於善則其辭善若之適於惡則其辭惡也易與天地準者自此已上論卦爻辭理之義自此已下廣明易道之美言聖人作易與天地相準謂準擬天地則乾健以法天坤順以法地之類是也故能彌綸天地之道仰以觀於天文俯以察於地理是故知幽明之故原始反終故知死生之說幽明者有形无形之象死生者始終之數也【疏】正義曰故能彌綸天地之道者以易與天地相準為此之故聖人用易能彌綸天地之道彌謂彌縫補合綸謂經綸牽引能補合牽引天地之道用此易道也仰以觀於天文俯以察於地理者天

有懸象而成文章故稱文也地有山川原隰各有條理故稱理
也是故知幽明之故者故謂事也故以用易道仰觀俯察知无
形之幽有形之明義理事故也原始反終故知生死之說者言
用易理原窮事物之初始反復事物之終末始終吉凶皆悉包
羅以此之故知死生之數也正謂用易道參其逆
順則禍福可知用蓍策求其吉凶則死生可識也

疏 正義曰精氣爲物至鮮矣此第四章也上章明卦爻之
義其事類稍盡但卦爻未明鬼神情狀此章說物之改
變而爲鬼神易能通鬼神
之變化故於此章明之

精氣爲物游魂爲變 精氣烟熅聚而成物聚極則散而游魂爲變也游魂言其遊散也

疏 正義曰云精氣爲物者謂陰陽精靈之氣氤氳積聚而爲
萬物也游魂爲變者物既積聚極則分散將散之時浮游
精魂去離物形而爲改變則生變爲死
成變爲敗或未死之間變爲異類也 **是故知鬼神之情
狀** 盡聚散之理則能知變化之道无幽而不通也 疏 是故至情狀 正義曰能窮易
理盡生死變化以此之故能知
鬼神之內外情狀也物既以聚而生以散而死皆是鬼神所爲
但極聚散之理則知鬼神之情狀也言聖人以易之理而能然

也　注知變化之道　正義曰案繫辭云神无方韓氏云自此以上皆言神之所爲則此經精狀是虛无之神聖人極虛无之神知變化之道幽冥悉通故能知鬼神之情狀

與天地相似故不違　德合天地故曰相似

疏　正義曰天地能知鬼神任其變化聖人亦能窮神盡性能知鬼神是與天地相似所爲所作故不違於天地能與天地合也

知周乎萬物而道濟天下故不過　知周萬物則能以道濟天下也

疏　正義曰知周乎萬物而道濟天下者聖人无物不知是知周於萬物天下皆養是道濟天下也故不過者所爲皆得其宜不有愆過使物失分也

旁行而不流　應變旁通而不流淫也

疏　正義曰言聖人之德應變旁行无不被及而不有流移淫過若不應變化非理而動則爲流淫也

樂天知命故不憂　順天之化故曰樂也

疏　正義曰順天施化是歡樂於天識物始終是自知性命順天道之常數知性命之始終任自然之理故不憂也

安土敦乎仁故能愛　安土敦仁者萬物之情也物順其情則仁功贍矣

疏　正義曰言萬物之性皆欲安靜於土敦厚於仁聖人能行此安土敦仁之化故能愛養萬物也

範

圍天地之化而不過範圍者擬範天地而周備其理也【疏】正義曰範謂模範圍謂周圍言聖人所爲所作模範周圍天地之化養言法則天地以施其化而不有過失違天地者也曲成萬物而不遺曲成者乘變以應物不係一方者也則物宜得矣【疏】正義曰言聖人隨變而應屈曲委細成就萬物而不有遺棄細小而不成也通乎晝夜之道而知通幽明之故則无不知也【疏】正義曰言聖人通曉於晝夜之道晝則明也夜則幽也言通曉於幽明之道而无事不知也自此已上皆神之所爲聖人能極神之幽隱之德也故神无方而易无體自此以上皆言神之所爲也方體者皆係於形器者也神則陰陽不測易則唯變所適不可以一方一體明【疏】故神至无體正義曰神則寂然虛无陰陽深遠不可求難是无一方可明也是以則隨物改變應變而往无一體可定也注自此以上正義曰自此以上皆言神之所爲者謂從神无方以上至精氣爲物以下經之所云皆言神所施爲神者微妙玄通不可測量故能知鬼神之情狀與天地相似知周萬物樂天知命安土敦仁範圍天地曲成萬物通乎晝夜此皆神之功用也作易者因自然之神以垂教欲使

聖人用此神道以被天下，雖是神之所爲，亦是聖人所爲。云「方體者皆係於形器」者，方是處所之名，體是形質之稱。凡處所形質，非是虛无，皆係著於器物，故云「皆係於形器」也。云「神則陰陽不測」者，既幽微不可測度，不可測則何有處所，是神无方也。云「易則唯變所適」者，既是變易，唯變之適，不有定往，何可有體，是易无體也。云「不可以一方一體明」者，解无方无體也。凡无方无體，各有二義。一者神則不見其處所云爲，是无方也；二則周遊運動，不常在一處，亦是无方也。无體者，一是自然而變，而不知變之所由，是无形體也；二則隨變而往，无定在一體，亦是无體也。

一陰一陽之謂道，道者何？无之稱也，无不通也，无不由也，況之曰道。寂然无體，不可爲象。必有之用極，而无之功顯，故至乎神无方而易无體，而道可見矣。故窮變以盡神，因神以明道，陰陽雖殊，无一以待之。在陰爲无陰，陰以之生；在陽爲无陽，陽以之成，故曰一陰一陽也。

疏 「一陰」至「謂道」。正義曰：一謂无也，无陰无陽，乃謂之道。一得爲无者，无是虛无，虛无是太虛，不可分別，唯一而已，故以一爲无也。若其有境，則彼此相形，有二有三，不得爲一。故在陰之時，而不見爲陰之功；在陽之時，而不見爲陽之力，自然而有陰陽，自然无所營爲，此則道之謂也。故以言之爲道，以數言之謂之一，以體言之謂之无，以物得開通謂之道，以微妙不測謂之神，以

應機變化謂之易總而言之皆虛无之謂也聖人以人事名之
隨其義理立其稱號　注道者至陰陽也　正義曰云道者何
无之稱者此韓氏自問其道而釋之也道是虛无之稱以虛无
能開通於物故稱之曰道云无不通也无不由也者若處於有有則
爲物礙難不可常通道既虛无爲體則不爲礙難故曰无不通也
无不由者言萬物皆因之而通由之而有云況之曰道者比況
道路以爲稱也寂然无體不可爲象者謂寂然幽靜而无體不
可以形象求是不可爲象至如天覆地載日月照臨冬寒夏暑
春生秋殺萬物運動皆由道而然豈見其所營知其所爲是寂
然无體不可爲象也云必有之用極而无之功顯者猶若風雨
是有之所用當用之時以无爲心風雨既極之後萬物賴此風
雨而得生育是生育之功由風雨无心而成是有之用極而无
之功顯是神之發作動用以生萬物其功成就乃在於无形應
機變化雖有功用本其用之所以亦在於无也故至乎神无方
而易无體自然无爲之道可顯見矣當其有用之時道未見也
云故窮變以盡神者神則杳然不測千變萬化聖人則窮此千
變萬化以盡神之妙理故云窮變化以盡神云因神以明道者
謂盡神之理唯在虛无因此虛无之神以明道之所在道亦虛
无故云因神以明道也陰陽雖殊无一以待之者言陰之與陽
雖有兩氣恒用虛无之一以擬待之言在陽之時亦以爲虛无

无此陽也在陰之時亦以爲虛无无此陰也一云在陰爲无陰陰雖无
以之生者謂道雖在於陰而无於陰言道所在皆无陰也雖无
於陰陰終由道而生故言陰以之生也在陽爲无陽陽以之成
者謂道雖在陽陽中必无道也雖无於陽陽必由道而成故言
陽以之成也道雖无於陰陽然亦不離於陰陽陰
陽雖由道成即以陰陽亦非道故曰一陰一陽也 繼之者
善也成之者性也仁者見之謂之仁知者見之
謂之知 仁者資道以見其仁知者資道以見其知各盡其分 【疏】正義曰繼之者善也者道是生物開通善
是順理養物故繼道之功者唯善行也成之者性也者若能成
就此道者是人之本性若仁者成就此道爲仁性知者成就
此道爲知也故云仁者見之謂之仁知者見之
謂之知是仁之與知皆資道而得成仁知也 百姓日用
而不知故君子之道鮮矣 君子體道以爲用也仁知則滯於所見百姓則日用
而不知體斯道者不亦鮮矣故常无
欲以觀其妙始可以語至而言極也 【疏】百姓至鮮矣 正義曰百姓日用而不知
者言萬方百姓恒日日賴用此道以得生而不知道之功力也
言道冥昧不以功爲功故百姓日用而不能知也故君子之道

鮮矣者君子謂聖人也仁知則各滯於所見百姓則日用不知明體道君子不亦少乎　注君子體道至極也　正義曰君子體道以爲用者謂聖人爲君子體履於至道法道而施政則老子云爲而不恃功成不居是也云仁知則滯於所見者言仁知雖賢猶有偏見仁者觀道謂道爲仁知者觀道謂道爲知不能徧曉是滯於所見也是道既以爲用若以仁以知則滯所見也至於百姓但日用通生之道又不知通生由道而來故云百姓日用而不知也云體斯道者不亦鮮矣者是聖人君子獨能悟道故云不亦鮮矣云故常无欲以觀其妙者引老子道經之文以結成此義无欲謂无心若能寂然无心无欲觀其道之妙趣謂不爲所爲得道之妙理也云始可以語至而言極也者若能无欲觀此道之妙理无事无爲如此可以語説其至理而言其極趣也若不如此不可語至而言極也

疏　正義曰顯諸仁至之門此第五章也上章論神之所爲此章廣明易道之大與神功不異也

顯諸仁藏諸用　衣被萬物故曰顯諸仁日用而不知故曰藏諸用　疏　正義曰顯諸仁者言道之爲體顯見仁功衣被萬物是顯諸仁也藏諸用者謂潛藏功用不使物知是藏諸用也

鼓萬物而

不與聖人同憂萬物由之以化故曰鼓萬物也聖人雖體道以爲用未能至无以爲體故順通天下則有經營之迹也疏鼓萬物至同憂　正義曰言道之功用能鼓動萬物使之化育故云鼓萬物聖人化物不能全无以爲體猶有經營之憂道則虚无爲用无事无爲不與聖人同用有經營之憂也　注聖人雖體道以爲用　正義曰云聖人雖體道以爲用者言聖人不能无憂之事道則无心无迹聖人則亦无心有迹聖人能體附於道其迹以有爲用云未能全无以爲體者道則心迹俱无是其全无以爲體聖人則无心有迹是迹有而心无是不能全无以爲體云故順通天下則有經營之迹者言聖人順通天下之理内則雖是无心外則有經營之迹則有憂也道則心迹俱无无憂无患故云不與聖人同憂也

盛德大業至矣哉夫物之所以通事之所以理莫不由乎道也聖人功用之母體同乎道盛德大業所以能至疏正義曰聖人爲功用之母體同於道萬物由之而通衆事以之而理是聖人極盛之德廣大之業至極矣哉於行謂之德於事謂之業

富有之謂大業廣大悉備故曰富有疏正義曰自此已下覆說大業盛德因廣明易與乾坤及其占之與事并明神之體以廣大悉備萬事富有所以謂之大業

日新

之謂盛德體化合變故曰日新【疏】正義曰聖人以能變通體化合變其德日日增新是德之盛極故謂之盛德也生生之謂易陰陽轉易以成化生【疏】正義曰生生不絕之辭陰陽變轉後生次於前生是萬物恒生謂之易也前後之生變化改易生必有死易主勸戒獎人為善故云生不云死也成象之謂乾擬乾之象【疏】正義曰謂畫卦成乾之象擬乾之健故謂卦為乾也效法之謂坤效坤之法【疏】正義曰謂畫卦效坤之法擬坤之順故謂之坤也極數知來之謂占通變之謂事物窮則變變而通之事之所由生也【疏】正義曰極數知來之謂占者謂窮極蓍策之數豫知來事占問吉凶故云謂之占也通變之謂事者物之窮極欲使開通須知其變化乃得通也凡天下之事窮則須變萬事乃生故云通變之謂事陰陽不測之謂神神也者變化之極妙萬物而為言不可以形詰者也故曰陰陽不測嘗試論之曰原夫兩儀之運萬物之動豈有使之然哉莫不獨化於大虛欻爾而自造矣造之非我理自玄應化之無主數自冥運故不知所以然而況之神是以明兩儀以大極為始言變化而稱極乎神也夫唯知天之所為者窮

理體化坐忘遺照至虛而善應則以道為稱不思而玄【疏】陰陽
覽則以神為名蓋資道而同乎道由神而冥於神也　注神也者至
至謂神　正義曰天下萬物皆由陰陽或生或成本其所由之
理不可測量之謂神也故云陰陽不測之謂神
伸也　正義曰云神也者變化之極者言神之施為自將變化
之極以為名也云妙萬物而為言者妙謂微妙也萬物之體有
變象可尋神則微妙於萬物而為言也謂不可尋求也云不可
以形詰者杳寂不測无形无體不可以物之形容所求而窮詰
也云造之非我理自玄應者此言神力也我謂宰主之名也言
物之造作非由我之宰主所為其造化之理自然玄空相應而
自然造作也云是以明兩儀以太極為始者言欲明兩儀天地
之體必以太極虛无為初始不知所以然將何為始也云言變
化而稱極乎神者欲言論變化之理不知涯際唯稱極乎神神
則不可知也云夫唯知天之所為者窮理體化坐忘遺照者言
若能知天之所造為者會能窮其物理體其變化靜坐而忘其
事及遺棄所照之物任其自然之理不以他事係心端然玄寂
如此者乃能知天之所為也言天之道亦如此也坐忘遺照之
言事出莊子大宗師篇也云至虛而善應則以道為稱者此解
道之目也言至極空虛而善應於物則乃目之為道故云則以
道為稱云不思而玄覽則以神為名者謂不可思量而玄遠覽

見者乃目之爲神故云則以神爲名也二云蓋資道而同乎道者此謂聖人設教資取乎道行无爲之化積久而遂同於道內外皆无也三云由神而冥於神也者言聖人設教法此神之不測无體无方以垂於教久能積漸而冥合於神不可測也此皆謂聖人初時雖法道法神以爲无體未能全无但行之不已遂至全无不測故云資道而同於道由神而冥於神也

夫易廣矣大矣以言乎遠則不禦窮幽極深无所止也

疏正義曰夫易廣矣大矣者此贊明易理之大易之變化極於四遠是廣矣窮於上天是大矣故下云廣大配天地也以言乎遠則不禦者禦止也言乎易之變化窮極幽深之遠則不有禦止也謂无所止息也

以言乎邇則靜而正則近而當

疏正義曰邇近也言易之變化在於邇近之處則寧靜而得正謂變化之道於其近處物各靜而得正不煩亂邪僻也遠尚不禦近則不煩可知近既靜正則遠亦靜正互文也

以言乎天地之間則備矣夫乾其靜也專其動也直是以大生焉專專一也直剛正也

疏正義曰以言乎天地之間則備矣者變通之道遍滿天地之內是則備矣夫乾其靜也專其動也直

是以大生焉者上經既論易道資陰陽而成故此經明乾復兼明坤也乾是純陽德能普備无所偏主唯專一而已若氣不發動則靜而專一故云其靜也專若其運轉則四時不忒寒暑无差剛而得正故云其動也直以其動靜如此故能大生焉 夫

坤其靜也翕其動也闢是以廣生焉 翕斂也止則翕斂其氣動則闢開以生物也乾統天首物爲變化之元通乎形外者也坤則順以承陽功盡於已用止乎形者也故乾以專直言乎其材坤以翕闢言乎其形 疏 正義曰此經明坤之德也坤是陰柔閉藏翕斂故其靜也翕動則開生萬物故其動也闢以其如此故能廣生於物焉天躰高遠故乾云大生地躰廣博故坤云廣生對則乾爲物始坤爲物生散則始亦爲生故總云生也

廣大配天地變通配四時陰陽之義配日月易簡之善配至德 易之所載配此四義 疏 正義曰廣大配天地者此經申明易之德以易道廣大配合天地大以配天廣以配地變通配四時者四時变通易理亦能变通故云変通配四時也陰陽之義配日月易簡之善配至德者案初章論乾坤易簡可久可大配至極微妙之德也然易初章易爲賢人之德簡爲賢人之業今總云至德者對則

德業別散則業由德而來俱爲德也子曰易其至矣乎夫易聖人所以崇德而廣業也窮理入神其德崇也兼濟萬物其業廣也疏正義曰子曰易其至矣乎者更美易之至極是語之別端故言子曰夫易聖人所以崇德而廣業者言易道至極聖人用之增崇其德廣大其業故云崇德而廣業知崇禮卑知以崇爲貴禮以卑爲用疏正義曰易兼知之與禮故此明知禮之用知者通利萬物象天陽无不覆以崇爲貴也禮者卑敬於物象地柔而在下故以卑爲用也崇效天卑法地極知之崇象天高而統物備禮之用象地廣而載物也疏正義曰知既崇高故效天禮以卑退故法地也天地設位而易行乎其中矣天地者易之門戶而易之爲義兼周萬物故曰行乎其中矣疏正義曰天地陳設於位謂知之與禮而效法天地也而易行乎其中矣者變易之道行乎知禮之中言知禮與易而並行也若以實象言之天在上地在下是天地設位天地之間萬物變化是易行乎天地之中也成性存存道義之門物之存成由乎道義也疏正義曰此明易道既在天地之中能成其

萬物之性使物生不失其性存其萬物之存使物得其存成也性謂禀其始也存謂保其終也道謂開通也義謂得其宜也既能成性存存則物之開通物之得宜從此易而來故云道義之門謂易與道義爲門戸也

疏 正義曰聖人有以至如蘭此第六章也上章既明易道變化神理不測聖人法之所以配於天地道義從易而生此章又明聖人擬議易象以贊成變化又明人擬議之事先慎其身在於慎言語同心行動舉措守謙退勿驕盈保靜密勿貪非位凡有七事是行之於急者故引七卦之議以證成之

聖人有以見天下之賾而擬諸其形容象其物宜乾剛坤柔各有其體故曰擬諸形容 疏 正義曰聖人有以見天下之賾者賾謂幽深難見聖人有其神妙以能見天下深賾之至理也而擬諸其形容者以此深賾之理擬度諸物形容也見此剛理則擬諸乾之形容見此柔理則擬諸坤之形容也象其物宜者聖人又法象其物之所宜若象陽物宜於剛也若象陰物宜於柔也是各象其物之所宜六十四卦皆擬諸形容象其物宜也若泰卦比擬泰之形容象其泰之物宜若否卦則比擬否之形容象其否之物宜也舉此而言諸卦

可知也是故謂之象聖人有以見天下之動而觀其會通以行其典禮典禮適時之所用疏正義曰是故謂之象者以是之故謂之象也謂六十四卦是也故前章云卦者言乎象者也此以上結成卦象之義也聖人有以見天下之動者謂聖人有其微妙以見天下萬物之動也而觀其會通以行其典禮者既知萬物以此變動觀看其物之會合變通當此會通之時以施行其典法禮儀也繫辭焉以斷其吉凶是故謂之爻言天下之至賾而不可惡也言天下之至動而不可亂也易之為書不可遠也惡之則逆於順錯之則乖於理疏正義曰繫辭焉以斷其吉凶者既觀其會通而行其典禮以定爻之通變而有三百八十四爻於此爻下繫屬文辭以斷定其吉凶若會通典禮得則為吉若會通典禮失則為凶也是故謂之爻者以是之故謂此會通之事而為爻也夫爻者效也效諸物之通變故上章云爻者言乎變者也自此已上結爻義也言天下之至賾而不可惡也者此覆說前文見天下之賾卦象義也謂聖人於天下至賾之理必重慎明之不可鄙賤輕惡

小者鄙賤輕惡不存意明之則逆於順道也言天下之至動而不可亂者覆說上聖人見天下之至動爻之義也謂天下至賾變動之理論說之時明不可錯亂若錯亂則乖違正理也若以文勢上下言之宜云至動而不可亂也

擬之而後言議之而後動擬議以成其變化擬議以動則盡其變化之道

疏 正義曰擬之而後言者覆說上天下之至賾不可惡也聖人欲言之時必擬度之而後言也議之而後動者覆說上天下之至動不可亂也謂欲動之時必議論之而後動也擬議以成其變化者言則先擬也動則先議也則能成盡其變化之道也

鳴鶴在陰其子和之我有好爵吾與爾靡之鶴鳴則子和脩誠則物應我有好爵與物散之物亦以善應也明擬議之道繼以斯義者誠以吉凶失得存乎所動同乎道者道亦得之同乎失者失亦違之莫不以同相順以類相應動之斯來綏之斯至鶴鳴于陰氣同則和出言戶庭千里或應出言猶然況其大者乎千里或應況其邇者乎故夫憂悔吝者存乎纖介定失得者慎於樞機是以君子擬議以動慎其微也

疏 正義曰鳴鶴在陰者上既明擬議而動若擬議於善則善來應之若擬議於惡則惡亦隨之故引鳴鶴在陰取同類相

應以證之此引中孚九二爻辭也鳴鶴在幽陰之處雖在幽陰而鳴其子則在遠而和之以其同類相感召故也我有好爵者言我有美好之爵而在我身吾與爾靡之者言我雖有好爵不自獨有吾與汝外物共靡散之謂我既有好爵能靡散以施於物物則有感我之恩亦來歸從於我是善往則善者來皆證明擬議之事我擬議於善以及物物亦以善而應我也 子曰君子居其室出其言善則千里之外應之況其邇者乎居其室出其言不善則千里之外違之況其邇者乎言出乎身加乎民行發乎邇見乎遠言行君子之樞機樞機制動之主 疏 子曰君子至樞機○正義曰子曰君子居其室者既引易辭前語已絕故言子曰況其邇者乎言善遠尚應之則近應可知故曰況其邇者乎此證明擬議而動之事言身有善惡無問遠近皆應之也言行君子之樞機者樞謂戶樞機謂弩牙言戶樞之轉或明或闇弩牙之發或中或否猶言行之動從身而發以及於物或是或非也○樞機之發榮辱之主也言

行君子之所以動天地也可不慎乎同人先號咷而後笑子曰君子之道或出或處或默或語二人同心其利斷金同人終獲後笑者以有同心之應也夫所況同者豈係乎一方哉君子出處默語不違其中則其跡雖異道同則應疏正義曰言行君子之所以動天地也者言行雖初在於身其善惡積而不已所感動天地豈可不慎乎同人先號咷而後笑者證擬議而動則同類相應以同人初未和同故先號咷後得同類故後笑也子曰君子之道者各引易之後其文勢已絶故言子曰或出或處或默或語者言同類相應本在於心不必共同一事或此物而出或彼物而處或此物而默或彼物而語出處默語其時雖異其感應之事其意則同或處應於出或默應於語二人同心其利斷金者二人若同齊其心其纖利能斷截於金金是堅剛之物能斷而截之盛言利之甚也此謂二人心行同也。

同心之言其臭如蘭疏正義曰言二人同齊其心吐發言語氤氳臭氣香馥如蘭也此謂二人言同也

疏 正義曰初六藉用至盜之招也此第七章也此章欲求外物來應必須擬議謹慎則外物來應之故引藉用白茅无咎之事以證謹慎之理

初六藉用白茅无咎子曰苟錯諸地而可矣藉之用茅何咎之有慎之至也夫茅之為物薄而用可重也慎斯術也以往其无所失矣 疏 正義曰此藉用白茅大過初六爻辭也子曰苟錯諸地而可矣者苟且也錯置也凡薦獻之物且置於地其理可矣言今乃謹慎薦藉此物而用絜白之茅可置於地藉之用茅何咎之有者何愆咎之有是謹慎之至也

勞謙君子有終吉子曰勞而不伐有功而不德厚之至也語以其功下人者也 疏 正義曰勞謙君子有終吉者欲求外物來應非唯謹慎又須謙以下人故引謙卦九三爻辭以證之也子曰勞而不伐者以引卦之後故言子曰勞而不伐者雖謙退疲勞而不自伐其善也有功而不

德厚之至者雖有其功而不自以爲恩德是篤厚之至極語以其功下人者言易之所言者語說其謙卦九三能以其有功卑下於人者也德言盛禮言恭謙也者致恭以存其位者

也【疏】正義曰德言盛禮言恭者謂德以盛爲本禮以恭爲主德貴盛新禮尚恭敬故曰德言盛禮言恭謙也者致恭以存其位者言謙退致其恭敬以存其位者也言由恭德保其祿位也亢龍有悔子曰貴

而无位高而无民賢人在下位而无輔是以動

而有悔也【疏】正義曰亢龍有悔者上既以謙德保位此明无謙則有悔故引乾之上九亢龍有悔證驕亢不謙也不出戶庭无咎子曰亂之所生也則言語

以爲階【疏】正義曰不出戶庭无咎者又明擬議之道非但謙而不驕又當謹慎周密故引節之初九周密之事以明之子曰亂之所生則言語以爲階者階謂梯也言亂之所生則由言語以爲亂之階梯也君不密則

失臣臣不密則失身幾事不密則害成是以君

子愼密而不出也（疏）正義曰君不密則失臣者臣既盡忠不避危難爲君謀事君不愼密乃彰露臣之所爲使在下聞之衆共嫉怒害此臣而殺之是失臣也臣不密則失身者言臣之言行既有虧失則失身也幾事不密則害成者幾謂幾微之事當須密愼預防禍害若其不密而漏泄禍害交起是害成也是以君子愼密而不出者於易言之是身愼密不出戶庭於此義言之亦謂不妄出言語也

子曰作易者其知盜乎言盜亦乘釁而至也（疏）正義曰此結上不密失身之事事若不密人則乘此機危而害之猶若財之不密盜則乘此機危而竊之易者愛惡相攻遠近相取盛衰相變若此爻有釁隙衰弱則彼爻乘變而奪之故云作易者其知盜乎

易曰負且乘致寇至負也者小人之事也乘也者君子之器也小人而乘君子之器盜思奪之矣上慢下暴盜思伐之矣慢藏誨盜冶容誨淫（疏）易曰至誨淫。正義曰易曰負且乘致寇至者此又明擬議之道當量身而行不可以小處大以賤貪貴故引解卦六三以明之也負也者小人之事也負者檐負於物合是小人所為也乘也者君子之器者言乘車者君子之器物言君子合乘車今應負之人而乘車是小人乘君子之器也則盜竊之人思欲奪之矣上慢下暴盜思伐之矣者小人居上位必驕慢而在下必暴虐爲政如此大盜思欲伐之矣慢藏誨盜冶容誨淫者若慢藏財物守掌不謹則教誨於盜者使來取此物女子妖冶其容身不精慤是教誨淫者使來淫已也以此小人而居貴位驕矜而不謹慎而致寇至也 易曰負且乘致寇至盜之招也 疏 正義曰又引易之所云是盜之招來也言自招來於盜以慎重其事故首尾皆稱易曰而載易之爻辭也

疏 正義曰大衍之數至祐神矣此第八章明占筮之法揲蓍之體顯天地之數定乾坤之策以爲六十四卦而生三百八十四爻

大衍之數五十其用四十有九 王弼曰演天地之數所賴者五十也其用四十有九則其一不用也不用而用以之通非數而數以之成斯易之太極也四十有九數之極也夫无不可以无明必因於

有故常於有物之極而必明其所由之宗也

疏 大衍至有九。○正義曰京房云五十者謂十日十二辰二十八宿也凡五十其一不用者天之生氣將欲以虛來實故用四十九焉馬季長云易有太極謂北辰也太極生兩儀兩儀生日月日月生四時四時生五行五行生十二月十二月生二十四氣北辰居位不動其餘四十九轉運而用也荀爽云卦各有六爻六八四十八加乾坤二用凡有五十乾初九潛龍勿用故用四十九也鄭康成云天地之數五十有五以五行氣通凡五行減五大衍又減一故四十九也姚信董遇云天地之數五十有五者其六以象六畫之數故減之而用四十九但五十之數義有多家各有其說未知孰是今案王弼云演天地之數所賴者五十據王弼此說其意皆與諸儒不同萬物之策凡有萬一千五百二十其用此策推演天地之數唯用五十策也一謂自然所須策者唯用五十就五十策中其所用揲蓍者唯用四十有九其一不用以其虛无非所用也故不數之顧懽同王弼此說故顧懽云立此五十數以數神神雖非數因數而顯故虛其一數以明不可言之義只如此意則別无所以自然而有此五十也今依用之。○注王弼至宗也。○正義曰王弼云演天地之數所賴者五十者韓氏親受業於王弼承王弼之旨故引王弼云以證成其義演天地之數所賴者五十謂萬物籌策雖萬有一千五百

二十若用之推演天地之數所賴者唯賴五十其餘不賴也但
賴五十者自然如此不知其所以然云則其一不用者經既云
五十又云其用四十九也既稱其用明知五十之內其一是不
用者也言不用而用以之通者若全不用理應不賴此既當論
用所以并言不用爲用五十者雖是不用其有用從不用而來
以不用而得用也故云不用而用以之通所用者則四十九蓍
也蓍所以堪用者從造化虛无而生也若无造化之生此蓍何
由得用也言非數而數以之成者太一虛无无形无數是非可
數也然有形之數由非數而得成也即四十九是有形之數原
從非數而來故將非數之一總爲五十故云非數而數以之成
也言斯易之太極者斯此也言此其一不用者是易之太極之
虛无也无形即无數也凡有皆從无而來故易從太一爲始也
言夫无不可以无明必因於有者言虛无之體處處皆虛何可
以无說之明其虛无也若欲明虛无之理必因於有物之境可
以知本虛无猶若春生秋殺之事於虛无之時不見生殺之象
是不何以无明也就有境之中見其生殺却推於无始知无中
有生殺之理是明无必因於有也言故常於有物之極而必明
其所由之宗者言欲明於无常須因有物至極之處而明其所
由宗若易由太有由於无變化由於神皆是所由之
宗也言有且何因如此皆由於虛无自然而來也

分而爲

二以象兩掛一以象三揲之以四以象四時歸奇於扐以象閏五歲再閏故再扐而後掛奇況四揲之餘不足復揲者也分而爲二既揲之餘合掛於一故曰再扐而後掛凡閏十九年七閏爲一章五歲再閏者二故略舉其凡也

疏正義曰分而爲二以象兩者五十之內去其一餘有四十九合同未分是象太一也分以四十九分而爲二以象兩儀也掛一以象三者就兩儀之間於天數之中分掛其一而配兩儀以象三才也揲之以四以象四時者分揲其蓍皆以四四爲數以象四時歸奇於扐以象閏者奇謂四揲之餘歸此殘奇於所扐之策而成數以法象天道歸殘聚餘分而成閏也五歲再閏者凡前閏後閏相去大略三十二月在五歲之中故五歲再閏再扐而後掛者既分天地天於左手地於右手乃四四揲天之數最末之餘歸之合於扐掛之一處是一揲也又以四四揲地之數最末之餘又合於前所歸之扐而總掛之是再扐而後掛也

天數五五奇也疏正義曰謂一三五七九也地數五五耦也疏正義曰謂二四六八十也五位相得而各有合天地之數各五五數相配以合成金木水

火十【疏】正義曰若天一與地六相得合爲水地二與天七相得合爲火天三與地八相得合爲木地四與天九相得合爲金天五與地十相得合爲土也

天數二十有五五奇合爲二十五【疏】正義曰總合五奇之數

地數三十五耦合爲三十【疏】正義曰總合五耦之數也

凡天地之數五十有五此所以成變化而行鬼神也變化以此成鬼神以此行【疏】正義曰凡天地之數五十有五者是天地二數相合爲五十五此乃天地陰陽奇耦之數非是上文演天地之策也此所以成變化而行鬼神者言此陽奇陰耦之數成就其變化言變化以此陰陽而成故云成變化也而宣行鬼神之用言鬼神以此陰陽而得宣行故云而行鬼神也

乾之策二百一十有六陽爻六一爻三十六策六爻二百一十六策【疏】正義曰以乾老陽一爻有三十六策六爻凡有二百一十六策也乾之少陽一爻有二十八策六爻則有一百六十八策此經據老陽之策也

坤之策百四十有四陰爻六一爻二十四策六爻百四十四策【疏】正義曰坤之老陰一爻有二十四策六爻故一百四十有四策也若坤之

少陰一爻有三十二，六爻則有一百九十二，此經據坤之老陰，故百四十有四也。凡三百有六十，當期之日。二篇之策萬有一千五百二十，當萬物之數也。二篇三百八十四爻，陰陽各半，合萬一千五百二十策。【疏】正義曰：凡三百有六十當期之日者，舉合乾坤兩策有三百六十，當期之數。三百六十日，舉其大略，不數五日四分日之一也。二篇之策萬有一千五百二十當萬物之數者，二篇之爻總有三百八十四爻，陰陽各半，陽爻一百九十二爻，爻別三十六，總有六千九百一十二也。陰爻亦一百九十二爻，爻別二十四，總有四千六百八也。陰陽總合，萬有一千五百二十，當萬物之數也。是故四營而成易，分而爲二以象兩，一營也；掛一以象三，二營也；揲之以四，三營也；歸奇於扐，四營也。【疏】正義曰：營謂經營，謂四度經營蓍策，乃成易之一變也。十有八變而成卦，八卦而小成，引而伸之，伸之六十四卦。【疏】正義曰：十有八變而成卦者，每一爻有三變，謂初一揲不五則九，是一變也；第二揲不四則八，是二變也；第三揲亦不四則八，是三變也。若三者俱多爲老陰，謂初得九，第二第三俱得八也。

若三者俱少爲老陽謂初得五第二第三俱得四也若兩少一多爲少陰謂初與二三之間或有四或有五而有八也或有二箇四而有一箇九此爲兩少一多也其兩多一少爲少陽者謂三揲之間或有一箇九有一箇八而有一箇四或有二箇八而有一箇五此爲兩多一少也如此三變既畢乃定一爻六爻則十有八變乃始成卦也八卦而小成者象天地雷風日月山澤於大象略盡是易道小成引而伸之者謂引長八卦而伸盡之謂引之爲六十四卦也 觸類而長之

天下之能事畢矣 疏 正義曰觸類而長之者謂觸逢事類而增長之若觸剛之事類以次增長於剛若觸柔之事類以次增長於柔天下之能事畢矣者天下萬事皆如此例各以類增長則天下所能之事法象皆盡故曰天下之能事畢矣也 顯道 顯明也 神德行 由神以成其用 疏 正義曰言易理備盡天下之能事故可以顯明无爲之道而神靈其德行之事言大虛以養萬物爲德行今易道以其神靈助太虛而養物是神其德行也 是故可與酬酢可與祐神矣 可以應對萬物之求助成神化之功也酬酢猶應對也 疏 正義曰是故可與酬酢者酬酢謂應報對荅言易道如此若萬物有所求爲此易道可與應荅

萬物有求則報故曰可與酬酢也可與祐神矣
者祐助也易道弘大可與助成神化之功也
䟽正義曰子曰知變化至此之謂也此第九章也上章既
明大衍之數極盡蓍策之名數可與助成神化之功此
又廣明易道深遠聖人之道有
四又明易之深遠窮極幾神也

子曰知變化之道者其知神之所為乎夫變化之道不為而自然故知變化者則知神之所為 䟽正義曰言易既知變化之道理不為而自然也則能知神化之所為言神化亦不為而自然也

易有聖人之道四焉以言者尚其辭以動者尚其變以制器者尚其象以卜筮者尚其占此四者存乎器象可得而用也 䟽易有至其占○正義曰易有聖人之道四焉者言易之為書有聖人所用之道者凡有四事焉以言者尚其辭者謂聖人發言而施政教者貴尚其爻卦之辭發其言辭出言而施政教也以動者尚其變者謂聖人有所興動營為故法其陰陽變化變有吉凶聖人之動取吉不取凶也以制器者尚其象者謂造制形器法其爻卦之象若

造弧矢法睽之象若造杵臼法小過之象也以卜筮者尚其占者策是筮之所用并言卜者卜雖龜之見兆亦有陰陽五行變動之狀故卜之與筮尚其爻卦變動之占也○注器象○正義曰辭是爻辭爻辭是器象也變是變化見其來去亦是器象也象是形象占是占其形狀並是有體之物有體則是物之可用故云可得而用者也**是以君子將有為也將有行也問焉而以言其受命也如嚮无有遠近幽深遂知來物非天下之至精其孰能與於此**（疏）正義曰是以君子將有為也將有行也問焉而以言者既易道有四是以君子將欲有所施為將欲有所行往占問其吉凶而以言命蓍也其受命也如嚮者謂蓍受人命報人吉凶如嚮之應聲也无有遠近幽深者言易之告人吉凶无問遠之與近及幽邃深遠之處悉皆告之也遂知來物者物事也然易以萬事告人人因此遂知將來之事也非天下之至精其孰能與於此者言易之功深如此若非天下萬事之內至極精妙誰能參與於此與易道同也此已上論易道功深告人吉凶使豫知來事故以此結之也**參伍以變錯綜其數通其變**

遂成天地之文極其數遂定天下之象非天下之至變其孰能與於此

（疏）正義曰參伍以變者參三也伍五也或三或五以相參合以相改變略舉三五諸數皆然也錯綜其數者錯謂交錯綜謂總聚交錯總聚其陰陽之數也通其變者由交錯總聚通極其陰陽相變也遂成天地之文者以其相變故能遂成就天地之文若青赤相雜故稱文也極其數遂定天下之象者謂窮極其陰陽之數以定天下萬物之象猶若極二百一十六策以定乾之老陽之象窮一百四十四策以定坤之老陰之象舉此餘可知也非天下之至變其孰能與於此者言此易之理若非天下萬事至極之變化誰能與於此者言皆不能也此結成易之變化之道故更言與於此也前經論易理深故云非天下之至精此經論極數變通故云非天下之至變也

易无思也无為也寂然不動感而遂通天下之故非天下之至神其孰能與於此

夫非忘象者則无以制象非遺數者无以極數至精者无籌策而不可亂至變者體一而无不周至神者寂然而无不應斯蓋功用之母象數所由立故曰非至精至變至神

則不得與【疏】易无思至於此○正義曰易无思也无為也者
於斯也　任運自然不關心慮是无思也任運自動不須
營造是无為也寂然不動感而遂通天下之故者既无思无為
故寂然不動有感必應萬事皆通是感而遂通天下之故也故
謂事故言通天下萬事也非天下之至神其孰能與於此者言
易理神功不測非天下萬事之中至極神妙其孰能與於此也
此經明易理神妙不測故云非天下之至神若非天下之至神
誰能與於此也○注非忘象○正義曰云夫非忘象者則无以
制象者凡自有形象者不可以制他物之形象猶若海不能制
山之形象山不能制海之形象遺忘已象者乃能制眾物之形
象也非遺數者无以極數者若以數數物則不能極其物數猶
若以萬而數則不能苞億以一億而數則不能苞千億萬億遺
去數名者則无所不苞是非遺去其數无以極盡於數也言至
精者无籌策而不可亂者以其心之至精理在玄通无不記億
雖无籌策而不可亂也言至變者體一而无不周者言至極曉
達變理者能體於淳一之理其變通无不周徧言雖萬類之變
同歸於一變也斯蓋功用之母象數所以立者言至精至變至
神三者是物之功用之母物之功用象之與數由此至精至變
至神所由來故云象數所以立也言象之所以立有象者豈由
象而來由太虛自然而有象也數之所以有數者豈由數而來

由太虛自然而有數也是太虛之象太虛之數是其至精至變
也由其至精故能制數由其至變故能制象若非至精至變至
神則不得參與
妙極之玄理也
夫易聖人之所以極深而研幾也
唯深也故能通天下之志唯幾也故能成天下
之務極未形之理則曰深
適動微之會則曰幾
疏正義曰夫易聖人之所以極
深而研幾也者言易道弘大
故聖人用之所以窮極幽深而研覈幾微也極深者則前經初
一節云君子將有為將有行問焉而以言其受命如響无有遠
近幽深是極深也研幾者上經次節云參伍以變錯綜其數通
其變遂成天地之文極其數遂定天下之象是研幾也唯深也故
故能通天下之志者言聖人用易道以極深故聖人德深也故
能通天下之志意即是前經上節問焉而以言其受命如響遠
知來物是通天下之志也唯幾也故能成天下之務者聖人用
易道以研幾故聖人知事之幾微是前經次節參伍以變錯綜
其數通其變遂成天地之文是也幾者離无入有是有初之
微以能知有初之微則能興行其事故能成天下之事務也唯
神也故不疾而速不行而至子曰易有聖人之

道四焉者此之謂也四者由聖道以成故曰聖人之道 疏 正義曰唯神也故不
疾而速不行而至者此覆說上經下節易之神功也以无思无
爲寂然不動感而遂通故不須急疾而事速成不須行動而理
自至也案下節云唯深也言通天下之志唯幾也言成天下之
務今唯神也直云不疾而速不行而至不言通天下者神則至
理微妙不可測知无象无功於天下之事理絕名言不可論也
故不云成天下之功也子曰易有聖人之道四焉者此之謂也
者章首論聖人之道四焉章中歷陳其三事章末結而成之故
曰聖人之道四焉是此之謂也章首聖人之道有四者韓氏注
云此四者存乎器象可得而用者則辭也變也象也占也是有
形之物形器可知也若章中所陳則有三事一是至精精則唯
深也二是至變變則唯幾也三是至神神則微妙无形是其无
也神既无形則章中三事不得配章首四事韓氏云四者存乎
器象故知章中三事不得配章首四事者也但行此四者即能
致章中三事故章中歷陳三事下總以聖人之道四焉結之也
疏 正義曰天一地二至謂之神此第十章也前章論易有
聖人之道四焉以卜筮尚其占此章明卜筮蓍龜所用
能通神
知也

天一地二天三地四天五地六天七地八天九

地十易以極數通神明之德故明易之道先舉天地之數也疏天一至地十。正義曰此言天地陰陽自然奇偶之數也。注易以極至數也。正義曰易以極數通神明之德者謂易之爲道先由窮極其數乃以通神明之德也故明易之道先舉天地之數者此章欲明神之德先由天地之數而成故云故明易之道先舉天地之數也子曰夫

易何爲者也夫易開物成務冒天下之道如斯

而已者也冒覆也言易通萬物之志成天下之務其道可以覆冒天下也疏正義曰子曰夫易何爲者言易之功用其體何爲是問其功用之意夫易開物成務冒天下之道如斯而已者此夫子還自釋易之體用之狀言易能開通萬物之志成就天下之務有覆冒天下之道如斯此也易之體用如此而已是故聖人以通天

下之志以定天下之業以斷天下之疑是故蓍

之德圓而神卦之德方以知圓者運而不窮方者止而有分言蓍以圓象神

卦以方象知也唯變所適无數不周故曰圓卦列爻分各有其體故曰方也【疏】是故聖人至以知正義曰是故聖人以通天下之志者言易道如此是故聖人以其易道通達天下之志極其幽深也以定天下之業者以此易道定天下之業由能研幾成務故定天下之業也以斷天下之疑者以此易道決斷天下之疑用其蓍龜占卜定天下疑危也是故蓍之德圓而神卦之德方以知者神以知來是來无方也知以藏往是往有常也物既有常猶方之有止數无恒體猶圓之不窮故蓍之變通則无窮神之象也卦列爻分有定體知之象也知可以識前言往行神可以逆知將來之事故蓍以圓象神卦以方象知也注圓者至方也○正義曰圓者運而不窮者謂團圓之物運轉无窮已猶阪上走丸也蓍亦運動不已故稱圓也言方者有止而有分者方謂處所既有處所則是止而有分且物方者著地則安其卦既成更不移動亦是止而有分故卦稱方也六爻之義易以貢貢告也六爻變易以告吉凶【疏】正義曰貢告也六爻有吉凶之義變易以告人也聖人以此洗心洗濯萬物之心【疏】正義曰聖人以此易之卜筮洗蕩萬物之心萬物有疑則卜之是蕩其疑心行善得吉行惡遇凶是蕩其惡心也退藏於密言其道深微萬物日

用而不能知其原故曰退藏於密猶藏諸用也 疏 正義曰言易道進則蕩除萬物之心退則不知其所以然萬物日用而不知是功用藏於密也 **吉凶與民同患** 表吉凶之象以同民所憂患之事故曰吉凶與民同患也 疏 正義曰易道以示人吉凶民則亦憂患其吉凶是與民同其所憂患也凶者民之所憂也上並言吉凶此獨言同患者凶雖民之所患吉亦民之所患也既得其吉又患其失故老子云寵辱若驚也 **神以知來知以藏往** 明蓍卦之用同神知也蓍定數於始於卦爲來卦成象於終於蓍爲往往來之用相成猶神知也 疏 正義曰此明蓍卦德同神知知來藏往也蓍定數於始於卦爲來卦成象於終於蓍爲往以蓍望卦則是知卦象將來之事故言神以知來以卦望蓍則是聚於蓍象往去之事故言知以藏往也 **其孰能與此哉古之聰明叡知神武而不殺者夫** 服萬物而不以威刑也 疏 正義曰其孰能與此哉者言誰能同此也蓋是古之聰明叡知神武而不殺者夫易道深遠以吉凶禍福威服萬物故古之聰明叡知神武之君謂伏犧等用此易道能威服天下而不用刑殺而畏服之也 **是以明於天之道而**

察於民之故是興神物以前民用定吉凶於始也疏正義曰是以明於天之道者言聖人能明天道也而察於民之故者故事也易窮變化而察知民之事也是興神物以前民用者謂易道興起神理事物豫爲法象以示於人以前民之所用定吉凶於前民乃法之所用故云以前民用也聖人以此齋戒洗心曰齋防患曰戒疏正義曰聖人以易道自齋自戒謂照了吉凶齋戒其身洗心曰齋防患曰戒以神明其德夫是故闔戶謂之坤坤道包物疏正義曰以神明其德夫者言聖人既以易道自齋戒又以易道神明其已之德化也是故闔戶謂之坤者聖人既用此易道以化天下此已下又廣明易道之大易從乾坤而來故更明乾坤也凡物先藏而後出故先言坤而後言乾闔戶謂閉藏萬物若室之閉闔其戶故云闔戶謂之坤也闢戶謂之乾乾道施生疏正義曰闢戶謂吐生萬物也若室之開闢其戶故云闢戶謂之乾也一闔一闢謂之變往來不窮謂之通見乃謂之象兆見曰象疏正義曰一闔一闢謂之變者開閉相循陰陽遞至或陽變爲陰

或開而更閉或陰變爲陽或閉而還開是謂之變也往來不窮謂之通者須往則變來爲往須來則變往爲來隨須改變不有窮已恒得通流是謂之通也見乃謂之象者前往來不窮據其氣也氣漸積聚露見萌兆乃謂之象言物體尚微也**形乃謂之器**成形曰器**疏**正義曰體質成形是謂器物故曰形乃謂之器言其著也**制而用之謂之法利用出入民咸用之謂之神****疏**正義曰制而用之謂之法者言聖人裁制其物而施用之垂爲模範故云謂之法利用出入民咸用之謂之神者言聖人以利而用或出或入使民咸用之是聖德微妙故云謂之神

疏正義曰是故易有至无不利也此第十一章也前章既明蓍卦有神明之用聖人則而象之成其神化此又明易道之大法於天地明象日月能定天下之吉凶成天下之亹亹也

是故易有太極是生兩儀夫有必始於无故太極生兩儀也太極者无稱之稱不可得而名取有之所極況之太極者也**疏**正義曰太極謂天地未分之前元氣混而爲一即是太初太一也故老子

云道生一即此太極是也又謂混元既分即有天地故曰太極生兩儀即老子云一生二也不言天地而言兩儀者指其物體下與四象相對故曰兩儀謂兩體容儀也 **兩儀生四象四象生八卦** 卦以象之

疏 正義曰兩儀生四象者謂金木水火稟天地而有故云兩儀生四象土則分王四季又地中之別故唯云四象也四象生八卦者若謂震木離火兌金坎水各主一時又巽同震木乾同兌金加以坤艮之土爲八卦也 **八卦定吉凶** 八卦既立則吉凶可定

疏 正義曰八卦既立爻象變而相推有吉有凶故八卦定吉凶也 **吉凶生大業** 既定吉凶則廣大悉備

疏 正義曰萬事各有吉凶廣大悉備故能王天下大事業也 **是故法象莫大乎天地變通莫大乎四時縣象著明莫大乎日月崇高莫大乎富貴** 位所以一天下之動而濟萬物

疏 正義曰是故法象莫大乎天地者言天地最大也變通莫大乎四時者謂四時以變得通是變中最大也縣象著明莫大乎日月者謂日月中時徧照天下無幽不燭故云著明莫大乎日月也崇高莫大乎富貴者以王者居九五富貴之位力能齊一天

下之動而道濟萬物是崇高之極故云莫大乎富貴

備物致用立成器以爲天下利莫大乎聖人（疏）正義曰謂備天下之物招致天下所用建立成就天下之器以爲天下之利唯聖人能然故云莫大乎聖人也

探賾索隱鉤深致遠以定天下之吉凶成天下之亹亹者莫大乎蓍龜（疏）正義曰探謂闚探求取賾謂幽深難見卜筮則能闚探幽昧之理故云探賾也索謂求索隱謂隱藏卜筮能求索隱藏之處故云索隱也物在深處能鉤取之物在遠方能招致之卜筮能然故云鉤深致遠也以此諸事正定天下之吉凶成就天下之亹亹者唯卜筮能然故云莫善乎蓍龜也案釋詁云亹亹勉也言天下萬事悉動而好生皆勉勉營爲此蓍龜知其好惡得失人則棄其惡而取其好背其凶而求其吉是成天下之亹亹也

是故天生神物聖人則之天地變化聖人效之天垂象見吉凶聖人象之河出圖洛出書聖人則之（疏）正義曰是故天生神物聖人則之者謂天生蓍

龜聖人法則之以爲卜筮也天地變化聖人效之者行四時生殺賞以春夏刑以秋冬是聖人效之天垂象見吉凶聖人象之者若璿璣玉衡以齊七政是聖人象之也河出圖洛出書聖人則之者如鄭康成之義則春秋緯云河以通乾出天苞洛以流坤吐地符河龍圖發洛龜書感河圖有九篇洛書有六篇孔安國以爲河圖則八卦是也洛書則九疇是也輔嗣之義未知何從

易有四象所以示也繫辭焉所以告也定之以吉凶所以斷也

【疏】正義曰易有四象所以示者莊氏云四象謂六十四卦之中有實象有假象有義象有用象爲四象也今於釋卦之處已破之矣何氏以爲四象謂天生神物聖人則之一也天地變化天地效之二也天垂象見吉凶聖人象之三也河出圖洛出書聖人則之四也今謂此等四事乃是聖人易外別有其功非專易內之物何得稱易有四象且又云易有四象所以示也繫辭焉所以告出然則象之與辭相對之物辭既爻卦之下辭則象謂爻卦之象也則上兩儀生四象七八九六之謂也故諸儒有爲七八九六今則從以爲義繫辭焉所以告者繫辭於象卦下所以告其得失也定之以吉凶所以斷者謂於繫辭之中定其行事吉凶所以斷其行事得失

易曰自天祐之

吉无不利子曰祐者助也天之所助者順也人之所助者信也履信思乎順又以尚賢也是以自天祐之吉无不利也（疏）正義曰易曰自天祐之吉无不利者言人於此易之四象所以示繫辭所以告吉凶告以斷而往之行則鬼神无不祐助无所不利故引易之大有上九爻辭以證之子曰祐者助也者上既引易文下又釋其易理故云子曰祐者助也天之所助者順也人之所助者信也履信思乎順者人之所助唯在於信此上九能履踐於信也天之所助唯在於順此上九恒思於順既有信思順又能尊尚賢人是以從天已下皆祐助之而得其吉无所不利也

子曰書不盡言（疏）正義曰子曰書不盡言至乎德行此第十二章也此章言立象盡意繫辭盡言易之興廢存乎其人事也

子曰書不盡言言不盡意然則聖人之意其不可見乎（疏）正義曰此一節夫子自發其問謂聖人之意難見也所以難見者書所以記言言有煩碎或楚

旦不同有言无字雖欲書録不可盡竭於其言故云書不盡言也言不盡意者意有深邃委曲非言可寫是言不盡意也聖人之意意又深遠若言之不能盡聖人之意書之又不能盡聖人之言是聖人之意其不可見也故云然則聖人之意其不可見乎疑而問之故稱乎也

子曰聖人立象以盡意設卦以盡情偽繫辭焉以盡其言變而通之以盡利（極變通之數則盡利也故曰易窮則變變則通通則久）

疏 正義曰子曰聖人立象以盡意已下至幾乎息矣此一節是夫子還自釋聖人之意有可見之理也聖人立象以盡意者雖言不盡意立象可以盡之也設卦以盡情偽者非唯立象以盡聖人之意又設卦以盡百姓之情偽也繫辭焉以盡其言者雖書不盡言繫辭可以盡其言也變而通之以盡利者變謂化而裁之通謂推而行之故能盡物之利也

鼓之舞之以盡神乾坤其易之緼邪（緼淵奧也）

疏 正義曰鼓之舞之以盡神者此一句總結立象盡意繫辭盡言之美聖人立象以盡其意繫辭則盡其言可以說化百姓之心百姓之心自然樂順若鼓舞然而天下從之非盡神非天下之至神其孰能與於此故曰鼓之舞之以盡神也乾坤其易之緼

邪者上明盡言盡意皆由於易道此明易之所立本乎乾坤若乾坤不存則易道无由興起故乾坤是易道之所緼積之根源也是與易為川府與藏故云乾坤其易之緼邪

乾坤成列而易立乎其中矣乾坤毀則无以見易易不可見則乾坤或幾乎息矣

（疏）正義曰乾坤成列而易立乎其中矣者夫易者陰陽變化之謂陰陽變化立爻以效之皆從乾坤而來故乾生三男坤生三女而為八卦變而相重而有六十四卦三百八十四爻本之根源從乾坤而來故乾坤既成列位而易道變化建立乎乾坤之中矣乾坤毀則无以見易者易既從乾坤而來乾坤若缺毀則易道損壞故云无以見易也易不可見則乾坤或幾乎息矣若易道毀壞不可見其變化之理則乾坤亦壞或其近乎止息矣幾近也猶若樹之枝幹生乎根株根株毀則枝條不茂若枝幹已枯死其根株雖未全死僅有微生將死不久根株譬乾坤也易譬枝幹也故云易不可見則乾坤或幾乎息矣

是故形而上者謂之道形而下者謂之器化而裁之謂之變因而制其會通適變之道也

（疏）正義曰是故形而上者謂之道形而

下者謂之器者道是无體之名形是有質之稱凡有從无而生
形由道而立是先道而後形是道在形之上形在道之下故自
形外已上者謂之道也自形內而下者謂之器也形雖處道器
兩畔之際形在器不在道也既有形質可為器用故云形而下
者謂之器也化而裁之謂之變者陰陽變化而相裁節之謂之
變也是得以理之變也猶若陽氣之化不可久長而裁節之以
陰雨也是得理之變也陰陽之化
自然相裁聖人亦法此而裁節也

推而行之謂之通

乘變而往者无不通也

疏 正義曰因推此以可變而施行之謂之通也猶若亢陽之後變為陰雨因陰雨而行之物得開通聖人亦當然也

舉而錯之天下之民謂之事業

事業所以濟物故舉而錯之於民

疏 正義曰謂舉此理以為變化而錯置於天下之民凡民得以營為事業故云謂之事業也此乃自然以變化錯置於民也聖人亦當法此錯置變化於萬民使成其事業也凡繫辭之說皆說易道以為聖人德化欲使聖人法易道以化成天下是故易與聖人恒相將也以作易者本為立教故也非是空說易道不關人事也

是故夫象聖人有以見天下之賾而擬諸其形容象其物

宜是故謂之象聖人有以見天下之動而觀其會通以行其典禮繫辭焉以斷其吉凶是故謂之爻（疏）正義曰是故夫象聖人有以見天下之賾至是故謂之爻者於第六章已具其文今於此更復言者何也爲下云極天下之賾存乎卦鼓天下之動存乎辭爲此故更引其文也且已下又云存乎變存乎通存乎其人廣陳所存之事所以須重論也極天下之賾者存乎卦鼓天下之動者存乎辭辭爻辭也爻以鼓動效天下之動也（疏）正義曰極天下之賾存乎卦者言窮極天下深賾之處存乎卦言觀卦以知賾也鼓天下之動存乎辭者鼓謂發揚天下之動動有得失存乎爻卦之辭謂觀辭以知得失也化而裁之存乎變推而行之存乎通神而明之存乎其人體神而明之不假於象故存乎其人（疏）正義曰化而裁之存乎變者謂覆說上文化而裁之謂之變也推而行之存乎通者覆說上文推而行之謂之通也神而明之存乎其人者言人能神此易道而顯明之者存在於其人

若其人聖則能神而明之若其人愚則不能神而明之故存於其人不在易象也 **默而成之不言而信存乎德行** 德行賢人之德行也順足於內故默然而成之也體與理會故不言而自信也 〔疏〕正義曰若能順理足於內默然而成就之闇與理會不須言而自信也存乎德行者若有德行則得默而成就之不言而信也若无德行則不能然此言德行據賢人之德行也前經神而明之存乎其人謂聖人也

周易兼義卷第七

周易兼義卷第八

國子祭酒上護軍曲阜縣開國子臣孔穎達奉　勑撰正義

韓康伯注

周易繫辭下第八

（疏）正義曰此篇章數諸儒不同劉瓛爲十二章以對上繫十二章也周氏莊氏並爲九章今從九章爲說也第一起八卦成列至非曰義第二起古者包犧至蓋取諸夬第三起易者象也至德之盛第四起困于石至勿恒凶第五起乾坤其易之門至失得之報第六起易之興至巽以行權第七起易之爲書至思過半矣第八起二與四至謂易之道第九起夫乾天下至其辭屈

八卦成列象在其中矣　備天下之象也

（疏）正義曰八卦成列至非曰義此第一章覆釋上繫第二章象爻剛柔吉凶悔吝之事更具而詳之

八卦成列　（疏）正義曰言八卦各成列位萬物之象在其八卦之中也

因而重之爻在其中矣　夫八卦備天下之理而未極其變故因而

重之以象其動用擬諸形容以明治亂之宜觀其所應以著適時之功則爻卦之義所存各異故爻在其中矣【疏】因而至中矣。○正義曰謂因此八卦之象而更重之萬物之爻爻在其所重之中矣然象亦有爻爻亦有象所以象獨在卦爻獨在重者卦則爻少而象多重則爻多而象少故在卦舉象在重論爻也。○注夫八卦至其中矣。○正義曰夫八卦備天下理者前注云備天下之象據其體此云備天下之理據其用也言八卦大略有八以備天下大象大理大者既備則小者亦備矣直是不變之備未是變之備也故云未極其變故因而重之以象其動用也云則爻卦之義所存各異者謂爻之所存存乎已變之義因而重之爻在其中是也卦之所存存於未變之義八卦成列象在其中是也

剛柔相推變在其中矣【疏】正義曰則上繫第二章云剛柔相推而生變化是變化之道在剛柔相推之中剛柔即陰陽也論其氣即謂之陰陽語其體即謂之剛柔也

繫辭焉而命之動在其中矣剛柔相推況八卦相盪或否或泰繫辭焉而斷其吉凶況之六爻動以適時者也立卦之義則見於彖象適時之功則存之爻辭王氏之例詳矣【疏】繫辭至中矣。○正義曰謂繫辭於爻卦之下而呼命其卦爻得失吉凶則適時變動好惡故在其繫

辭之中也。○注立卦至詳矣。○正義曰云立卦之義則見於彖象者彖象謂卦下之辭說其卦之義也適時之功則存於爻辭者卦者時也六爻在一卦之中各以適當時之所宜以立功也欲知適時之功用觀於爻辭也云王氏之例詳矣者案略例論彖云彖者何也統論一卦之體明其所由之主者也夫眾不能治眾治眾者至寡者也論卦體皆以一為主是卦之大略也又論爻云爻者何也言乎其變者也變者何也情偽之所為也夫情偽之動非數之所求也故合散屈伸與體相乖形躁好靜質柔愛剛體與情反質與願違是故情偽相感遠近相追愛惡相攻屈伸相推見情者獲直往則違是爻之大略也其義既廣不能備載是王氏之例詳矣。○

吉凶悔吝者生乎動者也有變動而後有吉凶

疏 正義曰上既云動在其中是動則有吉凶悔吝所以悔吝生在乎所動之中也。○

剛柔者立本者也變通者趣時者也立本況卦趣時況爻

疏 正義曰剛柔者立本者也言剛柔之象立在其卦之根本者也言卦之根本皆由剛柔陰陽兩爻變通者趣時者也其剛柔之氣所以改變會通趣向於時也若乾之初九趣向勿用之時乾之上九趣向亢極之時是諸爻之變皆臻趣於時也其剛柔立本者若剛定體為乾若柔

[illegible]
定体爲中陽卦兩陰而一陽陰卦兩陽而一陰是立其卦本而
下湯也則上八卦成列象在其中矣是也卦既與爻爲本又是
總主其時故略例云卦者時也變通者趣時者也則上因而重
之爻在其中矣是也卦既總主一時爻則就一時之中各趣其
所宜之時故略例
云爻者趣時者也吉凶者貞勝者也貞者正也一也夫有動則未免乎累殉吉
則未離乎凶蓋會通之変而不累於吉凶者其唯貞者乎
老子曰王侯得一以爲天下貞萬変雖殊可以執一御也（疏）
吉凶至者也○正義曰貞正也言吉之與凶皆由所動不能守
一而生吉凶唯守一貞正而能克勝此吉凶謂但能貞正則免
此吉凶之累也○注貞者至御也○正義曰貞者正也一也者
言貞之爲訓訓正訓一正者體无傾邪一者情无差二寂然无
慮任運而行者也凡吉凶者由動而來若守貞靜寂何吉何凶
之有是貞正能勝其吉凶也云夫有動則未能免乎累者寂然
不動則无所可累若動有營求則有所累故云動則未免於
累也云殉吉則未離乎凶者殉求也若不求其吉无慮无思凶
禍何因而至[illegible]
乎凶也云蓋會通之[illegible]
窮[illegible]
乃[illegible]能知此理[illegible]會通之変

既知老必將死，是運之自然，何須憂累於死，是不累乎吉凶。守貞一任其自然，故云其唯貞者乎。老子曰：王侯得一以爲天下貞者，王侯若不得一，二三其德，則不能治正天下，若得純粹无二无邪，則能爲天下貞也。謂可以貞正天下也。云萬變雖殊可以執一御也者，以萬變雖殊，暑變爲寒，少變爲壯，壯變爲老，老變爲死，禍變爲福，盛變爲衰，變改不同，是萬變殊也。其變雖異，皆自然而有，若能知其自然，不造不爲，无喜无慼，而乘御於此，是可以執一御也。**天地之道，貞觀者也。**明夫天地萬物莫不保其貞以全其用也。（疏）正義曰：謂天覆地載之道，以貞正得一，故其功可爲物之所觀也。**日月之道，貞明者也；天下之動，貞夫一者也。夫乾確然示人易矣，夫坤隤然示人簡矣。**確，剛貌也；隤，柔貌也。乾坤皆恒一其德，物由以成，故簡易也。（疏）正義曰：日月之道貞明者也，言日月照臨之道，以貞正得一而爲明也。若天覆地載，不以貞正而有二心，則天不能普覆，地不能兼載，則不可以觀。由貞乃得觀見也。日月照臨，若不以貞正，有二之心，則照不普及，不爲明也。故以貞而爲明也。天下之動，貞夫一者也，言天地日月之外，天下萬事之動，皆正乎純一也若得於純一則所動遂其性若失於純一則所動乖其理是天下之動得正在一也夫乾確然示人易矣者此明天之得一之道剛質確然示人以和易由其得一无為物由以生是示人易也夫坤隤然示人簡矣者此明地之得一以其得一故坤隤然而柔自然无為以成萬物是示人簡矣若乾不得一或有隤然則不能示人易矣若坤不隤然或有確然則不能示人簡矣

爻也者效此者也象也者像此者也爻象動乎內兆數見於卦也【疏】正義曰爻也者效此者也此釋爻之名也言爻者效此物之變動也象也者像此者也言象此物之形狀也爻象動乎內者言爻之與象發動於卦之內也○吉凶見乎外失得驗於事也【疏】正義曰其爻象吉凶見於卦外在事物之上也功業見乎變功業由變以興故見乎變也○【疏】正義曰言功勞事業由變乃興故功業見於變也○聖人之情見乎辭辭也者各指其所之故曰情也【疏】正義曰辭則言其聖人所用之情故觀其辭而知其情也是聖人之情見乎爻象之辭也若乾之初九其辭云潛龍勿用則聖人勿用之情見於初九爻辭也他皆倣此

天地之大德曰生

施生而不爲，故能常生，故曰大德也。（疏）正義曰：自此已下，欲明聖人同天地之德，廣生萬物之意也。言天地之盛德在乎常生，故言曰生。若不常生，則德之不大。以其常生萬物，故云大德也。**聖人之大寶曰位**。夫无用則无所寶，有用則有所寶也。无用而常足者，莫大乎道；有用而弘道者，莫大乎位。故曰聖人之大寶曰位。（疏）正義曰：言聖人大可寶愛者在於位耳。位是有用之地，寶是有用之物。若以居盛位，能廣用无疆，故稱大寶也。**何以守位曰仁，何以聚人曰財**。財所以資物生也。（疏）正義曰：言聖人何以保守其位，必信仁愛，故言曰仁也。何以聚人曰財者，言何以聚集人眾，必須財物，故言曰財也。**理財正辭，禁民爲非曰義**。（疏）正義曰：言聖人治理其財，用之有節，正定號令之辭，出之以理，禁約其民爲非僻之事，勿使行惡，是謂之義。義，宜也，言以此行之而得其宜也。

正義曰：古者包犧至取諸夬。此第二章，明聖人法自然之理而作易，象易以制器而利天下。此一章其義既廣，今各隨文釋之。

古者包犧氏之王天下也仰則觀象於天俯則觀法於地觀鳥獸之文與地之宜聖人之作易无大不極无微不究大則取象天地細則觀鳥獸之文與地之宜也

疏 正義曰自此至取諸離此一節明包犧法天地造作八卦法離卦而爲罔罟也云仰則觀象於天俯則觀法於地者言取象大也觀鳥獸之文與地之宜者言取象細也大之與細則无所不包也地之宜者若周禮五土動物植物各有所宜是也

近取諸身遠取諸物於是始作八卦以通神明之德以類萬物之情作結繩而爲罔罟以佃以漁蓋取諸離離麗也罔罟之用必審物之所麗也魚麗于水獸麗於山也

疏 正義曰近取諸身者若耳目鼻口之屬是也遠取諸物者若雷風山澤之類是也舉遠近則萬事在其中矣於是始作八卦以通神明之德者言萬事云爲皆是神明之德若不作八卦則神明之德閉塞幽隱既作八卦則而象之是通達神明之德也以類萬物之情者若不作易物情難知今作八卦以類象萬物之情皆可見也作結繩

而爲罔罟以佃以漁者用此罟罔或陸畋以羅鳥獸或水澤以
罔魚鼈也蓋取諸離者離麗也麗謂附著也言罔罟之用必審
知鳥獸魚鼈所附著之處故稱離卦之名爲罔罟也案諸儒象
卦制器皆取卦之爻象之體今韓氏之意直取卦名因以制器
案上繫云以制器者尚其象則取象不取名也韓氏乃取
名不取象於義未善矣今既遵韓氏之學且依此釋之也　包
犧氏沒神農氏作斲木爲耜揉木爲耒耒耨之
利以教天下蓋取諸益制器致豐以益萬物日中爲市致天
下之民聚天下之貨交易而退各得其所蓋取
諸噬嗑噬嗑合也市人之所聚異方之所合設法以合物噬嗑之義也【疏】正義曰包犧氏至取諸噬嗑此
一節明神農取卦造器之義一者制耒耜取於益卦以利益民
也二者日中爲市聚合天下之貨設法以合物取於噬嗑象物
嗌齧乃得通也包犧者案帝王世紀云大皞帝包犧氏風姓也
母曰華胥燧人之世有大人跡出於雷澤華胥履之而生包犧
長於成紀蛇身人首有聖德取犧牲以充包廚故號曰包犧氏
後世音謬故或謂之伏犧或謂之虙犧一號皇雄氏在位一百

一十年包犧氏沒女媧氏代立爲女皇亦風姓也女媧氏沒次
有大庭氏柏皇氏中央氏栗陸氏驪連氏赫胥氏尊盧氏混沌
氏皥英氏有巢氏朱襄氏葛天氏陰康氏无懷氏凡十五世皆
習包犧氏之號也神農者案帝王世紀云炎帝神農氏姜姓也
母曰任巳有蟜氏女名曰女登爲少典正妃游華山之陽有神
龍首感女登於尚羊生炎帝人身牛首長於姜水有聖德繼无
懷之後本起烈山或稱烈山氏在位一百二十年而崩納奔水
氏女曰聽談生帝臨魁次帝承次帝明次帝直次帝釐次帝哀
次帝榆罔凡八
代及軒轅氏也**神農氏沒黃帝堯舜氏作通其變使**
民不倦 通物之變故樂其器用不解倦也 【疏】正義曰神農氏沒至吉无不
利此一節明神農氏沒後乃
至黃帝堯舜通其易之變理於是廣制器物此節與下制器物
爲引緒一勢爲下起文黃帝堯舜氏作者案世紀云黃帝有熊
氏少典之子姬姓也母曰附寶其先即炎帝母家有蟜氏之女
附寶見大電光繞北斗樞星照於郊野感附寶孕二十四月而
生黃帝於壽丘長於姬水龍顏有聖德戰蚩尤于涿鹿擒之在
位一百年崩子青陽代立是爲少皥少皥帝名摯字青陽姬姓
也母曰女節黃帝時大星如虹下臨華渚女節夢接意感生少
皥在位八十四年而崩顓頊高陽氏黃帝之孫昌意之子母曰

昌僕蜀山氏之女爲昌意正妃謂之女樞瑶光之星貫月如虹感女樞於幽房之宫生顓頊於弱水在位七十八年而崩少皞之孫蟜極之子代立是爲帝嚳帝嚳高辛氏姬姓也其母不見生而神異自言其名在位七十年而崩子帝摯立在位九年摯立不肖而崩弟放勛代立是爲帝堯帝堯陶唐氏伊祁姓母曰慶都生而神異常有黄雲覆其上爲帝嚳妃出以觀河遇赤龍晻然陰風而感慶都孕十四月而生堯於丹陵即位九十八年而崩帝舜代立帝舜姚姓其先出自顓頊顓頊生窮蟬窮蟬生敬康敬康生句芒句芒生蟜牛蟜牛生瞽瞍瞍之妻握登見大虹意感而生舜於姚墟故姓姚氏此歷序三皇之後至堯舜之前所爲君也此既云黄帝即云堯舜者略舉五帝之終始則少皞顓頊帝嚳在其間也通其變使民不倦者事久不變則民倦而窮今黄帝堯舜之等以其事久或窮故開通其變量時制器使民用之日新不有懈倦也

神而化之使民宜之易窮則變變則通通則久

通變則无窮故可久也

【疏】正義曰神而化之使民宜之者言所以通其變者欲使神理微妙而變化之使民各得其宜若黄帝已上衣鳥獸之皮其後人多獸少事或窮乏故以絲麻布帛而制衣裳是神而變化使民得宜也易窮則變變則通通則久者此覆説上文通

則變之事所以通其變者言易道若窮則須隨時改變所以須變者變則開通得久長故云通則久也是以自天祐之吉无不利（疏）正義曰此明若能通變則无所不利故引易文證結變通之善上繫引此文者證明人事之信順此乃明易道之變通俱得天之祐故各引其文也黃帝堯舜垂衣裳而天下治蓋取諸乾坤垂衣裳以辨貴賤乾尊坤卑之義也（疏）正義曰自此已下凡有九事皆黃帝堯舜取易卦以制象此於九事之第一也何以連云堯舜者謂此九事黃帝制其初堯舜成其末事相連接共有九事之功故連云黃帝堯舜也案皇甫謐帝王世紀載此九事皆為黃帝之功若如所論則堯舜无事易繫何須連云堯舜則皇甫之言未可用也垂衣裳者以前衣皮其制短小今衣絲麻布帛所作衣裳其制長大故云垂衣裳也取諸乾坤者衣裳辨貴賤乾坤則上下殊體故云取諸乾坤也刳木為舟剡木為楫舟楫之利以濟不通致遠以利天下蓋取諸渙渙者乘理以散通也（疏）正義曰此九事之第二也舟必用大木刳鑿其中故云刳木也剡木為楫者楫必須纖長理當剡削故曰

剡木也取諸渙者渙散也渙卦之義取乘理以散動也舟楫以乘水以載運故取諸渙也服牛乘馬引重致遠以利天下蓋取諸隨隨謂隨宜也服牛乘馬隨物所之各得其宜也

疏 正義曰此九事之第三也隨者謂隨時之所宜也今服用其牛乘駕其馬服牛以引重乘馬以致遠是以人之所用各得其宜故取諸隨也

重門擊柝以待暴客蓋取諸豫取其豫備

疏 正義曰此九事之第四也豫者取其豫有防備韓氏以此九事皆以卦名而為義者特以此象文取備豫之義其事相合故其餘八事皆以卦名解義量為此也

斷木為杵掘地為臼臼杵之利萬民以濟蓋取諸小過以小用而濟物也

疏 正義曰此九事之第五也杵須短木故斷木為杵臼須鑿地故掘地為臼取諸小過以小事之用過而濟物杵臼亦小事過越而用以利民故取諸小過也

弦木為弧剡木為矢弧矢之利以威天下蓋

疏 正義曰此九事之第六也案爾雅弧木弓也故取諸睽睽乖也物乖則爭興弧矢之用所以威乖爭也

云弦木為弧取諸睽者睽謂乖離弧矢所以服此乖離之人故
取諸睽也案弧矢杵臼服牛乘馬舟楫皆云之利此皆器物益
人故稱利也重門擊柝非如舟楫杵臼故不云利也變[illegible]以禦
暴客是以利也垂衣裳不言利者此亦隨便立稱故云天下治
治亦利也此皆義便而
言不可以一例取也
上古穴居而野處後世聖人
易之以宮室上棟下宇以待風雨蓋取諸大壯
宮室壯大於穴居故制
為宮室取諸大壯也
【疏】正義曰此已下九事之第七也已前不
云上古已下三事或言上古或言
古者已前未造此物之前更无餘物之用非是後物
以替前物故不云上古已下三事皆是未造此物之前已
更有所用今將後物以代前用前用所有故本之云上
古乃將古者未有衣裳之前則衣鳥獸之皮亦是已前有用不
云上古者雖云古者衣皮女不事衣或衣裳不事无定
体[illegible]不得[illegible]上古衣皮也若見穴居野處及[illegible]治雖專一
事故可稱上古由後物代之也取諸大壯[illegible]
造制宮室壯大於穴居野處故取大壯之名也
古之葬者
厚衣之以薪葬之中野不封不樹喪期无數後

世聖人易之以棺椁蓋取諸大過取其過厚疏正義曰此九事之第八也不云上古直云古之葬者若極遠者則云上古其次遠者則直云古則厚衣之以薪葬之中野猶在穴居結繩之後故直云古也不封不樹者不積土爲墳是不封也不種樹以標其處是不樹也喪期无數者哀除則止无日月限數也後世聖人易之以棺椁者若禮記云有虞氏瓦棺未必用木爲棺也則禮記又云殷人之棺椁以前云椁无文也取諸大過者送終追遠欲其甚大過厚故取諸大過也案書稱堯崩百姓如喪考妣三載四海遏密八音則喪期无數在堯已前而棺椁自殷已後則夏已前棺椁未具也所以其文參差前後不齊者但此文舉大略明前後相代之義不必確在一時故九事上從黃帝下稱堯舜連延不絕更相增脩也

上古結繩而治後世聖人易之以書契百官以治萬民以察蓋取諸夬夬決也書契所以決斷萬事疏正義曰此明九事之終也夬者決也造立書契所以決斷萬事故取諸夬也結繩者鄭康成注云事大大結其繩事小小結其繩義或然也

疏 正義曰是故易者至德之盛也此第三章明陰陽二卦之體及日月相推而成歲聖人用之安身崇德德之盛也

是故易者象也象也者像也彖者材也材才德也彖言成卦之材以統卦義也

疏 正義曰是故易者象也者但前章皆取象以制器以是之故易卦者寫萬物之形象故易者象也象也者像也○謂卦爲萬物象者法像萬物猶若乾卦之象法像於天也彖者材也者謂卦下彖辭者論此卦之材德也

爻也者效天下之動者也是故吉凶生而悔吝著也陽卦多陰陰卦多陽其故何也陽卦奇陰卦耦夫少者多之所宗一者衆之所歸陽卦二陰故奇爲之君陰卦二陽故耦爲之主

疏 正義曰爻也者效天下之動者謂每卦六爻皆倣效天下之物而發動也吉凶生而悔吝著者動有得失故吉凶生也動有細小疵病故悔吝著也陽卦多陰陰卦多陽其故何也者此夫子將釋陰陽二卦不同之意故先發其問云其故何也陽卦多陰謂震坎艮一陽而二陰也陰卦多陽謂巽離兌一陰而二陽也陽卦奇陰卦耦者陽卦則以奇爲君故一陽而二陰陽爲君陰爲臣也陰卦則

以耦爲君故一陽而一陰陰爲君陽爲臣也故注云陽卦二陰故奇爲之君陰卦二陽故耦爲之主**其德行何也**辨陰陽二卦之德行也〔疏〕正義曰前所釋陰陽之体未知陰陽德行之故故夫子將釋德行乃問之故云其德行何也**陽一君而二民君子之道也陰二君而一民小人之道也**陽君道也陰臣道也君以无爲統衆无爲則一也臣以有事代終有事則二也故陽爻畫奇以明君道必一陰爻畫兩以明臣体必二斯則陰陽之數君臣之辨也以一爲君君之德也二居君位非其道也故陽卦曰君子之道陰卦曰小人之道也〔疏〕陽一至道也○正義曰陽一君而二民君子之道者夫君以无爲統衆无爲者爲每事因循委任臣下不司其事故稱一也臣則有事代終各同其職有職則有對故稱二也今陽爻以一爲君以二爲民得其尊卑相正之道故爲君子之道者也陰二君而一民小人之道者陰卦則以二爲君是失其正以一爲臣乖反於理上下失序故稱小人之道也○注陽君至道也○正義曰陽君道者陽是虛无爲体純一不二君德亦然故云陽君道也陰臣道者陰是形器各有質分不能純一臣職亦然故云陰臣道也案經云民而注云臣者臣則民也經中對君故稱民注意解陰故稱臣

也易曰憧憧往來朋從爾思天下之動必歸乎一思以求朋未能一也一以感物不思而至疏正義曰此明不能无心感物使物來應乃憧憧然役用思慮或來或往然後朋從爾之所思若能虛寂以純一感物則不須憧憧往來朋自歸也此一之爲道得爲可尚結成前文陽卦以一爲君是君子之道也注云天下之動必歸乎一思以求朋未能一也一以感物不思而至矣子曰天下何思何慮天下同歸而殊塗一致而百慮天下何思何慮夫少則得多則惑塗雖殊其歸則同慮雖百其致不二苟識其要不在博求一以貫之不慮而盡矣疏正義曰子曰天下何思何慮者言得一之道心既寂靜何假思慮也天下同歸而殊塗者言天下萬事終則同歸於一但初時殊異塗也一致而百慮者所致雖一慮必有百言慮雖百種必歸於一致也塗雖殊異亦同歸於至真也言多則不如少動則不如寂則天下之事何須思也何須慮也日往則月來月往則日來日月相推而明生焉寒往則暑來暑往則寒來寒暑相推而

歲成焉往者屈也來者信也屈信相感而利生

焉【疏】正義曰日往則月來至相推而歲成者此言不須思慮任運往來自然明生自然歲成也往者屈也來者信也者此覆明上日往則月來寒往則暑來自然相感而生利之事也往是去藏故爲屈也來是施用故爲信也一屈一信遞相感動而利生則上云明生歲成是利生也

尺蠖之屈以求信也龍蛇之蟄以存身也精義入神以致用也

精義物理之微者也神寂然不動感而遂通故能乘天下之微會而通其用也【疏】正義曰尺蠖之屈以求信者覆明上往來相感屈信相須尺蠖之蟲初行必屈者欲求在後之信也言信必須屈屈以求信是相須也龍蛇之蟄以存身者言靜以求動也蛟蛇初蟄是靜也以此存身是後動也言動必因靜也靜而得動亦動靜相須也精義入神以致用者亦言先靜而後動此言人事之用言聖人用精粹微妙之義入於神化寂然不動乃能致其所用精義入神是先靜也以致用是後動也是動因靜而來也

利用安身以崇德也

利用之道皆安其身而後動也精義由於入神以致其用利用由於安身以崇其德理必由乎其宗事各

本乎其根歸根則寧天下之理得也若役其思慮以求動用忘
其安身以殉功美則僞彌多而理愈失名彌美而累愈彰矣
[疏]利用至德也。正義曰此亦言人事也言欲利己之用先
須安靜其身不須役其思慮可以增崇其德言利用安身
是靜也言崇德是動也此亦先靜而後動動亦由靜而來也
注利用之道至崇其德。正義曰云利用之道皆安其身而後
動者言欲利益所用先須自安其身身既得安然後舉動德乃
尊崇若不先安身身有患害何能利益所用以崇德也云精義
由於入神以致其用者言精粹微妙之義由入神寂然不動乃
能致其用云利用由於安身以崇德者言欲利益所用先須自
安其身乃可以
增崇其德也

過此以往未之或知也窮神知化德之盛也[疏]正義曰過此以往未之或知也者言精義入
神以致用利用安身以崇德此二者皆人理
之極過此二者以往則微妙不可知故云未之或知也窮神知
化德之盛者此言過此二者以往之事若能過此以往則窮極
微妙之神曉知變化之道
乃是聖人德之盛極也

[疏]正義曰易曰困于石至勿恒凶此第四章凡有九節以
上章先利用安身可以崇德若身自危辱何崇德之有

故此章第一節引困之六三危辱之事以證之也

易曰困于石據于蒺蔾入于其宮不見其妻凶子曰非所困而困焉名必辱非所據而據焉身必危既辱且危死期將至妻其可得見邪[疏]正義

曰困之六三履非其位欲上干於四四自應初不納於己是困於九四之石也三欲下據二二是剛陽非己所乘下向據於九二之蒺蔾也六三又欲入其宮不見其妻死期將至所以凶也子曰非所困而困焉者夫子既引易文又釋其義故云不曰非所困謂九四若六三不往犯之非六三之所困而六三彊往干之而取困焉名必辱者以向上而進取故以聲名言之云名必辱也非所據而據焉者謂九二也若六三能卑下九二則九二不為其害是非所據也今六三彊陵之是非所據而據焉身必危者若下向安身之處故以身言之云身必危也

易曰公用射隼于高墉之上獲之无不利子曰隼者禽也弓矢者器也射

之者人也君子藏器於身待時而動何不利之
有動而不括是以出而有獲語成器而動者也
括結也君子待時而動則無結閡之患也【疏】易曰至動者也○正義曰以前章先須安身可以利用故此第二節論明
先藏器於身待時而動而有利故引解之上六以證之三不應上以陰居陽此上六處解之極欲除其悖亂而去其三也
故公用射此六三之隼於下體高墉之上以上攻下合於順道故獲之无不利○子曰隼者禽也者此引易文於上下以解
之故言子曰君子藏器於身待時而動何不利者猶若射人持弓矢於身此君子若包藏其器於身待時而動何不利之有
以此射隼之人也動而不括者言射隼之人既持弓矢待隼可射之動而射之則不有結閡而有礙也猶若君子藏善道於身待
可動之時而興動亦不有結閡而括結也語成器而後動者謂易之所說此者語論有見成之器而後興動也子曰
小人不恥不仁不畏不義不見利不勸不威不
懲小懲而大誡此小人之福也易曰屨校滅趾

无咎此之謂也（疏）正義曰此章第三節也明小人之道不能恒善若因懲誡而得福也此亦證前章安身之事故引易噬嗑初九以證之以初九居无位之地是受刑者以處卦初其過未深故屨校滅趾而无咎也善不積不足以成名惡不積不足以滅身小人以小善爲无益而弗爲也以小惡爲无傷而弗去也故惡積而不可揜罪大而不可解易曰何校滅耳凶（疏）正義曰此章第四節也明惡人爲惡之極以致凶也此結成前章不能安身之事故引噬嗑上九之義以證之上九處噬嗑之終是罪之深極者故有何校滅耳之凶案第一第二節皆先引易文於上其後乃釋之此第三已下皆先豫張卦義於上然後引易於下以結之體例不同者蓋夫子隨義而言不爲例也子曰危者安其位者也亡者保其存者也亂者有其治者也是故君子安而不忘危存而不忘亡治而不

忘亂是以身安而國家可保也易曰其亡其亡

繫于苞桑〔疏〕正義曰此第五節以上章有安身之事故此節恒須謹慎可以安身故引否之九五以證之危者安其位者也言所以今有傾危者由往前安樂於其位自以爲安不有畏慎故致今日危也亡者保其存者所以今日滅亡者由往前保有其存恒以爲存不有憂懼故今致滅亡也亂者有其治者所以今有禍亂者由往前自恃有其治理也謂恒以爲治不有憂慮故今致禍亂也是故君子今雖復安心恒不忘傾危之事國之雖存心恒不忘滅亡之事政之雖治心恒不忘禍亂之事其亡其亡繫于苞桑者言心恒畏慎其將滅亡其將滅亡乃繫于苞桑之固也子曰德薄

而位尊知小而謀大力少而任重鮮不及矣易

曰鼎折足覆公餗其形渥凶言不勝其任也〔疏〕

子曰至其任也〇正義曰此第六節言不能安其身知小謀大而遇禍敗引易鼎卦九四以證之鼎折足覆公餗其形渥凶者處上體之下而又應初既承且施非已所堪故有折足之凶既覆敗其美道災及其形以致渥凶也言不勝其任者此夫子之

言引易後以此結之其文少故不云子曰也子曰知幾其神乎君子上交不諂下交不瀆其知幾乎形而上者況之道形而下者況之器於道不冥而有求焉未離乎諂也於器不絕而有交焉未免乎瀆也能无諂瀆窮理者乎【疏】正義曰子曰知幾其神乎者此第七節前章云精義入神故此章明知幾入神之事故引豫之六二以證之云易曰介于石不終日貞吉知幾其神乎者神道微妙寂然不測人若能豫知事之幾微則能與其神道合會也君子上交不諂下交不瀆者上謂道也下謂器也若聖人知幾窮理冥於道絕於器故能上交不諂下交不瀆若於道不冥而有求焉未能離於諂也於器不絕而有交焉未能免於瀆也能无諂瀆知幾窮理者乎幾者動之微吉之先見者也幾者去无入有理而无形不可以名尋不可以形覩者也唯神也不疾而速感而遂通故能朗然玄昭鑒於未形也合抱之木起於毫末吉凶之彰始於微兆故為吉之先見也【疏】正義曰此釋幾之義也幾微也是已動之微動謂心動事動初動之時其理未著唯纖微而已若其已著之後則心事顯露不得為幾若未動之前又寂然頓无兼亦不得稱幾也幾是離无入有在有无之際故云動之微

周易八　十三

也若事著之後乃成爲吉此幾在吉之先豫前已見故云吉之先見者也此直云吉不云凶者凡豫前知幾皆向吉而背凶違凶而就吉无復有凶故特云吉也諸本或有凶字者其定本則无也**君子見幾而作不俟終日易曰介于石不終日貞吉介如石焉寧用終日斷可識矣**定之於始故不待終日也【疏】正義曰君子見幾而作不俟終日者言君子既見事之幾微則須動作而應之不得待終其日言赴幾之速也易曰介于石不終日貞吉者此豫之六二辭得位居中故守介如石見幾則動不待終其一日也介如石焉寧用終日斷可識矣者此夫子解釋此爻之辭既守志耿介如石不動纔見幾微即知禍福何用終竟其日當時則斷可識矣**君子知微知彰知柔知剛萬夫之望**此知幾其神乎【疏】正義曰君子知微知彰者初見是幾是知其微既見其幾逆知事之禍福是知其彰著也知柔知剛者剛柔是變化之道既知初時之柔則逆知在後之剛言凡物之體從柔以至剛凡事之理從微以至彰知幾之人既知其始又知其末是合於神道故爲萬夫所瞻望也萬夫舉大略而言若知幾合神則爲天下之主何直只云萬

子曰：顏氏之子，其殆庶幾乎！有不善未嘗不知，知之未嘗復行也。在理則昧，造形而悟，顏子之分也。失之於幾，故有不善；得之於二，不遠而復，故知之未嘗復行也。

疏 正義曰：「子曰顏氏之子」至「元吉」，此第八節。上節明其知幾是聖人之德，此節論賢人唯庶於幾，雖未能知幾，故引顏氏之子以明之也。「其殆庶幾乎」者，言聖人知幾，顏子亞聖，未能知幾，但殆近庶慕而已，故云其殆庶幾乎。又以殆為辭。「有不善未嘗不知」者，若知幾之人，本無不善，以顏子未能知幾，故有不善。不近於幾之人，既有不善，不能自知於惡，此顏子以其近幾，若有不善，未嘗不自知也。「知之未嘗復行」者，以顏子通幾，既知不善之事，見過則改，未嘗復更行之。但顏子於幾理闇昧，故有不善之事，於形器顯著，乃自覺悟，所有不善，未嘗復行。

易曰：不遠復，无祇悔，元吉。吉凶者，失得之象也。得一者，於理不盡，未至成形，故得不遠而復，舍凶之吉，免夫祇悔，而終獲元吉，祇，大也。

疏 正義曰：以去幾既近，尋能改悔，故引復卦初九以明之也。以復卦初九既在卦初，則能復於陽道，是速而不遠則能復也，所以无大悔而有元吉也。

天地絪縕，萬物化

大□千五

醇男女構精萬物化生【疏】正義曰天地絪縕至勿恒凶此第九節也以前章利用安身以崇德也安身之道在於得一若已能得一則可以安身故此節明得一之事也天地絪縕萬物化醇者絪縕相附著之義言天地无心自然得一唯二氣絪縕共相和會萬物感之變化而精醇也天地若有心爲二則不能使萬物化醇也男女構精萬物化生者構合也言男女陰陽相感任其自然得一之性故合其精則萬物化生也若男女无自然之性而各懷差二則萬物不化生也易曰三人行則損一人一人行則得其友言致一也致一而後化成也【疏】正義曰此損卦六三爵辭也言六三若更與二人同往承上則上所不納是二人俱行并六三不相納是則損一人也若六三獨行則上所容受故云一人行則得其友此言衆不如寡三不及一也言致一也若此夫子釋此爻之意謂此爻所論致其醇一也故一人獨行乃得其友也子曰君子安其身而後動易其心而後語定其交而後求君子脩此三者故全也危以動則民不與也懼

以語則民不應也无交而求則民不與也莫之與則傷之者至矣【疏】正義曰子曰君子安其身而後動者此明致一之道致一者在身之謂若已之爲得則萬事得若已之爲失則萬事失也欲行於天下先在其身之一故先須安靜其身而後動和易其心而後語先以心選定其交而後求若其不然則傷之者至矣易曰莫益之或擊之立心勿恒凶夫虛已存誠則衆之所不迕也躁以有求則物之所不欲也【疏】正義曰此益之上九爻辭在无位高亢獨唱无和是莫益之也衆怨難犯是或擊之也勿无也由已建立其心无能有恒故凶危也易之此言若虛已存誠則衆之所與躁以有求則物之所不與也

【疏】正義曰子曰乾坤其易至矣得之報此第五章也前章明安身崇德之事要在於知幾得一也此明易之體用辭理遠大可以濟物之行以明失得之報也

子曰乾坤其易之門邪乾陽物也坤陰物也陰

陽合德而剛柔有體以體天地之撰撰數也疏正義
曰子曰乾坤其易之門邪者易之變化從乾坤而起猶人之興
動從門而出故乾坤是易之門邪乾是陽物也坤是陰物也陰陽合
德而剛柔有體者若陰陽不合則剛柔之體无從而生以陰陽
相合乃生萬物或剛或柔各有其體陽多為剛陰多為柔也以
體天地之撰者撰數也天地之內萬物之
象非剛則柔或以剛柔體象天地之數也以通神明之德
其稱名也雜而不越備物極變故其名雜也各得其
序不相踰越況爻繇之辭也疏正義
曰以通神明之德者萬物變化或生或成是神明之德易則象其
變化之理是其易能通達神明之德也其稱名也雜而不越者易
之其稱萬物之名萬事論說紛紛雜碎各有倫敘而不相乖越
易之爻辭多載細小之物若見豕負塗之屬是雜碎也辭雖雜碎
各依爻卦所宜而言之是不相踰越也於稽其類其衰世之意邪有憂患而後作
易世衰則失得彰爻繇之辭所以辯失得故知衰世之意邪稽猶考也疏正義曰稽考也類謂事類然考校易辭事
類多有悔吝憂虞故云衰亂之世所以陳情意也若盛德之時物
皆遂性人悉懽娛无累於吉凶不憂於禍害今易所論則有亢

龍有悔或称龍戰于野或称箕子明夷或称不如西鄰之禴祭
此皆論戰爭盛衰之理故云衰意也凡云邪者是疑而不定之
也 疏 夫易彰往而察來而微顯闡幽 易无往不彰无
來不察而微以
之顯幽以之
闡闡明也 疏 正義曰夫易彰往而察來者往事以載是彰
往也來事豫占是察來也而微顯闡幽者闡
明也謂微而之顯幽而闡明也言易之所說論其初微之事以
至其終末顯著也論其初時幽闇以至終末闡明也皆從微以
至顯從幽以至明觀其易辭是微而幽闇也演其義理則顯見
著明也以體言之則云微顯也以理言之則云闡幽其義一也
但以體以理
故別言之 開而當名辨物正言斷辭則備矣 開
釋
爻卦使各當其名也理
類辨明故曰斷辭也 疏 正義曰開而當名者謂開釋爻卦
之義使各當所象之名若乾卦當
龍坤卦當馬也辨物正言者謂辨天下之物各以類正定言之
若辨健物正言其龍若辨順物正言其馬是辨物正言也斷辭
則備矣者言開而當名及辨物正言凡
此二事決斷於爻卦之辭則備具矣 其稱名也小其取
類也大 託象以明義
因小以喻大 疏 正義曰其稱名也小者言易辭所
稱物名多細小若見豕負塗噬腊

例之屬是其辭碎小也其取類也大者言雖是小物而比喻大事是所取義深而遠大也 其旨遠其辭文其言曲而中 變化無恒不可為典要故其言曲而中也 〔疏〕正義曰其旨遠者近道此事遠明彼事是其旨意深遠若龍戰于野近言龍戰乃遠明陰陽鬭争聖人變革是其旨遠也其辭文者不直言所論之事乃以義理明之是其辭文飾也若黃裳元吉不直言得中居職乃云黃裳是其辭文也其言曲而中者變化无恒不可為體例其言隨物屈曲而各中其理也 其事肆而隱 事顯而理微也 〔疏〕正義曰其易之所載之事其辭放肆顯露而所論義理深而幽隱也 因貳以濟民行以明失得之報 貳則失得也因失得以通濟民行故明失得之報也失得之報若得其會則吉乖其理則凶 〔疏〕正義曰因貳以濟民行者貳二也謂吉凶二理言易因自然吉凶二理以濟民之行也欲令取吉而避凶行[illegible]懸也以明失得之報者言易明人行失之與得[illegible]也失則報之以凶得則報之以吉是明失得之報也 〔疏〕正義曰易之興也至巽以行權此第六章明所以作易為有憂患故作易既有憂患須脩德以避患故明九卦

爲德之所用也

易之興也其於中古乎作易者其有憂患乎无憂患則不爲而足也【疏】正義曰其於中古乎者謂易之爻卦之辭起於中古若易之爻卦之象則在上古伏犧之時但其時理尚質素聖道凝寂直觀其象足以垂教矣但中古之時事漸澆浮非象可以爲教又須繫以文辭示其變動吉凶故爻卦之辭起於中古則連山起於神農歸藏起於黃帝周易起於文王及周公也此之所論謂周易也作易者其有憂患乎者若无憂患何思何慮不須營作今既作易故知有憂患也身既憂患須垂法以示於後以防憂患之事故繫之以文辭明其失得與吉凶也其作易憂患已於初卷詳之也是故履德之基也基所蹈也【疏】正義曰以爲憂患行德爲本也六十四卦悉爲脩德防患之事但於此九卦最是脩德之甚故特舉以言焉以防憂患之事故履卦爲德之初基故爲德之時先須履踐其禮敬事於上故履爲德之初基也謙德之柄也復德之本也夫動本於靜語始於默復者各反其所始故爲德之本也【疏】正義曰謙德之柄也者言爲德之時以謙爲用若行

德不用謙則德不施用是謙爲德之柄猶斧刃以柯柄爲用也復德之本者言爲德之時先從靜默而來復是靜默故爲德之根本也

恒德之固也固不傾移也疏正義曰言爲德之時恒能執守始終不變則德之堅固故爲德之固也

損德之脩也益德之裕也能益物者其德寬大也疏正義曰損德之脩者行德之時恒自降損則其德自益而增新故云損德之脩也謙者論其退下於人損者能自減損於己故謙損別言也益德之裕者裕寬大也能以利益於物則德更寬大也

困德之辯也困而益明疏正義曰若遭困之時守操不移德乃可分辨也

井德之地也所處不移象居得其所也疏正義曰改邑不改井井是所居之常處能守處不移是德之地也言德之不移動也

巽德之制也巽所以申命明制也疏正義曰巽申明號令以示法制故能與德爲制度也自此已上明九卦各與德爲用也

履和而至和而不至從物者也和而能至故可履也疏正義曰自此已下明九卦之德也言履卦與物和諧而守其能至故可履踐也

謙尊而光復小而辨於物微而辨之不遠復也疏正義

曰謙尊而光者以能謙卑故其德益尊而光明也復小而辨於
物者言復卦於初細微小之時即能辨於物之吉凶不遠速復
也恒雜而不厭雜而不厭是以能恒疏正義曰言恒卦雖与物雜碎並居而常執守其操不
被物之不正也損先難而後易刻損以脩身故先難也身脩而无患故後易也疏正義曰先
自減損是先難也後乃无患是後易也益長裕而不設有所興為以益於物故曰長裕因物興務
不虛設也疏正義曰益是增益於物能長養寬裕於物皆因物性自然而長養不空虛妄設其法而无益也困窮
而通處窮而不屈其道也疏正義曰言困卦於困窮之時而能守節使道通行而不屈也井居
其所而遷改邑不改井井所居不移而能遷其施也疏正義曰言井卦居得其所恒住不移而能
遷其潤澤施惠於外也巽稱而隱稱揚命令而百姓不知其由也疏正義曰言巽稱揚號令而
不自彰伐而幽隱也自此已上辨九卦性德也履以和行謙以制禮復以自
知來諸已也疏正義曰履以和行者自此以下論九卦各有施用而有利益也言履者以礼敬事於人是調和性行

也謙以制禮者性能謙順可以裁制於禮　恒以一德　以一爲德也　復以自知者既能返復求身則自知得失也

疏　正義曰恒能終始不移是純一其德也　損以遠害　止於脩身故可以遠害而已　疏　正義曰自降損脩身无物害己故遠害也　益以興利　困以寡怨　困而不濫无怨於物　疏　正義曰益以因利者既能益物物亦益己故興利也困以寡怨者遇困守節不移不怨天不尤人是无怨於物故寡怨也

井以辯義　施而无私義之方也　疏　正義曰井能施而无私則是義之方所故辯明於義也

巽以行權　權反經而合道必合乎巽順而後可以行權也　疏　正義曰巽順以既能順時合宜故可以權行若不順時制變不可以行權也

疏　正義曰易之爲書至思過半矣此第七章明易書體用也

易之爲書也不可遠　擬議而動不可遠也　疏　正義曰不可遠者言易書之體皆倣法陰陽擬議而動不可遠離陰陽物象而妄爲也

爲道也屢遷變動不居周

流六虛六虛六位也【疏】正義曰其爲道也屢遷者言易之爲道皆法象陰陽數數遷改若乾之初九則潛龍九二則見龍是屢遷也變動不居者言陰陽六爻更互變動不恒居一體也若一陽生爲復二陽生爲臨之屬是也周流六虛者言陰陽周徧流動在六位之虛六位言虛者位本无体因爻始見故稱虛也上下无常剛柔相易不可爲典要不可立定準也【疏】正義曰上下无常者初居一位又居二位是上无常定也既窮上位之極又下來居於初是上下无常定也若九月剥卦一陽上極也十一月一陽下來歸初也剛柔相易不可爲典要者言陰陽六爻兩相交易或以陰易陽或以陽易陰或在初位相易在二位相易六位錯綜上下所易皆不同是不可爲典常要會也唯變所適變動貴於適時趣舍存乎會也【疏】正義曰言剛柔相易之時既无定準唯隨應變之時所之適也其出入以度外內使知懼明出入之度使物知外內之戒也出入猶行藏外內猶隱顯遯以遠時爲吉豐以幽隱致凶漸以高顯爲吉明夷以韜晦利貞此外內之戒也【疏】正義曰其出入以度者出入猶行藏也言行藏各有其度不可違失於時故韓氏云豐以幽隱致凶明夷以韜晦利

貞是出入有度也外內使知懼者外內尤隱顯言欲隱顯之人
使知畏懼於易也若不應隱而隱不應顯而顯必有凶咎使知
畏懼凶咎而不爲也又明於憂患與故故事故也【疏】正義曰故事故也非但使人隱
顯知懼又使人明曉於憂患幷與萬事也无有師保如臨父母安而不忘危存而不忘亡
終日乾乾不可以怠也【疏】正義曰言使人畏懼此易歸行善道不須有師保教訓恒常恭敬如父母臨之故云如臨
父母也初率其辭而揆其方既有典常能循其辭以度其義原其
初以要其終則唯變所適是其常典也明其變者有其要也故曰苟非其人道不虛行【疏】正義曰初率其辭而揆其
方若率循也揆度也方義也言人君若能初始依循其易之文辭而揆度其易之義理則能知易有典常也故云既有典常易
雖千變萬化不可爲典要然循其辭度其義原尋其初要結其終皆唯變所適是其常典也言唯變是常既以變爲常其就變
之中剛柔相易仍不常也故上云不可爲典要也苟非其人道不虛行【疏】
正義曰言若聖人則能循其文辭揆其義理知其典常是易道得行也若苟非通聖之人則不曉達易之道理則易之道不虛

人而行是虛行也必不如此故云道不虛行也易之為書

也原始要終以為質也 質體也卦兼終始之義也【疏】正義曰此以下亦明易辭

體用尋其辭則吉凶可以知也原始要終以為質者質體也言

易之為書原窮其事之初始乾初九潛龍勿用是原始也又要

會其事之終末若上九亢龍有悔是要終也言易以原始要終

以為體質也此潛龍亢龍是一卦之始終也諸卦亦然若六爻

初窮而后通皆是也亦有一爻之中原始要終也故坤卦

之初六履霜堅冰至履霜是原始也堅冰至是要終也 六

爻相雜唯其時物也 爻各存乎其時物事也【疏】正義曰物事也一卦之中六爻

交相雜錯唯各會其時唯各主其事若屯卦初九盤桓利居貞

是居貞之時有居貞之事六二屯如邅如是乘陽屯邅之時是

有屯邅之事也略舉一爻餘爻倣此也 其初難知其上易知本末也 初

辭擬之卒成之終 夫事始於微而後至於著初者數之

事皆成著【疏】正義曰其初難知者謂卦之初始起於微細始

擬議其端緒事未顯著故難知也其上易知者

故易知也

其上謂卦之上爻事已終極成敗已見故易知也上云其上則其初宜云下也初既言初則上應稱末互文也以易經爻辭言初言上故此從經文也本末也者其初難知是本也其上易知是末也以事本故難知以事末故易知故云本末也初辭擬之者覆釋其初難知也以初時以辭擬議其始故難知也卒成之終者覆釋其上易知也言上是事之卒了而成就終竟故易知也

若夫雜物撰德辯是與非則非其中爻不備噫亦要存亡吉凶則居可知矣知者觀其彖辭則思過半矣夫彖者舉立象之統論中爻之義約以存博簡以兼衆雜物撰德而一以貫之形之所宗者道衆之所歸者一其事彌繁則愈滯乎形其理彌約則轉近乎道彖之爲義存乎一也一之爲用同乎道矣形而上者可以觀道過半之益不亦宜乎

〔疏〕若夫至過半矣正義曰若夫雜物撰德辯是與非則非其中爻不備者言雜聚天下之物撰數衆人之德辯定是之與非則非其中之一爻不能備具也謂一卦之内而有六爻各主其物各數其德欲辯定此六爻之是非則總歸於中爻言中爻統攝一卦之義多也若非中爻則

乾之九二見龍在田利見大人是[illegible]飛龍在天利見大人是統
攝乾卦之義也乾是陽長是行利見大人之時二之與五統攝
乾德又坤之六二云直方大攝坤卦地道之義六五黃裳元吉
亦統攝坤之臣道之義也噫亦要存亡吉凶則居可知矣者噫
者發声之辭卦爻雜聚意義必在其中爻噫乎發歎要定或此
卦存之與亡吉之與凶但斷其中爻則居然可知矣謂平居自
知不須營爲也知者觀其彖辭則思過半矣者彖辭謂文王卦
下之辭言聰明知達之士觀此卦下彖辭則能思慮有益以過
半矣。注夫彖者至近乎道。正義曰夫彖者舉立象之統者
謂文王卦下彖辭舉明此卦象之綱紀也云論中爻之義者
言彖辭論量此卦中爻義意也舉立象之統者若屯卦彖云利
貞夫子釋云動於險中大亨貞者是舉立象之統也論中爻之
義者若蒙卦云蒙亨初筮告注云能爲初筮其唯二乎是彖云
初筮其在九二是論中爻之義也云約以存博簡以兼衆者雖
舉中爻是約是簡存備六爻之義是存博兼衆也云雜物撰德
而一以貫之者一卦六爻雜聚諸物撰數諸德而用一道以貫
穿之一謂中爻也以其居中於上於下无有偏二故称一也其
事弥繁則愈滯子形者愈益也滯謂陷滯也若事務弥更繁多
則轉益滯陷於形体言憂勞妨礙也云其理弥約則轉近乎道
者若理能簡約則轉轉附近於道以約少无爲之称故少則

大六十四

近於道也

疏正義曰二與四至易之道也此第八章也明諸卦二三四五爻之功用又明三才之道并明易興之時總贊明易道之大也各隨文釋之

二與四同功同陰功也而異位有內外也其善不同二多譽二處中和故多譽也四多懼近也位逼於君故多懼也柔之為道不利遠者其要无咎其用柔中也四之多懼以近君也柔之為道須援而濟故有不利遠者二之能无咎柔而處中也

疏正義曰柔之為道不利遠者此覆釋上四多懼之意凡陰柔為道當須親附於人以得濟今乃遠其親援而欲上逼於君所以多懼利其不宜利於疏遠也其要无咎其用柔中也者覆釋上二多譽也言二所多譽者言二所以要會无罪咎而多譽也所以然者以其用柔而居中也

三與五同功同陽功也而異位有貴賤三多凶五多功貴賤之等也其柔危其剛

勝邪三五陽位柔非其位處之則危居以剛健勝其任也夫所貴剛者閑邪存誠動而不違其節者也所貴柔者含弘居中順而不失其貞者也若剛以犯物則非剛之道柔以卑佞則非柔之義也疏正義曰貴賤之等其柔危其剛勝邪者此釋三與五同功之義五為貴三為賤是貴賤之等也此並陽位若陰柔處之則傾危陽剛處之則剋勝其任故云其柔危其剛勝也諸本三多凶五多功之下皆有注今定本无也三居下卦之極故多凶五居中處尊故多功也易之為書也廣大悉備有天道焉有人道焉有地道焉兼三材而兩之故六六者非它也三材之道也說卦備矣疏正義曰易之為書至吉凶生焉此節明三材之義六爻相雜之理也六者非他三材之道也者言六爻所效法者非更別有他義唯三材之道也道有變動故曰爻爻有等故曰物等類也乾陽物也坤陰物也爻有陰陽之類而后有剛柔之用故曰爻有等故曰物疏正義曰道有變動故曰爻者言三材之道既有變化而移動故重畫以象之而曰爻也爻有等故曰物者物類也言爻有陰陽貴賤等級以象

萬物之類故謂之物也物相雜故曰文剛柔交錯玄黃錯雜【疏】正義曰言萬物遞相錯雜若玄黃相間故謂之文也文不當故吉凶生焉【疏】正義曰若相與聚居間雜成文不相妨害則吉凶不生也由文之不當相與聚居不當於理故吉凶生也

易之興也其當殷之末世周之盛德邪當文王與紂之事邪文王以盛德蒙難而能亨其道故稱文王之德以明易之道也是故其辭危文王與紂之事危其辭也【疏】正義曰易之興也至易之道也此一節明易之興起在紂之末世故其辭若憂其傾危也以當紂世憂畏滅亡故作易辭多述憂危之事亦以垂法於後使保身危懼避其患難也周氏云謂當紂時不敢指斥紂惡故其辭微危而不正也今案康伯之注云文王與紂之事危其辭也則以周釋爲得也案下覆云危者使平則以危謂憂危是非既未可明所以兩存其釋也

危者使平易者使傾易慢易也【疏】正義曰危者使平者既有傾危以懼[illegible]文王有天下是危者使平也易者使傾者若其慢易不循易道者則使之傾覆若紂爲凶惡以至誅滅也其道甚大百

物不廢懼以終始其要无咎此之謂易之道也夫文不當而吉凶生則保其存者亡不忘亡者存有其治者亂不忘危者安懼以終始歸於无咎安危之所由爻象之大体也

疏 正義曰其道甚大百物不廢者言易道功用甚大百種之物頼之不有休廢也懼以終始者言恒能憂懼於終始能於始思終於終思始也其要无咎者若能始終皆懼要會歸於无咎也此之謂易之道者言易之為道若能終始之懼則无凶咎此謂易之所用之道其大体如此也

疏 正義曰夫乾天下至其辭屈此第九章自此已下終篇未總明易道之美兼明易道愛惡相攻情僞相感吉凶悔吝由此而生人情不等制辭各異也

夫乾天下之至健也德行恒易以知險夫坤天下之至順也德行恒簡以知阻能說諸心能研諸侯之慮諸侯物主有為者也能說萬物之心能精為者之務

疏 正義曰德行恒易以知險者謂

乾之德行恒易畧不有艱難以此之故能知險之所興若不有
易略則爲險也故行易以知險也德行恒簡以知阻者言坤之
德行恒爲簡靜不有煩亂以此之故知阻之所興也若不簡則
爲阻難故行簡靜以知阻也大難曰險乾以剛健故知其大難
小難曰阻坤以柔順故知其小難知大難曰險者案坎卦彖云
天險不可升地險山川丘陵言險不云阻故知險爲大難險既
爲大明阻爲小也能說諸心者萬物之心皆患險阻今以阻險
諮告於人則萬物之心无不喜說故曰能說諸心也能研諸侯
之慮者研精也諸侯既有爲於萬物有憂患今得所易簡
能說諸物之心則能精妙諸侯之慮謂諸侯以此易之道思慮
諸物轉益精粹故
云研諸侯之慮也**定天下之吉凶成天下之亹亹者**
是故變化云爲吉事有祥象事知器占事知來
夫變化云爲者行其吉事則獲嘉祥之應[illegible]正義曰
事則知制器之方玩其占事則覩方來之[illegible]定天下
之吉凶者言易道備載諸物得失依之則吉逆之則凶是易能
定天下之吉凶也成天下之亹亹者亹亹勉也天下有所營爲
皆勉勉不息若依此易道則所爲得成故云成天下之亹亹也
是故變化云爲者易既備含諸事以是之故物之或以漸變改

或頓從化易或口之所云或身之所爲也吉事有祥者吉事則有嘉祥之應也象事知器者觀其所象之事則知作器物之方也占事知來者言卜占之事則知未來之驗也言易之爲道有此諸德也**天地設位聖人成能**聖人乘天地之正萬物各成其能【疏】正義曰天地設位者言聖人乘天地之正設貴賤之位也聖人成能者聖人因天地所生之性各成其能令皆得所也**人謀鬼謀百姓與能**人謀況議於衆以定失得也鬼謀況寄卜筮以考吉凶也不役思慮而失得自明不勞探射而吉凶自著類萬物之情通幽深之故故百姓與能樂推而不厭也【疏】正義曰謂聖人欲舉事之時先與人衆謀圖以定得失又卜筮於鬼神以考其吉凶是與鬼爲謀也聖人既先與人謀鬼神謀不煩思慮與探射自然能類萬物之情能通幽深之理是其能也則天下百姓親與能人樂推爲主也自此已上論易道之大聖人法之而行**八卦以象告**以象告人**爻彖以情言**辭有險易而各得其情也【疏】正義曰自此已下又明卦爻剛柔變動情僞相感之事也**剛柔雜居而吉凶可見矣變動以利言**變而通之以盡利也【疏】正義曰剛柔雜

居而吉凶可見矣者剛柔二爻相雜而居得理則吉失理則凶故吉凶可見也變動以利言者若不變不動則於物有損有害今變而動之使利益於物是變動以利而言說也

吉凶以情遷吉凶无定唯人所動情順乘理以之吉情逆違道以陷凶故曰吉凶以情遷也疏正義曰遷謂遷移凡得吉者由情遷移於善也所得凶者由情遷於惡也

是故愛惡相攻而吉凶生泯然同順何吉何凶愛惡相攻然後逆順者殊故吉凶生疏正義曰若泯然无心事无得失何吉凶之有由有所貪愛有所憎惡兩相攻擊或愛攻於惡或惡攻於愛或兩相攻擊事有得失故吉凶生也

遠近相取而悔吝生相取猶相資也遠近之爻互相資取而后有悔吝也疏正義曰遠謂兩卦上下相應之類近謂比爻共聚迭相資取取之不以理故悔吝生也

情偽相感而利害生情以感物則得利偽以感物則致害也疏正義曰情謂實情偽謂虛偽虛實相感若以情實相感則利生若以虛偽相感則害生也

凡易之情近而不相得則凶近況比爻也易之情剛柔相摩變動相適者也近而不相得必有乖違之患或有相違而无患者得其應也相順而皆凶

者爭以時也存事以考之則義可見矣〔疏〕正義曰近謂兩爻相近而不相得以各无外應則致凶咎若各有應雖近不相得不必皆凶也或害之悔且吝夫无對於物而後盡全順之道豈可有欲害之者乎雖能免濟必有悔吝也或欲害之辭也〔疏〕正義曰言居君能弘通不偏對於物盡歸順道物豈害之今既有心於物情意二三其外物則或欲害之則有以禍假令自能免濟猶有悔及吝也故云或害之悔且吝也將叛者其辭慙中心疑者其辭枝吉人之辭寡躁人之辭多誣善之人其辭游失其守者其辭屈〔疏〕正義曰將叛者其辭慙者此已下說人情不同其辭各異將欲違叛已者貌雖相親辭不以實故其辭慙也中心疑者其辭枝者枝謂樹枝也中心於事疑惑則其心不定其辭分散若閒枝也吉人之辭寡者以其吉善辭直故辭寡也躁人之辭多者以其煩躁故其辭多也誣善之人其辭游者游謂浮游誣罔善人其辭虛漫故言其辭游也失其守者其辭屈者居不值時失其所守之志故其辭屈撓不能申也凡此辭者皆論易經之中有此六種之辭謂作易之人述此六人之意各準望其意而制其辭也

周易集解卷八

周易兼義卷第九

國子祭酒上護軍曲阜縣開國子臣孔穎達奉勑撰正義

韓康伯注

周易說卦第九

【疏】正義曰說卦者陳說八卦之德業變化及法象所爲也孔子以伏犧畫八卦後重爲六十四卦八卦爲六十四卦之本前繫辭中略明八卦小成引而伸之觸類而長之天下之能事畢矣又曰八卦成列象在其中矣因而重之爻在其中矣又云古者包犧氏之王天下也仰則觀象於天俯則觀法於地觀鳥獸之文與地之宜近取諸身遠取諸物於是始作八卦以通神明之德以類萬物之情然引而伸之重三成六之意尤自未明仰觀俯察近身遠物之象亦爲未見故孔子於此更備說重卦之由及八卦所爲之象故謂之說卦焉先儒以孔子十翼之次乾坤文言在二繫之後說卦之前以彖象附上下二經爲六卷則上繫第七下繫第八文言第九說卦第十輔嗣之文言分附乾坤二卦故說卦爲第九

疏 正義曰昔者聖人至以至於命此一節將明聖人引伸因重之意故先叙聖人本制蓍數卦爻備明天道人事妙極之理

昔者聖人之作易也幽贊於神明而生蓍幽深也贊明也蓍受命如嚮不知所以然而然也 疏 昔者至生蓍。正義曰據今而稱上此謂之昔者也聰明叡知謂之聖人此聖人即伏犧也不言伏犧而云聖人者明以聖知而制作也且下繫已云包犧氏之王天下也於是始作八卦今言作易明是伏犧非文王等凡言作者皆本其事之所自故云昔者聖人之作易也聖人作易其作如何以此聖知深明神明之道而生用蓍求卦之法故曰幽贊於神明而生蓍也。注幽深也至然也。正義曰幽者隱而難見故訓為深也贊者佐而助成而令微者得著故訓為明也蓍受命如嚮不知所以然而然者釋聖人所以深明神明之道便能生用蓍之意以神道與用蓍相協之故也神之為道陰陽不測妙而无方生成變化不知所以然而然者也蓍則受人命令告人吉凶應人如嚮亦不知所以然而然與神道為一故繫辭云蓍之德圓而神其受命如嚮亦繫辭文也

參天兩地而倚數

參奇也兩耦也七九陽數六八陰數

參天兩地而倚數　正義曰倚立也既用蓍求卦其揲蓍所得取奇數於天取耦數於地而立七八九六之數故曰參天兩地而倚數也　注七九陽數　正義曰先儒馬融王肅等解此皆依繫辭云天數五地數五五位相得而各有合以為五位相合以陰從陽天得三合謂一三與五也地得兩合謂二與四也鄭玄亦云天地之數備於十乃三之以天兩之以地而倚託大演之數五十也必三之以天兩之以地者天三覆地二載欲極於數庶得吉凶之審也其意皆以繫辭所云大演之數五十其用四十有九明用蓍之數下云天數五地數五五位相得而各有合天地之數五十有五以為大演即天地之數又此上言幽贊於神明而生蓍便云參天兩地而倚數驗文準義故知如此韓康伯注繫辭云大演之數五十用王輔嗣意云易之所賴者五十其用四十有九則其一不用也不用而用以之通非數而數以之成用與不用本末合數故五十也以大衍五十非即天地之數故不用馬融鄭玄等說然此倚數生數在生蓍之後立卦之前明用蓍得數而布以為卦故以七八九六當之七九為奇天數也六八為耦地數也故取奇於天取耦於地而立七八九六之數也何以參兩為目奇耦者蓋古之奇耦亦以三兩言之且以兩是耦數之始三是奇數之初故也不以一目奇者張氏云以三中含兩有一

以包兩之義明天有包地之德陽有包陰之道故天舉其多地言其少也**觀變於陰陽而立卦**卜卦象也蓍數也卦則雷風相薄山澤通氣擬象陰陽變化之躰蓍則錯綜天地參兩之數蓍極數以定象卦備象以盡數故蓍曰參天兩地而倚數卦曰觀變於陰陽也【疏】觀變至立卦　正義曰言其作易聖人本觀察變化之道象於天地陰陽而立乾坤等卦故曰觀變於陰陽而立卦也　注卦則雷風。正義曰卦則雷風相薄山澤通氣擬象陰陽變化之躰者此言六十四卦非小成之八卦也伏犧初畫八卦以震象雷以巽象風以艮象山以兌象澤八卦未重則雷風各異山澤不通於陰陽變化之理未為周備故此下云八卦相錯數往者順知來者逆注云八卦相錯變化理備於往則順而知之於來則逆而數之是也知非八卦者先儒皆以繫辭論用蓍之法云四營而成易十有八變而成卦者謂用蓍三扐而布一爻則十有八變為六爻也然則用蓍在六爻之後非三畫之時蓋伏犧之初直仰觀俯察用陰陽兩爻而畫八卦後因而重之為六十四卦然後天地變化人事吉凶莫不周備縕在爻卦之中矣文王又於爻卦之下繫之以辭明其爻卦之中吉凶之義蓍是數也傳稱物生而後有象象而後有滋滋而後有數然則數從象生故可用數求象於是幽贊於神明而生蓍用蓍之法求取卦爻以定吉凶繫辭曰天生神物聖人則之无有遠近幽深遂知來物是也繫辭言伏犧作易之初不假用蓍成卦故直言仰觀俯察此則論其既重之後端策布爻故先言生蓍後言立卦非是聖人幽贊元在觀變之前

發揮於剛柔而生爻 剛柔發散變動相和 〔疏〕正義曰既觀象立卦又就卦發動揮散於剛柔兩畫而生變動之爻故曰發揮於剛柔而生爻也

和順於道德而理於義窮理盡性以至於命 命者生之極窮理則盡其極也 〔疏〕和順至性命。正義曰蓍數既生爻卦又立易道周備无理不盡聖人用之上以和協順成聖人之道德下以治理斷人倫之正義又能窮極万物深妙之理究盡生灵所禀之性物理既窮生性又盡至於一期所賦之命莫不窮其短長定其吉凶故曰和順於道德而理於義窮理盡性以至於命也。注命者至極也。正義曰命者人所禀受有其定分從生至終有長短之極故曰命者生之極也此所賦命乃自然之至理故窮理則盡其極也

大九十八

〔疏〕正義曰昔者至成章此節就爻位明重卦之意

昔者聖人之作易也，將以順性命之理，是以立天之道曰陰與陽，立地之道曰柔與剛，在天成象，在地成形。陰陽者言其氣，剛柔者言其形，變化始於氣象而後成形，萬物資始乎天，成形乎地，故天曰陰陽，地曰柔剛也。或有在形而言陰陽者，本其始也；在氣而言柔剛者，要其終也。

【疏】昔者至柔與剛。○正義曰：八卦小成，但有三畫，於三才之道，陰陽未備，所以重三為六，然後周盡，故云「昔者聖人之畫卦作易也，將以順性命之理」者，本意將此易卦以順從天地生成万物性命之理也。其天地生成萬物之理，須在陰陽必備，是以造化闢設之時，其立天之道，有二種之氣，曰成物之陰與施生之陽也；其立地之道，有二種之形，曰順承之柔與特載之剛也。○注「在形而言陰陽」者，即坤象辭云「履霜堅冰，陰始凝」是也。「在氣而言柔剛」者，即尚書云「高明柔克」，及左傳云「天為剛德」是也。

立人之道曰仁與義，兼三才而兩之，故易六畫而成卦，分陰分陽，迭用柔剛，故易六位而成章。設六爻以效三才之動，故六畫而成卦也。

六位爻所處之位也二四爲陰三五爲陽故曰分陰分陽六爻升降或柔或剛故曰迭用柔剛也

疏 立人之道至成章。正義曰天地既立人生其間立人之道有二種之性曰愛惠之仁與斷割之義也既備三才之道而皆兩之作易本順此道理須六畫成卦故作易者因而重之使六畫而成卦也六畫所處有其六位分二四爲陰位三五爲陽位迭用六八之柔爻七九之剛爻而來居之故作易者分布六位而成爻卦之文章也。注二四至爲陽者。正義曰二四爲陰三五爲陽者王輔嗣以爲初上无陰陽定位此注用王之說也

天地定位山澤通氣雷風相薄水火不相射八卦相錯數往者順知來者逆易八卦相錯變化理備於往則順而知之於來則逆而數之

是故易逆數也作易以逆覩來事以前民用

疏 天地定位至數也。正義曰此一節就卦象明重卦之意易以乾坤象天地艮兌象山澤震巽象雷風坎離象水火若使天地不交水火異處則庶類无生成之用品物无變化之理所以因而重之令八卦相錯則天地人事莫不備矣故云天地定位而合德山澤異體而通氣雷

風各動而相薄水火不相入而相資既八卦之用變化如此故聖人重卦令八卦相錯乾坤震巽坎離艮兌莫不交互而相重以象天地雷風水火山澤莫不交錯則易之爻卦與天地等成性命之理吉凶之數既往之事將來之幾備在爻卦之中矣故易之爲用人欲數知既往之事者易則順后而知之人欲數知將來之事者易則逆前而數之是故聖人用此易道以逆數知來事也。注作易至民用。正義曰易雖備知來往之事莫不假象知之故聖人作易以逆覩來事也以前民用者易占事在其民用之前此繫辭文引之以證逆數來事也

雷以動之風以散之雨以潤之日以烜之艮以止之兌以説之乾以君之坤以藏之【疏】正義曰此一節總明八卦養物之功烜乾也上四舉象下四舉卦者王肅云互相備也明雷風與震巽同用乾坤與天地通功也

帝出乎震齊乎巽相見乎離致役乎坤說言乎兌戰乎乾勞乎坎成言乎艮【疏】正義曰帝出乎震至故曰成言乎艮者康伯以此元

注然益卦六二王用享于帝吉王輔嗣注云帝者生物之主興益之宗出震而齊巽者也王之注意正引此文則輔嗣之意以此帝為天帝也帝若出萬物則在乎震絜齊萬物則在乎巽令萬物相見則在乎离致役以養萬物則在乎坤説萬物而可言者則在乎兊陰陽相戰則在乎乾受納萬物勤勞則在乎坎能成萬物而可定則在乎艮也

萬物出乎震震東方也齊乎巽巽東南也齊也者言萬物之絜齊也離也者明也萬物皆相見南方之卦也聖人南面而聽天下嚮明而治蓋取諸此也

疏正義曰萬物出乎震震東方者解上帝出乎震以震是東方之卦斗柄指東為春春時萬物出生也齊乎巽巽東南也齊也者言萬物之絜齊也解上齊乎巽以巽是東南之卦斗柄指東南之時萬物皆絜齊也離也者明也萬物皆相見南方之卦也聖人南面而聽天下嚮明而治蓋取諸此也者解上相見乎離因明聖人法離之事以離為象日之卦故為明也日出而萬物皆相見也又位在南方故聖人法南面而聽天下嚮明而治也故云蓋取諸此也

坤也者地也

萬物皆致養焉故曰致役乎坤兌正秋也萬物之所說也故曰說言乎兌戰乎乾乾西北之卦也言陰陽相薄也坎者水也正北方之卦也勞卦也萬物之所歸也故曰勞乎坎艮東北之卦也萬物之所成終而所成始也故曰成言乎艮

【疏】坤也者至乎艮。○正義曰坤也者地也萬物皆致養焉故曰致役乎坤者解上致役乎坤以坤是象地之卦地能生養萬物是有其勞役故云致役乎坤不言方者所言地之養物不專一也兌正秋也萬物之所說也故曰說言乎兌者解上說言乎兌以兌是象澤之卦說萬物者莫說乎澤又位是西方之卦斗柄指西是正秋八月也正秋而萬物皆說成也戰乎乾乾西北之卦也言陰陽相薄也者解上戰乎乾以乾是西北方之卦西北是陰也乾是純陽而居之是陰陽相薄之象也故曰戰乎乾坎者水也正北方之卦也勞卦也萬物之所歸也故曰勞乎坎者解上勞乎坎以坎是象水之卦水行不舍晝夜所以為勞卦又是正北方之卦斗柄指北於時為冬冬時萬物閉藏納受為勞是坎為勞卦也艮東北之卦也萬物之所成終而所成始也故曰成言乎艮者解上成言乎艮也以艮是東北方之卦也東北在寅丑之閒丑為前歲之末寅為後歲之初則是萬物之所成終而所成始也

神也者妙萬物而為言者也於此言神者明八卦運動變化推移莫有使之然者神則无物妙萬物而為言也則雷疾風行火炎水潤莫不自然相與為變化故能萬物既成也【疏】正義曰神也者至成萬物也此一節別明八卦生成之用八卦運動萬物變化應時不失无所不成莫有使之然者而求其真宰无有遠近子无晦跡不知所以然而然況之曰神也然則神也者非物妙萬物而為言者神既範圍天地故此之下不復別言乾坤直云六子以明神之功用

動萬物者莫疾乎雷橈萬物者莫疾乎風燥萬物者莫熯乎火說萬物者莫說乎澤潤萬物者莫潤乎水終萬物始萬物者莫盛乎艮

故水火相逮，雷風不相悖，山澤通氣，然後能變化，既成萬物也。【疏】正義曰：鼓動萬物者莫疾乎震，震象雷也。橈散萬物者莫疾乎巽，巽象風也。乾燥萬物者莫熯乎離，離象火也。兌說萬物者莫說乎兌，兌象澤也。潤濕萬物者莫潤乎坎，坎象水也。終萬物始萬物者莫盛乎艮，艮東北方之卦也。故水火雖不相入而相逮及，雷風雖相薄而不相悖逆，山澤雖相懸而能通氣，然後能行變化而盡成萬物也。艮不言山，獨舉卦名者，動橈燥潤之功是雷風水火，至於終始萬物，於山義爲微，故言艮而不言山也。上章言水火不相入，此言水火相逮者，既不相入，又不相及，則无成物之功，明性雖不相入而氣相逮及也。上言雷風相薄，此言不相悖者，二象俱動，動若相薄而相悖逆，則相傷害，亦无成物之功，明雖相薄而不相逆也。

乾，健也。坤，順也。震，動也。巽，入也。坎，陷也。離，麗也。艮，止也。兌，說也。【疏】正義曰：此一節說八卦名訓。乾象天，天體運轉不息，故爲健也。坤，順也，坤象地也，地順承於天，故爲順也。震，動也，震象雷，雷奮動萬物，故爲動也。巽，入也，巽象風，風行无所不入，故爲入也。坎，陷也，坎象水

水處險陷故爲陷也離麗也離象火火必著於物故爲麗也艮止也艮象山山體靜止故爲止也兌說也兌象澤澤潤萬物故爲說也

乾爲馬坤爲牛震爲龍巽爲雞坎爲豕離爲雉

艮爲狗兌爲羊【疏】正義曰此一節說八卦畜獸之象略明遠取諸物也乾象天天行健故爲馬也坤爲牛坤象地任重而順故爲牛也震爲龍震動象龍動物故爲龍也巽爲雞巽主號令雞能知時故爲雞也坎爲豕坎主水瀆豕處汙濕故爲豕也離爲雉離爲文明雉有文章故爲雉也艮爲狗艮爲靜止狗能善守禁止外人故爲狗也兌爲羊兌說也王廙云羊者順之畜故爲羊也

乾爲首坤爲腹震爲足巽爲股坎爲耳離爲目

艮爲手兌爲口【疏】正義曰此一節說八卦人身之象略明近取諸身也乾尊而在上故爲首也坤爲腹坤能包藏含容故爲腹也震爲足足能動用故爲足也巽爲股股隨於足則巽順之謂故爲股也坎爲耳坎北方之

卦主聽故爲耳也離爲目南方之卦主視故爲目也艮爲手艮既爲止手亦能止持其物故爲手也兌爲口兌西方之卦主言語故爲口也

乾天也故稱乎父坤地也故稱乎母震一索而得男故謂之長男巽一索而得女故謂之長女坎再索而得男故謂之中男離再索而得女故謂之中女艮三索而得男故謂之少男兌三索而得女故謂之少女

（疏）正義曰此一節說乾坤六子明父子之道王氏云索求也以乾坤爲父母而求其子也得父氣者爲男得母氣者爲女坤初求得乾氣爲震故曰長男坤二求得乾氣爲坎故曰中男坤三求得乾氣爲艮故曰少男乾初求得坤氣爲巽故曰長女乾二求得坤氣爲離故曰中女乾三求得坤氣爲兌故曰少女

乾爲天爲圜爲君爲父爲玉爲金爲寒爲冰爲

大赤，為良馬，為老馬，為瘠馬，為駁馬，為木果。【疏】正義曰：此下歷就八卦廣明卦象者也。此一節廣明乾象。乾既為天，天動運轉，故為圜也。為君為父，取其尊道而為萬物之始也。為玉為金，取其剛之清明也。為寒為冰，取其西北寒冰之地也。為大赤，取其盛陽之色也。為良馬，取其行健之善也。為老馬，取其行健之久也。為瘠馬，取其行健之甚，瘠馬骨多也。為駁馬，言此馬有牙如鋸，能食虎豹，爾雅云"鋸牙食虎豹"，此之謂也。王廙云：駁馬能食虎豹，取其至健也。為木果，取其果實著木，有似星之著天也。

坤為地，為母，為布，為釜，為吝嗇，為均，為子母牛，為大輿，為文，為衆，為柄，其於地也為黑。【疏】正義曰：此一節廣明坤象。坤既為地，地受任生育，故謂之為母也。為布，取其地廣載也。為釜，取其化生成熟也。為吝嗇，取其地生物不轉移也。為均，以其地道平均也。為子母牛，取其多蕃育而順之也。為大輿，取其能載萬物也。為文，取其萬物之色雜也。為衆，取其地載物非一也。為柄，取其生物之本也。其於地也為黑，取其極陰之色也。

震爲雷爲龍爲玄黄爲旉爲大塗爲長子爲決躁爲蒼筤竹爲萑葦其於馬也爲善鳴爲馵足爲作足爲的顙其於稼也爲反生其究爲健爲蕃鮮

疏 正義曰此一節廣明震象爲玄黄取其相雜而成蒼色也爲旉取其春時氣至草木皆吐旉布而生也爲大塗取其萬物之所生也爲長子如上文釋震爲長子也爲決躁取其剛動也爲蒼筤竹竹初生之時色蒼筤取其春生之美也爲萑葦萑葦竹之類也其於馬也爲善鳴取其象雷聲之遠聞也爲馵足馬後足白爲馵取其動而見也爲作足取其動而行健也爲的顙白額爲的顙亦取動而見也其於稼也爲反生取其始生戴甲而出也其究爲健究極也極於震動則爲健也爲蕃鮮鮮明也取其春時草木蕃育而鮮明

巽爲木爲風爲長女爲繩直爲工爲白爲長爲高爲進退爲不果爲臭其於人也爲寡髮爲廣

顙爲多白眼爲近利市三倍其究爲躁卦【疏】正義曰此一節廣明巽象巽爲木木可以輮曲直即巽順之謂也爲風取其陽在上搖木也爲長女也爲繩直取其號令齊物如繩之直木也爲工亦皆取繩直之類爲白取其風吹去塵故絜白也爲長取其風行之遠也爲高取其風性高遠又木生而上也爲進退取其風之性前却其物進退之義也爲不果取其風性前却不能果敢決斷亦皆進退之義也爲臭王肅作爲香臭也取其風所發也又取下風之遠聞其於人也爲寡髮寡少也風落樹之華葉則在樹者稀疏如人之少髮亦類於此故爲寡髮也爲廣顙額闊爲廣顙髮寡少之義故爲廣顙也爲多白眼取躁人之眼其色多白也爲近利取其躁人之情多近於利也市三倍取其木生蕃盛於市則三倍之宜利也其究爲躁卦究極也取其風之勢極於躁急也

坎爲水爲溝瀆爲隱伏爲矯輮爲弓輪其於人也爲加憂爲心病爲耳痛爲血卦爲赤其於馬也爲美脊爲亟心爲下首爲薄蹄爲曳其於輿

也爲多眚爲通爲月爲盗其於木也爲堅多心

【疏】正義曰此一節廣明坎象坎爲水取其北方之行也爲溝瀆取其水行无所不通也爲隱伏取其水藏地中也爲矯輮取其使曲者直爲矯使直者曲爲輮水流曲直故爲矯輮也爲弓輪弓者激矢取如水激射也輪者運行如水行也其於人也爲加憂取其憂險難也爲心病憂其險難故心病也爲耳痛坎爲勞卦也又北方主聽聽勞則耳痛也爲血卦取其人之有血猶地有水也爲赤亦取血之色其於馬也爲美脊取其陽在中也爲亟心亟急也取其中堅內動也爲下首取其水流向下也爲薄蹄取其水流迫地而行也爲曳取其水磨地而行也其於輿也爲多眚取其表裏有陰力弱不能重載常憂災眚也爲通取其行有孔穴也爲月月是水之精也爲盗取水行潛竊也其於木也爲堅多心取剛在內也

離爲火爲日爲電爲中女爲甲冑爲戈兵其於人也爲大腹爲乾卦爲鼈爲蟹爲蠃爲蚌爲龜其於木也爲科上槁

【疏】正義曰此一節廣明離象離爲火取南方之行也爲日取

其日是火精也爲電取其有明似火之類也爲中女如上釋
爲中女也爲甲冑取其剛在外也爲戈兵取其剛在於外以剛
自捍也其於人也爲大腹取其懷陰氣也爲乾卦取其日所烜
也爲鱉爲蟹爲蠃爲蚌爲龜皆取剛在外也其於木也爲科上
槁科空也陰在內爲空木
既空中者上必枯槁也

艮爲山，爲徑路，爲小石，爲門闕，爲果蓏，爲閽寺，
爲指，爲狗，爲鼠，爲黔喙之屬。其於木也，爲堅多
節。（疏）正義曰此一節廣明艮象艮爲山取陰在下爲止陽
在於上爲高故艮象山也爲徑路取其山雖高有澗
道也爲小石取其艮爲山又爲陽卦之小者故爲小石也爲門
闕取其有徑路又崇高也爲果蓏木實爲果草實爲蓏取其出
於山谷之中也爲閽寺取其禁止人也爲指取其執止物也爲
狗爲鼠取其皆止人家也爲黔喙之屬取其山居之獸也其於
木也爲堅多節取其山之
所生其堅勁故多節也

兌爲澤，爲少女，爲巫，爲口舌，爲毀折，爲附決，其

於地也爲剛鹵爲妾爲羊【疏】正義曰：此一節廣明兌象。兌爲澤，取其陰卦之小，地類卑也。爲少女，如上釋。爲巫，取其口舌之官也。爲口舌，取西方於五事爲言，取口舌爲言語之具也。爲毀折、爲附決，兌西方之卦，又兌主秋也，取秋物成熟，槀稈之屬則毀折也，果蓏之屬則附決也。其於地也爲剛鹵，取水澤所停則鹹鹵也。爲妾，取少女從姊爲娣也。爲羊，如上釋，取其羊性順也。

周易序卦第十

【疏】正義曰：序卦者，文王既繇六十四卦，分爲上下二篇，其先後之次，其理不見，故孔子就上下二經各序其相次之義，故謂之序卦焉。其周氏就序卦以六門往攝：第一天道門，第二人事門，第三相因門，第四相反門，第五相須門，第六相病門。如乾之次坤、泰之次否等，是天道運數門也；如訟必有師、師必有比等，是人事門也；如因小畜生履、因履故通等，是相因門也；如遯極反壯、動竟歸止等，是相反門也；如大有須謙、蒙稚待養等，是相須門也；如貴盡致剝、進極致傷等，是相病門也。韓康伯云：序卦之所明，非易之緼也。蓋因卦之次，託象以明義，不取深緼之義，故云非易之緼，故以取其人理也。今驗六十四卦，二二相耦，非覆即變。覆者，表裏視之，遂成兩卦，屯蒙、需訟、師比之類是也。變者，反覆唯成一卦則變以對之乾坤坎離大過頤中孚小過之類是也且聖人本定先後若元用孔子序卦之意則不應非覆即變然則康伯所云因卦之次託象以明義蓋不虛矣故不用周氏之義

有天地然後萬物生焉盈天地之間者唯萬物故受之以屯屯者盈也屯者物之始生也屯剛柔始交故爲物之始交也【疏】正義曰王肅云屯剛柔始交而難生故爲物始生也盧氏云物之始生故屯難皆以物之始生釋屯難之義案上言屯者盈也釋屯次乾坤其言已畢更言屯者物之始生者開說下物生必蒙直取始生之意非重釋屯之名也故韓康伯直引剛柔始交以釋物之始生也物生必蒙故受之以蒙蒙者蒙也物之稺也物稺不可不養也故受之以需需者飲食之道也飲食必有訟故受之以訟夫有生則有資有資則爭興也訟必有衆起故受之以師師者衆也

眾必有所比故受之以比眾起而不比則爭无由息必相親比而後得寧也比

者比也比必有所畜故受之以小畜比非大通之道則各有所

畜以相濟也由比而畜物故曰小畜而不能大也

物畜然後有禮故受之以履

履者禮也禮所以適用也故既畜則宜用有用則須禮也

履而泰然後安故受之以

泰泰者通也物不可終通故受之以否物不可

以終否故受之以同人否則思通人人同志故可出門同人不謀而合與人

同者物必歸焉故受之以大有有大者不可以

盈故受之以謙有大而能謙必豫故受之以豫

豫必有隨順以動者眾之所隨（疏）正義曰[illegible]隨[illegible]君[illegible]遊吾何以

休吾君不豫吾何以助此之謂也[illegible]人必有隨[illegible]

皆以為人君喜樂游豫人所[illegible]

志行順以動豫豫順以動故天地如之而況建侯行師乎天地以順動故日月不過而四時不忒聖人以順動則刑罰清而民服即此上云有大而能謙以豫故受之以豫其意以聖人順動能謙為物所說所以為豫人既說豫自然隨之則謙順在君說豫在人也若以人君喜樂遊豫人則隨之紂作靡靡之樂長夜之飲何為天下離叛乎故韓康伯云順以動者衆之所隨任於人若取致豫之義然後為物所隨所以非斥先儒也 故受之以隨以喜隨人者必有事故受之以蠱蠱者事也有事而後可大可大之業由事而生 故受之以臨臨者大也物大然後可觀故受之以觀可觀而後有所合故受之以噬嗑可觀則異方合會也 嗑者合也物不可以苟合而已故受之以賁賁者飾也物相合則須飾以脩外也 致飾然後亨則盡矣故受之以剝極飾則實喪也 剝者剝也物不可以終盡

剥窮上反下故受之以復復則不妄矣故受之以无妄有无妄然後可畜故受之以大畜物畜然後可養故受之以頤頤者養也不養則不可動故受之以大過不養則不可動養過則厚疏正義曰鄭玄云以養賢者宜過於厚王輔嗣注此卦云音相過之過韓氏云養過則厚與鄭玄輔嗣義同惟王肅云過莫大於不養則以爲過失之過案此序卦以大過次頤也明所過在養子雍以爲過在不養違經反義莫此之尤而周氏等不悟其非兼以過失釋大過之名已具論之於經也物不可以終過故受之以坎坎者陷也過而不已則陷没也陷必有所麗故受之以離離者麗也物窮則變極陷則反所麗也

有天地然後有萬物有萬物然後有男女有男女然後有夫婦有夫婦然後有父子有父子然

後有君臣，有君臣然後有上下，有上下然後禮義有所錯。言咸卦之義也。凡序卦所明，非易之緼也，蓋因卦之次，託以明義。咸柔上而剛下，感應以相與，夫婦之象莫美乎斯。人倫之道莫大乎夫婦，故夫子殷勤深述其義，以崇人倫之始，而不係之於離也。先儒以乾至離為上經，天道也；咸至未濟為下經，人事也。夫易六畫成卦，三材必備，錯綜天人，以效變化，豈有天道人事偏於上下哉？斯蓋守文而不求義，失之遠矣。

（疏）正義曰：韓於此一節注破先儒上經明天道，下經明人事，於咸卦之初已論之矣。

夫婦之道不可以不久也，故受之以恒。恒者久也。物不可以久居其所，故受之以遯。遯者退也。夫婦之道以恒為貴，而物之所居不可以恒，宜與時升降，有時而遯也。物不可以終遯，故受之以大壯。遯，君子以遠小人。遯而後亨，何可終邪？則小人遂陵，君子日消也。物不可以終壯，故受之以晉。陽盛陰消，君子道勝。晉者進也。晉以柔而進也。雖以柔而進，要是進也進必有所傷故受之以明夷（日中則昃 日盈則食）夷者傷也傷於外者必反於家故受之以家人（傷於外必反脩諸內）家道窮必乖（室家至親過在失節故家人之義唯嚴與敬樂勝則流禮勝則離家人尚嚴其敝必乖也）故受之以睽睽者乖也乖必有難故受之以蹇蹇者難也物不可以終難故受之以解解者緩也緩必有所失故受之以損損而不已必益故受之以益益而不已必決（益而不已則盈故必決也）故受之以夬夬者決也決必有遇（以正決邪必有喜遇也）故受之以姤姤者遇也物相遇而後聚故受之以萃萃者聚也聚而上者謂之升故受之以升升而不已必困

故受之以困困乎上者必反下故受之以井井

道不可不革（井久則濁穢宜革易其故）故受之以革革物者莫

若鼎故受之以鼎（革去故鼎取新既以去故則宜制器立法以治新也鼎所以和齊生物成新之器也故取象焉）主器者莫若長子故受之以震震者動

也物不可以終動止之故受之以艮艮者止也

物不可以終止故受之以漸漸者進也進必有

所歸故受之以歸妹得其所歸者必大故受之

以豐豐者大也窮大者必失其居故受之以旅

旅而无所容故受之以巽（旅而无所容以巽則得所入也）巽者入也

入而後說之故受之以兌兌者說也說而後散

之故受之以渙說不可偏係故宜散也渙者離也渙者發暢而无所壅滯則殊趣各肆而不反則物乖離也物不可以終離故受之以節夫事有其節則物之所同守而不散越也節而信之故受之以中孚孚信也既已有節則宜信以守之有其信者必行之故受之以小過守其信者則失貞而不諒之道而以信爲過故曰小過也有過物者必濟行過乎恭禮過乎儉可以矯世厲俗有所濟也故受之以既濟物不可窮也故受之以未濟終焉有爲而能濟者以已窮物者也物窮則乖功極則亂其可濟乎故受之以未濟也

周易雜卦第十一

雜卦者雜糅衆卦錯綜其義或以同相類或以異相明也【疏】正義曰上序卦依文王上下而次序之此雜卦孔子更以意錯雜而對辨其次第不與序卦同故韓康伯云雜卦者雜糅衆卦錯綜其義或以同相類或以異相明也虞氏云雜卦者雜六十四卦以爲

不必皆相因聚當有損益之意也故歸藏名卦之次亦多異於時王道踳駁聖人之意或欲錯綜以濟之故次序卦以其雜也

乾剛坤柔比樂師憂親比則樂動衆則憂臨觀之義或與或求以我臨物故曰與物來觀我故曰求屯見而不失其居屯利建侯君子經綸之時雖見而磐桓利貞不失其居也蒙雜而著雜而未知所定也求發其蒙則終得所定著定也震起也艮止也損益盛衰之始也極損則益極益則損大畜時也因時而畜故能大也无妄災也无妄之世妄則災也萃聚而升不來也來還也方在上升故不還也謙輕而豫怠也謙者不自重噬嗑食也賁无色也飾貴合衆无定色也兌見而巽伏也兌貴顯說巽貴卑退隨无故也隨時之宜不繫於故也隨則有事受之以蠱飭整治也蠱所以整治其事也蠱則飭也剝爛也物熟則爛剝落也復反也晉晝也明夷誅也誅傷也井通而困

相遇也（井物所通而不吝也困安於所遇而不濫也）咸速也（物之相應莫速乎咸）恒久也渙離也節止也解緩也蹇難也睽外也（相疏外也）家人內也否泰反其類也大壯則止遯則退也（大正則小人亨則君子退也）大有衆也同人親也革去故也鼎取新也小過過也中孚信也豐多故也（宜以若懼危滿者戒盈豐大者多憂故也）親寡旅也（親寡故寄旅也）離上而坎下也（火炎上水潤下）小畜寡也（不足以兼濟也）履不處也（王弼云履卦陽爻皆以不處其位為吉也）需不進也（畏險而止也）訟不親也大過顛也（本末弱也）姤遇也柔遇剛也漸女歸待男行也（女從男也）頤養正也既濟定也歸妹女之終也（女終於出嫁也）未濟男之窮也（剛柔失位其道未濟）

故曰窮也夬決也剛決柔也君子道長小人道憂也

周易兼義卷第九

經典釋文卷第二　　周易音義

唐國子博士兼太子中允贈齊州刺史吳縣開國男陸德明撰

周代名也周至也遍也備也今名書義取周普　易盈隻反此經名也虞翻注參同契云字從日下月　上經者對下立名經者常也法也經也由也　乾傳直戀反以傳述爲義謂夫子十翼也解見發題　第一亦作弟　王弼注本亦作王輔嗣注音張具反今本或无注字師說无者非

䷀乾竭然反依字作乾下乙乾從旦放於音偃說卦云乾健也此八純卦象天　元亨許庚反卦德也訓通也餘放此　潛捷檻反　龍喻陽氣及聖人　見龍賢遍反示也注及下見龍皆同　利見如字下皆同　大人王肅云聖人在位之目　離隱力智反　處於昌呂反衆經不音者放此　德施始豉反與也　不偏音篇　則過古臥反諧經內皆同　夕惕他歷反怵惕也鄭玄云懼也廣雅同　若厲力世反危也　无音無易內皆作此字說文云奇字無也通於无者虛无道也王述說天屈西北爲无　咎其九反易內同　重剛直龍反下同　竭知音智

或躍羊灼反廣雅云上也上音時掌反 所處一本作近乎 附近之近 猶以救反 與音預 不、
謬靡幼反本或作繆音同 夫位音符下皆同 亢苦浪反子夏傳云極也廣雅云高也 則佞乃定反 邪
似嗟反字又作耶 彖吐亂反斷也斷音都亂反 資始鄭云資取也 乃統鄭云統本也 雲行如字 雨
施始豉反卦內皆同 之累劣偽反 者邪或作耶同餘嗟反後協句辭皆放此 象翔丈反精象擬象也 自
強其良反 復芳服反注同本亦作覆 大人造鄭徂早反為也王肅七到反就也至也劉歆父子作聚
文言文飾卦下之言也夫子之十翼梁武帝云文言是文王所制 之長張丈反 之幹古旦反 體仁
如字京房荀爽董遇本作體信 利物孟喜京荀陸續作利之 不成名一本作不成乎名 遯世徒頓反
无悶門遜反 樂則音洛 確乎苦角反鄭云堅高之皃說文云高至 可拔蒲八反鄭云移也廣雅云出也
庸行下孟反 閑邪以嗟反下同 幾既依反注同理初始微名幾 能全一本作能令 尟克亦本
作鮮同仙善反少也 怵敕律反 解佳賣反 上下並如字王肅上音時掌反 非離力智反 相應

應對之應易內不出者並同 流濕申入反 就燥蘇早先早二反 聖人作如字鄭云起也馬融作起 而

當都浪反易內皆同有異者別出 故蠱津忍反 當其如字 上治直吏反下及注同 放遠于萬反

見而賢遍反 粹雖遂反 揮音輝廣雅云動也王肅云散也本亦作輝義取光輝 為行下孟反下之行行而

皆同 日可人實反 未見賢遍反 以辯如字徐扶免反 重剛直龍反下同 夫大人音符發端

之字皆放此 先天悉薦反 後天胡豆反 知喪息浪反 其唯聖人乎王肅本作愚人後結

始作聖人

䷁ 坤本又作巛巛今字也同困魂反說卦云順也八純卦象地 利牝頻忍反徐邈扶忍反又扶死反 有攸

音由所造 喪朋息浪反馬云失也下及注並同 必離力智反 无疆居良反下及注同 必爭

爭鬭之爭 履霜如字鄭讀履為禮 積著張慮反眾經不音者皆同 始凝魚冰反 馴似遵反向秀云從也

徐音訓此依鄭義 任其而鳩反眾經皆同 知光音智注同 不擅善戰反 括古活反結也方言云

閉也廣雅云塞也　囊乃剛反　无譽音餘又音預　不造七到反又曹早反　否皮鄙反　閉必計反字林方結反云圖也　施慎並如字慎謹也象詞同本或作順非　之飾申職反本或作飭俗字　坤至柔本或作文言曰若　爲邪以嗟反　餘殃於良反鄭云禍惡也說文云凶也　臣弒式志反本或作殺音同下同

由辯如字馬云別也荀作變　言順如字　直方大不習无不利則不疑其所行　張璠本此上有易曰眾家皆无　木蕃伐袁反　而暢勑亮反　陰疑如字荀虞姚信蜀才本作凝　爲其于偽反注爲其同　嫌戶謙反注同鄭作謙荀虞陸董作嗛　未離力智反

䷂屯張倫反難也盈也坎宮二世卦　則否備鄙反　得主則定本亦作定字　而難乃旦反卦內陰六二注難可餘並同　賈逵云周語云畏懼也　天造注同徂早反　草昧[illegible]云草造[illegible]物

而不寧而鄭讀而曰能能猶安也　經綸音倫鄭如字謂論撰書禮樂施政事黃穎云經綸匡濟也本亦作論

磐本亦作盤又作槃步干反　桓馬云槃桓旋也　晏安一諫反本又作宴各依字宴一見反　貴下遐嫁反　賤[illegible]貝反

屯如 子夏傳云如辭也 邅如 張連反馬云難行不進之皃 乘馬 繩證反四馬曰乘下及注並同鄭云馬牝牡曰乘子夏傳音繩 班如 如字子夏傳云相牽不進皃鄭本作般 婚媾 古后反馬云重婚本作冓鄭云猶會本或作搆者非 相近 附近之近下近同又如字 即鹿 王肅作麓云山足 君子幾 徐音祈辭也又音機近也速也鄭作機云弩牙也 如舍 式夜反止也注同徐音捨 往吝 力刃反又力慎反馬云恨也 雖比 毗志反下皆同 之易 以豉反 不捄 音救 以從 如字鄭黃子用反 合好 呼報反下同 恢弘 苦回反大也 傳施 式豉反下及文皆同 拯 拯救之拯 亨于 許庚反 他間 間廁之間 漣如 音連說文云泣下也 應援 于眷反又音袁 闉 音因塞也春秋傳云當陳隧者井堙木刊是也 阸 於革反又於賣反 委仰 如字又魚亮反 長也 直良反

䷃蒙 莫公反蒙蒙也稚也稽覽圖云無以教天下曰蒙方言云蒙明也離宮四世卦 童 如字字書作僮鄭云未冠之稱廣雅云癡也 筮 市制反決也鄭云問 告 古毒反示也語也 再三 息暫反又如字 瀆 音獨亂也鄭云褻也

則復扶又反 能斷丁亂反 夫疑音扶下五注同 閡五代反 時中丁仲反注時中及中同又
如字卻叶 童蒙求我一本作來求我 不諂本亦作讇又作諂並通 果行下孟反注及六三注象同 用
說吐活反注同徐又音稅 桎之實反 梏古毒反在足曰桎在手曰梏小爾雅云杻謂之梏械謂之桎杻音丑 所惡
烏路反 苞蒙如字鄭云苞當作彪彪文也 用取七住反本又作娶下及注同 獨遠于万反下同 能
比毗志反 以巽音遜鄭云當作遜 擊蒙經歷反王肅云治也馬鄭作繫 擊去起呂反 爲之于僞
反又如字 扞胡旦反 禦魚呂反本又作禦
☵☰需音須字從雨重而者非飲食之道也訓養鄭讀爲秀解云陽氣秀而不直前者畏上坎也坤宮游魂卦 有
孚徐音敷信也又作專 光鄭讀絕句 亨貞吉一句馬鄭總爲一句 不陷陷沒也 之陷 位乎如字鄭音涖
雲上時掌反干寶云升也 於天王肅本作雲在天上 宴烏練反徐烏殄反安也下同鄭云享宴也李軌音烏衍反
樂音洛注同 最遠表萬反下遠險同 於難乃旦反下文皆同 利用恆未失常也本亦作

咎者于沙如字鄭作沚　轉近附近之近　後時胡豆反　衍在以善反徐怡戰反　至寃如字鄭宇
肅本作戕　則辟音避下同　已得音紀又音已　所復扶又反　不速如字馬云召也釋詁云疾也釋言云
徵也召也

☰☵訟才用反爭也言之於公也鄭云辯財曰訟離宮遊魂卦　窒張栗反徐得悉反又得失反馬作咥云讀爲躓
猶止也鄭云咥覺悔皃　惕湯歷反王注或在惕字上或在下皆通在中吉下者非　中如字馬丁仲反　吉有孚窒一
句惕中吉一句　涉難乃旦反　猶復扶又反下同　不枉紆往反　而令力呈反　正夫音符下注
同　斷丁亂反下注並同　契之苦計反下同　其分符問反　相濫力暫反　爭何爭鬭之爭
陰和胡臥反　而逋補吳反徐方吳反　眚生領反子夏傳云妖祥曰眚馬云災也鄭云過也　下物遐嫁
反　竄七亂反徐又七外反逃也　掇徐都活反說文云拾取也鄭本作惙陟劣反憂也　忤也五故反　復即
音服後同諸更不音　渝以朱反變也馬同鄭云然也　不邪似嗟反　錫星歷反又星自反賜也　鞶步干反馬

云大也徐云王肅作槃 帶音帶亦作帶 終朝馬云日旦至食時爲終朝 三息暫反下同或如字 褫徐敕紙反又直是反本又作搋音同王肅云解也鄭本作拕徒何反

䷆ 師彖云衆也馬云二千五百人爲師坎宮歸魂卦 貞丈人絕句丈人嚴莊之稱鄭云能以法度長於人之稱尺證反 以王如字物歸往也徐又往況反 毒徒篤反役也馬云治也 畜衆敕六反聚也王肅許六反養也 否音鄙惡也注同馬鄭王肅方有反 臧作郎反善也 三錫星歷反徐音賜鄭本作賜 天寵如字鄭云光耀也王肅作龍云寵也 背高音佩 有禽徐本作擒 長子丁丈反注及下同 軍帥色類反

䷇ 比毗志反卦內並同彖云輔也序卦云比者比也子夏傳云地得水而柔水得地而流故曰比徐又甫履反坤宮歸魂卦 凶邪似嗟反 求有本亦作求得 其炎于廉反 缶方有反瓦器也鄭云汲器也爾雅云盎謂之缶 有它敕多反本亦作佗 匪人非鬼反馬云匪非也王肅本作匪人凶 三驅區具反徐云鄭作毆馬云三驅 若曰乾五二曰賓客三曰君庖 後夫戶豆反 則舍音赦又音捨 背已音佩則丁食亦惡

而 烏路反 舍逆 音捨

☴☰ 小畜 本又作蓄同敕六反積也聚也卦內皆同鄭許六反養也巽宮一世卦 施未 始豉反注皆同 陽上 時掌反 蒸 職譍反 車說 吐活反下文并注並同說云解也 輻也 音福 雖復 扶又反下九注同 輿 音餘 輻 音福本亦作輹音服馬云車下縛也鄭云伏菟 陰長 丁丈反下同 血 如字馬云當作恤憂也 去 起呂反注同 亦惡 烏路反復卦同 攣 力專反馬云連也子夏傳作戀云思也 幾 徐音祈又音機注同 子夏傳作近 唯泰也則然 一本作然則讀即以也字絕句 有難 乃旦反 可盡 津忍反

☰☱ 履 利恥反禮也艮宮五世卦 咥 直結反齧也馬云齕 說而 音悅注及後同 行夫 音符下同 佞邪 似嗟反 疚 久又反馬云病也陸本作疾 坦坦 吐但反說文云安也廣雅云平也明也蒼頡篇云著也 不憙 虛備反又音喜 險厄 於革反 眇 妙小反字書云盲也說文云小目 跛 波我反足跛也依字作破 不脩 本又作循 行朱 下孟反 愬愬 山革反子夏傳云恐懼皃何休注公羊傳云驚愕也馬本作虩虩音許逆反云恐懼

也說文同廣雅云懼也　逼近附近之近　史古使反　考祥本亦作詳

周易上經泰傳第二

☷☰泰如字大通也鄭云通也馬云大也坤宮三世卦　道長丁丈反　財成音才徐方載反荀作裁　輔

相息亮反注同　以左音佐注同　右民音佑注同左右助也　拔蒲八反　茅卯交反鄭音苗　茹汝據反牽

引也鄭湛同王肅音如　彙音胃類也李于鬼反傅氏注云彙古偉字美也古文作𢑱董作䔇出也鄭云勤也　苞本又

作包必交反下卦同音薄交反　荒本亦作巟音同鄭注禮云穢也說文水廣也又大也鄭讀為康云虛也　用馮音憑

注同　荒穢於廢反　不陂彼僞反徐甫寄反傾也注同又破何反偏也　象曰无平不陂一本作无

往不復　翩翩如字子夏傳作翩翩向本同云輕舉皃古文作偏偏　以祉音恥一音勑子反又音止　女處本亦

作爻　盡美音符後皆放此以意求之　隍音皇城塹也子夏作堭姚作湟　所應如字舊音應對之應　上承

憂時掌反　下施始豉反　否道備鄙反

䷋否 備鄙反卦內同閉也 道長 丁丈反 辟難 上音避下乃旦反 入邪 似嗟

反 不諂 勑檢反 否亨 許庚反 疇 直留反鄭作古𠷎字 休否 虛虬反美也又許求反息也注同

䷌同人 和同也離宮歸魂卦 以邪 似嗟反 炎上 時掌反 辯物 如字王肅卜免反 繫吝

繫或作係本作黨係 則否 方有反又備鄙反 褊 必淺反 狹 戶夾反 干莽 莫蕩反王肅冥黨反鄭云叢木

也 物黨 物或作朋 所比 毗志反 所當 如字 量所 音良又音亮 其墉 徐音容鄭作庸 而效

下教反 不克則反反則得吉也 一本作反則得得則吉也 號咷 戶羔反咷道刀反號咷啼呼也

而遠 袁萬反 內爭 爭鬬之爭 異災 一本作他災

䷍大有 乾宮歸魂卦 句容 豐富之象 遏 於葛反止也徐又音謁 休命 虛虬反美也徐又許求反 大

車 王肅剛除反蜀才作輿 不泥 乃計反 用亨 許庚反通也下同眾家並香兩反京云獻也干云亨宴也姚云

享祀也 其彭 步郎反子夏作旁干云彭亨驕滿皃王肅云壯也虞作尫姚云彭旁徐音同 上近 如字亦附近之

近 下比毗志反 至知音智 可告音誥 其數色助反 晢章舌反王廙作晣同音徐李之世反又作哲字鄭本作遰云讀如明星晢晢陸本作逝虞作折 何難依象宜如字一音乃旦反 易以豉而反一 祐之音又 不累劣偽反下同 盡矣津忍反 繫辭音係

䷎謙卑退為義屈己下物也兌宮五世卦子夏作嗛云嗛謙也 下濟子細反 而上時掌反下注上承上行同 虧盈馬本作毀盈 而福京本作富 惡盈烏路反卦末注同 而好呼報反 裒蒲侯反鄭荀董蜀才作捊云取也字書作掊廣雅云掊減也 稱物尺證反 平施始豉反注同 大難乃旦反 自牧牧養之牧徐音目一音茂 名者聲名聞之謂也一讀名音聲句聞音問 匪解佳賣反 撝毀皮反指撝也義與麾同書云右秉白旄以麾是也馬云撝猶離也鄭讀為宣 下上遐嫁反下如字下句同 用侵王廙作寢 征國本或作征邑國者非 不與音預 為爭爭鬬之爭

䷏豫餘慮反悅豫也備豫也予馬云豫樂震宮一世卦 不忒他得反鄭云忒差也京作貸 地奮方問反 殷

於勤反馬云盛也說文云作樂之盛稱殷京作隱 薦 將電反本又作𢎘同本或作廌獸名耳非 介于 音界纖介古文作砎鄭古八反云謂磨砎也馬作扴云觸小石聲 旬說 音悅 盱 香于反睢盱也向云睢盱小人喜悅之皃王肅云盱大也鄭云誇也說文云張目也字林火孤反又火于反子夏作紆京作汙姚作旴云日始出引詩旴日始旦 睢 香維反說文云仰目也字林火佳反 由豫 由從也鄭云用也馬作猶云猶豫疑也 盍 胡臘反合也 簪 徐側林反子夏傳同疾也鄭云速也埋古簪同王肅又祖感反古文作貸京作撍馬作臧荀作宗虞作戠戠叢合也蜀才本依京義從鄭 冥 覓經反馬云冥昧耽於樂也王廙云深也又亡定反鄭讀爲鳴 有渝 羊朱反 盡 津忍反 樂 音洛

☱☳隨 從也震宮歸魂卦 而下 遐嫁反注下柔同 而說 音悅注下皆同 大亨貞 本又作大亨利貞 而天下隨時 王肅本作隨之 隨時之義 王肅本作隨之時義 而令 力呈反 否之 備鄙反 以嚮 本又作向許亮反王肅本作鄉音同 入宴 徐烏練反王肅烏顯反 官有 蜀才作館有 故舍 音捨下文同 以擅 市戰反 盡隨 津忍反盡卷末同 位正中也 一本作中正 拘 句于反 用

亨許庚反通也陸許兩反云祭也之濱音賓

䷑蠱音古事也惑也亂也左傳云於文皿蟲為蠱又云女惑男風落山謂之蠱徐又姬祖反一音故巽宮歸魂卦

先甲悉薦反彖并注同後甲胡豆反彖并注同以斷丁亂反下同施令力政反競爭爭鬭之爭

治也直吏反注同說隨音悅創制初亮反此俗字也依字作刱復始扶又反以振舊之慎反濟也師讀音真振仁厚也

育德王肅作毓古育字有子考无咎絕句周依馬王肅以考絕句

當事丁堂反盡承津忍反下皆同裕父羊樹反馬云寬也不累力偽反

䷒臨如字序卦云大也坤宮二世卦剛浸子鴆反而長丁丈反除六三注未及彖俗不長皆同一音此治良反

說而音悅下同教思息吏反注同無疆居良反剛勝升證反下同佞邪似嗟反下同

媚密備反位當也本或作當位實非也知臨音智注同又如字

䷓觀官喚反示也乾宮四世卦盥音管而不薦本又作薦同牋練反王肅本作而觀薦顒魚恭反

足復扶又反　旣灌古亂反　不忒吐得反　神道設教一本作以神道設教　省方悉井反
童觀馬云童猶獨也鄭云稚也　最遠袁萬反　朝美直遥反　所鑒古暫反下同　趣促裕反　闚苦規反本亦作窺
者狹戶夾反　象曰闚觀女貞一本有利字　不比毗志反　觀國之光如字或音古曠反　最近附近之近　處近如字　徧見賢遍反　平易以豉反　盡美　觀盛
故觀至美　觀在上王肅音官　以觀天下徐唯此一字作官音　觀盥而不薦　觀之
爲道而以觀感　風行地上　觀處於觀時　君子處大觀之時　處大
觀之時　大觀廣鑒亦音官　居觀之時　爲觀之主　觀之盛也從盡夫觀以下並官喚反餘不出者並音官

周易上經噬嗑傳第三

䷔噬市利反　嗑胡臘反合也　噬嗑卦名巽宮五世卦　齧研節反　有間如字下同又音閑間厠之間　與過

一本作有過頤以之反不合本又作而合不溷胡困反溷也雜也亂韋昭云汙辱也上行時掌
反注同勑法恥力反此俗字也字林作敕鄭云勑猶理也一云整也屨紀具反校交教反注及下同馬音教
滅止本亦作趾趾足也桎章實反足遽直冰反本絞交卯反械戶戒反不行也本或
作止不行也噬膚方于反馬云柔脆肥美曰膚[illegible]下同[illegible]其[illegible]反腊音昔
肉音昔馬云晞於陽而煬於火曰腊肉鄭注周禮小物全乾曰腊[illegible]曰乾音干胏緇美反馬云有骨謂之胏鄭云簀也字林[illegible]
子夏作脯徐音甫荀董云含食所遺也一曰脯也未光大也本亦無大字何校何可反又何本亦作荷
音同下同王肅云荷擔聰不明也[illegible]云耳無所聞鄭云目不明耳不聰[illegible]本或[illegible]一云[illegible]可解佳買反
☲☶賁彼偽反徐甫寄反[illegible]鄭云變也文飾之兒[illegible]古[illegible]字文章[illegible]黃白色
艮宮一世卦剛上時掌反注[illegible]上同[illegible]以分[illegible]才[illegible]折之舌反注同
音[illegible]其趾一本作止舍音捨[illegible]下[illegible]車音居鄭張本作輿[illegible]一云[illegible]音扶[illegible]斷
亂反其趾鄭云趾足及注同[illegible]從漢時始有居音[illegible]安夫特音其

須如字字從彡水邊作汖　而比毗志反下同　上附時掌反　循以遒反　濡如兪反　皤白波反說
文云老人皃董音槃云馬作足横行曰皤鄭陸作燔音煩荀作波　翰户旦反董黄云馬舉頭高卬也馬荀云高也鄭云白
也亦作寒案反　媾古豆反　而閔五戴反　寇難乃旦反下同　賁于丘園黄本賁作世　束帛子夏傳云五四爲束三玄二纁象陰陽
戔戔在干反馬云委積皃薛虞云禮之多也又音殘黄云猥積皃一云顯見皃子夏傳作殘殘　有喜如字徐許意反無妄大畜卦放此

䷖剝邦角反彖云剝剝也馬一云落也說文云裂也乾宮五世卦　人長丁丈反下注皆同　激經歷反　拂附弗反　觸忤五故反　以殞于敏反　失處昌呂反又昌慮反　蔑莫結反猶削也楚俗有削蔑之言馬云無也鄭云輕慢荀作滅　猶削相略反或作消此從荀本也下皆然　辨徐音辦具之辦足上也馬鄭同黄云牀簀也薛虞云膝下也鄭符勉反王肅否勉反　道浸子鴆反下同　稍近附近之近　六三剝无咎一本作剝之无咎非　以膚方于反京作簠謂祭器　切近如字徐巨斬反鄭云切急也　貫魚古亂反徐音官穿也　駢頭

濤田反 得輿 音餘京作德輿董作德車 廬 力居反 蔭 於鴆反 所庇 本又作芘必利反又悲備反

䷗復 音服反也還也坤宮一世卦 朋來 如字京作崩 反復 芳福反劉本同本又作覆象并注反復皆同

剛反 絕句 剛長 丁丈反下文注皆同 心見 賢遍反 具存 本亦作其存 商旅 鄭云資貨而行曰商

旅客也 无祇 音支辭也馬同音之是反韓伯祁支反云大也鄭云病也王肅作禔時支反陸云禔安也九家本作多字

音支 幾悔 音機下同又音祈 患難 乃旦反 遠矣 袁萬反 錯之 七故反 休復 虛虬反 最

比 毗志反 仁行 下孟反 下仁 遐嫁反 以下仁也 如字王肅云下附於仁徐戶嫁反 頻復

如字本又作頻頻眉也鄭作甲音同馬云憂頻也 頻戚 千寂反下同憂也又子六反 自考也 鄭云考成也向

云察也 有災 本又作災鄭作裁按說文裁正字也災或字也災籀文也 眚 生領反下卦同子夏傳云傷害曰災妖祥

曰眚鄭云異自內生曰眚自外曰祥害物曰災 量斯 音亮 雖復 扶又反

䷘无妄 亡亮反无妄无虛妄也說文云妄亂也馬鄭王肅皆云妄猶望謂无所希望也巽宮四世卦 宗邪

似嗟反　不佑音又鄭云助也本又作祐馬作右謂天不右行　茂對時茂盛也馬云茂勉也對配也　下賤

遐嫁反　不耕穫黃郭反或依注作不耕而穫非下句亦然　不菑側其反馬云田一歲也董云反草也　畬音餘

馬曰田三歲也董云悉耨曰畬說文云二歲治田也字林弋恕反　不擅市戰反　行達下孟反下之行同　稼

音嫁　穡音色　爲獲如字或作穫非　比毗志反　近附近之近　可試試驗一云用也

䷙大畜本又作蓄勅六反義與小畜同艮宮二世卦　大畜剛健絕句　篤實輝音揮　光絕句

日新其德鄭以日新絕句其德連下句　厭而於艷反　夫能音符發句皆然下非夫同　令賢力呈

反下同　險難乃旦反下險難同　多識如字又音試劉作志　往行下孟反　利已夷止反下及注已則

能已同或音紀姚同　輿音餘下同本或作轝音同　說吐活反注及下同馬云解也　輹音服又音福蜀才本同或作輻

一云車旁作复音服車下縛也作輻者音福老子所云三十輻共一轂是也釋名云輹似人屐又曰伏菟在軸上似之又曰輹

伏於軸上　馮河皮冰反　良馬逐如字鄭本作逐逐云兩馬走也姚云逐逐疾並驅之皃一音胄　曰音越劉云

曰猶言也鄭人實反云曰習車徒閑如字闌也馬鄭云習險阸於厄反本亦作厄童牛無角牛也廣蒼作犝

劉云童妄也牿古毒反劉云牿之言角也陸云牿當作角九家作告說文同云牛觸角著横木所以告人抑銳於力

反下同本又作性災取反強其良反爭爭鬭之爭豶符云反劉云豕去勢曰豶之牙徐五加反鄭讀爲玄剛

暴一本作鬪突禁暴音金何天音河梁武帝音賀衢其俱反馬云四達謂之衢亨許庚反

䷚頤以之反養也此篆文字也巽宮遊魂卦舍爾音捨注同朵多果反動也鄭同京作揣嚼詳略反

令物力呈反離其力智反而闚苦規反顛頤丁田反拂符弗反違也辭同注下皆同一音敷

弗反子夏傳作弗云輔弼也此行下孟反下文行同悖也布內反逆也虎視徐市志反又常止反眈

丁南反威而不猛也馬云虎下視皃一音大南反逐逐如字敦實也薛云速也子夏傳作攸攸志林云攸當爲逐

蘇林音迪荀作悠悠劉作跾云遠也說文跾音式六反施賢始豉反下文同又如字而比毗志反得頤

本作得順難乃旦反厲吉厲嚴厲也馬王肅云危

䷛大過徐古臥反罪過也超過也王肅音戈震宮遊魂卦相過之過並古臥反棟徐丁貢反橈
乃教反曲折也下同拯拯救之拯弱本亦作溺並依字讀下救其二拯弱皆同而說音悅注同救難難乃
並乃旦反上六注同遯本又作遁同徒遜反藉在夜反下同馬云六在下曰藉唯慎辰震反枯楊如字鄭音
姑謂無姑山榆榆羊朱反稊徒稽反楊之秀也鄭作荑荑木更生音夷謂山榆之實老夫如字下同特吝或特
作持能令力呈反得少詩照反下同則穉直吏反耆長丁丈反淹溺乃歷反生華
如字徐音花无譽音預又音餘滅頂徐都冷反
䷜習坎習便習也重也劉云水流行不休故曰習坎徐苦感反本亦作埳京劉作險欿險也陷也八純卦象水
陷陷沒之陷習便婢面反下同重險直龍反注下並同陗七妙反洊在薦反徐在悶反舊又才本反
爾雅云再也劉云仍也京作臻干作荐德行下孟反注同險難乃旦反下險難同則夫音符窞徒坎
反說文云坎中更有坎王肅又作陵感反亦作一云窞坎底也字林一云坎中小坎一曰旁入窞欿坎字而復扶又反下

雖復同險且如字古文及鄭向本作檢鄭云木在手曰檢枕徐針鴆反王肅針甚反鄭玄云木在首曰枕陸云闕

礙險害之皃九家作玷古文作沈沈直林反出則之坎一本作出則亦坎誤樽酒音尊絕句簋貳音軌

絕句用缶方有反絕句舊讀樽酒簋絕句貳用缶句自牖音酉陸作誘承比毗志反下同之食音嗣

飯也象曰樽酒簋一本更有貳字祇音支又祁支反鄭云當爲坻小丘也京作禔說文同音支又上支反安也

盡平津忍反徽許韋反纆音墨劉云三股曰徽兩股曰纆皆索名寘之豉反置也注同劉作示言衆議於

九棘之下也子夏傳作湜姚作寔寔置也張作置叢才公反法峻荀潤反

☲離列池反麗也八純卦象曰象火麗著也畜許六反注同牝頻忍反徐又扶死反外強其良反

猶著直略反卦內同章木麗如字說文作蘼平土王肅本作地重明直龍反明兩作鄭云

作起也荀云用也明照相繼一本无明照二字履錯鄭徐七各反馬七路反警京領反辟其

音避象同日昃王嗣宗本作仄音同鼓鄭本作擊大耋田節反馬云七十曰耋王肅又他結反云八十曰耋京作

絰蜀才作咥　之嗟如字王肅又遭哥反荀作差下嗟若亦爾　凶古文及鄭无凶字　突徒忽反王肅唐屑反荀又湯骨反字林同云暫出　逼近附近之近　出如字徐尺遂反王嗣宗勑類反　涕徐他米反又音弟　沱徒河反荀作池一本作沲　若古文若荀如此　戚千寂反子夏傳作嘁嘁子六反咨慙也　不勝音升　逆首本又作逆道兩得　離王公也音麗鄭作麗王肅云麗下若之俊爲公梁武力智反王嗣宗同　折首徐之古反注同　以去羌呂反　王用出征以正邦也王肅本此下更有獲匪其醜大有功也

周易下經咸傳第四

䷞咸如字彖云感也兊宮三世卦　取七具反本亦作娶音同　相與如字鄭云與猶親也　而說音悅

男下遐嫁反下注必下同　見於賢遍反　各亢口浪反本或作有　拇茂后反馬鄭薛云足大指也子夏作踇荀作母云陰位之尊　腓房非反鄭云膊腸也膊音市轉反王廙云腓腸也荀作肥云謂五也尊盛故稱肥　離拇力智反　動躁早報反　股音古　憧憧昌容反馬云行皃王肅云往來不絕皃廣雅云往來也劉云意未定也徐

又音童又音鍾京作㠉字林云㠉遲也丈冢反**脢**武杯反又音每心之上口之下也鄭云背脊肉也說文同王肅又音灰廣雅云胂謂之脢胂音以人反**輔**如字馬云上頷也虞作酺云耳目之間**頰**兼叶反孟作俠**滕**徒登反達也九家作乘虞作媵鄭云送也**口說**如字注同徐音脫又始銳反

䷟**恒**如字久也震宮三世卦**長陽長陰**並丁丈反大象注同**媲**普計反配也**復始**扶又反

見於賢遍反**浚**荀潤反深也鄭作濬**令物**力呈反**餘縕**紆粉反廣雅云積也**或承**或有也一云常也鄭本作咸承**德行**下孟反**詰**去吉反**而分**扶運反**振恆**之刃反馬云動也鄭云摇落也張作震

䷠**遯**徒巽反字又作遯又作遁同隱退也匿亦避時奉身退隱之謂也鄭云逃去之名序卦云遯者退也乾宮二世卦**夫靜**音扶**非否**備鄙反下同**亢**苦浪反**浸**子鴆反注同**而長**丁丈反卦內同或如字**以遠**袁萬反注並同**辟內**音避**難**乃旦反**何災**音河褚河可反今不用**勝**升證反又音升注同**說**王肅如字解說也師同徐吐活反又始銳反**遯巳**音以或音紀**係遯**古詣反本或作繫**近**二附近之近

憊蒲拜反鄭云困也廣雅云極也王肅作斃荀作備　好遯呼報反注下同　小人否音鄙注下同徐方有反鄭王肅備鄙反云塞也　能舍音捨　肥遯如字子夏傳云肥饒裕　能累劣偽反　繒則能反　繳章略反

䷡大壯莊亮反威盛強猛之名鄭云氣力浸強之名王肅云壯盛也廣雅云健也馬云傷也郭璞云今淮南人呼壯為傷坤宮四世卦　而慎禮也慎或作順義亦通　用罔罔羅也馬王肅云无　羝羊音低張云羝羊也廣雅云吳羊曰羝　觸徐昌六反　藩方袁反徐甫言反下同馬云籬落也　羸律悲反又力追反下同馬云大索也徐力皮反王肅作縲音螺鄭虞作纍蜀才作累張作虆　雖復扶又反　藩決音穴注下同　大輿音餘　之輹音福本又作輻　行不下孟反　能說吐活反　喪羊息浪反注下同　于易以豉反注下同鄭音亦謂佼易也陸作場謂疆場也　艱難如字亦乃旦反　則難乃旦反　剛長丁丈反下剛長同　猶與音預一本作預　其分扶問反　不詳詳審也鄭王肅作祥善也

䷢晉彖云進也孟作齊齊子西反義同乾宮遊魂卦　康美之名也馬云安也鄭云尊也廣也陸云安也樂也　蕃

音煩多也鄭發衣也**庶**如字衆也鄭止奢反謂蕃遮禽也**晝**竹又反**三**徐息暫反下及注同**接**如字鄭云

捷勝也**上行**時掌反下上行並同**以著**直略反下著明同**三褫**敕紙反又直紙反**摧如**罪雷反退

也鄭讀如南山崔崔之崔**未著**張慮反**自長**直浪反**愁**狀由反鄭子小反云變色皃**介**音戒大也馬同

聞乎聞亦作文又作交義並通**和之**胡臥反**鼫**音石子夏傳作碩鼠鼫鼠五技鼠也本草螻蛄一名鼫

得如字孟馬鄭虞王肅本作矢馬王云離爲矢虞云矢古誓字**失夫**音符

䷣明夷夷傷也坎宮遊魂卦**以蒙大難**乃旦反卦內同鄭云蒙犯遭也一云蒙冒也**文王以**

之王肅云唯文王能用之鄭荀向作以之亦然**莅**履二反又律秘反**蔽僞**本或作弊僞**所辟**音避下同

最遠袁萬反下袁難同**遠遁**徒遜反**匿形**女力反**不遑**音皇**箕子**如字子夏作荄鄭陸同云

旁視曰睇京作䁯**左股**音古馬王肅作般云旋也日隨天左音也姚作右槃云自辰右旋入丑**用拯**拯救之拯

法同說文云舉也鄭云承也子夏作拼字林云拼上舉音承**示行**示或作亦**近難**附近之近下最近同**疑憚**

但旦 然後而免也 一作然後乃獲免也 南狩 手又反本亦作守同 去聞 羌呂反 逆忤 五故

反 箕子之明夷 蜀才箕作其劉向云今易箕子作荄滋鄒湛云訓箕爲荄詁子爲滋漫衍無經不可致詰以譏

荀爽 爲比 毗志反

☲☴ 家人 說文云家居也案人所居稱家爾雅室內謂之家是也巽宮二世卦 熾也 尺志反 而行 下孟

反注皆同 閑 馬云闌也防也鄭云習也 中饋 巨愧反食也 嗃嗃 呼落反又呼學反馬云悅樂自得皃鄭云苦熱

之意荀作確確劉作熇熇 嘻嘻 喜悲反馬云笑聲鄭云驕佚喜笑之意張作嬉嬉陸作喜喜 之長 丁丈反 以

近 附近之近 王假 更白反注同至也鄭云登也徐古雅反馬云大也 樂 音洛 以著 張慮反

☲☱ 睽 苦圭反馬鄭王肅徐呂忱並音圭序卦云乖也雜卦云外也說文云目不相視也艮宮四世卦 而上 時掌

反下上同 同行 如字王肅遐孟反 說而 音悅 喪馬 息浪反注同 自復 音服注同 必顯 一本

作必類下同 相顯亦然 可接 于眷反下得援同又音袁 以辟 音避 于巷 戶絳反說文云里中道也廣雅云居也字

書作曳以制反掣昌逝反鄭作挈一云牛角皆踊曰挈徐市制反說
觭反掣文作觢之世反一云角一俯一仰子夏作契傳云
一角仰也荀作觭劉本從說文解依鄭其人天天剠也馬云剠鑿其額曰天劓魚器反截鼻也劓王肅作臲䡄魚
一反相比略志反下同元夫如字反噬市制反之弧音胡弓也後說吐活反注同一音始銳反之
瓜本亦作壺京馬鄭弧王肅翟子玄作壺媾古豆反恢苦回反大也說又委反異商古宂反說也安也言本亦作
決詐也乖也吁況于反可反四剠其京反說文或作黥字
䷦蹇紀免反彖及序卦皆云難也王肅徐紀偃反兌宮四世卦以難乃旦反卦內難皆同蹇解音蟹
上六注同未吝備劒反知矣音智注同六二注同得中如字鄭云和也又張仲反王肅云中適也解卦彖同正
邦荀陸本作工國為漢朝諱宜待也張本作宜時也鄭本宜待時也遠害袁萬反內喜如字徐許意反
猶好也來連力善反馬云亦難也鄭如字遲久之意之長直良反長難丁丈反
䷧解音蟹序卦云緩也震宮二世卦解之為義音蟹下以解來復同濟厄厄或作危彖曰解

音蟹自此盡初六注皆同 坼 敕宅反說文云裂也廣雅云分也馬陸作宅云根也 否結 備鄙反 者 許負反

宥罪 音又京作尤 盤結 步丹反 或有遇咎 遇或作過 發其理也 此八字一本无 所往 如字王肅 以嗟反

而鵠反 斯解 佳買反 之辨 尺證反 失枉 紆往反 且乘 繩證反 乘邪 似嗟反

自我致戎 本又作致寇 解而拇 佳買反注同 拇 茂后反陸云足大指也王肅云手大指荀作母 而比 毗志反

反 維有解 音蟹注及象并下注為解之極同 解悖 佳買反 用射 食亦反注下同 隼 荀尹反毛

詩草木鳥獸疏云鷂 高墉 音容馬云城也 射 佳買反 荒悖 必內反小象同 以解 佳買反

☶☱ 損 孫本反序卦云緩必有所失是以受之以損又訓失 艮宮三世卦 曷 何葛反 二簋 蜀才作軌 用

享 香兩反下同 蜀才許庚反 上行 時掌反凡上行皆同 陰說 音悅 張丈反 德長 遂長同 為邪 似嗟

反 能損 損之損 大難 乃旦反 蕩然 之旅 其分 扶問反 徵

直升反止也鄭云猶清也 忿 芳粉反 窒 珍栗反徐得悉反鄭劉作懫 懫止也孟作恎陸作㦎

劉懲 云清也蜀才作澄

六〇三

欲 如字孟作浴 已事 音以本亦作以虞作祀 遄 市專反速也荀作顓 復自 扶又反九二注同 以上 時掌反 化淳 尚春反 以離 力智反 知者 音智 以盡 津忍反 上祐 音又本亦作佑 不制 一本作下制 遂長 丁丈反 尚夫 音扶

䷩益 增長之名又以弘裕為義繫辭云益長裕而不設是也巽宮三世卦 民說 音悅 無疆 居良反 下同

下下 遐嫁反下如字注同 涉難 乃旦反下同 天施 始豉反 之處 昌預反下其處同 用亨 香兩反注同 王用享 許庚反 用圭 王肅作用桓圭 不為 于偽反 不處 本或作不居 用費 芳貴反 盡物 津忍反 無厭 於豔反 莫和 胡臥反 惡盈 烏路反 偏辭 音篇孟作徧云周匝也

周易下經夬傳第五

䷪夬 古快反決也坤宮五世卦 剛幾 音機 所坦 他但反 夬夬 徐古穴反 而說 音悅注皆同

齊長 丁丈反徐上六象並同 則邪 似嗟反下同 斷制 丁亂反注同 澤上 時掌反注同 以施

始豉反注同 **壯于** 側亮反 **前趾** 荀作止 **惕** 勑歷反荀翟作錫云賜也 **號** 戶羔反注及下同鄭王廙音号

莫夜 音暮注同鄭如字云無也無夜非一夜 **號呼** 火故反 **頄** 求龜反顴也又音求又丘倫反翟云面顴頰間

骨也鄭作頯頯夾面也王肅音龜江氏音琴威反蜀才作仇 **若濡** 而朱反 **有慍** 紆運反恨也舊於問反 **面**

權 如字字書作䪼 **棄夫** 夫亦作去羌呂反 **情累** 劣偽反 **臋** 徐徒敦反 **次** 本亦作趑或作欲說文及鄭作

趀同七私反注下同馬云卻行不前也說文倉卒也下卦倣此 **且** 本亦作趄或作跙同七餘反注及下同馬云語助也王肅

云趑趄行止之礙也下卦倣此 **牽羊** 苦年反子夏作掔 **羝** 丁禮反本又作牴音同或作羝丁啼反 **很** 胡懇反

莧 閑辯反三家音胡練反一本作莞華板反 **陸** 如字馬鄭云莧陸商陸也宋衷云莧莧菜也陸當陸也虞云莧薑也陸商

也蜀才作睦睦親也通也 **柔脆** 七歲反 **至易** 以豉反 **最比** 毗志反 **號咷** 徒刀反

䷫ **姤** 古豆反薛云古文作遘鄭同序卦及彖皆云遇也乾宮一世卦 **用娶** 七喻反本亦作取音同注及下同

正乃 如字正也亦作巫 **誥四方** 李古報反鄭作詰起一反正也王肅同 **柅** 徐乃履反又女紀反廣雅云止也說

文作檷一云絡絲趺也讀若昵字林音乃米反王肅作抳從手子夏作鑈蜀才作尼止也　羸豕劣隨反王肅同鄭力追反

陸讀為累　蹢直戟反徐治益反一本作蹢古文作蹢　躅直錄反本亦作躑躅不靜也古文作𨄔　牝頻忍反　豭

音家　包有本亦作庖同白交反下同鄭百交反虞云白茅之苞荀作胞　利賓如字　擅人市戰反　遠民

袌力反　以杞音起張云苟杞馬云大本也鄭云柳也薛云柳柔脆木也並同　包瓜白交反子夏作苞馬鄭百交反

瓜音王花反　不舍音捨下同　所復扶又反　物爭爭鬭之爭下卦同

䷬萃在季反彖及序卦皆同一云聚也兌宮二世卦　亨王肅本同馬鄭陸虞等並无此字　王假更白反　以

說音悅下注皆同　則邪似嗟反　聚以正荀作取以正　澤上時掌反　除戎

器如字本亦作鍺又作治王肅姚陸云除猶脩治鄭云除去也蜀才云除去戎器脩行文德也荀作慮　師同　若號絕句

戶報反馬鄭王肅戶羔反　一握烏學反傅氏作渥鄭云握當讀為夫三為屋之屋蜀才同　至好呼報反　愌

乃亂反　正本亦作匹　妃音配　禴羊略反殷春祭名馬王肅同鄭云夏祭名蜀才作躍劉作禴　爻僻匹亦反

以遠袁万反之省生領反下同以比毗志反未光也一本作志未光也齎徐將池反王肅將啼反咨音諮又將利反齎咨嗟歎之辭也鄭同馬云悲聲怨聲涕徐音體洟他麗反又音夷鄭云自目曰涕自鼻曰洟

䷭升式陵反序卦云上也上音時掌反鄭本作昇馬云高也震宮四世卦用見大人本或作利見以順德如字王肅同本又作慎師同姚本德作得以高大本或作以成高大允當丁浪反下同閑邪似嗟反升虛如字空也徐去餘反馬云丘也用亨許庚反通也馬鄭陸王肅許兩反馬云祭也鄭云獻也岐山其宜反或祁支反攘來如羊反冥覓經反闇昧之義也注同又云日冥也則喪息浪反

䷮困窮也窮悴掩蔽之義故彖云剛揜也廣雅云困悴也兌宮一世卦剛揜本又作掩於檢反李於範反虞作弇以說音悅卦內同困窮如字或作困窮非臀徒敦反株張一反幽谷徐古木反不覿大歷反見獲拯拯救之拯隱遯徒困反數歲色柱反本亦作三歲困解音蟹朱紱音弗也注同

亨祀許兩反下同　難之乃旦反　不勝音升　豐衍延善反　蒺音疾藜音梨蒺藜草　上

比毗志反　焉得於虔反　來徐徐徐徐疑懼皃馬云安行皃子夏作荼

荼翟同荼音圖云內不定之意王肅作

余余　金車金輿本亦作　劓徐魚器反　刖徐方刮反又音月荀王肅本劓刖

作臲䰎云不安皃陸同鄭云劓刖當為倪㐪京作劓劊

案說文劊斷也　祭祀本亦作享祀　遐遠本或作遐邇　藟力軌反似葛之

草本又作虆

詩草木疏云一名巨荒似燕薁

連蔓而生幽州人謂之推藟　臲五結反王肅妍喆反說文作劓牛列反薛同　卼五骨

反又音月說文作䵝云䵝卼不安也薛又作杌字同　曰動悔音越向云言

其无不然　令生力呈反

☵井精領反雜卦云通也彖云養而不窮周書云黃帝穿井

世本云化益作井宋衷云化益伯益也堯臣廣雅云井

深也鄭云井法也字林作丼子挺反周云井以不

變更為義師說井以清絜為義震宮五世卦　无喪息浪反　汔許訖反

注同幾也　繘音橘徐又居密反鄭云綆也方言云關西謂

綆為繘郭璞云汲水索也又其律反又音述

羸律悲反徐力追反下同蜀才作累鄭讀曰虆　瓶白經反　幾至音祈或音機　而覆芳福反　而上

水時掌反注及下注上水皆同井羸如字徐以上反木上時掌反如字[illegible]以勞一同[illegible]
相息亮反注同王肅如字井泥乃計反注及下同滓穢側里反不嚮許亮反棄舍音捨不文
同井谷古木反水音俗射食亦反[illegible]注同徐食夜反鄭王肅皆[illegible]亦云厭也荀作耶鮒音付魚名也子夏傳謂蝦蟆
甕屋送反李於鍾反[illegible]列作罋云亭水器也說文作罋汲瓶也敝婢世反王肅徐扶滅反谿谷苦兮反卜啼反注
下章喻反下同而覆扶又反无與之也一本作則莫之與也渫息列反徐又食列反黃云治也心
惻初力反說文云痛也汲音急停音亭鳥其行下孟反并注皆同甃側舊反馬云為瓦裏下達上也子夏
傳云脩治也本云以甎壘井曰甃字林云井壁也冽音列絜也說文云水清也王肅音例不橈乃孝反不食
如字又音嗣井收徐詩救反又如字馬云汲也陸云井幹也荀作甃勿幕音莫覆也干本勿作网
䷰革馬鄭云改也坎宮四世卦爍成育洛上六注同相息如字馬云滅也李斐注漢書同說文作熄欲
上時掌反革而信之一本字之字以說音悅注同鞏九勇反固也馬同堅韌仁震反行

有 如字又下孟反 相比 毗志反 文炳 兵領反 文蔚 音尉又紆弗反廣雅云茂也數也說文作斐

䷱鼎 丁冷反法象也即鼎器也離宮二世卦 革去 羌呂反下皆同 覆 別 彼列反 亨

本亦作肴別有亭 以木巽火亨 本又作亯同普庚反煑也下及注聖人亨大亨亨者並同 飪 入甚反熟

也徐而鴆反 以享 香兩反注享上帝同 上行 時掌反 凝 魚承反嚴兒鄭云成也翟作擬云度也 顛 丁田

反倒也 趾 音止 利出 徐尺遂反或如字注及下同 否 悲已反惡也注及下同 是覆 芳目反下皆同 趾

倒 丁老反下同 以爲 于僞反下體爲同 未悖 必內反逆也 我仇 音求匹也鄭云怨耦曰仇 可復

扶又反下同 其行 下孟反注同 塞 悉則反 雉膏 如字鄭云雉膏食之美也 折足 之舌反注同 餗

送鹿反虞云八珍之具也馬云餗健也健音之然反鄭云菜也 形渥 於角反沾也鄭作剭音屋 且施 始豉反 所

盛 音成 知小 音智 金鉉 玄典反徐又古玄反又古冥反一音古螢反馬云鉉扛鼎而舉之也 周勁 古政反

䷲震 止慎反動也 [illegible] 以成 成亦[illegible] 虩虩 許逆反馬云恐懼[illegible] 笑言

作語下同 啞啞 烏客反馬云笑聲鄭云樂也 怠 本又作殆 惰 徒臥反下同 懈慢 佳賣反下同 恐

曲勇反下文注皆同 不喪 息浪反卦內並同 匕 必以反 鬯 勑亮反香酒 主長 丁丈反 已出 音紀

洊 在薦反徐又在悶反 億 本又作噫同於其反辭也六五同鄭於力反云十萬曰億 喪 息浪反注同荀作亡字 貝 如字

荀首敗 躋 本又作隮子西反升也 雖復 扶又反上六注同 蘇蘇 疑懼皃王肅云躁動皃鄭云不安也馬云

尸祿素餐皃 无眚 生領反 遂泥 乃計反下同荀本遂作隊泥荀乃低反 困難 乃旦反 索索 桑洛

反注及下同懼也馬云內不安皃鄭云猶縮縮足不正也 視 如字徐市至反 矍矍 俱縛反徐許縛反馬云中未得之皃

鄭云目不正 婚媾 古豆反 彼動 故懼 故或作而

䷳ 艮 根恨反止也鄭云艮之言很也八純卦象山 其背 必內反徐甫載反 相背 音佩下同 否

備鄙之反 令物 力呈反 而強 其兩反 邪 似嗟反亦牙反 敵應 應對之應又音膺 其趾 如字

荀作 腓 符非反本又作肥義同咸卦同 不拯 音拯救之拯馬云舉也 不快 苦夬反 其限 馬云限要

止

也鄭荀虞同　夤引真反馬云夾脊肉也鄭本作䏰徐又音胤荀作腎云互體有坎坎為腎　薰許云反荀作動云互
體有震震為動　喪息浪反

䷴漸以之前為義即階漸之道艮宮歸魂卦　女歸吉也王肅本還作女歸吉利貞　善俗王肅
本作善風俗　干如字鄭云干水傍故停水處陸云水畔稱干毛傳詩云涯也又云澗也荀王肅云山間澗水也翟云
涯也　則困於小子本又作則困讒於小子　於謗博浪反　讒諛音磐畔干反山石之安也馬云
山中磐紆　衎衎苦旦反馬云饒衍　祿養羊尚反　歡樂音洛　于陸陸高之頂也馬云山上高平曰陸
孕以證反說文云懷子曰孕弋證反鄭云猶娠也荀作乘　復扶又反　邪配似嗟反　合好呼報反
能之閒　離羣力智反鄭云猶去也　桷音角翟云方曰桷桷椽也馬陸云桷榱也說文云秦曰榱周謂之椽
齊晉謂之桷　安棲音西字亦作栖　不累劣偽反　義五何反

䷵歸妹婦人謂嫁曰歸妹者少女之稱兌宮歸魂卦　少女詩照反下皆同　之稱尺證反下同　為

長丁丈反下皆同 說以音悅後並同 所歸妹也本或作所以歸妹 不樂音洛 妖邪似嗟反
知弊婢世反 以娣大計反 跛波我反 娣從才用反 眇彌小反 以須如字待也鄭云
有才智之稱荀陸作嬬陸云妾也 愆期起虔反馬云過也 遲雉夷反曉也緩也陸一云待也一音直吏反 不正
不應本亦作无應 有待而行也一本作待時 之袂彌世反 月幾音機又音祈荀作既 承
匡曲亡反鄭作筐 刲苦圭反馬云刺也一音工惠反

周易下經豐傳第六

䷶豐芳忠反字林匹忠反依字作豐今並三直畫猶是變體若曲下作者禮字耳非也世人亂之久矣彖及序卦皆
一云大也案豐是腆厚光大之義鄭云豐之言腆充滿意也故宮五世卦 王假庚白反至也下同馬古雅反大也 闡
昌善反 而令力呈反 以徧音遍 則昃如字孟作稷 則食如字或作蝕非 則溢本或作則方益
者非 以折之舌反斷也下及注同 其配如字鄭作妃云嘉耦曰妃 雖旬如字均也王肅尚純反或音脣荀作

均劉昞作鈞 則爭 爭鬭之爭下皆同 蔀 音部王廙同蒲戶反王肅普苟反略例云大暗之謂蔀馬云蔀小也鄭薛
作菩云小席 見斗 孟作見主 𡽼 音部音章又止尚反字又作障同 斗見若 賢遍反下不見同 不
邪 似嗟反 沛 本或作旆謂幡幔也又普貝反姚云滂沛也王廙豐蓋反又補賴反徐普蓋反子夏作芾傳云小也鄭干
作芾云祭祀之蔽膝 沬 徐武蓋反又亡對反微昧之光也字林作昧亡太反云斗杓後星王肅云音妹鄭作昧服虔云日中
而昏也子夏傳云昧星之小者馬同薛云輔星也 肱 古弘反姚作股 旛 方袁反 幔 末半反 以禦 魚呂反
微昧 音妹 豐其屋 說文作寷云大屋也 闚 苦規反字林登云小視 闃 苦鶪反徐苦鶪反一音苦馘反馬鄭云无
人皃字林云靜也姚作闃孟作窒並通 覿 徒歷反 藏 如字 窒 於鳩反 其行 下孟反 治道 直吏反下
同 天際 如字鄭云當爲瘵瘵病也 翔 鄭王肅作祥 曀 烏細反 自藏 如字眾家作戕在良反馬王肅
云殘也鄭云傷也 有爲 于僞反 不出戶庭 此引節卦九二文辭應云門庭作戶庭也一云門戶通語
☲☶旅 力舉反羈旅也序卦云旅而无所容雜卦云親寡旅是也離宮一世卦王肅等以爲軍旅 特重 直用反

物長丁丈反　而復扶又反六五注同　令附力呈反　非知音智　瑣瑣悉果反或作璅字者非也
鄭云瑣瑣猶小也馬云疲弊貌王肅云細小貌　懷其資本或作懷其資斧非　喪息浪反卦內同　爲旋
始成反　譽如字又音預　得其資斧如字子夏傳及衆家並作齊斧張軌云齊斧蓋黃鉞斧也張晏云整
齊也應劭云齊利也虞喜志林云齊當作齋齋戒入廟而受斧下卦同　不快苦夬反　斫諸若反　平坦吐但
反　射雉食亦反注同　而上時掌反　上逮音代一音大計反　號戶羔反　咷道羔反　于易
以豉反注同王肅音亦　所嫉音疾字林音自本亦作疾下同　其義焚也馬云義宜也一本作宜其焚也　喪
牛之凶本亦作喪牛于易
☴ 巽孫問反入也廣雅云順也八純卦象風象木　巽弟大計反本亦作悌　重巽直龍反　齊邪
似嗟反下并下卦同　志治直吏反　紛芳云反廣雅云衆也亭也一云盛也　而復扶又反下同　神祇祁支
反　頻顣千寂反又子六反此同鄭意　不樂音洛　遂不衰万反　之庖步交反　先庚西薦反注

同

後度胡豆反 卒以寸忽反下同 不說字又作悅同 先申音身或作甲字非 以斷丁亂

反下同

☱☱兌徒外反說也 兌說音悅卦內並同 以先西薦反又如字 犯難乃旦反 麗澤如字麗連也鄭作離云猶併也 講習本亦作係 商兌如字商商量也鄭云商隱度也 介疾音界隔也馬云大也

將近附近之近 比於毗志反 道長丁丈反

☴☵渙呼亂反散也序卦云渙離也離宮五世卦 王假庚白反下同梁武帝音賈 而上時掌反 之如字又

難乃旦反 之累劣僞反 享于香兩反 用拯拯救之拯馬云舉也伏曼容云濟也王肅云拔也子夏作拼 拼取也 以逝逝又作遊 危劇本又作危劇又作厄劇 逃竄七亂反 險爭爭鬥之爭 机音几

有丘姚作有近 匪夷荀作匪弟 丘墟去魚反 渙汗下旦反 以盪徒黨反 險隘於隔反

以假古雅反 逖湯歷反 血去羌呂反 最遠袁萬反下於遠象遠害並同 不近附近之近

䷻節 鶻結反止也明禮有制度之名一云分段支節之義坎宮一世卦 男女別 彼列反 復正 扶又反

說以 音悅注同 澤上有水 上或作中 德行 下孟反注同 故匿 女力反 所怨 紆萬反又紆元反

䷼中孚 芳夫反信也艮宮遊魂卦 豚 徒尊反黃作遯 說而 音悅下注皆同 乖爭 爭鬭之爭 之行 下孟反

畜之 許六反本或作獸 說難 乃旦反 有它 音他 鶴 戶各反 和之 胡臥反注同

及下 好爵 如字王肅呼報反孟云好小也 靡 本又作縻同亡池反散也干同徐又武寄反又亡彼反韓詩云共也孟同埤蒼作縻云散也陸作䌕京作劘 重陰 直龍反 不徇 似俊反 或罷 如字王肅音皮徐扶彼反

小陰 詩照反 長陰 丁丈反 相比 毗志反 而闋 五代反 憊 備拜反 幾望 音機又音祈京作近荀作既 而上 時掌反象同 攣 力圓反廣雅云拳也 可舍 音捨 翰 胡旦反高飛 內喪 息浪反

䷽小過 古臥反義與大過同王肅云音戈兌宮遊魂卦 遺之 如字 不宜上 時掌反注同下及文不宜

上六注上亦同鄭如字謂君也而浸子鴆反以行下孟反所錯本又作措又作厝同七路反其

妣必履反于僭子念反盡津忍反或戕徐在良反注同故令力呈反注同先過西薦反

反而復扶又反卦末同晏於諫反宴鴆亦作酖除蔭反本没怯反去士劫業公弋餘職反

則蒸章勝反字又作烝或作勝字非小畜本又作蓄同勑六反其施始豉反而難注乃旦反已上

也並如字上又時掌反注同鄭作尚云庶幾也陽已上故止也本又作陽已上故少陰上少音多少之少

上六弗遇五付反本多誤故辟反災眚生領反

䷾既濟節計反下卦同鄭云既已也盡也濟度也坎宫三世卦亨小絕句以小連利貞者非則邪

似嗟反下同曳以制反濡其音儒注同於燥西皁反未造七報反易以豉反棄難乃旦反

反卦末并注同婦喪息浪反其茀方拂反首飾也馬同干云馬髴也

下卦同鄭云車蔽也子夏作髴荀作紱董作髢

作不比毗志反鬼方鬼遠也憊蒲拜反鄭云劣弱也陸作備云當為憊憊困劣也繻有

而朱反鄭王肅云音須子夏作襦王廙同薛云古文作繻 衣袽 女居反絲袽也王肅音如說文作絮云縕也廣雅云絮塞也子夏作茹京作絮 有郤 去逆反 禴 羊略反祭之薄者 沼 之紹反 沚 音止 蘋 音頻 蘩 音煩 非馨 呼廷反

䷿ 未濟 離宮三世卦 小狐 徐音胡 汔 許訖反說文云水涸也鄭云幾也 令物 力呈反 各得其所 一本得作當 經綸 本又作論同音倫又魯門反 屯 張倫反 蹇 紀免反 循 似遵反 難 反猶履也 喪其 息浪反 已比 上音紀下毗志反 以近 附近之近 暉 許歸反字又作輝 而聽 丁寧反

於樂 音洛

周易繫 徐胡詣反本系也又音係續也字從毄若直作毄下系者音口奚反非 辭 本亦作辤依字辭說也說文云詞者意內而言外也辤不受也受辛者宜辤之籀文辤字也 上第七 本亦作繫辭上王肅本作繫辭上傳於雜卦皆有傳字本亦作韓康伯注案王輔嗣止注六十四卦有无上字者 韓伯注 經講者相承用韓注繫辭以下續之

地卑 如字又音婢本又作埤同 其易之門 本亦作其所易之門戶 斷矣 丁亂反 之分 符問反章末注同 著矣 張慮反 見矣 賢徧反注同 縣象 音玄 兩施 始豉反 相摩 本又作磨末何反京云相磑切也磑音古代反馬云磨切也鄭注禮記云迫也迫音百 相盪 眾家作蕩王肅音唐黨反馬云除也桓云動也唯韓云相推盪 鼓之 虞陸董姚皆云鼓鼓動也 霆 王肅呂忱音庭徐又徒鼎反又音定京云霆者雷之餘氣挺生萬物也讖文同蜀才云疑爲雷 運行 姚作違行 大始 音泰王肅作泰 坤作 虞姚作坤化姚云化當爲作 易知 以豉反說章末同鄭荀董並音亦 簡能 如字姚云能當爲從 而成位乎其中 馬王肅作而易成位乎其中

繫辭 音系卷內皆同 焉而明吉凶 虞本更有悔吝二字 迭 田節反 剛柔者晝夜之象 虞作晝夜者剛柔之象 三極 陸云極至也馬云三統也鄭韓云三才也王肅云陰陽剛柔仁義爲三極 能見 賢遍反 易之序也 陸云序象也京云次也虞本作象 所樂 音岳適會也虞本作所變 而玩 五亂反研玩也 馬云貪也鄭作翫 祐之 音又後同

爻者户交反說文云交也小疵徐才斯反馬云瑕也辯吉凶如字京云明也虞董姚顧蜀才並云別也音彼

列反見乎賢遍反乎介音界注同王肅韓云纖介也纖息廉反震无咎馬云震驚也鄭云懼也丁

顧辭云動也險易以豉反注同京云之否備鄙反天地準如字京云準等也

周云敫也鄭云中彌如字本又作彌綸音倫京云彌編也荀云彌終也綸迹也王肅云彌綸纏裹也天下之

也叩也道六也一本作俯以音甫察於一本作反終之說如字又始銳反云合也

火因燼音盡嫁下同知周音智注同精氣遊魂不流如字京作留

留樂天音洛功範圍曲成

知如字之情不過知者音智下知者同

仁知其分鮮矣藏諸作減云善

也衣於既反則之功也本亦作成象蜀才作盛象

爻法 胡孝反馬云…字形…吉 太虛 音泰…大… 鑿…反… 自造

在早反下同 稱極 尺證反… 不樂 音洛… 平 …本又作… 也專字

下同 …爲稱…反… [illegible] …也… 音… 也…

陸作嚐 也翁 …也 …亦反 易簡 …反 知崇 …同 禮…作… 以斷

音洞 …也 …仕…反下同九家… 典禮 京作等禮…作…

卑 以…反…下同… [illegible] …云…也

丁 …反… 而…反…作… 天下之至動而不可

下注同 …也…馬…反馬鄭…反…通 …

亂也 …云… …九家…作… …可… …之惡 …反 …七各

議之 …作儀… 則…反 子和 注同 … 擬之 …反… 亡…反

…作 行發 下同 見乎 …反… …也… 先

虎户 …光… …反 …戭… …反…

號反 …反 或默 …作… 利斷 …丁…反…反

初 六藉 …作…反 用白茅 卯交反 无咎 …七故反本 …亦作措

可重直勇反　慎斯術也時震反鄭于同一本作順師同義鄭云術道　不德鄭陸蜀才作置鄭云置當為德

為下人遐嫁反後同　為階姚作機　為易者本文云作易者　乘釁許覲反　致寇至徐或

作戎宋衷云戎誤　乘也者繩證反　如字一讀　慢藏才浪反　誨作悔謂悔恨　冶容音也

鄭陸虞姚王肅作野言妖野容儀　教誨淫泆也王肅云作野音也　大衍延善反又注演同鄭云衍演也于云合也王廙

蜀才云廣也　大極音泰　掛一卦買反別也王肅音卦　揲時設反案揲猶數也說文云閱持也一音思頰反徐

音息列反鄭云取內　歸奇紀宜反下同　於扐郎得反下同馬云指間也荀柔之云別也　後掛京作卦云再扐

而後布卦　之策初革反字亦作筴　當如字下同　期本又作朞音基同　而伸本又作信音身　而長丁丈

反　德行下孟反　酬市由反又音疇　酢徐在洛反京作醋　與祐音又助也馬云配也荀作侑

聖人之道明僧紹作君子之道　以言者下三句无以字一本四句皆有　如嚮許兩反又作響　能與

音預下及注同　參伍七南反　錯七各反　綜宗宋反　天地之文一本作天下　陸本作之爻　虞　无

籌直周反 研蜀才作揅 幾也如字本或作機鄭云機當作幾幾微也 夫易開王肅作闓音同 物成

務一本无夫易二字 冒天莫報反注同覆也 以斷丁亂反下章同 蓍音尸 圓而本又作員音同

方以知音智注同下知以藏知注神知皆同 有分符問反 易以以豉反韓音亦謂變易 貢如字告也

京陸虞作工荀作功 洗心劉瓛悉殄反盡也王肅韓悉禮反京荀虞董張蜀才作先石經同 洗濯直角反 藏往

如字劉作臧善也 能與音預 不殺王鄭王肅干所戒反徐所例反陸韓如字 者夫音扶下同 齊戒

側皆反注同 以神明其德夫荀虞翻絕句衆皆以夫字屬下句一本无夫字 闔戶胡臘反 闢戶

婢亦反王肅甫亦反 施生始豉反 見乃賢遍反 是故易有大極大音泰注同大極无也馬云北

辰也王肅云此章首獨言是故者總衆篇之意 无稱之稱並尺證反 縣象音玄 探吐南反 賾九家作冊

索隱色白反 亹亹亡偉反 莫善乎蓍龜本亦作莫大 見吉賢遍反 河出如字又尺

遂反下同 洛出王肅作雒漢家以火德王故從各住 又以尚賢也鄭本作有以 子曰書不盡

外字又津忍反下同　之縕紆粉反徐於憤反王肅又於問反　之奥烏報反　而上時掌反　而錯七故反注同本又作措　之賾本亦作之至賾　而裁音才本又作財　默而成本或作默而成之　德行下孟反

周易繫辭下第八

而重直龍反注同　明治直吏反　繫辭音係卷內皆同　而命孟作明　或否備鄙反　而斷丁亂反　則見賢遍反下及注皆同　趣時七樹反　貞勝姚本作貞稱　乎累劣偽反　殉言辭俊反後同　未離力智反　盡會津忍反下同　貞觀官換反又音官　貞夫音符　確然苦角反馬韓云剛皃說文云高至　人易以豉反下注同　隤然大回反馬韓云柔皃也孟作退陸董姚作妥　像此音象　施生始豉反　大寶孟作保　曰人王肅下伯王桓玄明僧紹作仁　禁民音金又金鴆反　包本又作庖白交反鄭云取也孟京作伏　犧許宜反字又作羲鄭云鳥獸全具曰犧孟京作戲云伏服也戲化也　氏包犧取大皞三皇之最先　之王于況反　不究九又反　為罟音古馬姚云猶网也黃本作為网罟一云取獸曰网取魚曰罟　以

佃音田本亦作田以漁音魚本亦作魚又言庶反馬云取獸曰佃取魚曰漁斲木陟角反爲耜音以

耒下耓也陸云廣五寸耓音勑丁反爲耒力對反京云耜上句木也說文云耜曲木垂所作字林同力佳反徐力猥反垂

造作也本或作揉木爲之耒耨非耒耨之利奴豆反馬云鉏也孟云耘除草爲市世本云祝融爲市宋衷云顓頊

臣也說文云市時止反噬市制反嗑胡臘反不解佳賣反易窮則變變則通通則

久一本作易窮則變通則久祐之音又本亦作佑下治直吏反以別彼列反一本作辯挎本又

作刳口孤反徐又口溝反掞以冉反亦作剡楫本又作檝將輒反下同徐音集又子入反方言云楫謂之橈或謂之櫂說

文云舟櫂也致遠以利天下此句一本无諸渙音喚以利天下蓋取諸隨一本

无以利天下一句重門直龍反柝他洛反馬云兩木相擊以行夜說文作欜字林他各反同暴客白報反鄭

作虣斷木丁緩反又徒緩反斷斷絕爲杵昌呂反掘地其月反又其勿反爲臼求酉反爲弧

音胡說文云木弓剡木以冉反字林云銳也因冉反諸睽苦圭反又音圭則爭爭鬭之爭下同厚衣

於既反　喪期並如字　无數色具反　棺椁上音官下音郭　而治直吏反下同　書契苦計反

決斷都亂反　象也者像也衆本並云像擬也孟京虞董姚還作象　卦奇紀宜反注同　德行下孟反

下同　畫奇音獲下同　憧憧昌容反本又作憧　以貫古亂反　屈也丘勿反下同　信也

本又作伸同音申下同韋昭漢書音義云古伸字　尺蠖紆縛反蟲名也徐又烏郭反　龍蛇本又作虵同　之

蟄直立反　全身本亦作存身　思慮息吏反　而累劣偽反　蒺音疾　蔾音黎　死其其亦作期

射食亦反下注同　隼恤允反　高墉音容　不括古活反結也　結閡五代反　不懲直升反　屨

俱遇反　校胡孝反下同　滅趾本亦作止　弗去羌呂反　何校河可反又音河　其治直吏反下同

知小音智　尟本亦作鮮仙善反少也　折足之設反　覆公芳六反　餗音速馬作粥　形渥

於角反　不勝音升　而上時掌反　未離力智反　先見賢遍反　介于徐音戒衆家作介徐云王

廙古黠反　斷可丁亂反注同　復行扶又反注復行同　造形七報反　之分符問反　无祇韓音

祁支反注同王廙輔嗣音支 壹音因本又作氤捻絪同音因 縕本又作氳紆云反 化醇音淳 易其
以豉反 不迕五路反字亦作忤 其易之門邪本又作門戶邪 之撰仕勉反下章同數也廣雅云定
也王肅士眷反 數也色柱反 爻繇直救反下同服虔云繇抽也抽出吉凶也韋昭云由也吉凶所由而出也 於
稽古兮反考也 闡幽昌善反明也 辯物如字徐扶免反別也 斷辭丁亂反注同 辭文如字音問
而中丁仲反注同 因貳音二鄭云當為式 民行下孟反注同 所蹈徒報反 之柄兵病反
之脩如字鄭云治也馬作循 之辯如字王肅卜免反 不厭於豔反注同 後易以豉反注同 長
裕丁丈反注同 其施始豉反下同 跬稱尺證反又尺升反 和行下孟反 以遠于萬反注同
不濫力暫反 可遠馬王肅韓袁萬反注皆同師讀如字 上下時掌反章末同 [illegible]會音持 [illegible]昧音妹
而揆葵癸反度也 其方馬云方道 能循似倫反 以度待洛反 以要一遥反下文要終同 其
要於妙反 易知以豉反 撰德鄭作算云數也 噫於其反王肅於力反辭也馬同 亦要一妙反絕句又

一遥反絶句至吉凶 則居 馬如字處也師音同鄭王肅音基辭 知者 音智 彖辭 吐貫反馬云彖辭卦辭也鄭云爻辭也周同王肅云彖舉象之要也師說通謂爻卦之辭也一云即夫子彖辭 則思 息吏反 貫之 古亂反 轉近 附近之近下章以近同 而上 時掌反 須援 于眷反 剛勝 升證反一音升 勝其 音升 閑邪 似嗟反 其當 如字下當文王同 紂 直久反 蒙難 乃旦反 能尋 許貞反 易者 以豉反注同 其治 直吏反 德行 下孟反下德行同 易以 以豉反下注險易同 知阻 莊呂反 能說 音悅注同 亹亹 亡偉反鄭云沒沒也王肅云勉也 沒沒 思 息吏反 探 吐南反 射 食亦反 不厭 於豔反 以盡 津忍反下同 愛惡 烏路反注同鄭烏洛反 泯然 亡忍反 比交 毗志反 辭枝 音支 誣善 音無

周易說卦第九

幽贊 本或作讚子旦反幽深也贊明也 蓍 音尸說文云蒿屬生千歲三百莖易以爲數天子九尺諸侯七尺大夫五

尺十三尺毛詩草木疏云以頼蕭青色科生鴻範五行傳云蓍百年一本生百莖論衡云七十歲生一莖七百歲生十莖神靈
之物故生遲也史記云生滿百莖者其下必有神龜守之其上常有雲氣覆之淮南子云上有叢蓍下有伏龜如嚮香兩
反本又作響參七南反又如字音三天或作夫者非而倚於綺反馬云依也王肅其綺反云立也虞同蜀才作
奇通數色具反參奇紀宜反觀變一本作觀變化發揮音輝鄭云揚也王廙韓云散也盡性律忍
反要其一遙反迭用田節反六位而成章本又作六畫一相薄旁各反陸云相附薄也馬云
鄭顧云薄入也相射食亦反虞陸董姚王肅音亦云厭也數往色具反又色主反而數色主反下文同晅
況晚反京云乾也本又作烜徐古鄧反又音香元反以說音悅後注同嚮明許亮反而治直吏反妙
萬物如字王肅作眇音妙董云眇成也撓徐乃飽反王肅乃教反又呼勞反熯王肅云呼但反火氣也徐本作
暵音漢云熱暵也說文同莫盛是政反鄭音成云裹也水火不相逮音代一音七計反鄭宋陸王肅王廙
无不字悖必内反逆也為豕京作彘為狗音苟一索色白反下同馬云數也王肅云求也長男

女長女丁丈反下長子皆同　中男丁仲反下同　少男詩照反　反下　同爲圜音圓　瘠在亦反下同王廙云

健之甚者爲多骨也　駁邦角　爲釜　角爲京作　嗇音色　爲稍彼

京荀作柴云多筋幹　馬反　潤之通名鋪爲

反爲龍如字虞干作駹虞　爲旉　又作專如字虞

同　云蒼色干云雜色　音反又作

也鄭市戀反　蒼筤　晉郎　桂　道也　作朱司同

下陽在　的　丁歷反說文作馰　顙　息黨反的　反生　蕃　一　反京

云　阪　音反　蕃　音煩　鮮　息淺反　爲　臭　昌又反王　作阪一云陵阪也　陸

爲反　爲近　附近之近　三倍　步罪反　其究　黑白雜爲蒼　爲

廣　作黃　如字鄭　作　又作宣髮　如字本又作

蠲　反又反又交九反又　反馬　又矯　紀表反　一　揉　如九反王

王廙　宋衷云使曲者直直者曲　本作橋　同　車　反王

姚作　爲亟　紀力反下　王肅云　京作揉　荀作撓　宋衷　弓輪

倫　爲堅　反荀作　一云　爲溝瀆　博　爲　反

以制　王　反　一　爲　反

反　甲胄　直又反　乾卦　爲　章　幹　正也

必列反本又作鱉同　蟹　戶買反　蠃　力禾反京作螺姚作蠡　蚌　步項反本又作蜯同　科　苦禾反空也虞作折　槁

苦老反鄭作槀干作熇　為徑　古定反　果蓏　力火反　之屬　馬云果桃李之屬蓏瓜瓠之屬　應劭云木實曰果草實曰蓏

說文云在木曰果在地曰蓏張晏云有核曰果无核曰蓏京本作果墮之字　閽　音昏　寺　如字徐音侍亦作閽字　黔

其嚴反徐音琴王肅其廉反鄭作黚謂虎豹之屬貪冒之類　喙　丁遘反　[illegible]反徐[illegible]反　為堅多節　本亦無堅字　為

巫　[illegible]反　之詩　附決　音穴　如字徐[illegible]　剛鹵　力杜反鹹土也　羊　虞作羔　此六子以求索而為次第也本亦有以

三男居前三女後　乾　健也　荀爽九家集解本乾後更有四為龍為直為衣為言　坤後有八為牝為迷為方為囊為裳為黃為帛為漿　震後有三為王為鵠為鼓　巽後有二為楊為鸛　坎後有八為宮為律為可為棟為叢棘為狐為蒺蔾為桎梏　離後有一為牝牛　艮後有三為鼻為虎為狐　兌後有二為常為輔頰　注云常西方神也　不同故記之於此

周易序卦第十

之穉　直吏反字林丈一反或作稚　爭　爭鬬之爭下同　所比　毗志反注同　所畜　敕六反本亦作蓄下及雜卦同

以否備鄙反下同　以觀官喚反　亨則許庚反□許兩反徐音□同　實喪息浪反　所錯七各反注同徐七路反　之縕紆粉反又於本反又於粉反下縕　遠小人袁萬反　有難乃旦反下同　以解音蟹下同　決邪似嗟反　而上時掌反　去故起呂反下同　以和胡臥反又如字　齊才細反又如字　者長丁丈反　說音悅下注同　行過下孟反

周易雜卦韓云雜糅衆卦也孟云□雜亂也第十一

雜糅如又反　比毗志反下同　樂音洛注同　臨觀古亂反　屯見賢遍反注及下經皆同鄭如字　綸本又作論音倫又力門反　上升時掌反下文離上升注同　豫怠如字姚同京作怡虞作怡　則飭音敕注同整治也鄭本王肅作飾　剝爛老旦反　晝也竹又反　誅也荀云誅滅也陸韓云傷也　解音蟹　難也乃旦反　衆荀作終　去故起呂反　豐多故衆家以此絕句　親寡旅也荀本豐多故親絕句寡旅也別爲句　道長丁丈反

六三三

略例此是輔嗣所作既釋經文故因而講之今亦隨也音焉或有題爲第十者後人輒加之耳

明彖 動不能制動本作天地不能制動 貞夫音符後同 琁悉全反又作旋 璣音機本又作機或作幾 輻音福 湊千豆反 則思息吏反 可遠于万反 能逾羊朱反 至賾仕責反

能與音預 觀彖古亂反 以斯一本作以彖觀之

明爻通變 好靜呼報反 度量音亮 朝直遥反 廷音定 必比毗志反 隆墀本又作坻直其反坻蟻家 遠壑火各反 而濟一本作而濟而載 能說音悅 善邇善又作繕 愛惡烏路反次章同 語成而後有格舊本如此本格作佫 能與音預下同

明卦適變通爻本又作明卦通變適爻一本云明卦適變通爻 否泰備鄙反 險易以豉反下章同

內入同 分斷丁亂反 要其一遥反 辟險音避後章同本亦作 比復毗志反 好先呼報反

侮妻亡甫反 故當如字 其介音界本又作分待間反

明象 觀意本亦作見意 猶蹄音啼 在兔他故反字又作菟 筌者七全反筌笱 事見莊子

重畫直龍反下胡麥反下同 應健音鷹 滋漫音茲未半反 縱複扶又反

辯位 繫辭戶計反下同 位分扶問反下同 去初羌呂反 無六爻無亦作无 損

略例下一本亦此本或無下字 率音類又所律反 音律 相比毗志反 險易以豉反 之行

下孟反 去六羌呂反 見咥直結反 所處紆萬反又紆元反 又

卦略凡十一卦 屯難乃旦反明夷卦同 遯所 馮皮冰反本亦作憑 蒙睽 昧音妹 不諮本亦

作資 四遠表萬反觀卦同 初比毗志反 賾不處 且位為美 履者禮也 雜卦

卦無此句 有或傳寫者誤 目豐 剛長丁丈反 見古賢遍反 以所負 一本作以近附 近

之近明夷卦同 大過 棟橈乃孝反 拯弱拯救之拯 回好呼報反 所贍常豔反 所負反 編矣必淺反

反 遯浸子鴆反 長張丈反 難乃旦反 亨在許庚反 大壯 觸昌錄反 藩扶袁反

明夷最遠于萬反最近附近之近而難乃旦反能溺寧歷反睽最見賢遍反豐卦同
洽乃咸夾反本又作合豐闇烏路反之沛步貝反又普貝反之蔀步ㄗ反明昧音妹
本亦作妹又作沬皆末貝反下文同無與如字又音預折其之舌反

周易略例

王弼

明彖

夫彖者何也將釋其義故假設問端故曰何統論一卦之體明其所由之主者也統論一卦功用之體明辯卦體所由之主立主之義義在一爻明辯也夫衆不能治衆治衆者至寡者也萬物是衆一是寡衆不能理衆理衆者至少以理之也夫動不能制動制天下之動者貞夫一者也天下之動動則不能自制制其動者貞正之一者也老子曰王侯得一以爲天下貞然則一爲君體君體合道動是衆由一制也制衆歸一故靜爲躁君安爲動主故衆之所以得咸存者主必致一也致猶歸也衆皆所以得其存者必歸於一也動之所以得咸運者原必

无二也動所以運運不已者謂无二動故无心於動而動不息也物无妄然必由其理物衆也妄虛妄也天下之衆皆无妄无妄之理必由君主統之也統之有宗會之有元統領之以宗主會合之以元首故繁而不亂衆而不惑統之以宗主雖繁而不亂會之以元首雖衆而不惑故六爻相錯可舉一以明也錯雜也六爻或陰或陽錯雜交亂舉貞一之主以明其用剛柔相乘可立主以定也六爻有剛有柔或乘或據有逆有順可立主以定之是故雜物撰德撰數也雜衆也衆其物體數其德行辯是與非辯明也得位而承之是也失位而據之非也則非其中爻莫之備矣然則非是中之一爻莫之能備訟彖云訟有孚窒惕中吉剛來而得中也困彖云貞大人吉以剛中也之例是也故自統而尋之物雖衆則知可以執一御也統而推尋萬物雖殊一之以神道百姓雖衆御之以君主也由本以觀之義雖博則知可以

一名舉也博貴也本謂君也道也義雖廣舉之在一也故處璇璣以觀大運，則天地之動未足怪也；據會要以觀方來，則六合輻湊未足多也。天地雖大觀之以璇璣六合雖廣輿湊之以要會天地未運不足怪其大六合輻湊不足稱其多故舉卦之名，義有主矣；觀其彖辭，則思過半矣。彖總一卦義義主中爻爻簡易者道也君也道能化物君能御民會者觀之思過其半矣夫古今雖殊，軍國異容，中之爲用，故未可遠也。古今革變軍國殊別中正之用終无妨遠品制萬變，宗主存焉；彖之所尚，斯爲盛矣。品變雖萬存之在一夫少者，多之所貴也；寡者，衆之所宗也。自此已下明至少者多之所主嘗直指其中爻而已一卦五陽而一陰，則一陰爲之主矣；同人履小畜大有之例是也五陰而一陽，則一陽爲

之主矣謂師比謙豫復剝之例是也夫陰之所求者陽也陽之所
求者陰也王弼云夫陰陽相求之物以所求者貴也陽苟一焉五陰何得
不同而歸之陰苟隻焉五陽何得不同而從之
故陰爻雖賤而爲一卦之主者處其至少之地
也王曰陽貴而陰賤以至少處至多之地爻雖賤衆亦從之小畜彖云柔得位而上下應之是也或有遺爻
而舉二體者卦體不由乎爻也謂豐象也其此中之一爻而舉二體以明其
義卦體之義不在一爻豐歸妹之類是也繁而不憂亂變而不憂惑約以
存博簡以濟衆其唯彖乎簡易者皆其君也萬物是衆道能生物君能養人物雖繁
不憂錯亂爻雖變不憂迷惑亂而不能惑變而不能渝非天下
之至賾其孰能與於此萬物雖雜不能惑其君六爻雖變不能渝其主非天下之至賾

其誰能與於此言不能也故觀彖以斯義可見矣觀彖以斯其義可見

明爻通變

夫爻者何也將釋其義假設問辭言乎變者也爻者效也物剛效剛物柔效柔遇物而變動有所之故云言乎變者也變者何也情僞之所爲也變之所生生於情僞情僞所適巧詐多端故云情僞之所爲也夫情僞之動非數之所求也情欲僞動數莫能求故合散屈伸與體相乖物之爲體或性同行乖情貌相違同歸殊塗一致百慮故萃卦六二引吉无咎萃之爲體貴相從而六二志在靜退不欲相就人之多僻已獨取正其體雖合志則不同故曰合散乾之初九潛龍勿用初九身雖潛屈情无憂悶其志則申故曰屈伸形躁好靜質柔愛剛體與情反質與願違至如風虎雲龍嘯吟相感物之體性形顏相從此則情體乖違質願相反故歸妹九四歸妹愆期遲歸有時四體是震震是形躁也愆期待時是好靜也履卦六三武人爲于大君志剛也兌體

是陰是質柔也志懷剛武爲于大君是愛剛也巧歷不能定其筭數聖明不能爲之典要萬物之情動變多端雖復巧歷聖明不能定其筭數制典法立要會也法制所不能齊度量所不能均也雖復法制度量不能均齊詐僞長短也爲之乎豈在夫大哉情有巧僞變動相乖不在於大而聖明巧歷尚則不知豈在乎大哉陵三軍者或懼於朝廷之儀暴威武者或困於酒色之娛陵三軍暴威武視死如歸若獻酬揖讓汗成褫衆此皆體質剛猛懼在微小故大畜初九有厲利已九二輿說輻雖復剛健怯於柔弱也近不必比遠不必乖近爻不必親比遠爻不必乖離也六二初九爻雖相近守貞不從九五雖遠十年乃字此例是也同聲相應高下不必均也同氣相求體質不必齊也初四二五三上同聲相應不必限高下同氣相求不必齊形質召雲龍者命呂者律雲水氣也龍水畜也召水氣者水畜此明有識

感无識命陰邑者陽律此明无識感无識故二女相違而剛柔合體二女俱是陰類而相違剛柔雖異而合體此明異類相應隆墀求歎遠壑必盈隆高也墀水中墀也求長也歎高墀而長歎遠壑之中盈響而應九五吉喻於隆墀六二卑下同於遠壑唱和相應也投戈散地則六親不能相保投置也散逃也置兵戈於逃散之地雖是至親不能相保守也遯卦九四好遯君子吉處身於外難在於內處外則超然遠遯初六至親不能相保守也同舟而濟則胡越何患乎異心同在一舟而俱濟彼岸胡越雖殊其心皆同若睽卦三四異體和好物莫能間類而相保似若同在一舟上下殊體若胡越利用禦寇何患乎異心故苟識其情不憂乖遠苟明其趣不煩彊武苟識同志之情何憂胡越也苟能知逃散之趣不勞用其威武也能說諸心能研諸慮諸物之心憂其凶患爻變示之則物心皆說諸侯之慮在於育物爻變告之其慮益精睽而知其類異而知其通睽彖曰萬物睽而其事類也男女睽而其

志通也其唯明爻者乎知取舍察安危辯吉凶知變化其唯明爻者乎故有善邇而遠至命宮而商應善脩治也邇近也近脩治言語千里遠應若中孚九二鳴鶴在陰其子和之鳴於此和於彼聲同則應有若宮商相應也脩下而高者降與彼而取此者服矣動下脩正高必命之否之初六拔茅貞吉九四有命無咎疇離祉也疇謂上也取謂下也君上福祿不獨有之下人服者感君之德大有六五厥孚交如威如吉之例是也是故情偽相感遠近相追正應相感是實情蹇之二五之例不正相感是偽情頤之三上之例有應雖遠而相追睽之二上之例无應近則相取賁之二三之例是也愛惡相攻屈伸相推同人三四有愛有惡迭相攻伐否泰二卦一屈一伸更相推謝見情者獲直往則違獲得也見彼之情往必得志屯之六四求婚媾往吉无不利之例不揆則往彼必相違六三即鹿无虞惟入于林中君子幾不如舍往吝之例是也故擬議以成其變化語成而後有格格作括括結也動則擬議極於變化語成器而

後无結閡之患也不知其所以爲主鼓舞而天下從見乎其情者也鼓舞猶變化也易道變化應人如響[illegible]知爲主也其爲變化萬物莫不從之而變[illegible]顯見其情繫辭曰聖人之情見乎辭又曰鼓之舞之以盡神是故範圍天地之化而不過曲成萬物而不遺範天地也闔闢周流[illegible]變化之道而無[illegible]物而不有遺失通乎晝夜之道而无體一陰一陽而无窮陽通晝陰通夜晝夜猶變化也極神妙之道而无體可一者道也道者虛也无在陰之時不以生長而成功在陽之時不以生長而爲力是以生長无窮君以生長然功各盡於有物之功極豈得无窮乎非天下之至變其孰能與於此哉[illegible]六爻至極通變以應陽物則不能與於此也是故卦以存時爻以示變卦以存時爻以應變

明卦適變通爻

夫卦者時也爻者適時之變者也（卦者統一時之大義，爻者適時中之通變）夫時有否泰故用有行藏（泰時則行，否時則藏）卦有小大（陰長則小，陽生則大）故辭有險易（否卦辭險，泰卦辭易）一時之制可反而用也（[illegible]）一時之吉可反而凶也（豐亨之用，反有羈旅之凶也）故卦以反對而爻亦皆變（[illegible]其爻隨卦而變。泰之初九[illegible]，初六拔茅貞吉。卦既隨時，爻亦隨時也）是故用無常道事無軌度（[illegible]）動靜屈伸唯變所適（出靜入屈，往伸來唯變所適也）故名其卦則吉凶從其類（[illegible]）存其時則動靜應其用（[illegible]）尋名以觀其吉凶舉時以觀其動靜（[illegible]）

也舉艮震則觀知動靜也則一體之變由斯見矣夫應者同志之象也位者爻所處之象也得應則志同相和陰位小人所以賤陽位君子所處承乘者逆順之象也遠近者險易之象也陰承陽則順陽乘陰則逆故小過六五乘剛逆也六二承陽順也遠難則易近難則險需卦九三近坎險也初九遠險易矣內外者出處之象也初上者終始之象也內卦是處外卦為出初為始上為終也是故雖遠而可以動者得其應也雖險而可以處者得其時也主下雖遠而動者有其應革六二去五雖遠陰陽相應往者无咎也雖險可以處者得其時也需上六居險之上不憂出宂得其時也弱而不懼於敵者得所據也憂而不懼於亂者得所附也師之六五為師之主體是陰柔禽來犯田執言往討處得尊位所以不懼也遯九五嘉遯貞吉處遯之時小人浸長君子[illegible]其迯遯避於外附著尊位

率正小人不敢為亂也 柔而不憂於斷者得所御也雖後而敢為之先者應其始也 體雖柔弱不憂斷制良由柔御於剛終得剛勝則噬嗑六五是也 乾內得黃金之例初爻動下寄應於四若即是體後而敢為之先泰初九拔茅茹以其彙征吉之例是也 物競而獨安靜者要其終也 物皆爭競已獨安靜會其終也大有上九自天祐之吉无不利餘並乘剛競其豐富已獨安靜不處於位也由居上極要其終也 故觀變動者存乎應察安危者存乎位 爻有變動在乎應之而剛動則不安若謙之九三勞謙君子有終吉之例安危在乎位得位則安若節之六四安節亨之例失位則危若晉之九四晉如鼫鼠貞厲之例 辯逆順者存乎承乘 陽承於陰逆也[illegible]陰承於陽順也噬嗑六二小吝无咎[illegible]九四雖失其正小吝无咎也 明出處者存乎外內[illegible]遠近終始各存其會 適得其時則吉失其要會則凶 辟險尚遠趣時貴近 遯之上九

肥遯无不利此尚遠也觀之六四觀國之光利用賓于王此貴近也**比復好先乾壯惡首**比初六有孚无咎上六比之无首凶復初九不遠復无祇悔元吉上六迷復凶乾上九亢龍有悔大壯上六羝羊觸藩不能退不能遂无攸利是也**明夷務闇豐尚光大**明夷彖云利艱貞晦其明也豐彖辭云勿憂宜日中**吉凶有時不可犯也**時有吉凶不可越分輕犯也**動靜有適不可過也**動靜適時不可過越而動**犯時之忌罪不在大失其所適過不在深**若夬之九三壯于頄有凶得位有應時方陽長同決小人而獨應之犯時之忌凶其宜也大過九四棟隆吉有它吝大過之時陽處陰位為美九四陽處陰位能隆其棟良由應初則有它吝此所適違時也**動天下滅君主而不可危也**動之大若震動宇宙誅滅君主違於臣道不可傾危若離之九四突如其來如焚如死如棄如之例是也**侮妻子用顏色而不可易也**事之小者侮慢妻子用顏色若家人尚嚴不可慢易家人九三家人嗃嗃悔厲吉婦子嘻嘻終吝**故當其列**

貴賤之時其位不可犯也（位有貴賤爻有尊卑）遇其憂悔吝之時其介不可慢也（吉凶之始彰也存乎微兆悔吝纖介雖細不可慢易而不慎也）觀爻思變變斯盡矣

明象

夫象者出意者也言者明象者也（象所以表出其意作其言者顯明其象若乾能變化龍是變物欲明乾象假龍以明乾欲明龍者假言以象龍[illegible]）盡意莫若象盡象莫若言（象以盡意言以盡象）言生於象故可尋言以觀象（若言能生龍尋言以觀龍）象生於意故可尋象以觀意（若乾能明意尋乾以觀其意也）意以象盡象以言著（意之盡也象以盡之象之著也言以著之）故言者所以明象得象而忘言象者所以

存意得意而忘象既得龍象其言可忘既得乾象其龍可捨猶蹄者所
以在兎得兎而忘蹄蹄以喻言兎以喻象存蹄得兎得兎忘蹄筌者所
以在魚得魚而忘筌也求魚在筌得魚棄筌然則言者象之
蹄也象者意之筌也蹄以喻言筌以喻象是故存言者非得
象者也存象者非得意者也言本爲象若存言則非象本爲意者存象則
非意象生於意而存象焉則所存者乃非其象也
所存者在意也言生於象而存言焉則所存者乃非其言
也所存者在象也然則忘象者乃得意者也忘言者乃得
象者也忘象得意忘言得象得意在忘象得象在忘言棄執而後
得之故立象以盡意而象可忘也重畫以盡情而

畫可忘也。盡意可遺象，盡情可遺畫。若乾坤和同之意，忘其天火之象，得同志之心，故畫之五是畫可棄也。是

故觸類可爲其象，合義可爲其徵。徵驗也。觸逢事類則爲象，魚龍牛馬駝狐鼠之類。大人君子義同爲徵驗也。義苟在健，何必馬乎？類苟在順，

何必牛乎？坤卦无乾象，亦云牝馬；大壯九三有乾，而云羝羊。爻苟合順，何必坤

乃爲牛？義苟應健，何必乾乃爲馬？遯无坤，六二亦稱牛；明夷无乾，六二亦稱馬。

而或者定馬於乾，相承爲乾爲馬，其象未弘也。案文責卦，有

馬无乾，則僞說滋漫，難可紀矣。互體不足，遂及

卦變，變又不足，推致五行，五行謂金木水火土爲象也。一失其原，

巧愈彌甚。失聖人之原旨，廣爲譬喻，失之甚也。縱復或值，而義无

所取，蓋存象忘意之由也。失魚兔則空守筌蹄也，遺健順則空說龍馬也。忘

象以求其意義斯見矣

辯位

案象无初上得位失位之文（陰陽居之不云得失）又繫辭但論三五二四同功異位亦不及初上何乎（同其爲也）唯乾上九文言云貴而无位（陽居之也）需上六云雖不當位（陽居之也）若以上爲陰位邪則需上六不得云不當位也若以上爲陽位邪則乾上九不得云貴而无位也陰陽處之皆云非位而初亦不說當位失位也（不論當位失位凶吉之由）然則初上者是事之終始无陰陽定位也（初爲始上爲終始之於人爲終始非得位之地也）故乾初謂之

潛過五謂之无位未有處其位而云潛上有位而云无者也歷觀衆卦盡亦如之初上无陰陽定位亦以明矣夫位者列貴賤之地待才用之宅也宅居也二四陰賤小人居之三五陽貴君子居之爻者守位分之任應貴賤之序者也各守其位應之以序位有尊卑爻有陰陽尊者陽之所處卑者陰之所履也故以尊為陽位卑為陰位去初上而論位分則三五各在一卦之上亦何得不謂之陽位二四各在一卦之下亦何得不謂之陰位初上者體之終始事之先後也故位无常分事无常所非可以陰陽定也

尊卑有常序終始无常主四爻有尊卑之序終始无陰陽之恒主也故繫辭但論四爻功位之通例而不及初上之定位也然事不可无終始卦不可无六爻初上雖无陰陽本位是終始之地也統而論之爻之所處則謂之位卦以六爻為成則不得不謂之六位時成也

略例下

凡體具四德者則轉以勝者為先故曰元亨利貞也元爲生物之始春也亨爲會聚於物夏也利爲和諧品物秋也貞能幹濟於物冬也乾用此四德以成君子大人之法也其有先貞而後亨者由於貞也離卦云利貞亨凡

陰陽者相求之物也近而不相得者志各有所存也既濟六二與初三相近而不相得是志各有所存也故凡陰陽二爻率相比而无應則近而不相得比之六三无應於上二四皆非己應是无應則近而不相得之例有應則雖遠而相得同人六二志在乎五是有應則雖遠而相得之例然時有險易卦有小大否險泰易遯小臨大同救以相親同辟以相踈睽之初九九四陰陽非應俱是睽孤同處體下交孚相救而得悔亡是同救相親困之初六有應於四皆自幽谷九四有應於初來徐徐亦竟懷疑同遭金車兩相踈遠也故或有違斯例者也然存時以考之義可得也或有情偽乖違此例者存其時考其驗莫不得之

凡彖者統論一卦之體者也象者各辯一爻之義者也彖統論卦體象各明一爻之義也故履卦六三為兑之主以

應於乾成卦之體在斯一爻故彖敘其應雖危而亨也彖云柔履剛說而應乎乾是以履虎尾不咥人亨也象則各言六爻之義明其吉凶之行去六三成卦之體而指說一爻之德故云不獲亨而見咥也六三履虎尾咥人凶彖言不咥象言見咥明爻彖其義各異也訟之九二亦同斯義訟彖云有孚窒惕中吉剛來而得中注云其在二乎以剛而來正夫羣小斷不失中應斯任矣九二不克訟歸而逋其邑人三百户无眚

凡彖者通論一卦之體者也一卦之體必由一爻爲主則指明一爻之美以統一卦之義大有之類是也卦體不由乎一爻則全以二體之義明之豐卦之類是也

凡言无咎者本皆有咎者也防得其道故得无咎也（乾之九三君子終日乾乾无咎若防其失道則有過咎也）言无咎者本亦有咎由吉故得免也（師貞丈人吉无咎注云興役動衆无功罪也故吉乃免咎）无咎吉者先免於咎而後吉從之也（比初六有孚比之无咎終來有它吉之例也）或亦處得其時吉不待功不犯於咎則獲吉也（需之九二需于沙小有言終吉注云近不逼難遠不後時履健居中以待其會雖小有言以吉終也）或有罪自已招无所怨咎亦曰无咎故節六三曰不節若則嗟若无咎象曰不節之嗟又誰咎也此之謂矣

卦略

䷂屯此一卦皆隂爻求陽也屯難之世弱者不能自濟必依於彊民思其主之時也故隂爻皆先求陽不召自往馬雖班如而猶不廢不得其主无所馮也初體陽爻處首居下應民所求合其所望故大得民也江海處下百川歸之君能下物萬民歸之

䷃蒙此一卦隂爻亦先求陽夫隂昧而陽明隂困童蒙陽能發之凡不識者求問識者識者不求所告闇者求明明者不諮於闇故童蒙求我匪我求童蒙也故六三先唱則犯於爲女四遠於陽則困蒙吝初比於陽則發蒙也

䷉履雜卦曰履不處也又曰履者禮也謙以制禮陽處陰位謙也故此一卦皆以陽處陰爲美也九五夬履貞厲履道惡盈而五處尊位三居陽位則見咥也

䷒臨此剛長之卦也剛勝則柔危矣柔有其德乃得免咎故此一卦陰爻雖美莫過无咎也

䷓觀之爲義以所見爲美者也故以近尊爲尚遠之爲吝遠爲童觀近爲觀國

䷛大過者棟橈之世也本末皆弱棟已橈矣而守其常則是危而弗扶凶之道也以陽居陰拯弱之義也故陽爻皆以居陰位爲美濟衰救

危唯在同好則所贍褊矣故九四有應則有它吝九二无應則无不利也大過之時陽處陰位心无係應爲吉陽得位有係應則凶也

䷠遯小人浸長難在於内亨在於外與臨卦相對者也臨剛長則柔危遯柔長故剛遯也遯以遠時爲吉不係爲美上則肥遯初則有厲

䷡大壯未有違謙越禮能全其壯者也故陽爻皆以處陰位爲美用壯處謙壯乃全也用壯處壯則觸藩矣

䷣明夷爲闇之主在於上六初最遠之故曰君子于行五最近之而難不能溺故謂之箕子

之貞明不可息也三處明極而征至闇故曰南狩獲其大首也遠難藏明明夷之義

䷥睽者睽而通也於兩卦之極觀之義最見矣極睽而合極異而通故先見怪焉洽乃疑亡也火動而上澤動而下睽義見矣

䷶豐此一卦明以動之卦也尚於光顯宣陽發暢者也故爻皆以居陽位又不應陰爲美其統在於惡闇而已矣小闇謂之沛大闇謂之蔀闇甚則明盡未盡則明昧明盡則斗星見明微故見昧无明則无與乎世見昧則不可以大事

折其右肱雖左肱在豈足用乎日中之盛而見昧而已豈足任乎豐之為義貴在光大懸於闇昧也

周易略例